친밀한 권력과 낯선 타자

친밀사회에서의 문학과 정치

나병철 羅秉哲 | Na Byung-Chul

연세대학교 국문학과를 졸업하고 같은 대학교 대학원 국문학과를 졸업하였다. 수원대학교 국문학과 교수를 거쳐 현재 한국교원대학교 국어교육과 교수로 있다. 저서로는 『소설이란 무엇인가』, 『문학의 이해』, 『전환기의 근대문학』, 『근대성과 근대문학』, 『한국문학의 근대성과 탈근대성』, 『소설의 이해』, 『모더니즘과 포스트모더니즘을 넘어서』, 『근대서사와 탈식민주의』, 『탈식민주의와 근대문학』, 『소설과 서사문화』, 『가족로망스와 성장소설』, 『영화와 소설의 시점과 이미지』, 『환상과 리얼리티』, 『소설의 귀환과 도전적 서사 – 주체, 윤리, 사랑, 혁명의 귀환에 대하여』, 『은유로서의 네이션과 트랜스내셔널 연대』, 『미래 이후의 미학』, 『감성정치와 사랑의 미학』, 『특이성의 문학과 제3의 시간』이 있으며, 역서로는 『서비스 이코노미』(이진경), 『냉전시대 한국의 문학과 영화』(테드 휴즈), 『문학교육론』(제임스 그리블), 『문화의 위치』(호미 바바), 『포스트모더니즘 이후의 정치와 문화』(마이클 라이언), 『해체론과 변증법』(마이클 라이언), 『중국문화 중국정신』(C. A. S. 윌리엄스)이 있다. 주요논문으로는 「탈식민주의와 정전의 재구성」, 「탈식민과 환상」, 「한국문학 연구와 문화의 미결정성의 공간」, 「청소년 환상소설의 통과제의 형식과 문학교육」 등이 있다.

친밀한 권력과 낯선 타자

친밀사회에서의 문학과 정치

초판 1쇄 발행 2019년 8월 30일

초판 2쇄 발행 2020년 8월 5일

지은이 나병철 **펴낸이** 박성모 **펴낸곳** 소명출판 **출판등록** 제13-522호

주소 서울시 서초구 서초중앙로6길 15, 1층

전화 02-585-7840 **팩스** 02-585-7848

전자우편 somyungbooks@daum.net **홈페이지** www.somyong.co.kr

값 38,000원 ⓒ 나병철, 2019

ISBN 979-11-5905-437-2 93810

나병철 지음

친밀한 권력과 낯선 타자

친밀사회에서의 문학과 정치

Intimate Power and Unhomely of the Other

소명출판

머리말

　친밀성은 인간이 소망하는 가장 행복한 경험 중의 하나이다. 고향이나 어머니의 품, 연인과의 밀회에서 우리는 친밀한 행복을 느낀다. 그런 순간의 행복감은 우리가 모든 낯선 억압에서 벗어나 외부 권력의 공백지점에 위치하기 때문에 생겨난다.

　그러나 우리의 주제인 친밀성은 그처럼 단순하지 않다. 친밀성이 수수께끼 같은 역설을 연출하는 것은 권력의 공간에서 작동될 때이다. 친밀성은 원래 권력의 공백지점이었지만 권력이 친밀성을 도용하는 순간 우리는 미스터리한 역설에 빠져든다. 친밀한 권력은 억압 없는 통로를 제공하는 동시에 매번 억압으로 돌아오게 하는 미로 같은 상황을 만든다. 여기서 친밀성의 미로가 고통스러운 것은 모든 반대와 저항이 무장해제된 상태에서 더 큰 억압에 부딪히게 되기 때문이다. 우리는 행복감을 기대하고 길을 걷다가 의도하지 않게 자꾸 비슷한 낯선 곳에 이르게 될 때 가장 큰 고통을 느낀다. 프로이트는 그런 반복적인 미로 같은 고통을 **낯선 두려움**이라고 불렀다.

　프로이트는 **친밀성**homely과 **낯선 두려움**unhomely이 반대말이 아니라고 말한다. 미로 같은 낯선 두려움의 고통은 친밀성을 경험해본 사람만이 느낄 수 있는 심리이다. 친밀한 숲속이나 산을 걷다가 갑자기 미로 같은 길에 접어들어 모든 노력에도 불구하고 계속 같은 장소로 돌아올 때 우리는 낯선 두려움을 느낀다. 친밀성의 기대가 아예 없었거나 낯선 두려움이라는 독특한 심리로 회귀하지 않았다면 우리의 불행은 단순한 우연일 것이다. 반면에 친밀성의 기억을 가진 사람이 계속 낯선 두려움을 경험할 때 거기에는 우리의 삶과 연관된 어떤 필연이 숨어 있다고 여기게 되는 것이다.

프로이트의 개인적인 경험은 사회적 차원에서 흥미로운 공명을 얻는다. 우리는 프로이트가 표현한 것처럼 해방된 광장으로 가려 하다가 반복적으로 낯선 미로에 접어든 경험이 있다. 처음부터 해방을 기대하지 않았다면 우리의 비극은 우연한 불행에 불과했을 것이다. 그러나 우리는 친밀한 결연을 소망하다가 의도하지 않은 불행의 회귀를 반복적으로 경험한 역사를 갖고 있다. 무자비한 식민지나 독재정치가 훨씬 더 저항하기 쉬운 반면 친밀한 기대감이 우리를 미로 같은 상황에 빠지게 만들었던 것이다. 식민지 해방의 유혹이나 민주화의 기대감, 그리고 그로부터의 역설적인 배신이 그 대표적인 예이다. 우리의 역사가 극복하지 못한 것은 그런 친밀한 권력이 만든 낯선 두려움의 이율배반이라고 할 수 있다. 친밀성과 낯선 두려움의 역설을 넘어서지 못했기 때문에 오늘날까지 우리는 이상한 고요함의 공포에 시달리고 있는 것이다. 친밀한 권력은 극복하지 못하고 삭제해버릴 때 안개 같은 미로의 공포로 끝없이 되돌아온다. 이 책의 목적은 친밀한 권력의 역설을 이해함으로써 미로 같은 낯선 두려움의 권력에서 벗어나는 길을 모색하는 데에 있다.

이 책은 친밀한 권력이 얼마나 우리 주위에 가까이 있는지, 끔찍한 고통의 경험에도 불구하고 왜 반복적으로 되돌아오는지 살펴보았다. 20세기 중반 이후 우리는 친밀한 결연을 꿈꾸다가 불현듯 비슷한 비극에 빠지는 역사의 미로에 접어들었다. 이 책에서는 그런 **역사의 미로**를 친밀한 권력이라고 부를 것이다. 구체적으로 친밀한 권력은 식민지 말과 해방 후의 신식민지, 그리고 오늘날 신자유주의 시대에 나타난 권력이다. 식민지 말은 식민지 해방이라는 유혹의 덫에 걸려 국민의 꿈을 꾸다가 낯선 두려움의 미로에 갇힌 시대였다. 이 친밀한 제국의 미로는 해방 이후에 코드전환을 통해 반복되었다. 신식민지는 극복하지 못하고 망각한 친밀한 제국의 귀환이었다. 그런 친밀한 제국에서 해방된 듯한 오늘날에도 역사의 미로는 계속되고 있다. 민족을 넘어선 지구화의 꿈을 제공한 신자유주의 세계화는 식민지 말의 '근대의 초극'의 세계적 차원의 반복인 셈이다.

이 책은 친밀한 권력이 왜 쉽게 망각되는지, 또 어떻게 악몽처럼 반복되며 영원한 식민지를 만드는지 살펴보았다. 친밀한 권력과 낯선 두려움의 비밀의 원리는 모두의 무관심의 그늘에 있던 젠더 영역에서 발견된다. 권력은 어떤 형태이든 우리에게 억압과 불안을 느끼게 하기 마련이다. 그러나 친밀한 권력은 달콤한 화해의 분위기 속에서 모든 것이 정상적으로 작동된다는 느낌을 준다. 그런 친밀성의 환상이야말로 젠더 영역이 영원한 인격의 식민지로 계속되어온 비밀이다. 이 책은 젠더 영역에서 발견되는 친밀한 권력의 원형이 20세기 중반 이후의 역사에서 어떻게 인종과 계급의 영역에까지 교묘하게 변용되었는지 살펴봤다.

젠더관계에서는 남녀 간의 애정으로 인해 차별과 불평등성이 쉽게 은폐된다. 그러나 사랑스러운 여성이란 대개 남성을 위한 페티시이며 그런 애정관계는 여성 자신의 정체성을 망각하게 만든다. 젠더관계에서 친밀해질수록 거세공포가 경험되고 여성이 정체성을 얻는 동시에 빼앗기는 것은 그 때문이다.

젠더관계와 달리 인종적 영역에서는 친밀성의 권력이 쉽게 나타날 수 없다. 식민지에서는 공공연한 차별의 폭력이 자행될 뿐 아니라 피식민자역시 심연의 응시를 잠재울 수 없기 때문이다. 식민지에서 친밀한 권력이 나타난 것은 복잡한 심리적 전도의 기제를 통한 실험의 산물이었다.

일본은 피식민자에게 매력적인 정체성을 부여함으로써 결연의 환상을 일으키는 친밀한 권력을 발명해냈다. 식민지배란 조선인을 요보라는 인간-동물로 강등시켜 보이지 않는 철창에 가두는 권력의 행사였다. 반면에 내선일체는 그런 식민지를 부인하고 조선인에게 '로컬칼라'라는 특별한 정체성을 주며 일체의 환상을 불러일으켰다. 내선일체는 조선인을 친밀한 동반자로 인정하면서 자발적 참여를 요구하는 친밀한 권력의 발명이었다.

그러나 일본이 승인한 매혹적인 로컬칼라는 제국을 위한 페티시였으며 친밀한 권력은 오히려 조선인의 정체성을 망각하게 만들었다. 친밀한 제국에서 친밀해질수록 낯선 두려움이 증폭되고 조선인이 정체성을 얻는 순간 빼앗기게 된 것은 그런 때문이다. 친밀한 제국은 차별이 은폐되게 만들 뿐이었으며 표현할 수 없는 불안과 공포는 오히려 더 심화되었다.

친밀한 제국은 친밀함이 낯선 두려움으로 전도된다는 프로이트의 이론의 첫 번째 실험이었다. 그와 함께 우리에게는 역사의 미로를 헤매게 된 첫 번째 경험이었다. 잔혹한 식민지적 상황이 대응하기 쉬웠던 반면 친밀한 제국은 정체성의 혼돈 속에서 미로를 헤매게 만들었다.

친밀한 제국의 미로는 김사량의 「천마」에서 현룡이 경험한 혼돈의 상황과 아주 똑같다. 내선일체의 신봉자인 현룡이 겪은 혼돈과 미로의 경험은 친밀한 제국의 이율배반을 오히려 잘 드러낸다. 현룡은 내선일체를 위해 미친듯이 헌신했지만 신체제가 제 궤도에 오르자 무관심과 배제의 대상이 된다. 내선일체란 조선인이 로컬칼라를 지닌 페티시로서 일본인처럼 살아가길 요구한 명령이었다. 이 유사 일본인 되기의 환상적 과정에서 현룡은 광적으로 몸을 바쳤지만 조선인들이 상상적 공간으로 이동하자 불필요한 인물이 되었다. 현룡은 일본으로부터 버려진 채 경성의 신마치의 골목을 헤맨다. 그는 여전히 일본인 가면을 쓰고 동양문화론의 명령에 따라 해탈을 하기 위해 절로 가고 있다고 생각한다. 그러나 그가 미로를 헤매며 '내지인을 살려달라'고 외칠수록 '센징'이라는 개구리 울음 같은 환청이 골목에서 들려온다.

현룡이 헤매고 있는 신마치의 미로는 내선일체의 미로라고 할 수 있다. 그와 동시에 반복해서 제자리로 돌아오는 이 골목길은 프로이트가 말한 낯선 두려움의 미로이기도 하다. 내선일체는 가까이 다가갈수록 낯선 두려움을 경험하게 되는 미로와도 같은 체제였다. 또한 현룡이 일본인 가면을 쓰려 할수록 센징의 환청을 듣듯이 내선일체는 정체성을 주는 동시에 빼앗는 권력이었다.

현룡은 내선일체의 비밀스러운 미로를 경험하지만 결코 그 혼돈에서 벗어나지 못한다. 그는 자신이 헤매고 있는 골목길이 역사의 미로임을 알지 못하기 때문이다. 역사의 미로에서 벗어나기 위해서는 친밀성과 낯선 두려움의 이율배반의 비밀을 이해해야 한다. 또한 친밀한 권력이 비합리적임에도 불구하고 혼돈의 반복이 우연한 불행이 아닌 복합적 필연에 따른 것임을 간파해야 한다.

우리는 친밀한 제국의 복합적 기제를 넘어서는 대신 단순히 삭제한 결과 또 다른 친밀한 제국을 경험하게 되었다. 더 나아가 친밀한 제국이 사라진 듯한 오늘날이야말로 친밀한 권력이 본 모습을 드러낸 시대라고 할 수 있다. 반세기 이상의 시간이 지나고 세상은 화려해졌지만 우리는 망각된 친밀한 권력이 되돌아온 악몽에 부딪히고 있다.

20세기 중반의 친밀한 제국과 오늘날의 친밀한 권력은 정반대인 동시에 매우 비슷하다. 전자는 파시즘이며 후자는 민주주의이다. 그러나 질주하는 권력이 자발적인 동원을 통해 파편화된 세계를 봉합하는 방식에서 양자는 겹쳐진다. 친밀한 권력의 역설적 비밀은 절대적이고 무한한 동원의 능력에 있다. 친밀성이란 피지배자가 스스로 참여하는 **자발적인 동원**의 능력이기도 하다. 결연의 방식을 통한 일체의 환상이란 피지배자를 스스로 움직이게 하기 위한 유혹의 기제인 것이다. 친밀한 권력은 그런 심리적 유혹을 통해 반대자를 모두 흡수해버리는 미세하고도 거대한 동원의 체제이다. 여기서의 아이러니는 그 은밀한 방식이 권력의 영점지대이기는커녕 절대자가 할 수 있는 모든 일을 다 하게 해준다는 것이다.

20세기 중반이 전쟁의 동원의 시대였다면 오늘날은 상품의 동원의 시대이다. 두 시기의 동원의 공통점은 잔여물이 인정되지 않는 총동원 체제라는 점이다. 언젠가부터 우리는 늘상 향수에 젖어 총체성이 파편화되었다고 말하곤 한다. 친밀한 권력의 시대란 그런 회복 불가능한 파편화된 총체성을 총동원 체제가 대신하는 시대이다. 20세기 중반의 전시체제가 전쟁의 총동원 체제였다면 오늘날은 지식과 감정, 자연마저 상품으로 총동원되는 시대이다.

두 시기에 피지배자는 정체성의 혼란 속에서 향수어린 인간 존재에 대한 비밀을 상실한다. 인간 존재의 비밀이란 내면을 성숙시키는 인문학과 철학과 예술을 말한다. 친밀한 권력의 시대는 인문학과 예술이 폐품이나 재활용품으로 남겨진 시대이다. 세계가 끝없이 경쟁적으로 사람들을 동원하며 질주하기 때문에 우리는 인간의 비밀에 대한 향수를 느낄 틈이 없는 것이다. 자발적으로 질주하며 인간의 비밀의 기억을 상실한 사람들은 인격성마저 무기의 일부가 되거나 상품처럼 빈약해져 버린다.

그와 연관된 친밀한 권력의 또 다른 특징은 **조용한 동원**의 시대라는 점이다. 인간 사회에서 가장 시끄러운 곳은 전쟁터와 시장이다. 그러나 전장과 시장으로 동원되는 시대는 사회가 갑자기 죽음처럼 조용해진 시대이기도 하다. 1930년대 전반 이전에는 민족주의와 사회주의의 시끄러운 논쟁이 있었다. 그러나 30년대 중반을 지나면서 신문과 일상은 갑자기 조용해졌다. 마찬가지로 냉전시대는 자유주의와 공산주의의 대립으로 시끄러운 시대였다. 하지만 1990년대 이후 서점과 거리, 광장은 매우 조용해졌다.

친밀한 권력의 시대는 시끄러운 동시에 조용한 시대이다. 유혹의 권력에 의해 동원되지 않은 타자가 일으키는 소음이 들리지 않기 때문이다. 이제 타자는 벌거벗은 생명과 앱젝트로 추방당한다. 오늘날 벌거벗은 생명과 앱젝트가 인기 있는 용어가 된 이유는 친밀한 권력의 시대가 생명정치의 시대이기도 하기 때문이다. 자발적인 동원의 시대는 회유되지 않은 존재와 생명에게 셔터를 내리는 추방과 배제의 시대이다.

그 때문에 친밀한 동원의 시대는 탈락자와 루저의 죽음의 시대이기도 하다. 탈락자의 생명과 인격을 추방하는 것을 우리는 죽음정치라고 부를 수 있다. 친밀한 상품의 시대는 성숙한 내면을 포기하지 않는 사람을 죽음의 위협으로 추방하는 거세공포(낯선 두려움)의 시대이다. 이제 낯선 두려움에 시달리며 경쟁에서 밀려난 사람은 죽음에 방치된다. 이처럼 친밀한 권력이란 부드러운 친밀성과 냉혹한 죽음정치의 합작품이다.

친밀한 권력은 독재정치와 함께 사라지기는커녕 민주주의 시대에 오히려 만개하고 있다. 그런 맥락에서 이 책은 친밀한 권력이 본얼굴을 드러낸 친밀사회의 모습을 자세히 살펴보았다. 일본의 친밀한 제국이 프로이트의 친밀성과 낯선 두려움의 첫 번째 실험이었다면 오늘날의 친밀사회는 마지막 실험이다. 친밀성까지 상품화된 시대는 감정적 영역까지 착취당하는 낯선 공포의 시대이기도 하다. 하지만 그런 극단성 때문에 밝은 동시에 어두운 오늘날의 친밀사회는 잠재적인 역설에 처해 있다고도 볼 수 있다. 친밀한 권력의 상상적 고착화가 극단화되었기 때문에 역설적으로 그 역사의 미로에서 벗어나려는 실재에 대한 물밑의 열망이 생성될 수도 있는 것이다.

친밀사회는 친밀한 권력의 완결판이다. 그러나 그렇기 때문에 친밀한 권력을 완성시키는 동시에 결렬시키는 요소가 나타난다. 라캉은 그처럼 체제가 완결될수록 스스로 새어나오는 전복의 균열을 **증상**이라고 불렀다. 예컨대 마르크스는 프롤레타리아를 자본주의의 증상으로 발견했다.

또한 식민지의 민족주의자는 피식민 디아스포라를 제국주의의 증상으로 발견했다. 하지만 자발적 총동원 체제인 친밀사회에서는 증상이 그처럼 명확하게 나타나지 않는다. 자본주의와 제국주의에서는 증상이 노동자와 피식민자라는 반격의 근거이지만 친밀사회의 증상은 힘없이 매장되는 요소일 뿐이다. 친밀사회의 증상은 친밀성을 위해 매장되는 **앱젝트**와 **낯선 두려움**의 심리일 것이다.

그럼에도 상상적으로 고착화된 친밀사회에서는 숨겨진 낯선 두려움이라는 증상이 매우 중요하다. 다만 낯선 두려움을 친밀사회의 부속품에서 반격의 요소로 전환시키려면 존재론적 미학이 필요하다. 존재론적 미학은 낯선 두려움을 친밀사회의 필수물에서 불화의 요소로 전환시켜준다. 이 책에서는 그런 낯선 두려움의 미학과 은유적 정치가 어떻게 친밀사회에 대한 반격의 근거가 되는지 살펴보았다. 우리시대는 추방된 타자를 회생시키기 위해 낯선 두려움의 미학과 은유적 정치가 필요한 시대이다.

친밀사회는 인격성의 상품화와 무의식의 식민화를 통해 자아를 빈곤하게 만든다. 그처럼 자아를 빈곤하게 만드는 친밀한 권력은 상상적으로 고착화된 체제이다. 과거 내선일체의 친밀한 권력이 인종적 차별을 오히려 심화시킨 것은 그런 상상적 고착화의 대표적 예이다. 가령 김사량의 「빛 속으로」에서 혼혈인 한베에가 조선인 아내를 폭행하는 것은 그가 인종차별에 고착화된 인물임을 암시한다. 그런데 오늘날에는 계급의 영역에서 그와 비슷한 일이 일어나고 있다. 중간층이나 하층민이 비슷한 계급에게 혐오발화를 일삼는 것은 친밀사회가 불평등성이 고착화된 체제임을 암시한다. 오늘날의 양극화된 사회의 차별과 불평등성의 방식은 단순한 계급사회와는 조금 다른 점이 있다. 예컨대 갑질, 금수저-흙수저론, 헬조선 등은 상상적으로 고착화된 권력관계의 표현이다. 이 책에서는 그런 고착화된 불평등성의 사회에서 벗어나는 길을 낯선 두려움의 미학과 은유적 정치를 통해 살펴보았다.

낯선 두려움은 경직된 체제에서 피지배자가 느끼는 거세공포이다. 그러나 낯선 두려움은 고착화된 권력에 의한 자아의 빈곤화와 우울에서 벗어나는 길을 암시하기도 한다. 우울이란 친밀한 권력의 미로를 헤매는 상태이다. 그런 우울이 예외와 일상이 구분되지 않는 예외상태의 심리라면 낯선 두려움은 예외를 일상으로부터 분리시키게 해준다. 예컨대 서지현 검사가 JTBC 뉴스에서 성추행을 고백하는 순간은 우울에서 벗어나 은폐된 예외를 폭로하는 **낯선 두려움**의 순간이었다. 낯선 두려움은 예외적 폭력에 대한 분노와 희생자에 대한 공감을 불러일으켜 기억의 경첩을 움직이게 한다. 순수기억의 경첩이 움직이면 자아가 동요하면서 앱젝트로 추방된 타자가 회생한다. 그처럼 상징계와 실재계의 틈새에서 순수기억의 경첩을 움직이며 자아를 약동하게 만드는 것이 바로 **은유**이다. 은유는 이쪽과 저쪽의 양쪽 사이에서 작동된다. 은유는 기억의 경첩을 움직여 보이지 않는 실재계를 보이는 상징계에 연결시키며 내면을 부풀린다. 은유를 통해 자아가 도약하며 타자와의 교섭을 회생시키는 대응을 우리는 **은유로서의 정치**라고 할 수 있다.

은유로서의 정치는 앱젝트로 추방된 타자를 대상 a의 위치로 전이시킨다. 은유적 정치에 의해 순수기억이 동요하고 자아가 약동하는 순간은 타자가 대상 a의 위치에서 회생하는 순간이다. 그 순간 우리는 지배권력의 고착된 상상계에서 타자가 회생하는 실재계로 이동한다.

오늘날의 새로운 변혁운동들은 그 같은 은유로서의 정치를 중요한 무기로 포함하고 있다. 예컨대 희망버스에서 사람들은 김진숙의 가면을 쓰고 '우리가 김진숙이다'라고 외쳤다. 그 순간은 자아와 타자 사이에서 은유의 경첩이 움직이며 사람들의 내면에서 김진숙이라는 타자가 회생하는 순간이다. 마찬가지로 서지현 검사의 고백에 응답한 미투운동은 서 검사가 열어놓은 문에 발을 걸치는 은유적 운동이라고 할 수 있다. 여성들은 '나도 서지현이다'를 외치며 은유적으로 타자와 교섭하며 자아를 약동시키고 있는 것이다. 또한 항공사 갑질에 대한 저항에서 벤데타 가면을 쓴 직원들 역시 은유적인 정치적 인격으로 대항하고 있는 셈이었다. 항공사 직원들은 저항의 아이콘 벤데타와 손을 잡고 자아를 약동시키고 있는 것이다. 거기서 더 나아가 유은정 부사무장처럼 가면을 벗은 얼굴은 한 단계 더 발전된 은유적 정치를 보여준다. 유은정은 '우리도 대한항공이다'라는 무언의 은유적 외침을 들을 수 있었기에 갑질의 공포 앞에서 가면을 벗을 수 있었을 것이다. 그녀는 단순히 가면을 벗은 얼굴을 보여준 것이 아니라 내면에서 수많은 일상의 사람들과 손을 잡은 채 은유적인 정치적 인격(아렌트)으로 시위하고 있었다.

은유적 정치는 자아의 혼돈에서 벗어나는 존재론적 정치가 새로운 변혁운동에서 필수적임을 암시한다. 그 점은 정체성에 대한 물음으로 가득 차 있는 송경동의 시에서도 발견된다. 송경동은 「나는 한국인이 아니다」에서 '나는 누구일까'를 수없이 반복한다. 송경동은 친밀한 하위제국의 죽음정치에 의해 희생된 캄보디아 노동자들 앞에서 정체성의 미로를 경험하고 있다. 송경동의 반복된 미로는 김사량의 「천마」에서 현룡의 미로와 닮은 점이 있다. 프로이트의 친밀성과 낯선 두려움의 주문이 반세기를 지나 유령처럼 다시 출몰하고 있는 것이다. 더욱이 이번에는 노동자 시인의 정신 속에 침투하고 있다. 당연히 노동운동가인 송경동은 친일파인 현룡과 정반대되는 위치에 있다. 그러나 친밀사회에서는 친일파뿐만 아니라 노동운동가도 정체성의 미로를 헤맬 수밖에 없다.

송경동이 현룡과 다른 점은 자신이 경험하는 정체성의 미로가 역사의 미로임을 알고 있다는 점일 것이다. 현룡이 조선인과 내지인 사이에서 헤매고 있듯이 송경동은 '한국인'과 '한국인 아님' 사이에서 맴돌고 있다. 현룡이 셴징과 겐노가미 류우노스케의 틈새에 있듯이 송경동은 한국인과 피룬의 틈새에서 동요한다. 그러나 송경동은 현룡과는 달리 친밀한 한국인이 낯선 공포를 불러일으키는 은밀한 비밀을 알고 있다. 또한 친밀한 권력과 냉혹한 죽음정치의 침묵의 공모를 감지하고 있다.

그 때문에 송경동은 낯선 두려움의 미학과 은유적 정치를 작동시킬 수 있다. 송경동은 낯선 두려움 속에서 '나는 피룬이며 파비이며 폭이다'라고 외친다. 그 순간 상징계와 실재계 사이에서 기억의 경첩이 움직이며 앱젝트로 추방된 피룬이 내면의 타자로 회생한다. 그처럼 순수기억이 약동하는 은유의 힘으로 송경동은 쓰러짐과 일어섬을 반복하며 역사의 미로를 탈출하려 하고 있다. '나는 누구일까'의 반복이 정체성의 미로였다면 쓰러짐과 일어섬, 그 절망과 저항은 역사의 미로에서 벗어나려는 또 다른 반복이다.

이 책은 친밀한 권력이 역사의 미로를 헤매게 만드는 과정을 살피면서 오늘날의 친밀사회에서 그 미로를 벗어나는 길을 찾아보았다. 우리가 역사의 미로를 헤매는 순간은 자아가 빈약해지고 타자가 앱젝트로 추방되는 순간이다. 그 때문에 역사의 미로는 정체성의 미로이기도 하다. 그에 대한 유력한 대응은 은유로서의 정치라는 존재론적 저항이다. 자아와 타자 사이에서 은유의 경첩이 움직이는 울림의 순간은 자아가 일어서고 타자가 회생하는 순간이다. 우리가 김진숙이다, 나도 서지현이다, 나는 피룬이다, 우리가 대한항공이고 유은정이다······. 그 순간 쓰러졌던 사람들이 다시 일어서면서 비로소 세계를 변화시키려는 움직임이 나타나게 된다. 이 존재론적 회생의 순간은 자아의 내면에서 분산된 존재들이 은밀히 손을 잡는 순간일 것이다. 그렇기에 은유로서의 정치는 다수 체계적인 변혁의 비빔밥이기도 하다. 은유적 정치와 변혁의 비빔밥은 고착된 상상계적 동일성 세계에서 실재계적 다수 체계성으로 이동하는 정치적인 코페르니쿠스적 전회이다. 이 책은 다중적인 변혁의 비빔밥을 통해 친밀사회의 은유로서의 천동설을 해방을 향한 은유로서의 지동설로 전위시키는 방법을 살펴보았다.

이 책의 친밀한 권력의 개념은 망각되고 삭제된 역사를 비추면서 우리 시대의 모호한 문제들을 보다 명료하게 되비출 것이다. 그처럼 우리가 경험한 역사의 미로를 밝히는 친밀한 권력의 개념은 권나영의 『친밀한 제국』에서 중요한 암시를 받았다. 『친밀한 제국』은 아이러니한 친밀한 권력의 비밀을 해체한 첫 번째 책이라고 말할 수 있다.

이 책의 원고를 정리하는 데 애써준 한국교원대학교 홍진일, 최미란, 정수정, 김석영 선생님께 고마움을 전한다. 언제나 인문학의 발전을 위해 열정과 격려를 아끼지 않으시는 소명출판 박성모 사장님께 진심으로 감사를 드린다. 아울러 이 책을 정성스럽게 꾸며주신 소명출판 편집부 여러분께도 깊은 사의를 표한다.

2019년 8월
나병철

제1장
친밀한 권력과 다수 체계성

1. 친밀한 권력의 아이러니

친밀한 권력은 삶권력이나 생명정치처럼 근대적 정치체제가 만들어낸 독특한 지배의 방식이다. 친밀성을 무기로 한 이 권력은 잘 감지되지 않았지만 이미 오래전부터 도처에 만연되어 있었다. 지금까지 이 권력형식이 계보학적 권력이론에서 한 번도 주목받은 적이 없었다는 점은 이상한 일이다.[1] 친밀성과 권력의 역설적 결합이 그 비밀의 원인이지만 권력의 행사방식 자체는 이미 통렬하게 근대의 장을 관통해 왔다.

친밀한 권력이란 푸코의 삶권력보다 더 친밀한 동시에 아감벤의 생명정치(죽음정치)[2]보다 한층 두려운 권력형식이다. 삶권력이 부드러운 권력이라면 죽음정치는 냉혹한 폭력이다. 친밀한 권력은 그 둘의 미묘한 결합을 통해 끝없이 다가오는 동시에 물러서는 미스터리[3]에 의존한다. 이 권

---

1   친밀한 권력에 대한 유일한 논의는 권나영의 『친밀한 제국』일 것이다. 권나영, 김진규·인아영·정기인 역, 『친밀한 제국』, 소명출판, 2020 참조.

2   죽음정치란 피지배자의 신체와 생명을 처분 가능한 상태에서 관리하고 착취하다 쓸모가 없어지면 죽음에 유기하는 것을 말한다.

3   테드 휴즈, 나병철 역, 『냉전 시대 한국의 문학과 영화』, 소명출판, 2013, 101쪽.

력의 아이러니는 우리를 살게 하는 동시에 거세시키며 정체성을 주는 동시에 빼앗는다는 데 있다.

친밀성이 삶으로의 유혹이라면 정체성을 빼앗는 거세는 낯선 두려움을 낳는다. 친밀한 권력의 은밀한 비밀은 그런 친밀성과 낯선 두려움[4]의 역설적 결합에서 생겨난다. 여기서는 친밀성만큼이나 낯선 두려움의 경험이 핵심적이다.

친밀한 사람이 공포스러운 경우는 별로 없다. 그런데도 프로이트는 친밀성homely과 낯선 두려움unhomely이 반대말이 아니라고 말한다. 친밀성을 경험하지 않은 사람은 낯선 두려움의 의미도 모른다는 뜻에서 그렇다고 할 수 있다. 우리는 유아기에 어머니에게 친밀성을 경험한 후에 아버지 쪽으로 옮겨갈 때 낯선 두려움을 경험한다. 아버지에게서 느껴지는 낯선 두려움은 권력의 경계선에 대한 경험[5] 때문이다. 아버지란 경계선 안쪽으로 들어오지 않으면 거세시켜 버린다고 위협하는 존재이다. 그 같은 규범을 지닌 경계선에 대한 경험이 바로 낯선 두려움의 원천이다. 우리는 어머니와의 관계에서 경계선을 경험하지 않았기 때문에 아버지의 경계선에 대한 요구에서 낯선 두려움을 느끼는 것이다.

그런데 아버지의 경계선에 대한 요구에는 그 자체에 딜레마가 포함되어 있다. 경계선 내부에서는 완전한 동화가 불가능한데 경계의 권력은 원리 자체로 이질성을 포용할 수가 없는 것이다. 낯선 두려움은 어머니와의 화해를 기억하는 상태에서 그런 경계의 원리에 적응해야 하기 때문에 생

---

4   낯선 두려움은 어머니와 관계가 억압된 상태에서 아버지와의 동일시가 이루어지기 전에 경험된다. 성인이 된 후 합리적 세계에 진입하면서 낯선 두려움이 없어지지만 아버지의 합리적 세계가 비합리성을 드러낼 때 다시 낯선 공포를 느끼게 된다. 프로이트, 정장진 역, 『프로이트 전집』 18, 열린책들, 1996, 99~150쪽. 이하 책 제목과 쪽수만 표기한다.
5   경계선에 대한 경험은 합리성에 대한 경험이라고도 할 수 있다. 아도르노는 합리성과 계몽의 특성으로 계산 가능성과 유용성, 나눔의 원리를 들고 있다. 아도르노·호르크하이머, 김유동·주경식·이상훈 역, 『계몽의 변증법』, 문예출판사, 1995, 27~40쪽.

겨난다.

낯선 두려움은 아버지가 어머니의 화해의 원리를 갖지 못한 데서 생겨난 것으로 볼 수 있다. 친밀한 권력은 그런 화해에 무능한 아버지가 환상을 통해 친밀성을 도용할 때 생겨난다. 프로이트는 그런 친밀성의 도용을 페티시즘이라고 불렀다. 페티시즘은 젠더관계에서 분명하게 발견되는 친밀한 권력의 작용이다. 아버지의 상징적 권력이 남근에 있다면 아버지 세계와 대면할 때 아이가 느끼는 낯선 두려움은 거세공포이다. 프로이트는 아이가 여성의 남근의 부재를 알게 된 후 더욱 그런 거세공포에 시달린다고 말한다.[6] 남자아이는 자신의 거세공포를 방어하기 위해 여성에게서 남근의 대체물 페티시를 찾아낸다. 페티시란 여성의 매력적인 보충물이지만 실상은 남자의 입장에서 보여진 여성의 대상화에 다름이 아니다. 그런데도 여성을 페티시로 보는 시선은 큰 저항에 부딪히지 않고 오랫동안 젠더관계에 만연되어 왔다.

페티시는 매혹과 혐오의 불안한 양가성을 지닌다. 하지만 성적 페티시즘에서는 혐오보다 매혹이 앞세워지기 때문에 잠재적 동요 속에서도 젠더관계가 정상상태를 유지하는 것이다. 남성의 발명품인 친밀한 페티시즘은 남성이 거세공포의 불안감을 방어하면서 젠더관계를 정상화하려는 시도이다.

아버지의 세계에 들어선 남자아이는 어머니와의 화해의 기억 대신 페티시즘을 통해 성장하게 된다. 페티시즘은 성장의 원리인 동시에 아이가 아버지로 성장한 후의 친밀한 권력이다. 남성 어른은 여성에게 페티시즘을 통해 친밀성의 환상을 유포시킨다. 이 젠더관계에서의 친밀한 권력은 오랫동안 남녀관계를 큰 파탄이 없는 동반자로 만드는 기능을 해왔다. 그

---

6   『프로이트 전집』 9, 29쪽.

러나 친밀한 페티시즘이란 실상 여성을 보충물로 여기며 영원한 심리적 식민지로 만드는 원리에 다름이 아니다.

타자를 식민화하는 근대의 동일성의 권력들은 남성중심적 체제를 구축해왔다. 그러면서도 근대의 남성적 권력은 젠더관계의 친밀한 페티시즘과는 조금 상이한 점이 있다. 가령 제국주의나 자본주의는 불안과 공포를 앞세운 점에서 젠더 영역의 친밀한 권력과는 구분된다. 제국주의와 자본주의도 이데올로기적 유혹을 무기로 사용하지만 피지배자는 불길한 공포에서 벗어나지 못한다. 반면에 젠더관계에서는 친밀한 권력이 불안과 공포를 은폐하는 데 비교적 쉽게 성공한다.

그 같은 친밀한 권력의 원리를 간파한 남성적 권력은 인종과 계급의 관계에도 친밀한 페티시즘의 원리를 도용하기 시작했다. 친밀한 페티시즘은 정상상태의 환상을 유포시키면서 피지배자를 영원한 식민지로 만드는 것을 가능하게 하기 때문이다. 젠더 영역이 주무대였던 친밀성의 권력은 이제 인종과 계급의 영역으로 확대된다. 친밀한 화해의 원리의 도용이 젠더 영역을 넘어 인종과 계급의 관계에까지 흘러넘친 것이 아마 20세기 중반 이후의 역사였을 것이다. 식민지 말에서 지금까지 계속되고 있는 아무도 말하지 않은 새로운 권력의 이름은 **친밀한 권력**이다. 우리의 목적은 20세기 중반에서 오늘날까지 그 같은 친밀한 권력의 역사와 작동방식을 살펴보는 데 있다.

친밀한 권력은 협화와 화해를 내세워 피지배자의 불안과 공포를 은폐하는 권력이다. 그런 친밀한 권력의 탄생은 식민지 말 일본의 내선일체에서 시작되었다. 내선일체와 오족협화, 대동아공영은 친밀한 권력의 수사학을 매우 잘 보여준다. 일체와 협화를 내세운 친밀한 권력은 동반자의 환상을 통해 피지배자의 저항을 무효화하는 것을 목표로 삼는다. 친밀한 권력은 동반자에게 친밀한 페티시(유사정체성)를 부여해 결연의 환상을 제공하면서 실상은 타자성을 박탈한다. 타자성이란 지배권력에 동화될 수 없는 피지배자의 고유한 정체성이다. 친밀한 권력의 일체와 협화의 수사학은 페티시의 정체성을 주면서 타자성의 정체성을 빼앗는다. 지배 권력이 친밀해질수록 낯선 두려움이 증폭되고 피지배자가 정체성을 얻는 순간 빼앗기게 되는 것은 그 때문이다.

이 같은 친밀성의 수사학과 타자성의 박탈은 20세기 중반 이후 다양하게 변주되며 반복되었다. 그것의 증거가 바로 오늘날 우리가 경험하고 있는 친밀사회일 것이다. 밝음의 시대인 신자유주의 친밀사회는 어둠의 시대인 식민지 말과 정반대되는 사회로 여겨진다. 그러나 친밀한 결연의 환상을 내세워 피지배자의 타자성을 박탈하는 방식은 양자에서 아주 똑같다.

오늘날 친밀한 권력의 아이러니를 잘 보여주는 것은 바로 신데렐라 드라마이다. 신데렐라 드라마는 계급적 결연의 환상을 통해 친밀성을 유포시키면서 실상은 가난한 타자를 망각하게 만든다. 「도둑맞은 가난」(박완서)이 보여주듯이, 부자들이 가난을 매력적인 목록으로 인정하는 순간은 가난한 타자의 '푸성귀 같은 청청함'이 쓰레기로 변하는 순간인 것이다.[7]

내선일체와 신데렐라 드라마는 정반대인 동시에 매우 비슷하다. 전자가 인종의 영역에서 일체의 환상을 내세워 타자성을 추방했다면, 후자는 계급의 영역에서 결연의 환상을 통해 타자성을 망각하게 만든다. 우리는 뒤에서 장혁주의 『춘향전』 번역과 정이현의 「낭만적 사랑과 사회」의 비교를 통해 그 점을 확인할 것이다. 장혁주와 「낭만적 사랑…」의 주인공은 비슷하게 지배 권력에게 순결성을 바치려고 노심초사했지만 둘 다 '뻑뻑한 물건'으로 퇴짜를 맞는다. 친밀한 권력은 타자의 고유한 정체성을 공

---

7   박완서, 「도둑맞은 가난」, 『나목·도둑맞은 가난』, 민음사, 1997, 462쪽.

물로 인정하기보다는 매력적인 페티시를 원했던 것이다. 페티시를 통한 결연의 환상은 타자성을 추방해 피지배자를 영원한 식민지로 만드는 것을 목적으로 한다.

이 같은 아이러니는 타자 쪽에서의 반대의 과정을 통해서도 확인된다. 친밀한 권력은 친밀해질수록 낯선 두려움을 느끼게 하는 체제이다. 반면에 우리는 규범적인 사회에서 낯선 것이 오히려 친밀성을 주는 경험을 한다. 예컨대 낯선 사투리는 표준어보다 맛깔스러움과 친밀성을 증폭시키기도 한다. 그것은 표준어가 인공적인 규범의 언어인 반면 사투리는 모태와도 같은 고향의 친밀성의 잔여물이기 때문일 것이다.

더 진전된 예는 김이설의 「비밀들」에서 여주인공 '내'가 낯선 베트남댁에게서 유일하게 친밀성을 느끼는 경우이다. '나'는 서울에서는 물론 고향에서도 낯선 두려움에 시달릴 뿐이다. '내'가 경험한 사회는 모든 것이 돈으로 가능하고 모든 폭력이 돈으로 감춰지는 세계였다. 그런 사회에서 '내'가 낯선 두려움을 느낀 것은 거기서는 돈으로 상처가 덮여지지 않는 '나' 같은 타자가 추방되기 때문이었다. 우울한 '나'는 시어머니가 무서워 몰래 숨어 담배를 피는 베트남댁과 친밀한 비밀의 연대를 맺는다. 고향의 베트남댁은 무서운 친밀사회의 비밀에서 면제된 유일한 낯선 타자였다. 낯선 타자란 돈으로 친밀해지는 사회에 전염되지 않은 예외적인 존재를 의미했다. 그 때문에 두 여자는 역설적으로 낯설음을 통해 진짜 친밀성을 발견할 수 있었던 것이다. 두 여자 사이의 낯선 동시에 친근한 비밀의 연대는 중독성이 있었다. 하지만 베트남댁과 '나'는 똑같이 추방될 위기에 놓여 있었으며 '내'가 고향을 떠나는 순간 비밀의 연대는 중단된다.

「비밀들」은 친밀한 권력의 중요한 기제가 타자와의 연대를 불가능하게 하는 것임을 암시한다. 친밀성이 낯선 두려움으로 전이되는 친밀사회는 낯선 타자가 친밀성으로 다가오지 못하게 막는 시대이기도 하다. 레비나스가 미래라고 말한 **타자의 추방**이야말로 친밀사회를 유지시키는 비밀인 것이다. 바로 그렇기 때문에 친밀한 권력에 대한 대응은 그런 비밀을 푸는 데서 시작될 수 있을 것이다. 우리는 친밀한 권력이라는 인격의 식민지에서 벗어나는 유일한 길이 추방된 타자의 회생에 있음을 살펴볼 것이다. 「비밀들」에서 시어머니에 의해 금지된 베트남댁과의 '낯선 연대'야말로 거세공포에서 벗어나는 미결정적인 구원이었던 셈이다.

시어머니 같은 친밀한 권력은 베트남댁의 비밀의 연대를 잘 보지 못하는 장님이다. 자신도 모르는 장님인 친밀한 권력은 막연한 초조함 때문에 구원의 문이 열리지 못하게 사전에 타자성을 차단한다. 실제로 친밀한 권력의 역사는 타자성을 추방하는 두 가지 망각의 기제를 이용하는 과정이었다. 하나는 **권력의 비밀**의 망각이며 다른 하나는 **타자의 비밀**의 망각이다. 그 때문에 우리의 친밀한 권력과의 싸움은 그 두 가지 비밀의 망각과 기억을 둘러싸고 일어난다고 말할 수 있다.

비밀의 전쟁은 20세기 중반 이후 우리의 반복되는 역사에 숨겨져 있다. 우리는 해방 이후 식민지 말의 친밀한 제국의 비밀을 망각한 결과 신식민지라는 또 다른 친밀한 제국에 예속되고 말았다. 오늘날의 신자유주의적 친밀사회는 제3의 친밀한 권력이다. 친밀사회는 파시즘은 물론 신식민지와도 아무런 연관이 없어 보이지만 타자성을 추방하고 낯선 두려움에 시달리게 하는 점은 비슷하다. 우리는 매번 해방의 희망으로 억압적 체제에서 탈출했으나 계속 비슷한 상황에 직면하는 역사의 미로를 헤매고 있다.

프로이트는 해방의 욕망으로 광장으로 가다가 매번 비슷한 지점으로 되돌아오는 경험을 **낯선 두려움**이라고 불렀다.[8] 낯선 두려움은 단순한 불행과는 달리 어떤 필연성이 느껴지는 심리이다. 미묘한 것은 낯선 두려움

---

8 경계선상의 틈새를 발견하지 못하고 이쪽에서 저쪽으로 가려고 할 때 미로를 헤매는 낯선 두려움을 경험하게 된다고 할 수 있다.

의 필연성이 합리적이기보다는 비합리적이라는 점이다. 비합리적이기 때문에 우리는 비슷한 비극이 반복되는 경험을 우연한 불행으로 여기기 쉽다. 우리의 계속된 역사적 불행 역시 아무런 잘못도 없이 고통을 당해야 하는 '운수 나쁜 비극'으로 느끼기 십상이다. 그러나 우리가 역사의 미로를 헤매게 된 데에는 합리성으로도 충분히 설명할 수 없는 어떤 필연의 비밀이 숨겨져 있다. 이 책은 그런 비합리적이면서도 필연적인 역사의 미로를 **친밀한 권력**의 효과로 설명하려고 한다. 우리의 불행은 흔히 생각되듯이 근대적 합리성이나 민족의식의 결핍 때문이 결코 아니었다. 반복되는 역사적 불행의 한복판에는 미스터리한 친밀한 권력의 덫이 놓여 있다. 친밀한 권력은 비밀을 망각하게 하면서 매번 비슷한 미로로 되돌아오게 만든다. 그 때문에 역사의 미로에서 벗어나려면 친밀한 권력이 숨기고 있는 두 가지 비밀[9]을 알아내야 한다. 이제 우연한 불행을 가장한 친밀한 권력의 은밀한 필연의 비밀을 살펴보자.

2. 근대적 경계선의 딜레마와 친밀한 권력의 탄생

근대적 권력의 첫 번째 비밀은 낯선 두려움과 연관된 심리적 원리이다. 프로이트와 호미 바바는 일상에서 숨겨야 할 것이 드러났을 때 우리가 낯선 두려움을 느낀다고 말한다.[10] 낯선 두려움은 권력이 만드는 불가피한 정동인 동시에 일상에서 숨겨져야 하는 비밀의 심리이다.

그런 낯선 두려움은 권력이 유지하려는 **경계선**의 원리와 연관이 있다. 고향은 타향과는 달리 우리를 어머니처럼 포용하지만 거기에는 우리를

---

9   두 가지 비밀은 권력의 비밀과 타자의 비밀을 말한다.
10   호미 바바, 나병철 역, 『문화의 위치』, 소명출판, 2012, 46쪽.

가두는 경계선이 없다. 반면에 지배체제는 치안을 위해 반드시 경계선을 필요로 하며 설령 고향(home)처럼 친밀하더라도 낯선 두려움(unhomely)이 숨겨져 있다. 낯선 두려움은 경계를 이탈하면 배제해버린다는 무서운 거세공포이다. 어머니 같은 고향이 경계선이 없는 것은 무한한 화해의 능력을 갖고 있기 때문이다. 반면에 지배체제의 경계선의 요구는 동일성을 주장하면서도 실상은 화해에 무능한 데 원인이 있다.

낯선 두려움은 지배체제가 안전을 위해 요구하는 경계선에 대한 허구성에서 생겨난다. 체제의 경계선에 늘어선 중무장한 군인들은 우리에게 공포심보다는 안전한 경계에 대한 믿음을 준다. 그러나 여기에는 체제가 숨겨야 하는 비밀이 감춰져 있다. 낯선 두려움은 믿음직한 군인들이 처참하게 부상당하거나 시체로 버려질 때 죽음의 공포와 함께 나타난다. 경계선이란 아군의 부상은 물론 적대적 타자(적군)를 죽음으로 배제하는 잠재적 상황을 전제로 한다. 그런 불길함 때문에 결코 심리적 안정을 지켜줄 수 없는 합리적 경계에 대한 비합리적 감각이 바로 낯선 두려움이다. 지배체제는 경계의 안전성을 제공하는 대가로 아군과 적대적 타자의 불안한 생명과 신체를 담보로 삼고 있는 것이다.[11]

거세공포와 연관된 이런 경계선의 경험은 어린 시절 아버지와의 관계가 출발점일 것이다. 낯선 두려움은 화해에 무능력한 아버지의 경계선의 명령에서 시작된다. 아버지의 경계선의 규범은 동화를 요구하면서도 이질성을 포용하지 못하는 모순을 포함하고 있다. 그런 경계선의 세계는 거세의 위협은 물론 불순한 존재의 신체적 훼손과 죽음을 담보로 하고 있다. 이제 아이는 아버지의 모순된 경계선의 명령에서 낯선 두려움을 느끼면서도 아무 일도 없는 듯이 살아가야 한다. 그로 인한 유아기의 낯선 두

---

11   경계선을 지키는 군사노동의 죽음정치적 속성에 대해서는 이진경, 나병철 역, 『서비스 이코노미』, 소명출판, 2015, 39~45쪽 참조.

려움의 딜레마는 근대가 만든 모든 경계선의 원리에 그대로 적용된다.[12]

근대성의 경험은 아버지의 원리처럼 경계에 대한 자의식과 내부에 대한 욕망으로 특징지을 수 있다. 근대성의 범주들인 자아, 민족, 국민국가 등은 모두 경계 내부를 자신의 정체성으로 점유하려는 욕망에 의해 작동된다. 여기서 생겨나는 문제는 그런 내부적 욕망에는 이질적 타자와 관계하는 상호적 원리가 부재한다는 점이다.

경계 내부에 대한 욕망은 타자에 대해 일방적 시선을 갖게 하며 그런 딜레마는 타자를 포섭하거나 배제해야만 해소된다. 그 과정에서 경계선을 지키기 위해 적군보다도 더 처리하기 어려운 것은 불온한 타자이다. 불온한 타자란 포섭하면 이질성의 문제가 생기고 배제하면 타자의 반격이 위험으로 남는 존재이다. 그렇기 때문에 근대적 권력은 타자를 포섭하면서 배제하거나 배제하면서 포섭해야 한다.

배제와 포섭이 동시적으로 작용하는 **비식별성의 원리**는 여기서 생겨난 것이다. 아감벤이 말한 비식별성은 근대적 권력의 경계선에 대한 원리에서 기인된 것으로 볼 수 있다.[13] 비식별성은 원래 경계를 유동적으로 만들어 이질성을 포용하는 방식으로 작용해야 한다. 그런데 아버지처럼 포용의 방식에 무능한 근대적 권력은 비식별성을 경계를 지키는 원리로 사용한다.[14]

근대적 권력이 비식별성의 영역을 설정하는 것은 이질적 타자를 조용

---

12 프로이트는 낯선 두려움의 순간은 어린 시절로 회귀하는 순간이기도 하다고 말한다.

13 아감벤은 우리와 비슷한 맥락에서 공간 질서의 확정과 법질서 사이의 연결관계가 비식별역에 의존한다고 말한다. 아감벤, 박진우 역, 『호모 사케르』, 새물결, 2008, 63·96~97쪽.

14 어린 시절의 낯선 두려움은 규범을 지닌 합리적 경계선의 세계에 부딪히기 때문이며 어른이 된 후에는 그런 합리적 규범을 받아들여 낯선 두려움에서 벗어난다. 그러나 합리적 세계가 경계가 모호한 비합리적인 비식별성에 의존할 때 어른은 다시 낯선 두려움에 사로잡힌다.

히 처리해 경계를 지키기 위해서이다. 지배체제가 경계를 지키는 일은 국경보다 사회적 장에서 더 문제적이 된다. 국경에는 철책선을 만들 수 있지만 사회적 장에는 철조망을 설치할 수가 없기 때문이다. 더욱이 사회적 장 속의 이질적 타자는 단순히 포용하거나 배제한다고 문제가 해결되는 것이 아니다. 불온한 타자를 포용하면 체제의 안정이 깨지고 배제하면 반발의 불안이 끊이지 않는 것이다. 그 때문에 체제는 타자를 단순히 포섭하거나 배제하는 대신 조용히 **소멸시키기** 위해 안팎이 불분명한 영역을 설정한다. 비식별성이란 공포의 영역인 동시에 그 공포에 무감각해지게 만들어 불온한 타자를 조용히 살해하는 장소이다. 그곳은 낯선 두려움의 장소이면서 그런 폭력이 아무 일도 없는 듯이 숨겨지는 곳이다.[15]

그 같은 비식별성의 영역에서의 경계의 딜레마를 말한 것이 벌거벗은 생명(아감벤)과 앱젝트(크리스테바)라는 개념이다.[16] 벌거벗은 생명과 앱젝트는 근대적 권력의 경계에서 치안을 유지하기 위해 버려지는 존재들이다. 아감벤은 벌거벗은 생명을 살해해도 아무도 동요하지 않을 때 근대적 권력이 치안에 성공한다고 말한다. 벌거벗은 생명과 앱젝트가 많아진 사회는 비식별성이 증폭된 사회이며 그만큼 경계의 치안에 비윤리적인 대

---

15 그 때문에 낯선 두려움을 드러내는 것은 아무 일도 없는 듯이 느껴지게 만드는 권력의 비식별성의 장치에 대응하는 단초가 될 수 있다.

16 양자는 비슷한 듯하면서도 조금 다르다. 아감벤의 죽여도 좋은 벌거벗은 생명은 경계 영역에 비식별성을 설정해 동일성의 권력이 치안에 성공하고 있다는 표시이다. 반면에 크리스테바의 앱젝트는 상징계의 경계에 완전히 포섭되거나 배제될 수 없는 다수 체계성의 존재를 암시하고 있다. 앱젝트는 벌거벗은 생명처럼 배제되는 존재이지만 완전히 포섭되지 않고 응시를 흘린다. 앱젝트의 숨겨진 양가성은 남성중심적 체제에서의 여성의 다수 텍스트성과 연관이 있다. 크리스테바는 여성이 상징계와 기호계가 중첩되어 있는 다수 텍스트성의 존재라고 말하는데, 피식민자 역시 서구문화와 고유문화가 겹쳐 있는 다수 체계적 존재일 것이다. 다수 체계적 존재는 지배권력에 의해 배제되고 포섭되더라도 잠재적으로 응시를 흘리고 있다. 그 때문에 여성뿐 아니라 피식민자에게도 앱젝트의 개념은 매우 중요하다.

가를 치른다는 뜻이다.

그런 비식별성은 경계의 치안에 복잡한 기제가 필요할 때 확장된다. 예컨대 외래문화와 고유문화라는 다수 체계성을 갖고 있는 **식민지**가 그 같은 경우이다. 식민지에서는 경계가 중층적이기 때문에 비식별성이 확장되고 벌거벗은 생명이 많아진다.

식민지인들은 두 겹의 삶을 살고 있는 복화술사複話術師들[17]이었다. 그 때문에 배제와 포섭의 비식별성은 식민지적 관계에서 첨예한 문제로 떠오를 수밖에 없었다. 식민지는 제국에 포섭된 상태에서도 권력의 시선에 대한 피식민자의 응시가 항존하는 곳이다. 그렇기에 제국은 **일상적으로** 피식민자를 포섭하면서 배제하거나 배제하면서 포섭해야 한다. 아감벤은 국민국가 자체에서 그런 양가적인 비식별성의 영역이 필연적임을 논의했다. 그런데 식민지에서는 내부인 동시에 외부인 비식별성의 영역이 한층 더 확장될 수밖에 없다. 또한 끝없이 확장되더라도 피식민자의 응시[18]를 완전히 차단하기는 어렵다. 식민지는 온전한 동화가 불가능한 피식민자의 물밑의 응시의 귀환으로 인해 불안과 공포가 끊이지 않는 장소이다. 우리는 그런 상황이 친밀성을 통해 교묘하게 응시를 마비시키려는 권력이 나타나게 되는 조건 중의 하나라고 생각할 수 있다. 친밀한 권력은 상상적 친밀성을 통해 타자의 **응시를 마비시키는** 체제이다.

물론 식민지 체제가 처음부터 친밀한 권력이었다고 말할 수는 없다. 오히려 식민지 권력은 친밀한 권력과는 정반대로 공포의 권력이었다. 식민지에서 아감벤의 비식별성의 확장은 조용한 공포의 확장이기도 했다. 불법인지 합법인지 구분되지 않는 상황은 피지배자를 더없이 공포스럽게

---

17   김철,『복화술사들』, 문학과지성사, 2008, 167쪽.

18   응시란 권력의 시선에 동화되지 않은 타자의 시각적 대응을 말한다. 라캉, 권택영 역,『욕망이론』, 문예출판사, 1994, 186~255쪽.

만들었다.[19]

친밀한 권력은 그런 공포의 식민지를 부인한 특별한 식민지에서 나타났다. 식민지 말에 출현한 친밀한 권력은 비식별성을 확장하는 방식에서 아감벤의 수용소 장치와는 다른 독특한 방법을 사용했다. 아감벤의 수용소 장치는 외부에 경계가 있는 국민국가와 벌거벗은 생명(출생)과의 간극이다.[20] 벌거벗은 생명이 성인이 된 후에도 국민의 옷을 입지 않으면 죽여도 좋은 생명 호모 사케르가 되는 것이다. 그런데 식민지에서는 내부에 경계가 있기 때문에 일상 자체에서 비식별성을 지닌 수용소 장치가 생겨난다. 피식민자는 국민의 옷을 입었는지 벗었는지 불분명하므로 불안과 공포가 계속되는 것이다. 그처럼 식민지는 일상적으로 불안과 공포의 장이었지만 불온한 타자를 처리하는 방식은 아감벤의 수용소 장치의 연장선상에 있었다. 친밀한 권력은 그런 공포와 배제의 원리에 대한 반전이자 확대이다. 이 새로운 권력은 수용소 장치를 부인하는 동시에 확대하는 아이러니에 의존한다. 즉 국민국가나 식민지의 배제적 수용소 장치를 부인하면서 더 확장시킨 것이 바로 친밀한 권력이다.

친밀한 권력은 일반적인 식민지와는 달리 피식민자에게도 국민의 옷을 입히는 일체와 결연의 환상에 의존한다. 그런데 문제는 민족의 경계를 넘는 결연의 환상이 진짜로 일체가 되는 것이 아니라 **타자의 정체성**을 마비시키는 장치였다는 점이다. 조선인은 일본 제국의 보충물로만 지위가 승인되었기 때문에 국민의 옷을 입는 과정은 온전한 인격의 옷(타자의 정체성)을 벗는 과정이기도 했다. 국민의 옷의 승인과 인격의 옷의 부인은 포섭과 배제의 동시적 기제인 비식별성을 오히려 더 확장시켰다. 국민국가에서는 법의 옷을 입지 않은 벌거벗은 생명이 죽음의 위협에 부딪힌다.

---

19   이처럼 성인의 낯선 두려움은 경계가 모호한 지점이 경험될 때 나타난다.

20   아감벤, 박진우 역, 앞의 책, 330쪽.

또한 식민지에서는 국민인지 아닌지 불분명한 피식민자가 불안과 공포에 시달린다. 반면에 친밀한 권력하에서는 탈락자는 물론 국민의 옷을 입은 피지배자조차도 배제의 위험에 직면하게 된다. 탈락자가 배제되는 동시에 포섭된다면 국민의 옷을 입은 피식민자는 포섭되는 동시에 배제된다. 친밀한 권력은 특이하게도 친밀성의 증대를 통해 은밀히 비식별성의 공포가 확장되는 감성의 전도를 통해 출현했다.

친밀한 권력은 일반적인 근대적 권력과 달리 **친밀성**을 증폭시키는 방식으로 비식별성의 공포를 확장한다. 경계선을 지키는 권력은 안정성의 감각 속에 비식별성과 낯선 두려움을 숨기고 있다. 반면에 결연의 환상으로 경계를 넘는 친밀한 권력은 그런 공포를 넘어선 해방의 감각을 연출하는 듯했다. 그러나 친밀성은 경계의 공포를 망각하게 하는 동시에 오히려 비식별성과 낯선 두려움을 더욱 확대시켰다. 여기서의 **경계를 넘는** 친밀성은 권력의 본얼굴과 피지배자의 타자성을 망각하게 하면서 안팎이 불분명한 수수께끼 같은 미로를 헤매게 만들었다. 일본 중심의 상상적 체제에서 국민의 옷을 입으며 인격의 옷을 벗는 과정은 정체성의 미로를 경험하게 했다. 정체성의 미로를 헤매게 하는 친밀성의 미로는 피지배자의 타자성(고유한 정체성)을 망각하게 해 권력의 지배를 원활하게 하기 위한 것이었다. 친밀한 권력의 핵심적 전략은 앞에서 말한 두 가지 비밀(권력의 비밀과 타자의 비밀)을 망각하게 해 역사의 미로 속에서 식민 지배를 영원하게 만드는 데 있었다.

그처럼 오히려 지배가 강화되기 때문에 친밀해질수록 낯선 두려움이 증폭되는 역설이 생기는 것이다. 친밀한 권력은 그런 역설을 이용해 타자의 응시를 마비시키고 지배를 효과적으로 증폭시키는 방식으로 등장했다. 이제 식민지에서 어떻게 그런 아이러니의 형식을 지닌 친밀한 권력이 탄생했는지 살펴보자.

3. 식민지적 불안과 친밀한 제국의 친밀성

아감벤은 비식별성의 영역이 법의 내부인 동시에 외부의 위치라고 말한다. 비식별성의 영역에서는 체제에 동화되지 않은 타자가 벌거벗은 생명으로 배제되면서 포섭된다. 벌거벗은 생명이란 죽여도 좋은 존재로서 그의 죽음에 아무도 동요하지 않는다.

타자가 벌거벗은 생명으로 죽음에 이르러도 아무도 동요하지 않는 것은 타자를 냉담과 혐오로 대하게 만드는 **감성의 분할**[21] 장치 때문이다. 감성의 분할이란 국민의 옷을 입었는지를 판별하는 존재론적 검열의 장치라고 할 수 있다. 그런 존재론적 검열에서 배제된 사람은 보이지 않는 존재나 혐오의 대상이 된다. 파시즘 시대의 유대인이나 냉전 시대의 빨갱이 같은 불순한 타자에 대한 혐오와 증오가 그 대표적인 예일 것이다. 유대인이나 빨갱이는 배제된 존재이지만 그 배제의 대상은 파시즘과 자유세계를 유지하는 구성적 외부로 포섭된다. 유대인과 빨갱이를 혐오하는 동안 파시즘과 자유세계는 내부의 균열이 없는 동일성 체제를 유지하는 것이다.

식민지에서 역시 배제된 벌거벗은 생명의 죽음은 침묵에 묻히게 된다. 그런 정적이야말로 식민지배자 자신의 권력을 보증 받는 징표일 것이다. 그러나 식민지에서는 어떤 권력도 물밑의 동요마저 잠재울 수는 없으며 그 때문에 공포의 정적은 은밀한 동요이기도 했다. 식민지에서도 감성의 분할이 작동되지만 피식민자는 은밀하게 분할의 경계에서 벗어난 정동

---

21 감성의 분할이란 지배권력에 의해 설정된 보이는 것과 보이지 않는 것, 발화와 잠음의 경계를 말한다. 벌거벗은 생명의 죽음에 대해 사람들이 동요하지 않는 것은 감성의 분할에 의해 불온한 신체가 보이지 않거나 혐오스러운 존재가 되었기 때문이다. 랑시에르, 오윤성 역,『감성의 분할』, 도서출판b, 2008, 14쪽.

을 작동시켰던 것이다. 그 때문에 제국의 권력은 경계 부근의 피식민자는 물론 일상 속의 사람들까지 불신과 불안 속에 몰아넣는다. 이것이 식민지에서 배제와 포섭의 양가성, 그리고 비식별성이 확장될 수밖에 없는 이유이다.

식민지 조선의 경우 그런 비식별성이 확장된 것은 3·1운동 이후였다. 1910년대가 수동적 공포의 시대였다면 1920년대는 감성의 분할의 경계 부근에서 불확정성이 증폭된 때였다. 그처럼 식민지가 불안한 비식별성의 지대가 된 것은 피식민자의 물밑의 감성의 대응이 시작되었기 때문이다.

3·1운동의 의미는 식민지 조선이 제국의 감성의 분할에 동화되지 않는 물밑의 감성의 흐름을 지니게 되었다는 데 있다. 3·1운동은 실패한 동시에 성공한 운동이었다. 영토는 되찾지 못했지만 감성의 체제는 독립을 이룰 수 있었던 것이다. 그것을 보여주는 가장 웅변적인 증거는 **문학작품**이었다. 3·1운동 이후에 조선의 근대문학을 꽃피울 수 있었던 것은 물밑에서 독립적인 감성의 체계[22]를 구성할 수 있었기 때문이었다. 산천도 논밭도 식민화되었지만 문학만은 조선의 독립된 감성의 표현이었던 것이다.

문학은 제국의 **감성의 분할에 대한 독립운동**이었다. 그처럼 감성의 치안을 방해할 수 있다는 것은 냉담과 혐오 속에서 추방되는 벌거벗은 생명을 구원할 수 있다는 뜻이다. 염상섭은 만세운동 직전의 세계를 앱젝트(구더기)의 묘지라고 외쳤다. 반면에 3·1운동 이후의 감성적 구원의 의미는 조선인 타자의 부활[23]에 있었다. 식민자는 불온한 피식민자를 벌거벗은 생명으로 배제하지만 식민지의 문학은 벌거벗은 생명을 타자로 회생시킨다. 식민지에서의 문학과 미학은 벌거벗은 생명의 추방에 대항할 수 있

---

22 이 체계는 명백한 표상의 문법을 갖지 않은 체계이다.
23 타자는 윤리의 영역이며 타자의 부활은 윤리적인 독립의 소망을 표현하고 있었다.

는 가장 유력한 방법이었다. 식민지에서의 벌거벗은 생명의 위치는 아감벤의 호모 사케르와는 달랐다. 식민지 말 이전까지 문학과 감성의 독립이 유지되는 한 벌거벗은 생명은 은밀하게 회생된 타자이기도 했다.[24]

문학작품은 벌거벗은 생명에 대한 물밑의 동요를 표현함으로써 식민지의 감성의 분할의 이중성을 암시했다. 식민지인은 두 겹의 삶을 살고 있었던 것이다. 문학은 조선인이 갈라진 혀로 말을 하는[25] 복화술사들이었음을 입증했다. 피식민자란 순응하는 척하는 불순한 존재들이었다. 식민지의 고요한 정적은 끝없는 불신과 공포의 시간이기도 했던 것이다. 피식민자로서는 그런 불안을 견디는 것이 벌거벗은 생명에서 벗어나는 유일한 방법이었다.

식민지의 역설은 그처럼 불안한 공포가 이중적인 비식별성의 증거였다는 점이다. 제국 쪽에서는 불안한 비식별성이 감성의 분할에 따라 조선인을 무자비하게 처치할 수 있는 근거였을 것이다. 그러나 물밑에서 감성의 분할에 따르지 않는 조선인으로서는 바로 그 불안의 장소가 응시의 대응이 되돌아오는 곳이기도 했다. 피식민자의 불신과 공포야말로 벌거벗은 생명으로 내몰리는 그들이 물밑에서는 살아 있다는 존재의 증거였던 것이다. 역설적으로 조선인의 **생명의 증거**는 끝없는 **불안감을 독립된 감성**으로 표현하는 데 있었던 셈이다.[26] 현진건의 「고향」에서처럼 음산하고 비참한 피식민자의 얼굴이 '조선의 얼굴'이었던 것이다. 제국의 시선은 불안에 떠는 유랑인을 벌거벗은 생명으로 바라볼 뿐이다. 반면에 조선인에

---

24 식민지 말 감성의 독립을 잃어버린 후 벌거벗은 생명을 타자로 회생시키는 일은 매우 어려워진다.
25 호미 바바는 식민자와 피식민자가 갈라진 혀로 말을 한다고 논의하는데 그와 비슷하게 우리는 피식민자가 근본적으로 복화술사라고 말할 수 있을 것이다.
26 불안감을 독립된 감성으로 표현하는 가장 적극적인 응시의 방법은 식민지적 모순에 대한 능동적인 분노와 피식민자들 간의 사랑이었다.

게는 음산한 식민지적 불안 자체가 물질적 차이의 반격이자 잠재적인 응시의 표현이었다.

피식민자는 존재 그 차체로서 보이지 않는 불안감에 시달리는 전도된 삶을 살고 있었다. 식민지에서도 친일파가 아니라도 식민자와 피식민자 간에 협력과 친밀성의 관계가 없었던 것은 아니다. 그러나 언제 되돌아올지 모르는 물밑의 역습에 의해, 또한 그 파동을 저지하려는 감성적 치안에 의해, 식민지에서는 불안과 공포의 감성이 순응과 친밀보다 앞에 놓여 있었다. 식민지에서 불안을 내려놓는다는 것은 공포에서 벗어나는 대가로 생명과 감성의 독립성을 스스로 부정하는 일에 다름이 아니었다.

생명의 증거가 불안에 있다는 것은 피식민자의 은밀한 감성의 독립이 가능할 때의 전도의 형식이었다. 그 같은 식민지적 전도가 다시 한번 전도된 것은 식민지 말에 이르러서였다. 이 감성적 전도는 불안 대신 친밀성을 앞에 놓으며 식민지적 불안을 부인하는 방식이었다. 불안한 식민지인 대신 친밀한 국민의 지위를 주겠다는 약속은 제국의 독특한 권력의 발명을 암시했다. 친밀성과 일체성을 지배의 수단으로 삼는 이 권력 장치는 유례없는 특별한 발명이었다.

일본의 이 친밀한 권력의 실험의 결과는 놀라운 역설을 낳았다. 친밀성을 앞세운 제국의 접근은 피식민자에게 오히려 낯선 두려움을 증폭시키는 방식이었던 것이다. 식민지적 불안과 공포의 요인은 민족적 이질성이 근본적으로 포섭과 배제가 불가능한 것이라는 점에 있었다. 그것을 증명하는 것이 물밑의 독립된 감성의 흐름과 문학작품이었다. 감성의 독립이 확인될수록 독립되지 않은 삶의 불안이 역설적으로 생명과 존재를 확인시켰던 것이다. 그런데 친밀한 권력은 일체화(내선일체)를 주장하며 실제로는 독립된 감성의 흐름을 추방하고 있었다. 문화와 감성의 독립된 흐름을 불가능하게 함으로써 생명성의 증거인 불안을 추방하는 것이 친밀한 권력의 목표였다. 재발명된 친밀한 감성의 분할에 대한 대응이 불가능해짐으로써 이제 벌거벗은 생명을 타자로 구출할 수 있는 논리는 약화되었다. 그로 인해 친밀한 권력의 불안의 추방은 감당하기 어려운 더 큰 불안을 낳고 있었다.

제국은 조선의 고유문화를 영원히 보존해줄 것을 약속했다. 친밀한 제국은 조선인에게 국민의 지위를 부여하며 제국 내에 조선인과 문화를 친밀한 동반자로 포섭하려 했다. 친밀한 동반자는 식민지에서와는 달리 자신의 고유한 문화적 색채를 인정받았다. 하지만 승인받은 문화는 제국의 문화에 상응하는 대체물의 성격을 지니고 있었다. 예컨대 『춘향전』은 가부키의 시선으로 보여진 조선의 특수한 로컬칼라였다. 친밀한 제국은 식민지 문화를 로컬칼라로 포섭하는 동시에 그에서 벗어난 것은 냉혹하게 배제했다. 그들은 조선인을 동반자로 인정하며 식민 상태를 부정함으로써 감성의 분할에 저항하는 식민지 문학도 부인한 것이다.

그 때문에 고유문화의 인정이란 독립된 감성의 문학의 부인이었다. 친밀성이란 그런 식으로 불가능한 포섭과 배제를 보다 가능하게 만드는 기제였다. 이제는 감성의 치안에 저항할 수 없기 때문에 친밀해질수록 더욱 공포스러워지는 것이다. 친밀한 제국에서는 생명성의 증거였던 불안이 사라짐으로써 더 큰 불안이 증폭되고 있었다. 친밀성은 불안 속의 응시를 어렵게 만들면서 이상한 침묵 속에서 낯선 두려움을 확대시켰다. 친밀성을 앞에 놓는 권력은 불안(응시의 근거)을 앞세운 권력보다 대응이 불가능한 공포를 오히려 더 증폭시켰다. 그렇게 함으로써 제국은 **친밀성과 낯선 두려움**이 반대말이 아니라는 프로이트의 말을 가장 잘 입증하고 있었다. 친밀한 권력 아래서는 감성적 불안의 시위[27]가 어려워진 대신 이상

27　식민지 말 이전에는 타자에 의해 행해졌으나 이제 타자의 회생은 매우 어려워진다.

하게 조용한 낯선 두려움이 증폭되고 있었다. 이제 불안의 시대는 우울과 침묵의 시대로 변주되었다. 그와 함께 표상할 수 없는 낯선 두려움 자체가 감성적 울혈증 속에서 물밑의 불가능한 응시의 갈망으로 잠재하게 되었다.[28]

4. 친밀한 권력과 성적 페티시즘의 은유

친밀한 권력은 매우 새로운 권력인 동시에 아주 오랫동안 우리가 경험했던 지배방식이다. 그런 역설을 보여주는 것이 바로 바로 젠더 영역이다. 친밀한 권력의 작동 방식은 마치 남성중심적 체제에서 여성에게 친밀한 동반자의 지위를 부여한 것과도 비슷하다. 친밀한 권력의 수수께끼 같은 비밀은 성적 페티시즘의 은유를 통해 가장 잘 이해된다. 이제 우리는 오랫동안 아무도 말하지 않았던 친밀한 권력의 페티시즘의 비밀에 접근한다.[29]

젠더 영역의 친밀성은 체제를 원활하게 하기 위해 여성에게 남성의 권력에 상응하는 어떤 것을 인정하는 방식이다. 프로이트는 남성의 권력(남근)에 상응하는 그런 여성의 대리물을 페티시라고 불렀다. 여성의 페티시란 남성에게 매혹적으로 보여질 수 있는 여성의 섹슈얼리티를 뜻한다. 이는 여성을 단순히 결핍으로 보는 것과는 달리 성적 매력을 인정함으로써 친밀한 관계를 유지시킬 수 있게 한다. 물론 이런 페티시즘은 여성을 순

---

28 이 문학이 불가능해진 시대에도 문학이 나타나고 있었다. 식민지 말의 문학은 낯선 두려움과 은유를 통해 감성적 울혈증(우울증)에서 벗어나 물밑의 연대와 추방된 타자의 귀환을 소망하게 된다. 이런 존재론적 미학에 대해서는 뒤에서 자세히 논의할 것이다.

29 이에 연관된 유일한 논의는 권나영의 『친밀한 제국』(소명출판, 2020)이다.

응적 육체로 만들어 남성중심주의를 더욱 고착화시키는 방법일 뿐이다. 그 때문에 성적 페티시즘에서는 친밀해질수록 잠재적으로 낯선 공포가 증폭되는 것이다.

성적 페티시즘은 차이를 부인하고 페티시를 통해 남성중심적 시선을 정상화하려는 시도이다. 남성중심적 시선이란 여성을 남근이 결여된 존재로 인식하는 방식이다. 그러나 남근이 결여된 존재의 발견은 남성 자신에게 공포와 불안을 불러일으킨다. 남자아이는 여성이 남근을 지니지 않았다는 사실을 알게 될 때 이를 쉽게 인정하지 않으려 한다. 만일 여성이 거세된 것이라면 자신의 남근도 위험에 처할지 모른다는 공포와 불안이 들기 때문이다. 성장과정에서 남성은 남근의 결여로 인한 공포를 정상화하기 위해 여성에게 남근에 상응하는 다른 종류의 페니스가 숨겨져 있다고 상상한다.[30] 그런 남근의 대체물이 바로 페티시이며 남성은 페티시즘을 통해 정체성의 위기감에서 벗어난다. 그러나 이는 차이를 **부인**하고 공포와 불안을 방어하며 남근중심주의를 정상화하는 방식일 뿐이다. 페티시즘이란 일종의 환상으로서 현실을 완전히 부인할 수는 없기 때문에 차이의 반작용에 의해 남성과 여성은 모두 불안에 처하게 된다. 페티시즘은 표면상 남성중심적 동일화이지만 실상은 부인과 인식, 부재와 현존, 친밀성과 불안 사이의 끝없는 동요를 낳는다.

호미 바바는 그런 페티시즘이 인종적 관계에서도 나타난다고 말한다. 그러나 성적 페티시즘과 인종적 페티시즘 사이에는 중요한 차이가 있다. 성적인 페티시란 남성의 눈에 보여진 여성의 매력적인 요소이며 남성중심적 한계 내에서 친밀성을 만드는 효과가 있다. 반면에 인종적 관계에서의 페티시는 제국의 공포와 불안을 방어하는 기능을 할 뿐 피식민자에게

---

30 『프로이트 전집』 9, 29~30쪽.

는 굴욕적인 이미지일 뿐이다. 예컨대 요보(조선인), 생번(대만인), 깜둥이 (흑인) 등이 바로 인종적 페티시이다. 제국은 문명(남근)이 결여된 피식민 자에게서 문명의 대리물(페티시)을 찾아냄으로써 정체성의 위기감을 정상화한다. 그처럼 제국은 정체성에 쐐기를 박고 있는 피식민자에게 대리물을 부여해 안정을 꾀하지만 피식민자 자신에게 페티시란 차별의 기표일 뿐이다. 물론 그런 중에도 피식민자가 제국의 충복이 되는 한에서는 식민지에서도 불안에서 벗어난 친밀성이 나타날 수 있다. 이 경우의 제국과 피식민자 간의 친밀성은 식민지적 불안에 뒤따르는 부차적인 요소이다. 따라서 성적 페티시즘이 **친밀성**과 **불안** 사이의 동요라면 인종적 페티시즘은 **불안**과 **친밀성** 사이의 동요이다.

성적 페티시즘과 인종적 페티시즘의 또 다른 차이는 은밀성과 가시성에 있다. 성적 페티시가 (성기처럼) 은밀히 숨겨지는 것이라면 인종적 페티시는 피부와 얼굴처럼 가장 잘 보이는 것이다. 성적인 페티시의 은밀한 유통은 차이의 부인의 모순을 망각하게 하지만 인종적 페티시의 노골성은 불안과 공포를 증폭시킨다. 이런 상이성은 식민지적 불안이 젠더관계의 모순보다 더 심각한 것으로 보이게 만든다. 그러나 친밀한 젠더관계에서의 차별의 망각은 모순된 관계가 무관심 속에서 영속되게 만든다. 더욱이 친밀성에 의해 포장된다고 해서 분열과 공포가 줄어드는 것도 아니다. 젠더관계의 은밀한 모순은 식민지적 비식별성보다 더 식별되지 않기 때문에 아무의 관심도 끌지 못한 채 죽음에 이르는 공포가 증폭될 수 있다. 젠더관계는 그런 비식별성 때문에 민족운동이나 파업 같은 변혁운동이 잘 일어나지 않는 영원한 식민지이다.

식민지 말에 일본이 인종적 영역에 성적 페티시즘을 적용시켜 친밀한 권력을 발명해 낸 것은 그 때문이었다. 내선일체는 식민지 대신 (성적 페티시즘처럼) 일체라는 결연의 환상을 내세운 친밀한 권력이었다. 그런 친밀한 제국이란 실상은 민족운동과 사회운동이 불가능해진 영원한 제국이었다. 그것은 마치 젠더 영역이 혁명이 일어나지 않는 영원한 식민지인 것과 비슷했다. 친밀한 권력은 결연의 환상을 통해 제국의 동일성 체제에 저항하는 타자를 사라지게 만들었다. 친밀한 결연의 환상을 앞세워 식민지를 부인하는 체제는 역설적으로 영구적인 식민지였다.

친밀한 제국은 성적 페티시즘에서처럼 굴욕적인 이미지 대신 매력적인 요소를 페티시로 만들어냈다. 일본 제국은 그 매혹적인 대상을 로컬칼라라고 불렀다. 요보라는 과거의 경멸적인 정형화와는 달리 로컬칼라는 마치 정체성을 승인하는 듯한 또 다른 페티시였다. 친밀한 페티시는 피식민자에게 정체성을 제공하는 방식이었으며 제국인에게는 만족감을 주는 다양성의 한 요소였다. 내선일체는 그런 새로운 페티시즘으로 차별을 망각하게 하는 친밀한 권력의 장치였다. 하지만 그 같은 친밀한 포섭은 차이의 부인을 영구화하고 차별의 체제를 더욱 은밀하고 영원하게 만드는 방식이었다.

더욱이 인종적·민족적 관계에서는 성적인 관계에서와는 달리 혈통이나 문화 등 눈에 보이는 것이 페티시의 대상이 된다. 성적 관계에서는 페티시가 은밀한 비밀로 작동되므로 가시적인 모멸감은 훨씬 덜 하다. 반면에 인종적 관계에서는 눈에 보이는 기표들이 제국인에게 만족감을 주도록 전시되기 때문에 조선인은 반감을 숨길 수 없었다. 예컨대 '내선일체의 악수'로 선전된[31] 『춘향전』 번역은 조선 문화의 매력을 인정한다는 제국의 호의의 표시였다. 그러나 일본인의 눈에 매력적으로 번역된 『춘향전』은 조선인 자신에게는 모욕감을 느끼게 했다. 식민지 말의 『춘향전』 번역을 둘러싼 복합적 논쟁은 그 점을 잘 보여준다.

31　권나영, 김진규·인아영·정기인 역, 앞의 책, 164쪽.

조선인의 모욕감은 『춘향전』에 국한된 것이 아니었다. 사람들의 담론이나 노동 자체가 친밀한 권력에 포섭될 경우 조선인은 자신의 문화를 생산하는 대신 제국의 수집가적 욕망[32]에 봉사해야 한다. 이처럼 권력이 친밀해지더라도 피식민자의 모욕감은 사라지지 않지만 공식화된 친밀성의 장치 때문에 대항이 어려워진다. 친밀한 권력은 피식민자의 문화를 제국의 욕망의 대상으로 승인하는 동시에 피식민자 스스로의 욕망은 여전히 부인한다. 친밀성이란 주는 동시에 빼앗는 장치이다.[33] 만일 피식민자가 자기 자신의 욕망을 인정할 것을 주장한다면 제국은 냉혹하게 배제하며 물러선다.

　　조선인은 과거의 차별받는 위치에서 벗어났지만 타자성을 상실하고 제국의 동반자로 길들여져 영원히 체제에 종속된다. 이는 성적 페티시즘이 친밀한 성적 관계를 유지하며 남성중심적 체제에 여성을 동반자로 편입하는 것과 유사하다. 여기서는 은밀성의 관계로 작용하는 성적 페티시즘을 인종적 관계의 공적인 차원에 적용시키는 원리가 발견된다. 은밀한 페티시즘은 인식체계를 넘어 욕망 자체를 길들인다. 그런데 젠더 영역에서 작용하던 그런 은밀성의 원리가 인종의 영역에 전용된 것이다. 욕망을 길들이는 것을 친밀한 물신화라고 한다면 그런 동일성의 물신화 방식이 인종의 영역에까지 확장된 것이다.

　　이제 제국은 공적으로 친밀해진 대신 은밀한 일상 전체에서 미세하게 물신화된 권력을 행사한다. 이 새로운 물신화 권력은 식민지인으로 남아 있지 말고 인격성 자체를 황국신민으로 개조할 것을 요구한다. 이처럼 인종적 관계[34]에서의 동일성 원리가 성적 페티시즘의 은유를 통해 미세하게

32　수잔 스튜어트, 박경선 역, 『갈망에 대하여』, 산처럼, 332~340쪽.
33　테드 휴즈, 나병철 역, 앞의 책, 101쪽.
34　오늘날에는 계급적 관계에까지 확장되었다.

물신적으로 작동하는 방식을 우리는 **친밀한 권력**이라고 부를 수 있다. 친밀한 권력은 결연의 환상을 통해 미시적으로 물신화된 총체적 동일성 원리이다. 결연의 환상을 앞세운 미시적 물신화 권력 앞에서는 피지배자의 차이의 반격이 아무런 동요도 일으키지 못하고 조용히 배제된다.

인종적 관계에서 젠더관계의 원리가 적용되는 이 친밀한 권력의 작동 방식은 매우 의미심장하다. 어떤 의미에서 여성은 처음부터 친밀한 권력의 대상이었다고 할 수 있다. 인종적 영역에서는 식민화에 저항하는 민족주의가 나타나지만, 젠더관계에서는 은밀성의 특성[35]으로 인해 페티시즘에 반대해 여성성을 주장하는 운동은 없었다. 제도적 차원의 운동이나 이론적 운동은 있었으나 보다 근본적인 여성성을 앞세운 집합적 운동은 없었던 것이다.[36] 이는 젠더 영역의 식민화가 보다 은밀하고 벗어나기 어려움을 의미한다. 연애와 결혼이라는 풍속 안에서 여성의 일상은 타자성을 삭제당한 채 아무 일도 없는 것처럼 계속된다. 여성이 경험하는 친밀한 권력의 이율배반은 사적인 일상이라는 이름으로 침묵에 감춰진다.

그런데 이번에는 인종의 영역에서 (식민지 대신) '민족적 결연'을 주장함으로써 성적 결합에서처럼 타자성을 삭제하는 체제가 실행된 것이다. 민족적 결연이란 젠더 영역의 결혼을 인종적 영역에 적용시킨 것과도 비슷하다. 가족이 여성을 침묵하게 하듯이 국가와 국민이 조선인을 조용하게 만든 것이다. 내선일체란 민족적 결연을 앞세워 제국의 친밀한 권력을 일상으로 만드는 방식이었다.

친밀한 권력은 친밀해질수록 젠더 영역에서처럼 타자성을 무력화시킨

---

35 이 은밀성으로 인해 사적 관계로 보이지만 그런 젠더관계의 사적인 것은 사회적 차원과 연관되어 있다.

36 이런 맥락에서 미투운동은 남성중심적 페티시즘에 반대하는 최초의 운동으로서 중요한 의미를 지닌다.

다. 여기서는 국가의 이름으로 타자의 저항이 아예 의미화되지 않기 때문에 비식별성의 영역이 더욱 확장된다. 타자가 사라졌다는 것은 타자의 무덤인 비식별성이 확장되고 저항이 어려워졌다는 뜻이다. 민족적 타자성이 로컬칼라라는 정적인 페티시로 대체되었기 때문에 벌거벗은 생명의 배제에 대해 아무도 대응하지 못하는 것이다.

친밀한 권력은 성적 페티시즘에서처럼 타민족을 동반자로 인정하면서 민족적 타자성을 제국의 페티시로 변질시킨다. 조선인은 제국의 욕망의 심리학에 편입되어 동반자로 인정받지만 그런 정신의 지도에서 벗어나면 냉혹하게 배제된다. 피식민자는 탈락자는 물론 동반자로 편입되더라도 제국의 위계성과 자신의 잔여물 때문에 영구적으로 배제의 위협에 시달린다. 이제 조선인은 평생을 수모감 속에서 침묵하며 살아가는 여성과 비슷한 운명에 처하게 된 것이다. 더욱이 민족적 결연은 성적 관계와는 달리 공적인 차원에서 진행되기 때문에 조선인의 조용한 모멸감은 증폭된다.

친밀한 권력은 다가오는 동시에 물러선다.[37] 일본 제국은 합체를 주장하면서 조선인 타자를 부인했다. 조선인은 포섭되는 동시에 배제되었으며 새로운 정체성을 얻는 순간 곧 빼앗기게 되었다. 친밀성이란 가까워질수록 불안해지는 감성이자 다가오는 동시에 거리를 두는 경험이다. 친밀한 권력의 수수께끼 같은 비밀은 친밀해질수록 공포와 모멸이 증대된다는 것이었다. 식민지를 부인한 친밀한 권력이 평범한 식민주의보다 불안과 공포를 증폭시킨 것은 타자성을 삭제한 친밀성의 역설이었다. 권력자의 입장에서 자신과 비슷해지도록 유인하는 일의 이면에는 결코 같아질 수 없는 타자가 경험하는 불안과 공포의 증폭된 회귀가 숨겨져 있었다.

친밀한 권력은 식민지 말 이후에도 변주된 형태로 다시 나타났다. 해방

---

37   테드 휴즈, 나병철 역, 앞의 책, 115쪽.

후의 신식민주의와 오늘날의 신자유주의 시대 역시 친밀한 권력의 시대로 볼 수 있다. 신식민주의는 식민지라는 말을 한 번도 사용한 적이 없었다. 그러나 강대국과의 국가적 동맹이란 식민지 말의 민족적 결연이 되돌아온 것이었다. 또한 오늘날 신자유주의 시대에는 세계화와 함께 자국을 식민지라고 생각하는 국가는 없어졌다. 하지만 공간의 식민지 대신 정신과 감정을 식민화하는 시간의 식민지가 시작되면서 친밀한 권력에 의한 식민지 없는 식민주의[38]가 확산되고 있다.

5. 친밀사회와 결혼의 정치학 – 정이현의 「낭만적 사랑과 사회」

내선일체의 친밀성의 체제를 오늘날의 친밀사회와 똑같다고 말할 수는 없다. 전자가 전쟁의 동원의 체제였다면 후자는 상품의 동원의 사회이다. 그러나 양자 사이에는 친밀한 권력을 공유하는 놀랄 만한 공통점이 있다. 다가오는 동시에 물러서는 권력이라는 점, 그리고 타자성의 박탈을 통해 낯선 두려움에 시달리게 한다는 점이 그것이다. 이제 20세기 중반에 탄생한 친밀한 권력이 어떻게 21세기 초반에 유령처럼 다시 출몰하고 있는지 살펴보자.

식민지 말에 발명된 친밀한 권력은 신식민지를 거쳐 신자유주의 시대에 이르러 새로운 차원에 진입한다. 신자유주의 시대는 예술, 사랑, 감정 등의 영역에까지 자본주의화가 이루어진 사회이다. 이처럼 인격성의 영역이 상품화되면 사람들은 스펙을 쌓는 것에서 더 나아가 자기 자신을 효과적으로 관리하고 계발하는 삶을 살게 된다. 그와 함께 쓸모없어진 타자

---

38   니시카와 나가오, 박미정 역, 『新식민주의론』, 일조각, 2009.

에 대해서는 아무런 관심도 가지지 않는다. 친절과 위안까지도 구매할 수 있는[39] 친밀사회는 타자에 대한 공감이 약화된 냉혹한 사회이기도 한 것이다.

사회적 변화의 원동력이었던 타자성이 소멸된 대신 이제 그 자리는 자기계발과 자기경영으로 채워진다. 자기계발과 자기경영은 자본주의적 남근의 대체물인 페티시에 다름이 아니다. 신자유주의 시대에 자본의 권력은 다가오는 동시에 물러서는 친밀한 권력이 되었다. 자기계발에 전력하는 사람들은 상류층에 접근하는 순간 불길하게 도태된다. 또한 자기경영에 몰두하는 사람들은 권력층에 가까워질수록 공포를 경험한다. 이것이 친밀해질수록 불안과 공포가 커지는 친밀사회의 풍경이다.

친밀사회는 아무리 시간이 지나도 변화가 일어나지 않는 **시간의 식민지**이다. 친밀한 권력은 성적 영역처럼 대체 불가능한 관계에서 나타나는데 이제는 계급적 관계에서도 변화가 일어나지 않는다. 양극화로 인해 상류층으로 올라가는 이동의 사다리가 끊어진 것이다. 양극화된 사회에서는 상류층이 친밀한 권력이며 서민들은 상류층과의 결연을 통해 동반자가 되려고 노력한다. 오랫동안 친밀한 권력의 희생자였던 여성의 경우에는 그런 노력이 더욱 많이 나타난다. 친밀사회에서 상류층과의 결혼을 통해 신분 상승을 이루는 신데렐라 드라마가 성행하는 것은 그 때문이다. 낭만적 유토피아와 사랑의 판타지는 친밀사회의 환상적인 풍속도에 다름이 아니다.

그러나 상류층과 결혼에 성공해 신분이 변화되는 일은 실제로 일어나지 않는다. 서민 여성은 상류층의 동반자인 동시에 가까이 다가가는 순간 배제되는 존재이다. 서민 여성이 상류층 남자와 함께 할 수 있는 것은 오로지 연애뿐이다. 결정적인 순간에 부모 핑계를 대거나 결혼 얘기는 아예

---

39 한병철, 김태환 역, 『심리정치』, 문학과지성사, 2015 참조.

꺼내지도 않는다.[40] 여성은 상류층 남자의 동반자의 위치를 얻는 순간 곧 그 지위를 빼앗기게 된다.

여기서도 친밀성이란 가까워질수록 불안해지는 감성이자 다가오는 동시에 거리를 두는 경험이다. 이런 친밀사회의 풍속도를 잘 보여주는 소설이 바로 정이현의 「낭만적 사랑과 사회」이다. 이 소설의 '나'(유리)는 그런 이율배반을 누구보다 잘 알고 있지만, 철저한 대비에도 불구하고 어쩔 수 없이 또 한명의 희생자가 되는 모습을 보여준다.

「낭만적 사랑과 사회」의 '나'의 냉소적이면서도 도전적인 태도는 친밀한 권력의 속성을 낱낱이 알고 있는 데서 생긴 것이다. '나'는 자신이 여성적 타자성을 상실했음을 느끼지만 또한 그런 수동적 위치에서 벗어날 수 없음도 잘 알고 있다. 이 같은 무력한 자의식은 신자유주의 친밀사회의 구성원들이 공유하고 있는 특성이다. '내'가 특별한 것은 신자유주의의 게임의 규칙 내부에서 도전적인 모험을 감행하려 한다는 점이다.

'나'의 모험은 게임의 규칙을 변화시키는 것이 아니라 예외적인 승리자가 되는 것이다. '나'에게 남자와의 연애는 성적인 경험이기보다는 손에 패를 쥐고 흥정하는 게임의 일종이다. 게임에서 이기려면 '내'가 가진 패가 상대를 압도해야 한다. 아무것도 내세울 게 없는 '나'에게 순결이라는 진품은 내가 가진 유일한 자본이다. 더 정확하게는 자본과 비슷한 대체물인 페티시이다.

'나'는 순결을 사수하기 위해 일부러 낡은 팬티를 착용해 남자에게 감정에 휩쓸리지 않도록 마지막 수위를 조절한다. 그리고 적당한 상대가 나타나면 주도면밀하게 계획된 레시피를 결행하는 것이다. 적당한 상대란 '나'를 상류층으로 이끌어줄 결혼의 상대자이다. 중요한 것은 그 상대가

---

40   정이현, 「낭만적 사랑과 사회」, 『낭만적 사랑과 사회』, 문학과지성사, 2003, 27쪽.

'나'에게 연애에 그치지 않고 결혼을 할 마음을 먹도록 만드는 일이다. 순결이라는 자본을 남성 자본가에게 공여해 그의 동반자가 되는 것, 이것이 '나'의 결혼의 정치학이다. 그 과정에서 '내'가 개인적인 욕망을 조절하며 매순간 게임의 규칙을 반추하는 모습은 '나'의 결혼의 정치학이 사회적으로 결정된 것임을 암시한다. 그 사회는 아무리 시간이 지나도 게임의 규칙이 변화되지 않는 사회이다.

물론 '내'가 연애의 연극의 무대에서 단지 수동적인 역할만을 하는 것은 아니다. 이 소설의 재미는 '내'가 남성적 사회에 이끌리는 듯하면서도 심리적으로는 주도권을 갖고 있다는 점에 있다. 그것은 신자유주의의 남성중심적이고 계급중심적인 연애학을 이미 꿰뚫고 있다는 자신감에서 나온다. '나'는 몸으로는 여성이 맡아야 할 유순한 역할을 연기하지만 머리는 이미 남성 위에 있는 학자이자 문학가인 것이다.

창의력도 없는 놈, 늘 똑같은 코스였다. 나도 늘 하던 대로 가벼이 제지했다. '이러지 마. 이러는 거 내가 싫어하는 거 알잖아. 그러나 내 말에 아랑곳없이 원피스 등판의 지퍼 쪽으로 널름널름 뻗치는 손가락 힘이 제법 완강했다. 입에서 내뱉는 말은 더욱 가관이었다.

"유리야 너 때문에 미치겠어. 나 널 너무 사랑하나 봐."

남자들은 다 똑같다. 기회만 있으면 어떻게 저 여자랑 한번 자볼까 하는 궁리밖에 하지 않는 주제에 급할 때마다 비밀 병기처럼 사랑을 들이댄다. 사랑하니까 키스해야 하고, 사랑하니까 만져야 하고, 사랑하니까 안에 들어가게 해달라고 당당하다 못해 뻔뻔한 요구를 할 수 있는 것. 사랑! 피가 한 곳으로 몰려 갑갑한 느낌을 해소하고 싶은 몸의 욕망이 도대체 사랑이랑 무슨 관계라는 건지

이해할 수 없다.[41]

'나'는 늘 똑같은 방식으로 진행되는 남성들의 행태에 신물이 났다. '나'의 심리적 우월감은 신자유주의 시대의 연애에 대한 해석학과 창의력에 있다. '나'는 이 시대에는 사랑이란 없으며 생리적 욕망이 사랑을 대신한다는 것을 잘 안다. 그것이 사랑과 성욕을 구분하지 못하는 남성들과 자신과의 차이이다. 더 나아가 '나'는 오늘날에는 진정한 사랑이 단 하나의 쓸모를 갖고 있다는 사실을 간파하고 있다. '나'는 상류층 남자에게 진귀해진 사랑을 선물해 결혼에 이르게 될 수 있으리라고 확신한다. 우리시대에 진품이 효력을 발휘하는 것은 연애가 아니라 인생의 유일한 사다리인 결혼이다. 그 과정에서 진정한 사랑은 눈으로 확인할 수 없기 때문에 남성의 욕망을 역이용해야 한다. 남성은 순결이 진품이라는 생각을 갖고 있기 때문에 그런 욕망을 만족시키기 위해 혼신의 힘을 쏟아야 하는 것이다. '나'는 그 같은 창의력 있는 결혼의 정치학을 무기로 스물 두 해를 걸고 배팅을 시도한다. '나'의 도전은 연애에 그칠 뿐 결혼의 문을 열지 않는 상류층의 마음을 창의력으로 움직이는 것이다.

마침내 적당한 상류층 남자가 나타났다. 그는 다른 남자들과 달리 사랑한다는 입 바른 말 대신 가족에 대한 설명과 결혼에 대한 계획을 들려주었다. '나'는 절체절명의 기로에서 명운을 걸고 그를 따라 호텔에 들어선다.

'나'는 떨리는 가슴을 진정시키며 십계명을 되뇐다. '나'의 십계명이란 결혼의 정치학의 레시피이자 순결한 여성이라는 작품을 위한 대본이다. 십계명은 진지한 만큼이나 희화적이다. 인생을 건 배팅인 만큼 진지할 수밖에 없지만 은밀하고 사적인 성적 관계가 대본에 의해 연출되는 점에서

---

41   위의 책, 15~16쪽.

희극적이다. 그러나 그에 따른 '나'의 연기야말로 이 시대의 모든 심리학과 사회학, 연애학이 총동원된 총체성이다. 그것은 연출된 연기이지만 단 한 번 유일하게 '나'의 진심이 표현된 순간이기도 하다. 우리 시대는 연기된 것만이 진심을 표현할 수 있는 연출의 승리(보드리야르)의 시대인 것이다.

십계명의 정점은 순결의 꽃을 확인하는 순간이다. 그런데 성적 관계를 하는 중에 '나'는 아픔을 참지 못해 그를 밀쳐냈고 그는 기분이 안 좋아진 듯하다. 하지만 이제 곧 '나'의 흔적을 확인한다면 그의 민망함은 기쁨으로 반전될 것이다.

> 그렇지만, 이제 곧 나의 흔적을 확인한다면 틀림없이 그도 기뻐할 것이다. 나는 조심스레 이불을 들친다.
>
> 그런데,
>
> 아무것도 없다! 타월 위에는 한 점의 핏자국도 남아 있지 않다. 아무리 봐도 순백의 시트 위는 깨끗하다. 머릿속에 온통 까매지고 정신이 아득해져 온다. 어떻게 이런 일이 일어날 수 있단 말인가. 나는 자전거를 타지 않았고, 심한 운동을 한 적도 없었다. 나는 다시 한번 침대 시트를 샅샅이 살피고 타월을 뒤집어보기까지 한다. 그러나 짧고 구불구불한 몇 올의 털만 떨어져 있을 뿐, 내 몸에서 흘러 나왔어야 할 붉은 꽃잎은 어디에서도 발견되지 않는다. 나는 입술을 깨물고 시트 위에 천천히 커버를 덮는다. 그의 목소리가 귓전에 먹먹하다. "너 되게 뻑뻑하더라."[42]

머릿속을 까맣게 만든 순백의 시트는 '나'의 통과제의의 실패를 의미한다. 미묘한 것은 이 낭패가 단순한 불운이나 실수를 뜻하는 것이 아니라

---

42   위의 책, 33쪽.

는 점이다. '나'의 실패의 순간은 순결이 진품이 아니라 시각적인 효과로 전락하는 순간이었다. 그에게 '나'의 진심이나 억울한 사정을 설명할 아무런 방도가 없다는 사실은 애초에 순결이 남성을 위한 시각적 전시에 불과함을 뜻한다. '나'는 잠시 동안 순결을 진심의 교감과 혼동하고 있었다. 그러나 순결은 남성에게 주도권을 맡기는 시선의 효과인 페티시즘이었던 것이다. 그리고 상류층 남성에게는 그보다도 더한 페티시즘이 있었다. 그것은 쾌감과 상품이라는 페티시즘이었다. 순결은 그 상위의 페티시즘의 장식물일 따름이었다. '나'의 순결이라는 진심은 이미 많은 경험이 있는 듯한 그에게는 뻑뻑한 물건(상품)에 불과했던 것이다.

'나'는 진심을 바친 대가로 진심을 추방한 게임의 규칙에 의해 주도권을 빼앗기고 만다. 게임의 규칙을 염두에 두고 있을 때는 남성에 대해 심리적 우월감을 느낄 수 있었지만 순결의 레시피에 몰두하는 바람에 한순간에 무너진 것이다. 내가 창의적이라고 생각한 순결의 레시피는 상류층에게 공물을 바치는 게임의 일부였을 뿐이다. 그를 움직였던 '나'의 창의적인 심리학과 문학은 게임으로 전락했고 그 은밀한 게임에서는 '내'가 주도권을 쥘 수 없었다. '나'의 실수는 순결과 결혼의 교환관계가 본연의 창의력을 위축시키며 이제까지의 우월한 위치를 강등시킨 데 있었다. 전과 달리 이번에는 '내'가 그의 옆에서 사랑에 매달린다. 이제까지는 성욕을 사랑과 동일시하는 남성을 비웃으며 관계를 주도하는 기분을 느낄 수 있었다. 그러나 지금은 사랑을 결혼과 일치시키는 '나'를 비웃을 그의 옆에서 무력하게 초조해할 수밖에 없다.

그는 '내' 손을 잡아주지 않는다. 그 대신 '내'가 받친 진품의 답례로 고급 명품을 선물한다. 그러나 명품 역시 심리적 효과일 뿐이다. 명품은 '나'의 순결만큼이나 허망한 것이며 그가 '나'의 손을 잡아준다는 보증은 아니다. 그것은 큐빅이 흩뿌려진 서울의 불빛이 '나'의 사랑과 결혼을 보장

해주지 못하는 것과 마찬가지이다.[43]

그는 세상에서 가장 친절하고 믿음직스런 남자였다. 그러나 친밀한 만큼이나 더없이 불안한 존재임이 밝혀졌다. 상류층이 연애와 결혼을 분리시킴을 명심할 때는 '내'가 우위에 있었지만 신분상승의 배팅을 하는 순간 거리를 잃으며 친밀한 그에 의해 무너진 것이다. 그는 가까이 다가오는 동시에 물러서는 존재였다. '나'는 그에게 동반자를 보장받는 순간 곧 그 신표를 잃게 되었다. 친밀하고 가까워질수록 불안해지는 것, 이것이 바로 친밀한 권력의 정체인 것이다.

만일 '내'가 그에게 이전의 남자들에게처럼 심리적 거리를 두었다면 지금처럼 초라해지지는 않았을 것이다. 그러나 가슴이 쿵쾅거리며 환상을 갖다 미끄러진 순간 '나'는 '나' 자신의 가난하고 비천한 계급의 처지를 똑똑히 알게 된다. 친밀한 권력은 대체 불가능한 불평등성을 전제로 작동하는 기제이다. 친밀성이란 서로 교체될 수 없는 양쪽의 결연이 가능한 것처럼 상상하게 하는 환상적 장치이다. 친밀한 권력은 하나가 된 것처럼 불평등한 다른 한 쪽에 접근하지만 일체라는 환상을 갖는 바로 그 순간 가장 큰 상처를 경험하게 만든다. 그 순간 '내'가 느낀 것은 버려질 듯한 거세공포이다. 여기서 실감나게 경험되는 것은 **친밀성이 낯선 두려움이** 되는 역설이다. 그런 역설이야말로 포섭하면서 배제하고 배제하면서 포섭하는 친밀한 권력의 상상적 장치이다.

친밀한 권력은 근원적인 불평등의 관계이면서도 상호 결연이 불가피한 성적 관계에서 가장 흔히 행사된다. 성적 페티시즘은 여성을 매혹적 대상으로 만들어 남녀가 일체가 된다는 환상을 제공하며 상대를 남성중심적 시선 아래 묶어둔다. 다만 해석학과 심리학으로 무장한 '나'는 그런

---

43 이광호, 「그녀들의 위장술, 로맨스의 정치학」, 정이현, 앞의 책, 238쪽.

친밀한 게임에서 예외적으로 우월감을 느낄 수 있었다. 그러나 신분상승을 욕망하는 순간 자신도 모르게 거리를 잃고 친밀성의 덫에 걸려든다. '나'는 남성의 친밀성에 빠져드는 바로 그 순간 가장 극심한 소외를 경험한다.

이런 친밀한 권력의 기제는 성적 페티시즘을 넘어서서 인종과 계급의 영역에까지 적용될 때 더욱 문제적이 된다. 예컨대 식민지 말의 일본의 내선일체는 친밀한 페티시즘이 민족적 결연에 은밀히 적용된 경우였다. 일본 제국은 내지와 조선이 일체라는 환상을 심어주는 동시에 양자 사이의 위계를 분명히 했다. 일본과 조선은 대체 불가능한 불평등성의 관계였지만 일본은 그런 관계에 대해 침묵하면서 내선일체의 결연을 앞세웠다. 그 때문에 장혁주처럼 내선일체에 동조한 이중언어 작가는 일본어 작품에 작가적 진심을 담는 순간 복잡한 갈등을 경험해야 했다. 장혁주에게 일본은 끝없이 다가오는 동시에 물러서는 존재였다. 『춘향전』을 번역하며 결연의 환상에 동조한 장혁주의 진심은 「낭만적 사랑과 사회」의 '나'처럼 뻑뻑한 물건으로 퇴짜를 맞았다.

친밀한 권력은 해방 이후에 냉전을 배경으로 변주된 형식으로 다시 귀환했다. 포스트식민지 시대에 한국과 미국은 냉전에 대응하기 위해 국가적 동맹을 맺었지만 강대국과의 동맹은 약소국을 신식민지로 만들었다. 신식민지는 식민지를 부인하면서 동맹의 결연을 앞세우는 친밀한 권력의 귀환이었다.

냉전 이후 신자유주의 시대에는 국민국가를 넘어서는 세계화의 시대가 열린 것처럼 보였다. 그러나 국경을 넘는 친밀한 세계화의 시대는 대체불가능한 불평등성의 시대이기도 했다. 강대국이 약소국에 영향력을 행사하는 친밀한 권력은 계속 잔존하고 있으며, 글로벌 시대의 식민지 없는 식민주의(니시카와 나가오)가 확장되고 있다.[44] 더욱이 신자유주의는 양극화를 심화시켜 계급적 관계에서도 친밀한 권력의 기제가 작동하게 만들고 있다.

「낭만적 사랑과 사회」는 그처럼 성적 페티시즘이 계급관계에 적용된 불행을 암시하는 작품이다. 이 소설에서 성과 계급의 영역을 관통하는 게임을 잘 알고 있는 '나'는 해석학자처럼 자유로운 인물이다. 그러나 실행의 단계에서 해석학자의 자유를 잃고 친밀한 권력의 희생자가 되고 만다. 진품의 답례로 고급 명품을 받는 순간 '나'는 그로부터 절벽 같은 계급적 간격을 느꼈을 것이다. 이 소설은 계급적 고착화의 영구화를 증명하는 환상과 환멸의 비극을 매우 잘 보여준다.

성적 영역이나 인종적 영역은 쉽게 위치가 바뀔 수 없는 대체 불가능한 불평등성의 관계이다. 반면에 계급관계에는 고정된 경계가 없기 때문에 양쪽이 동등한 인격이라는 주장이 더 자연스럽게 떠오른다. 그로 인해 얼마간이든 신분상승이 가능한 대신 계급관계의 모순은 매우 절실하게 느껴진다. 그런데 신자유주의는 양극화를 통해 계급관계에서도 대체 불가능한 경계선이 생기게 만들고 있다. 계급관계에서는 이성애적 결혼이나 민족적 결연에 상응하는 자본과 노동의 동맹 같은 것은 있을 수 없다. 그런데 양극화로 인해 계급 간의 경계가 고착화되자 여기서도 신데렐라 같은 결연의 방식으로 불평등성을 은폐하는 환상의 장치가 생겨나고 있다. 그런 환상의 장치가 출현했다는 것은 역설적으로 이제 계급들 간의 역동적 이동이 불가능해졌음을 암시한다.

신데렐라 드라마에서의 재벌과 서민 여성의 결혼은 불가능한 계급적 통합을 환상을 통해 가능하게 만드는 상상적 장치에 다름이 아니다. 「낭

---

44 니시카와 나가오, 박미정 역, 앞의 책 참조.

만적 사랑과 사회」는 그런 낭만적 사랑을 '목숨을 건 결혼'의 정치학으로 탈신비화하고 있다. '나'는 필생의 결혼의 정치학을 위해 순결의 레시피의 각본을 쓴다. 그러나 목숨을 건 사랑을 대신하는 필사적인 결혼의 정치학은 주는 동시에 빼앗는 친밀사회의 환상의 각본에 의해 무너지고 만다. '나'는 신자유주의의 게임의 규칙을 잘 알고 있는 심리학자이자 문학가였고 그런 창의력으로 남성을 주도할 수 있었다. 하지만 친밀사회에는 '나'의 창의력을 능가하는 숨겨진 각본이 있었다. '내'가 순결의 진심을 바치는 순간은 친밀한 권력의 각본에 편입되는 순간이었다. '나'는 순결한 진심을 바쳐 사랑과 신분상승을 얻으려 했지만 친밀한 권력은 '나'의 진심을 시각적 장식물로 강등시킨다. 이 소설은 '순결한 결혼'이라는 상상적 장치 자체가 영원히 변화되지 않는 고착화된 사회를 장식하는 친밀한 권력의 대본의 일부임을 폭로하고 있다.

6. 민족적 결연을 위한 번역의 정치학
—『춘향전』과 제국의 페티시즘

이제 다시 제국의 친밀한 권력의 기원으로 돌아가 보자. 「낭만적 사랑과 사회」에서 묘사된 '순결한 진품의 치욕'은 식민지 말에서도 발견된다. 민족적 결연을 위해 마련한 순결한 진품이 뻑뻑한 물건으로 전락하는 일은 내선일체 시기에도 일어났다. 우리는 민족의 진품『춘향전』번역을 둘러싸고 벌어진 사태에서 그것을 볼 수 있다.

식민지 말의 내선일체는 일본이 발명해낸 독특한 친밀한 권력의 장치였다. 결혼이란 성적 관계에서만 가능한 것인데 그것을 민족적 관계에도 적용시켜 조선을 영원한 시간의 식민지로 만들려 시도한 것이다. 친밀한 권력은 불평등성을 은폐하는 결연이라는 환상적 장치를 통해 권력관계가 영원히 변화되지 않게 만드는 방식이다.

내선일체라는 민족적 결연은 성적인 결혼처럼 혈통, 가계, 문화를 조화시키는 방식이었다. 그것을 위해 민족적 결합의 상징물로 동원된 것은 조선의 문화를 대표하는 『춘향전』이었다. 『춘향전』은 일본어 희곡으로 각색되어(1938) 제국과 조선에서 공연되었으며, 『춘향전』의 영화화를 주제로 한 〈반도의 봄〉(1941)이라는 영화가 만들어지기도 했다.

『춘향전』의 일본어 공연을 주도한 것은 무라야마 도모요시와 장혁주였다. 무라야마는 장혁주에게 일본어 희곡을 부탁했고 자신이 다시 각색한 후에 연출을 맡기도 했다. 장혁주는 식민지 말의 대표적인 이중언어 작가였으며 일본문단에도 잘 알려져 있었다. 『춘향전』의 번역과 공연을 둘러싼 장혁주와 무라야마의 관계는 내선일체라는 결연관계의 복잡한 성격을 암시한다.

장혁주는 일본문단에 진출해 작가로서 인정을 받으려는 야망을 갖고 있었다. 그는 경주 계림보통학교 시절에 역사와 고고학을 연구한 오오사카 긴타로 교장의 사랑을 받으며 일본어를 배웠다. 대구 고등보통학교 시절에는 학생파업에 가담해 무기정학을 당했고 그때부터 문학에 관심을 갖게 되었다. 그는 대구 희도 소학교 훈도가 된 1929년부터 일본어 창작을 하며 일본문단의 진출을 모색했다.[45]

장혁주의 초기 작품의 경향은 동반자 문학에 가까웠다. 장혁주는 자신이 일본어로 작품을 쓰게 된 목적이 식민지의 가혹한 상황을 알리기 위해서라고 말한 바 있다.[46] 일본문단에 이름을 알린 「아귀도」(1932)[47]는 경북

---

45   시리카와 유타카, 「장혁주의 생애와 문학」, 『장혁주소설선집』, 태학사, 2002, 287~288쪽.
46   위의 책, 290쪽.
47   「아귀도」는 일본 잡지 『개조』의 현상소설 2등에 당선되었다.

벽촌의 저수지 공사에 동원된 농민들이 현장감독의 횡포에 저항하는 내용이다. 장혁주는 1930년대 중반부터 시대의 변화에 따라 사회적 행동에서 내면중심의 소설로 전환했다.

장혁주의 일본어 소설은 제국에 영합하기보다는 일본문단에서 창의성을 인정받으려는 작가적 야심에서 쓰여진 것이었다. 그는 한국어 작품은 가벼운 마음으로 창작했으며 작품의 수준도 낮은 편이었다. 조선에서 좋은 평가를 받지 못한 그는 백신애와의 연애사건 이후에 1936년부터 동경으로 생활의 거점을 옮겼다.

장혁주는 비록 1940년대 이후에는 국책에 동조한 작품을 썼지만 1938년의 『춘향전』 희곡에는 여전히 작가적 진정성이 담겨 있었다. 그의 『춘향전』에는 변학도 등의 양반에 대한 비판이 오히려 원작보다 부각되어 있었다. 장혁주는 「춘향전 비판 좌담회」에서 조선의 고전을 일본에 알린다는 취지에서 각색했으며 춘향의 아름다운 정신을 강조하고 싶었다고 말했다.

그런데 무라야마는 장혁주의 희곡에 만족하지 못했다. 무라야마에게는 내선일체의 역사적 취지에 맞춰 조선의 작품이 제국 내에서 유통되도록 공연하는 일이 중요했다.[48] 여기서 핵심적인 것은 무라야마와 일본이 원했던 내선일체의 취지가 무엇인가였다.

무라야마는 조선의 고전에 일본의 가부키와 현대극을 결합한다는 창작적 실험의 야심을 내세웠다. 그의 야심은 장혁주와 달리 현대적 실험으로 『춘향전』을 새롭게 변주시키는 데 있었다. 그는 양악으로 일본의 가부키를 연주하듯이 현대 예술의 맥락에서 『춘향전』을 공연하려 시도했다. 무라야마에게는 그것이 내선일체라는 새로운 시대에 맞춰 조선의 고전을 보존하는 방식이기도 했다.[49] 무라야마는 장혁주 작품의 창조성을 살

---

48 권나영, 김진규·인아영·정기인 역, 앞의 책, 164쪽.
49 '春香傳への諸問題',「朝鮮文化の現在と將來」, 『경성일보』, 1938. 12. 2.

리겠다는 약속을 어기고 유치진의 희곡과 자신의 각색을 덧붙인 작품을 만들었다.

무라야마는 자신의 작품이 인종과 젠더, 시대의 경계를 넘어선 트랜스콜로니얼한 창작적 실험이라고 생각했다.[50] 그런데 트랜스콜로니얼한 실험이란 식민지를 넘어선 것이 아니라 제국인들에게 내선일체가 만족스럽게 수용되도록 만드는 것이었다. 표면으로는 조선의 고전이 매혹적으로 느껴지도록 기획되었으나 실제로는 제국인의 눈에 조선이 흡족하게 받아들여지게 한 것이었다.

『춘향전』의 일본 공연은 대성황을 이루었다. 일본의 신문은 '내선일체 예술의 악수'라는 표제로 『춘향전』의 공연을 크게 선전했다. 당시의 조선 붐의 영향도 있었지만 『춘향전』의 성공은 내선일체의 역사적 취지에 만족감을 준 것으로 생각될 수 있었다.

그러나 그런 만족감은 일방적인 시선의 성격을 갖고 있었다. 『춘향전』과 가부키, 현대극을 결합한다는 무라야마의 야심에는 『춘향전』은 정적인 반면 가부키는 현대극과 결합되는 역동성을 지녔다는 가정이 깔려 있었다. 또한 조선의 부드럽고 우아한 남성을 표현하기 위해 이몽룡을 일본 여배우가 연기하게 한 데에도 문제가 있었다. 무라야마는 일본 배우 중에 유연한 인물을 찾을 수 없었기 때문에 여배우가 연기하게 했다고 설명했다. 그러나 이는 실상 조선 남성이 여성처럼 나약하다는 젠더화된 인종주의에 다름이 아니었다.[51] 무라야마의 야심찬 실험은 조선과 일본의 인종적 관계에 여성에 대한 남성의 페티시즘을 적용시킨 친밀한 권력의 일부였던 것이다.

조선은 일본인에게 이국적이고 매혹적으로 보여졌지만 그것은 일본의

---

50   권나영, 김진규·인아영·정기인 역, 앞의 책, 179~193쪽.
51   위의 책, 189쪽.

역동성과 대비되는 정적인 아름다움이었다. 또한 여배우의 조선 남성의 연기는 내선일체가 강한 일본 남성 품에 안긴 여린 여성과도 같은 것이라는 인상을 심어주었다. 매혹적이지만 여리고 정적인 조선의 로컬칼라와 거대한 보편주의적인 일본의 결합, 이것이 일본인에게 만족감을 준 내선일체의 실상이었다.[52]

조선에 대해 문외한인 무라야마가 『춘향전』을 연출할 수 있었던 것은 그런 일본 중심의 범아시아의 사유에 의한 것이었다. 무라야마는 조선을 잘 모르면서도 조선 고전을 포용한 창작품을 통해 내선일체를 표현할 수 있었다. 반면에 장혁주는 일본을 잘 알고 있으면서도 무라야마의 일방적인 구도 속에 자신의 작품을 헌납해야 했다. 장혁주의 창작과 번역에 대한 작가적 자부심은 여지없이 무너졌다.

만일 장혁주가 한국어 작품을 쓸 때처럼 맨얼굴을 드러내지 않고 가벼운 마음으로 번역에 임했다면[53] 수모는 덜 했을 것이다. 그러나 그는 나름대로 전력을 다했기 때문에 무라야마의 제멋대로 된 개작은 뼈아팠을 것이다. 장혁주는 내선일체라는 역사적 취지 앞에서 복잡하고 불편한 마음을 감출 수밖에 없었다.

장혁주는 조선의 걸작품을 일본어로 희곡화해 조선적인 것의 예술성을 인정받고 싶었다. 그것은 조선의 소재를 일본어로 창작해 일본문단에 조선을 알리고 싶은 것과 비슷한 마음이었을 것이다. 물론 장혁주의 한국어 작품에 대한 소극성에는 변명할 수 없는 문제점이 있었다. 그의 한국어 작품을 쓸 때의 일본에서 온 손님 같은 태도[54]에는 분명히 일본 문단을

---

52 이 점은 〈반도의 봄〉(이병일 감독, 1941)이라는 영화에도 나타난다. 테드 휴즈, 나병철 역, 앞의 책, 111쪽.
53 시라카와 유타카, 앞의 글, 298쪽.
54 위의 글.

조선보다 중심으로 보는 식민주의적 요소가 있었다. 그의 내선일체에 대한 태도 역시 그런 한계의 연장선상에 있었을 것이다.

그러나 적어도 『춘향전』 번역에 대한 장혁주의 진정성에는 의심의 여지가 없었다. 장혁주의 실수는 잠시 작가적 진심과 내선일체의 현실을 혼동했던 데 있었을 것이다. 그리고 바로 그 장혁주의 예외적인 작가적 진심의 순간이 무라야마에게 퇴짜를 맞은 이유였다. 조선의 아름다움을 순결하게 드러내어 일본에서 환영받고 싶은 진심을 내팽개치고 무라야마는 제국의 입장에서 내지와 조선이 악수하는 상황을 연출하려 했다. 그가 생각한 내선일체의 악수란 정적인 조선의 로컬칼라와 거대하게 비상하는 일본의 범아시아주의의 결합이었다.

장혁주의 작가적 순결성은 어디에서도 흔적을 발견할 수 없었다. 한 점의 순결의 흔적도 찾지 못한 순간 장혁주는 머릿속이 혼란스러웠을 것이다. 반면에 무라야마는 장혁주의 순결한 『춘향전』이 너무 '빽빽하다'고 느꼈던 것이다. 장혁주는 순결주의에 감염된 듯이 제국에게 순결한 『춘향전』을 바치기 위해 성심껏 공을 들였다. 그러나 무라야마에게는 『춘향전』의 정결한 공물보다는 내선일체를 제국 쪽에서 만족시킬 매혹적인 페티시가 필요했다. 장혁주는 성심을 다했지만 조선인의 성심이 필요 없는 내선일체의 게임의 규칙에 의해 작가적 자부심이 버려진 것이다.

내선일체는 불안과 공포의 연속인 식민지와는 달리 조선의 매혹을 인정하는 친밀한 권력으로 다가왔다. 그러나 무라야마의 『춘향전』처럼 친밀한 권력은 가까워질수록 이질적인 낯선 얼굴을 보여주었다. 제국은 조선에 친밀하게 다가오는 동시에 물러서는 존재였던 것이다. 조선은 제국과 일체가 되는 순간 곧 자신의 지위를 상실하게 되었다. 친밀하고 가까워질수록 불안하고 불길해지는 것, 이것이 바로 내선일체라는 친밀한 권력의 정체였다.

친밀한 권력은 대체 불가능한 불평등성의 관계를 결연이라는 환상을 통해 은폐하는 기제이다. 그렇게 함으로써 일체화된 국가라는 지붕 밑에 불평등한 관계가 영원히 계속되게 만드는 것이다. 내선일체는 제국의 국가(국체) 밑에 조선을 (내지와) 일체화된 국민으로 편입함으로써 양자의 위계성을 영속시키는 장치였다. 그것은 남성이 여성과 결합해 가족의 지붕 밑에 불평등성을 감추는 젠더 영역의 결혼과 비슷한 점이 있었다.

내선일체는 젠더 영역의 결혼과 페티시즘을 은유적으로 이용한 환상의 장치였다. 이몽룡을 연기한 일본 여배우는 매우 상징적이었다. 성적 페티시즘을 전유한 내선일체에서는 가장 멋진 조선의 남성도 여성의 위치와 비슷했던 것이다. 성적 페티시즘이 매력적인 여성에 대한 남성중심의 시선이듯이 내선일체는 매혹적인 조선에 대한 일본 중심의 시선이었다.

내선일체의 페티시즘은 상류층 남성과 서민 여성의 결혼이라는 오늘날의 (불가능한) 환상의 기제와도 유사한 점이 있었다. 환상적인 스펙터클로 사람들을 끌어들이지만 상상으로만 가능할 뿐 실제로는 불가능한 결연관계인 점에서 그렇다고 할 수 있다. 무라야마의 『춘향전』에서는 제국의 상상적인 만족감과 조선의 진심의 부인이 연출되고 있었다. 무라야마는 조선의 『춘향전』을 매혹적인 로컬칼라로 만드는 동시에 번역과정에서 장혁주의 진심을 무시하고 일방적인 페티시즘의 대상을 구성했다. 그것은 「낭만적 사랑과 사회」에서 순결한 '진품'을 '뻑뻑한 물건'으로 비웃으며 여성을 페티시즘으로 대상화하는 친밀사회의 권력과 매우 유사한 것이었다. 가까이 다가서는 친밀한 권력 앞에서, 장혁주의 낭패감과 '나'의 낯선 두려움 사이에는 겹쳐지는 영역이 있었다.

장혁주의 『춘향전』과 「낭만적 사랑과 사회」는 매우 먼 거리에 놓여 있다. 그러나 뻑뻑한 진품이 비웃음을 당하며 페티시의 대상으로 전락하는 과정은 놀랄 만큼 비슷하다. 장혁주는 일본어 창작에 전력을 다할 것이지만 그의 불안은 감춰질 수 없을 것이었다. 장혁주의 배반당한 진심과 '나'(유리)의 낯선 불안감은 시대적 먼 거리를 건너뛰며 겹쳐진다. 장혁주가 무라야마에게 진품의 진심을 도둑맞았듯이 '나'는 그에게 순결의 진심을 빼앗기고 만다. 우리 시대는 주는 동시에 빼앗으며 친밀성을 통해 낯선 불안을 퍼뜨리는 유령 같은 권력이 출몰하는 사회인 것이다.

7. 친밀한 권력의 동일성과 다수 체계성의 반격
─ 임화의 번역 불가능성과 특이성

친밀한 권력이 가까이 다가올수록 불안과 공포가 심화되는 것은 타자성의 추방에 의한 것이다. 친밀한 권력은 타자에게 진심을 요구하기보다는 보충물이 될 것을 요구한다. 결연의 환상은 권력의 보충물로서 일체화가 되는 것이며 그것을 위해서는 타자의 진짜 정체성을 내버려야 한다. 이처럼 주는 동시에 빼앗는 친밀한 권력 앞에서 피지배자는 타자성(진짜 정체성)을 상실하는 불안을 감수해야 한다. 피지배자가 보충물에 만족하지 않고 진심을 바친다면 역설적으로 그는 더욱 불안해질 수밖에 없다. 만일 장혁주가 가벼운 마음으로 『춘향전』의 번역에 임했다면 진심을 빼앗긴 상실감은 덜했을 것이다. 마찬가지로 「낭만적 사회와 사랑」의 '내'가 그의 만족감에만 신경을 썼으면 상처는 크지 않았을 것이다. 장혁주는 조선의 걸작품을 염두에 두는 순간 무라야마에게 수모를 당하며 불안감을 느낀다. '나' 역시 자신의 순결을 상류층과 관계하는 대등한 무기로 생각했기 때문에 좌절감과 불안 속에서 살게 되었다.

이처럼 친밀한 권력은 타자성의 박탈을 전제로 일체화를 꾀함으로써 피지배자와의 위계성을 영구화시킨다. 친밀한 권력이란 불평등한 지배와 피지배 관계를 영구화하는 장치이다. 친밀한 권력의 결연의 환상의 비밀은 타자성과 비판담론을 추방한 채 끝없이 질주하게 만드는 데 있다.

일반적인 근대사회가 비판담론에 의해 변화된다면 친밀한 체제에는 그런 변화의 계기가 없다. 그 대신 친밀한 권력은 불안을 회유하기 위해 체제 스스로 경계를 넘어선다는 환상을 제공한다. 예컨대 식민지 말의 근대초극론은 서구적 근대의 경계를 넘어 끝없이 질주한다는 환상을 유포시켰다. 또한 해방 후의 신식민주의는 자유진영의 확장을 위해 불온한 사상을 추방하며 질주했다. 마찬가지로 신자유주의는 자본주의적 세계화를 통해 국민국가의 **경계를 넘어선다는** 환상을 심어주었다. 여기서 경계를 넘는 질주는 지배체제의 숨겨진 불안을 잠재워주는 효과를 갖는다. 그런 방식으로 친밀한 권력의 결연의 감각은 경계를 넘어 질주하는 감각과 짝을 이루게 된다. 결연의 환상에 의존해 친밀한 체제가 질주를 계속하는 것이며, 경계를 넘는 질주의 감각은 환상 속에서 싹트는 불안을 잠재우는 기능을 하는 것이다.

식민지 말의 근대초극론은 서로 짝을 이룬 그런 양면적 관계를 매우 잘 보여준다. 근대초극론은 경계를 넘어 질주한다는 범아시아의 이념인 동시에 내선일체와 대동아공영이라는 결연의 감각이기도 했다. 근대초극론의 이념은 근대 단위의 민족을 넘어서서 이민족들이 협화하며 더 큰 범아시아를 이루는 것이다. 민족과 국가 단위의 경계에 고착되어 있는 서구적인 근대는 식민화의 방식으로만 경계를 넘어설 수 있다. 반면에 근대초극론은 내선일체와 오족협화의 결연의 방식으로 경계를 넘어 범아시아로 질주한다. 일체와 협화의 환상에 의거해 질주가 가속화될 수 있으며 경계를 넘는 질주는 상상적 동일화를 고착화시키는 것이다.

실제로 근대초극론은 일본의 내선일체와 대동아공영이라는 협화를 위한 이념으로 이용되었다. 한 가지 흥미로운 것은 근대초극론이 친밀한 권력의 이념으로 사용되었지만 경계를 넘는다는 사유는 반전의 계기를 제공하기도 한 점이다. 만일 진짜로 서구적 근대를 넘는다면 식민주의는 물론 친밀한 권력의 한계조차 넘어설 것이었다. 탈경계의 사유가 경계를 넘는 환상조차 해체할 때 친밀한 권력 자체에 대항하는 무기로 되돌아오는 것이다. 그런 미시적인 반전과 연관해서 당시의 임화와 김남천, 김사량의 사유는 매우 미묘한 측면을 지니고 있었다. 세 사람은 제국에 대항해 민족주의를 주장하는 대신 경계를 넘는 상상적 체제에 대응해 진짜로 경계를 넘을 것을 주장했다.

근대의 경계를 넘는 문제는 제국의 이념과 탈경계의 사상 사이에서 사유의 진폭을 지니고 있었던 셈이다. 식민지 말 『문학계』의 '근대의 초극' 좌담회(1942)에서는 서구적 근대를 넘어서는 여러 가지 방식들이 논의되었다. 예컨대 니시타니 게이지는 동양의 천지인 삼재와 무의 사유를 주목했다. 천지인 삼재는 서양의 신·세계·영혼에 상응한다. 서구적 근대의 문제점은 자유주의적 세계에서 그 세 중심축의 연관성을 상실 한 데 있다. 그로부터 개인주의와 세계주의(혹은 사회주의), 국가주의가 발생하며 개인과 국가 간에 혼란이 생겨났다. 우리는 제국주의와 식민주의 역시 그런 혼란과 연관이 있음을 말할 수 있을 것이다. 니시타니는 그 같은 중심축의 붕괴를 동양적인 '주체적인 무의 종교성'으로 치유할 것을 주장한다. 동양적인 무의 사유란 개인과 세계, 신 사이의 경계를 넘어서는 사고방식이다. 주체적 무는 개인과 국가, 세계를 관통하는 윤리적 에너지를 생성할 수 있다.[55] 그러나 니시타니가 주체적 무의 윤리에서 종교적 기반을 말하는 순간 신과 결별한 근대를 부정하며 전근대적 초월성으로 회귀한다.

---

55   히로마쓰 와타루, 김항 역, 『근대초극론』, 민음사, 2003, 29~30쪽.

고사카 마사아키 역시 서양의 유의 입장을 넘어선 무의 원리를 내세웠다. 실재를 유의 영역에 국한하는 서양에서 고대, 중세, 근대는 각각 자연, 신, 인간을 중심에 놓았다. 그런데 근대의 인간중심주의는 경계를 넘지 못하며 인간 자신이 만든 기계에 예속되는 소외를 극복하지 못한다. 그런 인간중심주의를 넘어서려면 동양적인 무의 사유를 통해 경계를 넘어서야 한다. 하지만 고사카 역시 경계를 넘는 문제를 초월로 생각하며 일본의 국체를 내세운다. 국체는 개인과 국가의 혼란은 물론 인간중심주의도 넘어서지만 그 대가로 전근대적인 초월성으로 회귀한다. 근대의 초극 논자들은 동양의 사유에 초월성을 포함시키는 비슷한 문제점을 공유하고 있었다.[56]

근대의 초극을 위해 초월성을 도입하는 이런 문제점은 니시다 기타로에 의해 극복된다. 니시다 기타로는 다른 논자들과는 달리 근대를 극복하려면 동양의 심장이 서양을 뚫고 나가야 한다고 주장했다. 동양의 심장이란 니시타니와 고사카가 내세운 무의 사유를 의미한다. 그러나 니시다는 두 사람과는 달리 서양을 밀쳐내는 대신 관통해 지나가야 함을 강조했다. 서양을 뚫고 나가려면 삭제하고 부정하지 말고 끌어안고 넘어서야 한다. 새로운 세계는 초극의 대상인 서양과 교섭하는 다수 체계성 속에서만 생성될 것이었다.

근대의 체계와 교섭하지 않고 단순히 삭제해버리면 새로운 체계에는 삭제된 것이 되돌아와 모습을 드러내게 된다. 근대초극론에 근거한 일본의 신체제가 제국주의와 식민주의로 회귀한 것은 그 때문이었다. 실제로 근대초극론은 초코드화된 제국의 신체제의 이념으로 이용되었다. 반면에 서구의 방법을 가지고 동양(일본) 고유의 사상을 창조할 것을 주장한

---

56 미키 기요시는 무의 사유 대신 동양적 휴머니즘인 협동주의를 주장한다. 그러나 미키 기요시 역시 협동주의를 초극해야 할 근대와 연관시키는 문제의식이 부족했다.

니시다는 그런 딜레마에서 벗어나 있었던 셈이다. 김남천의 「맥」에서 동양학을 회의하는 이관형이 니시다에게만은 관심을 기울이는 것은 그 때문이다.[57]

니시다 역시 신질서에서 일본의 중심적 지위를 말함으로써 경직된 체계로 되돌아간다는 문제점을 지니고 있었다. 하지만 그가 강조한 이질적 사상들 간의 다수 체계성의 원리는 매우 중요하다. 근대를 초극하려면 서양과 교섭하며 새로운 세계로 질주해야 하는데 이는 동아시아를 식민지로 보는 영미사상을 넘어서는 것을 뜻한다. 동아시아의 각국은 식민지 대신 지역 전통에 따른 특수한 세계를 구성하고 서로 교섭해야 한다. 그렇게 해서 동아 민족들과 다른 민족들은 자신을 넘어서서 특수한 세계적 세계를 이루게 될 것이다.

이런 맥락에서 다수 체계성의 원리는 근대의 경계를 넘어서는 데서뿐 아니라 결연관계도 적용될 수 있다. 즉 서양과 교섭하며 근대를 넘어설 때는 물론 각 민족들 간의 자신을 넘어선 교섭에서도 다수 체계성의 원리가 작동되어야 한다. 그런데 일본의 신체제는 그 두 가지 측면에서 모두 일본을 중심에 놓음으로써 다수 체계성을 **동일성**으로 회귀시켰다. 일본은 서구를 삭제하고 그 자리에 자신을 놓는 동시에 각 민족을 정적인 지역성으로 축소하고 일본 중심의 범아시아의 운동만을 강조했다.

우리는 『춘향전』의 번역과정에서도 그런 문제점을 발견할 수 있다. 니시다의 다수 체계성의 원리에 따르면 조선은 식민지 대신 지역 전통에 따른 특수한 세계로서 일본과 교섭해야 한다. 여기서는 각각의 특수한 세계들의 운동과 새로운 세계의 생성이 구분되지 않는다. 그러나 무라야마의 『춘향전』은 교섭의 결과인 일본 중심의 범아시아의 운동성만 강조하고

---

57 김남천, 「맥」, 『김남천 단편선』, 문학과지성사, 2006, 327쪽.

교섭의 한 축인 조선을 정적인 로컬칼라로 강등시켰다. 이 경우에는 조선이 특수성으로서 상호주체성이 되기보다는 일본 중심의 범아시아 주체 쪽에서 보여진 페티시즘의 대상일 뿐이다. 친밀한 권력이란 타자성을 박탈당한 페티시즘의 대상과 손을 잡고 조용한 공포 속에서 질주하는 권력이었다.[58]

무라야마의 『춘향전』에는 정적인 로컬칼라로서의 『춘향전』이 남아 있을 뿐이었다. 그 대신 일본의 가부키가 『춘향전』과 손을 잡고 범아시아로 질주하는 무라야마의 야심찬 운동이 나타나 있었다. 여기에는 순결을 바쳐 결연을 이루려는 장혁주의 『춘향전』마저 일그러진 모습으로 남겨졌을 뿐이었다.

무라야마는 「반도작가의 표현력」이라는 좌담회[59]에서 조선의 고전과 전통은 보존될 것이라고 말했다. 이에 대해 임화는 "그렇게 박물관적인 것은 안된다"고 반박했다. 임화는 무라야마의 『춘향전』이 범아시아로 질주하는 제국을 표현하면서 조선의 고전을 박물관의 수집품으로 전락시켰다고 생각한 것이다. 이런 임화의 생각은 신체제를 부인하는 것도 단지 민족을 옹호하는 것도 아니었다. 임화는 설령 미래에 모두 국어(일본어)를 사용하게 될지라도 미래의 독자를 위해 지금 국어만 써야 한다는 것은 우스꽝스러운 일이라고 말했다.[60] 임화는 지금의 현실 자체의 다수 체계성을 통한 문화의 생성과 확장만이 범아시아의 창조에 이를 수 있다고 생각한 것이다. 반면에 무라야마처럼 일본의 범아시아적 운동을 앞세워 조선을 정적인 로컬칼라로 강등시키는 것은 다수 체계성을 동일성으로 환원

58　끝없이 경계를 넘는 상상적 질주만이 숨겨진 불안을 회유할 수 있을 것이었다.

59　'春香傳への諸問題', 「朝鮮文化の現在と將來」, 『경성일보』, 1938.12.2.

60　신지영, 「전시체제기 매체에 실린 좌담회를 통해 본 境界에 대한 감각의 재구성」, 『사이間SAI』 4, 국제한국문학문화학회, 2018, 214~215쪽.

하는 일에 불과하다. 무라야마의 박물관적인 문화 보존은 식민주의로의 귀환에 다름이 아니었다. 그의 페티시즘의 시선 자체가 식민주의의 특징이거니와 이번에는 특별하게 친밀한 결연을 강조한 점이 달랐을 뿐이다. 무라야마는 '내선일체의 악수'를 내세워 식민주의를 넘어서는 척했지만, 결연과 일체가 강조된 페티시즘이란 (성적 페티시즘에서처럼) 타자성을 박탈하는 친밀한 권력의 물신화된 동일화일 뿐이다.

임화는 번역된 『춘향전』에서는 제 맛이 안 난다고 말했다.[61] 여기서 '제 맛'의 표현은 무라야마의 제국 취향의 동일성 미각을 다수 체계성으로 되돌릴 것을 주장한 것이었다. 임화가 말한 제 맛이란 번역 불가능한 특이성을 의미한다. 중요한 것은 임화의 그런 번역 불가능성의 주장이 단순한 민족주의의 이념과는 다른 입장이었다는 점이다. 번역 불가능성을 강조하는 것은 민족의식을 내세워 번역을 해서는 안 된다는 뜻이 아니다. 번역 불가능성은 번역의 과정에서만 발견되거니와 실제로 논쟁은 번역의 요구가 제기된 시점에서 발생했다. 번역은 내부에 안주할 때와는 달리 다수 체계성을 전제로만 가능하며 번역 불가능한 특이성은 그런 역동적 작업 속에서만 발견된다.

그런데 무라야마는 번역의 과정에서 조선 문화를 '질주하는 상상적 동일성'에 포섭된 정적인 로컬칼라로 강등시켰다. 그에 대해 임화는 페티시즘적 시선으로 포섭된 로컬칼라를 다수 체계성을 횡단할 때 발견되는 '제 맛'으로 되돌릴 것을 주장한 것이다. 여기에 내포된 다수 체계성의 관점은 민족 내부에 갇힌 고유문화의 보존과도 다른 입장이었다.

다수 체계성을 횡단할 때 나타나는 통약 불가능성이 바로 특이성이다. 제 맛이란 다른 맛과의 교섭과 전이의 과정에서만 발견되는 것이다. 임화

---

61 '春香傳への諸問題', 「朝鮮文化の現在と將來」, 앞의 신문.

의 번역 불가능한 특이성(제 맛)은 니시다가 말한 지역 전통에 근거한 '특수한 세계'와도 비슷한 것으로 볼 수 있다. 그러나 보다 정확하게 말하면, 니시다의 특수성은 다수 체계성의 감각 속에서 자기 자신의 경계를 넘어서는 번역 불가능한 특이성으로 표현되어야 한다.

번역 불가능성은 번역의 과정에서 발견된 특이성과 다수 체계성을 통한 문화의 생산과 확장의 주장이다. 번역의 과정에서 번역 불가능성을 발견하는 것은 번역어(일어)에게도 충격을 주면서 확장을 요구하게 된다. 그런 생성과 증식의 과정이야말로 서구적 근대의 민족과 국가, 식민지를 넘어서는 진정한 트랜스내셔널한 근대의 초극일 것이다.

번역 불가능한 특이성을 통한 새로운 세계의 생성은 벤야민이 **번역**에 대해 말한 파편의 접합의 비유와도 유사하다.[62] 벤야민의 번역 과정의 비유에는 이제까지의 우리의 주제들이 축약되어 있다. 즉, 로컬칼라와 범아시아, 특수성과 보편주의, 특이성과 열린 보편성에 연관된 문제들이 암시된다. 벤야민은 번역이란 원어와 번역어가 같아지는 것이 아니라 서로 다른 파편들로서 미세하게 달라붙는 것이라고 말한다.[63] 친밀한 제국은 조선 문화를 페티시즘으로 보면서 궁극적으로는 일본 중심의 범아시아에 합류할 것을 주장한다. 그러나 한쪽을 열등한 대체물(페티시)로 보거나 똑같아질 것을 강조하면 두 개 파편은 결코 달라붙을 수 없다. 일본 제국이 일체를 주장할수록 조선인의 불안과 공포가 심화된 것은 그 때문이었다.

그와 달리 벤야민은 서로 다른 파편들이 미세하게 교섭하고 접합되어야만 각각을 넘어선 더 큰 그릇을 이룰 수 있다고 말한다. 번역이란 이질적인 파편들을 접합시키면서 더 큰 그릇의 일부가 되는 과정이다. 벤야민

---

62   벤야민, 이태동 역, 『문예비평과 이론』, 문예출판사, 1987, 95쪽; 호미 바바, 나병철 역, 『문화의 위치』, 소명출판, 2012, 366쪽.
63   우리는 반대로 번역되는 경우에도 똑같이 말할 수 있다.

이 말한 이질적인 파편들이란 통약 불가능한 특이성에 다름이 아니다. 다수 체계성을 횡단하며 (번역의 과정에서) 번역 불가능한 특이성을 발견할 때만 파편들이 달라붙으며 각각을 넘어선 새로운 세계를 생성하게 되는 것이다.

흥미롭게도 벤야민은 파편들이 접합되는 원리를 동일성이 아니라 특이성과 이질성에서 찾고 있다. 동일성은 경계를 만들기 때문에 강압적인 접합인 식민화를 통해서만 더 큰 세계를 만들 수 있다. 반면에 특이성은 서로 다르기 때문에 오히려 더 미세하게 달라붙으며 각각을 넘어선 열린 보편성을 생성한다.

여기서 우리는 벤야민의 논의를 더 확장시킬 필요가 있다. 즉 근대를 넘어서는 논의의 맥락에서 특이성의 파편을 달라붙게 하는 접합의 원리를 더 자세히 살펴봐야 한다. 비슷한 문제에 부딪힌 근대의 초극 논자 중에서 니시타니 게이지와 고사카 마사아키는 동양적인 무의 사유를 주장했다. 서양적인 유의 사유가 경계를 만든다면 동양의 무의 사유는 각각의 개체들, 그리고 개인과 국가 간의 경계를 관통한다. 그러나 니시타니와 고사카는 결국 파편들을 달라붙게 하는 데 실패했다. 니시타니는 무의 사유를 초월적 종교와 연관시키며 고사카는 일본의 국체에 연결시킨다. 이처럼 한쪽에 중심을 두는 초월적 경계의 관통은 무의 사유를 강압적인 식민화의 원리로 다시 환원시킨다. 단지 경계가 없어진 듯이 친밀하게 관통함으로써 오히려 더 물신화된 동일성 체제를 만들 뿐이다.

그와 달리 파편들이 달라붙게 하려면 특이성이 접합되게 하는 다른 원리가 필요하다. 특이성이 접합이 가능한 것은 특이성이란 다수 체계적인 관계 속에서 미결정성을 통해 생성되기 때문이다. 다수 체계적인 미결정성이란 모든 언어가 불완전하기 때문에 생겨난다. 모든 언어는 실재(계)를 자신의 체계의 견지에서 불완전하게 표상하고 있을 뿐이다. 여기서 실재란 니시타니 게이지와 고사카 마사아키가 체계와 국가를 관통한다고 말한 무의 사유와도 유사한 것이다. 무의 사유가 국가를 관통한다는 것은 어떤 체계나 국가에도 초월적 언어가 없다는 뜻이다. 최상의 언어란 없으며 모든 언어는 다른 언어를 관통할 때 어려움을 겪는다. 그 과정에서의 어떤 언어의 불완전성은 다른 언어와의 다수 체계적인 관계 속에서만 비로소 감지된다.[64] 그처럼 고립된 언어의 불충분성에 대비되는 다수 체계적 관계란 체계를 관통하는 무의 사유의 현대적 변형이다.

다수 체계적 관계에서는 한 언어의 불충분성과 함께 특정한 언어적 표현이 보다 실재를 잘 표상하는 경우도 있다. 그처럼 불완전성의 감각으로 경계를 넘는 과정에서 어떤 언어가 실재를 보다 더 잘 표상할 수 있을 때 특이성이 발견된다. 그런 특이성은 번역 불가능하지만 다른 언어의 불충분한 감각 속에서 미결정적으로 감지될 수 있다. 그때 미결정성 속에서 다른 언어와의 교섭이 시작되면서 특이성은 다수 체계성 속에서 울림을 생성한다. 그와 함께 다른 언어의 특이성 역시 다수 체계성 속에서 울림을 생성하며 서로 서로 교섭할 수 있다. 특이성은 통약 불가능성이지만 표상이 불가능한 다른 언어에 충격을 주며 울림을 생성할 수 있는 것이다.[65] 이 같은 특이성의 울림을 벤야민은 미세한 차이를 지닌 조각들이 달라붙는 과정으로 설명했다. 미세한 차이들이 교섭하는 울림의 순간에 특이성은 경계를 넘어 더 큰 보편성을 생성해 가게 된다.

그런 맥락에서 임화의 '제 맛'의 표현은 놀라운 반전을 함축하고 있었다. 그의 특이성(제 맛)의 주장은 『춘향전』의 제 맛을 살리려면 일본의 입맛대로 변형시키는 대신 울림이 생기도록 일본어를 확장시켜야 함을 암시한다. 임화의 특이성과 번역 불가능은 실상 그처럼 번역어인 일본어조

---

64 벤야민, 이태동 역, 앞의 책, 93쪽.
65 울림의 순간 번역어는 확장의 필요성을 경험한다.

차 확장시켜야 함을 시사한 것이었다. 근대의 초극이란 내지의 언어를 상위의 언어로 삼는 대신 일본어에도 충격을 주어 서로서로 증식과 확장을 꾀해야 한다. 설령 일본어만을 쓰는 세상이 오더라도 그 일본어는 범아시아의 특이성의 연대를 표상할 만큼 다수 체계성의 감각을 지녀야 한다. 그 같은 다수 체계성을 통한 문화의 생성과 확장만이 더 큰 범아시아의 창조에 이를 것이었다.

임화는 추방된 타자성 대신 특이성을 주장하며 진짜로 경계를 넘어서야 됨을 암시했다. 특이성의 울림은 추방된 타자가 트랜스내셔널한 문화의 장에서 회생할 수 있는 길을 열어준다. 벤야민이 말한 파편들의 접합은 특이성의 울림을 통해 트랜스내셔널한 큰 그릇을 만드는 과정을 뜻한다. 일체와 **같음**을 강조하는 **친밀한 권력**은 실상은 추방된 타자의 자리에 강압적인 응고제를 감추고 있는 셈이다. 반면에 **특이성**의 발견과 생성은 미세한 **다름**의 힘으로 새로운 세계의 더 큰 그릇을 만들어가며 암암리에 타자성을 회생시킨다. 임화는 다수 체계성이 작동되는 특이성을 말함으로써 무라야마의 동일성의 괴물을 특이성의 운동으로 되돌려야 새로운 세계가 생성됨을 주장하고 있었다.

8. 다수 체계성의 횡단과 낯선 타자의 회생
— 신체제의 친밀한 권력과 김남천의 다성적 소설

임화와 비슷한 시기에 다수 체계성을 발견한 또 다른 작가는 김남천과 김사량이었다. 임화는 무라야마의 『춘향전』 개작에 대항해 일본어 번역 과정에서 발견된 번역 불가능성을 통한 다수 체계성의 횡단을 암시했다. 김남천과 김사량 역시 다수 체계성과 타자성의 회생에 긴밀히 연관된 소설들을 창작했다. 김남천의 『낭비』, 「경영」, 「맥」은 배제된 타자를 시점의 프리즘으로 사용해 부동의 신체제를 물밑에서 은밀히 동요하는 풍경으로 드러내고 있다. 김남천은 신체제가 안정화될수록 물밑에서 불안하게 흔들림을 보여줌으로써 잠재된 다성성을 암시했다. 또한 김사량은 「빛 속으로」와 「천사」에서 피식민자의 복수적 코드를 횡단하는 방식으로 어둠 속에 배제된 타자를 회생시켰다. 김사량의 소설에서는 추방된 타자가 트랜스내셔널한 경계를 넘어서며 되돌아오고 있다.

이처럼 친밀한 권력이라는 물신화된 동일성의 시대에 다수 체계성이 발견된다는 것은 흥미로운 역설이다. 그런 역설은 타자를 추방한 신체제가 실재the Real[66]에서 멀어진 상상적 동일성의 세계이기에 생겨난 것이다. 친밀한 권력이 다수 체계성을 동일성으로 물신화하는 체제라면, 김남천과 김사량은 잠재된 복수 코드를 횡단하면서 그런 절대적 동일성이 일종의 환상임을 보여준다. 특히 김남천은 신체제가 안정화되는 바로 그 순간 물위의 도시처럼 불안정하게 흔들리는 양가적 모순을 암시했다.

김남천의 『낭비』는 모더니스트 이관형을 통해 신체제란 다가오는 동시에 물러서는 권력임을 드러낸다. 이관형은 헨리 제임스 논문을 쓰면서 무의식 중에 식민지인의 불균등성의 위치에서 사회와 심리의 불화를 해소할 '모랄'을 암시하게 된다. 경성제대 교수들은 신체제에 잠재된 다수 체계성을 은밀히 발견한 이관형을 포섭하는 동시에 배제한다.

『낭비』의 속편인 「경영」, 「맥」에서는 다수 체계성에 근거한 다성성이 보다 적극적으로 암시된다. 이 연작은 오시형이 신체제에 동화되는 과정과 최무경(오시형의 애인)이 이데올로기의 공백에서 유동적으로 동요하는 진행을 함께 보여준다. 사회주의자 오시형은 감옥에서 나온 후 전에 없던

---

66   실재(계)란 라캉의 용어로 상징계(체제)에 저항하는 표상할 수 없는 영역을 말한다. 실재계는 표상 불가능하지만 리얼리티의 핵심을 이루고 있다.

불길한 태도를 드러낸다. 최무경에 대한 사랑은 변함이 없었지만 그는 최무경과 함께 할 시간 이외에 또 다른 계획된 미래가 있었다. 오시형은 최무경의 앞에서 그녀의 시선을 무시하고 독백처럼 근대초극론을 발화한다. 최무경은 신경을 쓰지 않았지만 오시형의 독백은 그녀로부터 멀어질 것이라는 암시였다. 이 소설은 오시형의 독백이 법정에서 재연되는 순간 그 동일성의 발화가 최무경을 밀어내는 과정을 보여준다.

그런 파국의 징조는 재판 이전에 이미 나타나고 있었다. 오시형이 불화의 관계에 있던 아버지를 따라 말없이 평양으로 가버린 것이다. 그러나 아직 오시형을 신뢰하는 최무경은 크게 낙심하지는 않았다. 그 대신 그녀는 불안한 마음을 달래며 오시형의 책을 읽고 그를 이해하려 노력했다. 최무경의 긍정적 성격은 자신으로부터 물러서며 상대를 이해하려는 유연한 여성적 사랑에 근거한 것이었다. 오시형의 책과 지식은 최무경의 열린 내면에 옮겨지며 이관형과의 관계에서 다성적인 대화의 장을 열리게 했다. 경성제대 강사직에 실패한 이관형은 헨리 제임스와의 대화에서 얻은 '모랄'마저 상실한다. 최무경과는 달리 이관형이 회의주의에 빠진 것은 경성제대 아카데미즘과 모순되는 그의 '모랄'이 자신도 확신하지 못하는 모호성을 지닌 때문이다.

최무경과 이관형의 대화는 근대초극론과 동양론을 화두로 전개된다. 알 수 없는 독백이었던 오시형의 근대초극론은 두 사람의 다성적 대화 속에서 미결정적 질문들로 되살아난다. 이관형은 동양론에 회의적이었지만 서양의 방법으로 동양을 꽃피우려는 니시다 기타로에게는 유보적이었다. 무거운 짐 같았던 오시형의 근대초극론은 최무경과 이관형의 대화로 옮겨지며 다양한 스펙트럼 속에서 다성적 질문의 음향으로 울리고 있었다. 회의주의자인 이관형이 최무경과 대화를 나눌 수 있었던 것은 자신의 실패 과정에서의 정신의 비밀이 잔여물로 남아 있었기 때문이다. 두 사람의 대화는 서로의 정신의 비밀을 교섭하는 과정과도 같았다. 최무경은 오시형보다 유연한 인물인 동시에 이념적 틈새 속에서 동양론을 질문하는 점에서 비판적인 이관형과도 달랐다. 이 소설에서는 이관형, 니시다, 최무경, 오시형의 말이 각기 다른 음향으로 들려오고 있다. 그런 이질성이 닻을 내리는 동시에 다성적으로 동요하게 만든 것은 연애하는 신체 최무경의 이데올로기적 공백지점이었다.

최무경의 틈새 공간에서 열렸던 다성적 대화는 오시형의 법정의 선언으로 다시 닫히게 된다. 그 과정에서 오시형에게 희망을 가졌던 최무경은 신체제에서 실패한 이관형처럼 실연과 배제를 경험하게 된다. 최무경은 이관형에게 부정적 사유 때문에 대학에서 실패한 것이 아니냐고 말한 적이 있었다. 그러나 이번에는 매사에 긍정적인 자신에게도 비슷한 일이 돌아온 것이다. 이관형처럼 최무경에게도 신체제는 다가오는 동시에 물러서는 **친밀한 권력**이었던 것이다. 하지만 그녀는 회의주의자 이관형과는 달리 물밑의 동요를 멈추지 않는다. 그 이유는 아직 오시형의 말할 수 없는 마지막 말을 듣지 않았기 때문이다. 오시형은 법정에서 전향선언을 했지만 그의 정신적 비밀은 영원히 공표될 수 없는 것이었다. 사랑에 실패한 최무경은 오시형의 불가능한 잔여물과 교섭하며 부동적인 신체제의 안정성을 물위의 도시[67]처럼 동요하게 만들고 있었다.[68]

여성시점으로 독자와 유대를 맺고 있는 최무경이 절대적 동일성의 신체제를 물위의 도시로 만드는 과정은 아주 미묘하다. 최무경은 신체제의 남성중심적 결연에 의해 배제된 무력한 여성 타자에 불과하다. 그러나 그

---

67 '물 위의 도시'는 김철이 김남천의 작품을 분석하며 베네치아에 대해 은유적으로 논의한 것과도 같다. 김철, 「근대의 초극, 『낭비』, 그리고 베네치아」, 『국민이라는 노예』, 삼인, 2005, 62~104쪽.
68 오시형의 정신적 잔여물과 교섭할 수 있는 연애하는 신체의 내면만이 신체제를 물위의 도시로 만들며 동요하고 있었다고 할 수 있다.

녀의 지속적인 동요는 닫힌 이념적 체제를 다시 열어젖히며 잠재적 다성성을 암시한다. 그 과정에서 소설에서 내내 심리적 비밀을 공유해온 독자와 여성 타자의 유대는 매우 중요하다. 정신적 비밀을 공표할 수 없는 신체제의 물위의 도시가 공허한 반면, 실재계적 비밀의 잔여물을 포함하는 물밑의 동요가 오히려 **현실적**인 것이다. 절대적이지만 공허한 체제와 보이지 않지만 실재적인 물밑의 관계는, 양쪽을 다수 체계적으로 횡단한 최무경을 낯선 두려움의 타자로 회생시킨다.

최무경은 이관형에게 실연당한 문란주와 마주치며 병원에 다녀온다고 말한다. 최무경의 병명은 친근한 것이 한순간에 불길해진 데서 오는 **낯선 두려움**이었다. 낯선 두려움은 이질적인 코드들 사이의 틈새에서 경험되는 심리이다. 최무경은 신체제와 정신적 비밀 사이의 틈새에 있었다. 그녀가 그것을 드러내는 심리적 시점의 주체가 될 수 있는 것은 연애하는 신체의 (이데올로기적) 공백에 심리적 비밀을 감추고 있기 때문이다. 남성중심적 신체제는 최무경을 불안(낯선 두려움) 속으로 밀어 넣지만 그 순간 독자와의 정신적 비밀의 공유는 그녀를 신체제의 이질적 타자로 회생시킨다. 법정을 병원으로 말하는 최무경은 독자가 가장 공감하는 인물인 동시에 신체제에 동화될 수 없는 낯선 타자였다. 최무경이 독자의 공감 대상이 되는 것은 아무도 공표하지 못하는 정신적 비밀을 끝없이 질문으로 들려주기 때문이다. 이 소설에서는 여성적 사랑을 지닌 최무경만이 지속적으로 독자의 공감의 대상이 되며 그런 연대는 그녀가 배제되는 순간에 정점에 이른다. 밀려나는 순간이 낯선 타자로 회생하는 순간인 것은 그 때문이다. 최무경은 거세공포에 시달리지만 그 불안한 순간은 공감의 연대에 의해 낯선 타자로 회생되는 순간이기도 했다. 낯선 타자는 정신적 비밀에 근거해 법정을 무능한 병원으로 은유하면서 사랑을 치료해야 할 병으로 만든 신체제에 대한 감성적 대응을 보여주고 있다.

내선일체는 조선과 일본의 결연을 통해 인종과 민족을 넘어선 새로운 체제를 향해 질주하는 장치였다. 그러나 오시형이 제국과의 결연을 선언하는 바로 그 순간 그와 최무경은 타자성의 사랑을 상실하는 아이러니가 나타난다. 그런 중에도 최무경의 내면의 비밀이 남아 있기에 독자와의 연대 속에서 물밑의 동요는 계속된다. 아무도 모르게 비식별성의 영역에서 배제된 최무경의 내면의 동요는 또 다른 비식별성의 역습이다.[69] 그녀는 신체제의 감성의 전도를 폭로하면서 내면의 비밀이 일으키는 동요를 통해 상상적인 신체제를 물 위의 도시로 만든다. 이것이 딱딱하게 경직된 지배권력은 결코 감지할 수 없는 배제된 연약한 타자에 의한 물밑의 비식별성의 역습이다.

「맥」은 친밀한 권력의 시대의 새로운 문학의 방식을 보여준다. 과거에는 감성의 분할에 의해 버려진 존재들이 물밑의 독립된 감성의 연대를 통해 순식간에 식민지적 타자로 떠오를 수 있었다. 「고향」(현진건)에서 유랑인인 '그'가 조선의 얼굴로 발견되는 과정이 대표적인 예이다. 그러나 이제 감성의 질서에서 배제된 최무경에게는 **아무도 모르는** 정신의 비밀이 남아 있을 뿐이다. 「맥」의 놀라운 실험은 여성 시점을 통해 물밑에서 독자와의 연대를 다시 회생시키고 있다는 점이다. 신체제에서는 피식민자들의 물밑의 감성의 연대란 어디에도 없다. 그러나 최무경이 실연당하는 순간 비록 제한적이지만 기적적으로 수면 밑의 연대가 회생한다. 과거의 물밑의 연대는 '조선의 얼굴'을 확인하는 방식(「고향」)이었으나 지금은 신체제를 **물위의 도시**로 만드는 것에 한정된다. 하지만 '물위의 도시'야말로 친밀한 제국의 영원한 식민주의에 저항하는 유일한 시도이다.

최무경의 물밑의 동요와 독자와의 은밀한 연대는 물신화된 체제에 대

---

69   전 시대의 특징이었던 불안의 시위와는 달리 아무도 말하지 않는 침묵 속에서 낯선 두려움의 동요가 표현되는 것이 이 소설의 특징이다.

한 대응이 타자의 존재론적 회생에서 시작됨을 암시한다. 그런 존재론적 회생이 가능한 것은 최무경이 여성적인 다수 체제적 존재이기 때문이다. 다수 체계적 존재인 최무경은 상징계와 기호계[70](혹은 실재계)의 틈새의 공간에서 법정을 에로스를 치료하는 병원으로 은유할 수 있었다. 이 은유는 절대적 동일성의 체제가 에로스라는 실재계의 영역에서 멀어졌음을 알리는 감성적 역습이다. 낯선 두려움이라는 질병을 앓는 사람만이 실재계와 교섭하는 은유를 통해 비식별성의 역습을 시도할 수 있다. 낯선 두려움과 은유의 미학은 배제된 타자를 상상적 공간에서 실재계로 이동시키면서 물밑의 역습을 가능하게 한다. 그처럼 불가능한 대응을 가능하게 하는 것이 바로 여성과 피식민자라는 다수 체계적 위치, 그리고 그곳에서의 낯선 두려움과 은유의 미학이다.

9. 삶권력과 친밀한 권력의 결합
– 여성이라는 인격의 식민지와 낯선 두려움의 역습

친밀한 권력은 식민지 말에 일본 제국에 의해 발명된 독특한 권력장치이다. 1920년대의 문화정치가 미시적인 삶권력의 장치였다면 1930년대 말의 내선일체는 상상적 결연의 방식을 앞세운 친밀한 권력의 기제였다. 삶권력과 친밀한 권력은 피지배자에게 일정한 삶의 능력을 부여하는 방식으로 작동되는 점에서 비슷한 특성을 지닌다. 양자의 차이는 친밀한 권력이 발명해낸 결연의 방식에 있다. 즉 삶권력이 체제에의 '동일화'와 잔존하는 '타자성'의 양가적 기제인 반면, 친밀한 권력은 결연의 방식으로

---

70 기호계란 오이디푸스화를 통해 완전히 상징계에 포섭되지 않은 여성적인 전오이디푸스적 영역을 말한다.

일체화의 환상을 제공함으로써 타자성을 모두 추방한다. 하지만 상상적 일체화와 실제적 위계화의 모순으로 인해 친밀한 권력은 자기 자신이 다가오는 동시에 물러서는 양가적 권력이 된다.

　김남천의 「경영」, 「맥」에서 보듯이 친밀한 권력은 **남성중심적 결연**의 기제이며 그에 민감한 것은 여성적 신체와 내면이다. 남성이 상대적으로 친밀한 권력에 쉽게 동화되는 반면 여성은 (최무경처럼) 배제되면서도 심연의 동요를 멈추지 않는다. 그 이유는 여성이란 상징계와 기호계가 교섭하는 다수 체계적 존재이기 때문이다. 김남천이 여성 시점을 사용한 것은 추방된 여성 타자가 물밑에서 동요하며 **낯선 두려움** 속에서 회귀하는 모습을 포착하기 위해서였다.

　내선일체 시기의 낯선 두려움은 추방된 타자의 감성이다. 「맥」에서처럼 김남천은 그런 불길한 감성을 남성중심적 결연의 감각과 대비시키고 있다. 그런데 그처럼 불길함을 낳는 남성중심적 결연의 기제는 젠더 영역에서는 이미 오래전부터 작동되어 왔다. 근대적 결혼제도가 확립되면서부터 여성은 친밀한 권력의 희생자로서 타자성을 상실한 채 살아왔다고 할 수 있다. 여성적 매력은 페티시즘적으로 허용될 뿐이며 결혼 후에는 그마저 존중받지 못한다. 박완서의 소설이 보여주듯이 여성은 결혼 후 남편과 아이를 매개로 해서만 세상과 접촉하며 살아간다.[71] 예컨대 「꽃 지고 잎 피고」에서 형선은 혼자 있을 때 거실의 유리창으로 세상 밖을 바라본다. 그런데 세상은 바쁘게 움직이지만 그녀는 그 움직임이 자신과 아무런 상관이 없음을 깨닫는다. 그나마 남편과 아이가 돌아오면 유리창 밖의 '무관한 세상'마저 시야에서 사라진다. 결혼이라는 남성중심적 결연에 의해 여성은 바깥세상에서 활동하는 남편에 매달린 우울한 정적인 존재로

71　박완서, 「꽃 지고 잎 피고」, 『그의 외롭고 쓸쓸한 밤』, 문학동네, 2006, 234쪽.

강등된 것이다.

형선의 **유리창**에 갇힌 정적인 존재는 내선일체 시기의 또 다른 유리창에 갇힌 조선의 로컬칼라와도 비슷하다. 후자에서 조선이 박물관의 유리창에 감금되었듯이 전자의 형선은 가정의 유리창에 구류되어 있다. 내선일체가 민족을 로컬칼라로 식민화했다면 젠더 영역의 여성은 그보다 더 내면적으로 예속화된다. 결혼한 여성이란 보이지 않는 인격의 식민지인 것이다. 더욱이 여성의 식민화는 일상의 사적인 영역에서 일어나기 때문에 아무도 관심을 갖지 않는다. 여성은 시대와 상관없는 식민지인 동시에 친밀한 권력의 평생의 희생자인 것이다. 친밀한 제국의 시대에 조선인이 우울과 낯선 두려움 사이에 있었듯이 박완서 소설의 여성들은 끔찍한 우울에 시달린다.

그런 일상의 우울 때문에 박완서 소설에서는 표면상 아무 문제가 없는 듯한 중산층 여성의 고통이 오히려 여성의 질곡을 더 잘 보여준다. 「지렁이 울음소리」, 「닮은 방들」, 「포말의 집」, 「꽃 지고 잎 피고」 등은 정지된 듯한 여성적 삶의 고통을 물밑의 여성 시점으로 암시한다. 결혼은 여성을 화분에 심겨진 식물처럼 정적으로 만든다. 그로 인한 여성의 '답답증'[72]이라는 우울과 권태는 마치 식민지의 로컬칼라의 울혈증과도 비슷하다.

여성의 심심답답증은 결혼 후 남편의 삶의 소시민화에 의해 더 심화된다. 청년의 모습으로 연애의 대상이었던 남편은 결혼 뒤 반복적인 수동적 삶에 매몰된다. 남편은 아내를 페티시즘의 대상으로 보지만 자신의 삶 역시 답답하고 수동적인 것이다. 결혼한 여성이 친밀한 권력의 희생자라면 남성은 산업화 시대의 삶권력의 그물망에 예속된 것이다.

삶권력은 삶의 능력을 증진시키는 대가로 신체와 인격의 능동성을 박

---

72   위의 책, 270쪽.

탈하며 인간을 권력의 기제에 예속시킨다.[73] 남성은 삶권력에 예속된 채 수동적으로 둔감하게 살아갈 뿐이다. 반면에 여성의 답답증은 '인격의 식민지'의 증상인 동시에 내면에 잔존하는 능동성의 소망의 암시이다. 여성의 답답한 우울증은 단순한 무기력이 아니라 결혼과 함께 사라진 에로스의 열망을 심연에 감추고 있다는 표식이다. 그 때문에 우울한 여성에게는 활기찬 남편에 비해 깊은 심연 속에 에로스가 잔존하는 것이다.

「닮은 방들」에서 '나'는 연애 시절에 갑각류처럼 무표정한 남자들과는 달리 남편만이 연한 속살을 드러내고 있음을 느꼈었다. '내'가 남편을 사랑한 것은 부드러운 속살을 노출시키는 남편이 불쌍해서였다.[74] 그러나 결혼 후 남편은 7년간 아파트를 마련하는 동안 그런 유연함과 따뜻함을 잃어버렸다. 남편은 십팔 평짜리 아파트를 얻는 대가로 그의 삶을 수동적으로 만드는 삶권력의 그물망에 예속된 것이다.

그런데 7년의 세월을 잃은 대신 얻은 아파트는 모두 똑같은 '닮은 방들'일 뿐이었다. 여성들은 그런 닮은 방들에서 서로 세간 장만 경쟁을 하며 닮기 위해 애쓰고 있었다. 더욱이 남성의 페티시즘의 대상이 되기 위해 서로 닮은 몸들을 만들며 다이어트를 하고 있었다. 그와 함께 아파트의 여성들은 모두 자신과 비슷한 답답증과 무서움증을 앓고 있었다.

삶권력과 결합된 친밀한 권력은 결혼한 여성을 불안증과 무서움증의 환자로 만들고 있었던 것이다. '나'는 친밀해진 대신 연한 속살을 드러내지 않는 남편에게서도 무의식 중에 그런 불안을 느낀다. 아파트에 이사 온 후 '나'는 어안렌즈로 남편의 창백한 얼굴을 확인하는 일이 더없이 끔찍했다. 어안렌즈는 대상에 대한 '나'의 무의식적 감각을 발견하게 만드는

---

73   진태원, 「관계론의 철학(들)」, 서동욱 · 진태원 편, 『스피노자의 귀환』, 민음사, 2017, 258~262쪽.

74   박완서, 「닮은 방들」, 『기나긴 하루』, 문학동네, 2012, 249쪽.

장치이다. 콩알만한 렌즈로 보는 남편의 끔찍한 표정은 '내'가 평소에 심연에서 느끼는 그에 대한 인상이었을 것이다. 남편은 친밀하게 다가오는 동시에 차갑게 물러서는 사람으로 변해 있었던 것이다.

어안렌즈의 남편의 얼굴에서 느낀 끔찍함이란 친밀성이 한순간에 불길함으로 변해버린 **낯선 두려움**에 다름이 아니다. 결혼과 아파트는 '나'에게 주는 동시에 **빼앗는** 감성적 권력으로 작용하고 있었던 것이다. 친밀한 감성권력이란 십팔 평 아파트와 가구들의 친밀성으로 다가오는 동안에 어느새 딱딱해져 버린 결혼 후의 남편의 존재 자체였다.

남편이 마련해준 닮은 방들의 동일성 원리가 삶권력이라면, 결혼 후 남편의 '나'에 대한 시선은 낯선 두려움을 주는 친밀한 권력이었다. 남편은 여전히 친절하지만 예전과는 달리 거기에는 어떤 '끔찍함'이 숨겨져 있었다. 남편은 자신이 삶권력에 수동적으로 예속되어 있으면서 '나'를 다시 페티시즘의 대상으로 여기는 친밀한 권력의 행사자였던 것이다. 세상에서 수동적인 남편이 이번에는 집안의 권력자의 위치에서 '나'를 수동적으로 만들고 있었다. 결혼이라는 남성중심적 결연 관계가 그와 '나'를 그렇게 만들고 있었다.

하지만 '나'의 답답증은 둔감한 남편과는 달리 심연에 에로스의 열망이 잔존한다는 암시이다. '나'는 규율의 위반을 통해 미칠 듯한 답답증에서 벗어나려는 욕망을 느낀다. 우울한 답답증에서 탈출하려는 욕망은 동일성 원리와 친밀한 권력에서 헤어나려는 것이기도 하다. 철이 엄마에게 그녀의 남편이 '짐승 같은 새끼'라는 말을 듣는 순간 '나'는 위반의 욕망을 강한 전류처럼 느낀다. '나'의 예감 같은 욕망은 수동적인 배합사료에서 벗어나 야생의 먹이를 먹고 싶다는 간음의 조바심이었다.

「지렁이 울음소리」, 「닮은 방들」 등 박완서 소설에서 중산층 여자의 간음의 욕망은 실제로는 타자성에 대한 욕망이다. 1970년대에는 타자가 잔존하는 시대였기 때문에 동일성(닮은 방들)의 감옥에서 탈출하려는 그런 위반의 욕망이 나타났던 것이다. 그러나 젠더 영역에서는 이미 타자성이 추방되어 있었으며 여성은 영원한 식민지와도 같았다.

어느 날 철이 엄마가 시골 친정에 다녀오겠다며 자기 집 식사 부탁을 한다. '나'는 그날 밤 앞집에 스며들어 철이 아빠의 옆에 눕는다. 하지만 그 남자의 야성이란 가학적이면서 신경질적인 것에 불과했다. 그는 섹스를 하는 동안 '나'를 공중변소로 만들면서 쇠붙이 같은 기분 나쁜 냄새로 밀어내고 있었다. 모든 것이 너무나도 남편과 닮아 있었다. 공중변소란 인격이 식민화된 여성의 위치에 다름이 아니다. 남성들은 여성과 섹스를 하며 끌어안는 동시에 밀어내고 있었던 것이다.

나는 욕실에 들어가 불을 켜고 거울 앞에 선다. 거울 속에는 아무와도 관계를 맺은 적이 없는 것처럼 절망적인 무구無垢를 풍기는 여자가 있었다. '내'가 끔찍한 절망을 느낀 것은 간음까지 했지만 누구와도 관계를 가진 적이 없는 것처럼 여겨졌기 때문이다. '나'는 공중변소 같은 페티시즘의 대상이었을 뿐 독립된 인격으로 능동적인 관계를 나눈 기억이 없다. 그렇기 때문에 간음까지 한 여자가 처녀처럼 느껴지는 것이다. 거울 속의 처녀는 해맑은 무구인 동시에 끔찍한 절망이기도 하다.

거울 속의 '내'가 처녀 같은 것은 한 번도 경험이 없는 에로스의 열망을 여전히 간직하고 있기 때문이다. 그러나 그것은 무서운 절망이기도 하다. 아무리 관계를 가져도 처녀가 소망하는 에로스는 실현되지 않기 때문이다. 심연에 에로스의 소망을 갖고 있지만 그것을 퍼 올릴 수 없는 세상은 끔찍하게 느껴진다.

처녀에게서 느끼는 끔찍함은 동화될 수 없는 세계에 대한 낯선 두려움이기도 하다. 낯선 두려움이란 이 세상에서 버려질 듯한 공포스러운 불길함의 느낌이다. '내'가 해맑은 처녀를 보는 것은 심연에 숨겨둔 에로스의 소망이 드러난 셈인데, 실제로 살고 있는 곳은 그게 불가능한 집이므로 '나'는 끔찍한 낯선 두려움을 느끼는 것이다.

그 점에서 낯선 두려움은 심연의 열망과 끔직한 집의 틈새에서 살아야 하는 '나'의 **존재의 조건**이다. '나'의 틈새의 위치는 간음의 위반을 통해 탈출의 욕망이 고조된 순간 무구한 처녀와의 대면에서 발견된다. '나'는 닮은 방들이 끔찍하다고 느꼈었지만 해맑은 처녀와의 대면에서 비로소 그 감정의 근원인 낯선 두려움의 능동성을 감지한 것이다.

이처럼 낯선 두려움은 단순하고 답답한 좌절과는 달리 다수 체계성의 **틈새**에 있을 때 느껴진다. 무구한 처녀가 있는 거울 속은 전오이디푸스적 기호계이다. 끔직한 집(상징계)과 기호계 사이의 틈새에서 도약이 불가능할 때 '나'는 낯선 두려움에 사로잡힌다. 그 때문에 낯선 두려움은 공포인 동시에 경계를 넘어서려는 불가능한 열망이기도 하다. '내'가 발견한 것은 답답증을 넘어선 무구하고 해맑은 **능동적인 절망**인 것이다.

낯선 두려움은 남성중심적 체제에서 일반적으로 느껴지는 불길한 감정이다. 그것은 제국의 경계를 넘을 수 없는 피식민자의 존재의 조건인 동시에 산업화 시대 독재정치하에서 떠돌이들이 느낀 불길함이기도 하다. 그러나 낯선 두려움은 **친밀한 권력**으로부터 가장 강력하게 경험된다.[75] '나'의 아파트와 남편처럼 친밀하고 편리한 것이 동시적으로 이상한 불안과 공포이기도 하기 때문이다. 친밀한 권력 아래에서는 타자성의 상실로 인해 위반을 통해서도 경계를 넘어서기가 어렵다. 하지만 낯선 두려움이 수동적인 절망에 그치는 것은 아니다. 타자의 저항이 불가능한 친밀한 권력하에서는 낯선 두려움의 순간이 추방된 타자의 존재가 암시되는 계기

---

75 친밀한 권력에서 낯선 두려움이 커지는 것은 불안과 공포에서 벗어날 수 없는 식민지와는 달리 얼마간이든 안정성에 대한 기대를 가졌다가 불길한 두려움이 오히려 더 심화되기 때문이다.

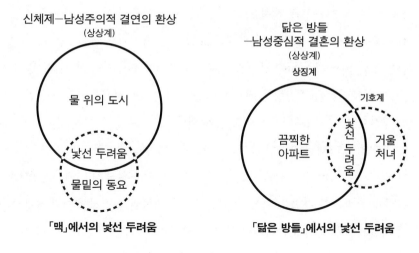

신체제−남성주의적 결연의 환상
(상상계)

물 위의 도시

낯선 두려움

물밑의 동요

「맥」에서의 낯선 두려움

닮은 방들
−남성중심적 결혼의 환상
(상상계)

상징계

기호계

꿈찍한
아파트

낯선
두려움

거울
처녀

「닮은 방들」에서의 낯선 두려움

가 되기도 한다. '나'의 낯선 두려움은 상징계와 기호계의 틈새의 경험인 동시에 거울에 나타난 무구한 타자가 회생하는 순간이기도 하다. 대체 불가능한 불평등성을 숨기고 결연에 의존하는 **친밀한 권력**은 추방된 타자가 **낯선 두려움** 속에서 조용히 드러나는 역습에 직면한다. 능동적인 낯선 두려움의 순간은 일상의 사람들이 잘 감지하지 못하는 **존재론적 역습**의 순간이기도 하다.

배제된 타자가 낯선 두려움 속에서 암시되는 과정은 「맥」에서도 나타났다. 「맥」과 「닮은 방들」의 공통점은 친밀한 권력 아래에서 낯선 두려움의 존재의 조건을 감지하는 순간이 나타난 점이다. 전자는 공적 영역이고 후자는 사적 영역[76]이지만 두 소설의 주인공은 비슷하게 추방된 타자성을 경험한다. 최무경이 느낀 병원과 '내'가 겪은 공중변소가 바로 그것

---

76 최무경은 공적인 공간인 법정에서 충격을 받지만 그녀의 고통은 사적인 일처럼 일상에 묻힌다. 반면에 「닮은 방들」의 '나'의 고통은 처음에 사적인 일로 생각되지만 이 역시 사회적 조건과 긴밀하게 연관되어 있다.

이다. 병원은 타자성을 질병으로 취급하는 사회의 상징이며 공중변소는 타자성을 무시하는 일방적인 관계의 표상이다. 병원과 공중변소는 모멸감을 주는 데서 더 나아가 불안과 공포를 경험하게 한다. 「맥」과 「닮은 방들」의 여주인공들은 전향한 애인 오시형과 아파트의 남자들이라는 친밀한 권력으로부터 거세당한 느낌을 갖게 된다.

그런데 이 거세된 불길한 순간은 단지 환자와 공중변소로 전락하는 데 그치는 것이 아니다. 거세공포를 느끼는 낯선 두려움은 체제 내에서는 병원과 공중변소의 경험이지만, 여성의 다수 체계성의 심연에서는 체제에서 미끄러진 틈새의 순간이기도 하다. 낯선 두려움의 순간은 다수 체계성이 작동되는 때이기도 하며, 그 순간 상징계와 기호계의 틈새에서 추방된 타자성이 감지되기도 한다. 최무경은 법정을 병원으로 은유함으로써, '나'는 간음을 하며 처녀를 만나는 역설(그리고 은유)을 통해, 동일성 세계에 동화될 수 없다는 타자성을 표현한다. 이 은밀한 타자성의 표현은 신체제와 닮은 방들이라는 부동의 동일성 체제를 물위의 도시처럼 끝없이 동요하게 만들고 있다. 최무경이 불길함 속에서 동요하는 순간이 안정된 신체제가 물밑에서 흔들리는 때였듯이, '내'가 거울에서 무구한 처녀를 보는 순간은 남성들의 닮은 방들이 물 위의 도시로 부유하는 때이기도 했던 것이다.

제2장

낯선 두려움의 미학과 은유로서의 정치

1. 존재론적 회생의 시도

─ 낯선 두려움과 은유적 정치, 다수 체계성

김남천의 「경영」, 「맥」과 박완서의 여성소설들은 친밀한 권력에 대한 대응이 단순한 억압적 체제에 대한 저항과는 다른 것임을 암시한다. 아무리 잔혹한 체제에서라도 벌거벗은 생명으로 추방된 타자는 물밑의 연대에 의해 불현듯 회생할 수 있다. 공공연하게 행해지는 폭력에는 사람들이 쉽게 분노하기 때문에 불안한 공포 속에서도 수면 밑의 연대가 이뤄지는 것이다. 앞에서 우리는 억압적인 식민지에서의 문학의 역할이 그런 타자의 회생과 물밑의 연대에 있음을 살펴봤다. 「고향」에서 '그'의 음산하고 비참한 얼굴은 벌거벗은 생명의 모습이지만 지식인과의 교감이 이뤄지는 순간 조선의 얼굴로 상승한다. 조선의 얼굴이란 모든 조선인과의 물밑의 연대에 의해 회생된 정치적인 인격이다.[1] 이처럼 공공연한 차별에 의

---

1 「고향」에서 '그'의 단순한 비참한 얼굴과 '조선의 얼굴'에는 차이가 있다. 조선의 얼굴이
란 그의 고통이 모든 조선인의 공감을 얻어 비참한 타자의 얼굴이 은유적인 정치적 인격
으로 상승했음을 뜻한다.

한 불안과 공포는 피지배자의 자발적인 연대를 가능하게 해 유기된 타자를 정치적 인격으로 상승시킨다.

반면에 친밀한 권력은 공적인 영역에서 결연의 환상을 유포시킴으로써 은밀하게 증폭된 낯선 공포에 무방비상태로 만든다. 친밀한 권력 아래서는 낯선 두려움이 증폭되지만 이상한 고요함 속에서 아무도 배제된 타자와 연대하지 못한다. 그처럼 타자와의 교섭이 없기 때문에 체제에서 벗어나는 길은 나타나지 않는다. 친밀한 체제에서의 이상한 고요함은 고통스럽게 헤매어도 길이 나타나지 않는 **역사의 미로**를 만든다. 그런 역사의 미로에 갇힌 사람들은 자아의 빈곤화와 우울을 경험하며 정체성의 미로를 헤매게 된다.

프로이트는 반복해서 미로를 헤매는 경험을 낯선 두려움이라고 부른다. 그런데 박완서의 '끔찍한 우울'이라는 표현에서 보듯이 낯선 두려움은 우울과도 연관이 있다. **우울과 낯선 두려움**의 차이는 전자가 낯선 미로가 일상화된 상태라면 후자는 미로의 예외적 경험을 일상과 분리시킨 상태라고 할 수 있다.

우울과 낯선 두려움은 타자를 무력화하는 친밀한 권력에서 매우 중요한 심리이다. 억압적 식민지의 소설인 「고향」에서는 타자의 정치적 인격으로의 상승이 탈식민적 저항의 중요한 근거가 된다. 반면에 친밀한 권력 하에서는 우울과 낯선 두려움 속에서 타자성을 회생시키는 존재론적 과정 자체가 대응의 단초가 된다. 친밀한 권력에 대한 응수에서는 빈약해진 자아를 도약시키는 존재론적 회생 자체가 핵심적 계기인 것이다. 존재론적 회생은 타자를 추방한 상상적 동일성 체제를 물밑에서 은밀히 뒤흔드는 진행을 만든다. 억압적 식민지에 대한 대응이 탈식민적인 정치적 인격의 생성에 있다면, 친밀한 권력에 대한 대응은 고착화된 동일성 체제를 흔들리는 물위의 도시로 만드는 데 있다.

예컨대 박완서의 「꽃 지고 잎 피고」에서 형선은 매일 반복되는 답답한 일상을 우울하게 살아간다. 그러던 어느 날 거실의 유리창을 통해 바깥세상을 보며 자신이 유리창에 갇혀 살아가는 존재라고 느낀다. 유리창에 갇힌 일상의 삶이 우울이라면 그런 갇힌 상태에 대한 자의식은 낯선 두려움이다. 낯선 두려움은 미로 같은 답답한 일상에서 벗어나려는 욕망을 갖게 해준다. 이처럼 낯선 두려움의 미학은 우울한 일상에서 벗어나는 존재론적 회생의 열망을 암시한다.

마찬가지로 「닮은 방들」에서 '나'는 매일 어안렌즈를 통해 퇴근하는 남편을 내다본다. 어안렌즈는 '나'의 빈곤해진 자아의 시각성의 은유이다. '나'는 퇴근 때만 아니라 일상에서 줄곧 어안렌즈로 세상을 보듯이 살아가고 있는 셈이다. 일상의 어안렌즈의 시각성은 우울하지만 그런 시각성에 대한 자의식은 낯선 두려움을 느끼게 한다. 낯선 두려움은 우울한 일상의 미로에서 탈출하려는 '외도의 욕망'이 생기게 만든다. '나'의 낯선 두려움과 외도의 욕망 역시 빈약한 자아에서 벗어나려는 존재론적 회생의 열망이라고 할 수 있다.

김남천의 「맥」에서도 최무경은 법정에서 실연의 순간 우울과 낯선 두려움을 동시에 느낀다. 어떤 일에도 힘이 솟지 않는 미로의 느낌이 우울이라면 그런 자신이 병원에 갇혔다는 자의식은 낯선 두려움이다. 낯선 두려움은 심연을 끝없이 동요하게 하며 신체제를 물위의 도시로 만든다.

우울과 낯선 두려움의 미학은 김사량의 「향수」에서도 나타난다. 중일전쟁 이후 이현은 북경에서 고결한 모습을 잃고 우울하게 살아가는 누나를 만난다. 절망과 허무 속에서 살아가는 누나는 마치 박물관에 갇힌 조선의 자기와도 같았다. 누나와의 대면은 우울했지만 박물관에 갇혔다는 자의식은 낯선 두려움을 느끼게 했다. 이현은 낯선 두려움 속에서 조선 자기의 비명을 들으며 자기와 함께 누나를 구출해야 한다는 생각을 갖게 된다. 여기서도 낯선 두려움의 미학은 친밀한 권력의 박물관에서 탈출하려는 존재론적 구원의 열망을 암시한다.

프로이트는 낯선 두려움의 미로에서 벗어나는 방법에 대해 구체적으로 말하지 않았다. 반면에 위의 소설들에서는 낯선 두려움 자체가 거세공포일 뿐 아니라 미로에서 벗어나려는 욕망을 갖게 하고 있다. 그것이 가능한 것은 주인공들이 다수 체계성의 존재이기 때문일 것이다. 예를 든 소설의 인물들은 상징계와 실재계(혹은 기호계), 오이디푸스적 권력과 비오이디푸스적 세계(전오이디푸스적 세계)의 틈새에 있는 존재들이다. 「꽃 지고 잎 피고」의 형선, 「닭은 방들」의 '나', 「맥」의 최무경은 상징계와 기호계의 틈새에 놓인 인물들이다. 또한 「향수」의 이현은 오이디푸스적 체제와 비오이디푸스적 세계 사이에 위치한 다수 체계적 존재이다.

하나의 체계에서 반복적으로 미로를 헤맬 때 우리의 낯선 두려움은 거세공포일 뿐이다. 반면에 **다수 체계성**의 틈새에서 경험하는 낯선 두려움은 지배체제의 미로에서 벗어나려는 욕망을 갖게 해준다. 다수 체계적 틈새에서의 낯선 두려움은 실재계와 교섭하며 거세공포를 넘어서려는 능동적인 정동을 생성시킨다.

우리는 반복되는 출구 없는 미로를 친밀한 권력의 효과라고 불렀다. 친밀한 권력은 물신화된 동일성의 체제이며 피지배자의 타자성을 추방해 미로를 헤매게 만든다. 그런 동일성 체제의 미로의 효과에 대항하는 유력한 방법은 다수 체계성을 작동시키는 것이다. 또한 다수 체계성을 작동시키려는 욕망을 생성시키는 것은 상징계와 실재계의 틈새에서의 낯선 두려움이다.

친밀한 권력이란 타자를 추방하는 초합리적인 절대적 동일성 체제에 다름이 아니다. 역설적인 것은 그런 절대적 동일성의 코드화가 경계의 모순에 의해 코드화 자체의 비합리성을 낳는다는 것이다. 예컨대 내선일체에 동화된 전향자나 이중언어작가가 (김사량 소설에서처럼) 합리적 코드화에서 미끄러져 비합리적인 정체성의 혼돈을 경험하는 경우이다. 그처럼 합리적 코드의 내부에서 비합리적 미로를 헤매게 될 때 사람들은 낯선 두려움을 느낀다. 프로이트는 낯선 두려움의 순간 사람들이 애니미즘적 마법을 믿었던 어린 시절로 회귀한다고 말한다. 그와 비슷하게 우리는 낯선 두려움이 피식민자를 (남성중심적) 제국의 오이디푸스화 이전으로 회귀시켜 다수 체계성의 존재를 만든다고 말할 수 있다. 낯선 두려움은 잠재적인 다수 체계성을 작동시키고 다수 체계성은 기억의 경첩을 움직여 은유의 이중주를 연주하게 만든다.

체계의 틈새에서 미끄러진 인물이 낯선 두려움 속에서 다수 체계성을 작동시키는 방법은 **기억의 경첩**을 움직이는 것이다. 상징계가 직선적인 시간의 체계라면 기호계나 실재계는 순수기억의 소우주와 관계하는 영역이다. 예컨대 「닮은 방들」의 '나'는 기호계의 기억의 경첩을 움직이며 욕실의 거울에 나타난 무구한 처녀와 대면한다. 「맥」의 최무경 역시 병원이 된 법정을 벗어나며 순결한 자신의 정신의 비밀과 대면한다. 두 소설에서 '나'와 최무경은 다수 체계성의 틈새에서 끝없이 동요하며 남성중심적 동일성의 체제를 물위의 도시로 만들고 있다.

「향수」의 이현 역시 다수 체계성 속에서 기억의 경첩을 움직여 박물관의 도자기를 구출하는 일을 누나의 구원으로 생각한다. 여기서 조선 자기의 구출은 제국의 우울한 미로를 헤매고 있는 누나의 구조에 대한 은유이다. 누나를 직접 도와줄 수는 없지만 다수 체계성을 작동시켜 고려청자의 은유를 통해 구원의 소망을 표현하고 있는 것이다.

이처럼 다수 체계성의 틈새에서 기억의 경첩을 움직이는 것이 바로 은유적인 정치이다. 벤야민은 기억의 경첩을 움직여야지만 구원의 좁은 문이 열린다고 말했다.[2] 우리는 기억의 경첩의 작동이란 은유를 통해 다수 체계성을 작동시키는 것이라고 부언할 수 있다. 은유의 경첩은 순수기억을 증폭시키며 다수 체계들의 이쪽과 저쪽을 연결시켜준다. 구원의 문은 한쪽의 문짝으로는 결코 열릴 수 없다. **하나의 체계**에 갇혀 있을 때 우리는 벗어날 수 없는 **상상적 미로**를 헤맬 뿐이다. 반면에 여기와 저기를 접합하는 은유의 경첩이 움직일 때 비로소 실재계와 교섭하는 틈새의 공간이 열린다. 은유는 상징계와 실재계, 의식과 무의식의 틈새를 건너뛰며 우리의 순수기억을 부풀리는 정신적 작용이다. 은유적 교섭의 순간 우리는 상상적 동일성 체제의 미로에서 벗어나 실재계와 교감하는 **길 없는 길**[3]을 발견한다. 그와 함께 빈약해진 우울한 자아에서 탈출해 끝없이 동요하는 내면을 경험하게 된다. 절대적 동일성의 코드화가 낳은 혼돈의 미로에서 벗어나는 방법은 또 다른 코드화가 아니라 내면의 동요 속에서 목숨을 건 도약을 통해 길 없는 길을 가는 것이다. 길 없는 길과 동요하는 내면이야말로 동일성 체제를 물위의 도시로 만들며 친밀한 권력에 대항하는 핵심적 단초이다.

　낯선 두려움과 은유의 미학은 존재론적 회생의 중요성을 말해준다. 친밀한 권력에 의해 역사의 미로를 헤맨다는 것은 자아가 빈약해진 상태를 암시한다. 낯선 두려움과 은유는 다수 체계성을 작동시켜 빈약한 자아를 약동시키면서 실재계와 교섭하는 길 없는 길을 알려준다. 뒤에서 우리는 친밀한 권력에 대한 대항이 그런 존재론적 회생의 정치에서 시작되어야 함을 살펴볼 것이다. 20세기 중반 이후 우리는 친밀한 권력에 의해 반복적으로 역사의 미로를 헤매게 된 경험을 갖고 있다. 우리가 명심해야 할

2　벤야민, 『벤야민 선집』 5, 길, 2008, 384쪽.
3　'길 없는 길'에 대해서는 히야마 히사오, 정선태 역, 『동양적 근대의 창출』, 소명출판, 2000, 45쪽; 김철, 「'결여'로서의 국문학」, 『식민지를 안고서』, 역락, 2009, 42~43쪽 참조.

것은 그런 미로의 방황이 역사의 망각에서 비롯된다는 것이다. 친밀한 권력의 궁극적 효과는 자아의 빈곤화와 역사의 미로의 망각이다. 그것은 경직된 체제에서 벗어나는 길(길 없는 길)을 암시하는 타자성의 망각이기도 하다. 권력이 친밀해질수록 우리는 과거의 역사의 미로를 망각한 채 타자성을 상실하고 또 다른 미로를 헤매게 된다. 거기에서 벗어나는 길은 역사의 미로에 갇힌 빈약한 자아를 회생시키는 존재론적 정치와 다수 체계성의 작동에서 시작되어야 한다.

2. 친밀한 권력과 낯선 두려움

이제 친밀성과 낯선 두려움의 관계를 보다 자세히 살펴보며 친밀한 권력에서 벗어나는 길을 생각해보자. 친밀한 권력의 특성은 친밀성이 자신도 모르게 낯선 두려움으로 전환된다는 것이다. 「맥」과 「닮은 방들」은 그런 아이러니를 잘 보여준다. 「맥」에서 최무경은 오시형이 법정에서 전향선언을 할 때에도 신체제에서 자신이 놓여진 위치를 감지하지 못하고 있었다. 최무경은 애인의 전향이나 제국의 근대초극론에 별다른 반감을 느끼지 않았던 것이다. 그것은 친밀한 권력이 경계를 넘어 함께 달려간다는 환상을 심어주는 체제였기 때문일 것이다. 그와 함께 최무경의 에로스적 사랑은 어떤 이데올로기에서도 공백상태를 만들며 당당할 수 있었기 때문이다. 그러나 오시형이 근대초극론을 선언하는 순간 남성중심적 신체제는 여성적 사랑을 포기하지 않은 최무경을 냉혹하게 배제한다.

최무경은 불길한 공포를 느끼는데 그 순간 법정은 그녀의 신체를 치료하는 병원으로 전환된다. 최무경의 '연애하는 신체'의 병증은 낯선 두려움이었다. 그녀의 이 '제도화된 질병'[4]의 증상은 자신의 정체성의 핵심인 에로스가 거세될 듯한 공포였다. 그런 거세에 동조할 수 없는 최무경은 체제에 동화될 수 없다는 동요를 느낀다. 최무경은 사랑을 치료해야 하는 질병으로 만드는 남성중심적 신체제에서 물밑의 동요를 통해 타자성을 확인한다. 이처럼 불길한 낯선 두려움은 체제에서 배제되는 거세공포인 동시에 치료가 어렵다는 타자성의 감지이기도 하다.

「맥」에서 친밀한 권력은 여성적 사랑을 배제하는 남성중심적 권력이며 그런 체제로부터의 거세공포가 낯선 두려움이다. 낯선 두려움이 거세공포라는 것은 이 불길한 감정이 남근적 권력으로부터의 공포임을 암시한다. 거세공포의 축자적인 의미는 남근을 거세당할 것 같다는 두려움의 심리이다. 여성은 이미 거세된 존재이므로 낯선 두려움은 여성에게 일상적으로 상존하는 감정이다. 그러나 여성의 낯선 두려움은 부재하는 남근의 거세 때문이 아니라 여성적 사랑(에로스)을 부인하는 남근적 관념에 의한 것이다. 그와 함께 남근적 체제에서는 권력에 예속되지 않는 한 남성 역시 거세공포를 느끼게 된다.

남성중심적 체제에는 가부장제, 자본주의, 국가주의, 제국주의 등이 있다. 일반적으로 모든 남성중심적 체제는 낯선 두려움의 심리를 낳는다. 예컨대 가부장제 사회에서의 여성이나 식민지에서의 피식민자, 개발독재 시대의 유랑인의 기본적인 정동은 낯선 두려움이다.

그러나 역설적으로 낯선 두려움의 심리는 친밀한 권력에서 가장 증폭된다. 그것은 친밀성이란 동일성의 환상이 전일화되었다는 신호이며 그런 전사회적 판타스마고리아에 동화될 수 없는 사람은 낯선 두려움이 증폭되기 때문이다. 친밀해졌다는 것은 낯선 두려움이 없어졌다는 뜻으로

---

4 '제도화된 질병'이란 에로스를 질병처럼 취급하는 사회에서 갖게 되는 낯선 두려움을 말한다.

생각될 수도 있다. 그러나 친밀한 사회는 낯선 두려움을 망각하게 하는 동시에 내밀하게 증폭시킨다. 낯선 두려움의 망각은 환상이며 그런 환상의 그늘에 은폐된 낯선 두려움은 더 커지는 것이다. 그처럼 남성중심적 권력이 친밀해질수록 낯선 공포가 심화된다는 역설은 **친밀성과 낯선 두려움** 간의 긴밀한 관계를 암시한다. 그와 함께 은폐된 낯선 두려움의 감지는 이 불길한 공포가 거세공포인 동시에 친밀한 권력의 환상을 깨뜨리는 저항의 단초임을 시사한다.

친밀성과 낯선 두려움의 관계를 가장 먼저 발견한 것은 프로이트였다. 프로이트는 낯선 두려움이 새로운 것에서 생기는 이질감이 아니라 친숙함home과의 관계에서 파생된 특이한 공포감unhomly이라고 설명한다. 흔히 불확실한 새로운 대상을 두렵다고 느끼지만 친숙하지 않다고 모든 것이 두려운 것은 아니다. 반면에 특별한 공포심인 낯선 두려움은 어떤 숨겨진 방식으로 친숙한 것과 연관되어 나타난다. 낯선 두려움은 인지적인 불확실함 때문이 아니라 친숙함과의 어떤 관계를 상기하는 정신적인 움직임 속에서 생겨난다.

프로이트가 말하는 친숙함Heimliche은 모태나 어머니의 품, 태곳적 고향 등을 뜻한다. 반면에 낯선 두려움Unheimliche은 그것이 억압된(un) 상태를 나타낸다. 그렇다면 우리가 느끼는 낯선 두려움은 모태나 태곳적 고향 같은 친숙한 것이 억압되어 있다는 심리적인 상태일 것이다.

그러나 친숙함을 잃어버렸다고 모든 사람이 낯선 두려움을 느끼는 것은 아니다. 우리는 친숙함 이외에 제2의 친숙함을 경험하기 때문에 낯선 두려움unhomly을 잊고 살아가는 것이다. 제2의 친숙함이란 아버지로 표상되는 남성중심적 체제와 친밀한 권력을 말한다. 친밀한 권력은 제2의 친숙함 중에서 가장 친밀한 동시에 가장 억압적인 체제이다. 이는 남성적 상징계인 제2의 친밀함이 낯선 두려움을 달래주는 동시에 완전히 해소시켜주지는 못함을 뜻한다. 친밀한 권력은 낯선 두려움을 가장 은밀하게 봉합하는 동시에 가장 불안하게 증폭시킨다.

이런 친숙함과 제2의 친숙함, 낯선 두려움의 관계는 프로이트의 「모래인간」(호프만)에 대한 설명에서 잘 드러난다. 「모래인간」에는 두 번의 낯선 두려움의 순간이 제시된다. 한 번은 유년기에 어머니로부터 멀어질 때이며 또 한 번은 성장한 후에 사랑을 갈망하는 청년기에이다. 어린 시절 나타니엘은 밤늦게까지 잠을 자지 않으면 모래인간이 와서 모래를 뿌려 눈을 빼간다는 두려운 이야기를 듣는다. 무서운 아버지의 상징인 모래인간이 온다는 것은 어머니로부터 멀어지는 시기의 심리를 나타낸다. 또한 눈은 남근이나 이성의 등가물로서 눈을 뺀다는 것은 아버지의 규율에 대한 복종을 강요하는 거세의 장치이다. 모래인간의 이야기는 어머니의 친숙한 품에서 아버지의 제2의 친숙함으로 옮겨가는 시기의 심리를 서사화한 것으로 볼 수 있다.

어느 날 나타니엘이 밤늦게 아버지의 서재에 있을 때 마침내 변호사 코펠리우스가 모래인간으로 나타난다. 모래인간은 "여기 예쁜 눈이 있다"고 말하며 화로의 숯가루를 뿌려 눈을 빼가려 했다. 그때 아버지가 용서를 빌자 모래인간은 "눈은 울라고 놔두지" 하며 되돌아갔다. 여기서 용서를 구한 사람은 좋은 아버지의 기표로서 순화된 교양이념을 상징한다. 또한 법을 직업으로 한 변호사 코펠리우스는 억압적인 제도적 아버지(나쁜 아버지)의 기표이다. 1년 후 모래인간이 다시 집에 왔을 때 아버지는 폭발사고로 죽음을 맞는데 이는 서구 역사에서의 교양이념이 흔들리기 시작함을 암시한다.

나타니엘은 대학생이 된 후 안경 상인을 통해 어린 시절의 끔찍한 모래인간의 모습을 다시 상기한다. 안경 상인 코폴라는 어른의 세계를 규율화하는 모래인간의 귀환으로 볼 수 있다. 또한 그 순간의 나타니엘의 두 번째 공포는 성인이 경험하는 제2의 낯선 두려움이다.[5] 나타니엘은 모래인 간이 눈이 아니라 안경을 취급한다는 사실에 공포가 수그러드는데, 이는 합리적 세계의 제2의 친숙함에 의한 것이다. 코폴라의 다양한 안경들은 성인의 세계를 시각화하는 관념과 사유들의 상징이다. 나타니엘은 안경 대신 망원경을 사게 되고 망원경으로 맞은 편 아파트에서 스팔란짜니 교수의 딸 올림피아를 보게 된다.

올림피아는 천사처럼 아름다웠으나 이상하게도 눈빛은 생기가 없어 보였다. 나타니엘이 더 자세히 바라보자 그제서야 올림피아의 눈은 생생하게 불타올랐다. 나타니엘은 올림피아를 보는 순간 벼락을 맞은 것 같았고 자신의 약혼녀(클라라)마저 잊을 정도였다.

나타니엘은 올림피아의 춤에 매혹되었지만 그의 친구들은 그녀가 생기가 없이 굳어 있었다고 수근거렸다. 마침내 나타니엘은 교수와 코폴라(안경 상인)의 언쟁에서 올림피아가 (스팔란짜니가) 기계장치를 조립해 만든 자동인형임을 알게 된다. 나타니엘은 죽은 사람처럼 창백한 올림피아의 밀랍얼굴에 눈이 없는 것을 보게 된다. 스팔란짜니는 코폴라가 눈을 빼앗아 갔다고 바닥에 쓰러지며 외쳤다.

나타니엘은 피투성이가 된 채 바닥에 뒹굴고 있는 눈알 두 개를 보았다. 스팔란짜니는 손으로 그 눈을 움켜잡아 나타니엘을 향해 던졌다. 그 순간 이성과 사고가 분열되고 광기에 사로잡힌 나타니엘은 발작을 하듯이 외쳤다. "우— 우— 우 불의 원! 돌아라, 불의 원이여! 나무인형이여! 우— 아름다운 나무인형이여 춤추어라!" 나타니엘은 교수에게 달려들어 그의 목을 졸랐다.

---

5   어린 시절의 낯선 두려움이 어머니의 세계에서 아버지의 세계로 옮겨가는 과정에서 경험된다면, 성인의 낯선 두려움은 아버지의 합리적 세계에 적응한 상태에서 사회적 모순에 의해 비합리성이 나타날 때 느끼게 된다.

이 소설에서 모래인간의 귀환과 올림피아의 아름다움에 대해서는 여러 가지 해석이 가능하다. 프로이트는 올림피아가 어린 나타니엘이 아버지에 대해 취하고 있던 여성적 태도를 의인화한 것이라고 말한다. 모래인간이 과거에 눈을 빼가려 했듯이 올림피아의 눈을 피범벅이 되게 한 사실, 그리고 스팔란짜니가 빠진 눈을 나타니엘에게 던지는 내용이 그것을 암시한다. 올림피아는 나타니엘의 분신이며 나타니엘은 낯선 두려움을 달래주었던 어린 시절의 나무인형(올림피아)의 춤[6]으로 되돌아가려 하고 있다. 모래인간으로 인해 유년기의 낯선 두려움으로 되돌아간 나타니엘은 올림피아의 춤으로 그 공포를 달래려 하고 있는 것이다. 그러나 인형의 춤이 낯선 두려움을 달래주었던 그때와 달리 합리성이 내면화된 지금은 분열에서 벗어날 수 없다.[7] 나타니엘이 합리성을 상징하는 교수(정신적 아버지)의 목을 조르는 것은 그 때문이다.

그런데 교수와 모래인간이 올림피아를 놓고 다투는 데서도 알 수 있듯이 올림피아는 단순히 나타니엘의 분신만은 아니다. 나타니엘과 모래인간의 두 번째 만남은 분명히 성인에게 닥친 낯선 두려움의 귀환이다. 그런데 이번에는 모래인간이 망원경을 통해 올림피아를 보여주며 낯선 두려움을 잊게 해준다. 성인에게 모래인간은 낯선 두려움의 근원인 동시에 그것을 은폐하는 존재인 것이다. 그처럼 모래인간의 망원경은 일종의 회유책이지만 나타니엘은 올림피아를 보며 그 이상의 감정을 느낀다. 나타니엘에게 올림피아는 모래인간의 회유책(망원경)을 넘어서는 보다 근원적인 존재였던 것이다. 나타니엘의 올림피아에 대한 열정은 합리적인 약혼녀에 대한 감정을 넘어선 것이며, 그것은 유년기의 어머니의 상실을 보충

---

6   어린 시절에 환상 동화에 빠져드는 것은 낯선 두려움을 잊기 위해서이다.

7   프로이트는 어린 시절에는 인형의 춤이 즐거웠지만 성인에게는 낯선 두려움이 불러 일으켜진다고 말한다. 『프로이트 전집』 18, 121쪽.

해 준 애니미즘 세계(인형의 춤)에 대한 도취와도 연관이 있다. 유년기이든 지금이든 나타니엘에게 올림피아는 아버지 세계의 낯선 두려움에서 벗어나게 해주는 존재로 위치하고 있다.

반면에 교수와 모래인간에게는 올림피아가 매혹적인 자동인형의 차원에 있을 뿐이다. 그들은 어린 시절의 어머니의 사랑도 애니미즘의 매혹도 모르는 성인 세계의 아버지들이기 때문이다. 그들의 관심은 남근의 대체물인 눈에 있으며 눈을 뺏고 다시 끼워 넣으려는 싸움에 열중한다. 그에 반해 나타니엘의 관심은 상실한 어머니의 사랑의 보충물로서 애니미즘의 세계에 있다. 어머니의 사랑과 애니미즘의 생명적 열정을 관통하는 것은 에로스이다. 올림피아는 아버지들과 나타니엘에게 각기 다른 존재이다. 교수와 모래인간에게 남근의 대체물 눈을 둘러싼 자동인형인 것이 나타니엘에게는 가슴에서 타오르는 불길인 것이다.

나타니엘은 낯선 두려움을 잊게 한 올림피아가 자동인형이었음을 알았을 때 다시 낯선 두려움이 증폭되었다. 교수와 모래인간이 몰두하는 올림피아는 남근의 대체물 페티시로 밝혀진 것이다. 올림피아가 조립되고 눈을 박아 넣은 조작물이라는 점이 드러났을 때 나타니엘의 낯선 두려움은 최고조에 이른다.

그러나 올림피아는 여전히 나타니엘에게는 페티시에 불과한 존재가 아니었다. 처음에 눈에 생기가 없던 올림피아가 나타니엘의 눈빛에서 불타오른 것은 페티시를 넘어선 열정을 나타낸다. 또한 어린 시절의 기억을 잊지 않은 나타니엘이 무도회의 아름다운 올림피아의 춤에서 느낀 것 역시 에로스의 열정이었다. 나타니엘은 조립된 인형의 현실을 보면서도 올림피아의 춤을 잊지 못한다.

따라서 올림피아는 양가성을 지닌 존재의 은유이다. 그녀는 교수와 모래인간에게는 페티시이지만 나타니엘에게는 에로스의 대상인 여성이다.[8] 여성은 성인 남성에게 페티시의 대상이면서도 나타니엘 같은 남성을 위해 심연에 에로스의 열정을 숨기고 있다. 여성이 양가적이듯이 올림피아는 양가적이다. 교수와 모래인간은 여성을 페티시로 소유하려 싸우지만 나타니엘은 가슴의 불길로 타오르는 에로스를 열망한다. 아버지들의 싸움으로 올림피아는 눈이 빠져 거세되었으나 빠진 눈은 나타니엘의 가슴에 던져져 불길이 된다. 나타니엘을 사로잡은 불의 원은 거세의 함정인 동시에 에로스의 연출이다. 피흘리는 올림피아 앞에서의 나타니엘의 발작은 거세와 에로스, 그 현실과 소망 사이에 분열에 의한 것이다.

나타니엘은 올림피아의 춤과 가슴의 불길을 잊지 못하지만 현실에는 거세된 자동인형만이 있을 뿐이다. 나타니엘의 분열과 공포는 남근(제2의 친숙함)의 거세에 의한 두려움뿐만 아니라 에로스(어머니의 친숙함)의 상실과도 연관이 있다. 낯선 두려움은 눈(남근)의 거세인 동시에 **가슴의 불길(에로스)의 상실**이기도 한 것이다.

이 소설에서 그런 나타니엘의 분열과 환상의 경험은 클라라의 안정된 상식적인 세계와 대비된다. 낯선 두려움에 민감한 나타니엘의 일련의 경험은 상식적인 세계의 이면에 숨겨진 것을 드러낸 것으로 볼 수 있다. 프로이트(그리고 호미 바바)는 낯선 두려움을 숨겨야 할 것이 드러났을 때 느껴지는 심리라고 말했다.[9] 클라라가 잘 숨기고 살아가고 있는 은밀성을 나타니엘은 낯선 두려움의 서사로 폭로하고 있는 것이다.

상식적인 현실의 이면에는 양가성의 세계가 숨겨져 있다. 즉 아버지들의 제2의 친숙함의 세계와 낯선 두려움을 느끼는 나타니엘의 또 다른 세

---

8   올림피아는 나타니엘의 분신이기보다는 에로스적 열정의 근원 대상a라고 할 수 있다.
9   『프로이트 전집』18, 136쪽; 호미 바바, 나병철 역, 『문화의 위치』, 소명출판, 2012, 45~46쪽.

계가 있다. 교수와 모래인간은 남근/눈의 대체물 자동인형(올림피아)을 만들어 친숙함/어머니를 대신한 제2의 친숙함의 세계를 구성한다. 그러나 나타니엘은 자동인형에게서 낯선 두려움을 느끼며 춤추는 올림피아와 불의 원을 열망한다. 이는 나타니엘이 어린 시절 어머니의 상실을 달래주었던 애니미즘적 세계를 아직 기억함[10]을 뜻한다. 애니미즘을 모르는 아버지들은 자동인형을 통해 올림피아(여성)를 페티시의 대상으로 만들 뿐이다. 반면에 애니미즘을 기억하는 나타니엘은 올림피아의 춤을 가슴의 불길로 느끼며 상실한 어머니/친숙함을 열망한다. 나타니엘에게 올림피아는 상실한 어머니의 기억 대상 a[11]이며 그것은 올림피아에게 어머니의 반지를 끼워주려 하는 것으로도 알 수 있다.[12] 더욱이 그녀는 시를 지루해하는 클라라와는 달리 나타니엘의 문학을 깊이 이해해준다. 하지만 에로스의 열망 올림피아는 (대상 a처럼) 아직 가슴에만 있으며 현실에는 아버지들이 만든 조립된 자동인형이 있을 뿐이다.

낯선 두려움은 상식적인 세계에서 숨겨야 할 것이 드러났을 때, 올림피아가 자동인형임이 밝혀졌을 때 느껴진다. 그러나 이때의 낯선 두려움은 나타니엘이 열망하는 **불의 춤이 불가능하다는** 분열의 심리와도 연관이 있다. 불의 춤을 열망하지 않는 상식적인 세계의 사람들은 올림피아가 자동인형임을 모르고 지내며 낯선 두려움에도 민감하지 않다.[13] 반면에 나타니엘이 자동인형을 발견한 것은 기억 속의 에로스와 불의 춤을 열망해 올림피아에게 너무 다가간 결과이다. 나타니엘은 눈 빠진 올림피아에게서

---

10 아도르노에 의하면 애니미즘은 자연을 닮으려는 욕망이기도 하다.

11 올림피아는 대상 a의 부분대상이라고 할 수 있다.

12 호프만, 김현성 역, 「모래사나이」, 『모래사나이』, 문학과지성사, 2001, 62쪽. 반지를 주려고 올림피아에게 갔을 때 나타니엘은 그녀가 자동인형임을 발견한다.

13 상식적인 세계의 사람들이란 일상에 숨겨진 예외, 즉 여성이 자동인형이 된 예외적 상황을 자각하지 못한다. 반면에 나타니엘은 숨겨진 예외를 감지해 낯선 두려움을 느끼는데 이는 그가 심연에 예외에서 벗어난 여성에 대한 열망을 지니고 있기 때문이다.

낯선 두려움을 느끼는데 그것은 그가 심연에서 올림피아의 춤에 대한 열망을 버리지 못하기 때문이기도 하다. **낯선 두려움**unhomly은 **불의 춤**(home)의 억압(un)을 아는 사람만이 느끼는 정동인 것이다. 그처럼 낯선 두려움은 눈을 잃을 듯한 거세공포인 동시에 상실한 불의 원에 대한 열망이 감지되는 순간이기도 하다. 어머니의 친숙함을 잃은 상태에서 아버지에게서 거세공포를 느끼는 순간 어린이는 최초로 낯선 두려움을 경험한다. 그 어린 시절은 어머니와의 기억의 대체물로서 애니미즘적 생명력 불의 춤에 열광한 때이기도 하다. 성인이 된 후 나타니엘은 바닥에 나뒹구는 눈알을 보며 공포를 느끼는 동시에 눈이 가슴에 던져진 순간 불의 원에 다시 사로잡힌다. 그 순간 나타니엘은 거세공포와 함께 이제 불가능해진 불의 춤을 상기하고 있었던 것이다. 낯선 두려움은 어머니와의 기억과 불의 춤을 잊지 못하는 사람이 상징계에서 느끼는 불길함, 그 실재계적인 능동적 절망이다.

호프만의 「모래인간」의 세계는 아직 친밀한 권력이 작용하는 세계는 아니다. 클라라의 상식적인 세계가 주류를 이루고 있으며 모래인간의 존재가 망각될 수 있기 때문이다. 친밀한 권력의 세계는 클라라의 안정성보다 교수와 모래인간 같은 아버지들이 주도하는 세계이다.

친밀한 권력이란 아버지들이 만든 제2의 친숙함의 장치가 물신화된 세계이다. 그것은 조립된 자동인형이 에로스와 불의 춤을 대체한 세계이기도 하다. 자동장치의 물신화는 식민지 말에 인공기관 열차로 나타났으며 오늘날의 신자유주의 사회에서는 자동인형화된 인격들로 드러나고 있다.

그와 함께 친밀한 권력은 모래인간의 망원경 같은 낯선 두려움을 잊게 하는 장치가 발달한 세계이다. 모래인간의 세계는 교활한 안경 상인이 편재하는 세계이기도 한 것이다. 그런 도처의 스펙터클 장치는 예쁜 눈 수집에 관심이 있는 모래인간이 주도하는 세계를 보지 못하게 만드는 기능을 한다. 세상에는 불의 춤이 사라지고 자동인형밖에 남지 않았지만 아무도 그것을 모르는 것이다. 단지 불가능한 **불의 춤을 잊지 못하는 사람**만이 모래인간에게 눈을 빼앗기고 불구덩이에 던져질 것이라는 **낯선 두려움**에서 벗어나지 못한다.

하지만 이제는 그런 낯선 두려움만이 절망인 동시에 희망이다. 모래인간이 주도하는 친밀한 체제에서는 에로스가 불가능해지고 자동인형(인공인격)만이 남겨지기 때문에 사랑과 연대에 의한 변화가 매우 어려워진다. 이런 사회에서는 에로스적 연대 대신 에로스를 잊지 못하는 사람들의 **낯선 두려움**이 변화의 열망을 생성시킨다. 낯선 두려움은 불구덩이에 던져질 것 같은 공포인 동시에 심연에서의 불의 원의 기억이기도 하기 때문이다. 그처럼 심연의 기억 때문에 모래인간의 세계(상징계)에서도 불의 춤(에로스)[14]을 잊지 못하는 것이 바로 다수 체계성의 존재이다.

식민지 말의 소설 「맥」(김남천)에서 최무경은 아버지들의 세계에서 추방되며 거세공포를 느끼는데 그 순간은 물밑에 잔존하는 사랑의 동요의 순간이기도 했다. 이때 최무경과 독자는 물밑의 동요를 공유하며 아버지들의 세계가 물위의 인공도시로 흔들림을 감지한다. 이처럼 낯선 두려움은 상징계(아버지의 세계)로부터의 수동적인 거세공포인 동시에 그 세계에 동화될 수 없다는 능동적인 불안이기도 하다. 최무경의 '물러앉은 가슴'은 버려진 듯한 불길함이면서 아버지들의 세계가 흔들리고 있다는 물밑의 신호이기도 하다.

박완서의 「닮은 방들」의 시대는 친밀한 권력의 시대는 아니다. 그러나 이 소설은 젠더 영역에서의 친밀한 권력의 작동을 매우 잘 보여준다. 이 소설에서 '나'는 닮은 남자들로부터 공중변소 취급을 당한 후에 세상에서

---

14 에로스는 상징계를 넘어선 실재계에 잠재한다.

버려진 듯한 끔찍함을 느낀다. 공중변소로 강등된 '나'는 피묻은 눈알이 빠져 나뒹구는 자동인형 올림피아나 다름없다. 그러나 나타니엘이 자동인형에서 **낯선 두려움**을 느끼며 불의 원을 도는 춤을 연상하듯이, '나'는 끔찍함 속에서 거울 속의 무구한 처녀를 본다. 자동인형과 불의 춤 사이에 있는 올림피아는 공중변소와 무구한 처녀 사이에 놓인 '나'와 비슷하다. '나'는 남성중심적 상징계와 기호계 사이에서 은유의 경첩을 움직인다.[15] 남자들 사이에서 자동인형처럼 살아가는 '나'는 **은유의 경첩**을 통해 무구한 처녀의 불의 춤을 갈망하는 것이다. '나'의 무구한 처녀와의 대면은 이상하리만큼 해맑은 절망이자 예쁜 눈[16]의 수집에 혈안이 된 친밀한 모래인간에 대한 저항이기도 하다.

3. 신자유주의적 친밀사회와 다수 체계성
– 복수 코드적 환상을 통한 낯선 타자의 회생

남성중심적 권력이 여성을 '공중변소로 타락'시킨다는 비유는 정이현의 「무궁화」에서도 나타난다. 여자를 화장실처럼 사용하는 친밀한 남성은 여성에게 낯선 두려움을 느끼게 만든다. 「무궁화」에서 그런 낯선 두려움에서 벗어날 수 있는 틈새는 여성의 동성애이다. 불평등성을 숨기는 결연관계인 이성애와 달리 권력관계가 없는 동성애에는 낯선 두려움이 없기 때문이다.

그러나 동성애는 소수자 여성들끼리는 권력의 틈새이지만 공적 차원

---

15 여성인 '나'는 다수 체계성의 존재이다.
16 예쁜 눈은 에로스의 열망이 남아 있는 눈이다. 그러나 모래인간은 예쁜 눈을 빼서 자신의 권력에 예속된 수집품(페티시)으로 만든다.

에서는 혐오의 시선 때문에 다시 낯선 두려움을 경험한다. 여성이 친밀하게 미화된 남성의 공중변소라면 틈새 영역인 동성애자는 그런 친밀한 환경미화에 동화되지 않은 혐오시설이다. 국가는 이성애적 여성을 친밀성의 영역에서 은밀하게 관리하면서 동성애를 공공연하게 공중변소로 혐오한다. 양자의 공통점은 국가적인 차원에서 관리되는 화장실이라는 점이다.

> 공중변소 옆에는 왜, 벌레 먹은 꽃들이 피어 있을까.
> 화장실로 걸어 들어가다 말고 그녀가 혼잣말처럼 중얼거렸다.
> 나랏꽃이라 그래. 하수구와 공중화장실은 국가가 관리하니까.[17]

화장실 옆에 핀 벌레 먹은 꽃(무궁화)은 국가가 관리하는 섹슈얼리티를 은유한다.[18] 친밀성의 영역에서 여성은 자신을 화장실처럼 사용하는 남성에 의해 벌레 먹은 꽃이 된다. 이 사적인 친밀성의 영역은 국가에 의해 공적으로 인정된 결혼제도에 의해 관리된다.

동성애를 하는 이 소설의 두 주인공은 그런 남성적 권력으로부터 벗어나 있는 듯하다. 그러나 주인공('너')은 결말에서 자신 역시 공중변소 옆에 핀 꽃과 같음을 발견한다. 여성의 이성애적 결혼이 환경미화된 친밀한 화장실이라면, 동성애는 그에서 벗어난 동시에 공공연한 혐오에 의해 관리된다.

국가는 이성애를 친밀성의 권력의 방식으로 확장하는 한편 동성애를 혐오의 그늘에 방치한다. 친밀성에 숨겨진 낯선 두려움을 은폐하고 동성애에 대한 거부감을 방관하는 것, 이것이 여성의 섹슈얼리티가 나랏꽃으

---

17   정이현, 「무궁화」, 『낭만적 사랑과 사회』, 문학과지성사, 2003, 135쪽.
18   이광호, 「그녀들의 위장술, 로맨스의 정치학」, 위의 책, 242쪽.

로 관리되는 비밀이다. 동성애에 대한 공공연한 혐오는 이성애에 숨겨진 차별과 낯선 두려움을 더욱 보지 못하게 만든다. 혐오스러운 동성애는 친밀한 남성중심적 이성애의 체제를 지켜주는 구성적 외부인 것이다. 환경미화(이성애)와 혐오(동성애)의 장치라는 이중의 기제 때문에 벌레 먹은 꽃은 꽃들 자신 이외에는 아무도 보지 못한다.

「무궁화」에서 동성애가 주제로 나타난 것은 젠더 영역의 틈새를 조명하려는 미학의 반란이다. 그러나 미학의 역습이 시작된 시기는 친밀성의 권력이 확장된 때이기도 하다. 동성애에 대한 미학적 공감에도 불구하고 혐오발화 역시 유례없이 확산되고 있다. 동성애에 대한 혐오는 동일성의 물신화인 친밀한 권력이 확장되고 있다는 반증이다.

더욱이 오늘날 친밀한 권력은 젠더 영역을 넘어서 계급의 영역으로까지 확대되고 있다. 신데렐라 드라마에서의 재벌 2세와 서민 여성의 결합은 결연의 방식으로 계급적 불평등성을 은폐하는 친밀한 권력에 다름이 아니다. 젠더 영역은 공중변소가 된 여성의 불안이 친밀성의 방식으로 훌륭하게 은폐되고 있는 모범이다. 신자유주의는 그런 친밀한 결연의 환상을 양극화된 계급 영역에 적용시킨다. 이제 친밀성의 꽃은 신데렐라 드라마에서만 피어나는 것이 아니다. 국가와 국민은 하나이며 기업과 고객은 친밀한 가족이다. 그와 동시에 친밀한 권력은 환경미화를 수행하며 은연중에 상대를 화장실로 강등시킨다. 이제 공중변소 옆에는 무궁화 꽃뿐만 아니라 이름 없는 수많은 들꽃들(서민들)이 피어난다. 신자유주의 시대의 공중변소는 친밀성의 꽃으로 무성해졌지만 아무도 벌레 먹은 꽃을 보지 못한다.

친밀한 권력이 젠더 영역에서 계급 영역으로 확장됨에 따라 전사회적인 남성중심적 판타스마고리아가 형성된다. 친밀성(환경미화)에 예속된 자들은 그런 환상이 깨지는 것이 두려워 벌레 먹은 꽃에 민감한 타자들을 혐오의 시선으로 추방한다. 동성애자는 물론 여성 자신이 바로 그런 타자에 속한다. 여성은 친밀사회에 예속되는 한 혐오에서 벗어나지만 사회적 판타스마고리아를 깨뜨리는 한 동성애자와 같은 위치에 놓이게 된다. 남성중심적 친밀사회에서 에로스의 상실에 민감한 여성은 남성보다 더 혐오의 대상이 되기 때문에 성 소수자에 가까운 위치에 놓이게 된다. 이처럼 여성과 성소수자들이 친밀사회의 확장된 환상에서 함께 배제됨으로써 역설적으로 동성애의 반란이 시작된 것으로 볼 수 있다. 동성애라는 틈새를 비추는 미학의 역습의 시대는 여성과 소수자에 대한 혐오의 시대이기도 한 것이다.

친밀한 권력의 친밀성은 상상계적 환상이기 때문에 그것을 깨는 타자에 대한 혐오의 기제 역시 증폭된다. 젠더 영역 또한 애정의 환상과 함께 혐오발화가 남발되는 장소이다. 다만 은밀한 사적 영역에 감춰져 있어 그 그늘이 잘 드러나지 않을 뿐이다. 그런데 친밀사회가 되면 젠더 영역을 넘어 인종, 계급의 영역까지 환상이 확대됨에 따라 증폭된 혐오발화가 여러 영역에서 난무하게 된다. 그에 따라 사적 영역에 은폐되어 있던 여성에 대한 혐오발화 역시 계급과 인종의 영역을 가로지르며 확대된다. 더욱이 취약한 장소이자 사적 관계에서 친밀한 권력의 원조였던 젠더의 영역은 혐오발화에 무방비상태에 있게 된다. 친밀사회의 폭발할 듯한 혐오의 정동은 비슷한 구조를 가진 젠더 영역의 여성을 쉽게 타깃으로 삼는 것이다. 젠더 영역에서 친밀사회로의 변화는 은밀한 혐오에서 보이는 혐오로의 전환이기도 하다. 환상과 혐오의 장치는 젠더 영역과 친밀사회가 공유하는 기제이다. 양자의 차이는 젠더 영역의 모순이 쉽게 은밀성에 묻히는 반면 친밀사회는 보이는 영역으로까지 확대된 환상의 장치라는 점이다. 그 이유는 여성에 대한 혐오가 보이는 혐오의 위치인 인종과 계급의 관계를 관통해 확대되기 때문이다.

오늘날의 여성 혐오는 친밀사회의 모델이 젠더 영역에서 빌려온 것임을 암시한다. 친밀사회는 남성중심적 동일성의 환상을 확대하며 그 환상을 깨는 존재를 혐오하는 체제이다. 그런데 여성은 친밀한 남성주의적 사회에서 가장 취약한 타자의 위치에 있는 것이다. 과거에 젠더 영역의 은밀성에 감춰졌던 여성 혐오가 지금은 공개적인 혐오발화로 나타나는 것은 그 때문이다. 친밀사회는 젠더 영역의 은밀성의 기제가 공공연하게 확대된 사회이다. 즉 친밀사회란 가부장제적 젠더관계에서의 친밀과 혐오의 이중기제가 계급과 인종의 영역을 횡단하며 사회 전체로 확장된 사회이다. 그 때문에 젠더관계에서 페티시와 혐오의 장치로 관리되던 여성은 이제 확장된 남성중심적 체제에서 공개적으로 혐오의 타깃이 되고 있다. 오늘날 여성혐오는 음습한 화장실의 낙서에서 모두가 보는 인터넷의 문구가 되었다. **여성 혐오**는 원래 젠더 영역에서 조용한 공중변소였던 여성에 대한 남성중심적인 공개적 반발이다.[19] 과거의 여성이 은밀한 혐오에 묻힌 투명인간이었다면 오늘날에는 보이는 혐오에 의해 정체성이 보이지 않는 존재로 추방되고 있다.

친밀사회는 젠더 영역의 혐오장치가 사회 전체로 확대된 물신화된 상상적 체제이다. 오늘날의 지나친 여성혐오는 친밀사회란 남성중심적 상상계가 과도하게 작동되는 체제임을 반증하고 있다. 더욱이 여성이 공적인 영역에서 동등한 인간임을 주장하려 할 때 남성중심적 혐오의 반발은 더 악화된다. 혐오를 통한 여성 타자의 배제는 실상 타자성을 추방한 친밀사회가 여성을 관리하는 남성중심주의에서 유래했음을 스스로 반증하고 있다.

다른 한편 신자유주의 친밀사회는 민족의 결연에 의존했던 식민지 말

---

19 인터넷의 여성혐오 사이트는 공적인 공간이라고 볼 수는 없지만 과거보다는 공개적인 공간이다.

의 친밀한 권력의 변주이자 심화이기도 하다. 후자가 인종의 영역에서의 친밀한 제국이었다면 오늘날은 계급의 영역에서의 친밀사회이다. 그와 함께 친밀사회에서는 인격성 차원의 예속화가 놀랄 만큼 심화되었다.

식민지 말의 신체제는 인격과 무의식의 영역까지 모두 식민화할 수는 없었다. 반면에 오늘날의 친밀사회는 젠더 영역의 인격의 식민화 장치를 계급의 영역까지 적용시킨 무의식의 식민화 사회이다. 결혼한 여성은 남편과 아이를 매개로만 세상과 관계하면서 자발적으로 가족의 일을 떠맡는다. 이것이 영원한 식민지인 여성의 인격의 식민화이다. 그와 마찬가지로 친밀사회의 구성원들은 기업의 요구에 적응된 인격을 만들고 스펙을 쌓으며 자발적으로 예속된다. 결혼한 여성이 가정의 유리창에 감금된 존재라면 친밀사회의 구성원은 도처에 편재하는 상품시장의 보이지 않는 유리창에 갇혀 있다.

친밀사회의 자기계발서사는 일인 기업가로서 인격의 경영과 마케팅까지 떠맡는 사람들을 만들어낸다. 이처럼 인격이 상품화된 사회에서는 감정의 영역에서까지 자본의 원리가 순환된다. 친밀사회는 사랑과 친절을 상품화한 감정상품들이 사람들을 위로해주는 사회이다. 그러나 감정상품의 위안은 자신의 인격을 상품화해야만 살아남을 수 있는 감정착취 사회와 표리를 이루고 있다.

「낭만적 사랑과 사회」는 감정착취와 감정상품의 순환을 통해 상류층과 결연을 맺으려는 친밀사회의 이면을 잘 보여준다. 우리는 신데렐라 드라마의 낭만적 사랑을 보며 불평등성의 불행을 잊고 환상 속에 빠져든다. 「낭만적 사랑과 사회」는 그런 환상의 이면에 감정과 순결을 포장해서 인격을 상품화하는 여성의 감정착취의 고통이 숨겨져 있음을 드러낸다. 상류층 남성에게 여성은 감정상품처럼 부드럽거나 뻑뻑한 제품일 뿐이다. 상류층으로의 진출은 진품으로서 가능한 것이 아니라 부자의 마음을 끄는 명품처럼 고급스러운 물건이 되어야 하는 것이다. 이 소설의 '나'는 끝까지 사랑이라는 말을 되뇌지만 실상은 자신이 상품처럼 버려질 수 있다는 공포에 떨고 있을 뿐이다. 계급의 영역까지 친밀한 권력이 확장된 사회는 자발적으로 인격을 상품화하면서 자신이 배제될 수 있다는 낯선 두려움[20]에 시달리는 세상이기도 하다.

친밀사회에서 그런 낯선 두려움에 민감한 것은 여성이다. 「낭만적 사랑과 사회」의 '나'는 이미 친밀한 권력에 예속되어 자기관리에 인생을 거는 인격을 지니고 있다. 그 때문에 불안과 공포를 경험하면서도 실현 불가능한 낭만적 사랑에 매달리는 것이다. 그처럼 여성은 친밀사회의 회유의 대상이자 가장 무력한 희생자이다.

그러나 여성은 무력한 위치에서 참을 수 없는 낯선 두려움을 통해 사회의 이면에 대응하기도 한다. 낯선 두려움이 거세인 동시에 능동적 불안이듯이 그에 민감한 여성 역시 무력한 동시에 존재론적 대응의 위치이기도 한 것이다. 젠더 영역에서의 그런 **낯선 두려움의 역습**은 박완서의 소설에서도 나타났었다. 박완서 소설에서 여성의 낯선 두려움은 타자를 갈망하는 외도의 욕망으로 이어진다. 그와 달리 타자가 추방된 신자유주의 시대에는 여성이 보다 더 무력화된다. 이제 결혼한 여성은 박완서의 중산층 여성처럼 낯선 두려움을 느끼면서도 친밀한 권력에 반발하지 못하는 것이다. 하지만 조용하고 무력하게 거세되는 대신 **자연**을 갈망하는 존재론적 대응을 통해 보다 근원적인 응수를 암시한다.

박완서의 「닮은 방들」의 여성은 규율의 위반의 욕망을 느끼는데 이는 실상 잔존하는 타자에 대한 갈망이다. 「지렁이 울음소리」와 「닮은 방들」에서 '나'의 외도와 서방질의 욕망은 타자와 간음하고 싶은 열망이기도

---

20 「낭만적 사랑과 사회」의 '나'의 한계는 낯선 두려움을 느끼지만 에로스에 대한 갈망이 없는 수동적 인격을 지닌 데 있다.

하다. 반면에 한강의 「내 여자의 열매」의 아내는 낯선 두려움을 느끼면서도 집안에 갇혀 몸이 시래기처럼 거세되어 갈 뿐이다. 「닮은 방들」의 '나'는 너무 닮아 있는 아파트의 방과 가구, 남자들에 권태를 느끼며 어안렌즈에 비친 남편의 모습에서 끔찍한 낯선 두려움에 사로잡힌다. 「내 여자의 열매」의 아내 역시 수백 수천의 똑같은 건물과 주방, 상가에서 우울을 경험하며 시름시름 앓다가 죽을 듯한 거세공포를 느낀다. 두 소설의 여자들이 경험한 것은 물신화된 동일성에 대한 반감이며 그것은 친밀한 세상에서 느낀 낯선 두려움이기도 하다. 그런데 박완서 소설의 여성들은 타자에 대한 갈망이 있지만 한강 소설의 아내는 위반에 대한 예감도 타자에 대한 열광도 없다. 그것은 신자유주의가 타자를 추방해 버렸기 때문에 '타자와의 간음'의 욕망도 사라진 탓이다. 대신에 「내 여자의 열매」의 아내는 자신의 몸의 피를 갈고 싶은 욕망을 느낀다.

「지렁이 울음소리」와 「닮은 방들」에서 '나'의 외도는 '욕쟁이 선생'과 '짐승 같은 남자'에 대한 설렘으로 표현된다. 「지렁이 울음소리」에서 욕쟁이 선생은 여고시절에 「청산에 살어리랏다」나 윤동주의 시를 읊조리며 '나'의 피를 맑게 해주었다. 욕쟁이 선생의 비분강개가 절실하게 와 닿던 것은 그의 심연에 영혼을 정화시키는 자연의 목소리가 있었기 때문이었다. 「닮은 방들」에서 짐승 같은 남자와 외도하려는 설렘 역시 야성적인 자연과 만나고 싶은 갈망이었을 것이다. 그런 열망은 '지렁이 울음소리'와 '쇠붙이의 기분 나쁜 냄새'로 바뀌지만 어쨌든 박완서 소설의 여자들에겐 외도의 설렘이 있었다.

그런데 「내 여자의 열매」의 아내에게는 그 같은 타자에 대한 떨림이나 예감이 없다. 피를 정화시켜줄 영혼의 목소리에 대한 기대가 어디에도 없는 것이다. 그 대신 아내는 자기 자신이 피를 바꾸고 영혼을 정화시켜서 자연이 되어가려 하고 있다.

문제는 타자가 추방된 사회에는 자연으로의 길 역시 끊겨 있다는 점이다. 타자란 욕쟁이 선생처럼 자연을 품고 있는 존재이거니와 신자유주의의 타자의 추방은 자연으로의 길도 끊어 놓은 셈이었다. 그 때문에 우리 시대의 여성은 자연으로 향하면서도 자연의 품에 안길 수 없다. 「닮은 방들」에서 타자에 대한 설렘이 낯선 두려움으로 회귀하듯이 「내 여자의 열매」의 자연의 열망은 거세공포로 전이된다. 「내 여자의 열매」의 아내는 피를 교환해 자연이 되려 욕망하는 순간 몸에 연두색 피멍이 생기며 시들어간다. 이처럼 아내가 식물이 되어가는 과정은 낯선 두려움 속에서 거세되어가는 과정이기도 했다.

　「내 여자의 열매」의 아내는 그처럼 무력하지만 그 대가로 보다 근원적인 존재론적 대응이 표현된다. 「닮은 방들」의 '나'는 타자에 대한 갈망이 무산되며 끔찍한 방으로 되돌아온다. '나'는 그 실패를 대가로 낯선 두려움 속에서 거울 속의 무구한 처녀를 만난다. 반면에 「내 여자의 열매」의 아내는 거세공포를 느끼며 자기 자신이 진초록색 몸으로 변화되어 간다. 후자에서는 전자에서 더 나아가 아내가 실제로 거세되지만, 그 대신 스스로의 몸 자체가 존재론적 변화를 경험하게 된다.

　「닮은 방들」의 '내'가 절망과 순결함 사이에 놓여 있다면 「내 여자의 열매」의 아내는 거세와 식물의 틈새에 놓여 있다. 두 소설의 공통점은 친밀한 권력이 여성에게 다수 체계성의 틈새를 경험하게 한다는 점이다. 친밀한 권력은 상상적 결연의 방식으로 타자성을 추방하기 때문에 실재the Real[21]로부터 멀어진 환상구성물에 접근한다. 그 때문에 추방된 타자의 영역은 실재에 근거한 또 하나의 세계로서 다수 체계성을 생성하는 것이다. 「닮은 방들」에서 상징계('닮은 방들')와 기호계('처녀') 사이의 상호텍스트성

21　타자란 라캉의 실재(계)에 접촉한 존재이다.

이 생성되었다면 「내 여자의 열매」에서는 후기자본주의와 식물의 세계 사이의 다수 체계성이 만들어진다. 전자에서 여성적 기호계가 나타난 것은 친밀한 권력이 젠더 영역에서 작용하기 때문이다. 반면에 후자에서는 사회 전체에서 친밀한 권력이 작동되기 때문에 자연이 또 하나의 코드로 생성되고 있는 것이다. 「내 여자의 열매」의 아내는 보다 무력화된 대신 한층 더 진전된 존재론적 대응을 보여주고 있는 셈이다.

그런데 양자 모두에서 타자가 회생하려면 틈새를 건너뛰는 **목숨을 건 도약**이 필요하다. 「닮은 방들」의 '나'는 불가능한 에로스를 소망하며 틈새에 머물러 있다. 그 때문에 '나'는 절망과 무구함의 양가성 속에서 전율하고 있는 것이다. 반면에 「내 여자의 열매」에서는 남편('나') 자신이 틈새를 횡단하는 모험을 실행하고 있다. 남편은 필사적으로 도약하며 물세례를 퍼부음으로써 수초처럼 흔들리는 아내를 초록빛 몸으로 청신하게 피어나게 만든다. 이처럼 남편이 타자를 회생시키려는 모험을 감행하는 것은 그 스스로가 친밀사회의 그늘에 놓여 있기 때문이다. 신자유주의의 친밀사회는 물신화된 동일성의 체제인 동시에 **다수 체계성**의 횡단을 통해 타자의 회생과 에로스의 재발명을 소망하는 시대이기도 하다.

역설적인 것은 친밀한 권력이 확장될수록 다수 체계성의 역습이 보다 분명히 감지된다는 점이다. 「닮은 방들」에서는 친밀한 권력이 젠더 영역에서만 작용하기 때문에 상징계와 기호계의 다수 체계성의 작동 역시 잠정적이다. 반면에 「내 여자의 열매」에서 남편은 아내의 거세를 대가로 후기자본주의와 식물세계 사이의 다수 체계성을 횡단하는 삶을 끝없이 계속해야 하는 것이다.

그 점에서 신자유주의 시대에 복수 코드적 환상이 성행하는 것은 우연이 아니다. 「내 여자의 열매」, 「노랑무늬영원」(한강), 「그렇습니까? 기린입니다」, 「아, 하세요 펠리컨」(박민규) 등은 다수 체계적 횡단을 통해 회생한 타자의 역습을 보여준다. 친밀사회는 동일성이 물신화될수록 환상에 접근함으로써 식물세계나 예술세계가 오히려 현실에 더 가까워지는 역설을 연출한다. 일찍이 마르크스는 자본주의가 환상 구성물로 작동됨을 논의한 바 있다. 또한 장자는 현실의 나와 꿈속의 나비 중에 어떤 것이 진짜인지 알 수 없다고 말한 바 있다. 친밀사회는 마르크스가 경험한 자본주의보다 훨씬 더 환상에 가까워진 세계이다. 그에 대응하는 복수 코드적 환상은 장자의 나비보다 한결 더 실재에 접근한 미학적 환상을 보여준다. 「노랑무늬영원」의 은빛 잔멸치 떼와 「아, 하세요 펠리컨」의 오리배 시민연합은 단순한 환상 이미지가 아니다. 그 이미지들은 물밑에서 회생한 에로스의 은유이자 추방당한 타자의 역습이다. 물밑의 은빛 흐름과 오리배의 오페라의 합창은 불현듯 지상의 현실로 고양되는데, 그 순간에 에로스의 힘으로 피가 맑아진 숨은 영혼의 역습이 바로 촛불집회이다.

4. 벌거벗은 생명은 어떻게 구원을 얻는가
— 다수 체계성의 역습

친밀한 권력은 결연의 환상을 통해 대체불가능한 불평등성을 은폐하면서 타자를 추방하는 체제이다. 이런 체제에서는 권력이 친밀해질수록 추방된 타자에 대한 냉혹함이 증폭된다. 역설적으로 그 같은 냉혹성은 친밀성의 형식 자체에 이미 내포되어 있다. 친밀한 권력이란 다가오는 동시에 물러서는 형식이며 그 식별 불가능한 경계 저편에 추방된 타자가 놓여 있다.

추방된 타자란 아감벤이 말한 벌거벗은 생명에 다름이 아니다. 레비나스는 타자의 존재에 의해 사회가 변화되고 미래가 다가온다고 말했다. 반면에 타자가 추방되고 벌거벗은 생명이 많아지면 사회는 변화되지 않는다. 지배 권력이 체제를 유지하기 위해 비식별성의 영역에서 벌거벗은 생명이 반드시 필요한 것은 그 때문이다.

아감벤의 '호모 사케르'는 국민국가가 그런 방식으로 체제를 유지하는 냉혹한 비밀에 대한 고찰이다. 그러나 아감벤의 문제점은 벌거벗은 생명이 **어떻게 구원받을 수 있는지** 잘 설명하지 못한다는 것이다. 벌거벗은 생명이 구원을 얻어야만 타자가 회생하고 새로운 미래가 다가올 것이다.

우리는 레비나스의 고통 받는 타자와 아감벤의 호모 사케르가 똑같이 희생된 유대인을 염두에 둔 점을 주목해야 한다. 아감벤이 권력체계의 작동방식을 말했다면 레비나스는 타자의 윤리와 에로스를 호소한 것이다. 전자가 **법적 체제**의 차원이라면 후자는 **윤리**와 **에로스**의 차원이다. 양자 사이의 틈새는 어떻게 벌거벗은 생명이 미래를 여는 타자로 회생하는가를 말해준다.

국민국가에서 타자는 사회를 동요시키느냐 벌거벗은 생명으로 사라지느냐의 양가성 위에 놓여 있다. 후자가 지배 권력의 조건이라면 전자는 미학의 핵심적 기능이다. 우리는 뒤에서 벌거벗은 생명을 구원하는 길이 에로스를 회생시키는 미학적 정치에 있음을 살펴 볼 것이다.

그런데 그런 미학적 정치(은유적 정치)는 형식적 민주주의만으로는 충분하지 않다. 흥미로운 것은 오늘날 경험하듯이 민주주의 역시 타자에 대해 관대하지 못하다는 점이다. 아감벤은 지배 권력이 벌거벗은 생명에 의존하는 한 민주주의와 전체주의는 서로 공모하는 셈이라고 말한다.[22] 형식적 민주주의는 벌거벗은 생명의 발생을 막지 못하며 그 점에서는 전체주의보다 더 낫다고도 볼 수 없다. 이처럼 현실의 민주주의의 전개에서 희

---

22 아감벤, 박진우 역, 『호모 사케르』, 새물결, 2008, 48~49쪽.

망을 보지 못하기 때문에 아감벤의 논의는 더 딜레마에 부딪힌다.

그런 딜레마를 잘 이해시켜주는 개념이 바로 **친밀한 권력**이다. 타자를 추방하는 친밀한 권력에서는 친밀성의 환상이 증폭될수록 벌거벗은 생명의 비식별성 역시 확장된다. 당연히 오늘날의 민주주의 사회는 식민지 말의 파시즘과 정반대되는 체제이다. 그러나 친밀한 결연의 환상에 의존하며 비식별성을 확대하는 점에서 그 둘은 공유하는 영역을 지니고 있다. 벌거벗은 생명의 **비식별성**의 확장조건은 전체주의냐 민주주의냐의 문제가 아니라 친밀한 권력의 확대에 있는 것이다.

친밀한 권력의 개념을 도입하면 왜 아감벤이 벌거벗은 생명의 구원에 어려움을 겪는지 이해할 수 있다. 파시즘의 시대(식민지 말)나 오늘날은 똑같이 친밀한 권력의 시대이다. 벌거벗은 생명이 구원받지 못하는 것은 민주주의의 무능함 때문이기보다는 우리가 친밀한 권력의 체제로 들어섰기 때문이다. 친밀한 권력이 형식적 민주주의를 유린하는 것이며 반복적으로 경험되는 역사의 미로는 민주주의의 성취 후에도 계속된다. 동일성의 물신화인 친밀한 권력은 타자를 배제하는데 민주주의에는 타자를 사랑하라는 원리가 명확하지 않은 것이다.

친밀한 권력은 타자를 추방하기 때문에 아감벤에게는 아예 타자에 대한 논의가 없다. 그와 반대로 레비나스는 타자의 윤리와 에로스를 강조한다. 하지만 레비나스는 친밀한 권력하에서 타자가 추방되는 과정을 주목하지 않는다.

따라서 문제는 친밀한 권력에 의해 추방된 타자를 어떻게 회생시키느냐일 것이다. 앞서 살폈듯이 추방된 타자는 다수 체계성의 횡단을 통해 되돌아 올 수 있다. 오늘날의 구원의 정치 역시 친밀한 권력의 물신적 동일성을 **물 위의 도시**로 만드는 다수 체계성의 발견에 있다. 타자와 절연한 물신화된 동일성 체제는 **필연적으로** 물밑의 잠재적 다수 체계성의 역습에 부딪힌다. 다수 체계성의 역습은 낯선 두려움의 미학과 은유적 정치라는 미학적 정치의 다른 표현이다. 다수 체계성과 미학적 정치는 타자와 절연한 동일성 체제를 물위의 도시로 만들며 물밑의 타자를 회생시킨다. 그런 타자의 귀환은 물밑에서의 에로스의 회생을 뜻한다.

아감벤 역시 물신화된 동일성 체제에서의 절연의 역설을 주목한다. 아감벤은 국가란 사회적 결합이 아니라 그 결합을 가로막는 **절연**에 기반해 있다고 말한다.[23] 국가는 비식별성의 영역에서 타자를 벌거벗은 생명으로 추방해 사람들과 절연시킴으로써 체제를 유지한다. 이런 아감벤의 논의에 보충할 것은 사회적 결합의 방식에 '타자성의 에로스'와 '동일성'이라는 두 가지가 있다는 사실이다. 아감벤이 말한 '결합을 가로 막는 절연'이란 타자와의 에로스적 관계의 단절을 말한다. 반면에 국가는 동일성의 방식의 결합은 오히려 더 필요로 할 것이다. 동일성의 결합이 강화될수록 타자와의 에로스적인 공감은 약화된다. 그것의 가장 첨예화된 예가 바로 친밀한 권력이다. 친밀한 권력하에서는 민주주의에서조차 에로스가 약화되기 때문에 타자와 절연되면서 사회는 변화되지 않는다. 그렇기 때문에 새로운 사회를 위해 우리가 **민주주의**와 함께 유념해야 할 것은 어떻게 에로스를 회생시키느냐일 것이다.

친밀한 권력에서는 결연과 절연이 동전의 앞뒷면이다. 즉 친밀한 결연의 환상이 강화될수록 타자와의 절연은 심화된다. 타자와의 냉혹한 절연의 조건은 친밀한 동일성의 결연의 환상을 작동시키는 것이다. 아감벤 역시 협약이나 계약의 결합 자체에 절연의 방식이 포함되어 있다고 말한다.[24] 친밀한 권력은 일반적인 국민국가의 계약을 넘어서는 환상적인 결연의 방식을 사용한다. 예컨대 민족적인 결연이나 젠더 영역의 결혼, 그리

---

23   위의 책, 188~189쪽.
24   위의 책, 189쪽.

고 오늘날의 계급을 넘어선 결연의 판타지이다. 역설적인 것은 그런 환상적 결연 자체가 이미 실재적인 절연의 현실을 예비하고 있다는 점이다.

친밀사회의 타자와의 절연은 실재(계)와의 단절이기도 하다. 타자와 절연한 물신화된 동일성은 **실재**에서 멀어진 환상 구성물의 공허함을 감추기 어렵다. 동일성 체제는 아무리 환상적 장치를 사용해도 타자의 추방과 함께 실재에서 멀어진 무의식 속의 공허까지 달랠 수는 없다. 점점 더 실재에서 멀어지는 그런 삶에 대한 허무감이 바로 **우울증**이다. 눈부시게 화려해질수록 더욱 우울해지는 것이 오늘날의 친밀한 스펙터클 사회의 역설이다. 우울증이란 타자성과 실재를 열망하는 몸에 동일성의 피를 주입하려는 친밀한 권력에 대한 울혈의 거부감이다. 친밀성 장치에 의해 주입된 동일성의 피 때문에 심연의 에로스를 퍼 올릴 수 없는 아득함이 바로 우울증이다.

그런 울혈의 거부감 속에서 **낯선 두려움**[25]이 경험되는데 이는 불길한 공포이자 「내 여자의 열매」에서처럼 '피를 갈고 싶은 욕망'이기도 하다. 우울증이 불안한 허무감이라면 낯선 두려움은 동일성의 피에 대한 거부감이 (동화될 수 없는) 틈새에 끼어 있다는 자의식으로 전이된 것이다. 프로이트는 **두 개의 코드 사이의 경계**에 있을 때 낯선 두려움이 느껴진다고 말한다.[26] 그처럼 낯선 두려움은 틈새의 정동이며 **다수 체계성**의 전조이다. 낯선 두려움은 질식할 듯한 동일성의 세계와 에로스가 잔존하는 또 다른 세계의 틈새에 있다는 느낌이다. 친밀성이 한순간에 낯선 두려움으로 뒤바뀔 때 우리는 동일성의 체제를 그 같은 다수 체계성의 프리즘으로 보게 된다.

---

25 낯선 두려움은 식민지 같은 상황에서 일상적으로 경험되지만 친밀한 권력하에서는 그 불길한 공포가 더 증폭된다.

26 『프로이트 전집』 18, 137쪽.

낯선 두려움이 다수 체계성으로 이어지는 과정은 다양하게 나타난다. 소설에서 낯선 두려움이 가장 인상적으로 표현된 예 중의 하나가 카프카의 「변신」일 것이다. 「변신」에서 그레고르가 집에서 벌레로 변해 버린 환상은 낯선 두려움의 은유적 표현으로 볼 수 있다. 프로이트는 낯선 두려움이란 친밀한 것의 반대가 아니라 오히려 친숙한 것에서 출발하는 감정이라고 말한다. 낯선 두려움은 친숙한 것이 어떤 조건(존재의 조건)[27]에서 이상하게 불안과 공포를 주는 것으로 변한 상태이다.[28] 그 점에서 그레고르가 집home에서 벌레가 된 환상은 낯선 두려움unhomely의 증폭된 표현이다. 그레고르를 낯선 두려움의 상태로 만든 조건은 파시즘이다. 그의 낯선 두려움의 감정은 집이라는 현실과 벌레라는 환상 사이에 경계가 없어진 틈새의 경험이다.[29] 들뢰즈는 이 틈새의 경험을 벌레-되기라는 탈주의 과정으로 설명한다. 그레고르의 오이디푸스적 중력으로부터의 벌레-되기의 탈주는 아버지의 사과에 맞는 순간 실패한다. 그레고르는 다시 재오이디푸스화로 되돌아옴으로써 분열증적 탈주와 오이디푸스적 궁지(거세) 사이에 놓이게 된다.[30] 바로 이런 '현실에서의 거세'와 '내면에서의 탈주'의 표현이 바로 모더니즘의 비동일성의 미학일 것이다.

그러나 **파시즘**하에서의 낯선 두려움이 반드시 거세의 경험으로만 나타나는 것은 아닐 것이다. 김남천의 「맥」에서 최무경은 애인으로부터 버림받는 순간 '가슴이 뚱하고 물러앉는' 낯선 두려움을 경험한다. 그런데 최무경의 낯선 두려움은 남성중심적 신체제에 동화될 수 없다는 동요의 느낌으로 전이된다. 최무경의 심연의 동요는 그레고르의 변신에 비해 탈주

---

27 낯선 두려움과 사건의 트라우마와의 차이점은 전자가 일종의 존재의 조건이며 일상에서 계속된다는 점이다.

28 『프로이트 전집』18, 102쪽.

29 위의 책, 137쪽.

30 들뢰즈, 이진경 역, 『카프카 – 소수적인 문학을 위하여』, 동문선, 2001, 31~32쪽.

라고도 볼 수 없는 약한 파동이지만, 변신의 탈주가 실패한 반면 그녀는 여전히 공백의 틈새에 남아 있다. 그 때문에 재오이디푸스화된 그레고르와 달리 실패한 사랑의 잔여물에 의한 떨림이 계속 전달되는 것이다. 최무경과 독자와의 감성적 연대 속에서 그녀의 동요는 신체제를 물 위의 도시로 만들며 다수 체계성을 암시한다.

「변신」에서는 틈새의 정동(낯선 두려움)만 표현될 뿐 다수 체계성의 발견이 없다. 반면에 「맥」에서는 틈새에서 낯선 두려움을 경험하는 최무경의 사랑의 잔여물에 의해 끝없는 동요가 암시된다. 두 작품의 차이는 「변신」에는 어디에도 에로스가 없는 반면 「맥」에는 사랑의 잔여물이 남아 있다는 점이다. 사랑의 잔여물은 최무경의 정신적 비밀이자 여성적 기호계의 흔적이다. 그에 근거한 「맥」의 다성성은 친밀한 권력[31]이 동일성을 물신화할수록 오히려 다수 체계성의 프리즘이 작동된다는 역설을 표현한다.

오늘날의 신자유주의 친밀사회는 친밀한 제국보다도 더 은밀하게 동일성이 물신화된 사회이다. 그러나 동일성이 물신화될수록 타자의 회생을 위한 다수 체계성의 프리즘은 역동적이 된다. 예컨대 「내 여자의 열매」, 「그렇습니까? 기린입니다」, 「아, 하세요 펠리컨」 등에서의 복수 코드적 환상이 바로 그것이다. 이 소설들에서는 재오이디푸스화로 회귀하는 「변신」과는 달리 상징계와 실재계 사이에서 타자를 회생시키는 복수적 코드가 작동된다. 또한 「맥」의 다중적 상상력 이상으로 복수 코드들의 틈새를 도약하는 모험이 나타난다. 오늘날의 복수 코드적 환상의 소설들은 보다 심화된 낯선 두려움을 표현하는 동시에 다수 체계적 상상력을 한층 더 증폭시키고 있다.

낯선 두려움이 경계를 넘어 다수 체계성을 발견하는 과정은 아감벤이 말

---

31   독일의 나치에 비해 식민지 말의 일본의 신체제는 보다 친밀한 권력의 요소를 많이 지니고 있었다.

한 **비식별성**의 영역과도 연관이 있다. 예컨대 젠더 영역에서의 비식별성이란 가부장제적 가정 그 자체이다. 비식별성은 젠더 영역처럼 친밀한 권력이 작동될 때 가장 확장된다. 가부장제적 가정에서 가사노동과 친밀노동[32]을 강요받으며 폭력에 시달리는 여성은 아무도 말하지 않는 벌거벗은 생명이다. 여성은 비식별성에 감춰졌던 거세 상태를 자각하는 순간 낯선 두려움 속에 서사적 영역을 넘어서서 공적인 비판담론을 요구하게 된다. 박완서의 「지렁이 울음소리」에서 주인공 '내'가 서방질이라도 하듯이 사회 비판적인 욕쟁이 선생을 그리워하는 것은 그 점을 보여준다.

또한 인종의 영역에서 식민지는 비식별성이 확장된 공간이며 「빼앗긴 들에도 봄은 오는가」에서처럼 피식민자는 낯선 두려움의 순간 제3의 공간에 들어선다. 그런데 식민지 말의 신체제에서는 친밀한 권력에 의해 비식별성이 한층 더 확장된다. 로컬칼라라는 지역성과 문화 영역에서는 물론이고 정신대라는 자발성을 앞세운 비식별성 영역에서의 벌거벗은 생명의 비극은 상상을 초월할 정도였다. 그러나 이 시기에도 유언비어라는 감성의 분할 외부의 잡음의 공동체[33]를 통해 다수 체계성의 감각이 유포되고 있었다.

비식별성의 확장과 다수 체계성의 동요는 오늘날의 친밀사회에서 더욱 중요성을 지닌다. 우리 시대에는 벌거벗은 생명이 사라진 것 같지만 타자성의 추방에 의해 사회의 곳곳에서 비식별성의 영역이 오히려 확장되고 있다. 사건이 일어나도 아무도 동요하지 않는 배수아 소설에서의 '이상한 고요함'은 비식별성이 은밀히 일상으로까지 확대되었음을 암시한다. 또한 양극화에 의한 실직자, 파산자, 비정규직의 비극 역시 비식별성 영역에서의 벌거벗은 생명이 증대되었음을 시사한다.

---

32   페티시즘적 시선의 요구에 응해야 하는 여성의 가정 내의 일상의 일들을 말한다.
33   윤해동, 「식민지 근대와 공공성」, 『식민지 공공성』, 책과함께, 2010, 45쪽.

비식별성의 영역이 확장되면 벌거벗은 생명이 많아지는 반면 타자의 위치는 위축된다. 한강 소설에서 결혼한 여성이 박완서 소설에서와는 달리 위반의 욕망을 갖지 않는 것은 사회 전체에서 타자가 추방되었기 때문이다. 역설적인 것은 그처럼 비식별성이 확대된 시대는 다수 체계성이 은밀히 동요하는 때이기도 하다는 점이다. 한강 소설에서 낯선 두려움을 경험하는 주인공은 거세되는 동시에 복수 코드적(다수 체계적) 환상 속에서 타자로 회생하며 에로스의 부활을 보여준다.

한강 소설에서의 비식별성과 낯선 두려움, 다수 체계성의 관계는 모더니즘 소설과 비교하면 보다 분명해진다. 모더니즘에서 낯선 두려움을 경험하는 인물은 비식별성의 경계를 넘어서는 동시에 다시 거세된 상태로 되돌아온다. 예컨대 「변신」에서 그레고르는 벌레-되기를 통해 비식별성을 넘어서지만 등에 사과가 박힌 채 다시 오이디푸스적 집으로 회귀한다.

프로이트는 낯선 두려움이 비합리적인 상황에서 어린 시절의 애니미즘적 상상력으로 되돌아가는 과정과 연관이 있다고 말했다.[34] 「변신」의 벌레의 환상이나 「난장이가 쏘아올린 작은 공」에서의 달나라 행이 동화와도 비슷한 것은 그 점을 암시한다. 모더니즘의 어른의 동화는 거세공포를 주는 체제의 비식별성의 경계를 넘어서는 경험이라는 점에서 사회적 의미를 지닌다. 하지만 애니미즘의 상상력으로 사회의 경계를 넘어선 대가는 냉혹하다. 즉 **합리적** 사회 속의 어른의 동화는 **애니미즘**이 용인되는 어린이의 동화와 달리 거세된 상태로 냉정한 현실로 되돌아올 수밖에 없다.

거기서 더 나아가 무의식이 식민화된 친밀사회에서는 타자의 애니미즘적 상상력의 공간 자체가 협소해진다. 예컨대 친밀사회를 배경으로 한 한강 소설에서는 동일성의 물신화의 강화로 인해 비식별성의 경계를 넘

---

34 『프로이트 전집』 18, 128·145~146쪽.

는 과정에서 동화적 상상력의 틈입도 허용되지 않는다. 「내 여자의 열매」에서 외견상 평온해 보이는 가정은 여성에게는 비식별성의 영역이기도 하다. 그런데 아내가 비식별성의 경계를 넘어 평온 속에 숨겨진 낯선 두려움을 드러내는 순간 그녀는 그 즉시로 거세의 과정을 경험한다. 아내의 식물-되기는 연두색 피멍이 들어가고 혈관 구석구석에 낭종이 뭉쳐가는 과정이기도 했다.

친밀사회는 사회 전역에서 스노화이트의 환상을 연출하는 동시에 타자의 영역에서는 동화적 상상력조차 허용하지 않는다. 이것이 친밀사회가 타자가 추방된 물신화된 동일성의 사회인 이유이다. 역설적인 것은 친밀사회가 동일성을 물신화할수록 다수 체계성의 감각이 동요한다는 점이다.

「변신」의 서사는 거세되기 전까지의 벌레-되기의 모험의 서사이다. 반면에 「내 여자의 열매」에서의 식물-되기는 처음부터 거세의 과정이며 혼자서는 애니미즘적 상상력을 작동시키지 못한다. 그 대신 아내의 거세의 과정은 남편('나')마저 비식별성의 경계를 넘어서는 계기를 마련해 준다. 남편이 아내의 거세 과정에서 충격을 받은 것은 친밀사회에서는 자기 자신도 잠재적인 벌거벗은 생명이기 때문이다. 아내의 거세의 과정은 비식별성에 은폐되었던 남편의 잠재적 거세의 위협을 일깨우면서 그 스스로 아내의 식물의 세계로 건너뛰게 만든다. 이처럼 아내 이외의 또 다른 인물이 환상세계로 도약함으로써 현실과 환상이 중첩된 복수 코드적 미학이 작동되기 시작한다.[35]

그렇다면 타자를 배제하는 사회에서 어떻게 또 다른 인물의 도약이 가능한가. 그 비밀은 확장된 비식별성의 영역에 만연된 낯선 두려움에 있다.

---

35 이 포스트모던적인 복수 코드의 미학은 모더니즘의 모나드적 미학과 구분되는 중요한 특징이다.

「내 여자의 열매」의 남편 역시 배수아 소설에서처럼 '이상한 고요함'의 세계를 살고 있는 사람이다. 그러나 그는 자신에게 전해지는 아내의 거세의 충격을 감지하며 '이상한 고요함'에 **낯선 두려움**이 스며드는 과정을 경험한다. 그가 느낀 낯선 두려움은 아내를 바라보는 은유적 시선으로 표현된다. "붉은 물이 오르기 시작한 풋사과 같던 아내의 뺨은 주먹으로 꾹 누른 것처럼 깊이 패였다." 또한 "연한 고구마 순처럼 낭창낭창하던 허리, 보기 좋게 유연한 곡선을 그리던 배는 안쓰러워 보일 만큼 깡말라 있었다". 이런 남편의 식물적 상상력의 시선은 그가 현실적으로 냉담하면서도 감성적으로는 아내의 손을 잡고 있었음을 암시한다.[36]

아내의 거세가 절정에 이른 순간은 조금씩 식물의 윤기가 빛나기 시작하는 때이기도 했다. 이 순간 남편은 목숨을 건 도약을 통해 틈새에 놓인 아내의 시든 몸에 물세례를 퍼부어 초록빛 식물로 피어나게 만든다. 이 과정은 아내가 식물-타자로 회생하는 순간인 동시에 둘 사이에서 에로스가 부활하는 때이기도 하다. 남편의 필사적 도약을 통한 에로스의 표현은 거세의 공간을 복수 코드적 환상으로 재작동시키고 있다.

친밀사회의 소설인 「내 여자의 열매」에서 다수 체계성과 복수 코드적 환상이 작동되는 과정은 매우 흥미롭다. 규율의 위반(「닳은 방들」)도 동화적 회귀(「난장이가 쏘아올린 작은 공」)도 불가능해진 친밀사회에서, 돌이킬 수 없는 거세의 과정 속에서 어떻게 에로스가 회생할 수 있을까. 해답은 다수 체계성과 복수 코드적 미학에 있다.

친밀사회는 거세된 벌거벗은 생명을 구원할 수 없는 '이상한 고요함'의 사회이다. 그러나 친밀사회의 물신화된 동일성은 실재에서 멀어진 상상적 구성물에 가깝기 때문에 이상한 고요함과 비식별성의 경계를 넘는 낯

---

36 나병철, 『감성정치와 사랑의 미학』, 소명출판, 2017, 454~455쪽.

선 두려움은 흔히 또 다른 사람(남편)을 감염시킨다. 그리고 그로 하여금 타자가 실제로 거세된 절박한 순간에 그 거세의 공간으로 도약하게 만든다. 그만큼 아무 일도 없는 듯이 살아가는 사람의 내면에도 낯선 두려움이 증폭되어 있었던 셈이다. 물론 그는 체제에 저항할 힘이 없는 무력한 존재이지만 상상적 동일성의 사회에서 잠재적으로 실재계에 대한 열망이 고조되어 있는 것이다.

친밀사회는 상상적 동일성의 사회인 동시에 실재계에 대한 잠재적 열망이 숨겨져 있는 체제이다.[37] 「내 여자의 열매」에서 아내와 식물적인 순수기억을 공유했던 남편이 그녀가 거세되는 순간 도약의 욕망을 느낀 것은 그 때문이다. 「변신」처럼 모더니즘에서는 환상세계로 도약하는 또 다른 사람이 없기 때문에 환상을 경험한 인물은 거세될 수밖에 없다.[38] 반면에 「내 여자의 열매」에서 또 다른 사람의 목숨을 건 도약은 거세된 타자를 회생시키고 에로스를 부활시키면서 식물-되기와 복수 코드적 환상을 작동시킨다.

벌레-되기에 실패한 「변신」과 달리 「내 여자의 열매」에서 식물-되기가 에로스를 회생시키는 비밀은 **다수 체계성**의 발견에 있다. 「변신」에서 낯선 두려움은 일상의 비식별성의 경계를 넘어서지만 그런 은밀성을 폭로한 대가로 그레고르는 거세된 존재로 돌아온다. 「내 여자의 열매」에서도 아내는 낯선 두려움 속에서 이상한 고요함(비식별성)의 경계를 넘어서며 거세되어간다. 그러나 친밀사회에서는 비식별성의 은밀한 확장이 역설적으로 고요한 현실과 낯선 두려움의 경계를 미결정적으로 만든다. 우리 시대는 실재가 희미해진 조용한 현실과 실재에 접촉한 낯선 환상의 경

---

37 이 점은 우울사회의 풍경을 그리고 있는 배수아의 소설에서도 잘 나타난다.
38 「내 여자의 열매」의 세계는 어떤 면에서 「변신」보다도 더 상상계에 고착된 세계이다. 그러나 바로 그 때문에 또 다른 실재계적 세계로의 도약의 열망이 잠재하는 것이다.

계가 유동적인 시대이다.

오늘날은 우리의 삶이 현실인지 꿈인지 알 수 없다는 장자의 말이 되돌아온 시대이다. 타자를 추방하는 냉혹한 친밀사회는 실재계에서 멀어진 상상계적 체제이다. 반면에 추방된 타자나 거세된 존재가 위치하는 환상 공간이야말로 실재계에 접근한 영역인 것이다. 「내 여자의 열매」에서 남편이 목숨을 건 도약을 통해 환상세계로 건너뛰는 것이 자연스러운 것은 그 때문이다. 그만큼 무심해 보이던 남편 역시 은연중에 실재계에 대한 열망을 갖고 있었던 것이다.[39]

친밀사회는 타자를 추방한 동일성 사회인 동시에 다수 체계성의 프리즘을 통해 타자가 회생하는 사회이기도 하다. 복수 코드적 작품에서 미학적 환상은 다수 체계성의 강력한 **은유**로서 작동된다. 복수 코드를 건너뛰는 것은 보이지 않는 실재를 보이게 만드는 은유적 표현이며 그때 동일성의 현실에 은유가 중첩되는 다수 체계성이 작동된다.

환상인 동시에 실재인 그런 은유를 통해 친밀한 권력의 미스터리로부터 타자를 회생시키는 단초는 **낯선 두려움**이다. 「모래인간」에서처럼, 낯선 두려움은 일상에서 보이지 않는 '예쁜 눈의 수집광' 모래인간을 보는 때인 동시에, '불의 춤'이 있는 다른 세계를 상상하는 순간이기도 하다. 이때 비식별성이 두렵게 식별되면서 친밀한 동일성의 일상은 다수 체계성으로 전환된다. 친밀성이 낯선 두려움으로 뒤바뀔 때 우리는 공허한 동일성에서 벗어나 다수 체계성의 모험을 감행한다. 이제 동일성의 일상은 자동인형의 세계와 불의 춤의 세계라는 다수 체계성으로 중첩된다.

낯선 두려움은 불길한 공포이기도 하지만 현실의 절대성을 해체하려는 열망을 생성하기도 한다. 그런 열망을 통해 낯선 두려움은 거세의 위

---

39 물론 남편이 아내가 있는 공간으로 가버리지는 못하는데 그것은 후기자본주의의 상상계적 권력의 작용 또한 매우 강력하기 때문이다.

협을 무릅쓰고 아득히 멀어진 심연의 에로스로 내려가는 모험으로 이행된다. 거세의 공포를 무릅쓴 불의 춤이라는 상상의 모험은 단일한 동일성에서 벗어나 복수 코드라는 지렛대를 사용해야 한다.

복수 코드라는 지렛대는 현실에서 다른 세계로 탈주하는 것이 결코 아니다. 우리는 인간을 버리고 불의 춤으로 환생하는 것이 아니라 불의 춤의 세계로 건너뛰는 에너지를 이용해 현실에서 에로스의 샘물을 퍼 올려야 한다. 우리는 직접 깊은 우물로 내려가는 대신 복수 코드를 건너뛰는 지렛대를 통해 샘물을 길어 올려야 하는 것이다. 벤야민은 그런 지렛대를 기억의 경첩이라고 불렀다. 또한 우리는 이쪽과 저쪽의 사이에서 기억의 경첩을 움직여 에로스를 회생시키는 은유적 정치라고 논의했다.

상징계와 기호계, 의식과 무의식, 서구적 근대와 전통의 다수 체계성에서, 복수 코드적 지렛대는 이쪽과 저쪽을 연결하는 횡단의 모험이다. 그것은 상징계의 직선적인 시간을 넘어서서 순수기억의 경첩을 움직이는 은유적 정치이기도 하다. 그 양쪽의 사이의 공간, 즉 환상 같은 현실과 실재 같은 환상의 틈새적 경험이 바로 낯선 두려움이다. 틈새에서의 낯선 두려움은 틈새를 횡단하는 모험에 의해 에로스의 샘물을 퍼올리는 복수 코드의 지렛대로 은유로 전이된다. 낯선 두려움이라는 틈새의 경험이 복수 코드적 횡단을 감행하며 은유의 지렛대를 작동시킬 때 우리는 회생된 타자와 함께 아득한 곳의 에로스의 샘물을 퍼 올릴 수 있게 된다.

5. 비식별성의 시대의 수용소와 미학적 정치의 구원

아감벤이 말한 비식별성은 법질서의 내부인 동시에 외부인 영역이다. 이처럼 법질서의 경계가 불분명하다는 것은 법의 정지 상태를 잘 감지하지 못한다는 뜻이기도 하다. 즉 비식별성이란 벌거벗은 생명이 법의 정지 상태에서 부당하게 처분되는 것을 잘 **보지 못하는** 영역이다.

그처럼 비식별성이 보이는 것과 보이지 않는 것의 분할과 연관이 있다는 점에서 **생명정치는 감성의 분할**과 공모하는 것이라고 할 수 있다. 만일 우리가 법의 정지 상태에서 희생된 존재에게 고통을 느낀다면 그는 벌거벗은 생명이 아니라 타자일 것이다. 반면에 사람들의 공감을 일으키지 못한 채 사라지는 존재가 바로 벌거벗은 생명이다. 법의 효력을 정지시키며 생명을 처분하는 생명정치는 보이지 않는 경계를 설정하는 정치권력의 감성의 분할과 손을 잡고 있는 것이다.

아감벤의 비식별성이란 실재하지만 보이지 않는 것의 영역이다. 벌거벗은 생명의 고통스런 얼굴이 보이지 않고 그의 비명이 무의미한 소음으로 들릴 때 권력자의 생명정치는 성공을 거둔다. 반면에 감성의 분할이 동요하며 희생자의 고통이 감지되기 시작할 때 벌거벗은 생명은 우리에게 타자로 다가온다. 그처럼 감성의 분할을 변혁하며 타자를 회생시키는 것이 바로 **미학**이다. 그 점에서 아감벤의 비식별성이 실현된 '수용소'의 대척적인 위치는 감성을 혁신하는 '미학'일 것이다. 수용소나 은유적 수용소가 많아진 사회가 생명정치의 세계라면 미학이 역동적인 사회는 타자성이 회생된 세상이다. 미학은 비식별성을 식별 가능하게 만들며 벌거벗은 생명을 (윤리적 역능을 증폭시키는) 타자로 되돌림으로써 생명정치에 저항한다. 아감벤의 출구가 없는 생명정치의 세계를 구원하는 것은 미학과 미학적인 정치이다.

오늘날 그런 미학의 작용에는 **낯선 두려움**과 **은유**가 있다. 낯선 두려움과 은유가 과거의 미학과 다른 점은 세계의 인식에 앞서 자아의 심연을 동요시키는 **존재론적 미학**이라는 점이다. 친밀한 권력은 비식별성 속에서 타자를 추방하는 동시에 자아를 빈곤해지게 만든다. 그에 대응하는 낯선 두려움과 은유는 비식별성을 식별하게 하면서 심연을 동요시킨다. 낯선 두려움은 비식별성에 놓인 벌거벗은 생명의 '피 묻은 눈'(「모래인간」)을 보게 하면서 거세의 불길함을 유포한다. 또한 은유는 피 묻은 나무인형이 아름다운 '불의 춤'을 추는 또 다른 세계를 상상하게 만든다.

미학은 낯선 두려움과 은유를 통해 타자에 대한 공감을 증폭시키며 윤리적 역능과 에로스를 회생시킨다. 그처럼 에로스를 회생시킴으로써 미학은 정치권력의 이데올로기와 생명정치의 공백지점을 만든다. 미학이 에로스를 회생시키는 지점은 생명정치가 실패하는 위치이기도 하다. 그곳은 되살아난 나무인형이 사람들 속에서 불의 원을 도는 춤을 추는 곳이기도 하다.

모래인간은 피 묻은 눈과 불구덩이를 볼 뿐 사람들이 열광하는 아름다운 불의 춤을 보지 못한다. 권력자는 왜 생명정치가 실패하는지 잘 알지 못하는데 그것은 불의 춤(미학)이 회생시킨 에로스가 생명정치('피묻은 눈')의 공백지점이기 때문이다. 사랑은 애인 앞에서는 감출 수 없는 것이지만 권력에게는 가장 감시하기 어려운 심연의 동요이기도 하다. 모래인간은 눈을 빼려는 불길한 위협을 할 수는 있으나 낯선 두려움을 경험하는 사람의 심연의 불의 춤을 막지는 못한다. 모래인간이 감시하지 못하는 불의 춤이 있듯이 생명권력의 대척점에는 미학과 에로스가 있는 것이다.

미학과 에로스야말로 지배 권력이 잘 보지 못하는 물밑의 비식별성의 영역인 셈이다. 미학적 감성과 에로스의 정동은 부동의 절대적인 지배 권력을 물위의 도시로 만들며 동요시킨다. 더 나아가 미학은 에로스를 증폭시킴으로써 법을 넘어서는 영역에서까지 사회의 변화를 요구한다. 미학과 에로스는 법의 내부인 동시에 외부인 **또 다른 비식별성의 영역**을 만드는 것이다. 에로스란 법을 넘어서는 생명적 본능이거니와 법을 무효화하면서까지 생명을 떠맡는 생명정치에 공백을 만들며 보이지 않는 심연에서 동요한다.

따라서 우리는 두 개의 비식별성이 길항하고 조우하는 시대에 살고 있다. 생명정치의 비식별성은 감성의 분할과 공모하며 타자를 추방해 벌거벗은 생명으로 만든다. 반면에 미학과 미학적 정치의 또 다른 비식별성은 감성의 분할을 변혁하며 벌거벗은 생명을 타자로 회생시킨다.

아감벤은 나치의 유대인 학살을 벌거벗은 생명의 대표적인 예로 보고 있다. 유대인 학살이 자행된 것은 벤야민이 말한 파시즘의 '정치의 미학화'와 연관이 있다. 모래인간은 피 묻은 눈들을 보이지 않는 불구덩이에 내던지는 미학적 향연을 벌인 것이다. 그런데 그런 미학적 향연은 생명과 죽음에 대한 감성이 마비된 반미학이기도 하다.[40] 나치의 반미학적 향연은 냉혹한 '죽음의 격하'[41]를 잘 식별되지 않게 만들었다. 감성의 분할로서의 그런 정치의 반미학을 통해 피 묻은 유대인은 법이 정지되는 비식별성의 구덩이에 내던져진 것이다. 파시즘의 시기에는 그 같은 생명정치에 대항하는 예술의 또 다른 비식별성의 영역은 잘 가동되지 않았다.[42]

그 후 파시즘의 정치의 미학화가 해체된 시대에는 과거의 비식별성을 증언하는 움직임이 나타났다. 그러나 아감벤은 근본적으로 아우슈비츠는 **증언이 불가능**하다고 말한다. 진실이란 생존자들이 말하는 사실을 초과한 것이며 증언이 진실을 구성하는 현실로 환원될 수 없다는 것이다.[43] 생명정치의 비식별성의 영역은 시대가 지난 후에도 증언의 아포리아를 남긴다.[44]

40　생명에 대한 에로스가 미학이라면 죽음의 격하는 그런 감상이 마비된 반미학일 것이다.

41　아감벤, 정문영 역, 『아우슈비츠의 남은 자들』, 새물결, 2012, 108~111 · 116 · 122쪽.

42　모더니즘의 비동일성의 미학은 타자를 회생시키는 데까지 나아가지 못했다.

43　아감벤, 정문영 역, 앞의 책, 15쪽.

44　아감벤은 증언할 수 없는 무젤만의 증언과 죽은 자와 산 자의 이접성을 강조한다. 위의 책, 241쪽.

이런 아우슈비츠의 아포리아는 오늘날이 권력의 비식별성이 증폭된 또 다른 감성의 분할의 시대인 때문이기도 하다. 이제 과거의 은폐되었던 사실들을 증언할 수 있게 되었지만 우리도 모르는 다른 비식별성이 진실을 감추고 있는 것이다. 아감벤은 우리 시대 역시 소진되지 않은 생명정치가 계속되는 사회라고 생각하고 있다. 오늘날은 예전의 아우슈비츠에서처럼 죽음이 연쇄적으로 제조되고 생산되는 시대는 아니다. 그러나 음벰베 등의 죽음정치[45] 이론들이 주장하고 있듯이 신자유주의는 쓸모없어진 사람들이 죽음에 방치되거나 유기되는 시대이다. 아우슈비츠의 수용소가 시체를 제조하고 생산하는 곳이었다면[46] 오늘날의 비식별성의 영역에서는 인격이 살해되거나 물건처럼 유기된다. 이것이 파시즘과 감정 자본주의의 차이이다. 인격성의 영역까지 상품화된 감성사회(감정 자본주의)에서는 신체를 살해하지는 않지만 인격과 생명이 유기되거나 죽음에 방치된다.

우리가 그 같은 은밀한 생명정치나 죽음정치에 민감하지 못한 것은 그것을 덮는 환상적인 스펙터클의 장치가 극도로 진화했기 때문이다. 그와 함께 그런 한계상황이 우리 자신도 모르게 습관화된 점을 들 수 있다. 아감벤은 생명정치의 비정함이 분명했던 아우슈비츠에서조차 '죽음의 격하'가 일상화되어 있었다고 논의한다. 아우슈비츠에서는 예외상태가 상시와 일치했으며 한계상황이 일상생활의 범례가 되고 있었다. 예외상태와 일상 상황이 분리되어 있으면 서로를 조장하더라도 양자는 각기 불투명성으로 남아 있다. 반면에 그 둘이 은밀히 공모하게 되면 서로를 내부

45　Achille Mbembe, "necropolitics", *Public Culture* no.1, 2003, pp.11~40; 이진경, 나병철 역, 『서비스 이코노미』, 소명출판, 2015, 40쪽.

46　아감벤, 정문영 역, 앞의 책, 108쪽.

로부터 비추어 준다.[47]

중요한 것은 그 같은 예외상태의 일상화가 오늘날 오히려 더 확대되고 있다는 점이다. 이제 아우슈비츠 같은 수용소는 쉽게 찾아 볼 수 없게 되었다. 그러나 일상의 은밀한 은유적 수용소는 아무도 모르게 확장되고 있다. 배수아 소설은 '이상한 고요함'이라는 보이지 않는 침묵의 죽음정치에 대한 은유로 가득 차 있다. 예컨대 '한낮의 일식', '영화의 마지막 같은 암흑', 강가에 부는 '깊은 한숨', 내면에 그늘을 드리우는 '이름 모를 새들' 등이다. 이 은유들은 영화 같은 일상과 삶의 일식 같은 예외가 서로를 내부로부터 비추며 일상 자체를 수용소와도 같은 비식별성의 영역으로 만들고 있음을 암시한다. 오늘날은 빛과 어둠, 영화와 검은 스크린이 공모하는 일상의 예외상태의 시대인 것이다.

화려한 스펙터클로 눈이 부신 우리 시대는 어느 때보다도 비식별성의 영역이 오히려 확장된 시대이다. 그 이유는 전사회적 판타스마고리아가 강화된 반면 타자에 대한 공감은 크게 약화되었기 때문이다. 친밀한 권력의 시대는 비식별성의 영역이 확대된 사회이기도 하다. 사회 전체에서 '좋은 세상'을 함께 누린다는 결연의 환상이 유포되는 반면 타자는 보이지 않는 영역으로 추방되기 때문이다. 전자가 낭만적 유토피아와 사랑의 판타지라면 후자는 타자에 대한 공감과 에로스의 약화를 나타낸다. 보이는 영역에 사랑의 판타지가 있다면 보이지 않는 영역에는 소멸된 에로스가 있다. 전자의 영화 같은 일상과 후자의 일식 같은 삶은 서로가 서로를 되비춰준다. 우리 시대는 '이상한 고요함'이라는 비식별성이 일상의 전체에 퍼져 있는 시대인 것이다.

우리 시대뿐 아니라 친밀한 권력의 상황에서는 일반적으로 비식별성

---

47   위의 책, 73~75쪽.

이 확장된다고 할 수 있다. 식민지 말의 내선일체의 시대는 인종적 결연의 환상과 함께 보이지 않는(비식별적인) 타자의 비극이 심화된 세계였다. 젠더 영역에서의 결혼의 환상 역시 친밀한 남성적 권력이 박탈된 여성적 타자성을 보이지 않게 포용하며 비식별성을 증대시킨다. 그리고 우리 시대야말로 계급관계를 포함한 일상 전체가 젠더 영역에서처럼 비식별성이 확장된 시대라고 할 수 있다.

예외와 일상이 각기 불투명하게 남아 있는 시대는 분노와 사랑의 시대였다. 반면에 극한상황과 상시가 서로를 비추는 친밀사회는 불안한 우울증의 시대이다. 우울증이란 예외가 일상이 되고 일상이 예외가 된 사회의 증상이다. 분노와 사랑의 시대에는 일상의 사람들이 타자에 대한 사랑에 근거해 극한적 예외적 사건에 분노할 수 있었다. 하지만 타자가 추방되고 예외와 정상이 공모하는 사회에서는 사랑이 소멸되고 분노의 대상이 불분명해진다.[48] 그로 인해 일상 전체에 비식별성이 확장된 사회의 질병이 바로 **제도화된 우울증**이다.

우울증에서 벗어나는 단초는 「닳은 방들」에서처럼 친밀한 대상에서 느끼는 끔찍한 낯선 두려움이다. 우울증이란 친밀한 환상에 중독된 사람의 금단 현상인 동시에 친밀성에 비춰진 예외상태에 대한 무의식적인 막연한 거부감이다. 무엇이 문제인지 불분명한 그런 우울한 심리에서 벗어나 친밀한 일상과 예외를 분리하게 된 상태가 바로 **낯선 두려움**이다. 낯선 두려움은 친밀성과 예외, 일상과 비가시적 세계 사이에서 느끼는 자의식이다. 낯선 두려움의 순간 우리는 친밀성의 환영을 깨고 모래인간의 폭력과 바닥에 나뒹구는 피 묻은 눈을 보게 된다.[49] 그 순간 우리는 일상에서

---

48 아감벤은 예외와 일상이 분리되지 않는 상황 자체를 예외상태라고 부른다.
49 모래인간과 피 묻은 눈이 환상일 수 있지만 이 환상은 친밀성(환영)보다 더 실재(the Real)에 가깝다.

한순간 피범벅된 자동인형이 되어버릴 듯한 불길한 자의식을 갖는다.

낯선 두려움은 예외적인 일들에 대한 일상의 사람들의 분노와 (비식별성에) 추방된 타자에 대한 에로스를 회생시키는 계기가 된다. 모래인간의 폭력을 본 순간 아버지의 목을 조르고 싶은 분노와 불의 춤의 에로스적 갈망이 일어나는 것이다. 흥미로운 것은 이미 그 순간 낯선 두려움이 은유의 작동과 연관되기 시작한다는 점이다. 낯선 두려움은 숨겨야 할 것이 드러난 상황인데 그 숨겨야 할 것이란 은유로 표현될 수밖에 없다. 모래인간과 안경상인은 일상에서는 보이지 않는 거세 장치의 은유이며 불의 춤은 심연에 잔존하는 에로스의 은유이다. 낯선 두려움은 권력의 비합리적 비밀이 누설된 공포의 순간인 동시에 애니미즘이 가능한 세계로 회귀하는 시간이기도 하다. 앞에서 우리는 애니미즘으로의 회귀가 다수 체계성의 작동과 연관이 있음을 살펴봤다. 그 점에서 낯선 두려움은 무서운 권력의 비밀이 은유로 표현되며 합리성을 넘어선 다수 체계성의 작동이 또 다른 은유로 제시되는 순간일 것이다. 그처럼 낯선 두려움이 은유와 결합하는 순간 「내 여자의 열매」에서처럼 다수 체계성의 작동 속에서 복수 코드적 환상이 나타난다.

이처럼 낯선 두려움과 은유, 다수 체계성은 서로 연관되어 있다. 친밀한 것이 불길함으로 뒤바뀔 때 낯선 두려움의 정동은 불안과 공포 속에서 심연의 에로스의 동요를 감지한다.[50] 그런데 그 과정은 일상과 무의식/실재계 영역의 틈새에서 진행되므로 은유로 표현될 수밖에 없다. 나타니엘은 눈을 빼앗긴 올림피아를 보며 인형의 '불의 춤'의 세계를 상상한다. 마찬가지로 「내 여자의 열매」에서 '나'는 비식별성의 영역에서 거세되어 가는 아내를 보면서 물을 갈망하는 식물의 은유를 작동시킨다. 피멍이 들고 온

---

50   상식적인 세계에 숨겨져 있던 예외를 보며 분노와 사랑이 동요하는 것이다.

몸에 낭종이 생긴 아내는 물세례를 기다리는 메마른 식물이기도 했던 것이다.

이 같은 은유는 거세의 장치(생명권력)와 결합된 감성의 분할을 변혁하면서 비식별성을 지각 가능한 영역으로 전이시킨다. 아내의 환상인 동시에 '나'의 은유인 진초록색 식물은 보이지 않는 것을 보이게 만들며 순수기억을 동요시킨다. 「내 여자의 열매」는 환상의 부활인 동시에 거대한 은유의 작동이기도 하다. 은유를 통한 순수기억의 동요는 일상과 비가시적 세계의 사이의 낯선 두려움을 양자 사이의 목숨을 건 도약으로 바꾸어 놓는다. 목숨을 건 도약은 다수 체계성을 횡단하며 에로스를 부활시키는 과정에 다름이 아니다. '나'는 식물세계로 건너뛰며 필사적으로 물세례를 퍼부어 초록빛 몸으로 청신하게 피어나게 하는데, 이는 '나'의 심연으로부터 에로스가 퍼 올려지는 과정이기도 하다. '나'의 은유의 작동은 다수 체계성을 횡단하며 아내를 식물 타자로 회생시키는 동시에 아내에 대한 에로스를 부활시킨다.

이 같은 은유의 작동은 동일성의 일상을 복수 코드적 환상의 프리즘으로 보는 진행이기도 하다. 아내가 경험한 비식별성의 예외는 수백 수천의 똑같은 건물과 주방, 상가에서 느끼는 물신화된 동일성의 일상이었다. 일상인 동시에 예외인 이 동일성의 세계에서 아내는 우울을 경험하다가 죽을 듯한 거세공포를 느끼게 된 것이다. 거세공포는 아내가 일상에서 예외를 분리시키는 자의식이 생겼음을 뜻한다. 예외는 비식별성의 영역에 있으므로 아내의 낯선 두려움의 표현은 이미 은유의 작동으로 연결된다. 또한 은유는 일상과 비가시적 세계 사이의 다수 체계성의 작동과 연관이 있다.

더욱이 친밀사회에서 낯선 두려움을 느끼게 하는 비식별성의 확장은 역설적으로 잠재적 다수 체계성의 작동을 증폭시킨다. 시래기처럼 거세된 아내를 초록색 식물로 보는 남편의 은유는 단지 개인적인 심리의 표현이 아니다. 인격의 영역마저 상품화하는 후기자본주의 동일성의 일상은 생명적 존재를 물건의 영역에 유기하는 실재the Real에서 멀어진 세계이다. 거세된 타자(쓰레기)를 초록빛 몸으로 보는 식물의 은유는 그런 공허한 동일성을 거부하는 다수 체계성의 작동에 의한 복수 코드적 환상에 다름이 아니다.

낯선 두려움이 일상과 비가시적 세계 사이의 틈새라면 은유적 사유는 그 틈새의 비식별성의 영역을 복수 코드적 환상으로 지각하게 만든다. 틈새의 감각인 낯선 두려움은 **틈새를 횡단하는 은유**와 복수 코드적 환상의 추동력이 된다. 낯선 두려움이 은유로 전이되는 과정은 다수 체계성의 횡단 속에서 에로스가 회생하는 과정이기도 하다. 한쪽에는 일상과 예외가 뒤섞인 후기자본주의가 있으며 다른 쪽에는 추방된 타자를 은유로 이미지화하는 식물세계가 있다. 은유는 그 양쪽 사이에서 자연의 순수기억[51]의 경첩으로 움직인다. 피멍과 낭종이 생긴 아내는 물을 갈망하는 식물이 되어 가고 있었다. 그 순간 남편('나')은 일상에서 식물세계로 도약하며 물세례를 퍼붓는다. 「내 여자의 열매」에서 '나'는 은유의 순수기억의 동요를 통해 양자 사이를 도약하며 심연의 에로스를 퍼 올려 거세된 타자를 회생시킨다. 이 같은 은유와 복수 코드적 환상의 작동은 다음과 같이 표시될 수 있다.

「내 여자의 열매」의 복수 코드적 환상은 비단 환상적 표현에 그치는 것이 아니다. 복수 코드적 환상은 일종의 은유적 미학이며 그것은 현실에서의 은유적 정치로 발전될 수 있다. 은유가 상상적 기표들과 결합하면 환상이 되지만 현실의 기표들과 교섭하면 은유적 정치가 된다. 은유는 모래

51　아내와 '내'가 공유하는 순수기억은 자연을 향한 삶의 기억이다.

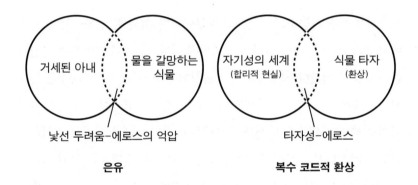

| 은유 | 복수 코드적 환상 |

인간, 불의 춤, 식물뿐 아니라 세월호 같은 현실 속의 기표를 통해 작동하기도 한다. 그처럼 현실의 기표가 비식별성을 식별하게 하는 작동과정을 **은유적 정치**라고 부를 수 있다. 실제로 세월호 사건에서 촛불집회로 이어진 과정은 은유적 정치를 통한 다수 체계성의 작동의 흐름으로 이해될 수 있다. 이제 복수 코드적 환상의 상상력이 은유적 정치로 이어지는 과정을 살펴보자.

세월호 사건은 사람들에게 **낯선 두려움**을 느끼게 하며 타자가 사라진 비식별성을 응시하게 만들었다. 즉 일상과 예외가 뒤섞인 후기자본주의에서 사람들은 낯선 두려움을 통해 예외상태의 비식별성을 분리해 응시하게 된 것이다. 이는 일상 자체의 우울한 비식별성[52]에서 벗어나 일상과 분리된 예외적 비식별성을 감지하는 과정이었다. 세월호 사건은 왜 이런 일이 일어났는지 알 수 없는 비식별성 그 자체였다. 사람들은 세월호 사건이 일상 속에서 늘 경험하던 보이지 않는 것(비식별성)이 눈앞에 보이게 나타난 것으로 이해했다.

낯선 두려움의 순간은 일상에서 늘 경험하면서도 숨겨졌던 것이 드러난 순간이었다. 세월호의 전사회적 파장은 그 과정이 은유로 작동되며 비

---

52   이 우울한 비식별성은 예외상태가 일상에서 습관화된 상황이라고 할 수 있다. 낯선 두려움은 습관화된 예외상태에서 벗어나 예외를 낯설게 지각하는 과정이다.

식별성을 식별 가능하게 만들어준 때문이었다. 그와 함께 불길한 공포 속에서 진정한 삶에 대한 열망이 고조되며 세월호는 순수기억을 동요시키는 은유로 이어졌다. 세월호의 비식별성이 은유로 지각되는 과정은 동요하는 순수기억의 힘으로 희생된 타자와의 소통의 열망이 고조되는 과정이기도 했다. 사람들은 학생들이 보내온 마지막 휴대폰 영상을 기억하며 물밑의 비식별성을 사라진 타자와 소통하는 은유의 과정을 통해 지각하려 했다. '이젠 말해주세요. 왜 구하러 오지 않았는지'…… '우리 모두가 세월호였다', '이 나라가 무슨 짓을 했는지',[53] '금요일엔 돌아오렴' 등등.

이런 비식별성에 대한 은유의 과정은 심연의 에로스를 퍼 올리며 사라진 타자를 회생시키는 진행이기도 했다. 그 은밀한 에로스의 생성과정은 물밑의 공간이 또 다른 비식별성으로 전이되는 과정이었다. 물밑은 후기자본주의가 타자를 벌거벗은 생명으로 유기한 영역인 동시에 사라진 타자를 회생시키려는 에로스의 공간이기도 했던 것이다. 세월호는 **두 개의 비식별성**이 중첩되고 길항하는 드라마가 되었다. 한쪽에는 무능하고 냉혹한 국가라는 예외상태[54]의 비식별성이 있으며 다른 쪽에는 타자와 교섭하는 에로스의 비식별성이 있는 것이다.

세월호의 은유의 드라마는 〈시그널〉의 시간환상의 드라마와 다르지 않다. 〈시그널〉에서 의문의 죽음을 당한 이재한으로부터 온 무전의 환상은 물밑에서 학생들이 보내온 은유의 목소리의 증폭된 표현이다. 물밑의 학생들과 휴대폰 통화를 계속하려는 열망이 과거로부터 온 무전의 환상으로 이어진 것이다. 세월호의 은유는 〈시그널〉의 시간환상으로 증폭되면서 우리 자신의 순수기억을 고양시켰다.

---

53   세월호 추모시집에 실린 이상국의 시 제목이다. 이상국, 「이 나라가 무슨 짓을 했는지」, 『우리 모두가 세월호였다』, 실천문학사, 2014, 120쪽.

54   이 예외상태는 일상이기도 하다.

순수기억의 약동은 생명적 존재의 지속의 표현으로서 개체를 넘어선 울림을 만들며 에로스를 고양시킨다. 상처를 기억하며 에로스를 회생시키는 순수기억의 생명적 약동은 후기자본주의의 상품물신화와 국민국가의 생명정치에 대항한다. 이것이 우리 시대의 생명정치의 비식별성에 대한 에로스의 또 다른 비식별성의 역습이다.

물밑의 에로스의 고양은 국가의 생명의 유기인 세월호를 통해 자본과 국가가 만든 이제까지의 미해결 사건을 해결하려는 열망을 고조시켰다. 〈시그널〉의 미제사건 팀의 드라마도 같은 맥락에서 이해될 수 있다. 그처럼 순수기억을 동요시키는 미학이 현실의 미해결 사건을 해결하려는 정치로 발전되고 있었던 것이다. 세월호의 은유적 담론과 〈시그널〉의 시간환상이 은유적 미학이었다면 우리 자신의 문제를 해결하려는 드라마로서의 은유적 정치가 바로 촛불집회이다. 과거의 변혁운동과 구분되는 촛불집회의 특징은 **은유적인 미학적 정치**라는 점이다.

촛불집회에는 과거의 직선적인 변혁운동과는 달리 수많은 은유와 서사가 있다. 미학적 정치인 촛불집회의 풍자와 은유는 권력의 비식별성에 대항하는 미학인 동시에 우리 자신의 물밑의 에로스의 비식별성의 표현이기도 하다. 촛불집회는 타자에 대한 에로스가 고양되면서 타자를 벌거벗은 생명으로 추방하는 비식별성에 저항하는 정치이다. 권력의 비식별성에 저항하는 이 에로스의 비식별성의 정치는 다수 체계성의 회생이기도 하다.

지배권력의 비식별성이 동일성을 물신화한다면 에로스의 비식별성은 동일성을 다수 체계성의 작동으로 되돌린다. 촛불집회에서 타자성과 에로스가 회생하는 과정은 수많은 다중들이 네트워크를 이루는 진행이기도 하다. 다중의 네트워크는 노동자, 실직자, 여성, 소수자 등 동일화될 수 없는 다양한 타자들이 끝없이 교섭하는 다수 체계성의 작동을 보여준다.

다수 체계성의 작동은 촛불집회 같은 미학적인 정치의 또 다른 중요한 특징이다.

용산참사의 이상한 고요함에서 세월호 사건을 거쳐 촛불집회에 이르는 과정은 새로운 **은유적 정치**의 출현을 암시한다. 세월호 사건은 일상과 예외가 식별되지 않는 이상한 고요함에서 벗어나 일상의 사람들이 낯선 두려움 속에서 예외상태의 비식별성을 응시하게 만들었다. 사람들은 낯선 두려움에 내포된 진정한 삶의 열망을 통해 세월호가 단순한 예외가 아니라 일상 속의 예외상태를 증폭시켜 보여준 은유로 이해하게 되었다. 이같은 은유적 사유는 지배권력의 비식별성을 지각하려는 노력으로 발전되는 한편 순수기억의 동요를 통해 타자성과 에로스가 회생된 비식별성을 생성했다. 더 나아가 에로스의 비식별성의 역습은 권력의 비식별성에 저항하며 새로운 삶을 요구하는 촛불집회로 발전된 것이다.

비식별성의 시대에는 사회적 변혁을 위해 조직적 운동만으로는 불충분하다. 직선적인 조직적 운동으로는 일상과 예외가 서로를 비추는 비식별성을 드러낼 수 없기 때문이다. 또한 거시적 운동으로는 비식별성 영역에서 추방된 수많은 타자들을 회생시킬 수 없기 때문이다. 은유적 정치만이 일상에서 예외를 응시하는 한편 에로스를 회생시켜 다양한 타자들과 교섭할 수 있다. 지배권력의 비식별성이 타자의 추방을 위해 미학과 반미학을 동원한 장치라면, 촛불집회의 은유적 정치는 에로스를 회생시키는 미학을 앞세운 (권력에 대한) 비식별성의 역습이다. 촛불집회는 권력의 비식별성을 지각가능하게 하면서 **미학적 정치**를 통해 물밑의 에로스의 비식별성을 지상으로 고양시킨다.

6. 종말론과 구원의 정치

친밀사회는 비식별성이 확장된 동시에 위기에 둔감해진 사회이다. 배수아는 스노화이트를 꿈꾸는 사람들이 사건이 일어나도 아무도 동요하지 않는 이상한 고요함에 시달린다고 말한다. 그와 비슷하게 송경동은 용산참사에서 여섯 명이 죽었어도 이 사회에서는 아무 일도 일어나지 않았다고 호소하고 있다.[55] 이른바 헬조선이란 단순히 억압적인 사회가 아니라 문제가 무엇인지, 어떻게 해결해야 하는지 알 수 없게 된 사회를 말한다. 헬조선은 비식별성으로 인해 사회 모순에 대한 분노를 상실함으로써 유토피아의 추동력이 소진된 사회를 뜻한다.

'이상한 고요함'과 '헬조선'은 '친밀한 환상'의 사회에서 왜 「사탄의 마을에 내리는 비」(박상우) 같은 소설이 출현하게 되었는지 알 수 있게 해준다. 종말론이란 비단 모순이 악화된 사회가 아니라 위기가 증폭된 동시에 식별 불가능해진 세계이다. 유토피아의 상상적 모방의 장치가 극대화된 시대가 해방과 구원을 참칭당한 종말론 세상이라는 사실[56]은 대단한 아이러니이다.

우리 시대뿐 아니라 친밀한 권력의 시대는 '종말론 사무소'가 문을 닫지 못하는 사회이다. 친밀한 권력은 사회 구성원이 다 함께 경계를 넘어 새로운 세상으로 질주하는 듯한 상상을 유포한다. 그러나 그런 유토피아적 환상의 질주는 디스토피아의 다가옴이기도 하다. 친밀한 권력하에서는 타자가 추방되면서 벌거벗은 생명들이 비식별성의 영역에 유기된다. 레비나스는 타자란 미래라고 말한다. 타자가 추방된 세계에서는 미래가 상실된 대신 파국을 향해 달리는 친밀한 권력의 고속열차가 있을 뿐이다.

---

55   송경동, 「이 냉동고를 열어라」, 『사소한 물음들에 답함』, 창비, 2009, 99쪽.
56   김항, 『종말론 사무소』, 문학과지성사, 2016, 304쪽.

타자가 잔존하는 시대는 에로스에 근거한 타자와의 연대가 가능한 시대였다. 그러나 벌거벗은 생명이 비식별성에 유기되는 사회에는 소음 같은 구조요청이 있을 뿐 사랑도 연대도 없다. 이런 **종말론적 시대**에는 닫힌 체제의 문을 여는 **구원의 정치**가 필요하다.

구원의 정치란 마법 같은 메시아주의가 결코 아니다. 벤야민은 점성가들의 마법을 탈마법화하는 **기억의 정치학**을 주장한다. 매순간 기억의 경첩을 움직여야지만 메시아가 들어오는 좁은 문이 열리는 것이다.[57] 기억이란 염주알처럼 늘어선 연대기적인 회상이 아니라 시간이 존재로 전이된 성좌 같은 순수기억을 뜻한다. 벤야민은 섬광처럼 번쩍이는 기억을 붙잡아야 한다고 말했는데 이는 순수기억을 동요시키는 은유의 순간에 다름이 아니다. 5·18은 4·19의 기억의 번쩍이는 섬광이며 6월항쟁은 5·18의 순수기억의 은유적 동요이다.

기억의 경첩을 움직여야 하는 문제는 비식별성 시대에 더욱 긴요해진다. 식별 불가능한 벌거벗은 생명은 섬광 같은 기억의 동요를 통해서만 비로소 식별 가능한 감각으로 지각된다. 용산참사에서 이상한 고요함이 경험된 것은 희생자에 대한 순수기억의 섬광이 작동되지 않았음을 뜻한다. 일상과 예외가 뒤섞인 비식별성으로 인해 순수기억이 동요하지 않을 때 희생된 타자는 희생제물이 될 수 없는 벌거벗은 생명이 된다. 반면에 세월호 사건에서 학생들의 죽음이 타자성과 에로스의 회생의 계기가 된 것은 순수기억이 동요하는 은유의 기제가 작동되었기 때문이다.

세월호 사건에서 희생된 학생들은 비식별성의 비극인 점에서 4·19 때의 학생들이나 5·18 때의 시민들의 죽음과는 구분된다. 그러나 세월호가 일상의 은유로 작동되면서 사람들은 세월호를 보이지 않는 비식별성

57　벤야민, 최성만 역, 『벤야민 선집』 5, 길, 2008, 384쪽.

을 식별하게 하는 기표로 지각하기 시작했다. 비식별성이 일상과 예외가 뒤섞인 상태라면 세월호의 은유는 일상에서 예외적 비극을 분리시켜 응시하게 해준다. 즉 사람들은 은유를 통해 세월호의 비극이 일상에서 겪는 예외의 증폭된 상황임을 지각하게 된 것이다. **은유**는 예외상태의 일상에서 마비된 순수기억에 섬광 같은 빛을 비춰준다. 그런 방식으로 일상의 수많은 세월호를 감지하며(우리 모두가 세월호였다) 세월호의 희생자들에게 공감하고 벌거벗은 생명을 타자로 회생시킨 것이다.

세월호는 일상의 은유일 뿐 아니라 기억의 성좌의 은유이기도 하다. 타자의 회생은 세월호 사건을 섬광 같은 기억의 도약을 통해 4·19와 5·18의 은유적 작동으로서 포착하게 해준다. 물론 불길한 정적 속에서 희생자를 낳은 세월호 사건은 독재정치에 대항한 4·19나 5·18과 똑같지는 않다. 세월호에는 4·19나 5·18 같은 연대와 저항의 순간이 없다. 그러나 섬광 같은 기억이란 조직적 운동이 아니라 4·19나 5·18을 점화시킨 에로스의 기억을 뜻한다. 카치아피카스는 3·1운동에서 4·19, 촛불집회까지의 운동의 확산 과정은 **에로스의 효과**였다고 말한다.[58] 에로스 효과는 선적인 확대가 아니라 미적분적인 확산이다. 우리는 그 미시적 운동의 확산이 기억에 의한 확대임을 덧붙일 수 있다. 세월호에서의 동요는 사회모순에 대해 분노하며 희생자에게 공감한 에로스의 순수기억의 경첩이 움직인 과정이었다. 순수기억이 동요하는 은유를 통해 비식별성을 지각하게 되면서 예외의 늪에서 벗어나 타자에 대한 사랑과 연대를 회생시킨 것이다.

과거와 현재의 차이는 오늘날 은유적 정치가 더 중요해진 점이다. 과거의 변혁운동이 사회 곳곳에서 연대와 저항이 번져갔다면 세월호는 은유의 기표를 통해 비로소 일상 전체를 연대의 장으로 회생시켰다. 은유의

---

58   카치아피카스, 원영수 역, 『한국의 민중봉기』, 오월의봄, 2015, 99·230~231·619~620쪽.

섬광을 통한 일상의 식별은 예외상태의 벌거벗은 생명을 타자로 되돌리며 에로스를 소생시켰다. 그와 동시에 사랑과 분노의 회생은 세월호에 의한 동요를 촛불집회로 이어지게 하면서 변혁운동을 부활시켰다. 세월호의 은유가 일상 전체를 깨어나게 함으로써 4·19와 5·18의 기억의 성좌가 되돌아와 촛불집회로 점화된 것이다.

과거의 변혁운동과 촛불집회의 차이는 전자가 민주주의의 요구였다면 후자는 민주주의의 회생과 함께 에로스를 갈망했다는 점이다. 새로운 사회는 민주주의뿐만 아니라 에로스가 회생해야만 도래할 수 있다. 세월호에서 촛불집회에 이르는 과정은 학생들에 대한 공감과 사랑이 소생하면서 민주주의에 대한 요구가 증폭되는 과정이었다. 과거의 사회운동이 사회모순에 대한 분노의 연대였다면 은유적 미학인 촛불집회는 타자성과 에로스의 회생이라는 존재론적 정치가 출발점이 된다.

종말론적 사회란 **타자성**과 **에로스**를 상실한 세계이다. 그에 대응하는 구원의 정치는 타자성과 에로스를 회생시키는 은유적인 순수기억의 동요에서 시작된다. 순수기억이 상품이나 물건처럼 빈약해지면 타자에 대한 공감이 약화되면서 타자 자신이 벌거벗은 생명으로 강등된다. 반면에 순수기억이 약동하며 은유가 작동되면 벌거벗은 생명은 필사적으로 도약하는 에로스에 의해 구원을 얻는다. 「내 여자의 열매」에서 아내는 비식별성의 영역에서 피멍이 든 벌거벗은 생명으로 시들어갈 뿐이다. 그러나 남편의 식물의 은유와 물세례의 필사적 도약을 통해 아내는 초록빛 생명으로 청신하게 회생한다. 타자성과 에로스가 회생하는 그 순간은 기억의 경첩에 의해 우리 자신의 구원의 문이 열리는 순간이기도 하다.

세월호 사건에서 촛불집회에 이르는 과정도 그와 다르지 않다. 세월호는 처음에 무엇이 문제인지 알 수 없는 비식별성으로 인해 종말론적 암담함을 감지하게 했다. 그러나 점차로 희생자에 대한 은유가 작동되면서 에로스의 회생과 함께 벌거벗은 생명은 타자로 되돌아왔다. 용산참사에서 희생자가 벌거벗은 생명이 된 것은 그 예외상태가 일상화되어 식별 불가능했기 때문이었다. 반면에 세월호에서는 은유를 통해 비식별성을 지각함으로써 일상에서 예외를 분리시켜 응시할 수 있게 되었다. 그처럼 비식별성을 식별하며 예외를 응시하는 순간 학생들은 회생된 타자로 되돌아올 수 있었다.

　실제로 벌거벗은 생명인 학생들은 수많은 은유를 통해 타자로 회생했다. 예컨대 노란 리본이야말로 타자의 회생을 통한 구원의 은유이다. 희생제물조차 될 수 없는 벌거벗은 생명은 사람들의 생명을 약동시키는 가슴의 노란 은유적 표장으로 회생했다. 학생들은 우리 모두의 마음을 연결해주며 에로스를 소생시키는 은유적 리본으로 되돌아온 것이다.

　희생자의 구조요청이 소음이 되면 타자는 벌거벗은 생명으로 매장된다. 반면에 희생자의 들리지 않는 목소리가 은유를 통해 들리게 되면 벌거벗은 생명은 타자로 회생하며 에로스를 부활시킨다. 수백 개의 금요일, 천만 개의 바람, 꽃이 피고 낙엽이 질 때 돌아오는 고운 그들……. 바람소리와 꽃과 낙엽은 은유를 통해 돌아오는 타자의 회생이다.[59]

　종말론의 상황은 생명적 존재가 상품이나 물건으로 강등되는 순수기억과 감성의 쇠퇴에 그 원인이 있다. 바람과 꽃과 낙엽이 될 수 없는 벌거벗은 생명이란 순수기억과 에로스의 소멸의 대가이다. 반면에 상처의 고통에 자극받아 회생한 에로스는 구원의 문을 여는 돌쩌귀가 된다. 순수기억과 에로스의 경첩이 움직이는 순간 추방된 타자는 역사의 틈새에서 끝없이 되돌아온다. 그런 끝없는 귀환이야말로 심연에서 기억의 경첩이 작동되며 직선적인 시간을 폭파시키는 영원회귀의 순간이다. 이 과정은 순

59　김제동, 「추천사」(뒷표지), 세월호 참사 시민기록위원회 작가기록단, 『금요일엔 돌아오렴』, 창비, 2015.

수기억이 동요하며 수많은 은유들을 작동시키는 진행이기도 하다. 이제 타자는 꽃잎과 낙엽, 바람소리로 돌아온다. 그처럼 벌거벗은 생명이 은유를 통해 타자로 귀환할 때 구원의 좁은 문이 열리며 역사와 영원회귀가 이접적으로 연결된다.

7. 증언과 기억, 그리고 은유적 정치 – 저항의 이중주

친밀한 권력이 비식별성의 비극을 증폭시킨다는 사실은 놀라운 아이러니이다. 실제로 식민지 말의 내선일체 시기는 물론이고 오늘날의 친밀사회 역시 비식별성의 비극이 확장된 사회라고 할 수 있다. 그와 함께 아무도 그 비극을 말하지 않는 영원한 비식별성의 장소가 바로 젠더 영역이다. 최근에 유행하는 무릎 꿇기의 증언과 미투운동이야말로 젠더 영역의 오래된 비식별성의 침묵을 깨는 실천이라고 할 수 있다.

비식별성의 시대에 충격을 주는 가장 유력한 저항의 형식은 증언이다. **비식별성의 시대는 증언의 시대**[60]이기도 하다. 비식별성의 사회는 수동적 감성의 안개에 가려져 사랑과 분노가 쇠퇴함으로써 직접적인 저항이 어려워진 시대이다. 증언이란 예외상태의 증거를 폭로함으로써 일상으로부터 예외를 분리시켜 분노와 사랑을 회생시켜주는 방식이다. 그처럼 증언에 의한 폭로가 저항의 무기가 되는 자각과 역습의 극대화가 바로 내부자의 고발이다.

내부자 고발이 충격적으로 우리를 자각시켜주는 지금의 현실은 우리 시대가 비식별성의 시대임을 반증해준다. 오늘날의 비식별성은 친밀사회

---

60   방민호, 「증언의 시대」, 『교수신문』, 2017. 9. 11.

의 그늘일 뿐 아니라 내부자들의 결탁에 의한 부패와 불평등성의 만연에 의해 더욱 증폭되고 있다. 우리 시대는 민주주의 시대이지만 어떤 면에서는 독재시대보다 부패와 불평등성이 만개하는 경향이 있다.[61] 형식적 민주주의에서는 눈에 보이는 독재가 사라진 대신 푸코가 말한 편재하는 권력의 그물망이 확대된다. 게다가 감정 자본주의와 (신자유주의에 의한) 불평등성의 구조화가 타자를 투명인간으로 만들기 때문에 저항의 가능성이 약화되고 부패의 비식별성이 증폭된다.

이런 사회에서 내부자 고발은 증언자가 내부자 권력의 구멍을 만듦으로써 예외를 (일상에서) 분리시켜 눈에 보이게 해준다. 권력이 연출한 것만 나타나던 모니터에 내부 고발자의 증거와 기록이 출현한 충격은 정당한 분노와 저항을 회생시킨다. 내부자 고발은 시각적 모니터의 탈취[62]와 함께 친밀사회에 저항하는 중요한 방법의 하나이다.

내부자 고발은 부패와 비리의 고발일 경우 증언에 의한 사실과 기록의 충격의 효과는 가장 극대화된다. 그러나 비식별성이 홀로코스트처럼 생명정치와 죽음정치에 의한 것일 때는 단지 증언만으로는 사실을 초과하는 진실을 드러내기가 매우 어렵다. 아감벤은 아우슈비츠는 진실을 구성하는 현실을 밝히는 증언이 불가능하다고 말한다.

아감벤은 살아남은 자의 증언 대신 죽은 자의 말과 산 자의 사유의 이접성을 강조한다.[63] 비식별성의 비극은 사실과 기록의 증언만으로는 극복할 수 없으며 희생자와 생존자의 교섭으로서 **증언의 이중주**가 필요하다. 우리는 거기서 한 발 더 나아가 증언의 이중주가 낯선 두려움과 은유적

---

61 유종성, 김재중 역, 『동아시아의 부패의 기원』, 동아시아, 2016, 60~81쪽.
62 시각적 모니터의 탈취란 〈더 테러 라이브〉나 〈원티드〉처럼 비식별성의 존재나 상황이 모니터에 나타나게 만드는 반격을 말한다.
63 아감벤, 정문영 역, 앞의 책, 241쪽.

정치에 연관됨을 논의할 수 있다. 희생자와 생존자의 교섭은 낯선 두려움과 기억에 의한 은유의 정치가 작동되는 과정을 통해 역동적이 된다. 증언의 이중주는 그처럼 미학적 정치(낯선 두려움과 은유적 정치)로 이어져야만 비로소 구원의 문을 열 수 있다.

증언의 이중주는 근래에 활발해진 다양한 증언의 서사에서도 공통적으로 나타나는 특징이다. 예컨대 〈택시운전사〉는 광주의 시민들과 '기억을 위한 기록자'의 이중주이며, 『소년이 온다』(한강)에서도 죽은 소년과 생존자 간의 이접적인 시점의 교차가 시도된다. 뿐만 아니라 식민지 말의 징용을 고발한 『군함도』(한수산) 역시 소설적 상상력과 다큐멘터리의 이중적 형식으로 진행된다. 또한 일본군 위안부를 다룬 『한 명』(김숨)도 위안부 할머니의 증언과 작가의 상상력의 이중주로 연출된 소설이라고 할 수 있다.

그런데 〈택시운전사〉, 『소년이 온다』와 『군함도』, 『한 명』 사이에는 중요한 차이가 있다. 광주항쟁을 다룬 전자의 작품들도 살아 있는 생명이 참혹하게 유린된 비극이 우리에게 아픈 상처를 남겼음을 알려준다. 하지만 광주항쟁은 근본적으로 사랑과 분노의 표현이었으며 그 생생한 감동을 우리가 기억하게 하는 일이 매우 중요하다. 반면에 후자의 작품들의 경우에는 벌거벗은 생명들이 인간이 아닌 존재로 다뤄진 죽음정치적 비극이 핵심이다.

〈택시운전사〉와 『소년이 온다』가 감동적인 것은 단순한 연대기적 기록을 넘어서서 우리의 순수기억이 된 사건의 현장을 보여주기 때문이다. 순수기억이란 사건의 시간이 우리의 존재로 전이된 이미지들을 말한다. 〈택시운전사〉는 사건의 현장과 힌츠페터 기자의 사진 촬영의 접합으로 진행된다. 힌츠페터의 사진들은 은폐된 사실을 폭로했다는 의미를 지니지만 그것이 전부가 아니다. 그의 카메라는 연대기적 기록의 도구가 아니라 우리의 존재로 전이된 시간들을 포착함으로써 순수기억의 역동성을 표현하고 있다. 그의 사진이 찍히는 순간마다 우리는 심연의 기억의 바다에서 섬광 같은 전율을 느낀다. 힌츠페터의 사진 이미지들은 언젠가 구원의 문을 열어줄 기억의 경첩의 움직임에 다름이 아니다. 힌츠페터와 택시운전사의 현장에서의 고투는 내면에서 순수기억을 약동시키려는 우리의 고투에 상응한다. 즉 그들에 의해 기억이 만들어지는 과정(시간)이 우리의 존재 자체로 전이되어 순수기억에 감응을 주기에 감동이 울리는 것이다. 우리의 감응이란 벤야민이 말한 섬광 같은 기억의 경첩의 움직임이거니와 그것은 우리가 당면한 또 다른 문제들에 대한 구원의 소망이기도 하다.

『군함도』와 『한 명』 역시 단순한 사실의 기록이 아니라 일종의 기억의 경첩의 움직임이다. 그런데 이 경우에는 구원의 문을 열기 위한 기억의 작동이 매우 지난하다. 〈택시운전사〉는 사랑과 분노라는 능동적 정동과 그 기억의 씨앗을 파종하는 서사의 과정으로 진행된다. 반면에 『군함도』는 능동적인 정동보다는 벌거벗은 생명의 고통에 관한 애도 불가능한 우울의 기억으로 가득 차 있다. 우리를 더욱 절망하게 하는 것은 그런 **죽음정치적 드라마**가 **친밀한 권력**에 의해 연출된 점이다. 소설 『군함도』에서 주인공의 아버지는 내선일체와 보국신민을 믿으며 막중한 과업을 위해 천황의 부름에 감격하며 임해야 한다고 생각한다. 영화 〈군함도〉에서도 하시마 섬에 끌려온 사람들을 맞는 소장의 말은 "천황폐하의 충실한 신민으로서 신성한 황군의 전쟁에 참가할 영광을 부여한다"였다. 그러나 친밀한 권력에 의해 동원된 사람들은 비식별성 속에서 인간이 아닌 존재로 추락하면서 탄광의 노역 기계로 포섭되었다. 〈군함도〉에서 도주자들을 그물로 노획하는 첫 장면은 인간이 짐승으로 배제되면서 포획되는 순간을 암시한다.

하시마 탄광의 생활은 극한상황이 습관화되어 예외와 일상이 뒤섞인 비식별성의 상태를 보여준다. '군함도'에 대한 기억의 경첩이 작동되기 위해서는 그런 비식별성이 해체되면서 예외가 일상으로부터 분리되어야 한다. 그처럼 비식별성이 해체되는 순간이 바로 조선인의 도주의 상황일 것이다. 〈군함도〉의 결말 장면에서는 집home으로 가려는 낯선 두려움un-homely의 도주자들과 증거를 없애려는 권력자들의 싸움이 그려진다. 제국의 하수인들은 군함도를 **비식별성**의 영역으로 남겨두어 우리를 영원히 역사의 미로에서 헤매게 만들려 하고 있었다. 반면에 조선인 도주자들은 낯선 두려움 속에서 군함도의 참혹한 **예외상황**을 응시하고 있었던 것이다. 그들은 산 자들이 자신들이 경험한 역사의 미로에서 벗어나 길 없는 길을 발견해야 함을 말하고 있었다.

낯선 두려움을 통해 예외가 일상으로부터 분리되어야만 참상에 대한 분노와 도주자들 사이의 사랑이 회생한다. 낯선 두려움은 천황이 모래인간이고 노역자들이 피묻은 자동인간임을 알리며 고향으로 탈주해 원환의 춤을 추고 싶은 (은유적) 열망을 낳는다. 〈군함도〉에서 증오를 버리고 서로 사랑을 확인하며 죽음을 맞는 최칠성(소지섭 분)과 말년(이정현 분)의 모습은 추방된 에로스의 회생의 은유이다. 〈군함도〉는 죽음 후에야 에로스가 가능해진 하시마 섬의 식별 불가능성의 비극을 알려준다. 낯선 두려움 속에서 숨겨졌던 것이 드러나면서 죽음을 무릅쓴 사랑과 함께 비식별성이 은유로 연출된 것이다. 여기서 하시마 섬의 비극은 이중주의 음향으로 울리고 있다. 죽음에 이르도록 낯선 두려움에 시달린 사람들의 기록과 아무도 확인하지 못한 최칠성과 말녀의 사랑이 살아남은 사람의 영화로 연주되고 있는 것이다. 증언의 이중주(희생자와 생존자의 교섭)는 비식별성을 해체하는 **낯선 두려움**과 벌거벗은 생명을 사랑하는 타자로 되돌리는 은유를 통해 연주된다. 낯선 두려움과 은유의 미학은 비식별성의 역사의 미

로에서 벗어나는 길 없는 길을 암시한다.[64]

  그 같은 증언의 이중주는 또 다른 비식별성의 시대인 오늘날의 비극적 사건에서도 크게 다르지 않다. 용산참사의 침묵은 타자에 대한 공감의 약화로 인한 비식별성의 비극이었다. 반면에 세월호 사건에서 우리는 낯선 두려움과 은유를 통해 상실된 타자성과 에로스를 회생시킬 수 있었다. 배가 침몰하는 순간 학생들이 보내온 휴대폰 영상은 비식별성을 식별해야 한다고 알리는 신호와도 같았다. 학생들과의 교감이 없었다면 세월호 역시 우울한 비식별성의 비극으로 침몰했을 것이다. 그러나 학생들이 사라진 순간의 낯선 두려움은 일상에서 예외를 분리시키면서 이제까지 숨겨졌던 것을 드러내게 했다. 무능한 국가는 모래인간이었으며 그들은 학생들을 거세된 자동인형처럼 가만히 내버려 둔 것이다. 이 비극적 드라마는 일상에서 무수히 당해온 보이지 않는 사건들을 은유로 보여주는 것이기도 했다. 그 숨겨졌던 것이 드러난 순간 물밑에 매장될 수 없는 타자에 대한 공감과 에로스가 회생하고 있었다. 낯선 두려움과 은유의 드라마는 모래인간에 대한 분노와 물밑의 학생들과 교신을 계속하려는 소망을 낳았다.

  학생들의 영상 및 문자가 침몰한 배와 교차되면서 세월호는 예외상태의 비극의 은유가 되었다. 무능한 국가(모래인간)에 대한 분노와 사라진 학생들과 소통하려는 열망이 증언의 이중주를 은유로 연주하게 한 것이다. '이제 말해주세요, 왜 구하러 오지 않았는지'…… '우리 모두가 세월호였다', '금요일엔 돌아오렴'. 이것이 은유로 연주된 **증언의 이중주**이다. 은유란 순수기억의 동요이거니와 사라진 학생들은 은유를 통해 천만 개의 바람과 꽃으로 돌아오고 있었다.

---

64 비식별성의 미로란 절대적 동일성의 코드화를 요구하는 체제가 자기모순적으로 드러내는 코드화 자체의 비합리성이다. 그런 혼돈에서 벗어나려면 또 다른 코드화가 아니라 목숨을 건 도약을 통해 길 없는 길을 가는 모험이 필요하다.

비식별성의 시대에는 이처럼 증언의 이중주가 낯선 두려움과 은유적 정치로 이어져야 비로소 역사의 미로에서 벗어날 수 있다. 우리 시대는 지배 권력에 저항하기 위해 마치 사랑을 할 때처럼 이중주의 미학이 필요한 시대이다. 벌거벗은 생명이 된 희생자는 저항이 불가능할 뿐 아니라 모든 것을 다 증언할 수도 없다. 희생자를 응시하거나 기억하는 사람과의 이중주로 된 교섭이 필요한 것은 바로 그 때문이다. 〈군함도〉뿐 아니라 세월호 사건 자체가 그런 이중주의 미학적 정치였다고 할 수 있다. 오늘날의 미투운동과 항공사 시위 역시 증언의 이중주에 의한 미학적 정치를 보여주고 있다. 미투운동은 서지현 검사의 증언과 '나도 서지현이다'의 은유의 결합에 의해 여성들이 서로를 구원하는 은유적 정치이다. 또한 항공사 시위의 벤데타 가면과 가면을 벗은 얼굴[65] 역시 희생자의 증언이 은유적인 공감을 얻으며 정치적 인격을 생성하는 존재론적 정치라고 할 수 있다.

생명권력이 감성권력과 결합한 시대에는 그처럼 **미학적인** 은유적 정치가 매우 중요하다.[66] 은유적 정치는 희생자와 생존자들이 서로의 존재를 약동하게 만드는 존재론적 정치이다. 그런 이중주로 된 존재론적 정치의 필요성을 알려준 것이 바로 세월호일 것이다. 세월호는 사건의 희생자가 모두의 일상의 비식별성을 드러내는 은유의 이중주였다. 이제 세월호는 보이지 않는 일상의 비극을 보이게 만드는 은유적 정치의 표상이 되었다. 세월호는 신자유주의가 만든 비식별성의 장벽에 상처를 낸 역사의 틈

---

65 대한항공 직원들은 벤데타 가면을 쓰고 시위를 했는데 유은정 부사무장은 가면을 벗은 얼굴을 보여주었다.

66 생명권력이 타자를 벌거벗은 생명으로 배제한다면 감성권력은 배제된 자(벌거벗은 생명)를 감성의 분할에서 보이지 않게 만든다. 반면에 낯선 두려움은 보이지 않는 비식별성을 해체해 숨겨졌던 것을 드러내며, 그 과정에서 비식별성에 숨겨졌던 것은 은유로 연출된다.

새이자 숨은 영혼의 역습이다. 역사의 틈새는 **친밀사회**가 **낯선 두려움**의 체제라는 우리 시대의 아포리아 자체에 의해 발생한다. 세월호는 낯선 두려움과 은유의 증폭으로 이어진 엄청난 비극이자 반격의 단초였다. 낯선 두려움의 순간에는 숨겨진 것이 드러나면서 비식별성이 은유의 드라마로 연출된다. 그런 낯선 두려움과 은유의 미학의 반격은 희생자와 우리 자신 사이의 울림의 연주를 통해 가능해진다.

비식별성의 시대에는 희생자 자신만으로는 지배 권력에 저항할 수 없다. 희생자를 구원하며 우리 자신을 약동시키기 위해서는 증언자의 고통에 공감하는 이중주로 된 미학적인 정치가 필요하다. 우리는 세월호를 통해 우리 자신이 겪은 비식별성 전체를 낯선 두려움과 은유로 지각하게 되었다. '우리 모두가 세월호'[67]였던 것이다. 세월호를 생각하며 학생들을 물밑에서 구원하려는 소망은 우리 자신을 비식별성의 영역에서 구출하려는 바람과 다르지 않다. 세월호의 기억의 경첩이 움직이며 구원의 문이 틈새의 공간으로 열릴 때 세월호의 은유는 촛불집회로 발전할 수 있었다. 이 광장의 은유적 정치는 학생들의 목소리와 우리들의 응답의 이중주이기도 했다. 촛불집회는 학생들이 끝없이 돌아오는 영원회귀의 장인 동시에 기억의 경첩이 작동되며 열어젖힌 역사의 틈새이기도 하다. 그처럼 희생자와 생존자가 연인들처럼 서로의 영혼을 연주할 때 역사의 미로에서 탈출하는 구원의 좁은 문이 열리게 된다.

---

67   송경동, 「우리 모두가 세월호였다」, 『우리 모두가 세월호였다』, 실천문학사, 2014, 88쪽.

제3장
내선일체와 친밀한 권력

1. 내선일체의 페티시즘과 친밀한 제국
— 네이션을 넘어선 결연의 환상

친밀한 권력은 근대의 경계를 넘어서는 결연의 환상을 통해 타자를 추방하고 비식별성의 영역을 확장하는 기제이다. 근대의 경계를 넘는 환상의 미학이 권력 자체에 의해 연출된다는 것은 매우 예외적인 일이다. 탈경계의 미학은 타자의 특권인데 20세기 중반에는 타자를 추방하는 권력 쪽에서 미학이 사용된 것이다.

근대를 극복하려는 소망은 경계를 넘어서려는 욕망이며 이는 윤리와 미학에 의해 실행되어 왔다. 레비나스는 자기성의 경계를 넘어 타자와 교섭하는 윤리적 순간에 미래의 시간이 나타난다고 말했다. 젠더 영역에서는 타자를 위해 자기성에서 물러서는 여성적 사랑[1]이 경계를 넘는 새로운 삶의 방식이다. 그런 사랑과 윤리를 추동력으로 한 무의식의 잉여의 표현이 미학일 것이다. 그런데 20세기 중반에 권력 자신이 비슷한 잉여적 방

---

[1] 남성이 자기성을 넘어서서 여성 타자와 교감하는 것 역시 여성적 사랑이다.

식으로 경계를 넘는 미학을 사용하기 시작했는데 그것이 바로 친밀한 권력이다. 친밀한 권력의 미학적 역설은 피지배자의 미학과는 반대로 오히려 타자성을 추방한다는 것이다.

친밀한 권력은 타자성 대신 상상적 동일성을 앞세운 무의식의 잉여의 표현이다. 미학의 무의식의 잉여는 은유처럼 표상체계를 넘어서는 동요를 일으킨다. 사랑과 윤리에 근거한 타자성의 미학은 동일성의 경계를 넘어서는 진동을 생성시킨다. 반면에 친밀한 권력은 경계를 넘어서는 동요를 일으키는 동시에 더 넓어진 상상적 동일성을 향해 나아간다. 친밀한 제국은 국경을 넘는 상상적 기획을 통해 근대적 경계의 불안을 침략과 확대로 해소하려는 체제였다.

사랑과 윤리의 미학은 '진달래꽃'이나 '낙동강'처럼 타자성을 입증하는 방식으로 경계를 넘어서는 은유를 사용한다. 반면에 친밀한 권력은 '내선일체'나 '대동아공영'처럼 권력 자신이 경계를 넘는 스케일이 큰 은유를 내세운다. 탈경계의 상상력으로 인해 양자에서는 비슷하게 안과 밖이 뒤섞인 미결정성과 비식별성이 증폭된다. 「진달래꽃」에서 길에 뿌려진 꽃잎은 여성 타자의 내면인 동시에 남성적 자아의 동일성을 해체하는 강렬한 이미지이다. 또한 「낙동강」에서 낙동강은 조선인 타자의 젖줄인 동시에 네이션의 심급을 넘어서 계급과 젠더의 경계마저 해체하려는 은유이다. 반면에 내선일체와 대동아공영은 네이션을 넘는 결연의 환상을 통해 실상은 타자성을 무력화하는 은유적 구호이다. 이처럼 미결정성의 진원이 타자 쪽이냐 권력 쪽이냐에 따라 그 운동의 방향은 정반대로 나타난다. '진달래꽃'과 '낙동강'에서는 경계가 해체된 미결정성으로부터 새로운 삶으로 나아가는 추동력이 생성된다. 그에 반해 '내선일체'에서의 비식별성이란 타자성을 추방하기 위해 작동되는 안과 밖이 뒤섞인 보이지 않는 영역이다.

사랑의 미학과 친밀한 권력의 미학은 비슷한 동시에 정반대이다. 전자가 화해의 실현을 위해 근대적 경계를 넘는다면 후자는 경계를 넘는 척하며 더 넓혀진 상상적 경계를 만든다. 앞의 미결정성이 화해된 새로운 삶으로의 출발인 반면 뒤의 비식별성은 경계의 확대를 위한 타자의 추방의 기제이다. 그처럼 양자는 운동성이 상반되지만 친밀한 권력 역시 근대의 위계적 영역들이 함께 손잡는다는 일체의 환상을 제공한다. 근대의 위계적 영역이란 계급적 관계 및 인종적·젠더적 영역을 말한다.

　그런데 계급적 관계는 물론 인종적·민족적 영역 역시 결연의 환상을 불러일으키기 매우 어려운 심급들이다. 남녀관계에서는 연애와 결혼을 통해 결연의 환상에 젖는 일이 매우 자연스럽다. 반면에 제국이 피식민자와 연애를 하고 자본가가 노동자에게 연정을 표현하는 일은 잘 일어나지 않는다.

　그 점에서 인종과 계급의 영역에서의 친밀한 권력은 특별한 상황에서 출현한 잘 고안된 발명품이라고 할 수 있다. 특별한 상황이란 경제적·정치적으로 주어진 조건을 말한다. 예컨대 식민지 말의 내선일체와 20세기 후반의 세계화는 각각 정치적 팽창과 자본주의의 확장이라는 조건에 의해 나타났다.

　내선일체는 통약 불가능한 민족적 관계에 결연의 환상을 부여한 친밀한 권력의 최초의 독특한 발명품이었다. 20세기 후반의 세계화 역시 네이션의 경계를 넘어서는 환상을 제공한 또 다른 친밀한 권력의 고안물이다. 이런 고안물들은 거시적인 동시에 미시적으로 작동된다. 그 때문에 그 같은 특수한 고안물은 우리의 일상 속에도 은밀히 침투해 있다. 가령 신자유주의 시대의 신데렐라 드라마는 계급적 관계에 결연의 환상을 부여하려는 특별한 상상적 장치라고 할 수 있다.

　이 같은 특별한 고안물이 어떻게 작동되는지 알려면 친밀한 권력의 원형을 살펴볼 필요가 있다. 1장에서 살폈듯이 인종이나 계급관계와 달리 보다 자연스러운 친밀한 권력의 원형은 젠더 영역에서 발견된다. 젠더 영역이야말로 결연의 환상을 통해 여성 타자를 거세시키고 비식별성을 확장하는 권력의 장소이다. 젠더 영역의 **은밀성**은 오랫동안 권력관계가 잘 누설되지 않고 예외상태를 유지해온 풀리지 않는 비밀이다. 거다 러너에 의하면, 젠더 영역은 여성들이 스스로 섹스-젠더 체계를 받아들임으로써 다른 어떤 집단보다 여성 자신이 종속에 협력해온 심급이다.[2] 그 점에서 젠더 영역의 불평등성을 표현하는 데는 억압이라는 말이 적절하지 않은 측면이 있다. 억압은 권력투쟁을 암시하는데 젠더 영역에는 그보다 훨씬 더 복잡한 요소들이 있는 것이다.

젠더 영역의 복합성을 표현하는 데 더 알맞은 개념은 억압보다는 **부인** disavowal이다. 프로이트가 성적 관계에서 부인과 페티시즘을 말한 것도 그 때문일 것이다. 부인과 페티시즘은 차별의 영역에서의 은밀성과 복합성을 매우 잘 표현해준다. 억압이 욕망이나 힘을 억누르는 것이라면 부인은 인식과 신념을 부정하는 기제이다.[3] 프로이트에 의하면, 남성적 입장에서 여성을 남근의 결핍으로 인식하는 것은 남성 자신에게도 불안하고 충격적이다. 그 때문에 남성은 여성에게도 남근에 해당하는 어떤 것이 숨겨져 있다고 상상하는데 그 매혹적인 대체물이 바로 페티시이다. 남성은 페티시즘을 통해 여성의 남근의 결핍을 부인하고 성적 관계를 친밀하게 정상화하려 한다. 그러나 페티시즘은 일종의 환상이고 현실을 모두 부정할 수는 없기 때문에 친밀성은 분열의 위협에 직면한다. 부인과 페티시즘에 의해 정상화된 젠더관계는 친밀성과 분열의 양가성 속에 놓여 있다.

페티시즘은 여성 자신도 매혹적인 존재로 인정해주기 때문에 그 은밀

---

2   거다 러너, 강세영 역, 『가부장제의 창조』, 당대, 2004, 406쪽.
3   억압이 본능을 억누르는 것이라면 부인은 실재를 부정하는 기제이다.

한 불평등성의 기제가 잘 식별되지 않는다. 그런 은밀한 남녀관계에 자유로운 결연의 환상을 제공한 것이 바로 근대적 혼인제도이다. 근대 자본주의는 인류 역사상 최초로 문서상의 계약으로 자유로운 혼인을 성취한다.[4] 그러나 계약에 의한 자유로운 결혼은 실상 경제권을 쥐고 있는 남성과 부르주아에게 유리하게 되어 있다. 페티시즘의 은밀성과 결혼의 법적 자유는 결코 여성을 진정으로 자유로 존재로 해방시키지 못하는 것이다.

그 대신 은밀한 페티시즘과 자유로운 결혼은 친밀한 결연의 환상을 증폭시킨다. 하지만 페티시즘은 물론 결혼제도도 진정한 타자성의 사랑과는 거리가 멀다. 엥겔스에 의하면, 남성 부르주아는 자신의 경제력(그리고 가부장제)과 권력 때문에 오히려 자유로운 사랑의 기회를 잃는 '역사의 묘한 장난'에 직면한다.[5] 자기 자신도 모르는 남성 부르주아의 불행은 자유결혼 제도에도 불구하고 여전히 타락한 방식으로 사랑 없는 혼외정사를 즐길 수 있을 뿐이라는 점이다. 반면에 타자의 위치에 있는 여성(그리고 하층민)은 박완서 소설에서처럼 문서상의 혼인의 계약을 위반하면서까지 진정한 사랑을 꿈꾸게 된다. 그러나 어디서도 그런 사랑의 대상을 발견하기 힘들기 때문에 여성은 탈주를 꿈꾸면서도 불행에서 구원받기 어렵다.

젠더관계의 역설은 친밀한 결연의 환상이 쉽게 나타나지만 그것이 오히려 불안과 공포를 증대시킨다는 점이다. 그에 반해 인종적 관계에서는 젠더관계에 비견되는 결연의 방식 자체가 매우 어려울 수밖에 없다. 근대의 역사에서 인종적 접촉은 제국의 식민지 침략에 의해 시작되었기 때문에 더욱 더 그렇다고 할 수 있다.

그러나 침략자인 제국은 어떤 식으로든 피식민자와 관계를 맺어야 한다. 그런 교섭 과정에서 제국은 식민지 인종에 대해 남성이 여성의 남근

---

4   엥겔스, 김대웅 역, 『가족의 기원』, 아침, 1985, 84쪽.
5   위의 책, 90쪽.

의 결핍에서 느낀 것 같은 불안에 사로잡힐 수밖에 없었다. 호미 바바는 제국이 그런 불안에서 벗어나기 위해 페티시즘에서처럼 피식민자에게서 자신의 문명(남근)의 대체물인 페티시를 찾아내어 안정화를 꾀했다고 논의한다.[6]

그런데 성적 페티시즘과 인종적 페티시즘은 차이를 지닐 수밖에 없다. 성적 페티시즘에서는 여성을 매혹적으로 만들어 친밀한 결연의 환상을 제공하지만 인종적 페티시즘에서는 제국의 불안을 방어하는 드라마의 연출에 그치는 것이다. 더욱이 성적인 차이는 은밀하게 숨겨져 있으나 인종적 차이는 피부처럼 가장 눈에 잘 보이는 기표를 통해 작동된다.

성적 관계에서는 페티시즘이 감성적으로 성공해야만 제대로 작동될 수 있다. 반면에 인종적 관계에서는 제국의 이익을 위해 감정이 쉽게 무시될 수 있다. 더구나 인종적 교섭에서는 피부처럼 눈에 보이는 차이가 노출되기 때문에 감정의 교류에서 성적 관계보다 어려움을 겪는다. 제국은 감정의 교류에 앞서 오히려 감성적 충격을 견디기 위해 방어적이 될 수밖에 없는 것이다. 성적 페티시즘에서 친밀성이 우선시되는 반면 인종적 페티시즘에서 방어적 기표가 사용되는 것은 그 때문이다. 제국이 만든 페티시는 검둥이나 '요보'처럼 방어적인 혐오와 적대감을 앞세움으로써만 친밀한 정상화를 가능하게 해준다.

성적 페티시즘과 인종적 페티시즘은 모두 친밀성과 적대감의 양가성을 통해 작동된다. 하지만 인종적 페티시즘에서는 비슷하게 친밀한 안정성을 목적으로 하면서도 불가피하게 증오와 적대감이 앞에 놓이지 않을 수 없다. 전자에서는 자유결혼과 동반자라는 환상이 가능하지만 후자에서는 비굴한 충복이 친밀성의 위치이기에 식민지 특유의 불안과 공포가

---

6   호미 바바, 나병철 역, 『문화의 위치』, 소명출판, 2012, 174쪽.

끊이지 않는 것이다.

이런 불안한 인종적 페티시즘 위에 젠더관계에서처럼 결연의 환상을 덧씌운 장치가 바로 내선일체이다. 내지와 조선의 친밀한 결연을 주장함으로써 일본의 내선일체는 젠더관계의 페티시즘과 매우 유사해진다. 이제 식민지적인 적대감과 친밀성의 양가성은 우선순위가 전도된다. 일본은 공포의 대상이기에 앞서 친밀한 제국이 된 것이다. 역설적인 것은 그처럼 친밀한 환상이 앞에 놓였지만 그것이 오히려 더 분열과 위기감을 증대시켰다는 것이다. 젠더관계의 결연의 환상이 남성의 경제력과 가부장제의 불평등성에 덧씌워진 것이듯이, 내선일체 역시 일본과 조선의 위계관계를 전제로 한 친밀성이었기 때문이다. 양자에서 해소되지 않은 위계적 관계는 불안과 공포가 피지배자의 고통으로 되돌아오게 만든다. 더욱이 인종적·민족적 관계에서는 젠더관계에서처럼 고통이 은폐되지 않고 공적인 차원에서 은밀히 증폭된다. 고통이 오히려 더 증폭된 것은 친밀한 결연의 환상에 의해 타자성이 추방되었기 때문이었다.

내선일체라는 친밀한 제국[7]은 가까이 다가오는 동시에 타자를 배제하며 물러서는 은밀한 역설의 연출이었다. 여기서는 눈에 보이는 차별의 드라마 대신 (젠더관계처럼) **은밀한 비식별성**의 비극이 증폭된다. 비식별성의 비극이란 예외와 일상이 뒤섞임으로써 차별에 대한 분노가 사라진 고통스런 사회를 뜻한다. 이런 상황에서는 합법과 불법의 경계에서 가혹한 폭력이 행해지만 아무도 그 참상에 동요하지 않는다. 친밀한 제국은 결연의 환상를 통해 타자성을 거세시키고 예외를 일상화함으로써 차별을 영구화하는 장치이다.

내선일체의 결연의 환상은 네이션의 경계를 넘어서는 숭고한 이상의

---

7   권나영, 김진규·인아영·정기인 역, 『친밀한 제국』, 소명출판, 2020.

표현으로 다가왔다. 그러나 그런 '일체'라는 환상으로 인해 오히려 조선인의 분열과 공포는 훨씬 더 증폭될 수밖에 없었다. 결연의 환상이 타자를 추방하고 예외를 일상화하는 비식별성을 만듦으로써 차별이 더 심해졌음에도 모두가 침묵하는 '이상한 고요함'에 휩싸이기 때문이다.

김사량의 「광명」은 그런 이상한 고요함 속에 숨겨진 가혹한 차별의 폭력을 고발하는 소설이다. 이 소설에서 시미즈 부부는 내선일체의 이상에 따라 결혼에 이르러 도쿄에서 가정을 꾸린 사람들이다. 내선결혼의 가정은 현실적인 어려움을 이기고 새로운 삶을 이루려는 선구자로 여겨졌다. 그 같은 내선융화는 조선과 일본의 타자성이 서로의 동일성을 개방하고 확장할 때 진정한 트랜스내셔널에 이를 것이었다. 그러나 조선과 일본의 명백한 위계성으로 인해 실제적 융화는 불가능하고 결혼이 흡수하지 못한 조선적 이질성은 배제의 대상이 되었다.

내선일체란 결연의 환상을 빌미로 타자성을 추방하고 일본 제국에 동화될 것을 요구하는 배제와 포섭의 체제였다. 추방되지 않고 남은 조선의 이질적 타자성은 차별과 조롱의 대상이 되었으며 그런 행태는 도쿄처럼 중심지일수록 더욱 심했다. 문제는 그 같은 비합리적 상황이 일상에서 습관화되어 **조용한 비식별성** 속에서 진행된 점이다. 비식별성의 비극성은 잔혹한 차별이 '이상한 고요함' 속에서 이루어진다는 점에 있다. 그런 낯선 침묵의 상황에서 가장 가슴 아픈 것은 조선인 스스로가 자신의 흔적을 지우기 위해 자기파괴적이 되는 과정이다. 시미즈 부부 역시 조선인 남편을 일본인 처의 호적에 옮길 수밖에 없었고 위기를 느낀 남편은 갈수록 비굴해졌다. 더욱이 전처 소생인 조선인 딸은 가장 고통 받은 처지에서 오히려 조선인 식모를 학대하는 데 앞장서게 된다.

같은 동네에 사는 '나'는 조선인 식모 학대에 대해 항의하지만 부인의 반박에 곧 자기혐오의 감정에 휩싸인다. 자기혐오는 예외와 일상이 구분되지 않는 현실에 대한 무력감에서 기인된 것이다. 조선인의 흔적이란 내선일체에 용해되지 않고 남은 흉터와도 같았다. '나'는 내선일체 때문에 조선인의 차별이 **비식별성 속에서 당당하게** 이루어지는 것에 아무런 대응도 할 수 없었다. 가장 결정적인 것은 그런 비합리적 상황이 은연중에 공권력(경찰)의 비호하에 이루지고 있다는 점이었다. 내선일체란 융화의 상상을 앞세워 타자성을 거세시키고 차별의 체제를 고착화하는 비식별성 장치의 비극이었다.

내선일체는 네이션의 경계를 넘는 척하며 더 넓혀진 영토에서 절대적 동일성을 강화하는 체제이다. 역설적인 것은 결연의 환상을 만드는 과정에서 내선결혼 같은 혼종적 관계들을 비식별성의 영역에서 관리하게 된다는 점이다. 내선결혼은 내선일체의 본보기인 동시에 비식별성의 침묵의 폭력이 가장 비참하게 행사되는 곳이었다. 내선일체라는 상상적인 동일성(은유)이 실제 현실에서 실현되면 낯선 두려움을 낳는다는 것은 아이러니이다. 상상적 동일성에서는 은유가 현실이 된다는 것 자체가 일종의 폭력이었던 것이다. 내선일체란 실상은 모래인간이 자동인형을 만드는 과정이었기 때문에 그 실상을 실제로 체감하는 내선결혼 가정의 비극은 가장 극에 달했던 것이다.

그러나 김사량이 이 소설에서 비식별성의 고통만을 제시하고 있는 것은 아니다. 김사량은 비식별성의 경험이 오히려 배제되어야 할 타자성에 대한 감각을 무의식적으로 증폭시킴을 주목한다. 그리고 그것이 추방되는 타자 쪽에서 배제의 부정성을 넘어서는 특별한 의미를 지니게 되는 과정을 발견한다.

절대적 동일성을 위해 비식별성 영역의 고요한 폭력은 더욱 강화되지만 그와 함께 배제된 타자들이 낯선 공포 속에서 경계의 감각에 민감해지기도 했다. 시미즈의 장녀 조선인 딸이 동족의 식모를 학대하는 것은 자신이 벌거벗은 생명으로 배제되지 않기 위한 안간힘이다. 내선일체가 조선인에게 새로운 눈을 박아 넣어 자동인형을 만드는 과정이었다면 가장 비참한 것은 눈이 빠진 채 바닥에 나뒹구는 조선인들이었을 것이다. 거세된 조선인에 대한 학대는 모래인간의 인조 눈으로 살아남으려는 자동인형의 몸부림이다.

시미즈 장녀의 조선인 학대는 자신 안에 잔존하는 조선인의 타자성을 지우려는 행위와도 같았다. 그렇기 때문에 역설적으로 그녀는 식모를 모함할 때마다 실상은 자동인형 안의 **인간의 타자성**과 대면하는 셈이었다. 더욱 미묘한 것은 조선인 딸뿐 아니라 일본인 시미즈 부인조차 비식별성의 비극 속에서 남편의 배제된 조선인 타자성과 대면한다는 점이다. 여성 타자인 시미즈 부인은 일본인의 차별에 동참하는 듯하면서도 내면으로는 그 순간마다 조선인의 고통을 느끼고 있었다. 친밀한 제국이 소멸시키려는 것은 조선인의 타자성이었지만 그에 대한 대응의 단초가 생성된 것 역시 무의식적 타자성의 영역이었던 것이다.

「광명」은 일본인 부인이 낯선 두려움 속에서 배제된 타자의 비식별성의 비극을 식별하는 순간을 제시한다. 내선결혼은 **동일성의 은유**(내선일체)가 현실이 되면 얼마나 폭력적이 되는지를 암시한다. 내선결혼에서는 친밀성이 매순간 낯선 두려움으로 뒤바뀌는 드라마가 연출되었던 것이다. 그런데 그런 낯선 두려움이 남달랐기 때문에 시미즈 부인은 잠시 일상으로부터 예외를 분리시키며 고통을 호소하고 있었다. 그 같은 예외와 일상의 틈새에서의 낯선 두려움이야말로 예외상황에 대처하는 단초이다. 시미즈 부인은 낯선 두려움의 순간 거세의 위협과 함께 금지된 타자와의 에로스의 관계를 감지한다.

이 소설은 그런 에로스의 감지를 계기로 낯선 두려움의 고통 속에서 불현듯 타자의 연대가 회생하는 순간을 암시한다. 비식별성의 공포가 미처 감시하지 못한 곳은 여성 타자들 사이의 틈새의 공간이었다. 방공훈련에서 불을 끄기 위해 물을 나르는 여성 타자들의 연대는 장관이다. 시미즈 부인은 물론 '나'의 누님, 딸, 시미즈의 조선인과 혼혈인 딸들, 그리고 다양한 외국인들마저 물을 나르고 있었다. 시미즈 부인의 낯선 두려움은 거세 공포인 동시에 심연에 잔존하는 타자성의 응시였다. 내선일체라는 절대적 동일성의 체제에서도 다수 체계성을 지닌 여성의 심연에는 타자성의 갈망이 잔존했던 것이다. 물을 나르는 여성들이란 내선일체의 비식별성의 비극 속에서 은밀히 생성된 미결정적인 트랜스내셔널한 연대였다. 내선일체가 전쟁의 불의 비극이라면 여성 타자의 연대는 초국적인 타자성의 회생을 암시하는 물의 은유였다.

2. 대동아공영과 세계화의 틈새로서의 트랜스내셔널

결연의 환상을 통해 경계를 넘는 친밀한 권력이 파괴적인 전쟁을 수단으로 삼는다는 점은 아이러니이다.[8] 융화와 협동을 앞세운 내선일체와 대동아공영은 절대적 동일성을 위해 내부의 타자를 추방하는 한편 경계 외부에 적대적 타자를 설정했다. 타자의 추방은 타자성에 근거한 비판적 대서사의 소멸을 가져왔으며 적대적 타자[9]의 설정은 전쟁으로 이어졌다.

타자성의 추방은 사상적 전향과 함께 경계 안팎에서의 비식별성의 확장을 가져왔다. 일본 제국이 영토를 넓혀감에 따라 비식별성의 장치는 조

---

8 식민지 말의 친밀한 권력이 전쟁의 동원을 수단으로 했다면 20세기 후반의 또 다른 친밀한 권력은 상품의 동원을 수단으로 삼고 있다.

9 중일전쟁 발발 이후 중국인을 빌레로 묘사하는 광고가 성행했다. 권창규, 『상품의 시대』, 민음사, 2014, 233~247쪽.

선을 넘어 중국에까지 확대되었다. 「향수」(김사량)에서처럼 중국의 조선인 역시 비식별성의 영역에서 정체성을 박탈당하는 고통에 시달리게 된 것이다.

또한 내부의 비식별성이 확대되면서 경계를 더 넓히기 위해 비슷한 논리로 외부에 적대적 타자가 설정되었다. 적대적 타자란 객관적 인식이 불가능한 혐오의 이미지로 연출된 또 하나의 비식별성의 장치였다. 내선일체와 대동아공영은 내부의 타자가 비식별성 속에서 벌거벗은 생명으로 살아가는 시대인 동시에 혐오스러운 적대적 타자가 구성적 외부로 작동되는 시대였다.

대동아공영과 연관해 조선인의 비식별성의 비극을 보여주는 소설이 바로 김사량의 「향수」(1941)이다. 「향수」에서 이현은 '지나 고미술 시찰'을 명분으로 북경에 있는 매형과 누나를 찾아간다. 민족주의자인 매형과 누나는 어린 시절 이현의 가슴을 끓게 한 우상과도 같은 존재였다. 중국으로 탈출한 누나 부부는 그 뒤로 간간히 소식이 들려올 뿐이었다. 그러다가 중일전쟁(1937) 후 일본이 북경을 점령하자 이현은 누나 부부의 행방이 걱정되지 않을 수 없었다.

그 시기는 '동아신질서건설'[10]이 여명처럼 만주를 넘어 사방에 퍼져나가는 때였다. 그러나 이현은 북경에서 만난 누나가 마른 가지처럼 몰라보게 변해버린 모습을 보고 충격을 받는다. 이현의 놀라움은 단지 누나와 매부가 사상적으로 전향했다는 데 있는 것이 아니었다. 누나 일가는 민족주의자의 영예는 물론 대동아공영의 여명과도 무관한 예외적인 비극 속

---

10 일만지(日滿支) 3국의 선린우호와 경제제휴를 주장하던 일본은 1938년 11월 3일 「동아신질서건설성명」을 발표하기에 이른다. 일본은 1940년 7월 일만지에 남양을 추가해 동아신질서 계획을 대동아공영권으로 발전시킨다. 「향수」는 1938년을 배경으로 하고 있지만 1941년에 발표되었다.

에 침몰해 있었다. 이현의 절망은 친숙한 대상에서 숨겨져야 할 불길한 것이 나타났을 때의 낯선 두려움에 다름이 아니었다.

이어서 매부(윤장산)가 누나를 배신했으며 누나가 아편밀매업을 한다는 사실을 알았을 때 이현은 걷잡을 수 없는 공포를 느낀다. 더욱 절망적인 것은 이현이 그들의 불행에 대해 아무 일도 할 수 없다는 것이었다. 이현은 누나 일가의 비극이 한때의 불행이 아니라 예외가 일상이 된 **비식별성의 비극**임을 알게 된다.

이현은 낯선 두려움과 우울 사이에서 동요한다. 그는 누나 일가가 구원받을 수 없는 사람들이 되었음을 알게 된다. 비식별성의 비극이란 추방된 벌거벗은 생명의 불행인 동시에 아무도 구원할 수 없는 조용한 공포를 말한다.

그럼에도 김사량은 이현을 통해 비식별성의 비극에서 구원의 소망이 나타나는 과정을 암시한다. 비식별성의 시대에 구원의 소망은 신념이나 사상이 아니라 **기억**으로부터 나타난다. 이현은 사상은 짧고 문화는 길다고 생각한다.[11] 이현이 말한 문화란 개체와 시대를 넘어 영원회귀하는 순수기억의 특이성의 드라마에 다름이 아니다.

이현은 낯선 두려움 속에서 온갖 고뇌를 씻어낸 듯 고요하게 잠든 누나의 얼굴을 본다. 그때 누나의 쭈그러진 두 볼 사이에서 옛날의 꽃 같은 피부색과 풍만함이 어렴풋이 피어오른다. 그처럼 기억이 동요하는 순간은 일상에서 예외를 분리하는 순간이기도 했다. 비식별성 속에서 예외를 분리함으로써 이현은 누나에 대한 구원의 소망을 갖게 된다. 그는 누나의 손을 조용히 잡아 끌어당기며 자신의 손을 누나가 그리워하는 엄마의 손이라고 외친다.

11　이 시기의 민족주의와 사회주의 사상이 무력화된 대서사라면 문화는 순수기억이며 존재 자체이기 때문이다.

이현의 기억의 동요는 골동품 가게에서 조선 도자기의 말을 듣는 과정과 다르지 않다. 엄마의 손과 조선 자기는 기억이 동요하며 말을 하는 '구원의 소망'이기도 하다. 과거의 중국과 현재의 일본 제국은 고려청자와 조선의 자기를 제국의 박물관에 가두어 두고 있다. 그러나 조선의 자기는 누이의 얼굴에서 꽃 같은 피부가 피어오르듯이 일제히 "나를 구해주세요"라고 말을 한다.

김사량의 '말을 하는 자기'는 임화가 제국의 박물관에서 구출하려 한 번역 불가능한 『춘향전』과 다르지 않다. 제국의 박물관의 자기는 페티시즘적 매혹의 대상일 뿐이지만 말을 하는 자기는 끝없이 구원의 소망을 일깨우고 있다. 김사량은 이현의 조선의 자기를 통해 기억의 경첩을 움직임으로써 구원의 문을 열려고 하고 있다.

벤야민은 비식별성이 만연된 종말론적 세계에서는 기억의 경첩을 움직여야지만 구원의 작은 문이 열린다고 말했다. 조선의 자기가 기억을 동요시키며 말을 하는 순간은 상실된 타자성이 영원회귀하는 특이성의 순간이다.[12] 이현은 엄마의 손과 조선의 자기에서 기억이 영원회귀하는 특이성의 순간을 발견함으로써 구원의 소망을 갖게 된다.

이현이 발견한 **특이성**의 순간은 조선의 민족주의를 말하는 것이 결코 아니다. 이현이 조선의 자기의 말을 듣는 일과 동아의 평화를 소망하는 일은 배치되지 않는다. 조선의 자기의 특이성과 엄마의 손의 기억이 배척하는 것은 다만 전쟁일 뿐이다. 일본의 대동아공영이 전쟁을 통해 네이션의 경계를 넘으려 했다면 이현의 '말하는 자기'는 트랜스내셔널의 맥락에

---

12   박물관에 갇힌 자기가 페티시라면 말을 하는 고려청자는 그에서 벗어나려 구조요청을 하는 셈이다. 이현이 그런 고려청자의 말에 교감하는 순간 페티시에서 벗어난 특이성이 생성된다. 이 특이성은 다시 조선의 내부로 회귀한 것이 아니라 동아라는 트랜스내셔널한 맥락에서 고유한 빛을 내는 것으로 볼 수 있다.

서 빛을 내는 특이성에 다름이 아니다. 임화가 암시했듯이 특이성은 경계를 넘어서는 순간에 생성된다. 물론 이현과 그의 도자기는 박물관을 탈출해서 고향으로 돌아가고 싶어 한다. 그러나 만일 고향이 트랜스내셔널과 반대된다면 특이성의 빛은 어디에도 없을 것이다. 더욱이 내선일체와 동아신질서의 시대에는 고향이 또 다른 박물관의 로컬칼라 이외에는 어디에도 남아 있지 않았다. 김사량의 고향으로의 충동은 트랜스내셔널한 경계를 넘는 순간 특이성의 생성을 통해 비로소 가능해진다. 김사량의 '향수'는 민족주의적 동일성의 충동이 아니라 트랜스내셔널한 틈새에서 끝없이 영원회귀하는 특이성의 기억이었다. 그것은 북경의 조선인들이 사로잡힌 낯선 두려움unhomely과 비식별성의 질병에서 해방되려는 고향home에 대한 기억의 드라마이기도 했다.

사상적 유대가 해체된 후에 전향자들이 비식별성의 영역에 놓이게 된 과정은 「천사」(1941)에도 그려진다. 비식별성의 비극을 극복하기 위해 기억의 경첩을 움직이는 은유적인 운동을 표현하는 점에서도 「천사」는 「향수」와 비슷하다. 「천사」에서는 구원의 문을 열기 위해 과거의 사상적 교류와는 다른 새로운 연대를 소망하는 데까지 나아간다.

「천사」에서 양군과 조군, 홍군은 사회주의에서 전향한 후에 각기 삶을 환상처럼 살아가고 있다. 양군이 과거의 환상에 젖어 산다면 조군은 시에 빠져 광인처럼 미래의 꿈속에서 살고 있었다. 비식별성의 비극은 홍군에게서 가장 고통스럽게 경험되는데 그는 가슴에 병을 얻어 석왕사에서 요양하다가 죽음에 이른다. 홍군의 죽음은 아무에게도 알려지지 않다가 3년 후에야 친구들에게 전해진다. 7년 만에 석왕사를 찾은 친구들은 홍군이 3년 전에 세상을 떠났음을 알고 의문에 싸인 죽음의 비밀을 알고 싶어진다.

양군은 홍군의 죽음의 소식에 낯선 두려움을 느끼며 그 비식별성의 비극을 파헤쳐 보려 한다. 홍군의 죽음은 추방된 타자의 최후와도 같은 것이었지만 양군은 그가 마지막 순간에 해탈에 이르렀으리라 믿고 싶어진다. 그리고 매해 오빠를 만나러 석왕사에 오는 동생 이쁜이를 통해 그 죽음의 의미를 해명하려 한다. 이쁜이는 어떤 마음으로 산사에 와서 오빠가 있는 하늘을 향해 그네를 타고 날아오르는가. 양군의 간절한 생각은 죽은 홍군을 아무도 모르는 비식별성에 놓인 벌거벗은 생명에서 구원하려는 마음과도 같았다. 그것은 현실성을 상실하고 환상 속에서 살아가는 양군과 조군 자신을 구원하는 일이기도 할 것이었다.

시인 조군은 홍군이 관등제날처럼 아름다운 환성이 가득한 날 죽었다고 전해 듣는다. 이윽고 이쁜이가 그네를 타면서 제등을 차서 불이 붙자 그중 한 개가 공중에서 내려오기 시작한다. 조군은 천사가 불러서 홍군이 하늘로부터 내려온다고 말하며 불현듯 홍군과 포옹한다. 이 순간은 양군과 조군, 홍군이 이쁜이의 그네의 은유를 통해 구원의 문을 여는 새로운 연대를 암시하는 때이기도 했다.

이쁜이의 그네는 하늘과 지상, 무와 유, 실재계와 상징계를 연결하려는 소망의 상징이었다. 그것은 홍군을 사람들에게 다시 돌아오게 하려는 몸의 기억(니체)으로서의 영원회귀의 리듬이기도 했다. 은유는 과거를 미래로 연결하는 기억의 경첩이다. 그 순간 양군과 조군의 기억의 경첩이 움직이면서 홍군을 비식별성의 죽음으로부터 구출하는 특이성의 제등이 점화된 것이다. 여기서는 죽음정치의 비식별성이 은유의 경첩을 통해 미학의 비식별성으로 전이되고 있다.

해탈을 표상하는 홍군과 포옹한 이때의 교감은 과거의 연대와는 달리 단순한 민족주의를 넘어선다. 해탈이란 탈경계의 사유이며 홍군과의 포옹은 구원인 동시에 그의 해탈의 회생이기도 하다. 죽은 홍군이 살아 있는 사람과 손을 잡았기 때문에 해탈의 사유가 살아 움직이기 시작한 것이다. 이제 회생한 홍군의 해탈과 문화의 기억의 움직임은 구분되지 않는다.

그렇기에 그네의 은유적 운동이 촉발한 세 사람의 연대는 관등제날 세상의 모든 경계를 넘어서 사람들을 포용할 것이었다. 일본의 근대의 초극이 내선일체와 대동아공영을 말하면서도 트랜스내셔널에 실패한 반면, 그네의 은유적 운동은 세상의 여러 경계는 물론 죽음과 삶의 간극조차 넘는 연대를 암시한다. 내선일체와 대동아공영이 결연의 환상을 앞세워 은밀한 비식별성의 영역에서 타자성을 추방했다면, 「천사」의 은유적 운동은 기억의 경첩을 움직여 추방된 타자를 회생시키며 구원의 문을 열고 있다.

친밀한 권력의 비식별성의 비극을 전복시키는 이런 은유적 운동은 비단 식민지 말에서만 나타난 것은 아니다. 비식별성의 비극이 연출되는 곳이면 젠더 영역이든 계급 영역이든 은유적 운동의 반격이 잠재할 것이다. 흥미로운 것은 이쁜이의 그네의 운동과 비슷한 '경계를 넘어선 연대'에 대한 미학적 은유가 20세기 말 이후에 다시 나타난 점이다. 식민지 말과 20세기 말은 시기적으로 먼 거리에 있다. 그러나 양자의 공통점은 **친밀한 권력**의 기제가 사회를 지배한 때라는 점이다. 두 시기는 친밀한 권력이 만든 비식별성의 비극의 시대인 동시에 그것을 해체하려는 과정에서 **근대의 경계를 넘어선 연대**가 소망된 때였다.

일본의 대동아공영은 네이션의 경계를 넘어서려는 친밀한 권력의 운동이었지만 더 강화된 절대적 동일성으로 되돌아왔다. 그와 유사하게 20세기 후반의 세계화는 지구적 트랜스내셔널을 표방하면서도 결국 더 심화된 자본주의적 동일성으로 귀결되었다. 양자의 유사점은 비식별성의 영역에서 타자를 벌거벗은 생명으로 추방함으로써 절대적 동일성을 강화시켰다는 점이다. 또한 경계를 넘는 결연의 환상을 통해 친밀한 권력으로 사람들을 동원하며 동일성 체제를 강화하고 있었다. 전자에서 전쟁의 동원에 의존했다면 후자에서는 상품의 동원에 근거하고 있다.

두 시기의 친밀한 권력에서 가장 뼈아픈 역설은 비식별성의 비극이다.

친밀한 권력이란 경계를 해방시킨다는 환상이지만 실제로 나타난 것은 경계의 안팎에서 타자가 추방된 비극이었다. 내선일체와 대동아공영에서는 순박한 조선인, 이중언어 작가, 전향자 등이 비식별성의 영역에서 벌거벗은 생명으로 사라져 갔다. 또한 세계화의 시대에는 신자유주의에 의한 양극화의 패배자들이 비식별성의 영역에서 폐품처럼 버려지고 있다.

미묘한 것은 양자 모두에서 비식별성의 비극에 대응하는 과정에서 미학적 은유를 통해 진정한 트랜스내셔널(그리고 다수 체계성)의 소망이 암시되는 점이다. 「광명」과 「향수」, 「천사」에서는 경계에 놓인 사람들이 벌거벗은 생명으로 배제되는 비식별성의 비극이 그려지고 있다. 그러나 배제된 타자들은 낯선 두려움 속에서 예외를 일상으로부터 구분하면서 순수기억의 동요를 통해 구원의 문을 열려 하고 있다. 은유를 통해 기억의 경첩을 움직이며 구원의 문을 여는 바로 그 순간 불현듯 트랜스내셔널한 연대가 암시된다. 여성 타자의 물의 연대, 말하는 도자기와의 교감, 그네의 은유적 운동은 근대의 경계를 넘어선 새로운 연대의 소망을 암시한다.

그와 유사하게 박민규의 「아 하세요 펠리컨」에서는 세계화의 그늘에서 타자들이 배제되는 비식별성의 영역이 암시된다. 파산자, 실직자, 여성, 외국인 노동자 등이 바로 그들이다. 이들은 일국의 루저인 동시에 세계화의 패배자들이기도 하다. 어느 날 한 파산자가 오리배 유원지에서 자살을 시도해 벌거벗은 생명으로 죽음을 맞는다. 그 순간 '나'와 유원지 사장은 낯선 두려움 속에서 (습관화된) 예외를 일상으로부터 분리시키며 순수기억의 동요를 느낀다. 마침내 태풍이 불던 날 밤 죽은 남자는 오리배 세계시민 연합의 연대로 되돌아온다. 오리배 연합의 오페라의 합창은 은유의 순수기억의 힘으로 비식별성의 비극을 해체하는 트랜스내셔널한 운동에 다름이 아니다.

박민규 소설이 기억의 경첩을 움직여 구원의 문을 여는 과정은 김사량의 소설과 크게 다르지 않다. 오리배의 비상과 합창은 이쁜이의 그네의 운동과 청년들의 연대의 확대된 표현이다. 양자의 공통점은 은유적 운동이 기억의 경첩을 움직이며 연대의 소망을 표현하고 있다는 점이다. 은유는 비식별성의 영역에서 사라진 사람을 귀환시키면서 근대의 경계를 넘어 구원의 문을 여는 연대의 소망을 표현한다. 대동아공영과 세계화란 벌거벗은 생명을 추방한 대가로 절대적 동일성을 얻으려는 비식별성의 비극의 연출이었다. 여기서는 경계를 넘는 환상이 오히려 더 큰 동일성의 권력으로 귀착되고 있다. 그러나 그런 비극에 대처하는 과정에서 미학의 또 다른 비식별성(미결정성)의 틈새를 여는 은유적 운동을 통해 진짜로 근대의 경계를 넘는 다수 체계성의 드라마가 연출되고 있었다.

3. 내선일체의 비식별성의 어둠에서 트랜스내셔널한 은유의 빛으로 – 김사량의 「빛 속으로」, 「광명」

내선일체의 친밀한 권력은 제국이 조선인에게 친밀하게 다가오는 동시에 냉혹하게 물러서는 체제였다. 그것은 일체된 융화를 내세우면서 가혹한 차별을 일상화하는 권력이기도 했다. 여기서 중요한 것은 그런 이중적인 두 측면이 분리되지 않고 동시적으로 작동되었다는 점이다.

그 점에서 친밀한 권력은 단순히 제국에 동화될 것을 요구하는 식민주의와 구분된다. 동화는 친밀한 권력을 작동시키기 위한 이데올로기적 조건 중의 하나였다. 만일 내선일체가 단지 조선인의 일본인화를 요구한 것이었다면 상황은 매우 단순해진다. 그 경우 제국의 억압에 대항해 민족적 순수성을 주장하는 민족주의는 여전히 유효한 담론으로 남아 있었을 것이다.

그와 달리 내선일체는 경계를 넘어서는 동시에 더 넓어진 동일성을 강화하는 권력이었다. 그 때문에 순수성의 경계를 중시하는 민족주의는 내선일체에 대처할 수 없었다. 경계를 넘는 내선일체는 조선문화를 로컬칼라로 인정하면서 경계에 남겨진 민족적 타자성을 추방했다. 그로 인해 민족주의자는 물론이고 전향자까지 안팎이 불분명한 비식별성의 영역에서 배제될 수밖에 없었다.

전향자가 배제된 것은 내선일체가 진짜로 경계를 넘는 일체화가 아니고 다가오면서 물러서는 체제였기 때문이다. 민족주의자가 배제되는 동시에 포섭되었다면 전향자는 포섭되는 동시에 배제되었다. 그로 인해 경계를 넘는 권력에서는 배제와 포섭이 동시적으로 작용하는 비식별성의 영역이 증폭되고 있었다.

역설적인 것은 그처럼 경계를 넘는 권력에 대응하는 과정에서 무력해진 민족주의조차 넘어서서 트랜스내셔널한 해방을 소망할 수 있었던 점이다. 내선일체가 트랜스내셔널을 표방한 절대적 **동일성**의 이데올로기였다면 그에 대한 대응은 **다수 체계성**과 진정한 트랜스내셔널의 소망이었다. 근대의 초극을 내세운 친밀한 권력에 대한 저항은 민족주의가 아니라 근대의 경계를 넘어선 다수 체계적 미학과 정치였다.

그와 함께 친밀한 권력 체제에서는 눈에 띄는 차별보다는 비식별성의 영역에서의 비극이 중요했다. 친밀한 제국이란 공공연한 차별보다는 비식별성과 이상한 고요함 속에서 냉혹한 비극이 연출되는 체제였다. 그렇기에 비식별성의 영역에 대응할 수 있을 때만 친밀한 권력의 은밀한 복합성을 전복시키는 반격이 가능할 수 있었다. 비식별성의 비극이 예외의 일상화라면 그에 대한 일차적 대응은 예외를 일상에서 분리시키는 **낯선 두려움**의 자각이다. 낯선 두려움은 예외와 일상의 틈새에 있을 때 경험된다.

그 때문에 친밀한 권력에 대한 대응에서는 선명한 사상가보다는 **틈새에**

있는 인물이 중요하다. 이점을 가장 잘 보여주는 것이 바로 김사량의 소설이다. 김사량의 「빛 속으로」(1939)는 민족주의자 이군보다는 도쿄의 봉사단체에서 틈새에 끼어 있는 남선생('나')이 비식별성의 영역에 빛을 비춰주는 역할을 한다.

「빛 속으로」에서 하루오는 비식별성의 비극을 은밀히 안고 살아가는 인물이다. 하루오의 아버지 한베에는 혼혈인이지만 일본인 행세를 하고 있으며 그 점은 하루오 역시 마찬가지이다. 두 사람이 일본인처럼 행동하는 것은 융화와 차별이라는 내선일체의 역설적 체제에서 혼혈인의 불안과 공포를 감당하기 어렵기 때문이다. 한베에의 분열된 성격은 조선인 아내를 잔혹하게 폭행하는 데서 잘 나타난다. 그의 폭력은 실상 자신의 지워지지 않은 조선인의 피를 말소시키기 위한 불안감의 표현이다.[13] 하루오 역시 미나미로 불리는 '나'(남선생)를 조센징으로 조롱하며 내면의 불안을 잠재우려 한다.

한베에와 하루오는 포섭과 배제라는 비식별성의 영역에서 고통을 겪고 있는 인물이다. 특히 하루오는 조선인 어머니마저 부정함으로써 일본인 정체성을 승인받으려는 고통을 반복한다. 하루오가 자신의 혼혈의 정체성을 누설할 수 없는 것은 내선일체의 융화의 체제에서 차별의 예외가 일상화되었기 때문이다. 하루오의 불행은 예외가 일상화된 비식별성의 비극인 셈이었다. 그는 자신의 혼혈에 대한 차별이 **비식별성** 속에서 고통스럽게 반복되기 때문에 일본인 행세에 혈안이 되어 있는 것이다. 하루오는 조용하고 냉혹한 차별이 두려워 숨겨진 어머니에 대한 사랑을 스스로 억압하는 냉담한 태도를 보이고 있었다.

그러나 하루오는 한베에와는 달리 고통을 감춘 자신의 복합적 위치를

---

13 윤대석, 「변경에서 바라본 문학과 역사」, 『20세기 한국소설』 12, 창비, 2005, 283쪽.

감지하고 있다. 그가 '나'를 조센징으로 놀리면서도 뒤를 따라다니는 것 역시 그때마다 자신의 숨겨진 아픔을 확인하기 때문이다. 하루오의 비뚤어진 태도는 아무도 듣지 못하는 자기파괴적인 비명이자 구조요청이기도 하다. 단지 S대학 협회에서 더부살이를 하며 미나미로 불리는 '나'만이 그 들리지 않는 비명을 듣게 된다.

하루오의 아픔을 눈치 챈 '나'는 어머니의 병문안을 유도해 하루오의 숨겨진 사랑을 **또 다른 비식별성**의 공간에서 꺼낼 수 있게 해준다. 그렇게 함으로써 차별의 예외를 일상에서 분리시키는 한편 차별이 무의미한 또 다른 비식별성의 영역을 암시해준다. 그 은밀한 공간의 잠재성을 확신시킨 것은 '나'와 하루오 사이의 배려와 사랑의 표현이었다. '내'가 어머니의 병문안을 유도한 것은 하루오에게 어린 시절의 최초의 에로스의 대상 어머니를 선물한 것이었다.

하루오에게 준 '나'의 이 사랑의 선물은 그를 조선인으로 이끈 것이기 보다는 혼혈인이 당당할 수 있는 잠재적 미결정성의 공간을 열어준 것이다. 하루오는 민족주의자가 된 것이 아니라 혼혈인의 위치에서 조선인 어머니를 사랑할 수 있게 된 것이다. 즉 어머니가 조선인이기 때문에 하루오가 자신의 조선 피를 인정한 것이기보다는 두려운 불길함을 무릅쓰고 최초의 에로스 어머니의 사랑을 받아들인 것이다. '나'와 하루오 사이에서 발생한 이런 개인적인 사건은 사회적 소망의 표현이기도 했다. 혼혈인과 조선인 어머니 사이의 사랑, 그것이야말로 내선일체의 암울한 트랜스내셔널을 진짜로 경계를 넘는 트랜스내셔널로 역전시킬 것을 주장한 셈이었다.

'나'의 선물에 대한 하루오의 답례는 미나미로 불리는 '나'를 남선생으로 호명해준 것이다. 미나미로 불리며 불편한 마음으로 지내던 '나' 역시 그동안 비식별성의 고통을 겪고 있었던 셈이다. 그런데 하루오는 '나'를 남선생으로 부름으로써 트랜스내셔널의 위치에 반향하는 빛 속으로 이끌어준 것이다. 여기서 남선생이라는 조선인 정체성이 하루오라는 트랜스내셔널한 위치에 되비춰져 돌아온 점은 매우 중요하다. 하루오는 '나'를 민족주의자로 만들어준 것이 아니라 트랜스내셔널한 맥락에서 빛을 내는 **특이성**으로 발견해 준 것이다. 민족주의가 경계 내부의 존재의 확인이라면 민족적 특이성은 경계를 넘는 경험을 전제로 해야만 빛을 생성시킨다.

이 소설은 하루오의 들리지 않는 비명에 응답하고 그 응답을 들은 하루오가 다시 나에게 답례를 하는 과정으로 진행된다. '내'가 하루오를 구원해주고 구출된 하루오가 다시 '나'를 구원해준 것이다. 비식별성의 상황에 대응하는 이 소설의 특성은 그런 이중주의 울림에 있다. 일본 사소설과 비슷하면서도 다른 이 소설은 '나'의 소설이 아니라 '나'와 하루오의 이중주로 된 연주인 셈이다.[14] 이 소설은 내선일체 시기 같은 비식별성의 시대에는 이중주로 된 자아의 교섭과 연주가 필요함을 암시하고 있다.

물론 두 사람이 열어놓은 미결정성의 공간의 빛은 아직 자신들 사이에서만 가능하다. 그것은 그들이 동물원에 가지 않고 둘만의 시간을 갖는 점에서도 알 수 있다. 그러나 두 사람의 교섭은 친밀한 권력의 어두운 비식별성을 미학적인 해방의 미결정성으로 역전시키는 일을 하고 있다고 할 수 있다.

비식별성의 어둠에서 미결정적인 트랜스내셔널의 빛이 생성되는 과정은 「광명」(1941)에서 더욱 발전되어 나타난다. 비식별성의 어둠이 포섭과 배제의 이율배반의 결과라면 트랜스내셔널의 미결정성은 경계를 넘는 동시에 각각의 특이성을 발견하는 과정이다. 「광명」은 내선결혼 가정이 겪는 비식별성의 고통 속에서 한순간 트랜스내셔널한 해방의 소망이 언

---

14   권나영, 김진규·인아영·정기인 역, 앞의 책, 109쪽.

뜻 생성됨을 암시한다.

「광명」은 내선결혼 가정의 고통을 다룬 점에서 내선일체의 결연의 환상의 역설을 가장 잘 묘사한 작품이다. 내선일체의 문제점은 민족주의자뿐만 아니라 정책에 협조하는 조선인마저 냉정하게 배제한다는 데에 있었다. 친밀한 권력이란 친밀하게 손을 잡는 동시에 냉혹하게 뿌리치는 체제였다. 「천마」의 현룡이나 「광명」의 시미즈는 자신의 정체성을 부인하면서까지 일본에 동화되려 하지만 그럴수록 뼈아픈 배제의 고통을 경험한다. 특히 광명의 시미즈 부부는 내선일체의 이상을 실현하려 할수록 이상하고 냉혹한 (비식별성의) 차별의 늪에서 벗어나지 못한다.

물론 내선통혼이 시미즈의 경우처럼 역설적 고통에 시달리게 하는 것만은 아니다. 「무궁일가」(1940)의 강명선의 종형같이 일본의 유력한 정치가의 데릴사위가 된 경우에는 출세가도를 달릴 수 있었다. 문제는 평범한 일상인들은 내선결혼을 하거나 일본에 협력하는 사람들마저 끝없이 차별에 시달려야 했다는 점이다. 내선일체의 이상의 기준에서 보면 융화에 동조하는 사람들에 대한 차별이란 규범의 예외인 셈이었다. 그런데 친밀한 권력 체제의 특징은 그런 예외가 일상화된 비식별성의 영역이 확대된 현실에 있었다. 내선일체 시기의 조선인들은 친밀한 결연의 환상의 이면에서 아무도 항의하지 않는 **일상화된 차별**의 비극에 시달려야 했다. 내선일체 시기의 이중언어 작가, 전향자, 내선결혼 집안은, 융화를 위해 꼭 필요한 존재인 동시에 곧 쓸모가 없어져 버려진 존재였다. 식민지 말이 우울의 시대였던 것은 그런 방식으로 차별을 영구화하는 은밀한 비식별성의 시대였기 때문이다.

조선인이 식민지인에서 벗어나 제국의 국민이 된다는 것은 실상 수동적으로 인공기관 열차에 탑승하는 일에 불과했다. 아무도 말하지 않지만 낯선 두려움을 느끼는 이중언어 작가나 전향자, 내선결혼 집안 사람들만이 그것을 감지한다. 이중언어 작가나 내선결혼 가족은 내선일체와 손잡은 사람들인 동시에 그 숨겨진 모순을 뼈저리게 겪은 존재들이다. 그들은 경계선상으로 떠밀리며 억압된 낯선 두려움이 자신도 모르게 불현듯 회귀하는 위치에 있다. 낯선 두려움은 숨겨진 것들이 귀환할 때 문득 느껴진다. 「천마」의 현룡이나 「빛 속으로」의 하루오, 「광명」의 시미즈는 내선일체가 제 궤도에 오를수록 체제의 자기모순에 의해 낯선 두려움에 시달린다. 그들에게 국민이 된다는 것은 모래인간이 눈을 박아 넣은 자동인형으로 살아가는 것이었으며, 눈이 빠져 쓸모없어지면 피 묻은 채 바닥에 냉혹하게 내던져졌던 것이다. 내지인을 부르짖는 「천마」의 현룡은 바닥에 나뒹구는 자동인간과도 다름없었다. 마찬가지로 이상에 부풀어 내선결혼을 한 「광명」의 시미즈는 거세 위협에 시달리는 꼭두각시와도 같았다. 김사량의 소설은 낯선 두려움을 느끼는 사람들의 비극을 식별하게 해주는 한편, 거기서 더 나아가 비식별성을 넘어서서 심연에서 원환의 춤을 갈망하는 과정을 암시한다.

「광명」은 내선일체의 비식별성의 비극을 가장 식별 가능하게 폭로하는 소설이다. 이 소설의 첫 장면이 일본에서 조선인을 분간하는 '나'의 골상학적 능력으로 시작하는 것은 매우 암시적이다. 비식별성의 비극은 단순히 조선인의 차별이 소리 없이 행해지는 데 그치지 않는다. 학대와 조롱을 모면하기 위해 조선인이나 혼혈인들이 정체성을 감추고 일본인처럼 살아감으로써 차별의 은밀성은 오히려 증폭된다.

'나'의 골상학적 시선은 그런 복합적인 비식별성의 비극에 대응하기 위한 것이다. 역설적으로 내선일체가 '나'의 '내선 골상학'의 감각을 발전시킨 셈이었다. '나'는 거세 위협에 시달리는 자동인간들이 일본인 가면을 쓰고 고통스럽게 살아가는 낯선 두려움의 드라마를 폭로하고 싶은 것이다. '나'의 골상학은 동족을 확인하려는 것이 아니라 비식별성의 드라마를 의심에 찬 눈초리로 식별해내려는 수단이다.

나는 정말 신기하게도 내지(內地) 어디에서든 조신 사람을 넌지시 분간할 수 있었다. 오히려 본능에 가까운 직감이라고 해야 할까. 내가 이러한 반응을 하게 된 것은 의식하지 못한 친밀감과 호의에서만이 아니라, 그들을 의혹에 찬 눈빛으로 바라보는 마음도 있기 때문이리라.[15]

동족을 기쁨이 아니라 의심의 눈빛으로 바라보아야 하는 상황은 분명히 비극적이다. '나'는 내선결혼을 한 시미즈가 조선인이며 그의 전처소생의 큰딸 역시 조선의 혈통임을 알아낸다. 그런데 비극적인 것은 시미즈의 집에서 조선인 식모를 학대할 뿐 아니라 그중 큰딸이 가장 잔혹하다는 사실이다. 지금까지 학대를 받아온 큰딸은 이제 자신이 앞장서서 조선인 식모를 모함하고 있는 것이다.

내선일체의 이상에 따라 결혼한 시미즈의 집에서 조선인의 학대가 자행된 것은 역설적인 비극이다. 더욱이 조선인인 큰딸이 일본인 어머니에게 동족을 모함하는 것은 친밀한 권력이 빚은 전도된 냉혹성을 암시한다. 큰딸이 식모를 학대하는 것은 「빛 속으로」에서 한베에와 하루오가 조선인을 조롱하는 상황과 유사하다. 혼혈인이 피의 순수성을 입증하기 위해 조선인에게 폭력을 행사하듯이, 혼혈 결혼 집안의 딸은 자신의 피를 부정하기 위해 식모를 차별하는 것이다. 내선일체라는 결연의 환상은 절대적 동일성을 지향하는데, 그 과정에서 타자성을 배제함으로써 타자의 흔적이 남은 존재에 대한 냉혹한 차별을 증폭시키는 것이다.[16]

---

15   김사량, 「광명」, 김재용·곽형덕 편역, 『김사량, 작품과 연구』 3, 역락, 2013, 215쪽.
16   이 과정은 오늘날 서민층에 가까운 사람들이 같은 계층이나 하층민을 혐오하는 상황과 매우 유사하다.

이런 역설의 드라마가 문제적인 것은 예외가 일상이 된 비식별성 속에서 일어난다는 점이다. 민족적 차별은 네이션의 초극을 내세운 내선융화의 예외사태이지만 식민지 말은 그런 예외가 일상이 된 시대였다. 내선일체의 친밀한 권력은 오히려 냉혹한 예외를 일상 속에 포섭함으로써 질서가 유지되는 체제였다. 배제의 예외가 일상이 되었다는 것은 차별이 아무도 항의하지 않는 비식별성 속에서 일어난다는 뜻이다. 그처럼 차별이 '이상한 고요함' 속에서 영구화된 상황에서 조선인이나 혼혈인은 필사적으로 일본인의 가면을 쓰지 않을 수 없었던 것이다.

「광명」은 그런 비식별성의 비극을 해체하려는 '나'의 모험적인 시도를 그린 작품이다. 그 모험의 첫 단계가 바로 골상학적 눈을 통해 일본인 가면을 쓴 조선인을 판별해내는 것이다. 조선인이 일본인 가면을 쓰고 동족을 학대하는 행위는 비식별성을 더욱 식별 불가능하게 만든다. '나'는 일본인이 된 조선인의 얼굴에서 가면을 분리시킴으로써 비식별성을 해체하기 시작한다. 그처럼 가면을 얼굴에서 분리시켜야지만 동족 차별이라는 예외를 일상에서 분리시킬 수 있는 것이다. '나'와 한 동네에 사는 고학생 문군이 시미즈 큰딸에게 "너 또한 조선인이 아니냐"고 말하자 그녀는 기절할 듯한 표정을 지었다. 그녀의 충격은 예외를 예외로 자각한 순간의 낯선 두려움이었다.

비식별성의 침묵의 비극은 피해자에게서 가장 비참하게 발견된다. '나'와 만난 식모 역시 조선인과의 접촉을 천둥처럼 두려워하며 처음에는 주인의 학대에 대해 입을 다물었다. 그러다 '나'와 문군의 어머니의 다정한 말에 자신이 아이들에게 돼지와 도둑년으로 불리며 시달렸음을 고백한다. '나'의 비식별성의 해체는 차별의 당사자인 시미즈 부인마저 돌려세우는 데서 정점에 이른다. 고통받던 식모가 도망치자 조선인 문군을 의심한 시미즈는 그를 고소하고 문군은 경찰에 붙잡혀간다. '나'는 시미즈의 집에 찾아가 항의를 하는데 시미즈는 위엄어린 태도로 '나'에게 내선융화의 암적인 존재라고 외친다. 그 순간 '나'는 학대를 부인하는 시미즈 부부에게 민족적 감정으로 따지는 대신 내선융화의 논리로 설득한다. 즉 내선융화의 이상를 실현해야 할 그들이 오히려 조선인 식모를 감당하지 못해 생긴 일이 아니냐고 말한다. 그러자 냉담했던 시미즈 부인은 차츰 비통한 표정으로 변해간다. 그녀 자신이 내선결혼 가정이었기 때문에 심연에는 아직 이상에 대한 기억이 남아 있었던 것이다.

여기서 민족주의 대신 내선융화의 담론이 오고 가는 점은 매우 흥미롭다. 내선융화란 네이션을 넘어서는 것이지만 그 과정에서 조선의 민족성을 지우는 쪽으로만 기울어 차별이 행해진 것이다. 조선인의 차별과 학대는 분명히 내선융화의 모순된 예외상태[17]였다. 다만 예외가 일상이 된 비식별성의 상황이 차별에 대한 감각을 무디게 하고 있었던 것이다. '나'는 시미즈 부인에게 민족적 호소 대신 예외를 일상에서 분리시킬 것을 요구함으로써 그녀의 심연의 억압된 것이 되돌아오게 만든다.

그녀는 더는 내 말을 듣고 있지 않았다. 자기 혼자만의 울적한 기분에 가슴이 메어 터지는 듯 점차 흥분하더니, 마음속 깊은 곳에서 다투고 있는 자기 혼자만의 고뇌가 소용돌이치기 시작한 것일까.

(…중략…)

그런데 갑자기 묘한 일이 벌어졌다. 그녀가 갑자기 앞치마에 얼굴을 파묻더니 격렬하게 흐느끼기 시작했다. 그걸 보더니 남편은 미치기라도 한 사람처럼 멍한 표정을 짓고 일어서더니 휘청거리며 밖으로 나갔다. 그와 엇갈려 전처 자식인 장녀가 갑자기 방 안으로 뛰어들어와서 "와악," 하고 다다미 위에 쓰러져

17　아감벤의 예외상태라는 말 자체에 예외가 일상이 되었다는 의미가 포함되어 있다.

울었다. 각기 다른 고뇌를 짊어진 이 두 여자의 슬피 우는 모습을 앞에 두고, 나는 뭐라 할 수 없는 감동을 해서 그 자리에서 움직일 수 없었다.[18]

시미즈 식구들은 마치 '미치기라도 한 듯이' 낯선 두려움을 느낀다. 그들은 제국의 일체화에 부응한 내선결혼 가족인 동시에 체제의 숨겨진 자기모순을 고통스럽게 느껴온 경계선상의 존재였다. 일상적으로 심연에서 경험해온 낯선 두려움이 증폭되는 순간 그들은 예외상태에 숨겨진 모순을 감지하게 된다.

시미즈 식구의 낯선 두려움은 고통을 대가로 그들이 비식별성의 늪에서 벗어나는 순간이었다. 그처럼 일상에서 예외를 분리한 순간 억압된 감정이 폭발하며 민족적 감정을 넘어서는 어떤 것이 귀환하게 된다.

낯선 두려움은 숨겨졌던 것이 되돌아오는 순간이다. '마음 속 깊은 곳에서 다투고 있는 고뇌'가 돌아오고 있었던 것이다. 동일성의 결연이란 타자성의 부인이었으며 조선인 남편과 아이들에 대한 배제였던 것이다. 조선인들은 일본인 가면을 쓴 자동인형으로서만 구원을 받을 수 있었다. 그렇지 않으면 바닥에 나뒹구는 거세된 인간이 될 수밖에 없는 것이다. 시미즈 식구들의 낯선 두려움은 금지된 타자성에 의한 공포였으며 거세의 운명에서 벗어나려는 몸부림이었다. 그 순간에 '내'가 감동을 느낀 것은 가면과 자동인간이라는 거세의 장치에 절망한 시미즈 가족이 **인간으로서의** 타자성의 갈망을 표현했기 때문이다.

'내'가 만일 민족성에 호소했다면 '나'와 시미즈 가족 간의 감동의 교류는 없었을 것이다. 민족주의는 차별에 대해 항의할 수는 있지만 잔여적인 앙금마저 해소할 수는 없다. '나'는 시미즈 부인이 식모를 학대한 또 다른

---

18 김사량, 「광명」, 김재용·곽형덕 편역, 앞의 책, 242~243쪽.

이유가 남편과 식모의 은밀한 교류에 따른 소외감이었음을 알게 된다. 동족의 입장에서 식모를 동정하는 것이 시미즈 부인에게는 불안과 공포를 가져다주었던 것이다. '나'는 네이션을 넘어선다는 것이 한쪽을 지우는 것이 아니라 양쪽을 긍정하도록 배타적인 경계를 열어 놓는 것임을 알게 된다.[19] 시미즈 식구들을 해방시킬 수 있는 유일한 것은 민족의 경계를 넘는 타자성의 승인이었다.

물론 목에까지 올라온 그런 타자성의 갈망은 바닥에 나뒹구는 거세된 생명, 그 눈 빠진 인간에 대한 공포로 인해 아무도 입 밖에 꺼내지 않는다. 그러나 '나'는 시미즈 가족에게서 내선융화의 환상에 숨겨진 무언의 고통스런 타자성의 암시를 본다. 시미즈 가족이 낯선 두려움으로 절규할수록 '나'는 그들이 품고 있는 타자성의 소망을 느끼는 것이다.

'내'가 갈망하는 타자성의 연대는 일본의 제국적인 내선융화와는 매우 다른 것이었다. 제국적인 내선 융화는 타자성의 연대가 아니라 절대적 동일성의 규율화였다. 미묘한 것은 그런 제국의 규율화된 내선융화 속에서 동일성을 전복시키는 타자성의 연대가 은밀히 암시될 수 있었다는 점이다. 내선일체는 차별을 더욱 심화시켰지만 역설적으로 시미즈 가족 같은 타자성에 민감해진 환경을 만들기도 했다. 특히 시미즈의 큰딸이나 부인 같은 여성 타자의 심연에는 자신도 모르게 민족의 경계를 넘어선 연대의 소망이 잠재하고 있었다.

'나'는 그런 트랜스내셔널한 연대의 소망을 방공훈련에 참여한 여성들 속에서 발견한다. 내선일체 시기의 도쿄는 비식별성 속에서 조선인 차별이 일상화된 사회였다. 방공훈련은 그런 문제를 그대로 놓아 둔 채 규율화를 통해 동일성을 이루는 통제방식의 하나이다. 이 훈련에는 딸(혜)이

---

19   위의 책, 254쪽.

따돌림을 당하는 '나'의 누님과 학대를 일삼던 시미즈 큰딸이 함께 참여하고 있었다. 그들은 차별을 묻어둔 채 조용히 일체화를 연출해야 했으며 방공훈련은 그런 비식별성 영역의 연장선상에 있었다. 그런데 '나'는 문득 그 가상의 연출 속에 숨겨진 또 다른 비식별성을 발견한다.

방화훈련은 규율화된 행사이면서도 가상의 연출이었기 때문에 심연에 잔존하는 감정이 표현될 수 있었다.[20] 심연의 감정이란 경계를 넘어선 이상으로서 아직 어린 소녀들은 물론 내선결혼을 한 시미즈 부인도 갖고 있는 것이다. 그 점은 이미 이 소설의 첫머리에부터 암시되고 있었다. '내'가 조카 혜와 그 친구들(사치코, 노부코)을 높이 들어 올려주자 그애들은 "조선이, 지나가 보여요"라고 말한다. 이 '들어 올려주기'는 아이들의 심연의 소망을 은유적 동작으로 표현한 것이다. 그리고 그 소망이 가상의 공간인 방화훈련에서 또 다른 은유로 다시 흘러나온 것이다. '나'의 눈에 들어온 것은 방공연습의 규율이 아니라 자신도 모르게 심연의 감정이 높이 '들어 올려진' 아이들과 여성 타자들의 표정이었다.

그런데 또 놀란 것은 마침 그 옆 옆에는 우연히도 누님이 대기하고 있으면서 자기 차례를 기다리고 있었다. 누님이 물통을 받아들고 있을 때, 갑자기 내 일 간(間) 정도 앞 군중 사이에서 빨간 양복을 입은 혜가 익살을 부리듯이 손뼉을 치면서 덩실대며 뛰어나왔다.

"아——아——아——"

그때, 잇달아서 노부코와 사치코도 자신의 어머니를 발견했다고 기뻐하면서, 혜를 따라하며 그 주변을 작은 토끼처럼 뛰어 다녔다. 이제 완연히 저녁이 돼 불에 연기가 피어올랐고 또한 그것은 빛이 부족한 듯 붉은 빛을 내며 타오르

---

20 이런 규율화의 전복은 안회남의 「불」의 등화관제 훈련에도 나타난다.

고 있었다.

"아——아——아——"

"아——아——"

"아——"[21]

아이들과 여성 타자들은 통제에 따르기보다는 불을 끄려고 물을 나르는 연대 속에서 덩실대고 있었다. '내' 눈에 특히 아이들과 여성, 외국인들이 들어온 것은 이 '물나르기'가 타자성의 연대로 비쳐지고 있음을 암시한다. 내선일체의 비극이 전쟁의 불이라면 물나르기는 그런 불을 끄려는 연대의 은유이다. 내선일체가 사람들을 전쟁에 동원하며 은폐된 배제를 통해 동일화를 꾀한 반면, 물나르기는 전쟁의 불을 진화하려는 심정으로 트랜스내셔널한 타자성의 연대를 보여주고 있는 것이다.

'나'는 덩실대는 물나르기에서 타자들의 금지된 원환의 춤을 보고 있는 셈이었다. 그것은 아무도 보지 못하는 타자들의 심연을 보고 있는 것과도 같았다. 그렇다면 '나'는 시미즈 가족들에게서 두 차원의 비식별성을 간파하고 있는 것이다. 시미즈 가족은 필사적으로 일본인 가면을 쓰고 자동인형으로 살아감으로써 거세를 모면해보려 했다. 그런데 골상학에 의해 비식별성이 식별된 후에 이제는 토끼처럼 뛰며 원환의 춤을 추려는 갈망을 암시하고 있다.

'나'는 처음에 일본인 가면이라는 비식별성을 간파했지만 이번에는 물나르기에 숨겨진 연대의 소망을 감지한다. 물나르기의 연대는 또 다른 비식별성인 셈이다. 내선일체가 한쪽을 부인하는 비식별성의 비극을 대가로 사람들을 동원했다면, '내' 눈에만 보이는 물의 은유와 여성 타자의 연

---

21 김사량, 「광명」, 김재용·곽형덕 편역, 앞의 책, 256쪽.

대는 차별과 부인의 비극을 넘어선 또 다른 심연의 비식별성의 암시였다. 그런 심연의 비식별성을 감지한 것은 전쟁훈련의 취지와 상관없이 덩실대는 여성 타자들과 그런 몸짓에서 원환을 춤을 보고 있는 '나'의 타자성의 응시였다.

4. 사상적 전향과 숨은 영혼의 구원의 미학 −「향수」

내선일체와 대동아공영은 직선적인 인공기관적 열차를 통해 끝없이 상상적으로 질주하는 체제였다. 질주하는 권력[22]은 피지배자를 총동원하며 동일성에 물신화된 체제를 만든다. 역설적인 것은 그런 절대적 동일성의 체제야말로 종말론적 세계에 접근한다는 점이다. 종말론적 세계란 단지 모순이 심화된 사회가 아니라 영원히 변화되지 않을 듯한 체제를 뜻한다. 그런 세계에서는 모든 비판적 사상이 소멸되고 그 대신 절망 속에서 구원의 갈망이 새어나온다.

김사량의 「향수」와 「천사」에서도 절망과 혼돈의 비극 속에서 갱생을 갈망하는 전개가 나타난다. 두 소설에서 사상적 파탄을 맞은 인물들은 거세된 삶이나 비현실적인 환상 속에서 막연히 구원을 소망하고 있다. 전쟁을 앞세운 신체제는 새로운 삶 대신 세상의 끝에 이른 듯한 파국을 예감하게 하게 했던 것이다.

그러나 어둠에서 벗어나는 구원의 서사는 신체제로부터 다시 옛 사상적 담론으로 되돌아가는 것이 아니다. 민족주의 같은 사상적 담론은 모든 비판적 사유를 흡수하며 질주하는 총동원 체제에 맞설 수 없다. 그와 달

---

22   질주정과 총동원 체제의 관계에 대해서는 비릴리오, 이재원 역,『속도와 정치』, 그린비, 2004, 220~224쪽 참조.

리 총동원 체제에서 구원을 얻으려면 절대적 동일성 체제의 경계를 넘어서야 한다. 내선일체와 대동아공영 역시 근대의 초극을 주장했지만 전쟁이라는 방식으로 근대를 넘어설 수는 없었다. 그렇다면 구원의 서사는 전쟁 없이 진짜로 경계를 넘는 방법을 암시해야 할 것이었다. 김사량의 「광명」이 시사하듯이 구원의 서사란 단지 부인된 어떤 것을 되살리는 것이 아니라 양쪽을 긍정하기 위해 진정으로 경계를 넘는 방식인 것이다.

「향수」는 민족주의자였던 매부와 누나가 사상적 파탄을 경험하며 비천하게 살아가는 모습을 그린 소설이다. 이현은 지나 고미술 시찰을 구실로 어린 시절 우상이었던 그들을 만나러 북경으로 향한다. 전쟁에 패배해 일본에 점령당한 북경에서 매부와 누나는 옛 모습을 잃은 채 어두운 삶에 매몰되어 있었다. 매부 윤장산은 누나를 배신하고 부하의 아내와 함께 도피해버렸다. 혼자 남은 가야 누나는 아편에 중독된 채 스스로 아편 밀매업을 하며 살아가고 있었다. 또한 조카 무수는 지원병으로 전쟁에 나가 일본군 통역을 맡고 있었다.

그들 중 가장 가슴 아픈 것은 가야 누나였다. 민족주의자였던 누나에게 아편 밀매업은 망명객의 철칙을 어긴 스스로에 대한 배신이었다. 눈처럼 교결皎潔했던 누나는 검은 얼굴에 고목처럼 말라붙은 모습으로 변해 있었다.[23] 이현은 악몽 같은 낯선 두려움을 느끼며 목이 메어 누나라고 부를 수도 없었다.

누나의 비극은 그녀의 주변 사람들의 전향에 의해 더욱 절망을 느끼게 했다. 조카 무수는 일본군이 되었고 매부의 부하 옥상렬은 조선인을 감시하는 특무기관에서 일하고 있었다. 무엇보다도 옥상렬의 전향은 무섭고

---

23   김사량, 「향수」, 이경훈 편역, 『한국 근대 일본어 소설선』, 역락, 2007, 26쪽. 이런 묘사는 구약성서 「예레미아서」에 나오는 구절과 유사한 점이 있다. 이에 대해서는 곽형덕, 『김사량과 일제 말 식민지 문학』, 소명출판, 2017, 307~310쪽 참조.

도 충격적인 것이었다. 하지만 이현은 옥상렬을 만난 후 그의 전향이 천황에게 귀의한 이데올로기적 복종과는 다른 것임을 알게 된다.

옥상렬의 조선인을 위하는 마음은 변함이 없었고 그는 아직도 고뇌에 시달리고 있었다. 옥상렬은 자기회의와 자기질문을 끝없이 계속하고 있었다. 그가 사람들의 놀라운 변화에 두려워하는 이현에게 오히려 도와달라는 말을 한 것 역시 그 때문이었다.

"(…전략…) 결국은 우리도 이 비극적인 사변이 하루라도 빨리 우리 동아의 대지에서 사라지도록 협력할 때, 비로소 일본인을 위해서도 지나인을 위해서도 좋으리라고 생각했기 때문입니다. 당신은 나의 이 기분을 헤아려 주시겠습니까? 나의 이 기분을!" 그리고 성큼성큼 다가왔다. "부탁합니다. 부탁합니다. 당신이야말로 나의 힘이 되어 주세요!……"[24]

이현은 친밀한 사람들이 불길하게 변해버린 상황에서 **낯선 두려움**을 느낄 수밖에 없었다. 그러나 이현은 변화된 사람들이 오히려 공포 속에서 **구조요청**을 하고 있다는 것을 알게 된다. 그것은 검은 고목처럼 말라버린 누나뿐 아니라 특무기관에 몸담은 옥상렬 역시 마찬가지였다. 이현은 특무대원 옥상렬의 구조요청이 아편 밀매업을 하는 누나의 고통과 다름없는 것임을 감지한다. 북경의 조선인들은 자신이 사랑하는 동족을 피폐하게 만드는 일을 하며 스스로 파멸의 위기에 직면해 있었던 것이다. 한마디로 그들은 벤야민과 아감벤이 말한 예외가 일상이 된 비식별성 속에서 고통을 겪고 있었다. 이현은 어떤 식으로든 그들을 구조해야 하지만 아무런 도움을 줄 수 없음을 느끼며 우울해 한다.

---

24 김사량, 「향수」, 이경훈 편역, 앞의 책, 38쪽.

그러나 이현은 옥상렬의 구조요청에서 전쟁을 통해 국경을 넘으려는 일본식의 '동아신질서건설'의 문제점을 암시받는다. 옥상렬은 전쟁이 사람들을 황폐하게 만드는 무서운 질곡임을 시사하고 있었으며 이현은 그 파괴의 질서에서 벗어나 진정한 평화를 꿈꿀 수 있는 다른 세상을 갈망하기에 이른다. 이현은 다른 방식의 동아의 평화가 와야 하며 그것은 매부와 누나를 구조하는 일과 다르지 않다고 생각한다.

이 소설에서 이현이 혼돈과 공포 속에서 이른 결론은 바로 그 또 다른 평화일 것이다. 옥상렬은 전쟁을 반대하고 동아의 평화를 원하지만 그것이 옛 사상으로 돌아가는 것은 아님을 말한다. 그 점에서는 그와 격렬한 대화를 나눈 이현의 입장도 다르지 않다.

> "(…전략…) 틀림없이 이번 전쟁도 결국 끝날 것입니다. 우리도 적극적으로 지나 대륙의 명랑화를 위해서 전력해야 하지 않습니까. 지나와 만주에 걸쳐 있는 수백만의 동포, 이 사람들을 위해서라도 빨리 좋은 천지가 와서 그들이 행복하고 명랑하게 살게 되지 않으면 안 됩니다. 그것이 또한 동향인(同鄉人) 전체를 위하는 일도 되는 것입니다. (…후략…)"[25]

이 같은 옥상렬의 말에 이현은 진한 공감을 느끼고 있었다. 옥상렬은 비록 특무대원이 되었지만 일본 쪽에 서지 않고 이현과 같은 생각을 하고 있었던 것이다. 이현은 눈물이 가득 고인 눈으로 옥상렬의 얼굴을 올려다본다.

그러나 옥상렬과 이현의 '동향인을 위하는' 방법에서 두 사람의 입장의 차이가 드러나고 있었다. 그것은 전쟁의 현실에 매인 절박한 사람(옥상렬)

---

25 위의 책, 57쪽.

과 절망을 유보하며 미래를 생각하는 사람(이현)의 차이일 수도 있었다. 전쟁의 현실에 너무나 밀착해 있는 옥상렬은 예외를 일상에서 분리시킬 수 있는 틈새가 없었다. 그가 변하지 않는 현실에 대한 절망 속에서 특무대원이 된 것은 그 때문이었다. 특무대원이 되어서라도 고향사람들을 위해 전쟁을 빨리 끝내고 싶었던 것이다.

반면에 이현은 옥상렬보다도 더 현실에서 무력감을 느끼지만 전쟁이 일상이 된 현실에서도 심연에 변화되지 않고 잔존하는 것이 있음을 감지한다. 이현은 그 잔존하는 것이 무엇인지 알 수 없었으며 그것이 무력감을 없애준 것도 아니었다. 그러던 중 그의 심연의 잔여물이 움직이기 시작한 것은 도자기 거리 유리창琉璃廠에서 고려청자와 조선 자기를 발견했을 때였다. 이현은 도자기가 박물관에 갇혀 있으며 구조요청을 하고 있다고 느낀다. 그가 그런 도자기의 구조 요청을 들을 수 있었던 것은 심연에 잔존하는 문화의 기억 때문이었다. 도자기는 단순히 과거의 한 지점에 놓인 것이 아니라 이현의 깊은 곳에서 **몸의 기억**(니체)으로 움직이고 있었다. 누나와 옥상렬에게서 보듯이 사상은 살아남지 못했지만 문화의 기억은 잔존하고 있었던 것이다.

그런 문화의 기억은 누나와 옥상렬에게도 남아 있었다. 문화는 도자기 같은 유물에만 있는 것이 아니라 심연의 순수기억 속에 잠재해 있었다. 그 때문에 동향인끼리의 안타깝고 슬픈 마음이 생겼던 것이다. 이현이 느낀 문화의 기억은 니체가 말한 무의식적 몸의 기억[26]으로서, 그것은 과거이자 현재이고 시간이자 존재이기도 했다. 이현에게 남은 그런 문화의 기억

---

26 니체는 골동품을 수집하는 것 같은 기억과 다른 몸의 기억을 강조한다. 몸의 기억은 과거이자 현재이고 시간이자 존재이며 직선적인 시간을 넘어서서 자아를 능동적으로 만든다. 홍사현, 「망각으로부터의 기억의 발생」, 『철학논집』 42, 서강대 철학연구소, 2015. 8, 339·352쪽.

은 누나와 옥상렬에게도 고향의 기억으로 잔존하고 있었다. 그러나 그들은 절망과 혼돈에 매몰되어 자신의 심연에 남아 있는 것을 느끼지 못한다.

이현 역시 조선의 자기에서 문화의 기억을 발견한 후에도 여전히 무력했고 달라진 것은 없었다. 다만 전과 다른 것은 절망 속에서도 그의 깊은 심연이 동요하고 있다는 것이었다. 문화의 기억의 회귀에 의한 심연의 동요는 빈약해진 자아의 내면을 움직이고 있었다. 이현은 이번에는 도자기를 박물관에서 구출하지만 다음에는 누나와 고향사람 차례라고 생각한다.

그 점에서 옥상렬의 혼돈과 이현의 절망은 구분된다. 옥상렬은 특무대원이 되어서라도 동향인을 위하는 마음을 지속시키려 한다. 그처럼 현실에 밀착해 있기에 그는 예외를 일상화시키는 제국의 비식별성의 비극에서 벗어날 수 없는 것이다. 기억 속의 변혁의 사상이 무용해졌음을 말하는 그는 구원의 문이 심연의 기억의 경첩에 있음을 알지 못한다. 심연의 기억의 경첩이란 되돌아온 몸의 기억이 존재로 전이되어 심연에서 작동되는 것을 말한다. 그런데 옥상렬은 직선적인 시간에 얽매여 다시 회귀할 수 있는 시간에 대해 생각하지 못하는 것이다. 그 때문에 그는 제국이 변화시킨 현실이 다시 변화될 수 있음을 상상하지 못한다. 옥상렬은 일본의 전쟁을 반대하며 또 다른 평화를 원하지만 신질서의 구도 자체를 반대하지는 못한다.

반면에 이현은 누나의 사상이 무용해졌지만 누나와 함께 했던 고향의 기억은 여전히 중요함을 감지한다. 이현은 순수기억의 잔여물이 황폐해진 누나에게도 남아 있음을 은밀히 엿본다. 그러나 이현은 악몽 같은 현실에서 고향에 대한 향수를 차마 입 밖으로 꺼낼 수 없었다. 그 대신 그는 잠든 누나에게서 엿본 고향의 기억을 도자기와의 교감에서 확인할 수 있었다.[27] 누나에게 남은 고향의 잔여물은 제국의 전시물이 된 골동품 거리의 도자기와도 매우 비슷했다. 누나 앞에서조차 심연의 고향에 대한 열망을 직접 표현할 수 없는 이현은 유리창(골동품 거리)에 전시된 도자기와의 대화를 통해 대신 그것을 암시한다.

옥상렬이 동향인의 사랑을 통해 말한 '향수'는 이제 신체제가 승인한 고향에 대한 애정일 뿐이다. 그것은 로컬칼라라는 박물관에 갇힌 문화의 기억에 다름이 아니다. 옥상렬은 박물관의 유리창을 보지 못한 채 정적인 고향사람의 평화에 만족하는 것이다. 반면에 이현은 조선 자기의 목소리를 들으며 도자기를 박물관에서 구출할 것을 생각한다. 이현의 도자기에 대한 애정은 단순한 민족주의도 의고주의 취향도 아니다. 그에게 조선 자기에 대한 애정은 심연 속의 사랑하던 누나에 대한 기억에 다름이 아니다.

박물관 속의 도자기는 제국의 비식별성의 비극에 시달리는 누나와도 같았다. 절망에 매몰되어 심연을 들여다보지 못하는 누나는 조선의 자기처럼 제국의 울타리에서 벗어나질 못한다. 누나는 심연에서 구조요청을 하면서도 그것을 밖으로 꺼내지 못한다. 그러나 이현은 누나가 말하지 못한 것을 도자기의 목소리를 통해 듣는다. 구조요청을 하는 도자기의 목소리를 듣는 것은 예외(도자기의 고통)를 일상(박물관)에서 분리시키며 누나를 구원해야 된다고 생각하는 것과 다르지 않다.

이현에게 조선의 자기는 누나에 대한 순수기억의 잔여물을 증폭시키는 은유로 작용하고 있었다. 은유란 순수기억의 증폭을 통해 이쪽과 저쪽 사이의 경첩을 움직이는 정신적 약동의 과정이다. 도자기의 은유는 '역사 속의 문화'와 '현실 속의 누나' 사이에서 기억의 경첩으로 움직이고 있었다.

---

27 고향의 기억은 선적인 시간을 넘어서서 몸의 기억으로 잔존하고 있는 점에서 도자기의 기억과 유사한 문화의 기억이라고 할 수 있다.

주의를 집중해서 듣고 있자니 흥분에 숨이 막힌 그를 향해 그 청자로부터 무수한 영혼이 속삭이는 소리가 들려오는 것 같았다. 이제 근처는 완전히 어두워져 버렸다. 어둠 속에서, 기다리고 있었습니다, 나는 얼마나 기다리고 있었는지 모릅니다, 하고 그 청자가 말하는 것이다. 나는 아주 오랫동안 무섭기도 했고 답답하기도 했으며 슬프기도 했습니다, 하고 또 청자는 속삭였다. (…중략…) 나를 구해 주세요, 나도, 나도 구해 주세요……. 아—그러고 말고, 그러고 말고, 그는 마음속에서 외치면서 그것들을 집어 들었다. (…중략…) 하나는 틀림없는 이조의 백자였다. 그 두드러지지 않게 빛을 감춘 근심 띤 색이 확실히 이조 사람들의 얼굴이었다. 또 하나는 깨어진 질그릇이었다. 흑갈색의 소박한 형태인데 머리 쪽에 흠이 나 있어 실로 고통 속에서 목소리를 꾹 참고 있었다. 그것은 쇠처럼 딱딱해 한번 손가락으로 두들기면 일종의 비통한 음향이 깃든 소리를 냈다. 그 소리 속에서 그는 죽음과도 같은 누나의 신음소리를 들은 듯이 생각되었다. 아아, 이건 누나가 도움을 청하는 목소리다, 도움을 청하는 목소리다, 하고 그는 소리쳤다.[28]

이현이 유리창에 들어선 순간은 은유의 공간에 들어선 것과도 같았다. 박물관 같은 유리창은 이현이 유물들이 전시된 과거의 시간 속으로 발을 내딛게 했다. 그러나 그 과거의 문화의 시간은 이현의 존재를 이루고 있는 순수기억으로서 현재의 시간이기도 했다. 그와 함께 박물관에 감금된 유물의 처지는 조선 문화를 보이지 않는 박물관에 가두는 일본의 신질서와 유사했다.[29] 그런 유사성으로 인해 이현의 내면에서 불현듯 은유의 경첩이 작동되기 시작한 것이다.

---

28 김사량, 「향수」, 이경훈 편역, 앞의 책, 47~48쪽.
29 유리창은 중국의 박물관이고 누이는 일본의 신질서에 감혀 있는 것이지만 이현은 제국에 의해 영혼이 감금되어 있다는 유사성으로 인해 은유를 작동시키게 된다.

현실과 박물관(유리창)의 차이는 신질서에서는 박물관에 갇혀 부서진 도자기의 운명이 잘 식별되지 않는다는 것이다. 반면에 박물관은 그런 현실의 비식별성을 식별하게 해주면서 조선인의 운명을 생생한 전시를 통해 암시하고 있었다. 이현은 도자기에게서 조선인의 비명을 들을 뿐 아니라 그중 가장 불쌍한 깨진 질그릇에게서 누나의 신음소리를 듣는다.

　유리창의 깨진 그릇은 비식별성에 묻힌 누나의 비천한 신체[30]를 전시해 보여주고 있었다. 들리지 않는 누나의 비명은 전시된 질그릇을 통해 들려오고 있었다. 유리창의 도자기는 보이지 않는 신질서의 존재론적 폭력을 보여주는 시각적·청각적 은유였다. 그런 감각성과 함께 누나와 비슷한 도자기는 누나보다 오랜 시간의 기억을 갖고 있었다. 그 때문에 도자기의 은유는 역사를 관통하는 순수기억의 교감을 증폭시켜 비식별성에 놓인 누나의 구조요청을 확대해 들려준 것이다. 이현이 유리창을 지나는 동안은 '조선의 도자기'와 '현실의 누나' 사이에서 은유의 경첩이 움직이는 시간들이었다. 그처럼 은유의 경첩이 움직이는 시간은 무력해진 누나와의 기억의 잔여물이 증폭되는 순간들이었다. 이때 양쪽 사이의 틈새를 횡단하는 기억의 약동에 의해서 비로소 구원의 좁은 문이 움직이고 있었다.

　누나와 달리 옥상렬은 이현에게 구조요청을 했지만 그것은 그가 박물관을 탈출할 의지가 없기 때문이었다. 옥상렬은 보이지 않는 박물관 같은 제국 속에서 고향에 대해 생각할 뿐이다. 그의 구원이란 다만 전쟁 대신 평화를 이룬 제국의 박물관일 따름이다. 그러나 이현은 박물관에서 탈출하려는 '무수한 영혼들'과의 순수기억의 교감을 통해 일상의 '이상한 고

30　비천한 신체는 크리스테바가 말한 경계 밖으로 밀려나는 앱젝트를 뜻한다. 앱젝트에 대해서는 크리스테바, 서민원 역, 『공포의 권력』, 동문선, 2001, 21~43쪽; 김철, 「비천한 육체들은 어떻게 응수하는가」, 『우리를 지키는 더러운 것들』, 뿌리와이파리, 2018, 72~75쪽 참조.

요함' 속에 잠재된 구조요청을 증폭시키고 있다. 청자와 백자의 낯선 두려움('무섭고 답답함')[31]의 목소리를 듣는 것은 식별 불가능한 예외상태를 일상으로부터 분리시키는 비식별성의 해제에 다름이 아니다. 이때의 구조요청의 목소리는 박물관 같은 제국의 고요한 비식별성을 해체했을 때 들리는 내면의 순수기억의 동요와도 같다. 도자기의 말소리는 누나의 구원의 목소리이자 이현의 심연의 순수기억의 약동이기도 했다. 이현의 내면에서 순수기억의 경첩이 움직이는 순간 도자기의 말과 누나의 목소리가 몸을 뒤섞고 있었던 것이다. 이현은 그 약동하는 몸의 기억과 은유의 힘으로 누나를 구출하려는 용기를 내고 있는 것이다. 그런 부들부들 떨리는 동요의 시간[32]이야말로 이현이 북경에서 경험한 기억의 경첩이자 문화적 기억의 틈새[33]였다.

문화의 기억은 영원회귀하는 특이성으로서 세상의 끝 같은 비식별성의 비극 속에서도 구원의 소망을 가능하게 한다. 옥상렬의 정적인 고향과는 달리 이현의 문화의 틈새에는 '이상한 고요함'에 대응하는 순수기억의 동요가 있기 때문이다. 이현의 고향은 민족주의적 성지도 로컬칼라도 아닌 영원회귀하는 문화의 틈새이다. 누나에 대한 사랑의 기억이 회귀하는 곳도 그런 틈새일 것이다. 문화의 기억은 은유의 경첩으로 작동하며 고착된 신질서에서도 작은 틈새를 열고 있었다. 문화는 오래된 과거도 무서운 현실도 아니며 양자의 틈새에서 움직이는 **순수기억의 도약**이다. 도자기의 말소리야말로 누나의 사랑이 되돌아오게 증폭시키는 문화적 기억의 경첩으로서 이현이 구원의 소망을 포기하지 않게 하고 있다.

그런 구원의 소망은 당연히 매부와 누나가 잃어버린 민족주의 사상으

---

31   김사량, 「향수」, 이경훈 편역, 앞의 책, 47쪽.

32   위의 책, 48쪽.

33   이 틈새는 비식별성에서 벗어날 수 있는 틈새이다.

로 돌아가는 것이 아니다. 매부와 누나의 사상이 피폐화된 것은 비식별성을 증폭시키는 신질서의 폭력에 무력했기 때문이다. 반면에 이현의 구원의 소망은 비식별성의 공간인 제국의 박물관에서 탈출해 거세된 타자성을 회생시키는 것이다. 타자성의 회생이란 경계의 이쪽에서 저쪽으로 가버리는 것이 결코 아니다. 그보다는 서로 다른 모두를 긍정하는 일, 즉 조선인뿐 아니라 중국인과 일본인까지 해방에 이르게 하는 일일 것이다.

그것이 가능한 것은 타자를 배제하고 일체화하는 신질서가 스스로 만들어낸 낯선 두려움에 근거하기 때문이다. 낯선 두려움은 평화를 말하는 체제가 전쟁을 하는 무서운 권력임을 폭로한다. 또한 비식별성 속에 매장된 심연의 타자성이 영원회귀하는 문화의 기억(특이성)으로 되돌아오길 소망한다. 이현과 누나가 느낀 낯선 두려움unhomely은 박물관에 갇힌(un) 문화를 다시 고향(home)으로 돌려 보내달라는 무의식의 요구이기도 했던 것이다. 이 소설은 이현이 그 같은 문화의 구조요청에 응답하는 지난한 과정을 보여준다. 여기서도 친밀한 권력의 비식별성에 대한 대응은 희생자의 구조요청과 은유적인 응답의 이중주로 연주되고 있다.

이현은 과거의 민족주의와 조선의 자기의 차이를 사상과 문화의 차이라고 생각한다. 사상은 짧지만 문화는 길다.[34] 민족주의 사상은 또 다른 일체화의 공간에 갇힐 수 있지만 조선의 자기는 기억을 통해 끝없이 영원회귀하기 때문이다. 사상이 타자성을 배제하는 동일성으로 흐르기 쉬운 반면 문화는 타자성의 지속적인 확인인 것이다. 타자성이란 타자와의 내면의 관계인 동시에 동화될 수 없는 자기 자신의 타자의 위치이기도 하다. 유리창의 고려청자가 무수한 영혼(타자들)의 목소리를 보존할 수 있었듯이 문화는 사상과는 달리 박물관의 비식별성 속에서도 살아남는다. 이것

---

34   김사량, 「향수」, 이경훈 편역, 앞의 책, 18쪽. 이현은 사상은 짧고 문화는 길다고 생각한다.

이 동일성의 사상을 넘어서서 영원회귀하는 문화의 **특이성**[35]의 힘이다. 특이성이란 끝없이 동일성의 경계를 넘으며 지속되는 타자성의 정신적 약동에 다름이 아니다. 문화의 특이성은 조선 자기 같은 영원한 생명을 지닌 유물일 뿐만 아니라 조선인의 몸의 기억으로서 영원회귀의 리듬이기도 하다. 그렇기에 누나가 절대적 동일성 체제에서 구원을 얻으려면 민족주의자가 아니라 타자성을 회생시키는 특이성의 삶으로 귀환해야 한다.

이현의 문화적 기억을 통한 구원의 소망은 신질서의 다른 사람들과 대비된다. 일본의 '동아신질서'는 전쟁을 통해서라도 동아의 '고향들'을 빼앗아 제국의 박물관에 로컬칼라로 수집하려 했다. 사상가였던 매부와 누나는 고향[36]이 전리품으로 전락하는 과정에서 타자성을 상실한 벌거벗은 생명이 되었다. 또한 전향한 옥상렬은 제국의 전쟁에 반대하면서도 동향인을 사랑하는 향수어린 박물관의 평화를 생각하는 데 그친다. 반면에 이현은 박물관의 고요한 비식별성을 가로지르는 숨은 영혼의 목소리를 들으며[37] 각자의 고향에서 움트는 동아의 평화를 주장하고 있는 것이다.[38] 그는 동아의 평화란 박물관도 민족주의도 아닌 문화적 특이성의 영원회귀에 의해서만 소망될 수 있음을 암시하고 있다.

---

35 특이성이란 통약불가능성의 표현인 동시에 타자와의 울림의 순간이기도 하다. 라이프니츠는 그런 특이성을 교향악에서의 개개의 악기의 표현으로 비유했다. 그 점에서 타자와의 관계를 말하는 타자성은 특이성의 전단계라고 할 수 있다. 특이성에는 동일성에 저항하는 실재계적 힘이 포함되어 있다.

36 북경의 함락은 중국의 고향의 상실이지만 매부와 누나에게도 또 다른 고향의 상실과도 같았을 것이다.

37 숨은 영혼의 구원을 시도하는 이현은 문화를 정치화시키며 은유적 미학의 정치를 실행하고 있다고 할 수 있다.

38 동아의 평화는 근대의 경계를 넘어선 새로운 사유이지만 지속되는 각자의 문화의 특이성에 근거할 때만 배타적 경계를 넘어서서 평화로운 새로운 삶을 창조할 수 있다.

5. 비식별성 속에서의 해탈과 에로스의 연대
―「천마」, 「천사」

  결연의 환상을 앞세운 친밀한 권력의 또 다른 역설은 결합을 위해 꼭 필요한 혼종적 존재들을 스스로 배제되게 한 점이다. 내선결혼 가족들과 고뇌하는 전향자, 이중언어 작가들은 융화의 필수물인 동시에 비식별성의 영역에서 버려진 존재였다. 경계를 넘는 내선일체에서 존중된 것은 실상 선명한 일본의 정체성뿐이었으며 경계선상의 존재들은 유기될 수밖에 없었던 것이다.

  그처럼 융화에 앞장섰던 이중언어 작가가 무용한 앱젝트로 버려지는 역설을 그린 소설이 바로 「천마」(1940)이다. 현룡은 내선일체에 광적으로 앞장섰지만 내선일체가 본궤도에 오르자 미치광이로 버려진다. 그는 혼란한 조선을 일본에 일체화시키려 애썼지만 내선일체에 필요했던 그의 광기는 이제 성격파탄자로 매도된다.

  그러나 「천마」는 단지 현룡의 파탄을 비판하는 데 그치는 소설이 아니다. 이 소설의 풍자적 묘미는 현룡의 몰락을 내선일체 자체의 자기모순에 연결시키는 점에 있다. 현룡은 단순한 광적인 인물이 아니며 무의식 속에서는 누구보다도 자기 자신을 잘 알고 있다. 그는 빈대를 좋아하는데 바닥에 들러붙어 기는 모습이 자신과 비슷하기 때문이다. 현룡은 내선일체의 선구자처럼 행동하지만 무의식적으로는 앱젝트[39]로서의 자신의 운명을 이미 알고 있는 것이다. 그런 자기 패러디[40]에 의해 이 소설은 현룡의 운명이 내선일체를 스스로 방해하는 교란의 신호로 들리게 만들고 있다.

---

39 크리스테바, 서민원 역, 앞의 책, 2001, 21~43쪽; 김철, 「비천한 육체들은 어떻게 응수하는가」, 『사이間SAI』 14, 국제한국문학문화학회, 2013. 5, 388~389쪽.
40 권나영, 김진규·인아영·정기인 역, 앞의 책, 143~145쪽.

흥미로운 것은 그런 현룡의 자기 패러디의 비극을 여류시인 문소옥과 비교하고 있는 점이다. 문소옥은 현룡처럼 난륜과 광태를 연출하는 여성이다. 그러나 그녀 역시 원래는 동경 유학생 출신으로 자유연애의 길을 개척한 선구자였다. 그러나 그녀는 구제도를 넘어서려는 자신의 선구적 행동이 윤리적 파탄으로 매도되는 경험을 한다. 당시 조선에서는 조혼의 습관으로 유부남이 아닌 총각은 어디서도 찾아볼 수 없었다. 그런 상황에서 젊은 남자들과 접촉하는 사이에 그녀의 개척적 행위는 난륜에 빠져들었던 것이다. 그녀와 친밀한 현룡도 그런 상대의 하나였다. 다만 현룡이 여타의 남자와 다른 점은 서로 상대방의 광태에 익숙해져 얼마간 만족감을 느낄 수 있었다는 점이다.

문소옥은 봉건적 경계를 넘어섰지만 젠더 영역의 남성중심적 친밀한 권력[41]에 의해 패륜으로 낙인찍히는 복수를 당한다. 그와 비슷하게 현룡은 민족의 경계를 넘으려 했으나 친밀한 제국의 권력에 의해 미치광이로 매도되는 복수를 경험한다. 문소옥이 **젠더 영역**의 희생자라면 현룡은 **인종과 민족의 영역**의 희생자라고 할 수 있다. 두 사람은 **친밀한 권력**에 의해 버려진 점에서 난륜이라는 비판의 대상인 동시에 서로 위안을 느끼는 관계이기도 한 것이다.

그런데 그들은 아무도 공감하지 못하는 비식별성의 영역의 앱젝트이므로 희생자조차 되지 못한다. 「천마」는 현룡이 협조자였음에도 벌거벗은 생명으로 버려지는 아이러니를 그리고 있다. 현룡은 그런 자신을 억울한 희생자로 생각하고 있었고 그 때문에 잠재적인 **구원의 소망**을 가지고 있었다. 현룡은 자신이 조선의 고통과 비애를 한 몸에 짊어진 그리스도와 같다고 생각한다.[42] 그리고 복숭아 나뭇가지를 타고 하늘에 올라 해탈에

---

41   앞서 논의했듯이 젠더 영역의 남성중심적 권력은 친밀한 권력의 원형이다.
42   김사량, 「천마」, 김재용 · 김미란 · 노혜경 편역, 『식민주의와 비협력의 저항』, 역락, 2003,

이르려 하고 있다.

현룡이 위기의식 속에서 복숭아가지를 타고 하늘에 오르려 할 때쯤 그는 이미 환상을 경험하기 시작한 셈이었다. 미묘한 것은 그가 환상을 경험하는 순간 오히려 숨겨진 현실이 분명히 드러나게 된다는 것이다. 현룡은 무의식 속에서 자신이 쓸모없어진 물건이나 앱젝트처럼 버려질 수 있다는 공포에 시달리고 있었다. 그럴수록 그는 빈대처럼 일본 문인들에게 달라붙어 내선일체를 광적으로 부르짖었던 것이다. 그런데 이제 실제로 버려지는 순간 그는 환상 속에서 자신이 무의식적으로 예감했던 것을 현실로 경험하게 된다.

현룡은 신마치 유곽 골목의 거미줄 같은 미로를 걸으며 자신이 절을 찾아가고 있다는 환상에 빠진다. 절을 찾아가는 환상은 일본 문인들에게 버려진 것인 동시에 바닥을 기는 빈대가 구원을 얻으려는 것이기도 했다. 빈대 같은 현룡의 구원은 내선일체에 앞장서서 내지인이 되는 것이었다. 그의 경우 내지인이 되는 일과 복숭아 가지를 타고 하늘에 오르는 일은 다르지 않다. 그러나 그는 미로를 헤매며 구원을 소망할수록 맹렬한 개구리 울음 같은 "센징! 센징!" 소리를 듣는다.

앱젝트인 그가 내지인이 되는 것은 복숭아가지를 타고 하늘에 오르는 것만큼 불가능한 일이었다. 역설적인 것은 환상의 경험이 현실보다도 더 현실적으로 현룡을 덮쳐오고 있다는 점이다. 그것은 그의 환상이란 이중언어 작가가 앱젝트로 버려지는 비식별성의 비극을 생생히 연출해 보여주는 것이기 때문이다. 현룡은 아무도 공감하지 못하는 현실의 비식별성의 비극을 환상을 통해 생생하게 경험하고 있는 것이다.

「천마」의 환상은 친밀한 권력의 비식별성의 비극을 보여주는 동시에

262쪽.

자기 패러디된 현룡 자신의 운명을 풍자하고 있다. 현룡은 내지인이 되어 해탈에 이르려 헤매고 있지만 그럴수록 반복해서 미로에 빠져든다. 그가 경험한 미로는 친밀한 권력의 비식별성의 미로라고 할 수 있다. 그런데 「천마」는 비식별성을 눈에 보이게 보여주지만 그 비극을 넘어선 소망을 표현하지는 못한다. 상상적 욕망에 붙들린 현룡에게는 이중언어 작가의 경계선상의 비극이 있을 뿐 기억의 동요를 통한 구원의 길이 없기 때문이다. 거기서 더 나아가 비식별성의 비극을 극복하고 또 다른 방식으로 근대의 경계를 넘으며 친밀한 권력을 역전시키는 소설이 「천사」이다.

일본의 근대의 초극과 해탈은 '내'와 '선'의 경계를 넘어서는 듯하면서 다시 절대적 동일성으로 회귀했다. 경계선 부근에서 쓸모없는 잡종들이 버려지는 비식별성의 비극이 나타난 것은 그 때문이다. 「천마」의 현룡은 자기 패러디를 통해 그런 비식별성의 모순을 폭로하지만 여전히 그의 해탈은 절대적 동일성에 합류해 내지인이 되는 것이다. 반면에 「천사」의 인물들의 해탈은 친밀한 권력에 의해 비식별성 속에 버려진 존재들이 진정으로 경계를 넘는 소망을 드러내는 것이다.

「천사」에서는 전향한 사회주의자들이 비식별성의 영역에서 버려진 존재로 살아가는 모습이 암시된다. 「향수」에서 북경의 윤장산과 가야는 도피자와 아편중독자로 생애를 이어가고 있었다. 비슷한 운명에 처한 「천사」의 청년들은 현실에서 좌절한 채 과거나 미래의 환상 속에서 헤어 나오지 못한다. 양군은 여전히 과거의 꿈을 좇고 있었고 조군은 광인처럼 미래의 시에 젖어 있었다. 청년들 중에서 가장 비극적인 것은 홍군인데 그는 가슴의 병을 얻어 석왕사에서 요양을 하던 중 아무도 모르게 죽음을 맞는다. 그것을 모르는 양군과 조군은 막연히 무언가를 기대하며 관등제 날 석왕사로 향하면서 홍군을 만날지도 모른다는 생각을 하고 있었다.

7년 만에 석왕사를 찾은 양군은 홍군이 3년 전에 세상을 떠났다는 소식을 듣고 충격에 빠진다. 양군이 현실도피적인 생활을 한 것은 예외가 일상이 된 비식별성의 삶 때문이었다. 그런데 홍군의 죽음의 소식은 무서운 예외의 얼굴을 똑똑히 보여주며 낯선 두려움을 느끼게 했다. 양군은 홍군의 죽음이 어땠는지, 어떤 마음으로 죽었는지 자세히 알고 싶어졌다. 그것은 홍군의 죽음의 의미를 알아내어 그를 무의미한 벌거벗은 생명에서 구출하려는 마음에서였을 것이다. 그와 함께 홍군을 '이상한 고요함' 속에서 죽음에 이르게 한 비식별성의 정체를 식별하려는 생각이기도 했을 것이다.

양군은 홍군이 관등제날 밤 웃는 얼굴로 자는 듯이 세상을 떠났음을 듣게 된다. 그리고 그 다음부터 홍군의 여동생 이쁜이가 관등제 때마다 석왕사에 와서 그네를 탄다는 것이었다. 양군은 누구로부터도 홍군의 죽음에 얽힌 사연을 듣지 못한다. 실상 홍군의 죽음의 의미 자체가 당시의 어느 누구도 말할 수 없는 비식별성의 비밀이었을 것이다. 7년 만에 홍군의 죽음을 알게 된 양군은 낯선 두려움 속에서 그 비식별성의 비밀을 해체하고 싶어진다. 양군은 막연히 홍군이 죽음의 순간 해탈의 경지에 이르렀을 것이라고 생각한다. 당시의 유행어의 하나인 해탈이란 모든 경계를 넘어서는 구원을 의미하는 것이었다. 그렇다면 전향한 사회주의자의 해탈의 의미는 무엇인가. 이 소설의 후반부는 비식별성을 해체하며 홍군의 죽음에 숨겨진 해탈의 의미를 찾아가는 과정이다.

그 과정에서는 양군과 조군의 낯선 두려움이 중요한 계기가 된다. 낯선 두려움은 비식별성 속에 숨겨졌던 것이 문득 드러나는 순간의 공포이다. 그것은 프로이트가 「낯선 두려움」이라는 글에서 인용한 호프만의 「모래인간」의 한 장면과도 같다.[43] 「모래인간」에서처럼 일상에서 보이지 않

---

43   호프만, 김현성 역, 『모래사나이』, 문학과지성사, 2001, 62~65쪽.

게 숨겨졌던 것은 은유와 환상으로 되돌아온다. 양군과 조군은 낯선 두려움 속에서 이쁜이의 그네 타기를 통해 그 은유적 귀환의 단초를 발견한다. 이쁜이의 그네는 비식별성 속에서 사라진 홍군을 향해 차오르고 있었다. 거기에는 홍군의 죽음에 연관된 숨겨졌던 비밀이 되돌아오게 하려는 은밀한 소망이 있었다. 천상과 지상을 왕복하는 그네의 율동 자체가 그런 암시를 몸으로 느끼게 하고 있었다.[44] 「모래인간」에서는 자동인형의 피 묻은 눈이 주인공의 가슴에 던져진 순간 원환의 춤에 대한 열망이 불타오른다. 이쁜이의 그네 타기 역시 모두가 자동인간으로 살아가는 세상에서 추방된 불의 춤과도 비슷한 열망을 포함하고 있었다.

홍군의 죽음은 신체제라는 거세된 자동인간의 세상에 대한 거부였을 것이다. 그와 함께 죽음을 앞둔 그의 앞에는 원환의 춤처럼 금지된 저편 세계의 모습이 어른거렸을 것이다. 그러나 누구도 홍군이 보고 있던 숨겨진 것들을 드러내지 못한다. 아무도 말할 수 없는 홍군의 죽음의 비밀은 이쁜이의 그네에 의해 비로소 은유적으로 암시된다. 그네 타기는 홍군이 하늘에 이른 비밀에 닿기 위해 지상으로부터 도약하는 춤과도 같았다. 그네 타기의 은유는 이쁜이의 심리적 동요뿐 아니라 홍군의 '낯선 고요함'의 죽음에 충격받은 양군과 조군의 순수기억의 동요까지 암시한다고 할 수 있다.

이쁜이가 처음 그네를 타기 시작한 것은 자신의 심연의 동요를 연출하기 위해서였을 것이다. 「천사」에서의 그네 타기는 단순한 과거의 풍습의 재연이 아니다. 그네를 타는 것은 문화의 힘으로 순수기억을 동요시키는 은유의 춤을 추는 것이다. 이쁜이의 그네는 홍군의 영혼이 하늘로 올라갔으며 이번에는 그녀가 그곳에 닿기 위해 솟아오르는 것임을 은유하고 있

---

44 모든 것을 잃은 조선인의 몸에 문화의 기억이 남아 있기 때문이라고 할 수 있다.

다. 그네 타기는 죽음의 순간 홍군이 보고 있던 하늘의 춤을 보려는 소망의 표현이다. 이쁜이의 지상의 춤은 하늘로 가버린 홍군과 교섭하려는 그를 향한 **목숨을 건 도약**을 표현하고 있다.

그네 타기란 지상의 중력에서 벗어나 천상의 영혼과 교감하려는 에로스의 필사적 도약의 춤이다. 신체제의 비식별성이란 사라진 타자에 대한 공감의 소멸을 의미한다. 반면에 이쁜이의 도약은 상실된 타자와의 에로스적 연대를 소망하는 춤이다.

그 순간이었다. 팽팽하게 당겨진 끈이 아름다운 천사를 태우고 밤하늘 속을 가로지르는 것 같아 눈을 부릅뜨고 있을 때, 그녀는 하늘로 날아올라 점점 제등 쪽으로 접근해 갔다. 더욱더 가까워져 가고 그곳에서 삼사 척밖에 떨어져 있지 않은 곳에서, 갑자기 발을 차올려 몸이 풍선처럼 둥글게 됐다. 그때 멋지게 제등을 두 개 발로 차서 제등이 확 타올랐다.

"아아" 하고 환성이 오르고 군중은 파도처럼 출렁거렸다. 어두운 밤하늘에 제등은 한층 불을 뿜으면서 타올랐다. 그때 그중 한 개가 타오르면서 공중에서 내려오기 시작했다.

"저기 보게, 홍군이 하늘로부터 내려온다네."

양은 갑자기 홍군과 껴안았다.

"천사가 불러서 천사가 불러서……"

시인은 목이 메어있는 목소리로 말했다.[45]

천사란 지상과 천상, 유와 무, 상징계와 실재계를 연결하는 춤을 추는 존재이다. 이쁜이의 천사의 춤은 이상한 고요함이라는 지상의 비식별성

---

45 김사량, 「천사」, 김재용 · 곽형덕 편역, 『김사량, 작품과 연구』 1, 역락, 2008, 203~204쪽.

속에서 들리지 않는 응답을 요청하는 몸짓이었다. 그것은 아무도 말하지 않는 홍군의 죽음의 비밀에 대한 소명의 요구이기도 했을 것이다. 그렇기 때문에 홍군이 있는 하늘을 향해 점점 더 높이 날아오르려 애쓰고 있는 것이다.

그런데 이번에는 홍군 쪽에서 응답이 온 것이다. 그것은 지금 이쁜이가 양군과 조군의 심연의 동요까지 합쳐서 날아오르고 있기 때문일 것이다. 홍군의 응답은 청년들의 숨겨진 열망이 합쳐진 이쁜이의 필사적 도약에 대한 에로스적 반향이다.

그네에 의해 타오른 불길과 하늘로부터 내려오는 제등은 프로이트가 인용한 불의 춤과도 같다. 그것은 환상이지만 모두의 열망이 담겼기에 현실보다도 더 현실적이다. 신체제라는 새로운 삶이란 실상은 인격이 자동 인간이 된 조용한 비식별성의 세상이다. 반면에 현실에는 없으며 실재계적 존재로만 감지되는 홍군의 응답은 역설적으로 에로스를 통한 상실된 현실(실재)의 회생이다. 비현실적인 **비식별성** 속에 둘러싸인 사회에서는 이처럼 하늘에서부터 현실성을 회복하려는 응답이 내려오는 것이다. 그것을 우리는 **해탈**과 **구원**이라고 부른다.

해탈과 구원은 하늘로부터 오지만 하늘의 은유는 심연의 순수기억의 동요이기도 하다. 구원의 핵심은 에로스의 회복을 통한 순수기억과 심리적 현실[46]의 부활에 있다. 순수기억과 심리적 현실이 동요해야지만 실재에서 멀어진 비현실적 현실을 구원할 수 있다. 그렇기에 그 순간은 과거의 한 지점에 얽매여 있던 양군이 감격 속에서 홍군과 포옹하며 **실재의 현실**을 되찾는 순간이다. 또한 공허한 조군의 미래의 시가 **실재계적 현실성**을 회복하는 순간이기도 하다. 홍군이 보고 있던 하늘의 춤은 이쁜이

---

46 심리적 현실이란 무의식과 현실의 교섭을 말한다. 심리적 현실성의 회복이 중요하기 때문에 환상을 통해 표현되고 있다.

의 그네의 춤으로 전이되고 이제 양군과 조군과의 포옹으로 연결된 것이다. 제등이 내려오며 불붙은 원환의 춤은 청년들의 심연의 순수기억이 은유로 작동되며 구원의 문을 여는 순간을 연출한다. 청년들이 홍군과 포옹하는 순간은 비식별성 속에서 배제된 자들의 심연의 연대가 회생하는 구원의 시간이다. 그 순간의 청년들의 포옹은 금지된 원환의 춤의 귀환과도 같다.

그런데 이 환상을 통한 연대의 회복은 단순히 과거의 사상적 연대로 돌아가는 것이 아니다. 과거의 사상적 연대는 강력한 이념의 공유가 출발점이었다. 그러나 이번에는 미학적인 해탈과 구원에서 시작되고 있다. 그런 해탈이 가능한 것은 종교나 이념이 아니라 불교적 제등에 얽힌 홍군에 대한 기억에 의한 것이다. 그 순간 피폐한 현실에서 마비되었던 **순수기억**이 동요했기 때문에 홍군이 하늘로부터 내려올 수 있었던 것이다. 「향수」에서 도자기의 말소리가 순수기억을 동요시키며 구원을 소망하게 했듯이, 「천사」에서는 그네에 얽힌 아픈 기억이 홍군과의 연대를 회생시킨 것이다.[47] 양자에서는 비슷하게 문화의 기억과 은유의 경첩이 움직이며 구원의 좁은 문이 열리고 있다.

「천사」에서 그네의 문화적 기억은 해탈이라는 불교적 기억으로 연결된다. 해탈의 순간 홍군은 하늘의 춤을 보는 동시에 죽음에 이를 수밖에 없었다. 그것은 자동인간으로 가득 찬 세상에서 홍군의 마음을 받아줄 사람이 아무도 없었기 때문이다. 그러나 이번에는 그네 타기에 의해 동요된 사람들이 모두 홍군의 마음에 접근하고 있다. 이 순간의 해탈이란 죽음충동을 넘어선 에로스의 연출, 에로스적 기억의 동요를 통한 구원의 드라마

---

47 「천사」에서도 죽은 사람과 생존자의 이중주에 의해 비식별성에 대한 대응이 나타나고 있다.

에 다름이 아니다.[48]

에로스적 순수기억의 동요는 이념과 젠더, 인종의 경계를 넘어서게 한다. 제등이 내려오는 순간 석왕사에 모인 모든 사람들이 환호한 것은 그 때문이다. 비식별성의 비극이 경계를 넘는 척 하며 동일성을 강화하는 것이라면, 해탈이라는 구원의 드라마는 그런 비식별성을 역전시키며 진정으로 경계를 넘는 순간이다. 그네 타기의 순간 에로스적 순수기억의 경첩이 움직이며 해방을 향한 구원의 문을 연 것이다. 구원의 문을 연 그네 타기는 이쁜이, 양군, 조군, 그리고 군중의 순수기억을 움직인 기억의 경첩[49]의 은유였다.

해탈과 구원의 은유가 비식별성 속에 배제된 청년들을 통해 나타난 것은 놀라운 일이다. 경계를 넘는 해탈은 원래 일본의 근대의 초극의 화두 중 하나였다. 고사카 마사아키는 서양의 고대, 중세, 근대가 각각 자연, 신, 인간을 실재로 보았음을 주목한다. 그런 서양의 실재가 유의 사상이라면 동양은 실재를 무의 사유에서 찾았다. 그런데 서양적 근대의 인간중심주의는 역설적으로 인간 자신이 만든 기계에 예속되는 소외를 극복하지 못했다. 그 같은 근대적 인간중심주의를 넘어서려면 동양적인 무의 사유를 통해 인간 자신을 초월해야 한다.[50] 고사카가 말한 동양적 무의 사유를 통한 인간 자신의 초월이 바로 해탈일 것이다.

고사카는 무의 사유가 파괴적이 될 수도 있지만 그에서 벗어나 건설적이 될 수 있는 방법을 찾아야 한다고 말한다. 그처럼 무의 사유를 건설적으로 발현시켜 서구적 근대의 딜레마를 넘어서는 것이 바로 세계인이다.

---

48 이는 원래의 해탈의 씨앗을 발아시켜 종말론적인 비식별성의 현실을 뚫고 나가게 하는 것이라고 할 수 있다.
49 은유라는 기억의 경첩은 순수기억과 현실의 틈새에서 작동된다.
50 히로마쓰 와타루, 김항 역, 『근대초극론』, 민음사, 2003, 42~44쪽.

하지만 고사카의 문제점은 서구와 교섭하지 않고 서구를 넘어서려 한 데 있었다. 그런 이론적 취약성에 덧붙여 현실에서 일본 중심의 국체를 내세우는 순간 근대의 초극 이념은 제국주의 이데올로기로 변질된다. 서구를 극복하지 않고 부정하려 한 순간 삭제된 것이 되돌아와 자기 자신 속에서 나타나게 된 것이다. 그리고 이번에는 오히려 더 강력해진 동일성의 이데올로기로 출현했는데 그것이 바로 신체제였다. 해탈, 무의 사상, 동양문화론은 경계를 넘는 환상을 통해 타자성을 추방하는 절대적 동일성 체제의 기제로 변질된다.

그에 반해 「천사」에서의 해탈과 연대는 친밀한 제국의 비식별성 속에서 나타난 것이었다. 비식별성의 비극이 근대의 종말론적 징후라면 「천사」의 새로운 연대는 구원의 문을 암시하는 방식이라고 할 수 있다. 그런 구원의 문이 동양문화와 연관된 순수기억의 동요에서 시작되고 있는 점은 매우 흥미롭다. 동양문화론으로 장식된 일본 제국의 이데올로기가 비식별성의 비극을 만든 반면, 「천사」의 청년들의 연대는 또 다른 동양문화의 은유로 비식별성 속의 타자들을 회생시키고 있다. 「천사」에서 그네와 제등의 은유는 동양적 사유가 근대적 암흑의 비식별성을 뚫고 나온 순수기억의 동요에 다름이 아니다. 여기서 동양적 사유란 구원의 문을 여는 순수기억의 씨앗 바로 그것이다. 그런 기억의 씨앗이 발아될 때 위험한 어둠을 관통해 스쳐가는 섬광이 새어나오기 시작할 것이다. 동양문화론으로 무장한 일본의 신체제가 전쟁으로 경계를 넘으며 종말론적 세계를 만들었다면, 동양적 사유가 근대를 뚫고 지나가게 만든 「천사」의 미학적 은유는 종말론적 세계를 구원하는 순수기억의 씨앗을 발아시키려 하고 있다.

「천사」에서 그네의 은유가 신체제의 동양문화론을 역전시키는 과정은 「향수」에서 자기의 은유가 일본의 위장된 동양평화론을 전복시키는 전개와 비슷하다. 「천사」 역시 위기의 시대에 '사상은 짧고 문화는 길다'라는 경구를 음유하고 있다. 두 소설에서 일본의 전쟁을 앞세운 친밀한 제국에 대항하는 것은 형해화된 과거의 사상이 결코 아니다. 직선적으로 질주하는 총동원 체제에서는 잃어버린 사상이 다시 돌아올 수 없었기 때문이다. 반면에 문화의 기억은 동원도 배제도 어려운 무의식의 혈관에 힘들게 잔존하고 있었다. 문화의 기억이 생존할 수 있었던 것은 직선적인 시간이 아니라 몸으로 전이된 시간, 그 심연의 순수기억을 통해 작동되고 있었기 때문이다. 종말론적 상황에서도 문화는 니체의 말대로 몸의 기억의 리듬으로 잔존하고 있었다.

다만 일본이 조선 문화를 박물관에 가둠으로써 문화는 심연에서만 들을 수 있는 비명을 지르고 있었다. 조선 문화가 박물관에 갇히는 순간 사상을 잃은 전향자들은 비천한 신체로 전락했다. 「향수」와 「천사」는 그 감금된 문화와 비천한 신체의 비명에 응답하며 은유의 경첩을 움직이는 소설들이다. 두 소설에서 조선 자기와 그네는 제국의 박물관에서 탈출하며 문화의 기억을 약동시키는 은유이다. 도자기와 그네는 상징계와 실재계 사이에서 기억의 경첩으로 작용하면서 비명을 지르는 문화를 회생시킨다. 그 순간 은유에 의해 증폭된 문화의 기억은 비천하게 살아가는 좌절된 사람들에게 구원의 좁은 문을 열어준다. 「향수」와 「천사」는 비판적 사상이 말살된 시대에 폭주하는 제국의 열차에서 살아남은 문화의 영원회귀의 비밀을 알려주고 있다.

제4장

젠더 영역과 신식민지에서의 친밀한 권력

1. 남성중심적 권력과 거세된 타자의 낯선 두려움

프로이트는 낯선 두려움에 대한 논의에서 이 불길한 공포가 거세를 집행하는 아버지의 존재와 연관이 있다고 논의한다.[1] 우리는 모태 같은 어머니와의 관계가 억압된 어린 시절에 최초의 낯선 두려움을 경험한다. 그후 아버지의 합리적 세계를 내면화하면서 낯선 두려움에서 벗어나지만 에로스의 방해꾼인 아버지는 어린 시절뿐 아니라 성인이 된 후에 또 다른 모습으로 다시 나타난다.

성인이 된 후 경험하는 두 번째 낯선 두려움은 아버지의 합리적 세계의 예외상태와 연관이 있다. 예외관계란 무언가를 배제함으로써 그것을 포함하는 것을 말한다.[2] 우리는 아버지의 합리적 세계가 비합리성을 배제하는 동시에 자신의 구성물로 포함할 때 낯선 두려움을 느낀다. 예컨대 「변신」에서의 그레고르의 경험처럼 합리적 세계가 비합리적이 되었을 때 낯

---

1 「두려운 낯설음」,『프로이트 전집』18, 118쪽.
2 아감벤, 박진우 역,『호모 사케르』, 새물결, 2008, 61쪽.

선 두려움은 증폭된다.

그런 예외상태는 결연의 환상과 타자의 추방이 짝을 이루는 친밀한 권력에서 더욱 심화된다. 친밀한 권력은 비식별성 속에서 타자가 벌거벗은 생명으로 배제되는 비합리적 상황을 확대시키기 때문이다. 프로이트가 거듭 밝히고 있듯이 낯선 두려움은 결코 친밀성의 반대말이 아니다.[3] 친밀한 권력이란 아버지가 만들어낸 제2의 친밀성이다. 그런데 그런 친근한 상황이 숨겨진 불길함을 드러내며 예외상황이 될 때 우리는 가장 큰 낯선 두려움을 느낀다. 그것은 경관이 좋은 숲길을 걷다가 안개를 만나 의도하지 않게 미로를 헤매게 되는 것과도 같다.

따라서 낯선 두려움은 남성중심적 권력뿐 아니라 친밀한 권력과 긴밀한 연관이 있다. 교묘하게 변주된 남성적 친밀한 권력은 왜 친밀성이 낯선 두려움을 증폭시키는지 그 수수께끼를 알게 해준다. 3장에서 살펴본 「광명」에서 내선결혼이 시미즈 일가를 불안과 공포에 시달리게 하는 상황 역시 그런 친밀한 권력의 역설일 것이다. 내선결혼은 민족의 경계를 넘어서려는 친밀한 이념인 동시에 경계선의 인물들을 낯선 두려움에 시달리게 하는 냉혹한 현실인 것이다.

이런 친밀한 권력의 역설은 인종적 영역에서뿐 아니라 젠더 영역에서 더욱 실감나게 나타난다. 앞서 살폈듯이 낯선 두려움을 경험하게 하는 친밀한 권력의 원형은 젠더 영역에서 발견된다. 남녀 간의 결혼은 낭만적 환상인 동시에 아무도 말하지 않는 낯선 두려움을 지속시키는 제도이다. 박완서의 「닮은 방들」에서 '나'는 동화 속같이 친밀하고 아기자기한 신혼의 환경이 불현듯 끔찍하게 느껴진다. 친밀한 권력은 여성을 타자성이 추방된 페티시즘의 대상으로 만들어 모두 똑같이 남성과 친밀해지기 위한

---

3   「두려운 낯설음」, 『프로이트 전집』 18, 102~103쪽.

인격으로 변화시킨다. 「닮은 방들」의 '나'는 아파트의 모든 여자들이 저녁을 차리며 남편을 **접대하기 위해** 기다린다는 사실에서 비참함을 느낀다. 결혼이라는 결연의 제도는 여성이라는 인격의 식민지를 침묵 속에서 영구화하는 장치이다. 결혼한 여성은 똑같이 남자들을 접대하는 인격으로 길들여진다. '나'는 예쁘게 꾸며진 아파트 방들뿐 아니라 안정감 속에 냉혹함을 감추고 있는 남자들이 모두 끔찍하게 느껴진다. 결혼한 여자에게 남편이란 친밀하게 다가오는 동시에 냉혹하게 물러서는 존재들인 것이다. 결혼 후 남편은 전보다 더 안정감을 갖고 아내에게 편리한 일상을 선물한다. 그러나 그런 편안한 일상이 여성에게는 보이지 않는 끔찍한 울타리였던 것이다. 박완서 소설에서 그처럼 남편이 폭력적이지 않음에도 여성이 낯선 두려움에 시달리는 상황은 오히려 젠더 영역의 일상화된 예외상태를 암시해준다. 남자들이 폭력을 행사하지 않아도 여자들은 이미 '잡혀온 포로'[4]인 것이다.

그런 일상화된 예외상태라는 측면에서 친밀한 권력은 낯선 두려움뿐 아니라 우울증과도 연관이 있다. 역사적 현실에서는 식민지 말처럼 피식민자가 조용히 거세되는 비식별성의 시대에 우울증이 경험된다. 그러나 젠더 영역에서는 우울이란 시대와 상관없이 여성이 늘상 경험하는 일상적 감정이다. **우울**은 예외가 일상이 된 비식별성 속에서 불안과 고통에 시달리는 상태이다. 친밀한 권력은 결연의 환상과 함께 예외를 습관화시킴으로써 사람들을 우울에 시달리게 한다. 「지렁이 울음소리」, 「닮은 방들」, 「꽃 지고 잎 피고」 등 박완서 소설은 안정된 일상 속에 스며든 습관화된 우울을 잘 보여준다. 여성들은 폭력을 행사하기 이전에 이미 오래된 '제도적 우울증'에 스스로 감염되는 것이다.

---

4   전경린, 「염소를 모는 여자」, 『염소를 모는 여자』, 문학동네, 1996, 26쪽.

박완서 소설들에서 여성들이 권태와 우울에 시달리는 것은 이상하게 고요한 비식별성 속에서 여성적 타자성을 상실한 공허함을 경험하기 때문이다. 그런데 그런 우울을 경험하는 여성은 어느 순간 낯선 두려움 속에서 능동적 삶의 소망을 갖게 되기도 한다. 낯선 두려움은 거세공포이지만 그런 불길한 공포는 경계선 사이의 틈새에 있다는 느낌이기도 하다. 프로이트가 말했듯이 우리는 안정된 코드의 틈새에 있을 때 낯선 두려움을 느낀다.[5] 우울이 '습관화된 예외'의 늪에 빠진 것이라면 낯선 두려움은 불안한 틈새에서 예외를 예외로 보게 만든다. 그처럼 **낯선 두려움**이란 예외를 일상에서 분리시키는 틈새적 경험의 계기가 된다. 그 때문에 낯선 두려움은 가장 큰 공포인 동시에 예외상태에 대한 반격이 예비되는 위치인 것이다.

우울과 낯선 두려움의 관계는 2장에서 언급했지만 다시 더 자세히 살펴보자. 프로이트는 우울을 자아의 빈곤화로 설명했다. 우울은 슬픔과 달리 애도가 불가능하며 울타리에 갇힌 듯 제약된 자아에서 벗어날 수 없다. 그러나 버틀러가 논의하듯이 그런 우울은 자아가 제도에 의해 승인받지 않은 욕망을 감추고 있기 때문이기도 하다. 버틀러는 프로이트와는 달리 그 같은 '제도화된 우울증'에서 능동적 삶에 대한 '불가능한 소망'을 감지했다. 우울이란 두레박에 닿지 않는 아득한 심연 속에 에로스의 샘이 남아 있을 때 느껴지는 감정인 것이다. 박완서 소설의 여성들이 우울에 시달리는 것은 결혼이라는 제도가 심연의 에로스의 샘을 퍼 올릴 수 있는 두레박을 허용하지 않기 때문이다. 그 대신 여성은 남성이 마련해준 친밀하고 아기자기한 '닮은 방들'의 울타리 안에서 살아야 한다. 박완서 소설에 자주 나타나는 **울타리와 분재**는 빈곤해진 자아에 대한 은유이다. 에로

---

5 「두려운 낯설음」, 『프로이트 전집』 18, 137쪽.

스의 샘으로 적신 자연의 생명 대신 남편이 만든 분재[6] 안에서 살아야 하는 갑갑증이 바로 우울인 것이다.

우울은 제도화된 울타리의 답답함을 느끼면서도 그 바깥을 보지 못한다는 무력감이기도 하다. 우울이란 화분에 심어진 분재의 답답함이 일상화된 감정이다. 반면에 낯선 두려움은 우울함 속에서 일상화된 예외의 얼굴이 낯설게 드러난 순간의 불안과 공포이다. 「닮은 방들」에서 '나'는 아파트 현관의 **어안렌즈**로 바깥의 남편을 보며 낯선 불안과 두려움을 느낀다. '내'가 바깥을 내다보는 어안렌즈는 '나'의 빈곤해진 자아의 기제를 시각화하는 은유이다. '나'는 평소에도 어안렌즈의 시선으로 세상을 보며 울타리 안에 갇힌 답답함 속에서 일상을 살아가는 것이다. 그러면서도 그런 폐쇄된 자아의 예외상태가 일상화되어 '나'는 갑갑증의 원인을 알지 못한다. '나'의 갑갑증과는 상관없이 남편은 오히려 더없이 안정된 존재로 보이기도 한다.

그런데 어안렌즈로 남편을 보는 순간 '나'는 자신을 왜소한 자아로 만든 예외상태의 얼굴, 즉 숨겨진 낯선 두려움의 요인을 발견한다. 어안렌즈라는 은유가 우울한 비식별성을 식별 가능하게 만들어준 것이다. 은유는 무의식을 동요시켜 자의식을 증폭시킨다. 현관문의 어안렌즈는 빈약한 심리적 어안렌즈(자아)의 증폭된 자의식이다. 어안렌즈라는 우울의 기제에 대한 자의식이 생긴 순간, '나'는 습관화된 예외가 예외로 분리되면서 '나'를 분재로 만든 남편의 냉혹한 얼굴을 확인한다. 안정된 남편에게서 창백한 냉혹성을 보는 것은 일상에서 예외를 분리하는 것이며, 그 순간 '나'는 **우울**에서 **낯선 두려움**의 상태로 전이된다.

낯선 두려움은 어안렌즈처럼 '나'와 남편, 집과 세상, 일상과 예외의 틈

---

6   박완서, 「집보기는 그렇게 끝났다」, 『배반의 여름』, 문학동네, 2006, 346쪽. 여기서 여성의 가정은 분재에 비유된다.

새에 끼어 있다는 자의식이다. 그런 두려운 자의식은 진정한 자기 자신 곧 여성적 타자성의 발견에 대한 갈망으로 이어진다. 우울은 남성중심적 동일성의 구성적 외부로서 예외의 일상화로 인해 자아가 앱젝트처럼 빈곤해졌다는 느낌이다. 그런데 동일성의 제도의 맥락에서는 빈곤한 앱젝트이지만 승인받지 않은 사랑(에로스)을 갈망하는 점에서는 잉여의 욕망이기도 하다. 이처럼 우울은 동일성의 제도에 대한 타자성의 요구의 계기를 지니고 있으나 아직 그런 능동성은 잠재적이다. 반면에 낯선 두려움은 그 같은 상실된 타자성의 자의식으로 인해 동일성의 울타리 안에서 심연의 동요를 느낀다. 낯선 두려움은 동일성의 권력에 의해 버려질 듯한 공포인 동시에 그에 예속될 수 없다는 끝없는 자의식으로서 심연의 동요이다. 울타리 너머의 것과의 끊어지지 않은 관계로 인한 자아의 고통이 우울이라면, 낯선 두려움은 그로 인해 버려질 듯한 공포를 대가로 울타리 너머를 향한 심연의 동요를 지속시킨다. 그 같은 동요는 예외의 일상화인 우울에서 벗어나 일상에서 예외를 분리시키며 틈새의 위치로의 전환을 가능하게 한다.

예외상태란 울타리 너머를 갈망할수록 내가 버려질 것이라는 우울함의 상황이다. 반면에 낯선 두려움은 그런 예외를 예외로 보게 됨으로써 동요를 일으킨 울타리 너머의 상실된 타자성을 갈망하게 한다. 이때 자아의 심연의 동요는 우울하게 침전된 순수기억을 약동하게 하면서 은유의 미학을 작동시킨다. 「모래인간」에서 보듯이 낯선 두려움이란 은유와 환상의 미학이기도 하다. 낯선 두려움을 불러일으킨 어안렌즈가 은유일 뿐아니라 '나'는 계속되는 은유의 드라마 속에서 남편을 모래인간(살인범)으로 느끼며 (집의) 울타리에서 탈출하려 갈망한다. 또한 '나'는 울타리 밖으로의 일탈의 욕망이 실패한 후 낯선 두려움의 동요 속에서 은유의 힘으로 상실된 타자성과 대면하게 된다. '나'는 닮은 방들에서 벗어나지 못한 끔찝함 속에서 거울을 통해 무구한 처녀의 얼굴을 본다. 무구한 처녀는 상실된 여성 타자의 은유에 다름이 아니다.

흥미로운 것은 이런 낯선 두려움과 은유의 미학이 젠더 영역에서뿐만 아니라 인종의 영역에서도 비슷하게 나타나는 점이다. 김사량의 「향수」에서 이현은 아편중독자가 된 누나에게서 친밀함이 불길해져 버린 충격으로 낯선 두려움을 경험한다. 누나의 아편중독은 예외가 일상화된 우울한 상황의 암시에 다름이 아니다. 나는 눈처럼 교결皎潔했던 누나를 상기하며 심연의 동요 속에서 우울을 낯선 두려움으로 전이시킨다. 그처럼 예외를 일상에서 분리시킴으로써 이현은 전쟁이라는 모래인간에 시달리는 누나의 예외적 불행을 응시한다. 스스로의 힘으로 비식별성의 비극을 벗어날 수 없는 누나는 울타리에 갇힌 포로와도 같다. 예쁜 눈을 수집하는 모래인간에게 포획되어 바닥에 나뒹구는 누나는 박물관에 포로로 갇힌 조선의 자기와 다르지 않다. 조선 자기는 이현의 거울에 나타난 누나의 순결한 타자성이다. 누나는 간음을 한 듯 아편중독으로 살아가지만 이현은 「닮은 방들」의 '나'처럼 거울을 통해 순결한 처녀의 얼굴을 보고 있는 것이다.

이처럼 친밀한 제국의 비극은 젠더 영역에서의 비극에 상응한다. 순수기억의 동요 속에서 이현이 발견한 조선 자기는 박완서의 무구한 처녀에 다름이 아니다. 조선 자기가 제국의 박물관에 갇혀 있었듯이 결혼한 여성은 분재 속에 갇혀 지내고 있었다. 또한 조선 자기가 구조요청을 하고 있듯이 거울 속의 무구한 처녀 역시 '나'에게 절망적인 신호를 보내고 있다. 조선 자기와 무구한 처녀는 순수기억의 동요로서 상실된 타자성의 은유이다. 이현과 '나'는 은유를 통해 기억의 경첩을 움직이며 구원의 좁은 문을 열려 하고 있는 것이다. 이현이 순수기억의 은유의 힘으로 누나를 구출하려는 용기를 내고 있듯이 '나' 역시 무구한 처녀의 절망 속에서 해맑음을 읽고 있다. 그런데 이현은 조선 자기의 말소리에서 구원의 소망을 포기하지 않지만 '나'는 처녀의 해맑음 속에서 다시 낯선 두려움으로 회귀한다. 박완서 소설에 나타난 타자성의 갈망은 20년 이후 전경린과 한강의 소설에 와서야 비로소 구원의 소망으로 암시된다.

김사량의 소설이 쓰여진 식민지 말은 가장 절망적이고 우울한 시대였다. 그러나 김사량은 우울을 낯선 두려움으로 전이시켜 은유의 정치학으로 발전시킬 수 있었다. 김사량의 필사적인 구원의 미학과는 달리 여성소설에서는 근래에 와서야 비슷한 화두가 나타나기 시작했다. 젠더 영역의 인격의 식민화는 김사량 소설 이전부터 시작해서 간신히 구원의 암시가 가능해진 오늘날까지도 계속되고 있는 것이다. 박완서 소설과 전경린 소설 사이의 20년이 넘는 시간의 거리는 친밀한 권력의 비식별성의 비극을 영구화하려는 젠더 영역의 어둠의 깊이를 실감나게 한다. 젠더 영역은 남성중심성을 영구화하려는 친밀한 권력의 원형이다. 전경린이 말하고 있듯이 사막에서 달의 구원을 얻기 위해서는 산 하나가 풀렸다 맺히고 강 하나가 열렸다 닫히는 시간이 필요할지도 모른다.[7]

2. 신식민지의 친밀한 권력과 기지촌 성 노동자의 위치

젠더 영역의 친밀한 권력은 인종과 계급의 영역에서 차별을 영구화하는 체제에 은밀한 모델을 제공한다. 차별을 영구화하는 원리는 **결연의 환상**과 **비식별성의 증폭**으로 설명될 수 있다. 결연의 환상은 일체가 되었다는 환영이며 비식별성은 차별을 은폐하는 기제이다. 내선일체는 일본과 조선이 일체가 되었다는 환상을 제공하면서 이상하게 고요한 비식별성 속

---

7   전경린, 「사막의 달」, 『염소를 모는 여자』, 문학동네, 1996, 311쪽.

에서 인종 차별을 심화시켰다. 그것을 보여주는 「광명」의 내선결혼의 비극은 매우 상징적이다. 이제 젠더 영역의 특징인 결혼이 인종과 민족의 영역에서도 행해지는 것이다. 그리고 여기서도 결연의 환상은 비슷한 방식으로 이상한 침묵 속에서 심화된 차별의 비극을 낳고 있었다. 내선결혼은 젠더 영역에서 일어나던 불행이 인종의 영역에서 유사하면서도 더 비참하게 나타남을 증명하고 있었다.

해방 이후 그런 친밀한 권력의 비식별성의 비극은 막을 내린 듯이 보였다. 그러나 식민지 말과 포스트식민지 시대[8]는 단순히 전시대가 중단되고 새로운 시대가 시작된 것으로 볼 수 없다. 테드 휴즈가 말하고 있듯이, 식민지와 포스트식민지의 관계는 지속이나 중단이 아니라 코드 전환을 통한 변주로 연출되고 있었다.[9]

포스트식민지 시대의 민족주의는 식민지 말의 복합적인 비식별성의 비극을 협력과 저항으로 이분화시켰다. 민족주의는 협력자와 제국을 적대적 세력으로 배제하고 그에 저항한 사람을 애국자로 포용했다. 하지만 그런 이분법은 또 다른 동일성의 논리이며 결코 친밀한 권력의 비식별성의 비극을 극복한 것으로 볼 수 없다.

비식별성은 단지 식별되지 않는 영역일 뿐 아니라 일본의 '경계를 넘는 권력'의 기제와 연관이 있다. 경계를 넘는 척하며 오히려 동일성을 강화할 때 '문제적 영역'은 **경계선상**에서 포섭되거나 배제된 인물들에게서 나타난다. 친밀한 권력에서 경계란 포섭되면서 배제되거나 배제되면서 포섭되는 위치이다. 경계를 불분명하게 만드는 비식별성의 장치의 특징은 그처럼 포섭과 배제의 동시적 기제를 통해 타자를 무력화시키는 데 있다.

그런데 민족주의의 이분법은 그런 교묘한 권력의 기제를 민족적 동일

8   포스트식민지 시대는 식민지 이후의 시대를 말한다.
9   테드 휴즈, 나병철 역, 『냉전시대 한국의 문학과 영화』, 소명출판, 2013, 39쪽.

성을 위한 적대적인 외부로 단순화했다. 친밀한 권력의 다중성을 삭제한 그 같은 소박한 배제의 논리는 트랜스내셔널한 관계에서의 복합적 갈등을 넘어설 수 없었다. 경계를 넘는 듯한 트랜스내셔널한 동일성 권력은 배제와 포섭의 기제를 **동시적으로** 사용하는 데 그 특징이 있다. 반면에 민족주의는 단순한 이분법의 논리에 얽매여 미묘한 경계선상의 문제에 대처할 수 없었다. 아이러니한 것은 그처럼 극복되지 않고 삭제된 것은 역사의 변주를 통해 되돌아온다는 점이다. 친밀한 권력의 다중성은 쉽게 삭제되고 망각되기 때문에 우리는 반복해서 **역사의 미로**를 헤매게 되는 것이다.

포스트식민지 시대의 민족주의가 또 다른 친밀한 권력이 다가오는 것을 막을 수 없었던 것은 그 때문이다. 이제 일본의 위장된 친밀성에 다시 속는 사람은 아무도 없었다. 그러나 강대국과 약소국의 위계관계는 계속되었고 단지 역할과 코드가 달라졌을 뿐이다. 미국과 대립한 일본에 예속되었던 우리는 이제 미국 중심의 냉전 구도로 옮겨가게 되었다. 하지만 코드가 바뀌었을 뿐 권력관계의 속성은 바뀌지 않았다. 변화된 지형에서 달라지지 않은 트랜스내셔널한 권력관계 때문에 또 다른 친밀한 제국이 다가오고 있었던 것이다. 강대국 중심의 국제관계가 그대로인 상황에서 소박한 민족주의는 '새로운 친밀한 권력'의 협력자로 실추될 위기에 처했다. 그렇지 않으면 과거의 민족주의자들처럼 비식별성의 영역에서 거세의 위협에 시달리게 되었다.

미국 중심의 새로운 친밀한 권력은 민족국가를 인정하면서 원조와 동맹을 통해 결연의 환상을 제공했다. 결연의 환상을 내세운 권력은 회유하면서 배제하거나 추방하면서 포섭한다. 협력자들은 동화되는 동시에 정체성을 잃었으며 비판자들은 추방되는 동시에 거세된 상태로 포섭되었다.

그런 동맹 체제에서 우리가 세운 민족국가는 진정한 독립과 자율성을 얻을 수 없었다. 동맹이라는 결연의 환상은 강대국과 약소국의 비대칭성을 은폐하며 결국 자율성과 안보(그리고 원조)를 교환하는 형식을 만들었다.[10] 그와 함께 이상하게 고요한 비식별성의 영역에서 인종 차별이 심화되는 현상이 나타났다. 그런 미묘한 상황에서 정적을 깨고 비식별성의 비극을 지각하려는 사람들은 거세의 위협에 처하거나 사회주의자로 매도되었다. 이제 **비식별성**은 또 다시 사회적 비극의 중요한 요소가 되었다.

친밀한 권력은 동맹의 필수물인 '사이에 낀 존재들'을 포섭하면서 배제한다. 흥미롭게도 결연을 위해 불가피한 존재이면서도 앱젝트로 버려질 수밖에 없는 사람들이 다시 나타나고 있었다. 그중 가장 눈에 띄면서도 매우 은밀한 영역이 바로 기지촌이었다. 기지촌은 기지의 제국의 필수적 장소인 동시에 제국의 비식별성의 장치의 상징이었다. 보이면서도 보이지 않는 비식별성의 비극을 가장 비참하게 겪은 것은 기지촌의 군대 성노동자였다. 결연의 환상이 미국 시민이 되는 아메리칸드림이었다면, 비식별성의 비극이 연출된 곳은 기지의 제국의 그늘 기지촌이었다.

신식민지에서 기지촌은 매우 특별한 공간이었다. 기지촌이 일상의 비식별성과 다른 점은 마치 환각인 듯 모두가 침묵하지만 분명히 눈앞에 존재하는 공간이었다는 점이다. 기지촌의 역설은 아무도 보지 못하면서도 가장 잘 보이는 장소였다는 점이다.[11] 기지촌은 흔히 불행한 과거의 역사의 제한된 일부로 삭제된다. 그러나 기지촌의 비극이 중요한 것은 신식민지 전체의 다중적인 비식별성의 비극을 은유적으로 증폭시켜 보여주기 때문이다. 잊고 싶은 제한된 일부가 전체의 거울이었던 것이다. 바로 그런 이유로 가장 잘 보이면서도 아무도 그 비극을 말할 수 없었을 것이다. 기지촌은 신식민지 사람들의 심리적 불행을 증폭되게 연출하고 있는 헤어

---

10   김호섭, 「동맹외교 대 자주외교」, 한용섭 편, 『자주냐 동맹이냐』, 오름, 2004, 133쪽.

11   이진경은 매춘에 대해 이렇게 말하고 있는데 기지촌의 매춘에 대해서도 비슷하게 표현할 수 있을 것이다. 이진경, 나병철 역, 『서비스 이코노미』, 『소명출판』, 2015, 210~211쪽.

나올 수 없는 미로였다.

부인된 식민지, 일체라는 동맹의 환상, 제국의 시민이 되려는 아메리칸 드림, 그리고 보면서도 보지 않는 비식별성의 비극이 신식민지의 특징이었다. 이 모든 것은 식민지 말의 친밀한 권력의 변주로 설명될 수밖에 없다. 미국에 대한 선망과 함께 비식별성의 영역에서 극심한 인종차별을 겪은 경험은 과거와 다를 바 없었다. 결연의 환상과 비식별성의 비극이 결합된 신식민지는 식민지 말의 친밀한 권력의 교묘한 변주였던 셈이다. 우리는 친밀한 제국의 미로에서 벗어나자마자 또 다른 역사의 미로를 헤매게 되었다.

물론 포스트식민지 시대는 식민지 역사의 종료와 함께 미국과 소련 중심의 냉전으로 재편되었다. 그와 함께 일본의 범아시아/지역성의 구도는 이제 자유세계/민족국가로 변주되었다. 그러나 민족국가 경계 내부에서 동일성을 주장하는 민족주의는 경계를 비식별성의 영역으로 만들며 은밀한 예속을 강요하는 친밀한 권력의 접근을 막을 수 없었다.

염상섭의 『효풍』은 그런 민족주의의 한계를 잘 보여준다. 『효풍』에서 병직과 화순의 연애관계는 민족주의와 사회주의의 연대를 통해 민족적 동일성 논리를 넘어설 수 있는 잠재성을 암시한다. 그러나 화순은 월북하고 병직은 혜란과의 결혼을 통해 38선 이남에서 민족적 단결을 공고히할 것을 약속한다. 병직은 조선에서 할 일이 너무 많다며 모스크바도 워싱턴도 가지 않겠다고 말한다. 그는 자신이 해야 할 일 중 가장 긴급한 것이 38선을 무너뜨리는 일이라고 주장한다.[12] 병직은 신식민지와 경직된 좌익을 둘 다 경계하면서 조선의 민족주의를 주장하고 있는 것이다.

그러나 38선을 넘는 것을 모스크바행에 비유하면서 남한을 중심으로

---

12 염상섭, 『효풍』, 실천문학사, 1998, 36쪽.

민족적 동일성을 주장하는 것은 자신도 모르게 자유세계/지역국가의 틀을 받아들이는 셈이다. 병직의 생각과는 달리 새로운 친밀한 권력을 무시하고 남북의 민족주의만으로 분단을 극복하는 것은 불가능한 일이다. 어디에도 가지 않고 조선에서 할 일을 하겠다는 생각 자체가 이미 만들어져 있 친밀한 권력의 기제를 간과하는 셈이다. 그런데도 병직은 트랜스내셔널한 친밀한 권력이 만든 남한에 남는 것을 자주성이라고 생각하며 '조선에서의 할 일'을 통해 분단을 넘어서겠다고 공언한다. 병직의 민족주의는 결국 신식민지를 부인하는 동시에 스스로 그 기제를 묵인하는 셈이다.

새로운 친밀한 권력은 민족국가의 수립을 용인하기 때문에 병직과 같은 순진한 환상이 가능했다. 하지만 민족국가 수립의 순간은 강대국 중심의 자유세계의 코드에 편입되는 순간이기도 했다. 기지의 제국이 주도하는 자유세계에서의 결연의 환상은 새로운 친밀한 권력의 **울타리**에 예속되는 것과 다름없었다. 박완서가 말한 젠더 영역의 울타리처럼 신식민지의 울타리는 눈에 잘 보이지 않았다. 자유세계의 울타리에 갇힌 남한은 친밀한 기지의 제국에 의해 자본주의적 자유를 이식받는 분재로 전락할 위기에 처해 있었다.

3. 친밀한 권력에서의 경계선상의 존재들

친밀한 권력은 결연의 환상을 통해 비식별성의 영역에서 타자성을 배제하기 때문에 민족국가를 포위하고 있는 권력의 정체는 잘 식별될 수 없었다. 새로운 친밀한 권력은 민족국가들을 방위하며 자유세계를 수호해주는 **기지의 제국**이었다. 역설적인 것은 기지의 제국이 우방 국가들을 지켜주는 바로 그곳에서 비식별성의 비극이 연출된 점이다. 기지촌이야말

로 친밀성을 통해 비식별성의 영역을 만들어 차별을 영구화하는 역설이
연출된 곳이었다. 기지촌은 누구나 다 아는 인종차별의 장소인 동시에 아
무도 식별하지 못하고 말하지 않는 곳이 되었다. 사람들은 기지촌이 특별
한 예외적 공간이라고 생각했다. 그곳은 저주받은 사람들의 공간일 뿐 일
상의 삶과 다르다고 여겨졌기 때문에 모두가 침묵한 것이다. 그러나 이상하
게 조용한 예외는 일상에 숨겨진 것을 뼈아프게 알려주는 장소였다. 눈에
보이는 기지촌의 이상한 비식별성은 잘 보이지 않는 일상의 (신식민지적)
비식별성의 증폭된 은유인 점에서 중요했다.

　과거 내선일체의 친밀한 권력은 일본어를 국어로 강요했기 때문에 이
중언어 작가의 존재가 필수적이었다. 그러나 이중언어 작가는 조선과 일
본 양쪽에서 버림받는 비천한 위치로 전락하기 일쑤였다. 그처럼 내선일
체의 필수물이 앱젝트로 강등될 수밖에 없는 것이 '일체'를 주장한 친밀
한 권력의 역설이었다. 그런 역설 때문에 친밀한 권력에서는 **경계선상의 인
물**들이 문제적이 된다. 경계선상의 인물들은 포섭되는 동시에 배제되며
버림받은 채 포함된다.

　마찬가지로 새로운 친밀한 권력 아래서는 기지촌이 필수적이었기 때
문에 그곳의 트랜스내셔널한 공간이 문제적 위치였다. 기지촌은 동맹의
핵심적 공간이면서 차별이 가장 심하게 행해진 곳이었다. 기지촌 여성들
은 기지의 제국에 꼭 필요한 존재인 동시에 벌거벗은 생명으로 버려질 수
밖에 없는 위치에 있었다. 그녀들은 한국과 미국 양쪽으로부터 버림받은
존재로서 아무런 관심도 받지 못한 채 배제되는 삶을 살고 있었다. 이처
럼 기지의 제국의 필수물이 앱젝트로 전락할 수밖에 없다는 모순은 새로
운 친밀한 권력의 역설을 암시했다. 기지촌 여성은 포섭되며 배제되고 버
려지면서 이용되는 경계선상의 존재였다. 그런데 바로 그런 역설로 인해
그녀들은 숨겨진 신식민지의 비식별성의 비밀을 은밀히 비춰주는 위치

이기도 했다.

기지촌의 군대 성 노동자의 위치는 새로운 친밀한 권력의 미묘함과 복합성을 잘 말해준다.

그 점은 새로운 친밀한 제국과 민족주의와의 관계를 통해서도 암시된다. 기지의 제국의 신식민지는 민족국가를 매개로 하기 때문에 반미적인 민족주의의 출현을 완전히 배제할 수는 없었다. 미묘한 것은 비판적 민족주의가 새로운 제국을 반대하면서도 자신도 모르게 그와 중첩되는 영역을 한 곳 지녔다는 점이다. 그 은밀한 지점은 역사적으로 오랫동안 아무도 말한 적이 없는 영역이었다. 그것은 모든 근대적 권력들이 공유하는 속성, 즉 젠더 영역을 영구히 가로지르는 남성중심주의였다.

민족주의의 이율배반이 나타난 것은 바로 그 남성중심주의에 의해서였다. 물론 민족주의가 기지촌 여성을 배제하거나 비판한 것은 아니었다. 비판적 민족주의는 기지촌 여성들을 신식민지의 희생양으로 여겨 인종차별적인 제국에 대항하는 중요한 위치로 상승시켰다. 기지촌 성 노동자들을 반식민주의적인 투쟁의 영역으로 간주하는 것, 이것이 바로 기지촌의 알레고리적 서사이다. 그러나 그런 알레고리적 서사는 기지촌 여성을 구원할 수도 그녀들의 신식민지적 비식별성을 식별할 수도 없었다.

알레고리적 서사와는 달리 실제 현실에서 기지촌 여성들은 모두가 외면하는 비식별성의 영역에 놓여 있었다. 민족주의는 기지촌 여성을 매개로 실추된 남성주의를 만회하려 했지만 그것은 여성 성 노동자들의 삶을 구원하는 문제와는 무관했다. 남정현의 소설들이 보여주듯이, 민족주의와 제국주의의 대립은 여성의 신체를 가운데에 두고 두 개의 남성주의가 자신의 소유를 주장하는 싸움이나 다름이 없었다.[13] 민족주의는 기지촌

---

13 테드 휴즈, 나병철 역, 앞의 책, 269~271쪽.

여성을 민족의 내부로 이끌어 인종차별에 저항했지만 그녀들이 겪는 경계에서의 비식별성의 고통을 식별할 수는 없었다. 기지촌 여성들은 〈수취인 불명〉(김기덕 감독)에서처럼 어디에도 출구가 없는 미로 같은 삶을 살고 있었다. 구원의 편지가 수취인 없이 되돌아오듯이 여성들은 반복해서 침묵의 미로를 헤매고 있었다. 그런 미로야말로 신식민지의 역사의 미로의 은유였다고 할 수 있다. 그러나 민족주의는 신식민지의 경계선상에서 고통을 겪는 기지촌 여성을 자신의 쪽으로 이끌어 단순화했을 뿐이다.

더욱이 한국 내에서도 성 노동자는 젠더 영역의 앱젝트였기 때문에 쉽게 차별이 묵인되는 것이 냉정한 현실이었다. 극도의 반감과 무책임한 묵인이 겹쳐지는 곳이 바로 군대 성 노동자의 위치였던 것이다. 그처럼 반감과 침묵 속에서 친밀한 제국의 품에 은밀히 안겨 있는 이중성은 신식민지의 **비식별성의 비극**의 핵심이기도 했다. 기지촌의 성 노동자들은 신식민지의 복합적인 불투명성을 은유하는 핵심적 기표였던 것이다.

민족주의는 그런 비식별성의 존재를 경계선 이쪽의 존재로 단순화시켰던 셈이다. 그것을 통해서는 친밀한 제국의 정체가 드러나지 않으며 친밀성과 낯선 두려움의 역설이 극복될 수도 없다. 우리는 뒤에서 기지촌 여성의 은밀한 비극을 새로운 친밀한 권력의 정체를 보여주는 중요한 예로 살펴볼 것이다.

기지촌 여성은 젠더 영역의 비식별성의 비극이 가장 증폭된 예의 하나일 것이다. 기지촌 여성은 군사 노동과 성 노동, 여성 노동이라는 세 가지 죽음정치적 영역[14]이 중첩된 비식별성의 정점이다. 아감벤의 호모 사케르의 비극이 그가 침묵한 젠더와 섹슈얼리티 영역을 횡단하며 공포를 증폭시키는 위치가 바로 기지촌 여성이었다. 아감벤은 젠더 영역에 대해 침묵

---

14 죽음정치적 노동이란 신체와 생명을 권력의 처분하에 놓고 죽음의 위협 아래서 착취하는 것을 말한다. 이진경, 나병철 역, 앞의 책, 41~42쪽.

한 동시에 벌거벗은 생명의 회생에 대해 침묵했다. 그러나 우리는 타자성이 거세된 그녀들의 신체에서 어떻게 **낯선 두려움**과 **은유의 미학**을 통해 반격이 시작되는지 살펴 볼 것이다.

기지촌 여성이 저항의 역사에서 삭제된 것은 트랜스내셔널한 친밀한 권력보다는 그에 종속된 독재자에 초점이 맞춰졌기 때문이다. 기지의 제국의 신식민지가 식민지 말과 다른 점은 예속적인 민족국가를 통치하는 제국의 하수인이 있었다는 점이다. 식민지 말과 신식민지는 트랜스내셔널한 친밀한 권력의 시대였다. 그러나 두 시기의 독재자는 거의 비슷하면서도 조금 다른 점을 지니고 있었다. 트랜스내셔널한 관계에서 일본의 독재자는 제국주의자였지만 신식민지 시대의 독재자는 제국의 눈치를 보는 불안한 하수인의 위치에 있었던 것이다.

제국의 하수인은 과거 식민지의 총독처럼 군림하면서도 총독과는 달리 외세에 불안하게 예속된 존재였다. 신식민지 독재자의 국가 체제는 과거의 절대성을 지닌 국체와는 다를 수밖에 없었던 것이다. 그처럼 강하면서도 약한 독재 체제의 이중성은 식민지 말과는 달리 권력자에 대한 저항을 가능하게 했다. 민족주의는 제국의 친밀한 권력에 직접 저항하기 어려웠지만 독재자에 대한 저항을 통해 반식민주의의 신호를 보낼 수 있었다. 그런 방식으로 1970~1980년대의 민중세력과 민족주의는 친밀한 제국의 하수인인 독재정치에 대항해 민주주의를 쟁취했다.

그러나 민족주의는 1990년대 이후 **제3의 친밀한 권력**의 접근을 막을 수 없었다. 우리는 해방된 공간으로 가려 하다가 재차 또 다른 역사의 미로에 빠져들게 된 것이다. 단순화된 이분법적 논리로 친밀한 권력의 다중성을 삭제한 결과 해방된 광장으로 나오지 못하고 다시 미로를 헤매게 된 것이다.

신자유주의라는 새로운 친밀한 권력은 전지구적 자본주의화를 무기로 세계화라는 결연의 환상을 유포시켰다. 그러나 자본주의적 세계화는 국경을 넘는 환상을 통해 타자성을 거세시키고 양극화라는 비식별성의 영역을 만들었다. 신자유주의 시대의 자본주의적 세계화는 식민지 말의 범아시아/지역성의 지구적 판본에 다름이 아니다. 그리고 이번에는 자본주의의 확대를 매개로 하기 때문에 비식별성의 비극은 젠더와 인종을 넘어 계급의 영역에서도 나타났다. 여성 혐오와 인종의 혐오 이외의 계급 관계에서도 혐오발화를 만든 것은 양극화의 주범 지구적 자본주의라는 친밀한 권력의 특징이다.

신자유주의적 세계화는 지구적 자본주의가 국경을 넘어 **직접적으로** 지역에 영향을 미치는 점에서 절대성을 지닌 트랜스내셔널한 권력의 부활이었다. 그러면서도 새로운 친밀한 권력은 식민지 말이나 냉전시대와 다른 독특한 특징을 드러냈다. 식민지 말이 제국에 의한 친밀한 권력이었다면 냉전시대에는 친밀한 권력의 하수인인 독재자가 존재했다. 반면에 우리 시대의 친밀사회에는 트랜스내셔널 차원이나 지역적 차원 어느 곳에도 독재자의 모습은 보이지 않는다. 오늘날은 친밀한 제국 자체가 고도의 은밀성의 가면을 쓴 시대이다. 그런 특별한 은밀성 때문에 형식적 민주주의와 결탁한 새로운 친밀한 권력은 오히려 유례없는 비식별성의 확장을 가져왔다. 이 제3의 친밀한 권력은 독재자의 얼굴이 보이지 않는 상황에서 확장된 비식별성 때문에 저항이 가장 어려워진 체제이다.

이른바 헬조선이란 우리시대의 친밀사회가 만든 비식별성의 비극에 다름이 아니다. 헬조선의 고통이 산업화 시대와 다른 점은 계급 영역에까지 비식별성의 비극이 확대되어 사회적 저항이 매우 어려워졌다는 점이다. 헬조선은 단순히 모순이 심화된 사회가 아니라 이상한 고요함 속에서 타자들이 거세되어 대응이 불가능해진 사회이다. 그런 지옥 같은 이상한 고요함의 기원은 신자유주의와 IMF 사태일 것이다.

그러나 친밀사회는 저항이 어려워진 체제이지만 과거에 그랬듯이 어렵게나마 미학적 대응이 나타나고 있다. 우리는 친밀한 권력에 대한 저항으로서 낯선 두려움과 은유의 미학을 살펴봤다. 우리시대의 미학은 그런 예전의 친밀한 권력에 대한 미학적 저항의 계승이라고 할 수 있다. 예컨대 한강과 박민규의 소설은 신자유주의적 비식별성의 비극을 낯선 두려움과 은유의 미학으로 극복하는 과정을 암시한다. 한강은 젠더의 영역에서, 박민규는 인종과 계급의 영역에서이다. 한강과 전경린의 소설은 젠더 영역의 조용한 비극에 대응하는 박완서와 오정희 소설의 후기자본주의적 판본이다. 또한 박민규 소설은 기지촌 소설에서 암시된 트랜스내셔널한 비식별성의 고통에 대항하는 지구화 시대의 포스트모던적 버전이다. 박민규 소설은 트랜스내셔널한 은밀성의 비극이 기지촌의 젠더 영역을 넘어 전사회적으로 확대되었음을 보여준다.

박민규 소설의 주인공인 저렴한 인생과 보트피플들은 지구적 자본주의 시대의 **경계선상의 인물들**이다. 식민지 말의 문제적 인물들은 제국과 조선의 사이에 낀 이중언어 작가나 전향자, 혼혈인이었다. 또한 기지의 제국이 지배한 신식민지 시대에는 기지촌 성 노동자들이 포섭된 채 배제되는 비극을 보여주었다. 그와 유사하게 박민규의 보트피플들은 지구적 자본주의 시대의 비식별성의 비극을 은유로 증폭시켜 보여준다. 그처럼 잘 보이지 않는 경계선상의 인물들을 보여주면서 구조요청에 응답하는 것이 낯선 두려움과 은유의 미학이다.

가장 흥미로운 것은 비식별성의 시대에 대응하는 낯선 두려움과 은유의 미학이 변혁운동에서도 나타난 점이다. 촛불집회는 광우병에 대한 낯선 공포나 세월호의 비극에 의한 거세공포가 발단이 된 낯선 두려움의 운동이었다. 「내 여자의 열매」(한강)에서처럼 낯선 두려움은 일상에서 예외를 분리시키는 동시에 순수기억의 동요를 통해 은유를 작동시킨다. 비식별성이 예외가 일상이 된 늪과 같은 **우울**이라면 예외를 예외로 보는 낯선 두려움에서는 이미 심연에서 순수기억의 **동요**가 시작된다. 「모래인간」에서처럼 낯선 두려움 속에서 숨겨진 것이 드러난 순간 그것을 표현하기 위해 은유의 미학이 작동되기 시작하는 것이다.

세월호 사건에서처럼 낯선 두려움 속에서 물밑의 비식별성을 일상의 은유로 이해하는 순간, 우울한 침체에서 벗어난 틈새의 자의식을 통해 비식별성은 예외로 해체된다. 이제 일상의 비식별성에 숨겨졌던 것이 드러나면서 은유로 표현되기 시작한다. 그 순간 순수기억이 동요하는 은유의 힘으로 물밑의 비식별성은 에로스와 타자성이 회생하는 심연의 운동으로 전복된다. 모래인간에 의해 바닥에 버려진 사람들을 보는 순간 눈앞에는 금지된 원환의 춤이 어른거리기 시작하는 것이다.

이런 은유의 드라마는 아득한 곳으로부터 에로스의 샘물을 퍼 올리는 순간에 다름이 아니다. 이제 한강과 박민규의 소설에서처럼 비식별성 속에서 추방되었던 다양한 타자들이 촛불과 함께 되돌아온다. 그들은 친밀한 권력의 경계의 치안에 의해 배제된 여성, 소수자, 실직자, 비정규직, 학생, 시민들이다.

촛불로 돌아온 이들이나 촛불을 든 다중들은 과거와 달리 집합적으로 호명된 사람들이 아니다. 촛불에 모여든 사람들은 포섭되며 배제되거나 추방된 채 포함된 존재들이다. 촛불은 신자유주의 시대에 그런 경계선상의 비극을 겪은 사람들의 구조요청에 대한 응답이다. 신자유주의의 비식별성이 저렴한 인생과 보트피플을 경계 부근에 매장한다면 촛불로 모여든 사람들은 경계를 넘나드는 다중적 해방을 주장한다. 그런 과정에서 그들은 이분법적으로 대항하는 대신 비식별성의 미로에서 벗어나는 길 없는 길을 암시하게 된다.

비식별성의 비극에 대한 응답으로서 촛불의 빛의 향연은 「모래인간」

의 금지된 불의 춤의 후기자본주의적 판본이다. 후기자본주의의 불의 춤은 비식별성에 의해 관리되는 경계선상의 비극에 대항하는 춤이다. 이제까지 살폈듯이 친밀한 권력의 비극은 경계선상의 비극이다. 비식별성이 경계선상의 인물들을 매장하며 역사의 미로를 헤매게 만든다면, 촛불은 경계의 치안에서 해방된 사람들이 역사의 미로에서 벗어나는 길을 암시한다.

또한 광장을 수놓는 빛세례는 한강 소설에서 거세된 타자를 초록빛 몸으로 회생시킨 물세례가 지상으로 고양된 것과도 같다. 물세례가 빛세례와 촛불이 되는 순간이야말로 은유적 미학이 미학적 정치학이 되는 시간이다. 은유의 미학은 보이지 않는 타자들을 보여주면서 우리의 시각을 경계를 넘나드는 다수 체계성으로 만든다. 전사회적 비식별성의 체제가 타자를 배제하며 절대적 동일성을 기획한다면, 촛불집회의 은유의 미학은 다중적 영역에서 비식별성이 해체되며 타자성이 회생하는 다수 체계적 정치학을 암시한다.

4. 젠더 영역의 우울한 일상과 낯선 두려움의 미학
— 박완서의 「지렁이 울음소리」, 「닮은 방들」

박완서 소설은 한강과 전경린 소설에 나타난 낯선 두려움과 은유의 미학의 원형을 보여준다. 한강과 전경린의 소설이 전사회적으로 비식별성이 확장된 시대를 배경으로 한다면 박완서 소설은 주로 젠더 영역의 비식별성의 비극을 제시한다. 전자의 은유의 미학은 타자가 추방된 후기자본주의에 대한 물밑에서의 은밀한 대응으로 볼 수 있다. 반면에 후자의 낯선 두려움의 미학은 아직 계급적 타자가 잔존하는 시대에 시각적 제약을 지난 여성의 위치에서 타자에 대한 향수를 나타낸다.

한강과 전경린 소설의 여성들 역시 울타리에 갇혀 있지만 이 시대는 사회 전체가 담장 없는 담장에 갇힌 시대이다. 반면에 박완서 소설의 여성들은 젠더 영역의 울타리 속에서 저 너머의 타자에 대한 그리움을 암시한다.[15] 실제로 1970년대는 사회적 타자를 그리는 소설이 주류를 이룬 시대였다. 박완서 소설에도 「흑과부」(1977), 「공항에서 만난 사람」(1978) 등 민중적 여성 타자와 만나는 소설이 있지만 그녀의 소설의 묘미는 젠더 영역에서의 우울과 낯선 두려움의 미학에 있다. 박완서의 여성적 낯선 두려움의 미학은 울타리 너머의 타자에 대한 그리움이기도 하다.

울타리에 갇힌 박완서 소설의 여성들은 역설적으로 젠더 영역의 비식별성의 비극을 가장 잘 보여준다. 박완서의 여성들은 계급적 고통을 잘 모르는 인물들인데 그럼에도 일상적으로 불안과 공포에 시달린다. 그처럼 중산층의 울타리에 갇힌 여성의 위치는 오히려 소시민의 위선과 여성의 은밀한 고통을 매우 절실하게 드러낸다. 여성들은 소시민의 담장에 갇힌 남성들과 그들이 만든 젠더의 벽에 영어되어 있다. 박완서 소설은 바로 그 이중적 장벽, 즉 산업화 시대의 삶권력에 예속된 남성들과 그들이 젠더 영역에서 행사한 친밀한 권력에 대한 비판이다.

박완서 소설의 낯선 두려움의 미학은 친밀한 권력에 대응하는 응수(應酬)의 원형을 보여준다. 친밀한 권력은 결연의 환상을 통해 비식별성의 담장에서 타자성을 추방한다. 영원한 비식별성의 담장 안에서 추방된 타자성을 심연에 숨기고 살아가는 것이 바로 여성의 우울한 일상이다. 박완서의 여성들은 담장 너머를 보지 못하는 우울함을 느끼며 남성들은 지각하지 못하는 타자성의 회생을 소망한다. 여성의 우울은 시각성의 제약인 동

---

15 1970년대도 신식민지적 자유진영이라는 울타리에 갇힌 시대였지만 신자유주의 시대에 비해 그 울타리는 독재정권 때문에 어느 정도 보이는 담장이었다.

시에 표상 불가능한 타자성의 잉여이기도 하다. 우울한 여성들은 담장에 갇힌 동시에 담장을 넘는 타자성을 품고 있는 경계선상의 존재들인 것이다. 그 때문에 그들은 「지렁이 울음소리」(1973)와 「닮은 방들」(1974)처럼 우울과 낯선 두려움 속에서 타자의 회생을 소망하는 과정을 드러낸다. 여성들의 우울에서 벗어나려는 자의식은 타자성을 추방한 비식별성의 담장을 해체하려는 소망이기도 하다.

「지렁이 울음소리」에서는 남편과 '나'의 행복에 스며든 삶권력과 친밀한 권력의 정체가 자세히 묘사된다. 남편은 '두뇌와 심장이 전연 가담하지 않은 즐거움'을 누리는 기술을 획득한 사람이다. 그 감동 없는 쾌감은 '조청'과 '연속극'과 '정력제'로 요약된다. '나'의 삶 역시 외견상 그런 남편의 일상과 크게 다르지 않다. '나'의 행복의 목록은 남편의 케이크와 그의 은행 지점장 지위, 이층 점포, 알토란 같은 삼남매이다. 하지만 '나'는 남편과는 달리 '심장 없는 즐거움'의 기술을 모른다. '나'는 '감동 없는 즐거움'을 물리지 않고 맛있게 삼키는 남편이 문득 '표절한 미사여구' 속에 있는 듯한 공소함을 느낀다.[16] 그리고 '나'의 행복이 '영지領地에 가둬 놓고 꼼짝 못하게 하는 울타리' 같은 것이라고 생각한다.[17]

표절한 미사여구란 주체의 능동성이 거세된 수동적 행복의 조건에 다름이 아니다. 푸코는 주체성을 잃은 표절된 삶을 수동적 신체로 설명한다. 신체(주체성)와 능력이 분리된 상태에서 능력(소질)이 커질수록 권력에 종속되는 삶, 이것이 바로 푸코가 생각한 표절된 삶으로서 예속적 주체화이다.[18] 남편의 지점장 지위와 이층 점포는 그의 능력을 확대시키는 동시에 그를 자본주의적 권력에 예속시킨다. 그런 능력인 동시에 예속의 과실인

---

16   박완서, 「지렁이 울음소리」, 『부끄러움을 가르칩니다』, 문학동네, 2006, 127~128쪽.

17   위의 책, 125쪽.

18   진태원, 「스피노자와 푸코」, 서동욱·진태원 역, 『스피노자의 귀환』, 민음사, 2017, 258쪽.

조청과 연속극, 정력제는 마치 표절한 미사여구와도 같다. 그것이야말로 산업화 시대에 확장되기 시작한 **삶권력**의 기제일 것이다.

다른 한편 '나'는 남편의 미사여구의 삶을 결혼이라는 결연을 통해 행복의 조건으로 삼고 살아간다. 그런 행복의 조건의 가장 확실한 징표는 남편이 사들고 들어오는 케이크이다. '나'는 남편처럼 직접적으로 자본주의적 삶의 조건들(삶권력)과 조우하며 살아가지는 않는다. 그 대신 '나'는 남편이 마련해준 행복의 영지에서 케이크가 선물하는 환상에 빠져 살고 있다. '나'는 자본주의의 세파와 만나지 않기에 남편보다 더 행복할 수 있지만 그 대가로 남편이 마련해준 울타리 안에서 살아야 한다. 남편이 사회활동의 과실로서 표절된 삶을 얻었다면 '나'에게는 그 표절된 미사여구 자체가 유일한 삶의 조건인 것이다. 대안적 삶이 없는 '나'는 타자성을 상실한 채 보이지 않는 담장 안에 갇혀 있다. 결연의 환상을 통해 비식별성의 영역에서 타자성을 거세시키는 것, 이것이 바로 '내'가 경험하는 **친밀한 권력**이다.

친밀한 권력은 포섭하는 동시에 배제하며 배제하는 동시에 포섭한다. 남편의 '나'에 대한 사랑은 친밀하게 포섭하면서 '나'의 정체성을 배제하는 것이다. '내'가 먼로라도 된 듯이 남편에게 '표절'로서 포섭되는 순간은 '나'의 여성적 타자성이 거세되는 순간이기도 하다. 그처럼 울타리 안의 친밀한 행복은 타자성이 거세된 '나'의 불행이기도 하다. 울타리와 행복이 영원히 등가관계에 있는 것, 이것이 타자성을 배제하는 비식별성의 영역을 떠날 수 없는 여성의 운명일 것이다.

울타리라는 예외상태는 여성의 평생의 삶의 조건이다. 그처럼 예외가 습관화되어 고요함 속에서 영원히 변화되지 않을 것이라는 예감이 바로 우울이다. 울타리를 행복으로 보는 사람에게 그런 우울은 불행보다 급수가 떨어지는 심심함으로 여겨진다. 그러나 영속적인 '이상한 고요함' 속에서 심심함이 불현듯 지독한 불행으로 다가오는 것이 젠더 영역의 비식별성의 비밀이다.

자본주의의 세파에 시달리는 남성에게는 가정의 울타리가 동요 없는 즐거움을 누릴 수 있는 피신처이다. 남성은 자본주의적 권력에 순응하는 대가로 담장 안에서 안정된 제왕 같은 행복을 맛본다. 그러나 여성에게는 행복의 울타리 자체가 거세의 장소이기도 하다. 남편이 울타리에 거부감을 느끼지 않는 것과는 달리 '나'는 행복과 불행이 식별되지 않는 곳에 갇혀 있다. 이것이 삶권력에 예속된 담장 안의 제왕 남편과 친밀한 권력에 예속되어 영원한 비식별성 속에 놓인 '나'의 차이이다.

울타리는 '나'에게 시각적 제약을 주는 동시에 우울에 시달리게 한다. 그러나 우울은 자아의 빈곤화이면서 잉여의 타자성을 지니고 있다는 표시이기도 하다. 울타리 안의 제왕 남편은 우울하지 않은 대신 자본주의에 이질적인 타자성의 감각은 더없이 무디다. 반면에 '나'의 우울은 울타리에 대한 반감과 함께 불행한 타자성을 예민하게 느끼게 한다.

남편의 정력제가 감동 없는 단맛에 대한 무한한 욕망이라면 '나'는 그 정력제의 해악에 대한 생각이 끝없이 떠오른다. 정력제의 해악이란 삶권력의 단맛에 대한 타자성의 시각일 것이다. 울타리 안의 빈곤한 시각이 이처럼 타자성의 시각으로 전이될 때 '나'의 우울은 끔찍한 느낌으로 발전한다.

박완서 소설에서 수없이 표현되는 '끔찍함'이란 낯선 두려움에 다름이 아니다. 박완서의 여성들은 친밀한 집(제2의 home)의 울타리에 갇혀 있기 때문에 낯선 두려움unhomely을 느끼는 존재들이다. 낯선 두려움은 거세될 듯한 공포인 동시에 울타리에서 벗어나려는 자의식이기도 하다. 자본주의에 예속된 남편이 지키는 울타리를 탈출하려는 욕망은 남편의 속물성에 대항하는 타자성의 욕망으로 표현된다.

남편이 담장 밖에서 자본주의적 동일성에 예속되는 것과는 달리 '나'는 타자와 교감하고 싶은 욕망을 갖는다. 고통스러운 우울이 끔찍하게 느껴질수록 울타리를 넘어서려는 위반의 욕망은 더 커진다. 박완서의 우울한 여성들은 낯선 두려움 속에서 타자와 간음하려는 충동을 숨기지 않는다.

타자와의 교감은 윤리인 동시에 에로스이지만[19] 박완서의 여성들에게는 간음이자 서방질로 느껴진다. 윤리가 위반으로, 에로스가 서방질로 여겨지는 것은 그만큼 여성들이 친밀한 권력의 울타리에 갇혀 있기 때문이다. 박완서 소설의 중산층 여성들은 양가성 속에 놓여 있다. 남편의 케이크의 환상을 뿌리칠 수 없기 때문에 울타리 밖의 타자에 대한 갈망은 간음처럼 느껴진다. 그러나 그 친밀한 권력의 단맛은 여성의 타자성의 박탈이기에 외간남자와의 관계는 타자성[20]과 에로스의 회생에 대한 소망이기도 하다.

'나'의 외간남자는 해방기 때 국어교사였던 욕쟁이 선생이다. 욕쟁이 선생은 여느 남자들과는 달리 세상에 대해 욕을 할 줄 알기 때문에 간음의 상대가 될 수 있다. '나'는 욕쟁이 선생이 기름진 삶권력을 동강내고 친밀한 권력의 비식별성을 식별해주기를 바랐다.

> 그의 욕이 내 생활을 꿰뚫고 내 행복을 간섭하고, 그의 욕이 이 기름진 시대를 동강내어 그 싱싱한 단면을 보여주며 이것은 허파, 이것은 염통, 이것은 똥집, 이것은 암종, 이것은 기생충 하고 고래고래 소리지르게 하고 싶다. 나는 이런 부질없는 소망으로 몸이 달았다.[21]

---

19 레비나스, 강영안 역, 『시간과 타자』, 문예출판사, 1996, 103~111쪽.
20 자본주의 사회의 타자와의 관계는 여성적 타자성을 회생시켜 준다.
21 박완서, 앞의 책, 139쪽.

이처럼 '나'의 욕망은 행복과 불행이 뒤섞인 '나'의 비식별성의 삶을 지각하게 하는 데 있었다. 그것은 정력제로부터 해독解毒을, 단맛으로부터 혹독한 권력을 분리시켜 달라는 요청이기도 했다. 욕쟁이 선생의 욕만이 삶권력을 동강내고 친밀한 권력의 냉혹함을 드러낼 수 있을 거였다.

그러나 욕쟁이 선생은 산업화 시대의 삶권력을 경험하는 동안 타자성이 거의 거세되어 있었다. '나'는 그의 '길길거리는 웃음'에서 욕의 잔여물을 기대했지만 거기에는 색정의 찌꺼기만이 있었다. '나'는 구정물을 뒤집어쓴 복슬 강아지가 된 듯한 느낌으로 진저리를 쳤다.

그런 중에도 '나'는 그의 욕을 '유치'하기 위해 필사적으로 안간힘을 쓴다. '내'가 점점 능동적이 되어갈수록 그는 차츰 우울해져 갔다. 마침내 '나'는 그에게서 욕을 짜내는 것이 건포도에서 포도즙을 짜내기보다 더 어렵다는 것을 깨닫게 되었다. 그럼에도 그를 졸라댄 것은 그것만이 '나'를 능동적으로 만들어 주기 때문이었다. 그의 우울은 '나'처럼 심연에 타자성의 소망이 남아 있다는 징표일 것이다. '나'는 우울해진 그가 '내'가 내지 못하는 비명이라도 질러주길 바라고 있었고, 그는 마지막으로 편지를 통해 신음소리를 전해준다.

남편이 먼로를 표절한 욕망으로 행복해할 때 '나'는 자신이 짜낸 욕쟁이의 비명을 생각한다. 남편이 표절의 간음이라면 '나'는 타자성의 서방질이다. 욕쟁이로서는 죽음을 맞은 그의 비명은 지렁이 울음소리 같았을지도 모른다. 지렁이 울음소리는 표절된 욕망의 세상에서 아직도 버릴 수 없는 서방질 같은 타자성의 회생에 대한 향수이다.

여성의 우울과 낯선 두려움의 미학은 「닮은 방들」에서 더 증폭되어 나타난다. 「지렁이 울음소리」가 남편의 단맛의 행복에 스며든 끔찍함을 드러냈다면 「닮은 방들」에서는 남편 자신의 모습에서 불길한 이질감을 느끼는 과정이 나타난다. 「닮은 방들」의 증폭된 낯선 두려움은 연한 속살의 남편이 결혼 후 갑각류처럼 변화된 때문일 것이다. 낯선 두려움은 친밀함의 기대감을 저버리고 불길함을 느끼게 되는 순간 가장 끔찍하게 경험된다. '나'는 남편이 아직도 측은할 정도로 순수하다고 생각하지만 그는 모르는 새에 쇠붙이처럼 변해 있었다.

물론 결혼은 순수함의 친근함과는 상이한 또 다른 친밀함을 선물한다. 알뜰하고 아기자기한 동화 속 같은 방, 별의 별 것이 다 있는 슈퍼마켓, 멋있게 꾸며진 가구와 실내장식이 그것이다. 그러나 '나'는 경쟁하듯이 잘살기 내기를 하는 아파트의 방들이 끔찍하게 닮은 방들임을 깨닫게 된다. 잘살기 내기는 결국 서로를 닮기 위한 경쟁이었다. 그리고 무엇보다 가장 결정적인 것은 남편들까지 닮은 남자들이었다는 점이었다. '나'는 결혼 후애써 마련한 집이 아파트의 닮은 방들임에 불과함을 깨닫고 권태와 우울을 느낀다. 친밀한 권력은 여성의 타자성을 빼앗고 지루하게 닮은 삶들을 허용하고 있었던 것이다.

그 같은 '나'의 우울이 낯선 두려움으로 전이되는 중요한 계기가 된 것은 아파트의 어안렌즈의 시각성이었다. '나'는 현관문의 어안렌즈에 눈을 대고 퇴근하는 남편을 확인하는 일이 가장 끔찍했다. 어안렌즈는 아파트의 방에서 제약된 시야를 지닌 '나'의 시각성의 은유이다. 「지렁이 울음소리」의 '표절한 미사여구'가 「닮은 방들」의 '닮은 방들'과 같다면 '어안렌즈'는 '울타리'의 변용이다. 닮은 방들에 갇혀 어안렌즈의 시각성을 갖고 살아가는 '나'는 우울할 수밖에 없다. 우울은 닮은 방들과 어안렌즈라는 예외상태가 습관화되어 미로처럼 빠져나올 수 없을 때 느껴지는 감성이다. 그런데 현관문의 어안렌즈는 '나'의 시각성의 빈곤함을 스스로가 볼수 있게 만들어준다. 그런 어안렌즈의 자의식은 '내'가 아파트와 세상 사이에서 예외상태에 있음을 자각하도록 낯설게 드러내 준다.

어안렌즈의 기제는 우울에 갇힌 상태를 깨닫는 '나'의 자의식의 과정이다. 콩알만 한 어안렌즈는 '나'의 제약된 시야인 동시에 그 심연의 답답한 우울을 밖으로 꺼내어 보게 해준다. 그처럼 자의식을 자극해 '나로 하여금 예외를 일상에서 분리시켜 익숙한 세상을 낯선 두려움 속에서 보게 하는 것이다. 백색 형광등 아래의 남편의 모습은 비인간적일 정도로 냉혹하고 창백하다. 아파트의 아기자기한 방을 허용해준 남편은 이제 낯선 공포의 대상이 된다. 남편은 친밀한 동시에 냉혹한 존재이며 주는 동시에 빼앗는 위치에 있다.[22]

어안렌즈의 자의식은 남편이 모래인간(살인범)처럼 보이고 '내'가 자동인형으로 살아가고 있음을 느끼게 해준다. 어안렌즈는 '나'의 우울을 낯선 두려움으로 전이시키면서 은유의 드라마로 연출해주는 기제이다. 낯선 두려움을 주는 은유의 드라마에서는 남편이 살인범으로 '내'가 무기수[23]로 등장한다.

살인범 같이 보이는 남편이 '나'에게 빼앗아 간 것은 여성의 타자성일 것이다. 닮은 방들에 갇혀 우울함을 느끼던 '나'는 그 방들과 세상과의 관계에서 무언가를 빼앗는 살인범이 문 앞에 있는 듯한 끔찍함을 느낀다. 우울이 행복과 불행이 뒤섞인 비식별성의 비극이라면 낯선 두려움은 비식별성을 식별하게 해주는 자의식이다. 어안렌즈는 우울한 닮은 방들과 살인범 같은 세상과의 관계를 드러내주는 자의식의 기제로 작동되고 있다.

'내'가 어안렌즈를 보며 느낀 끔찍함은 타자성의 강탈과 거세공포에 대한 자의식의 증폭 과정이다. 이제 '나'는 다른 것을 찾아보려는 '내' 노력을 수포로 만드는 무수한 닮은 방들이 끔찍하게 느껴진다. '나'는 그런 닮은 방들의 영원한 무기수와도 같다. 그처럼 우울이 끔찍함과 은유의 드라

---

22 테드 휴즈는 식민지 말의 친밀한 제국에 대해 이렇게 말하고 있는데, 그런 이중성은 젠더관계에도 적용될 수 있다.

23 박완서, 「닮은 방들」, 앞의 책, 286쪽.

마로 전이되는 순간 '나'는 「지렁이 울음소리」에서처럼 위반의 욕망을 느낀다. 낯선 두려움은 친밀한 닮음의 권력에 대한 공포인 동시에 타자성에 대한 갈망이기도 하다. 여기서도 본래는 윤리와 에로스인 타자성의 갈망이 닮음의 권력을 이기기 위해 간음의 욕망으로 표현된다. 역설적으로 '나'의 간음은 더없이 **윤리적**이다. '나'의 위반의 욕망은 친밀한 권력이 마련해준 동일성의 울타리를 파괴하려는 간음이지만, 빼앗긴 타자성을 갈망하는 점에서는 윤리와 사랑의 소망인 인 것이다.

닮은 방들은 여성을 맛없는 배합사료로 사육하며 길들이는 죄수의 방과도 같았다. 어느 날 '나'는 철이 엄마가 남편을 짐승 같은 새끼라고 비하하는 말을 들으며 그 당돌함에 싱싱한 현실감을 느낀다. 짐승을 내뱉은 철이 엄마의 입은 방금 찢어진 상처와도 같았다. 싱싱한 현실과 찢어진 상처, 무기수에서 탈출하려는 야성적 갈망은 실재계에 대한 욕망에 다름이 아니다. 영구적인 닮은 방의 동일성에서 탈출하려는 박완서의 간음의 욕망은, 20년 후 배수아 소설에 나타난 이상한 고요함에서 탈주하려는 전쟁과 혁명의 갈망과도 유사하다. 그와 동시에 1970년대에는 아직 바깥세상에 타자가 잔존했기에 배수아의 죽음충동과는 달리 윤리적 갈망을 담고 있다.

'나'의 간음의 욕망은 닮은 방들의 울타리 안에서는 실패할 수밖에 없었다. '나'를 공중변소로 만들고 사람을 밀어내는 쇠붙이 냄새를 풍기는 점에서 철이 아빠는 남편과 다름없었다. 닮은 남자들은 여성을 페티시로 만드는 친밀한 권력이었을 뿐이다. 그 때문에 '나'는 울타리를 넘지 못했지만 심리적으로는 무기수의 방에서의 탈옥을 결행한 셈이었다. '나'의 간음은 월담의 실패와 함께 억압된 무의식 속의 타자성이 귀환하는 경험이었다.

나는 욕실에 들어가 불을 켠다. 눈이 부시게 환하다. 간음한 여자를 똑똑히 보고 싶다. 거울 앞에 선다. 거울 속에 내가 있다. 생전 아무하고도 얘기해 본적도 관계를 맺어본 적도 없는 것같이 절망적인 무구를 풍기는 여자가 거기 있다.

나는 이상하리만큼 해맑고 절망적인 기분으로 나를 처녀처럼 느낀다. 십 년 가까운 남의 아내 노릇에 두 아이까지 있고 방금 간음까지 저지른 주제에 나는 나를 처녀처럼 느낀다. 그런 처녀는 끔찍하지만 그렇게 느낀다.[24]

'나'는 욕실의 거울에서 방금 간음한 여자의 얼굴을 본다. 거울에 나타난 낯선 처녀는 억압된 '나'의 여성적 타자성의 귀환이다. '나'는 남편과의 관계는 물론 간음까지 했지만 아무도 '타자성'을 건드리지 않았기에 한 번도 섹스를 하지 않은 무구한 처녀와도 같다. 여기서 낯선 두려움과 은유의 드라마는 절정에 이른다. 간음까지 했는데도 남자와 에로스적 관계를 맺을 수 없는 현실은 절망적이고 끔찍하다. 낯선 절망을 지닌 무구한 처녀의 얼굴이 그것을 말해준다.

그런데 낯선 처녀의 절망은 규율의 위반의 대가이기에 티없는 투명함을 수반한다. 이상하리만큼 해맑은 절망을 지닌 처녀와의 만남은 심연으로부터 들려오는 구조요청과도 같다. 김사량이 식민지 말에 박물관(유리창)으로부터 구원해 달라는 조선 자기의 목소리를 들은 것처럼(「향수」), 박완서는 닮은 방들의 영원한 식민지에서 구조해달라는 무구한 처녀의 절박한 목소리를 듣고 있다. 닮은 방들은 젠더 영역의 박물관이다. 「향수」가 조선 자기라는 문화적 기억의 경첩을 움직이며 구원을 소망했다면, 「닮은 방」들은 기호계의 또 다른 기억의 경첩을 작동시키며 구조요청의 반향을 들려준다. 이때 오이디푸스적 현실과 반오이디푸스적 공간,[25] 그 양자

---

24 위의 책, 298쪽.
25 조선의 문화적 기억이 비오이디푸스적 영역이라면 여성의 기호계는 전오이디푸스 영역

의 틈새에서 기억의 경첩을 움직이는 것이 바로 은유이다. 「향수」의 이현이 절대적 동일성과 문화적 기억의 틈새에 있듯이 「닮은 방」의 '나'는 상징계와 기호계의 사이에 있다. 두 작품은 **낯선 두려움**을 넘어서 **은유로서의** 응수應酬로 나아간다. 김사량이 틈새의 공간에서 조선인을 무기수로 만드는 식민지 말의 친밀한 권력에 대응했듯이, 박완서는 젠더 영역의 친밀한 식민지에 갇힌 여성 무기수와 대면하고 있는 것이다.[26]

5. 버려진 여성들의 비식별성의 비극과 애도의 미학
─「그 가을의 사흘 동안」

「지렁이 울음소리」와 「닮은 방들」이 울타리 안 여성들의 비식별성의 고통을 그리고 있다면 「그 가을의 사흘 동안」(1980)은 바깥세상에서 보호받지 못하는 여성들의 비극을 제시한다. 울타리 안과 밖의 여성들은 비슷하게 남성중심성으로 인해 타자성을 상실한 우울의 늪에 빠져 있다. 담장 안의 여성은 결연의 환상을 통해 자신과 남성의 정체성을 구성하며 스스로 페티시로서 남성에게 행복감을 제공한다. 반면에 담장 밖의 여성은 결연의 환상에서 배제된 채 남성적 정체성인 섹슈얼리티 욕망을 채워주는 보다 더 비참한 페티시 역할을 떠맡는다. 후자의 극단에는 생명과 신체의 위협을 무릅쓰고 남성의 욕망을 채워주는 성 노동자들이 있다. 담장 안의 여성이 포섭된 채 배제된다면 밖에 버려진 여성은 배제된 채 포섭된다.

이다.

26   양자의 차이는 (앞서 살폈듯이) 김사량 소설과는 달리 박완서 소설에서는 여성 주인공이 다시 낯선 두려움으로 회귀한다는 점이다. 여성이 심연의 구조요청에 응답하는 과정은 20년 후 한강과 전경린의 소설에서 나타난다.

아감벤이 암시하듯이 비식별성의 고통은 벌거벗은 생명의 비극이다. 울타리 안의 여성들이 남성이 마련해준 공간에서 분재처럼 '영원한 무기수'로 살아간다면, 버려진 여성들은 '살아 있는 죽음' 같은 벌거벗은 생명으로 생존한다. 양자는 여성의 비식별성의 비극의 두 양상을 대표한다. 비식별성의 비극이란 예외의 일상화로 인해 아무에게도 공감을 받지 못하는 벌거벗은 생명의 고통을 말한다. 그러면서도 담장 안의 여성의 고통과 바깥에 배제된 여성의 비극은 조금 다르다. 전자의 우울한 일상이 행복과 불행을 구분할 수 없는 비식별성 때문이라면 후자는 보다 더 절박한 죽음과 삶의 비식별성의 위험에 놓여 있다.

그런 차이에도 불구하고 양자는 서로 연결되어 있다. 「지렁이 울음소리」와 「닮은 방들」에서 울타리를 넘어서려는 여성이 간음과 서방질을 할 수밖에 없는 점은 매우 암시적이다. 박완서의 간음은 여성의 윤리적 욕망이지만 간음을 한 여성은 남성의 담장 밖으로 버려진다. 버려진 여성은 염성섭의 「제야」에서처럼 죽음충동에 시달리거나 (1970년대 수많은 소설들에서처럼) 배제된 채 포섭된 직업 성 노동자가 된다. 그처럼 버려진 채 포섭된 수용소가 바로 성 노동자들의 매춘가이다. 그런 맥락에서의 윤락이란 이율배반적인 남성중심적 규범을 위반했다는 낙인일 뿐 비윤리와는 무관하다. 친밀한 남성적 권력의 모순은 성 응접실이 깨끗한 것과 같은 이치이리라. 여기서 모순은 성 노동자들에게 윤락의 낙인을 찍는 동시에 다시 성 응접실 같은 체제의 필수물로 은밀히 포섭한다는 점이다.

박완서의 주장처럼 (남성의 시각에서의) 간음이 오히려 윤리적이라면 윤락녀가 순결하게 묘사되는 것 역시 놀라운 일이 아니다. 「그 가을의 사흘 동안」에서 의사인 '나'는 창녀의 몸이 정숙한 여자보다 더 순결하다고 생각한다. '나'의 도발적인 판단은 여성의 신체를 다루는 것이 '나'의 직업인 점과 연관이 있다. '나'는 상상의 영역에서 이미지화되기 쉬운 여성의 신체를 늘상 환한 불빛 아래서 볼 수 있다.

창녀의 사타구니와 정숙한 여자의 그것을 감히 비교하는 것은 정숙한 여자에겐 모독이 되겠지만 나는 다만 외관을 말하고 있을 뿐이다. 상식적으로 창녀의 것은 더럽고 정숙한 여자의 것은 깨끗한 걸로 돼 있지만 육안을 통한 관찰에 의하면 그와 정반대다. 어떤 창녀의 그곳은 거의 백치의 얼굴처럼 청결하다. 그러나 자기의 그곳이 가장 정숙하다고 믿는 여자일수록 그곳의 불결에 파렴치하다. 그것은 마치 뒤집에서나 응접실이 가장 깨끗한 것과 같은 이치이리라.[27]

창녀를 청결하다고 생각하는 '나'의 '육안'의 판단은 벌거벗은 생명을 다루는 의사의 위치와 연관이 있다. 산부인과 의사는 여성의 신체를 아무런 선입견의 매개도 없는 벌거벗은 생명으로 다룬다. '나'의 수술대 위에서는 정숙한 여자든 창녀든 모두 옷을 벗은 나체의 생명이다. 아감벤은 출생의 벌거벗은 생명이 성인이 된 후에도 국민의 옷을 입지 못한 상태를 호모 사케르라고 불렀다. 호모 사케르는 인격이 존중받지 못하는 비천한 신체이며 창녀도 그중의 하나이다. 그런데 '나'의 직업은 여성의 신체를 국민의 옷이 아무 필요가 없는 상태로 되돌린 지점에서 시작된다. '나'는 호모 사케르인 창녀마저 인격이 추방되기 이전의 벌거벗은 생명으로 관찰한다. 그 때문에 거기에는 여성을 인격의 식민지로 만드는 남성중심적 선입견이 없다.

더러운 몸으로 상상되는 창녀도 '나'의 수술대 위에서는 정숙한 여자와 똑같은 나체의 생명이다. 그런 기준에서 보면 여성의 신체는 남성중심적 통념과는 정반대이다. 순결 이데올로기의 옷을 입고 지내는 여성의 신체

27　박완서, 「그 가을의 사흘 동안」, 『박완서 소설전집』 7, 세계사, 2002, 254쪽.

가 청결이 부실한 반면, 그런 옷이 벗겨진 창녀는 오히려 더없이 청결한 것이다. 남성중심적 이데올로기의 보호를 받는 여성은 신체의 청결에 게으를 수 있지만, 그런 보호가 벗겨진 매춘 여성은 벌거벗은 신체의 청결에 민감할 수밖에 없다. 창녀가 깨끗하다는 '나'의 생각은 순결 이데올로기의 옷을 벗은 여자들에 대한 관찰의 결과이다.

물론 '나'의 신체의 청결성의 판단은 의사의 위생의 관점일 수 있다. 그것은 또 다른 편견이다. 그러나 '나'의 생각은 여성 신체의 외관에 국한된 것이 아니다. 순결 이데올로기에서 벗어나면 정신적으로도 윤락녀가 더 순결해 보일 수 있는 것이다. 「닳은 방들」의 '내'가 간음한 여자에게서 무구한 처녀의 이미지를 보듯이, 「그 가을의 사흘 동안」의 '나'는 창녀에게서 아름다운 에로스의 욕망을 발견한다. 「닳은 방들」에서 '나'는 남편과 수없이 섹스를 하고 철이 아빠와 간음까지 했지만 자신을 한 번도 관계를 갖지 못한 여자로 생각한다. 마찬가지로 수많은 남성과 감응 없는 섹스를 한 윤락녀는 한 번도 연애를 해보지 못한 무구한 신체인 것이다. 정숙한 여자는 자신이 결혼한 남편과 순결한 관계를 가진다고 생각한다. 그러나 그런 순결한 관계란 실상 여성이 공중변소처럼 취급되는 남성적 페티시즘일 뿐이다. 여성이 친밀한 권력에 예속되어 순결의 옷을 입고 있는 한 진정한 에로스적 연애에 대한 갈망은 생기지 않는다. 반면에 순결 이데올로기가 벗겨진 윤락녀의 신체는 벌거벗은 나체화로만 가능한 연애의 갈망이 증폭될 수밖에 없다.

홀로 사는 여자보다는 더불어 사는 여자가 아름답다고, 더불어 살되 아들 딸 가리지 말고 둘만 낳는답시고 소파를 열두 번도 넘어 했으되 그래도 아들 딸이 서넛은 되는 여자가 훨씬 더 아름답다고, 그보다 더 아름다운 여자는 서방이 수없이 있으면서도 평생에 연애 한번 해보기가 소원인 창녀고, 그보다 더 아름다운 여자는 도망간 창녀가 죽자사자 연애하던 남자를 따라갔대서 찾지 않기로 마음먹은 산전수전 다 겪은 늙은 포주라고, 마치 고정관념을 허물어 거꾸로 쌓듯이 그렇게 생각했다.[28]

서방이 수없이 많은 창녀란 실상 생명을 걸고 성을 팔아야 하는 죽음정치적 노동자일 뿐이다. 죽음정치적 노동에 시달리며 한 번도 인격적 교감을 가져보지 못했기에 창녀들의 에로스의 갈망은 오히려 아름답다. 반면에 아기자기한 '닭은 방'에서 친밀한 인격의 식민지에 만족하는 정숙한 여성들은 벌거벗은 에로스의 필사적 욕망을 알지 못한다.

'나'는 산부인과 의사 중에서도 윤락가의 소파수술 전문의이다. 소파수술을 받는 여자는 대부분 남성중심적 이데올로기로부터 버려진 벌거벗은 생명들이다. 즉 양공주와 윤락녀, 그리고 아비가 누군지 모르는 애를 임신한 여자들이다.

'나'는 그녀들의 소파수술을 하면서 원치 않는 생명에 대해 이상한 증오심을 갖는다. 소파수술을 받는 여자들 자신이 벌거벗은 생명인 셈인데 그녀들은 다시 자신의 손으로 벌거벗은 생명을 제거하고 있다. 이 소설의 후반부에서 암시되듯이, '나'의 그런 버려진 생명에 대한 증오심은 벌거벗은 생명의 악순환을 만든 남성중심적 세상에 대한 분노와 연관이 있다. 여성들이 아기를 낙태하는 것은 자신들을 더욱 비참하게 만드는 세상의 시선 때문이다. '나'는 그런 시선에 저항할 수 없기 때문에 자신의 무력감을 버려지는 생명에 대한 증오심으로 전이시키고 있었던 것이다.

낙태되는 생명에 대한 증오심은 남성중심적 시선에 대항하지 못하는 자신의 무력감에 대한 방어적 심리이다. 중절된 태아가 '나'의 평정심을 잃

---

28 위의 책, 265쪽.

게 하는 순간 분노가 출구를 잃은 상태에서 자신의 무력감의 근원을 제거하려는 증오심이 나타나는 것이다. 수술 도구 끝에 느껴지는 냉혹한 감촉은 자신도 모르게 나갔던 넋이 증오심으로 되돌아오는 과정과도 같았다. '나'는 수술하는 동안 냄새나는 치부를 얼굴처럼 쳐들고 있는 여자와 그 여자의 원치 않은 생명에 대한 증오심이 떠날 수 없었다.[29] '나'의 증오심은 자신의 무력감과 여성에 대한 불필요한 연민이 새어나오지 못하게 하려는 무의식적 방어막이었다. 여성의 생명을 위해 수술에 실수하지 않기 위해서는 평정심을 잃게 하는 연민을 증오심으로 전환시켜야 했던 것이다.

'나'는 처음에는 증오심 뒤에 숨겨진 유기된 여성과 아이에 대한 연민을 발견하지 못한다. '나'는 미군부대 동네의 화냥기와 야합해서 돈을 벌어보자는 생각을 갖고 소파수술을 시작했다.[30] 그동안 '나'는 주인 집 황씨에게 '사람백정'이라는 소리를 듣기도 했고 윤락가의 포주조차 '나'를 동업자로 여길 정도였다.

그러나 '나'는 '그 가을의 사흘 동안'을 겪으며 증오심의 이면에 생명에 대한 사랑이 숨겨져 있었을 발견한다. 병원 건물이 헐리기 전 사흘 동안[31] '나'는 처음으로 산 아이를 받아보고 싶은 욕망에 사로잡힌다. 이제 '나'는 그동안 '내'가 가졌던 증오의 넋이 아닌 또 다른 어떤 넋을 느끼기 시작했다.

그즈음 알 수 없는 느낌으로 예기치 않게 '나'의 넋을 움켜쥔 것은 아무 쓸모도 없는 병원의 우단의자였다. 우단의자는 병원의 전신인 사진관에서 사진을 찍기 위한 용도를 지니고 있었다. 이 호화스러운 의자는 당시의 6·25전쟁과는 어울리지 않는 이물스럽고 귀골스러운 물건이었다. '나'는 처음부터 쓸모가 없었던 이 의자를 눈에 거슬려 하면서도 버리지

---

29 위의 책, 244쪽.
30 위의 책, 242쪽.
31 내가 산부인과 의사를 그만 하겠다고 생각한 55세 이전의 시간이기도 하다.

않고 창가에 내버려 두었다.

무의식적으로 방치해 두었던 사진관용 우단의자는 '나'의 순수기억[32]의 은유이다. 그 의자는 마치 '나'처럼 처음에 쑥색이었다가 녹두색으로 변했고 이제 잿빛이 되었다. 지금도 반대로 결을 쓸면 슬쩍 녹두빛이 도는데 그 순간 '나'의 내면에서도 사라진 30년이 지나간다. 눈에 거슬리면서도 의자를 버리지 못한 것은 이 의자가 증오의 넋과는 다른 넋을 움켜쥐고 있었기 때문이리라. 우단 의자는 나도 잘 알지 못하는 또 다른 '나'였다. '나'는 병원이 헐린 후 모든 물건을 버릴 생각을 하면서도 창가에 우단의자가 놓인 새집을 상상한다.

우단의자를 질시하면서도 모셔놓은 것은 소파수술 의사인 '내'가 아이를 받아보고 싶은 마음과도 같다. 우단의자의 결이 쓸리듯이 기억의 경첩이 움직이며 내가 버린 생명들을 대신해서 한 생명을 구원하려는 소망이 생기고 있었던 것이다. '나'는 마지막 손님인 임신한 소녀의 수술을 하면서 자신도 모르게 미숙아를 우단의자 위에 올려놓는다. 무의식적으로 아이를 또 다른 자신의 품에 안기게 하려 했던 것이다.

그 가을의 마지막 날 병원을 찾은 손님은 '내' 소망과는 달리 낙태를 원하는 소녀였다. 마침내 수술대 위의 소녀가 절망 속에서 울부짖자 '나'는 처음으로 소녀의 고통이 자신에게 전해짐을 느낀다. 전과 달리 증오심과는 다른 넋이 '나'에게 찾아오고 있었던 것이다.

"선생님 어떡하면 좋죠? 전 어떡하면 좋죠? 죽을 수밖에 없어요. 선생님, 선생님⋯⋯."

나는 소녀를 감싸안았다. 소녀는 내 품에서 더욱 격렬하게 몸부림쳤다.

---

32 '나'의 기억이 존재로 전이되어 정체성을 이루고 있는 것을 말한다.

"언니 어떡하면 좋지? 난 어떡하면 좋지. 죽을 수밖에 없을 거야. 언니 난 당장 죽어버릴 테야."

나도 내 뱃속에 원치 않는 아이가 생겼다는 걸 알았을 때 이리에서 개업하고 있는 선배 언니네 병원에 가서 이렇게 울부짖었었다. 소녀를 안고 있는 나에게 그때의 생지옥 같은 고통이 생생하게 되살아났다. 죽고 싶다는 게 그때처럼 거짓말이 아닌 적은 그후에도 그전에도 없었다. 나는 소녀를 그렇게 만든 자에 대해 살의에 가까운 분노를 느꼈다. 나는 소녀와 마찬가지로 눈물이 솟았고 분하고 억울해서 살점이 있는 대로 떨렸다. 이미 그건 소녀에 대한 동정의 분노가 아니라 아득한 지난날부터 고이고 고인 나의 한이었다.[33]

소녀의 격렬한 울부짖음은 '나'의 순수기억을 동요시킨다. '나'의 냉담한 인격의 한 부분에는 소녀처럼 낙태의 공포로 울부짖던 기억이 숨겨져 있었다. '나'의 냉담과 증오는 자신의 존재의 일부인 그 기억이 새어나오지 못하게 하기 위한 것이었다. 그런데 팔로 내 목고개를 감은 소녀의 말은 30년 전 '내'가 했던 말을 메아리처럼 되돌아오게 만든다. 그와 함께 원치 않는 생명에 대한 증오심은 소녀를 그렇게 만든 자에 대한 분노로 귀환하고 있었다. '나'의 분노와 억울함은 소녀에 대한 동정을 넘어 그동안 소리 없이 쌓여온 한의 떨림으로 돌아오고 있었다.

한은 슬픔을 떨쳐내는 것이 어려운 상황에 대한 끝없는 애도이다.[34] 그것은 우울과 비슷하지만 그와 달리 슬픔을 끝없이 표현하며 대응하려는 능동적인 감정이다. 그동안 나는 혼탁한 세태에서 의사로서 생존하기 위해 그런 한과 우울을 애써 눌러 참을 수밖에 없었다. 쓸모에 따라 생명을 버리는 예외가 일상이 된 세상에서, '나'는 우울에 빠지는 대신 증오심으

---

33   박완서, 「그 가을의 사흘 동안」, 앞의 책, 271쪽.
34   나병철, 『감성정치와 사랑의 미학』, 소명출판, 2017, 290~298쪽.

로 세월을 버텨온 것이다. '나'의 증오심은 심연의 한과 분노의 감정적 회피이기도 했다.

그러나 집이 헐리기 전의 사흘은 그동안 회피해 온 예외사태와 대면하는 순간이다. 집이 무너지기 전에 감정의 방어막이 먼저 무너진 것이다. 마지막 사흘 동안 죽은 생명의 눈과 대면하고 악몽을 꾸며 '나'는 낯선 두려움에 사로잡힌다. 낯선 두려움은 거세공포인 동시에 비정한 상황과 대면하는 자의식이기도 하다. 생명을 유기하는 예외상황과 대면하는 그 순간 순수기억이 한으로 동요하며 생명의 구원의 소망이 생겨나고 있었다. 우단의자의 은유는 기억의 경첩을 움직여 그런 구원의 문을 열려는 소망의 표현이었다.

여자와 아이의 생명을 죽게 만드는 죽음정치적 예외상태에 응수하는 방법은 죽을 운명의 생명을 살리는 것이었다. '나'는 미숙아를 품에 안고 인큐베이터가 있는 큰 병원을 향해 정신없이 달린다. 그 아기는 이미 소녀의 미숙아가 아니라 '나'의 아기였으며 그동안의 한의 세월을 관통하는 모든 여자들의 생명이었다. '나'는 한스러운 담장 밖 여성들을 대신해서 한밤중의 거리를 질주하고 있었던 것이다.

그러나 생명에 대한 '나'의 사무친 사랑을 이해하지 못하는 세상은 냉정했다. 거리의 야경꾼이나 큰 병원의 의사는 '나'를 미친 여자처럼 쳐다보고 있었다. 품안의 아기는 어느새 죽어 있었지만 세상에는 그 이전에 이미 생명에 대한 사랑이 죽어 있었다고도 할 수 있다.

'나'는 그와 반대로 아기가 죽은 후에도 새집에 아기를 안고 가려 한다. 새집은 증오를 대신하는 '나'의 새로운 넋이 숨 쉴 장소이다. '나'는 그곳에 죽은 아기를 묻고 이제까지 죽어간 아기들을 구원하려는 소망으로 채송화를 심을 생각을 한다.

죽은 아기를 품에 안은 '나'의 내면의 울음은 세상의 모든 여성들과 함께하는 통곡의 애도이다. '나'의 끝없는 애도는 아직도 여전히 한을 안고 살아야 하는 담장 밖 여성들을 대신하는 통곡이다. '내'가 여성들을 대신할 수 있는 것은 그들의 비식별성의 영역을 관류하는 삶을 살아왔기 때문이다. '나'는 처음에 생명을 버리는 예외를 일상으로 만드는 비식별성 속에서 남성들의 동업자와도 같았다. 그러나 버려진 여성과 생명에 대한 한이 억압되어 있었다는 것이 남성들과 다른 점이었다. 그렇기에 담장 밖에 버려진 여성의 한과 사랑의 소망이 담장 안의 순결 이데올로기보다 아름답다는 것을 이미 알고 있었다.

'나'는 마지막 사흘 동안 일상에서 예외를 분리시키며 낯선 두려움 속에서 억압된 한의 회귀를 경험했다. 그리고 죽은 아이를 품에 안은 채 이제 막 세상 밖으로 흘러넘칠 한을 품에 안고 있었다. '나'의 통곡이 모든 슬픔 위로 범람하리라는 생각은 담장 밖 여성들의 한이 그만큼 오랜 세월 동안 끝없는 애도로 지속되고 있었음을 상징한다. 유기된 생명에 대한 끝없는 애도는 생명적 본능인 에로스가 회생할 때까지 계속된다. 곧 흘러넘칠 듯 증폭된 한은 버려진 생명에 대한 에로스의 갈망과도 다름이 없다. 지금 '나'는 담장 밖의 비식별성을 관통하는 통곡을 통해 버려진 모든 여성과 생명에 대한 에로스의 소망을 표현하고 싶은 것이다.

6. 신식민지의 비식별성을 비추는 기지촌의 군대 성 노동자

박완서의 「그 가을의 사흘 동안」에서 담장 밖에 버려진 여성들은 비천한 몸을 관류하는 '나'의 한의 메아리에 의해 구원의 소망을 얻고 있다. 수술대 위의 소녀의 몸과 '나'의 기억 속 어린 신체 사이의 공명이 없었다면 여성들(그리고 생명들)을 구원하려는 에로스의 소망은 표현될 수 없었을 것이다. 생명을 생성하는 신체인 여성이 생명의 죽음의 장소로 변할 때 여성적 한은 가장 증폭된다. 그런 여성적 한에 대한 끝없는 애두는 거세공포에 시달리는 여성 신체들 사이의 공명을 통해 구원의 틈새를 생성한다.

그런데 여성세계에는 그 같은 여성적 한의 메아리마저 가로막는 또 하나의 담장이 있다. 그것은 민족적 칸막이라는 또 다른 남성주의적 담장이다. 젠더와 민족(인종)이라는 중첩된 경계에 의해 버려진 가장 비천한 여성은 양공주라는 기지촌의 군대 성 노동자들이다.

군대 성 노동자는 남성이 만든 경계 밖으로 유기되었을 뿐 아니라 민족의 담장 외부로 내던져진 채 살아간다. 「그 가을의 사흘 동안」은 양공주와 창녀를 비슷하게 남성중심적 담장 밖의 은밀한 비식별성의 영역으로 보고 있다. 그러나 민족이라는 또 하나의 경계에 의해 배제된 양공주는 여성을 비천한 신체로 유기하는 비식별성의 비극이 더욱 증폭된 존재이다.

「그 가을의 사흘 동안」에서 '나'는 진정한 연애를 꿈꾸는 창녀를 남성세계에 예속된 정숙한 여자보다 아름답다고 생각한다. 하지만 양공주는 그런 순수한 연애마저도 꿈꿀 수 없다. 미군을 접대하는 그녀들은 미군과의 진정한 사랑은 물론 한국 남자와의 연애는 더욱 어려워진 삶을 살아간다.

안일순의 『뺏벌』(1995)은 그런 심화된 군대 성 노동자들의 비식별성의 비극을 잘 드러내고 있다. 이 소설의 군대 매춘녀들은 남성에 대한 에로스적 사랑의 가능성을 거의 상실한 삶을 살고 있다. 군대 매춘녀는 미군과의 관계에서 인종적 남성주의에 지배되고 있었으며 한국 남자로부터는 민족적 남성주의에 의해 배제되고 있었다. 양공주라는 군대 성 노동자는 경계 양쪽의 남성주의에 의해 배제되어 증폭된 비식별성의 비극을 경험했던 것이다.

이 소설의 주인공 승자의 옥주와 미옥에 대한 동성애는 그런 맥락에서 이해할 수 있다. 신식민지 시대의 친밀한 권력인 '기지의 제국'에게 기지촌 여성은 반드시 필요한 존재였다. 그러나 동맹의 상징인 기지촌에서 군대 성 노동자들은 인종적 남성주의에 의해 가장 차별받는 위치에 있었다. 그와 함께 그녀들은 기지촌이 만든 트랜스내셔널한 비식별성의 영역에서 한국 남성들로부터도 배제되고 있었다. 기지촌 여성은 양쪽의 남성주의에 의해 고립된 섬과도 같은 존재였다. 『뺏벌』의 승자의 동성애는 그런두 개의 남성주의를 가로지르는 에로스적 소망의 표현으로 볼 수 있다. 승자의 동성애는 두 가지 남성중심주의에 대항하는 타자성의 욕망의 표현이었다. 남성과의 에로스가 불가능한 기지촌 여성에게 동성애는 타자성을 교감할 수 있는 유일한 에로스적 사랑이었던 것이다.

승자의 동성애는 단순한 성적 욕망이 아니라 인간으로서 승인받고 싶은 존재론적 갈망이었다. 기지촌의 맥락에서는 인간 이하로 강등된 여성들이 인간애를 느낄 수 있는 것이 여성들끼리의 교류였던 것이다. 그 때문에 여성 동료의 비인간적 죽음은 여성들 개인의 목숨이 아니라 인간으로서의 존재의 이유를 박탈당했다는 의미를 지니고 있었다.

윤금이 사건(1992)을 모델로 한 이 소설에서 기지촌 여성의 죽음은 그점에서 단순한 민족주의적 차원을 넘어서고 있다. 기지촌 여성들은 두 여성의 죽음에 민족적 감정에 앞서 여성끼리만 교감할 수 있던 소중한 삶의 근거를 빼앗긴 느낌을 감지했다. 그녀들의 여성적 사랑은 자신들을 인간으로 느낄 수 있는 마지막 존재의 이유였다. 그런데 미군에 의한 미옥과 옥주의 살해는 승자를 중심으로 한 여성적 욕망과 동성애를 부인하는 남성중심적 권력의 암시로 다가왔다.[35] 그리고 그 남성중심적 폭력은 여성끼리의 사랑에서 존재의 의미를 찾으려는 인간적 소망의 잔인한 파괴로

---

35   이진경, 나병철 역, 『서비스 이코노미』, 소명출판, 2015, 286~287쪽.

여겨지고 있었다.

미군의 한국 여성의 살해는 비식별성 영역에서의 인종차별이 식별 가능하게 드러난 사건이었다. 그것은 미국의 친밀한 권력의 냉혹한 남성중심주의의 이면이 폭로된 사건으로 볼 수 있다. 그러나 기지촌 여성들에게는 더 근본적인 이유로 인한 동요와 고통이 있었다. 미국의 인종차별의 희생양이 기지촌 여성이라면 그 사건은 당연히 민족적 감정의 분노를 불러일으킬 것이었다. 하지만 인간으로서의 삶의 이유를 박탈당한 여성들 자신의 고통은 민족주의적인 시각과도 달랐다. 섬처럼 고립되어 있는 기지촌 여성들에겐 민족주의 역시 외부의 시각일 수밖에 없었다.

한국의 민족주의는 기지촌 여성들을 인종주의의 희생양으로 여기고 있었다. 살아서 양공주로 무시되었던 성 노동자들은 죽은 후에 '민족의 상징'으로 떠올랐다.[36] 그러나 한국의 민족주의는 신식민주의에서 거세되었던 남성중심주의를 잠깐 회복하려는 외침을 보였을 뿐이다. 제국주의에 반대하는 민족주의적 **남성주의**에는 존재의 이유를 거부당한 기지촌 여성이 외친 여성적 사랑을 포용할 공간이 없었다.

기지의 제국의 친밀한 권력은 기지촌 여성들을 군대의 필수물로 포용하는 동시에 인종주의적으로 배제했다. 반면에 한국의 민족주의는 그녀들을 민족적 희생의 상징물로 내세우면서 남성주의의 시각에서 여성적 에로스의 소망을 외면했다. 상반된 두 개의 남성주의는 배제의 기제를 숨긴 **친밀한 권력**이라는 공통점을 갖고 있었다. 기지촌 여성은 양쪽에서 남성주의의 부속물이었을 뿐 어디서도 비천한 신체를 넘어설 존재의 이유를 찾을 수 없었다. 인간적 존재의 이유는 비천한 신체의 타자성을 긍정할 때만 찾아질 수 있다. 기지촌 여성의 경우에는 그것을 여성들끼리의

---

36   위의 책, 270쪽.

에로스적 사랑에서 찾고 있었던 것이다.

『뻘벌』은 기지의 제국의 냉혹한 이면은 물론 한국 민족주의의 남성주의 역시 받아들이지 않는다. 그 대신 트랜스내셔널한 비식별성 영역의 앱젝트였던 성 노동자들이 어떻게 능동적으로 타자성을 소망하는 순간에 이르는지 보여준다. 아감벤은 타자성이 배제된 벌거벗은 생명이 아무런 동요도 없이 추방되는 냉혹한 현실을 말하고 있다. 그 점에서 아감벤의 논의는 『뻘벌』의 여성들의 '거부당한 존재의 이유'와 겹쳐진다. 그러나 아감벤의 어두운 호모 사케르의 개념에는 추방된 타자성을 회복하는 순간이 없다. 그 이유 중의 하나는 모든 근대적 권력들을 관통하는 남성중심주의에 대한 통찰이 없기 때문일 것이다. 반면에 기지촌 여성들은 상반되면서도 비슷한 남성주의들의 희생양이 되는 순간에 그에 대응하는 **여성적 사랑**을 발견한다. 그 때문에 『뻘벌』의 여성들은 **낯선 두려움**과 은유의 드라마를 통해 버려진 앱젝트가 어떻게 타자성과 에로스의 소망을 회생시키는지 암시하고 있다.

『뻘벌』은 1992년의 윤금이 사건을 배경으로 하지만 1970~1980년대의 군대 성 노동자의 애환을 반영하고 있다. 신식민지 시대에는 미국의 친밀한 권력에 지배되면서도 국내적으로는 민중세력과 민족주의에 의해 독재자에 대한 저항이 가능했다. 또한 비판적 민족주의는 독재자에 대한 저항을 통해 친밀한 제국에게 반식민주의의 신호를 보낼 수 있었다. 그러나 민중세력과 민족주의가 구원할 수 없었던 것은 군대 성 노동자의 비식별성의 영역이었다. 군대 성 노동자는 단순히 미국의 인종주의와 대립하는 반대쪽에 위치했던 것이 아니었다. 그들은 미군에 의해 포섭된 동시에 배제되었으며 한국인에게 배제된 채 포섭되었다. 제국의 위선적인 인종주의에 덧붙여 미군을 수용할 수밖에 없는 한국인에게도 차별을 받았던 것이다. 기지촌 여성은 양쪽의 남성주의에 포위된 채 민족주의의 이분법으로 해결할 수 없는 **역사의 미로** 속에 놓여 있었다. 그들은 트랜스내셔널한 친밀한 권력의 미로에 놓인 복합적인 경계선상의 존재였다. 경계의 치안에 의해 매장되는 그런 다중적 존재가 회생할 때 진정으로 경계를 넘는 삶이 암시될 수 있다. 기지촌 군대 성 노동자들 역시 자신들의 복합성 때문에 신식민지의 다중적 비식별성을 암시하는 은유의 거울이 될 수 있었다. 그럼에도 사람들은 친밀성 속에 숨겨진 죽음정치의 공포가 너무나 뼈아팠기 때문에 여성들을 보면서도 보지 않았다. 기지촌 여성들은 티나게 눈에 띄는 존재인 동시에 아무도 보지 않는 투명인간이었다. 그로 인해 군대 성 노동자를 구원할 수 없었다는 것은 그녀들이 은유하는 신식민지의 비식별성의 미로를 식별할 수 없었다는 말과도 같다.

신식민지 사람들은 비식별성의 미로에서 이쪽과 저쪽을 왔다 갔다 할 뿐이었다. 한국인은 미국의 군사적 도움을 승인하는 순간 비대칭적 관계에 의해 자존심에 손상을 입었다. 반대로 미군에게 차별받는 기지촌 여성을 민족의 상징으로 부각시킨 순간 반제국적인 알레고리를 통해 제국에게 실추된 위신을 만회할 수 있었다. 그러나 민족주의적 위신 자체가 남성주의적이었을뿐더러 친밀한 기지의 제국은 단순한 이분법으로 물리칠 수 있는 체제가 아니었다. 기지촌의 군대 성 노동자들은 여전히 복합적인 남성중심적 비식별성의 비극에서 벗어날 수 없었다. 그와 함께 민족주의자신 역시 제국을 반대하는 경계를 만들 뿐 계속되는 신식민지의 미로 같은 비식별성을 식별할 수 없었다. 한국인은 반복적으로 미로에서 길을 잃듯이 경계의 양쪽을 왔다 갔다 하고 있었다. 경계를 넘는 척하며 동일성을 강화하는 권력은 진짜로 경계를 넘어서는 방식으로만 해결할 수 있다. 그처럼 경계선상의 비극을 넘어서는 방식 중의 하나가 기지촌 여성이 보여준 여성적 사랑이었다.

군대 성 노동자들은 민족의 상징으로 떠오른 순간에도 자신의 비천한 신체 자체는 한국 남성의 사랑을 받을 수 없었다. 민족주의자들의 맹점은 진보적인 그들조차도 볼 수 없었던 젠더 영역의 비식별성과 여성들끼리의 에로스적 사랑이었다. 민족주의의 이분법은 신식민지의 미로 같은 비식별성을 해체할 수 없었으며 젠더 영역과 겹쳐진 불행의 늪에 대해서는 더욱 더 그랬다. 어떤 비판세력도 구원할 수 없었던 곳, 기지의 제국의 비식별성의 비극이 가장 증폭된 그곳이 인종과 젠더의 차별이 겹쳐진 기지촌 여성이었다. 『뺏벌』은 단지 비천한 여성들 자신만이 그 중첩된 어둠을 식별하며 여성적 사랑을 감지할 수 있었음을 암시한다. 여기서의 여성적 사랑이 중요한 것은 그것이야말로 기지촌 여성의 은유를 통해 친밀한 제국과 신식민지의 비식별성을 식별하게 해줄 수 있는 가장 중요한 위치였기 때문이다. 기지촌 여성들의 여성적 사랑은 진짜로 경계를 넘는 대응만이 비식별성으로 경계를 치안하는 미로 같은 친밀한 권력 체제에 응수할 수 있음을 암시한다.

7. 군대 성 노동자들은 누구를 사랑했는가
─ 안일순의 『뺏벌』과 은유로서의 정치

『뺏벌』은 민족족의의 시각에서 벗어나서 여성들 자신의 위치에서 어떻게 에로스가 회생될 수 있었는지 보여준다. 친밀한 권력이 타자성과 에로스를 추방하는 방식이라면 기지촌이야말로 친밀한 권력의 검은 영역이었다. 기지촌에는 달러와 미제 물건은 물론 때로는 민족주의적 동정의 시선까지 있었다. 그러나 여성들은 누구로부터도 인간으로 환대받은 기억이 없었다. 『뺏벌』은 인간 이하로 강등되었던 여성들이 어떻게 인간으로의 회생을 소망하게 되었는지 보여준다.

군대 성 노동자들의 최악의 인권 상황은 기지촌이 여성들의 거대한 수용소였음을 암시한다. 『뺏벌』은 승자가 기지촌이라는 수용소를 경험하면서 '양색시'라는 이름 때문에 동료의 죽음 앞에서도 인권을 입에 담을 수 없는 상황을 보여준다. 그런데 그런 죽음에 이르기까지의 고통스런 삶에도 나름대로의 일상이 있었다. 아감벤이 '아우슈비츠의 증언'에서 밝히고 있듯이 극한상황도 습관이 되면 한계상태에 익숙해진 일상생활이 생겨난다.[37] 『뺏벌』의 승자가 처음 동두천의 기지촌에 찾아 갔을 때 포주 엄미령은 "여기두 사람 사는 동네야"라고 말한다. 엄미령의 말은 기지촌이라는 여성의 수용소에도 극한상황이 정상상태가 되는 일상이 있음을 뜻한다.

　　기지촌이 아감벤의 수용소와 다른 점은 여성들이 그곳을 자발적으로 찾아온다는 점이다. 승자가 동두천을 찾은 것은 "돈발이 쎈 곳"이라는 말을 들었기 때문이다. 엄미령은 "돈발이야 쎄지. 지금 여자가 어디 가서 이런 돈을 만지겠어"라고 대꾸한다. 이어서 엄미령은 승자에게 "잘 왔어. 잘 온거야"라고 덧붙인다. 하지만 승자의 자발성은 실상 더 큰 비식별성의 비극의 덫에 다름이 아니다. 아유슈비츠는 그 폭력성과 강제성 때문에 시간이 흐른 후 역사의 이름으로 비판을 받는다. 반면에 기지촌 여성은 '돈발'이라는 덫과 허울 좋은 자발성 때문에 아무리 시간이 지나도 누구도 여성들의 아픔을 기억하지 않는다. 기지촌이라는 수용소는 역사의 기억을 통해서도 보상받을 수 없는 **영원한 비식별성의 영역**인 것이다.

　　이 같은 기지촌 여성의 삶은 이진경의 죽음정치적 노동이라는 개념으로 잘 조명될 수 있다.[38] 죽음정치적 노동은 자본의 영역에 인종과 젠더의 차별이 겹쳐져서 인권이 한계상황에 이른 노동을 말한다. 죽음에 이르도록 생명과 신체를 소모시킨다는 점에서 죽음정치적 노동은 단순한 자본

37　아감벤, 정문영 역, 『아우슈비츠의 남은 자들』, 새물결, 2012, 73~75쪽.
38　이진경, 나병철 역, 앞의 책, 39~45쪽.

주의의 노동과 구분된다. 이 죽음의 노동은 아감벤의 수용소의 상황과 비슷하지만 비식별성의 영속성을 지닌 젠더 영역이 겹쳐진 점에서 자본과 국가에 의한 배제와도 구분된다.

『뻘밭』은 기존 소설과는 달리 기지촌 여성을 죽음정치적 노동의 개념으로 조명하며 일상과 극한이 중첩된 삶을 다루고 있다. 죽음정치적 노동은 자발적으로 노동에 참여하는 것 같지만 사실은 지배체제가 강제하는 구조적 효과의 산물이다. 신식민지적 자본주의에서는 군대 성 노동자가 필수적으로 요구되며 이 노동은 누군가는 떠맡아야 할 역할인 것이다. 그런데도 신식민지적 자본주의는 군대 성 노동자를 포섭하는 동시에 냉혹하게 배제한다. 더 비참한 것은 포섭 자체가 윤락녀라는 배제의 굴레를 씌운 채 시작된다는 점이다. 기지촌 여성은 포섭과 배제, 배제와 포섭이 겹쳐진 미로 같은 영역에 놓여 있었다.

필수물로 요구하면서 인간 이하로 배제하는 점에서 죽음정치적 노동은 제국과 자본의 자기모순을 폭로하는 위치에 있다. 그렇기 때문에 이 죽음의 노동은 은밀성과 **비식별성의 장치**에 의해 영원히 보이지 않는 영역에 방치된다. 죽음정치의 공간인 기지촌은 공간적으로 감춰진 영역일 뿐 아니라 그 고통과 모순이 사람들의 기억에서 지워지는 곳이다.

『뻘밭』은 망각과 은밀성의 장막을 걷어내고 기지촌 내부의 여성 자신의 위치를 보여준다. 이 소설에서 아무도 모르는 기지촌의 일상은 승자의 시점을 통해 극한과 정상을 오가는 예외상태로 보여진다. 기지촌도 "사람 사는 동네"이지만 그곳은 결국 자학으로만 버틸 수 있는 지옥인 것이다. 기지촌은 친밀한 권력이 만든 극한의 고통을 은밀한 침묵으로 감추는 공간적 장치이다. 이 소설은 그런 비식별성에 대항하면서 감춰져야 할 것을 드러내는 방식으로 우리에게 **낯선 두려움**[39]을 느끼게 만든다. 『뺏벌』은 그런 과정을 통해 기지촌의 비극을 자본의 모순이 인종과 젠더 영역에 중첩되며 나타난 것으로 암시한다.

이 소설에서 승자는 극한적인 감정의 진폭을 경험하는 삶을 살아간다. 그녀의 일상은 흥분과 우울사이에서 서성거리는 나날들이다. 알코올과 약물에 취해서 금제와 굴욕을 잊고 홀에서 춤을 줄 때면 자신을 비우고 몸의 향락에 취하는 흥분이 있었다. 그런 황홀한 무아지경은 고통의 날들을 견디는 힘이 되기도 했다. 그러나 자기 자신으로 되돌아오면 '양색시'와 '매춘부'라는 낙인의 시선에 포위되어 **아무도 공감하지 않는 지옥**을 경험해야 했다.

승자는 동두천에서 송탄, 군산을 전전하는 중에 성 노동자들이 차별과 모순에 시달리는 현실을 자각한다. 그녀는 송탄에서 자치회 일을 맡으며 비리에 대항해 여자들을 결집시키기 위해 유인물을 인쇄한다. 그러나 사전에 발각이 되어 그녀는 경찰에 끌려가 온갖 수모를 당한다. 당시가 계엄령의 시기이기도 했지만 기지촌의 상황에서 여성들의 집단운동에는 한계가 있었다. 더러운 양색시들은 불법에 저항할 권리조차 없었으며 그 점에서 수용소에 갇힌 벌거벗은 생명이나 다름이 없었다.

다만 군대 성 노동자가 벌거벗은 생명과 다른 점은 **에로스**에 대한 갈망이 남아 있다는 점이었다. 양색시들은 다른 성 노동자들과는 달리 동족의 남자와의 순수한 연애도 꿈꾸지 못한다. 군대 성 노동자는 남성중심적 시선의 감옥에서 에로스를 추방당한 우울한 삶을 살 수밖에 없다.

그러나 포기할 수 없는 에로스의 갈망은 주변의 남성중심주의와 남성적 이성애를 전복시키는 감성으로 나타났다. 옥주와 미옥의 승자에 대한

---

39   낯선 두려움은 일상에서 감춰야 할 권력의 비밀이 드러났을 때 느껴지는 심리이다.

여성적인 동성애가 바로 그것이다. 이 소설은 남성적 제도들과 섹슈얼리티에 저항하는 방식으로서 여성적 레즈비언주의에 특별한 의미를 부여한다.[40]

승자와 옥주 사이의 애정이 자매애적 연대에 가깝다면 미옥의 승자에 대하 욕망은 더 강렬한 사랑을 포함하고 있었다. 그러나 그 두 가지 에로스는 업주와 미군은 물론 주위의 시선에서 쉽게 수용될 수 없는 것이었다. 그만큼 그 시기에는 제도적으로뿐만 아니라 감성적으로도 남성중심주의의 경계에 갇혀 있었던 것이다.

그럼에도 에로스가 추방당한 상황에서 깊은 샘물이 여성들 사이의 애정으로 회귀한 것은 여성적 다수 텍스트성 때문이다. 여성은 상징계와 기호계를 횡단하는 다수 텍스트성을 살아가는 존재이다. 군대 성 노동자는 에로스를 상실한 수용소 같은 삶을 살지만 깊은 곳의 기호계의 감성이 여성들 사이로 회귀하고 있었던 것이다. 기호계의 감성은 상징계를 횡단하면서 상징계 자체에서는 길어 올릴 수 없는 에로스의 샘물을 퍼 올려준다.

물론 승자의 동성애는 기지촌 여성들에게조차 쉽게 수용되지 않는다. 그러나 여성들은 승자가 사랑을 상실해 고통에 부딪히는 순간 그녀의 애정을 기호계적 연대의 증폭된 감성으로 받아들인다. 동성애적 감성으로 버텨오던 승자가 절망한 순간 역설적으로 그녀의 사랑이 죽음정치적 남성주의에 대항하는 유일한 감성임이 입증된 것이다. 고통에 부딪히면서 사랑을 잃었을 때 승자의 절망적인 사랑은 남성중심적 상징계를 횡단하며 기호계를 움직이는 순수기억의 경첩이 된다.[41] 기호계란 전오이디푸스적 기억이며 그에 근거한 승자의 사랑과 절망은 이제 여성들의 심연의 기

---

40   이진경, 나병철 역, 앞의 책, 286~287쪽.
41   기호계 역시 일종의 순수기억이며 승자의 사랑은 여성들의 숨겨진 기호계적 기억을 움직이는 은유(기억의 경첩)가 된다.

억을 증폭시키는 경첩으로 작동된다. 승자의 사랑과 절망에 자극받은 기지촌 여성들은 비식별성 속에서 마비된 여성적 심연(기호계)을 동요시켜 남성중심적 권력을 응시하기 시작한다. 이 소설은 그처럼 여성적 무의식을 동요시키는 대응이 승자 개인을 넘어서 여성들 사이로 번져가는 과정을 그리고 있다.

승자는 옥주의 미국 군인과의 결혼 소식을 들었을 때 고열에 시달리며 열병을 앓는다. 옥주의 결혼은 미국 왕자님과 결혼해서 가난하고 더러운 한국을 벗어나는 꿈과도 같은 일이었다. 또한 미국의 하층계급인 카알과 옥주의 결합은 인종을 넘어선 계급적 결합으로 볼 수도 있었다. 그런데도 승자가 옥주를 축하해 줄 수 없었던 것은 그녀와 이별한 순간 기지촌에 혼자 남겨진 자신의 모습에서 절망을 느꼈기 때문이다. 더욱이 나중에 밝혀지지만 옥주의 결혼은 결코 죽음정치적 절망의 탈출구가 될 수 없는 것이었다.

이제 혼자 남겨진 승자는 지금까지 기지촌의 삶을 버텨온 것이 옥주와의 에로스적 연대였음을 깨닫는다. 옥주에 대한 감정은 동성애와 자매애의 중간 정도였지만 죽음 같은 기지촌에서는 생명적 존재를 지탱하게 하는 에로스의 정동에 다름이 아니었다. 그 때문에 승자는 옥주의 부재에서 자신이 감당해야 할 죽음정치적 노동의 실상을 자각하게 된다. 승자는 열병을 앓으며 고향 고서도로 되돌아가고 싶은 충동에 사로잡힌다. 그 순간 그녀는 자신을 새장에 갇힌 새로 느끼며 왜 자신이 이곳까지 오게 되었는지 자문한다. 승자의 '사랑병'은 기지촌의 죽음정치적 노동에 대해 자각하는 중요한 계기가 된 셈이었다.

그처럼 에로스를 발견하는 순간은 미옥과의 관계에서도 암시된다. 옥주와의 관계에 비해 미옥의 감정은 너무 강렬해서 주위의 시선은 물론 승자 자신도 감당하기 어려웠다. 승자와 미옥의 관계는 금지된 사랑으로서 여성들에게조차 비식별성의 영역으로 남아 있었다. 그러나 승자를 향한 미옥의 구애의 말은 아무에게도 환대받지 못하는 군대 성 노동자의 실상과 그에 대항하는 레즈비언적 열정을 드러낸다.

차미옥은 제방으로 들어오라고 해놓고는 어쩐 일인지 별로 말이 없었다. 그러나 쌍꺼풀이 없는 그녀의 눈동자는 무언가 탐색하듯 승자의 전신을 훑어보았다. 승자는 상대방의 마음을 탐색하는 듯한 여자의 시선이 부담스러웠다. 게다가 부드럽게 어깨 위로 풀어진 흑단 같은 머리채와 뽀얀 살결, 그리고 은은히 풍기는 고급 향수 냄새, 잠옷 틈새로 언뜻언뜻 보이는 분홍빛 유두……. 그 모든 것들이 뇌쇄할 것만 같은 분위기를 풍겼다. 남자라면 무너지지 않고 못 배기리라.[42]

미옥의 감정은 육체적으로나 정신적으로 매우 강렬하고 노골적이다. 여성끼리의 사랑이 이처럼 거침없는 것은 상업적이고 차별적인 관계들에 의해 에로스가 추방당한 상황 때문이다. 여기서 우리는 다시 레즈비언주의가 자본과 인종, 젠더의 모순이 중첩된 죽음정치적 환경에 대항하는 위치로 의미화됨을 보게 된다.

미옥의 간절한 욕망은 '인간종자들'에 대한 단절의 선언과 동시적으로 표현된다. 죽음 정치적 노동이란 인간으로 취급받지 못하는 존재로 살아가는 운명을 말한다. 인간종자란 그녀를 그처럼 인간-물건으로 다루는 죽음정치의 실행자들일 것이다. 반면에 미옥의 에로스는 승자와의 관계에서 열망하는 인간들끼리의 뜨거운 감성을 의미했다. 그녀는 그런 사랑의 힘으로 자신을 인간으로 보지 않는 '인간종자'를 비판하고 있는 것이

42　안일순, 『뺏벌』(상), 공간미디어, 1995, 213~214쪽.

다. 누구에게도 이해를 얻지 못하는 군대 성 노동자로서 인간종자에 대한 대항은 남성중심적 죽음정치에 대한 저항이기도 했다. 미옥의 레즈비언주의는 죽음정치에 의해 인간이 될 수 없는 여성이 인간으로서 살고 싶다는 에로스적 열정의 표현이다.

> 둘은 말없이 담배연기를 뿜었다. 연기는 허공에 스러지면서 한데 엉기어 흩어졌다.
>
> "내가 책임질게. 오늘 그 얘기 하자구 오라구 했어. 나, 승자 언니 마냥 그러구지내는 게 딱해서 그래. 승자 언니 사람 하나는 그만이지만 꽉 막혔어. 잇속 좀차리라구. 나 아무한테나 정 안 주는 년이야. 내가 누군데, 차미옥이야. 절대 맘안 내준다구. 허지만 승자 언닌 달라. 나 사람 보는 눈 있다구. 우리 한 몫 잡아가지구 여길 뜨는 거야. 나 미국도 싫어. 거기 가면 뭘해. 결론은 돈이야. 돈 있어봐. 지갓 것들이 굽신거리지.(…후략…)"[43]

담배연기의 엉김은 두 여성의 내면의 얽힘을 상징한다. 미옥은 아무에게도 절대 줄 수 없는 마음을 승자에게 주고 있다고 말한다. 박완서의 「닮은 방들」에서는 간음한 여자가 오히려 거울 속에서 순정을 지닌 처녀를 발견하는 순간이 그려진다. 이제껏 한 번도 진정한 관계가 없었기에 거울속의 여자는 절망적이고도 무구한 처녀인 것이다. 마찬가지로 성 노동자미옥은 한 번도 정을 준 적이 없는 무구한 처녀로서 승자에게 말을 하고있는 것이다. 미옥은 「닮은 방들」에서처럼 심연의 기호계의 순결한 처녀로서 승자에게 다가오고 있다.

미옥의 치밀한 사업계획은 자신의 에로스를 현실화하기 위한 수단일

---

43 위의 책, 257쪽.

뿐이다. 승자와의 에로스를 현실화하려면 기지촌에서 벗어나서 '제까짓 것들'을 굽신거리게 만들어야 한다. 제까짓 것들이란 자신을 죽음정치적 노동으로 몰아넣은 남성중심적 사회의 사람들을 말한다. 미옥의 레즈비언적 열정은 남성중심적 죽음정치에서 벗어나서 인간으로 살고 싶은 욕망에 다름이 아닌 것이다.

인간끼리의 사랑이 에로스라면 미옥의 레즈비언주의는 기지촌에서 표현된 유일한 에로스적 열정이다. 그러나 미옥의 레즈비언적 사랑은 실제로 실현되지는 않는다. 또한 기지촌에서도 동성애란 금지된 욕망이었기 때문에 미옥의 에로스적 열정이 여성들 사이로 퍼져갈 수도 없었다.

더욱이 옥주가 결혼에 실패해 돌아온 후 승자마저 자포자기의 삶을 살고 있었다. 승자에게 기지촌은 더 이상 '여기도 사람 사는 곳'이 아니었으며 '돈발이 쎈 곳'이라는 말도 위안이 될 수 없었다. 승자는 기지촌의 삶을 일상에서 분리된 예외로 느끼기 시작한 것이다. 그녀는 우울과 낯선 두려움에 시달리다가 자살을 시도한다.

승자는 다시 깨어난 후 여성들 앞에서 '죽어가면서 살아야 하는' 이유를 묻는다. 그때 나이든 성 노동자 순실은 "넌, 옥주의 친구니까"라고 엄숙하게 말한다. 아무도 승인하지 않았지만 승자의 동성애는 기지촌의 유일한 에로스이자 **삶의 엄숙한 이유**였던 것이다.

동성애의 역설적 의미는 세 여성의 사랑이 남성중심적 폭력에 의해 거부되는 순간 결정적으로 증폭된다. 스티븐의 미옥과 옥주의 살해는 단순한 민족적 감정 이상의 반발을 불러일으켰다. 민족주의자들은 두 여성의 죽음을 인종주의적 차별에 대한 대항의 계기로 주장했다. 반면에 여성들은 '삶의 엄숙한 이유'의 박탈이라는 보다 더 절박한 충격에 휩싸이고 있었다.

기지촌 여성들은 승자의 동성애에 공감하지 않았지만 미옥과 옥주의 죽음을 살아야 하는 존재의 이유의 유린으로 받아들였다. 죽음정치에 대항하며 사랑을 열망했다는 사실만으로 두 여성은 기지촌에서 가장 아름다운 여자들이었다. 죽은 미옥과 옥주는 기지촌 여성들이 소망하는 존재의 이유이자 삶의 아름다움의 은유로 떠올랐다.

미옥과 옥주의 아름다움은 승자와 나눈 에로스적 열정에 있을 것이다. 죽음정치는 비단 동성애를 거부하는 것이 아니라 에로스적 사랑을 승인하지 않는 권력이었다. 승인받지 않은 아름다움은 스티븐에 의해 거부된 순간 순식간에 물밑의 열정[44]으로 고양된다. 부인당한 존재의 이유(에로스적 사랑)가 아름다움의 은유로 회귀하며 기호계의 순수기억의 경첩을 움직인 것이다.

기지촌 여성은 웬만한 굴욕은 참고 지내며 잘 저항하지 못하는 비식별성의 존재이다. 그러나 미옥에 이은 옥주의 죽음은 더 이상 참기 어려웠다. 무언의 엄숙한 삶의 이유였던 두 여성의 존재가 부인된 순간 거세공포의 엄습과 함께 비식별성의 침묵이 전복된 것이다. 그 순간 여성들은 **낯선 두려움** 속에서 굴욕이 일상화된 상태(예외상태)에서 벗어나 자신들을 인간 이하로 추락시킨 죽음정치적 권력과 대면하게 된다. 승자는 옥주의 주검이 함부로 다뤄졌다는 말을 듣는 순간 공포와 슬픔이 교차되며 억눌렸던 감정이 고양되기 시작한다.[45] 그와 동시에 심연에서는 죽음정치에 의해 부인된 에로스의 소망이 회귀하고 있었다.

비식별성이란 비정한 권력의 비밀과 여성들의 에로스의 비밀이 잘 보이지 않게 된 영역이다. 그러나 미옥과 옥주의 죽음으로 순수기억이 동요하면서 비식별성이 식별되기 시작했다. 그 순간은 낯선 두려움 속에서 권력의 비밀과 에로스의 비밀이 은유를 통해 회귀하는 과정이었다. 여자들

44　물밑의 열정은 여성들의 기호계의 움직임이기도 하다.
45　안일순, 『뺏벌』(하), 공간미디어, 1995, 277쪽.

이 미군부대에 항의하던 중 순실은 '옥주를 소고기 냉동실에 넣어둘 수 없다'고 말하며 철조망을 기어오르기 시작했다. 죽은 옥주는 인간-동물로 살아온 군대 성 노동자들의 삶을 **은유**로 보여주며 인간적 존재의 소망으로 회귀하고 있었던 것이다.

여기서 상처로 인한 순수기억의 동요와 은유의 작동은 동시적이다.[46] 미옥과 옥주의 죽음은 여성들의 '죽어가면서도 살아야 할 이유'를 한순간에 빼앗아갔다. 그 상처로 인해 상징계에 구멍이 뚫린 순간 소고기 냉동실의 은유를 통해 인간-동물로 학대받아온 삶이 보이기 시작한 것이다. 그와 함께 부인된 사랑은 아름다움의 은유로 돌아오고 있었다. 죽은 두 여자는 땅 속에 묻힐 수밖에 없었지만 상징계에 매장될 수는 없었다. 승자는 눈부신 나팔꽃을 머리에 꽂은 자신의 어머니와 옥주의 환영을 본다.[47]

지금까지 침체된 감성으로 우울하게 살아온 여성들은, 소고기 냉동실의 은유에 의해 자극된 분노의 울분으로, 그리고 꽃으로 돌아오는 죽은 여성의 은유에 의해 동요하기 시작한다. 이제 부인된 사랑, 그리고 그 증표로서 두 여성의 상실된 아름다움은, 죽음정치적 노동뿐 아니라 지금까지 여자로서 당해온 모든 상처를 보여주는 은유로 확장된다.

비식별성의 영역에서 보이지 않았던 권력의 비밀이란 여성들의 비천한 신체를 소고기 냉동실에 가두는 죽음정치였다. 죽음정치는 그처럼 비천한 신체를 보이지 않는 삶의 냉동실에 가둠으로써 유지되는 권력이다. 반면에 은유는 냉동실을 열어 비천한 신체를 인간으로 복귀시킬 것을 주장한다. 소고기 냉동실이 권력의 비밀을 폭로하는 은유라면 나팔꽃으로

---

46 은유는 순수기억을 동요시켜 비식별성의 정적을 해체하는 동시에 상징계/상상계에 묶여 있던 여성들을 실재계 쪽으로 이동시킨다.

47 이 환상적 장면은 이 소설의 결말부에 제시된다. 그러나 승자가 낯선 두려움 속에서 동요하는 순간 이미 옥주는 에로스의 은유로 돌아오고 있었다고 할 수 있다. 안일순, 『뺏벌』(하), 공간미디어, 1995, 296쪽.

돌아오는 옥주는 에로스의 비밀의 은유이다. 여성들의 시위는 그런 두 가지 은유에 의해 내면이 고양되며 죽음정치적 냉동고에서 나오는 순간이다. 그 순간 여성들은 죽음의 냉동고를 다시 닫으려는 사장의 말에서 이제까지 참아왔던 모든 것이 폭발한다.

"인간 쓰레기 같은 년들!"
이 말은 모든 여자들의 가슴에 분노를 일으켰다.
"죽여! 죽여! 전깃세 방세 곱빼기로 받아먹으면서 인간 쓰레기를 빨아 먹는 거머리 새끼!"
무엇인지 모르지만 내부에서 끓어오르던 것, 어쩌면 아버지로부터 버림받고, 세상으로부터 거절당해 오면서 자라기 시작한 그것, 제 손목에 면도칼을 긋게 했던 그것, 분출되지 못하고 안에서만 끓어오르던 그것, 그것이 그 '인간 쓰레기'라는 한 마디 말로 인하여 뜨겁게 솟구치면서 몸밖으로 분출되기 시작했다.[48]

'인간 쓰레기'라는 사장의 말은 어떤 면에서 세상의 눈을 대변한 것이다. 사장은 그 세상을 떠도는 단어의 힘으로 죽음정치적 냉동고를 닫고 여성들을 진압하려 한 것이다. 그러나 그 단어는 뚫어진 상징계의 구멍을 다시 한번 찢어지게 했을 뿐이다. 이미 심연의 순수기억이 동요하는 은유의 물결 속에 있는 여성은 인간 쓰레기라는 단어가 두려울 이유가 없었다. 인간 쓰레기는 오히려 비식별성의 장치를 스스로 드러내며 그에 저항해야 할 이유를 말해주고 있었다. 사장의 말은 여성들의 '존재의 이유'를 저항해야 할 이유로 증폭시키고 있었다.
사장은 아직도 진실을 감추는 비식별성의 냉동고 앞에 서 있었다. 그러

---

48   위의 책, 279쪽.

나 여성들에게는 삶의 비밀을 드러낸 은유가 그것을 감춘 비식별성의 현실보다도 더 현실적이다. 이제 인간쓰레기라는 비식별성의 냉동고는 심연의 은유의 물결에 의해 열어젖혀질 수밖에 없다.

사장의 죽음정치적 혐오발화가 상상계적 세계라면 여성들의 은유의 물결은 에로스를 소망하는 실재계로 향해 있다. 권력의 비밀과 에로스의 비밀을 누설하며 상상계적 비식별성의 둑을 무너뜨린 것은 미옥과 옥주의 죽음이었다. 이미 둑이 무너졌기 때문에 사장의 혐오발화는 동료의 죽음을 계기로 회생한 여성들의 에로스적 저항을 더욱 확대시킨다. 중첩된 굴레의 희생자인 기지촌 여성을 매장할수록 '매장될 수 없는 에로스'의 대응은 더욱 확장된다. 이제 그녀들의 시위는 자신들 같은 타자들을 죽음정치적 대상으로 만드는 모든 남성중심적 권력에 대한 대항이기도 하다.

『뺏벌』이 보여주는 은유로서의 정치는 아감벤의 벌거벗은 생명의 비극을 넘어서는 순간을 암시한다. 기지촌 여성은 아무도 공감하지 않는 불행한 존재인 점에서 벌거벗은 생명이나 다름없다. 그러나 승인받지 않은 않는 사랑으로나마 에로스를 갈망하는 점에서 단순한 벌거벗은 생명과는 구분된다. 미옥과 옥주의 죽음의 순간 냉동고에 갇힌 '인간 쓰레기'가 여성들의 존재의 이유와 에로스의 은유로서 돌아온 것이 그 증거였다.[49]

이처럼 승인받지 않은 아름다움으로서 에로스의 잔여물이 인간 쓰레기에게서 발견된다는 것이 친밀한 권력의 역설일 것이다. 『뺏벌』에서처럼 사랑은 비천한 타자들을 회생시키기 때문에 친밀한 권력은 사장처럼 심연의 에로스가 새어나오지 못하게 여성들을 인간 이하(인간 쓰레기)로 강등시킨다. 실제로 여성들은 인간 쓰레기로서 기지촌이라는 유폐된 공감의 섬에서 살아왔다. 그러나 다양한 친밀성과 욕망의 장치 속에 있는

49　두 여자는 기지촌에서도 승인받지 않은 것으로나마 끝까지 사랑의 갈망을 잃지 않았던 존재였기 때문이다.

사람들과는 달리 모든 것을 빼앗긴 인간 쓰레기의 심연에는 역설적으로 부인된 에로스만이 남아 있다.[50] 오물처럼 버려진 여성들은 행복한 것이 아무것도 남지 않았기 때문에 심연의 에로스의 잔여물은 결코 매장당할 수 없었다.

『뻘뻘』은 매장의 위기에 놓인 쓰레기만이 **에로스에 목숨을 건다**는 역설을 보여준다. 스티븐의 살인은 그 매장될 수 없는 것(심연의 잔여물)을 매장하려 했던 셈이며[51] 그것이 오히려 여성들을 동요시키는 반발을 불러온 것이다. 죽음정치의 대리인 스티븐은 여자들을 죽여도 좋은 생명(호모 사케르)으로 보고 에로스의 잔여물은 보지 못한 것이다. 그러나 죽여도 좋은 생명을 매장하는 순간 에로스의 잔여물이 은유로 귀환하며 목숨을 건 도약이 시작된다. 은유는 순수기억의 바다를 횡단하며 비식별성의 장치에 억압되었던 이미지들을 증폭시킨다. 여성의 **전 생애**를 동요시키며 되돌아오는 그 은유의 힘으로 기지촌 여성들은 저항의 연대를 보여주고 있다.

인간을 쓰레기로 만드는 벌거벗은 생명의 신화는 에로스의 부인이 일상이 된 예외상태에 근거한다. 신식민지의 예외상태는 일상에 숨겨져 있지만 기지촌에서 환각처럼 증폭되어 보여진다. 신식민지란 인종·계급·젠더 영역의 모순이 중첩된 곳인데, 기지촌이야말로 그런 일상에 잠재된 예외상태가 죽음정치적으로 증폭된 곳이었다. 일상에 숨겨져 있고 기지촌에서 실현되는 그 복합적 예외의 장치 때문에 신식민지의 체제가 유지되는 것이다.

그런데 사람들은 신식민지의 예외상태가 가장 잘 연출된 기지촌을 보

---

50 다만 친밀한 권력의 상상적 체제에서는 혐오의 비식별성의 장치 때문에 아무도 그것을 감지하지 못한다.
51 스티브처럼 쓰레기만 보고 숨겨진 에로스를 보지 못하기 때문에 비천한 존재들의 생명과 인권을 유린하는 일이 빈번히 벌어지는 것이다.

면서도 보지 않는다.[52] 누구나 조금씩 겪고 있는 것을 증폭시켜 보여주기 때문에 **오염의 두려움**으로 그녀들에게 눈을 감는 것이다. 기지촌은 가장 잘 보이는 곳인 동시에 아무도 보지 않는 비식별성의 장소였다. 그처럼 기지촌 여성이 한국인의 눈에서조차 매장되기 때문에 기지의 제국은 신식민지를 예속화하는 데 성공하는 것이다. 제국의 인종주의에 분노하는 민족주의자나 미군의 도움을 승인하는 보수적인 사람들은 둘 다 비식별성의 미로에서 벗어나지 못한다. 한국인은 예속과 저항의 경계 양쪽을 왔다 갔다 하면서 비식별성의 장치로 경계를 치안하는 친밀한 권력에 대해 침묵한다. 보수적인 사람들은 물론 민족주의조차 신식민지가 만든 미시적 틈새를 지각하지 못하는 것이다. 비판적 민족주의 역시 경계선 한쪽의 남성주의이기 때문에 은밀한 틈새에 끼어 있는 여성들의 위치를 발견할 수 없었다. 사람들은 민족주의를 부르짖으며 한순간 제국에 분노하지만 곧이어 친밀한 권력의 미로로 되돌아온다. 그 때문에 기지촌 여성 역시 얼마간 동정을 받는 동시에 우리의 관심에서 쉽게 멀어지는 것이다.

해방의 욕망으로 경계의 반대쪽으로 가려는 사람들은 프로이트의 말처럼 미로를 헤매게 된다. 그런 미로에서 벗어날 수 있는 계기는 기지촌 여성 자신의 외로운 섬과 같은 경계의 틈새이다. 『뺏벌』이 보여주듯이, 에로스가 비식별성의 경계에서 폭력적으로 부인되는 곳은 매장될 수 없는 에로스의 잔여물이 경계의 틈새를 통해 돌아오는 장소이기도 하다. 비식별성이 죽음정치를 묵인하는 경계를 만든다면 죽음정치의 희생자만이 목숨을 건 사랑을 통해 그에 저항할 수 있다. 그 때문에 다중적 비식별성 장치로 경계를 치안하는 권력하에서는, 군대 성 노동자의 여성적 사랑 같은 **경계를 넘어서는** 대응만이 비식별성을 해체할 수 있다. 『뺏벌』은 죽음정

---

52 민족주의적으로 미국을 반대하는 것은 역사의 미로를 보는 것과는 다르다.

치의 비식별성으로 경계를 지키는 권력에 대한 경계선상의 위치에서의 반격을 그린 소설이다. 『뻘벌』의 의미는 그처럼 경계선상의 희생자의 위치에서 심연의 에로스를 귀환시켜 친밀한 권력의 복합적인 비식별성의 기제를 폭로하는 데 있다.

물론 『뻘벌』의 레즈비언주의는 남성주의적 세계에서 위반의 느낌과 함께 여전히 불투명성의 영역에 남아 있다. 하지만 『뻘벌』은 그런 불투명한 감성을 죽음의 세계에서 **인간으로 살아남으려는 정동**으로 돌아오게 만든다. 독자들은 인간 쓰레기가 인간적 열망의 은유로 반전되는 과정을 통해 (군대 성 노동자 대한) 일상의 편견을 넘어서서 에로스적 공감을 증폭시킨다. 친밀한 권력이란 사회모순에 대한 에로스적 연대가 생성되지 못하게 만드는 장치이다. 기지촌 여성은 기지의 제국의 핵심적 모순이지만 아무도 그것을 감지하지 못한다. 그녀들에 대한 에로스가 생성되지 못하게 군대 성 노동자를 공감의 외로운 섬으로 만드는 감성의 장치를 유지시키기 때문이다. 기지촌 여성의 그런 '이상한 고립' 자체가 친밀한 권력이 공감과 에로스를 박탈하는 기제임을 암시하는 셈이다. 그런데도 장님처럼 군대 성 노동자에게 공감하지 못하는 한 우리는 여전히 역사의 미로를 맴돌고 있는 셈이다. 경계의 이쪽에서 저쪽으로 가려고 하면서 '사이에 낀 틈새'에서의 죽음정치의 비극과 그 잠재적 전복을 보지 못하기 때문이다.

반면에 그 같은 역사의 미로를 만드는 감성의 장치를 파열시키는 것이 바로 **낯선 두려움과 은유적인 정치**이다. 『뻘벌』에서는 신식민지의 경계선상의 틈새와 외로운 공감의 섬(기지촌)에서 그런 두 가지 미학적 정치가 나타난다. 친밀한 권력은 동일성 권력의 경계를 다중적 미로로 밀봉하는 가장 미시적인 권력이다. 반면에 경계선상의 틈새에서 낯선 두려움과 은유의 미학을 통해 에로스를 회생시킬 때 우리는 비로소 역사의 미로에서 벗어날 수 있다. 낯선 두려움은 예외를 일상에서 분리시키며 은유는 예외

에 대한 감정적 동요를 증폭시킨다. 『뻣벌』은 낯선 두려움과 은유적 정치
가 친밀한 권력에 대항하는 가장 강력한 미학적 정치임을 암시한다. 낯선
두려움과 은유는 버려진 인간쓰레기를 에로스의 증거로서 귀환시키면서
그녀들을 매장해야지만 유지되는 죽음정치에 대항한다.

제5장
신자유주의와 친밀한 권력이라는 유령의 출몰

1. 친밀사회에서 매장되는 사람들과 반격의 이중주

친밀한 권력은 소리 없이 매장되는 사람들을 반드시 필요로 하는 체제이다. 이 권력체제에서 친밀한 밝음과 어두운 매장은 표리의 관계를 이루고 있다. 다름보다 같음을, 분리보다 일체를 말하는 곳에서, 추방된 자의 은밀한 매장이 요구된다는 것은 미묘한 역설이다. 매장된 시체나 투명인간, 박제화된 생명이 있어야지만 친밀한 체제가 비로소 작동하기 시작하는 것이다. 이제 친밀한 권력이 필요로 하는 이 은밀한 배제와 추방의 비밀을 살펴보자.

친밀한 권력에서 추방되는 것은 타자이다. 타자를 추방하고 무력화해야지만 친밀사회는 비로소 친밀해진다. 타자란 상징계에 동화되지 않은 존재이며 타자의 추방은 저항의 추방이기도 하다. 친밀한 권력하에서는 계급적 타자나 인종적 타자의 저항력이 한없이 둔화되어 있다. 친밀한 체제에서 타자의 저항력의 주체화로서 마르크스주의나 민족주의의 주체가 전면에 나설 수 없는 것은 그 때문이다. 이런 사회에서는 노동운동이나 민족운동이 잘 일어나지 않으며 일어나더라도 전 사회로 번져가지 않는다. 그처럼 저항운동의 확산을 둔화시키는 숨겨진 비밀은 타자성과 에로스의 추방에 있다. 친밀사회에서는 설령 노동운동이 전보다 많이 일어나도 사회 전체로 불붙지 않아서 체제에 위협이 되지 않는다.

그 때문에 친밀한 권력은 노동자나 민족주의자를 두려워하지 않는다. 노동자나 민족주의자의 투박한 분노는 친밀한 권력의 감성적 장치보다 한 수 아래이기 때문이다. 그러나 친밀한 권력이 적대자를 추방했다고 지배와 추방의 정치를 완성한 것은 아니다. 친밀한 권력의 약점은 타자를 거세시켜 매장시킨 바로 그곳에 있다. 매장되었으나 매장될 수 없는 사람들,[1] 그들이 물밑에서 귀환하는 그 지점이 가장 위험한 곳이다. 최근의 우리의 경험은 그런 역설적 반전의 지점을 암시한다. 용산참사의 피해자들은 희생제물이 될 수 없는 벌거벗은 생명으로 매장되었다. 그러나 세월호의 희생자들은 물밑에서 끝없이 되돌아오며 친밀사회의 이상한 고요함을 동요시켰다.

매장되었으나 매장될 수 없는 사람들은 어떤 존재인가. 추방된 타자는 이미 노동자나 민족주의자가 아니다. 과거에 사회운동을 했던 사람이더라도 지금은 아편중독자, 병자, 실직자, 난민일 뿐이다. 그들은 살아 있는 죽음이거나 추방되어 매장된 시체이다.

아감벤은 법적 질서를 위해 법이 정지된 상태에서 추방된 존재를 벌거

---

1   매장되었으나 매장될 수 없는 사람들이 저항의 근거가 되는 것은 계급과 인종, 젠더 영역의 다중적 모순이 공존하는 우리 사회의 특징이라고 할 수 있다. 그러나 1980년대 이전에는 민중이나 노동자가 주로 저항의 주체로 말해져 왔다. 반면에 오늘날은 트라우마에 시달리는 매장된 타자가 중시된다고 할 수 있다. '매장되었으나 매장될 수 없는 사람들'이라는 표현은 테드 휴즈, 나병철 역, 『냉전시대 한국의 문학과 영화』, 소명출판, 2013, 349쪽 참조.

벗은 생명이라고 부른다. 지배권력은 벌거벗은 생명을 정치영역에 포섭할 수 있을 때만 통치 질서(법적 질서)를 유지할 수 있다. 아감벤은 파시즘뿐만 아니라 모든 국민국가의 권력에서 그런 생명정치가 필수적이라고 말한다. 그러나 벌거벗은 생명의 매장이 **직접적으로** 통치 질서의 조건이 되는 것은 과거의 친밀한 제국이나 오늘날의 친밀사회에서이다. 친밀한 권력이 극단적인 폭력을 통치의 조건으로 삼고 있다는 것은 역설이다. 친밀한 결연의 환상으로 타자를 거세시킨 사회에서는 그(타자) 잔여물인 벌거벗은 생명의 매장이 권력의 핵심적 전제가 되는 것이다.

타자를 거세시킬 뿐 아니라 거세된 존재마저 매장한다면 모든 저항력은 밀폐된다. 발리바르는 '폭력의 현상학'에서 극단적 폭력으로 인한 저항가능성의 소멸에 대해 말하고 있다. 폭력은 인간을 사물로 만들거나 시체와 인간의 타협물, 혹은 죽음보다 못한 상태로 만든다.[2] 그런 이유로 아감벤의 벌거벗은 생명에서는 어떤 저항가능성도 존재하지 않는다. 그들은 매장되어 다시 돌아올 수 없는 사람들이다.

그렇다면 아감벤의 생명정치란 죽음정치이기도 한 셈이다. 침묵의 죽음정치에 대해 보다 실감나게 말한 사람은 아쉴 음벰베이다. 음벰베는 식민지나 포스트식민지에서의 죽음정치를 매우 생생하게 표현한다. 제국본토에서보다 (포스트)식민지에서 죽음정치가 성행하는 것은 피식민자의 고유문화를 부인하며 존재를 무화시키기 때문이다. 문화의 소멸은 피식민자를 동물적인 존재로 강등시킴으로써 죽음정치를 확산시킨다.

(포스트)식민지란 사람들이 절반의 시체로 연명하거나 절반의 생명으로 존재하는 곳이다. 여기서는 생명과 죽음이 뒤섞여 있어서 양자의 구별이 불가능하며, 사람들이 과연 어느 쪽에 위치하고 있는지 판단하기 어려워

2　발리바르, 진태원 역, 『폭력과 시민다움』, 난장, 2012, 105쪽. 발리바르는 시몬느 베이유의 글을 인용하고 있다.

진다.[3] 식민지에서는 사회운동에 앞장서야 할 노동자나 농민조차도 '살아 있는 죽음'에서 벗어나기 힘들었다. 식민지의 노동자들은 노동운동의 저항력이 매순간 거세되는 운명에 놓인 죽음정치적 노동자들[4]이었다. 『인간문제』에서처럼 피식민자는 시체이자 '시커먼 뭉치'[5]였던 것이다.

그러나 식민지는 매장되는 사람의 시커먼 뭉치가 점점 확대되어 '인간문제'가 무엇인지 알리는 곳이기도 했다. 식민지는 추방되고 매장된 사람들이 물밑에서 끝없이 응시하고 있는 불안과 공포의 장소였다. 우리는 1장에서 그런 추방된 사람들의 존재를 알리며 그들을 타자로 회생시키는 것이 식민지 문학임을 살펴봤다.

그와 달리 저항가능성의 소멸은 식민지를 부인한 식민지, 즉 '친밀한 제국'에서 오히려 극단화된다. 친밀한 제국에서는 공공연한 차별을 비식별성이 대신하기 때문에 차별이 심화되어도 저항가능성은 약화된다. 그처럼 비식별성의 확장은 저항의 소멸의 확대에 상응한다. 비식별성의 영역이란 식민지의 시커먼 뭉치들이 조용히 매장되는 곳이다.

예컨대 내선일체 시기에 이중언어 작가나 전향한 아편중독자, 징병·징용자들이 그런 조용한 매장을 경험한 사람들이었다. 그들은 폭력과 차별이 심화되어도 아무런 동요가 없는 낯선 고요함의 세계를 살아간다. 확대된 비식별성 속에 놓인 이들의 공통점은 근대의 **경계선상의 존재들**이라는 점이다. 경계선상의 존재들은 흔히 **비장소의 인물들**이 된다. 가령 징용된 경계선상의 사람들은 해방 후 귀환해서도 비국민으로 떠돌아야 했다.

또 다른 친밀한 권력인 기지의 제국의 시대에는 비장소의 인물들이란

---

3   Achille Mbembe, *De la postcolonie*, Karthala, 2000, pp.197~199; 위의 책, 107~108쪽.

4   이진경, 나병철 역, 『서비스 이코노미』, 소명출판, 2015, 39~54쪽.

5   강경애, 『인간문제』, 『강경애 전집』, 소명출판, 1999, 413쪽. 『인간문제』에서 선비를 죽음정치의 희생자로 본 논의는 김혜림, 「강경애 소설에 나타난 유민 연구」, 교원대 석사논문, 2018, 37쪽 참조.

군대 성 노동자였다. 군대 성 노동자는 한국과 미국, 신식민지와 제국 사이의 틈새에 존재했다. 그처럼 경계선상에 낀 존재들은 시간이 지난 후에도 아무도 그들을 기억하지 않는다.

오늘날의 친밀사회는 제3의 친밀한 권력이다. 여기서는 지구적 자본주의의 패배자들, 실직자, 이주 노동자, 용산참사 희생자, 강남역 여성 등이 비식별성의 존재들이다. 이들은 트랜스내셔널한 경계선에 놓인 동시에 자발성과 강제성, 밝음과 어둠, 삶과 죽음 사이에 끼어 있다.

매장되었으나 매장될 수 없는 사람들이란 그처럼 **경계선상의 존재들**이다. 이들은 조직적 운동가와는 달리 이미 저항력을 상실한 사람들이다. 그들이 추방되고 매장되더라도 아무런 동요도 일어나지 않는다.

그러나 불균등한 대지에 묻힌 그들은 유령처럼 신음을 흘려보낸다. 울퉁불퉁하게 불균등한 곳에서는 매장되었으나 매장될 수 없는 사람들의 신음이 끝없이 흘러나온다. 다수 체계성의 불균등성은 기억 속의 잔여물을 통해 틈새의 공간을 만들기 때문이다. 친밀한 제국에서도 피식민자의 불균등한 다수 체계성은 추방된 사람의 완전한 매장을 어렵게 만들었다. 예컨대 김사량의 「향수」는 조용히 매장된 전향자들의 비명이 박물관의 도자기의 목소리처럼 흘러나오는 것을 보여준다. 매장된 사람들의 비명이 들려온 것은 그 신음이 다수 체계성의 틈새에서 문화의 기억의 잔여물에 공명했기 때문이다. 절대적 동일성의 체제에서 조선인의 다수 체계성[6]이 구조요청의 비명을 지르고 있었던 것이다. 동일성이 물신화된 친밀한 제국의 구멍은 바로 그런 비명이 새어나오는 울퉁불퉁한 불균등성 속에 있었다.

신식민지 시대의 『뻘』역시 비식별성을 해체하는 군대 성 노동자의 구조요청의 비명을 들려준다. 군대 성 노동자들은 신식민지와 제국의 틈

---

6   전통과 근대의 다수 체계성을 말한다.

새에 있는 다수 체계성의 존재들이었다. 그들 다수 체계적 존재들은 인종과 젠더, 계급의 틈새에서 매장될 수 없는 에로스의 잔여물을 지니고 있었다. 그 때문에 그들은 어디서도 동정을 받지 못하는 동시에 완전히 매장되기 어려운 존재들이었다. 『뻘뻘』은 그들의 신음이 동료의 죽음을 계기로 은유를 통해 증폭되어가는 은유로서의 정치를 보여준다.

매장되었으나 매장될 수 없는 사람들은 식민지나 포스트식민지뿐 아니라 오늘날의 친밀사회에서 가장 많아진다. 살아 있는 죽음, 투명인간, 매장된 시체는 부인된 존재들이지만 트라우마의 상처와 함께 그 구멍으로 신음이 흘러나온다. 권력자들은 비천한 그들이 쓰레기처럼 소리 없이 매립될 것으로 생각한다. 그러나 쉽게 매장될 수 있는 그들은 모든 것을 잃었기 때문에 마지막 잔여물 심연의 에로스만은 짓밟히길 거부한다. 그로 인해 가장 어두운 순간 매장될 수 없는 심야전기를 흘리는 사람들의 비명이 들려오는 것이다. 미로 같은 비식별성의 일상에서 사람들은 처음에는 아무도 그 소리를 듣지 못한다. 용산참사에서처럼 비명이 들려오지만 누구도 그 신음을 듣지 못하는 것이다. 하지만 희생자들의 비명이 일상의 사람들의 비식별성을 비추는 거울이 되는 순간 문득 이상한 고요함을 깨고 물밑이 흔들리기 시작한다. 세월호를 애도하는 글들이나 강남역 시위는 그런 물밑의 동요의 표현일 것이다. 심야전기 같은 물밑의 애도와 사랑의 표현은 아직 저항이 아니며 사회 비판력도 미약하다. 그러나 우리 시대는 심야전기가 흐르고 물밑의 동요가 시작되어야만 소멸된 저항이 회생할 수 있는 사회이다.

타자가 사라진 시대에 매장된 사람들의 증대는 저항가능성이 무력하게 소멸되었다는 암시이다. 다만 잘 들리지 않는 신음이 다수 체계적인 울퉁불퉁한 틈새로 새어나올 뿐이다. 그런 들리지 않는 신음이 구조요청의 비명으로 들리려면 일상의 사람들의 공감이 증폭되어야 한다. 우리시대에는 그처럼 희생자와 생존자의 공감의 이중주만이 물밑을 동요시키는 심야전기를 발생시킨다. 감성의 치안에 의해 들리지 않는 매장된 사람의 비명은 감성의 분할을 교란시키는 이중주를 통해서만 들려오는 것이다. 그런 공감의 이중주는 매장된 사람의 신음이 일상의 비식별성을 식별하게 하는 은유로서 공명할 때만 연주된다.

세월호 사건, 미투운동, 항공사 시위의 공통점은 희생자와 일상의 사람들 간의 **은유의 이중주**이다. 여성운동은 나의 각성이 아니라 '나도'라는 이중주의 연주로 시작된다. 비천한 희생자가 나의 보이지 않는 불행의 거울이 될 때 비로소 은유적 공감의 이중주가 연주되기 시작하는 것이다. 그런 이중주로 된 공감적 동요만이 친밀한 자본의 왕국을 물위의 도시[7]로 만들면서 수면 밑의 저항을 시작할 수 있다. 이제 경계선상의 인물들은 소리 없이 매장되느냐 이중주로 연주되느냐의 기로에 놓여 있다. 권력과 저항의 대치점이 저항적인 타자에서 **경계선상의 인물들**로 이동한 것이다. 그에 따라 과거의 조직적 운동은 에로스적 공감을 증폭시키는 은유로서의 정치로 대체되었다.

2. 저항의 새로운 형식 – 비식별성을 비추는 은유의 이중주

오늘날 과거의 집단적 저항의 주체들은 친밀사회의 비식별성의 비극을 대변하지 못한다. 오히려 경계선상에 매장되는 존재들이 일상의 사람들의 소리 없는 고통을 암시하게 된다.[8] 하지만 그들의 신음은 울혈증을 앓고 있는 비식별성의 사회에서 잘 들려오지 않는다. 오늘날의 저항운동

---

7   김철,『국민이라는 노예』, 삼인, 2005, 101~104쪽 참조.
8   과거의 운동이 지배권력과 저항적 타자의 대결이었다면 오늘날의 운동은 결연의 환상

은 경계의 존재들의 신음이 이중주로 연주되며 사람들의 내면을 약동하게 만들 때 시작된다. 그처럼 구조요청의 비명에 응답할 때만 비천한 존재가 타자로 회생하며 일상의 사람들이 그들과 연대하게 된다.

물론 매장된 사람이 회생된 타자로 귀환하기 위해서는 많은 시간이 걸릴 수도 있다. 친밀한 권력의 목적은 끝없이 타자를 추방함으로써 지배를 영구화하려는 데 있기 때문이다. 그러나 시간이 걸리더라도 반전과 저항이 불가능한 것은 아니다. 예컨대 내선일체 시대의 징용자들의 신음은 제국의 구멍[9]을 통해 끊임없이 새어나오고 있었다. 그 매장된 사람들의 탄식은 잘 들리지 않았지만 트라우마의 기억으로서 세대를 넘어 전해졌다. 조선인을 인간-동물로 매장했던 침묵의 증언의 기억은 이제서야 기억의 경첩을 움직이며 구원의 문을 열려는 투쟁으로 전개되고 있다.

폭력에 의해 인격이 살해된 채 오랫동안 침묵에 묻혀 있던 또 다른 장소는 젠더 영역이다. 젠더 영역이야말로 법이 정지되는 수많은 순간들을 포함함으로써 법적 질서가 유지되는 곳이다. 긴 시간 동안 '이상한 고요함'에 감싸여 있던 젠더 영역은 오늘날 미투운동에 의해 비로소 동요하기 시작했다.

친밀한 권력의 원형이 젠더 영역인 만큼 우리 시대의 미투운동의 촉발은 매우 의미심장하다. 영원한 식민지인 젠더 영역에서 미투운동이 시작되었다는 것은 시간의 식민지인 친밀사회에서도 반격의 가능성이 있다는 뜻이다. 오래된 무기수였던 여성들이 미투운동에 의해 회생하는 과정은 친밀한 권력의 대응에 대해 많은 것을 시사한다. 친밀한 권력이란 법

을 통해 일체화를 꾀하는 권력과 경계선상의 존재들 사이에서 생성된다.

9   김철, 「제국의 구멍」, 도노무라 마사루, 김철 역, 『조선인 강제연행』, 뿌리와이파리, 2018, 257쪽.

의 안과 밖이 불분명한 비식별성과 예외상태의 체제이다.[10] 젠더 영역에서 그런 친밀한 권력에 대한 대응이 법적 조직의 일원에 의해 시작되었다는 것은 역설적이다.

우리 사회에서 미투운동은 서지현 검사에 의해 번지기 시작했다. 구형과 재판에서 미결정성이 없듯이 법적 조직은 비식별성을 용납하지 않는다. 그런데 서 검사의 기억의 증언은 법적 조직이 법이 정지되는 비식별성을 용인함으로써 남성중심적으로 강력해짐을 호소하고 있다.

사람들은 **일상**에서는 합법과 불법이 불분명한 **비식별성**이 쉽게 발생하므로 젠더 영역의 폭력이 묵인되는 것으로 생각했다. 하지만 서 검사는 그 반대를 증언했다. 젠더 영역의 폭력은 단지 사적이고 일상적이어서 잘 보이지 않는 것이 아니었다. 오히려 그 반대로 남성중심적 **법적 체제 자체의 비식별성** 때문에 그것이 상례화된 젠더 영역이 희생물이 된 것이다.[11] 서 검사의 증언이 밝힌 것은 남성적인 법적 체제 스스로의 모순이 젠더 영역에서 일상적으로 일어나므로 성 관계가 폭력으로 얼룩진다는 것이었다. 그렇다면 아무 이유 없이 참아왔던 남성중심적 체제, 즉 법의 중지를 묵인하는 현실 자체를 변화시켜야 한다.[12] 서 검사의 예외상태에 대한 증언은 법의 정지가 묵인되는 일상의 젠더 영역의 비식별성을 은유로 보여주는 거울이 되었다. 서 검사의 희생과 '나도'의 공감이 서로 울림으로 공명하는 이중주가 연주되기 시작한 것이다.

미투운동은 은유를 통해 비식별성을 식별하게 해준 여검사의 증언으로 동요하기 시작했다. 은유적 저항이자 기억의 증언의 릴레이인 미투운

---

10 오늘날 법정 드라마가 유행하는 것은 그런 이유 때문일 것이다.
11 젠더 영역은 친밀한 권력이 작용하는 곳이기 때문에 법적 체제의 예외상태가 쉽게 일상화된다.
12 이는 법적 체제 자체의 한계를 말하는 동시에 여성을 해방시키는 다른 법적 체제가 필요함을 암시한다.

동은 물밑의 동요를 통해 동일성 사회를 뒤흔드는 점에서 과거의 조직운동과 구분된다. 그 같은 물밑의 동요는 비식별성의 영역에서 흘러나오는 작은 신음에서 시작되었다.

들리지 않는 신음을 증폭시켜 방송에서 증언하는 순간 서지현 검사는 여성 타자로 회생하고 있었다. 젠더 영역의 불행은 친밀한 권력으로 인해 타자가 쉽게 추방되고 잘 매장되기 때문이었다. 서 검사의 기억의 증언은 젠더 영역의 대응이 그런 매장된 타자의 회생에서 시작됨을 보여준다. 그 같은 새로운 방식의 저항은 친밀사회의 해체를 위해서도 매우 암시적이다. 친밀사회에서도 저항운동의 관건은 추방된 타자의 귀환에 있기 때문이다.

친밀사회 역시 조직적인 운동에 의해 저항이 촉발되기 어려운 곳이다. 친밀사회가 친밀하게 작동되고 있다는 것은 거세된 타자의 매장이 순조롭게 이루어지고 있다는 뜻이다. 〈버닝〉(이창동 감독)에서처럼 친밀하게 즐기는 모임이 계속되는 것과 버려진 페티시(여성)가 사라지는 것은 거의 동시적이다. 이 영화에서 **거세된 타자의 매장**을 뜻하는 비닐하우스의 방화는 누구의 눈에도 보이지 않는다. 친밀사회의 즐거운 동일성의 모임이 위험한 감정을 차단하는 감성의 치안을 담당하고 있기 때문이다. 이제 친밀한 즐거움은 타자에 대한 에로스를 대체한다. 그런 친밀사회에서 가장 위험한 감정은 거세되고 추방된 타자에 대한 에로스의 잔여물이다. 친밀한 동일성의 사회는 타자의 신음에 공감하는 에로스의 잔등을 꺼야지만 유지될 수 있기 때문이다.

추방된 타자의 가장 큰 고통은 사람들로부터 외면당하는 데에 있다. 그 점에서 타자의 신음은 깊은 심연 속의 에로스의 샘물을 길어 올리지 못한다는 비명에 다름이 아니다. 추방된 타자에 대한 공감의 회생은 그런 비천한 존재의 매장될 수 없는 심연의 잔여물에 근거한다. 그 때문에 거세된 타자의 구조요청이 들린다는 것은 이중주로 된 에로스가 요구된다는 것과도 같다. 〈버닝〉의 해미도 매장되기 직전 종수에 대한 사랑을 고백했으며 그 이전에도 작은 암시를 보내고 있었다. 사라진 해미가 말한 우물 이야기는 에로스를 상실한 사람의 구조요청에 다름이 아니었다. 아무도 우물을 알지 못하는 사회에서 해미의 신음을 들은 것은 스스로가 폐비닐하우스 같은 종수였다. 버려진 우물과 비닐하우스는 해미의 비명과 종수의 감성적 잔여물이 공명하게 만든 은유였다. 은유가 연주되며 종수가 해미의 신음을 듣는 순간은 타자에 대한 공감과 에로스가 소생하는 순간이기도 했다. 이제 비식별성의 영역으로부터 타자의 비명이 이중주로 은밀히 들려오기 시작한 것이다. 우물에 빠진 사람의 신음은 벤의 즐거운 모임을 물밑에서 동요시키며 친밀사회가 헬조선임을 증언한다. 해미가 사라진 후에도 종수의 심연에 불붙은 타자에 대한 위험한 에로스는 계속된다. 해미는 벤에 의해 매장당했지만 종수의 버닝은 이미 이중주로 연주되고 있었다. 〈버닝〉의 마지막 불붙는 장면은 분노로 전환된 에로스, 추방된 타자가 기억으로 회생하는 순간의 저항의 불꽃을 암시한다.

3. 친밀한 제국의 발명과 친밀사회의 탄생
− 전쟁의 동원에서 상품의 동원으로

1940년대의 어두운 사회와 2010년대의 밝은 사회는 전혀 다른 세상으로 생각된다. 전자가 전쟁과 죽음의 시대라면 후자는 눈부신 스펙터클의 사회이다. 그러나 상상적 미래를 향해 질주하는 인공 열차의 탑승이 요구되는 점에서는 신기할 정도로 비슷하다. 두 시기의 공통점은 국가와 자본에 의한 사람들의 동원이 자발적이고 물신화되었다는 점이다. 과거가 전쟁의 동원이었다면 오늘날은 상품의 동원이다.

실제로 '1930년대 중반 이후'와 '1990년대 이후' 사이에는 여러 가지 유사성이 있다. 먼저 중요한 공통점은 두 시기가 전 시대의 대서사가 무력화된 시대라는 점이다. 1930년대 중반은 사회주의와 민족주의의 대서사가 약화되고 새로운 인공기관 열차의 탑승이 요구된 때였다. 1990년대 역시 1980년대의 민중적 사회운동이 주춤해지면서 신자유주의가 다가오는 시기였다. 1930년대 후반과 1990년대 전반에 똑같이 후일담 문학이 성행한 점은 두 시기가 대서사의 공백의 시대였음을 반증한다. 후일담이란 중단된 대서사에 대한 향수일 것이다. 그 향수어린 공백에서 구인회 작가들과 신세대 작가들은 비슷하게 제3의 시간[13]을 탐구했다. 예컨대 1990년대의 윤대녕의 여로형 소설은 반세기전 이상·박태원의 산책자 소설의 포스트모던적 변형이다. 양자의 공통점은 인과적 플롯 대신 차이의 반복운동을 시도한 점이다.

두 시기의 유사성은 문학에서만 발견되는 것은 아니다. 매우 중요한 것은 대서사의 공백으로 인한 파편화된 세계에서 근대의 경계를 넘어서려는 흐름이 나타난 점이다. 1930년대 후반의 근대의 초극과 1990년대의 포스트모더니즘이 그것이다. 경계를 넘으려는 기획은 정치적으로는 파편화된 세계를 결연의 환상을 통해 동일화하려는 시도였다. 과거가 내선일체와 대동아공영이었다면 오늘날은 세계화이다. 그런데 이 정치권력에 의한 탈경계화는 문학에서의 제3의 시간의 탐구와는 반대되는 방향의 질주였다. 문학적 시도가 **차이의 반복운동**이었다면 정치권력은 **동일성의 운동**이었다. 내선일체와 세계화는 경계를 넘는 동시에 결연의 환상을 통해 동

13　제3의 시간이란 선적인 인과적 궤도에서 이탈한 시간이 존재에 각인되어 순수기억을 동요시키는 순간을 말한다. 제3의 시간에 대해서는 나병철, 『특이성의 문학과 제3의 시간』, 문예출판사, 2018 참조.

일성 체제를 물신화했다. 내선일체의 물신화된 동일성이 황국신민이었다면 세계화의 환상은 신자유주의의 상품물신화이다.

동일성의 물신화는 친밀한 권력의 탄생을 의미한다. 이제 세계는 동일성의 환상인 판타스마고리아를 통해 지각된다. 친밀한 권력의 결연의 환상은 결연의 대상을 친밀한 페티시로 인정해 감성적 판타스마고리아 속에서 일체화의 환상을 유지한다. 내선일체의 친밀한 제국은 조선을 로컬칼라로 포함함으로써 민족의 경계를 넘는 환상을 유포시켰다. 그와 비슷하게 세계화는 신자유주의적 자본주의를 통해 국가의 경계를 넘는 환상을 유통시켰다. 양자의 공통점은 역설적으로 경계를 넘는 환상이 동일성의 판타스마고리아를 만든다는 점이다. 정치권력이 경계를 넘으며 친밀하게 다가올수록 권력이 요구하는 동일성은 물신화된다. 동일성의 물신화는 페티시즘에서처럼 페티시로 대체되지 않은 타자의 잔여물을 배제한다. 그 때문에 친밀한 권력은 피지배자에게 정체성을 주는 동시에 빼앗는다. 즉 페티시의 정체성을 부여하면서 타자성의 정체성을 추방하는 것이다.

이처럼 페티시즘을 통해 결연의 환상을 유지하는 방식은 젠더 영역에서는 오래된 역사를 갖고 있다. 여성은 매력적인 페티시로서 남성중심적 세계에 동일화되는 순간 아무도 모르게 자신의 여성성이 배제된다. 만일 여성이 남성주의적인 환상을 깨고 여성적 자율성을 주장한다면 그 즉시로 마녀, 화냥년, 나쁜 피라는 혐오의 대상으로 추방된다.

내선일체와 세계화의 친밀한 권력의 기제는 그런 젠더 영역의 페티시즘과 매우 유사하다. 내선일체와 세계화는 동일성의 판타스마고리아에 의해 유지되는 체제이다. 동일성의 판타스마고리아는 두 시기의 피지배자들에게 매력적인 정체성의 환상을 부여했다. 그러나 페티시의 정체성이 유포될수록 양자 모두에서 판타스마고리아를 깨뜨릴 위험이 있는 타자의 잔여물에 대한 혐오감이 극도로 고조된다. 일체화를 주장한 내선일체 시기에 혼혈인이나 조선인에 대한 혐오감이 극심해진 사실은 그 점을 말해준다. 또한 신자유주의 시대에 타자로 남아 있는 소수자에 대한 혐오발화가 성행하는 것도 우연이 아니다. 양자 모두에서 (페티시즘적) 일체화의 판타스마고리아가 고도화될수록 페티시화되지 않은 타자에 대한 혐오감은 극에 이른다. 내선일체 시기에 로컬칼라로 페티시화되지 않은 조선인에 대한 혐오가 만연되었다면, 신자유주의 시대에는 상품처럼 페티시화되지 않는 소수자들에 대한 혐오발화가 폭력적으로 유통된다.

이처럼 친밀한 권력은 친밀해질수록 숨겨진 혐오감이 증폭되는 체제이다. 그 때문에 친밀한 권력은 증폭된 삶권력과 죽음정치의 합작품으로 볼 수 있다. 친밀한 권력은 동일화된 즐거움을 삶 속에서 나누어주는 삶권력의 왜곡된 증폭이다. 여기서 그 기쁨의 조건은 정체성의 대체물 페티시이며 그것을 넘어서는 타자성은 혐오의 대상이 된다. 삶권력의 시대보다 친밀한 권력에서 혐오가 더 만연하는 것은 친밀성이란 삶권력의 과잉 장치이기 때문이다. 친밀한 **동일성의 과잉**은 타자의 **배제**와 **혐오**를 뜻한다.

혐오란 똥, 오물, 쓰레기 같은 앱젝트에 대한 시선으로서 그 극단에는 시체가 놓여 있다. 친밀한 권력의 친밀성의 조건은 잔여물을 시체로 내버리는 죽음정치인 것이다. 친밀한 체제에서는 잔여물을 매장하는 죽음정치가 작동되어야지만 친밀한 감성이 유통될 수 있다. 내선일체 시기에 조선인은 페티시로 일체화되어 유통되는 동시에 그 나머지는 인간-동물로 매장되었다. 마찬가지로 신자유주의 시대의 구성원들은 화려한 스펙터클 속에서 상품으로 유통되면서 쓸모가 없어지면 인간-폐품으로 버려진다.

이 같은 죽음정치는 친밀사회에서 표면상 잘 보이지 않는다. 만일 죽음정치가 낱낱이 눈에 보인다면 그 체제는 더 이상 친밀사회가 아닐 것이다. 그러나 반대로 죽음정치가 없다면 친밀사회는 제대로 작동되지 않는다. 그처럼 친밀한 권력과 표리를 이루면서도 잘 드러나지 않는 것이 바로 죽음정치이다. 반면에 보면서도 보지 못하는 그런 죽음정치를 폭로하는 것은 문학작품이다.

예컨대 최명익의 소설은 신체제의 인공 열차에서 조난당한 사람들을 질병과 죽음의 은유를 통해 보여준다. 「폐어인」(1939)에서 현일은 지성을 버리고 직업을 바꾸라고 강요하는 절박한 현실에 부딪힌다.[14] 맑은 지성의 공기를 호흡하고 싶은 현일은 인공 어항에 몸을 반쯤 담그고 각혈하며 죽어가는 폐어肺漁이다. 인간-폐어(폐어인)인 현일은 실제로 결핵에 걸려 반신을 물에 담그고 우울하게 죽어가고 있다. 그런데 현일처럼 결핵을 앓으면서도 친구 도영은 단지 살아야겠다는 생각으로 건강에 전념한다. 도영은 구렁이를 잡아먹기 위해 구멍에 오줌을 누기도 하고 지렁이를 날로 삼키기도 한다. 하지만 건강해졌다고 자신하던 도영이 피를 쏟으며 정신을 잃자 현일은 자괴감에 사로잡힌다.

> 그때 도영이는 죽은 지렁이 한 놈을 길게 드리워가지고 돌아왔다.
> "자, 이것 보시우 이놈이 열 내리는 데는 제일이랍니다."
> 하고 지렁이에 달라붙은 개미들을 툭여서 떨구고는 입에 집어넣고 사이다를 들이켜서 삼키고 말았다.
> 그것을 본 현일은 울컥 구역이 나고 뒤이어 기침이 발작되었다.
> 지렁이를 삼키고 태연이 앉아 있던 도영이도 따라서 기침을 시작하였다.
> (…중략…)
> 병수가 무엇이라 대답할 사이도 없이 도영의 입에서 피가 솟구쳐 나오기 시작하였다.

---

14   최명익, 「폐어인」, 『최명익 단편선』, 문학과지성사, 2004, 30쪽.

피가 좀 멎자 기신을 못 차리는 그의 입 언저리의 피를 씻으려고 병수는 손수건을 들고 다가앉았다. 그것을 본 현일은 병수를 떠밀어내며 노기를 띤 언성으로 "저리 가라니까" 소리를 지르고 자기 손수건을 내어 도영의 머리를 가슴에 안고 얼굴을 씻으며

"이런 **더러운 피**에 왜 손을 적시려나…… 정신 차리거든 내가 다리구 갈게 자넨 가게나."[15]

현일은 자신과 도영을 이미 죽음에 이른 듯이 삶으로부터 분리시키고 있다. 현일은 어느덧 인간-동물이 되어가는 도영에게 건강한 청년인 병수가 손을 대지 못하게 하고 있다. 점점 경계에서 밀려나는 현일은 그 스스로를 감성적으로 매장하고 있는 것이다. 현일의 행동은 건강을 찬양하는 친밀한 제국의 감성의 장치가 그의 뇌리를 점령하고 있음을 암시한다. 친밀한 제국은 탈락자를 건강인에게서 분리시키고 매장함으로써 친밀한 체제를 유지한다. 현일은 그에 따라 스스로를 건강인에게서 분리시키지만 무의식의 혈관에는 아직 생명적 존재의 잔여물이 남아 있다. 그로 인해 그의 각혈의 발작에는 폐어인이라는 경계적 존재가 경험하는 어쩔 수 없는 고통이 나타나 있다. 최명익은 패배자를 현일처럼 경계선상의 존재로 그리면서 병든 신체의 자의식을 통해 친밀한 제국의 감성의 치안을 방해한다.

더욱이 폐병과 신경쇠약, 구렁이에서 나는 죽음의 냄새는 비단 현일의 문제만이 아니다. 건강한 병수는 손에 더러운 피를 묻히지 않았지만 그 말의 냄새가 머릿속에 각인된다. 그 순간 청년의 뇌수에 은밀히 스며든 더러운 피는 제국의 건강 물신화[16]가 감각의 치안에 어려움을 겪음을

---

15   위의 책, 41~42쪽. 강조는 인용자.
16   1930년 후반 이후의 일본의 건강의 물신화에 대해서는 권창규, 『상품의 시대』, 2014, 민

암시한다. 보이지 않는 뇌수에 더러운 피가 묻은 병수는 친밀한 제국에서 현일보다 더 치안이 어려운 문제적인 인물이다.[17]

친밀한 제국은 건강한 신체를 찬양하는 동시에 병든 신체가 매장되는 시대였다. 그러나 추방되고 매장된 신체는 결코 매장될 수 없는 존재이기도 했다. 병든 신체의 더러운 피는 건강한 청년 병수의 뇌수를 오염시키며 완전한 매장이 불가능함을 암시하고 있는 것이다.

병수는 환자가 아니지만 뇌수의 피가 위험스러운 불길한 인물이다. 병수의 존재는 친밀한 제국의 건강 물신화의 실패 가능성을 시사한다. 청년의 패기를 잃고 불안한 삶을 사는 병수는 사상과 신념을 포기하고 살아야 하는 시대의 질병을 암시한다. 그처럼 무서운 시대의 질병을 앓고 있기에 병수에게는 더러운 피가 그다지 더럽지 않은 것이다. 병수는 오히려 각혈을 하는 두 사람의 신체에 자신의 불안을 비춰보고 있다. 건강한 병수가 각혈하는 신체에 자신의 불안을 비추는 순간 더러운 피는 제국의 치안을 넘어선다. 뇌수에 더러운 피가 스며든 병수는 친밀한 제국의 물신화된 건강한 신체 담론을 역전시킨다. 건강한 청년의 불안의 거울인 병든 신체는, 단순한 폐기물이기보다는 친밀한 제국에 의해 배제되는 불순한 사람들, 그 죽음정치적 희생자들의 은유인 것이다.

친밀한 제국은 불순한 신체를 보이지 않게 추방해야만 비로소 작동될 수 있다. 병든 신체를 눈에 안 보이게 매장해야만 도영 같은 병자는 물론 병수처럼 뇌수가 병든 사람을 추방할 수 있기 때문이다. 아무 일도 없는 것처럼 패기 있게 인공 열차가 달려가기 위해서는 고요한 일상[18]에서 부

음사, 225~247쪽 참조.

17 최명익은 병든 신체를 통해 고갈의 시대를 암시한다. 김예림, 『1930년대 후반 근대인식의 틀과 미의식』, 소명출판, 123쪽 참조. 그와 함께 병수 같은 건강한 인물에게조차 병든 신체의 더러운 피가 뇌수에 스며드는 과정은 감각의 치안의 문제점을 암시한다.

18 고요한 일상이란 죽음정치의 희생자들에 대한 공감이 잘 드러나지 않는 상황을 말한다.

적응자들의 더러운 피가 매장되어야 했던 것이다. 반면에 최명익은 현일의 병든 신체의 자의식과 그 더러운 피가 오염된 병수를 통해 매장될 수 없는 불안과 공포를 드러내고 있다.

내선일체는 선전구호로 시끄러운 동원의 시대인 동시에 고요한 죽음정치의 체제이기도 했다. 그런데 그런 자발적 동원과 죽음정치의 역설은 밝음의 시대인 신자유주의 시대에도 나타난다. 오늘날의 신자유주의 시대는 시끄러운 구호 대신 화려한 상품 이미지로 동원되는 시대이다. 역설적인 것은 눈부신 스펙터클적 이미지의 시대가 음산하게 고요한 시대이기도 한 점이다. 우리 시대는 밝음을 연출하는 (상품화의) 경쟁에서 탈락한 폐품들이 조용하게 사라지는 또 다른 죽음정치의 시대이다. 그처럼 탈락자들이 소리 없이 매장되고 있기 때문에 전사회적 밝음과 친밀함의 연출이 가능한 것이다. 내선일체 시대에 죽음정치의 희생자가 고요하게 매장되었듯이 신자유주의 시대의 또 다른 죽음정치 역시 이상한 고요함 속에서 진행되고 있다.

배수아는 그런 이상한 고요함을 '한낮의 일식'[19]으로 표현하고 있다. 한낮의 일식은 강가에 부는 '깊은 한숨'[20]이자 영화의 '마지막 같은 암흑'[21]이기도 하다. 일식과 한숨, 어두운 은막은 심연에서 감지되지만 아무도 그것을 표현하지 않는 **죽음정치**의 은유이다. 그처럼 죽음정치가 보이지 않고 그 희생자가 소리 없이 매장되기 때문에 신자유주의는 밝음과 친밀함을 선전할 수 있는 것이다.

「프린세스 안나」는 백화점과 TV가 밝음과 친절의 판타스마고리아를 연출하는 장면으로 시작된다. 친밀사회는 TV의 스노화이트가 현실에서

19　배수아, 「내 그리운 빛나」, 『바람인형』, 문학과지성사, 1996, 79쪽.
20　위의 책, 82쪽.
21　「포도상자 속의 뮤리」, 위의 책, 101쪽.

연출되는 환상 속에서 살아가는 세계이다. 사람들은 오후의 마지막 햇빛을 지나 모퉁이를 돌아설 때 실직과 가난, 별거의 어둠을 감지한다. 그러나 환상과 환멸의 동거 속에서도 친밀사회에서는 여전히 스노화이트의 환상이 계속된다. 그것은 친밀사회의 탈락자들이 이상한 고요함 속에서 소리 없이 매장되고 있기 때문이다. 안나의 형부는 참전군인이었던 형의 가족을 떠맡고 힘들어하다가 언니와 싸우고 집에 들어오지 않는다. 언니의 꿈을 깨버린 형부는 친밀사회에서 더 이상 친밀함을 느낄 수 없고 환상을 꿈꿀 수 없게 된 사람이다. 비가 오는 날 술 취한 형부는 지하철 승강장 밑으로 떨어져 죽음을 맞는다. 그러나 세상은 아무 일도 없이 '이상한 고요함' 속에서 계속되고 있었다. 집에서는 아무도 울지 않았고 언니는 우는 시늉만 했다. 아직도 공주의 꿈을 꾸는 언니는 형부의 가족을 욕하고 형부가 돈 못 버는 무능력자라고 비난했다. 언니가 아직도 꿈을 꿀 수 있는 것은 별다른 죄도 없는 형부가 벌을 받고 소리 없이 사라지기 때문일 것이다. 어둠의 터널에서 형부 같은 루저들이 조용하게 매장됨으로써 프린세스의 꿈을 꾸는 친밀사회가 계속되는 것이다.

배수아의 소설은 그런 환상 같은 친밀성과 보이지 않는 죽음정치에 연관된 기이한 역설의 기록이다. 「프린세스 안나」는 패배한 루저들을 검은 터널에 매장하는 '이상하게 고요한' 사회에 대한 자의식을 드러낸다. 그런 자의식과 함께 청년들의 죽음의 질주는 친밀사회의 감성의 장치에 작은 소음을 내고 있다.

최명익과 배수아 소설은 비슷하게 친밀한 권력의 보이지 않는 죽음정치에 대한 자의식을 드러내고 있다. 「폐어인」이 친밀한 제국의 부적응자들이 매장되는 상황을 제시한다면 「프린세스 안나」는 친밀사회의 루저들이 버려지는 장면을 그리고 있다. 최명익의 소설에서 '더러운 피들'이 인간-동물로 죽어가는 것처럼 배수아 소설에서는 환상을 깨뜨리는 사람들이 인간-폐품으로 사라져 간다. 친밀한 제국은 전쟁의 동원의 사회인 반면 친밀사회는 상품의 동원의 사회이다. 그러나 잔여물을 내버리는 죽음정치가 고요하게 수행돼야지만 친밀한 권력이 작동되는 점에서는 일치한다. 친밀한 제국과 친밀사회는 시끄러운 동시에 조용하고 밝은 동시에 어두운 사회이다. 사건이 일어나도 이상하게 고요하고 암흑의 죽음정치가 눈에 보이지 않아야만 친밀한 권력이 친밀한 운행을 계속할 수 있는 것이다.

4. 친밀한 권력의 유령의 출몰
— 최명익과 배수아 소설의 판타스마고리아

친밀한 권력은 얼굴[22]이 보이지 않는 수수께끼 같은 신비한 체제이다. 친밀한 체제는 사람들을 유혹하는 동시에 우울하고 침체되게 만든다. 그같은 유인과 유기의 이중성은 마치 판타스마고리아의 경험과도 비슷하다. 친밀한 권력은 우리를 유혹하는 동시에 권태에 빠지게 하는 거대한 판타스마고리아의 장치이다.

판타스마고리아는 상품물신화가 확장된 집합적 경험이다. 마르크스에 의하면, 상품은 감각적 대상을 넘어서서 시신경의 흥분을 독립된 물건 세계의 환영으로 이끄는 상품물신화를 수반한다.[23] 상품들은 마치 자신의 생명을 갖고 물건과 인간들과 관계하는 듯한 매혹적인 환상을 불러일으킨다. 그런데 상품은 단일 제품으로서보다 백화점이나 아케이드에 진열될 때 더욱 매력적인 집합적 환상을 연출한다. 그처럼 마치 세계가 천국

---

22 친밀한 권력의 얼굴은 프로이트의 「두려운 낯설음」에서의 '모래인간'처럼 숨겨져 있다.
23 마르크스, 김수행 역, 『자본론』 I(상), 비봉출판사, 2001, 3쪽.

의 진열장인 듯한 꿈-물신의 착각을 가져오는 집합적 환상이 바로 판타스마고리아이다.

그러나 상품물신은 물론 판타스마고리아는 그 이면에 노동의 착취와 사물화된 인간관계를 감추고 있다. 판타스마고리아가 근대인을 매혹시키는 동시에 우울과 권태를 불러일으키는 것은 그 때문이다. 자본주의를 비판한 마르크스는 상품물신의 비인간성에 맞서는 저항적 타자를 주목했다. 그러나 친밀한 체제에서는 저항적 타자의 거세와 함께 반항도 탈출도 어려운 거대한 판타스마고리아 장치가 작동된다.

판타스마고리아는 아케이드, 백화점, 유곽, 군중, 열차의 차창, 만국박람회에서 경험된다. 그런데 친밀한 체제에서는 사회와 세계 전체가 그 자체로 거대한 판타스마고리아이다. 예컨대 내선일체는 내지와 조선을 일체화시켜 국경을 넘는 인종적 만국박람회의 환상을 연출한 판타스마고리아였다. 하지만 조선인은 황국신민이라는 일체화의 환상에 사로잡히는 동시에 주체성을 상실한 자동인간의 부품으로 거세되는 우울을 경험했다. 내선일체와 대동아공영은 인종을 로컬칼라로 페티시화해서 동아 신질서의 환상을 연출하며 전쟁으로 달려가는 장치였다. '친밀한 인종적 페티시'[24]의 판타스마고리아는 전쟁의 동원을 위해 필수적인 환상적 기제였다.

미묘한 것은 전쟁의 공포가 사라진 친밀사회에서 유사한 판타스마고리아가 나타난 점이다. 전쟁의 동원을 위해 인종-부품이 필요했듯이 상품의 동원을 위해서 인간-상품의 또 다른 페티시가 요구된 것이다. 신자유주의의 친밀사회는 전사회가 상품 진열장으로 변한 거대한 판타스마고리아의 세계이다. 진열장 같은 판타스마고리아의 세계는 매혹적인 동시에 우울한 세상이다. 쇼윈도화된 꿈-물신 사회의 현란함과 우울감, 빛

---

24 친밀한 인종적 페티시는 일반적인 식민지에서의 경멸스러운 페티시와 구분된다.

과 어둠의 동거상태, 그 틈새에서 어른거리는 고요한 죽음정치, 이것이 21세기에 다시 출몰하고 있는 친밀한 권력의 유령이다.

물론 21세기의 한국인 중에서 식민지 말의 친밀한 제국에 호의적인 사람은 아무도 없다. 모두가 당시의 일본의 잔혹함에 치를 떨며 반일 감정을 고조시킨다. 그러나 이는 친밀한 제국을 극복한 것이 아니라 단지 반대하며 삭제한 것일 뿐이다. 식민지 말의 악몽 같은 상황을 친일과 반일로 단순화하는 것은 친밀한 제국의 미로의 경험을 망각하는 일일 따름이다. 그처럼 친밀한 제국의 복합적 경험을 단순화하고 삭제한 결과 우리는 오늘날 또 다른 친밀한 권력의 미로에 빠져들게 되었다. 우리를 낯선 두려움의 미로에 빠지게 하는 점에서 오늘날의 신자유주의적 세계화는 식민지 말의 근대의 초극의 변주에 다름이 아니다. 우리는 근대의 경계를 넘는 듯한 환상 속에서 불길한 미로를 헤매며 낯선 두려움의 공포로 되돌아온다.

실제로 오늘날 일본의 우경화 경향은 국제 관계가 과거로 되돌아가는 듯한 느낌을 준다. 그러나 일본의 오늘날의 국가주의는 전세계를 지배하고 있는 미로 같은 상황의 일부일 뿐이다. 일본이 과거의 망령을 재연하는 것은 친밀한 체제의 미로에 빠져 있는 우리 시대의 상황에 근거하고 있을 뿐이다. 우리는 세계화라는 친밀한 결연의 환상이 국가주의적 대결 상태의 낯선 두려움으로 회귀할 때 불현듯 과거의 유령을 발견한다. 과거 대동아공영과 파괴적인 전쟁은 친밀한 제국을 연출한 역설적인 두 가지 구성적 요소였다. 마찬가지로 신자유주의적 세계화와 냉혹한 국가주의는 마치 동전의 앞뒷면과도 같다. 친밀해질수록 불길해지고, 명랑한 동시에 우울하며, 시끄러우면서 고요한 점에서, 과거와 현재는 놀랄 만큼 유사하다. 실제로 최명익과 배수아의 우울의 미학은 친밀한 권력의 유령이 반세기 이상을 넘어 다시 출몰하는 이상한 반복을 암시한다. 이제 두 사람의 소설을 통해 반복해서 되돌아오는 불길한 역사적 미로의 경험을 살펴보자.

친밀한 체제는 사회 전체가 진열장이 된 거대한 쇼윈도의 세계이다. 최명익 소설과 배수아 소설은 그 이중적인 환영의 세계를 은유적으로 보여준다. 최명익의 「비오는 길」(1936)에서 병일은 비를 피하려다 외짝 거리에서 사진관의 쇼윈도를 발견한다. 쇼윈도 안에는 결혼 사진을 중심으로 명함판의 작은 사진들이 가득히 붙어 있었다. 벤야민에 의하면 예식이나 얼굴 사진은 사라진 아우라의 마지막 흔적이다. 사진은 그림과 달리 기계 복제적 파편화의 방식을 통해 아우라를 상실하게 한다. 그러나 제의적 예식이나 인간의 얼굴의 사진에서는 아우라의 잔존 때문에 아름다움과 멜랑콜리가 공존한다. 그런데 병일은 여공의 명함판 사진에서 보이지 않는 거친 손을 상상할 뿐이다. '노방의 타인'인 병일은 미와 우울의 이중성 중에서 아우라의 상실과 숨겨진 여공의 고통이 더 절실했던 것이다.

그 점은 쇼윈도의 환영의 이중성에 대해서도 마찬가지이다. 병일은 쇼윈도의 환상에 이끌리기보다는 광선에 의해 기묘하게 희화화된 광경을 보고 있다. 그 그로테스크한 순간 사진이 젖혀지며 쇼윈도 유리창을 통해 나타난 것은 주인 이칠성이다. 이칠성은 사진사이자 쇼윈도의 연출자였다. 그는 거대한 쇼윈도 체제에서 평양 외짝 거리의 쇼윈도를 맡고 있는 이등국민이었다.

기계매체인 사진과 쇼윈도 체제는 서로 상응하는 기제를 암시한다. 불원간 다가올 신체제는 기계와 인간의 결합을 통해 파편화된 세계를 총체화하는 인공장치였다. 마찬가지로 이칠성의 사진은 외과 의사처럼 인간에게 파편적으로 다가가는[25] 동시에 전체의 삶은 쇼윈도의 환영을 통해 연출한다. 체제의 판타스마고리아가 아우라를 상실한 파편들을 통합하는

---

25 벤야민, 이태동 역, 「기술복제 시대의 예술작품」, 『문예비평과 이론』, 문예출판사, 1994, 208쪽.

인공장치인 것처럼 하위 환등상인 이칠성 역시 사진 조각들의 환영을 봉합한다. 그러나 이칠성의 사진과 쇼윈도의 행복론을 불신하던 병일은 그가 돌연히 죽자 환영 같은 행복을 더욱 회의한다.

내선일체 시기가 되자 최명익은 외짝 골목 대신 질주하는 기차를 주목한다. 이제 사진사의 기계와 쇼윈도의 결합은 달리는 열차와 차창으로 변주된다. 질주하는 열차의 차창은 기계와 인간의 결합인 인공기관적 신체제의 쇼윈도이자 판타스마고리아이다.[26] 내선일체 시기에 그 같은 열차 경험이 그려진 것은 제국의 운동과 그 운동에 소환된 사람들을 표현하기 위해서였다.

기계와 인간의 결합으로서 달리는 열차와 자발적 탑승의 시나리오는 영화 〈지원병〉(1940)과 〈군용열차〉(1938)에서 암시된다. 〈지원병〉에서 춘호는 내선일체를 선전하는 현수막의 슬로건(내선일체와 국민총동원)을 바라본다. 제국의 언어적·시각적 슬로건은 자발적 소환을 유인하는 광고와도 같으며 춘호는 실제로 지원 행위를 통해 자기-동원을 연출한다.[27] 그 같은 자발적 소환의 기제로서 내선일체 체제는 마치 황국 국민이라는 인간-부품이 전시된 거대한 아케이드와도 같다. 황국 국민으로 선전되지만 실제로는 인간-부품으로 소모될 수밖에 없는 존재로서, 아케이드 전시장에 소환되고 있는 것은 바로 조선인이다. 자발적 자기-동원과 유통과 소모를 위한 시각적 전시의 장치, 이것이 인종 페티시에 의해 아케이드화되고 만국박람회화된 내선일체와 대동아공영의 판타스마고리아였다.

그 같은 시각적 장치는 기계와 인간의 인공기관적 결합이기도 하다. 〈군용열차〉에서는 무기화된 테크놀로지로서 군용열차의 시나리오와 주

---

26 최명익 소설의 판타스마고리아에 대해서는 신형기, 『분열의 기록』, 문학과지성사, 2010, 131~138쪽 참조.

27 테드 휴즈, 나병철 역, 앞의 책, 106쪽.

인공의 사랑의 스토리가 결합되고 있다.[28] 더욱이 이 영화에서 한국인 친구들과 다정한 일본인 상사(기관구장) 사이의 친밀성은 인공기관으로서 기계와 결합된 감정을 생산한다. 기계는 그런 친밀한 감정이 지속되는 것을 가능하게 하면서 감정을 구체적인 물질적 운동으로 전이시킨다.[29] 이런 기계와 인간의 결합은 다시 동원 영화의 운동을 통해 제국의 열차에 자발적으로 탑승한 조선인의 모습을 암시한다.

최명익은 그런 시각기계적 연출을 달리는 열차의 기계장치와 차창의 쇼윈도로 변주시킨다. 질주하는 열차의 차창은 쇼윈도이며 객차의 승객은 군중이다. 그런데 최명익의 소설에서 열차의 탑승객에는 자기-동원된 조선인뿐 아니라 우울한 산책자도 있었다. 예컨대 「심문」(1939)에서 '나'(명일)는 특정한 직업도 집도 없는 상태에서 방랑하는 마음으로 하얼빈을 찾는다. 나는 마치 산책자처럼 차창 밖의 풍경과 사람들에 대한 환몽에 잠긴다. 그러나 「비오는 길」의 병일(산책자)이 쇼윈도에서 매혹과 우울의 이중성을 느낀 것과 달리, '나'는 차창을 보며 스릴의 유희 속에서도 기차의 속도에 의한 공포에 젖는다. '나'는 질주하는 기차의 속도에 밀려 산과 강과 들의 풍경이 캠퍼스 위에 한터치의 오일로 부딪혀 옴을 느낀다. 더구나 맞은편 플랫폼 열차 차창에 빈틈없이 나붙은 얼굴들까지 마치 폐허의 조난자와도 같았다.[30]

「비오는 길」의 쇼윈도는 이칠성의 행복론으로의 소환이었으며 〈지원병〉과 〈군용열차〉의 시각 장치들은 거대한 아케이드로의 자기-동원의 호출이었다. 반면에 「심문」의 '나'는 열차라는 기계가 그리는 그림에서 폐허와 조난자를 보고 있다. 더 나아가 열차에 타고 있는 자신마저 한 터치의

---

28   위의 책, 108쪽.
29   위의 책, 107쪽.
30   최명익, 「심문」, 앞의 책, 164~165쪽.

오일로 붙어버릴 것 같은 위기감을 느낀다. '나'는 열차의 차창이자 제국의 쇼윈도를 보며 스릴과 공포의 이중성 중에서 후자의 어두운 틈새로 미끄러지고 있는 것이다.

「심문」에서는 그림을 그리지 못하는 우울한 '나' 대신 제국의 기계인 기차가 한터치씩 그림을 그린다. 내선일체의 부적응자인 '나'는 차창의 그림에서 쇼윈도와 아케이드의 유희보다는 폐허와 공포를 느낀다. '내'가 차창의 캔버스에서 감지한 조난자의 폐허는 현혁의 아편중독과 여옥의 죽음으로 현실화된다.

「심문」은 제국이 연출한 판타스마고리아의 이면에 폐허 같은 죽음정치가 작동되고 있음을 드러내고 있다. 동원장치가 영화처럼 연출되고 인물들의 소환이 자발적으로 보이기 위해서는 현혁과 여옥 같은 타자들이 고요하게 매장될 필요가 있었던 것이다. 최명익 소설의 고독과 우울은 매장된 사람들이 희생제물조차 될 수 없다는 무의미의 표현이다. 단지 「심문」의 '나'만이 제국이 그린 그림과 현실에서 공포와 우울을 표현함으로써 친밀한 신체제의 감성의 분할에 소음을 낸다. 총동원 체제가 미처 동원하지 못한 것은 '나'의 '우울'과 최명익의 '우울의 미학'일 것이다.

흥미로운 것은 내선일체 시기의 총동원 과정이 상품의 유통과 유사하다는 점이다. 전쟁 사회에서 사람들이 시각적 장치에 의해 자발적으로 소환되는 과정은 상품 사회의 스펙터클적 소환과 유통의 과정과 매우 비슷하다. 내선일체에서 소환된 사람들은 제국의 아케이드에 전시되고 유통되다가 죽음에 이르도록 소모된다. 그와 비슷한 자발적 동원과 유통이 상품 사회에서도 재연되고 있는 점은 놀라운 일이다. 우리시대는 상품세계에서 전쟁과 비슷한 일이 일어나고 있는 자기-동원의 사회이다. 신자유주의에서는 자기-동원된 사람들이 인간-상품으로 유통되다가 용도가 없어지면 소리 없이 폐기된다.

헬조선의 루저들은 전시체제에서 부상당한 군인이나 시체의 변주이다. 신자유주의 친밀사회는 내선일체 친밀한 제국의 포스트모던적 부활이다. 쓸모없어져 버려진 사람들이 이상한 고요함 속에서 매장되는 점까지도 아주 똑같다. 용도가 다 된 인간-동물과 인간-폐품이 아무도 모르게 매장돼야지만 친밀한 체제가 친밀하게 움직일 수 있는 것이다. 우리시대는 소리 없이 지옥장치를 작동시켜야만 천국의 환상이 유지되는 체제, 그 유령 같은 친밀한 권력이 다시 출몰하는 사회이다.

우리사회에 친밀한 권력의 유령이 어떻게 배회하고 있는지 잘 보여주는 것은 바로 배수아의 소설이다. 배수아는 신자유주의 친밀사회가 왜 환상과 환멸의 동거상태로 경험되는지 암시한다. 배수아 소설에서는 환상을 꿈꾸는 장치가 많아질수록 우울에 빠지는 사람들이 곳곳에 생겨난다. 그래서 더 이상 꿈을 꾸지 못하게 된 사람들은 어둠의 틈새에서 어른거리는 죽음정치의 그림자를 감지하게 된다.

내선일체의 쇼윈도가 사진관, 열차 차장, 동원 영화로 나타났다면 배수아의 신자유주의 쇼윈도는 TV, 복제된 상품이미지, 디즈니랜드이다. 친밀한 제국의 아케이드에 황국 신민과 지원병, 군용열차, 정신대가 있었던 반면, 친밀사회의 아케이드에는 스노화이트와 캘빈 클라인, 하이네켄, 마리떼 프랑소아 저버가 있다. 외견상 과거의 전쟁 이미지와 오늘날의 상품이미지는 정반대되는 것처럼 보인다. 그러나 사람들이 시각적 소환 장치에 의해 자기-동원되어 유통되다 쓸모없어지면 폐기되는 과정은 너무나 유사하다.

친밀한 제국에 동원된 사람은 황국신민이 되려 하지만 결코 황민이 되지 못한 채 죽음에 이르도록 소모되어 버려진다. 그와 비슷하게 친밀사회에서 스노화이트를 꿈꾸는 사람은 공주가 되지 못하고 자발적인 인간-상품으로 유통되다 팔리지 않는 폐품으로 폐기된다. 전쟁의 동원의 사회가 죽음정치적 매장의 체제였다면 상품의 동원의 사회는 또 다른 죽음정치적 배제의 체제인 것이다.

최명익은 열차의 쇼윈도(차창)가 연출하는 그림 속에서 한 터치의 오일로 고착되는 사람들을 보여준다. 그와 유사하게 배수아는 백화점에서 우울을 달래던 사람들이 먼지투성이의 푸른 사과의 정물화가 되는 과정을 암시한다. 두 동원 체제의 공통점은 사회 전체가 매혹과 우울의 이중성을 지닌 판타스마고리아의 장치라는 점이다.

배수아 소설은 백화점과 상품 이미지들이 환상을 연출할수록 내면의 쓸쓸한 우울함이 느껴짐을 암시한다. 최명익이 환상장치에 동원된 사람들보다 우울을 감지하는 사람을 주목하듯이 배수아 역시 모퉁이를 돌아서며 내면이 쓸쓸해진 인물을 보여준다. 그들은 가난한 삶과 기억속의 생선말린 냄새, 푸른 사과 때문에 성장을 경험하지 못하고 내면이 빈약해진 사람들이다.

배수아의 우울한 인물들은 아무도 사지 않는 푸른 사과의 그림이 되어가는 사람들을 보고 있다. 가슴을 설레게 했던 아름다운 남편은 방사능 제거 작업 후유증으로 정신분열증에 걸린다(「갤러리 환타에서의 마지막 여름」). 공주가 되고 싶었던 고교 동창 소영은 결혼 후 주방용 가위로 손목을 긋는다(「푸른 사과가 있는 국도」). 또한 친절했던 형부는 돈 없는 무능력자로 매도되다 지하철에서 떨어져 죽음을 맞는다(「프린세스 안나」).

그러나 친구가 죽음을 맞고 가족이 없어져도 아무도 동요하지 않는다. 「갤러리 판타의 마지막 여름」의 '나'는 실업과 패배감을 견디지 못한 남편의 칼에 찔린 후 아무 일도 없었다고 말한다. 「천구백팔십팔 년의 어두운 방」에서는 친구 철희가 죽은 뒤에도 일상에서는 신기할 정도로 아무 일도 일어나지 않는다. 「프린세스 안나」에서도 형부가 자살한 후 세상은 아무 일도 일어나지 않은 채 그대로이다.

그처럼 쓸모없어진 사람들이 소리 없이 매장되고 있기 때문에 친밀사회가 고요한 운행을 계속하는 것일 터이다. 단지 배수아 소설의 우울한 주인공만이 이상한 고요함 속의 환멸과 권태를 말하고 있다. 왜 친밀사회에서는 아무 일도 일어나지 않는가.

왜 이 세상은 이렇게 아무 일도 일어나지 않는가. 언제까지나 이른 아침에 눈을 떠야 하고 추위에 떨면서 낡은 운동화를 신고 학교에 가야 하고 숙제에 시달려야 한다. 나의 낮은 환멸이고 권태이다.[31]

방사능에 오염된 남편이나 죽은 소영, 철희, 형부는 친밀사회에서 고요하게 매장된 사람들이다. 다만 「프린세스 안나」의 '나'(안나)만이 매장되었지만 매장될 수 없는 사람의 신음을 듣고 있다. 상품사회에서는 무용해진 사람들이 버려지거나 방치되어 소리 없이 죽어간다. 친지의 죽음을 경험한 사람은 트라우마를 갖게 되지만 상품사회에서는 희생자가 인간-폐품으로 여겨질 뿐이다. 단지 매장된 사람의 신음을 듣는 '나'만이 이상한 권태와 우울에 반복적으로 사로잡힌다.[32]

프로이트는 전쟁에서 충격적인 경험을 한 사람은 반복해서 현장의 이미지로 되돌아간다고 말한다. 이것이 바로 전쟁 외상증을 겪는 사람들의 반복강박충동이다. '프린세스 안나'가 살고 있는 상품사회는 전쟁도 혁명도 없는 밝은 세상이다. 그러나 '나'는 전쟁 외상증을 겪기라도 하듯이 반복적으로 어두운 환멸과 우울에 사로잡힌다. 끝없이 반복되는 '나'의 우울은 전쟁터처럼 산성비가 내리는 상품사회에서 겪는 전쟁 없는 전쟁 외상

---

31   배수아, 「프린세스 안나」, 『바람인형』, 문학과지성사, 1996, 133쪽.
32   신음을 듣는 사람의 우울이 계속되는 것은 자아의 빈곤화로 인해 구조요청에 응답하는 은유의 이중주가 연주되지 못하기 때문이다.

증이다.「프린세스 안나」에서 되풀이되어 묘사되는 불구화된 참전군인들은 그런 외상증의 은유에 다름이 아니다.

보풀이 일어난 나의 겨울 교복 스커트가 젖은 채로 펄럭거린다. 오래 전의 전쟁으로 불구가 된 참전군인이 겨울의 모퉁이를 천천히 걸어온다. 겨울은 끝이 없다.[33]

불구화된 군인들은 쓸모없어진 신체들을 방치하고 폐기하는 죽음정치의 상징이다. 죽음정치란 죽음에 이르도록 신체를 소모시키고 훼손시키는 생명권력의 작동이다. 스펙터클적인 상품사회에서는 외견상 신체를 훼손시키고 유기하는 죽음정치나 죽음정치적 노동이 사라진 듯이 보인다. 그러나 '내'가 경험하고 있는 것은 오래 전의 참전군인들이 쓸쓸한 회색빛 어두운 거리를 방황하고 있는 끝없는 겨울이다. '나'의 전쟁 없는 전쟁 외상증은 부상자와 시체가 난무하는 전쟁사회의 죽음정치의 유령이 상품사회에서 다시 출몰하는 비극을 암시한다.

5. 보이는 환상과 보이지 않는 죽음정치
– 배수아의 「바람인형」과 이창동의 〈버닝〉

배수아 소설의 주인공은 에로스의 불가능성을 감지한 우울한 여성들이다. 그들은 스노화이트를 꿈꾸면서도 인형처럼 빈곤한 내면으로 살아가는 여성들을 보고 있다. 프린세스를 꿈꾸는 사회는 인간-인형의 불행

---

33 배수아,「프린세스 안나」, 앞의 책, 133쪽.

이 조용한 일상이 된 우울한 사회이기도 하다. 그런 꿈-물신 사회에서의 일상화된 **우울**은 「바람인형」에서 **낯선 두려움**으로 변주된다.

낯선 두려움은 일상에서 숨겨야 할 것이 드러났을 때 느끼는 불안과 공포감이다. 「프린세스 안나」에서 여전히 공주를 꿈꾸는 안나의 언니는 환상과 환멸의 반복 속에서 우울한 삶을 살아간다. 반면에 「바람인형」의 주인공은 숨겨진 정체성이 헝겊인형임이 드러났기 때문에 우울보다 낯선 두려움을 느끼고 있다. 인형으로 살면서도 인간으로 견디는 것(인간-인형)이 우울이라면, 낯선 두려움은 더 이상 꿈꿀 수 없게 된 바람인형의 심리이다.

불행이 매번 환상으로 감춰지는 이미지 사회에서, 배수아의 인물들은 아무 일도 일어나지 않는 조용한 날들을 반복적으로 경험한다. 반면에 「바람인형」의 주인공은 상처받은 몸으로 세상의 마지막이 다가옴을 감지한다. 배수아 모든 소설에서 불행과 상처가 일상화된 이상하게 고요한 삶은 우울하게 느껴진다. 단지 「바람인형」의 주인공만이 상처를 일상에서 분리시키며 임박한 종말을 낯선 두려움으로 느끼고 있다.

그런 낯선 두려움의 심리 때문에 「바람인형」의 동화적 서사는 프로이트가 논의한 「모래인간」(호프만)과 겹쳐진다. 「모래인간」에서 매혹적인 올림피아가 나무인형(자동기계)임이 드러났을 때 나타니엘(올림피아의 연인)은 낯선 두려움을 느낀다. 그와 비슷하게 「바람인형」에서는 사랑을 잃은 소녀가 헝겊인형으로 살게 되었을 때 온 세상이 낯선 두려움으로 감지된다. 「모래인간」에서 올림피아의 눈을 빼 나무인형으로 만든 것은 코폴라라는 모래인간이다. 「바람인형」의 경우 소녀가 그네에서 떨어져 바람인형으로 살게 한 것은 신자유주의라는 또 다른 모래인간일 것이다. 전자에서는 숨겨졌던 모래인간(나쁜 아버지)의 폭력이 드러나는 순간 나타니엘이 불길함[34]에 사로잡힌다. 그와 유사하게 후자의 경우 이미지 사회(신자유주의)가 에로스를 추방하는 순간 상처받은 바람인형은 불길한 삶을 살게 된다. 「바람인형」은 친밀한 이미지 사회를 배경으로 한 「모래인간」의 신자유주의적 버전이다.

「바람인형」과 「모래인간」은 유사하게 불가능한 사랑을 주제로 한 소설이다. 두 소설에서는 「프린세스 안나」가 환상장치로 감추고 있는 사랑의 불가능성의 비밀이 밝혀진다. 그처럼 숨겨져야 할 비밀이 드러남으로써 은유와 환상의 서사로 전개되는 점도 비슷하다. 두 소설은 사랑의 불가능성의 비밀이 예쁜 눈 수집광인 모래인간의 거세의 폭력에 있음을 암시하고 있다.

두 소설에서 바람인형과 나무인형의 동화적 은유는 이중적인 의미를 지닌다. 바람인형은 쇼단의 소녀였을 때 남자아이와 사랑을 할 수 있었다. 나무인형 역시 올림피아였을 때 나타니엘과 불길 같은 사랑을 나누었다. 그 후 사랑을 잃은 바람인형과 나무인형은 에로스의 기억인 동시에 그 불가능성의 표현이 된다. 여기서 쇼단의 소녀가 바람인형이 되고 올림피아의 정체성이 나무인형이었다는 것은 모래인간과 연관해 양가적인 의미를 갖는다. 양자 모두에서 바람인형과 나무인형이 되었다는 것은 모래인간에 의해 눈을 빼앗기고 거세되었다는 뜻이다. 이것이 사랑의 불가능성의 비밀일 것이다. 그러나 바람인형과 나무인형은 사랑의 기억을 갖고 있으며 의인화된 '바람'과 나타니엘의 애니미즘적 상상력에 의해 불의 춤(에로스)으로 부활하길 소망한다. 바람인형과 나무인형은 모래인간에 의해 거세된 페티시인 동시에 애니미즘적 마법(바람)과 연인의 상상력에 의해 불가능한 에로스의 대상이 된다.

---

34 불길함(uncanny)은 낯선 두려움과 유사한 심리이다.

바람인형이 남자아이와 사랑을 할 수 있었던 것은 쇼단에서 그네를 탈 때였다. 쇼단은 신자유주의의 스펙터클적 장치이다. 그 점에서 쇼단의 스펙터클 세계에서의 둘의 사랑은 나타니엘과 올림피아가 모래인간의 망원경이라는 스펙터클 장치에 의해 만난 것과 비슷하다.

바람인형(소녀)과 남자아이는 쇼단에서 진정한 사랑을 소망했다. 그러나 신자유주의라는 모래인간은 에로스를 열망하는 눈을 빼앗아 자신의 수집품으로 만드는 권력이다. 바람인형(소녀)과 남자아이는 에로스를 소망한 대가로 영혼의 눈을 빼앗기고 거세된 상태로 살게 된다. 두 사람은 어느 날 그네에서 떨어져 상처를 입는다. 이후 소녀는 헝겊인형으로 살아가게 되었으며 남자아이는 에로스를 상실한 채 기계처럼 일하는 평범한 성인이 된다. 두 사람의 상처는 모래인간(신자유주의)에 의해 피 묻은 눈(불가능한 에로스)을 빼앗긴 신체의 흔적이다.

그러나 바람인형은 나무인형처럼 양가적이다. 바람인형은 여성의 삶이 인간-인형이라는 페티시임을 알리는 거세된 존재이다. 그와 동시에 그녀는 폐기될 위협을 무릅쓰고 바람이라는 애니미즘의 마법을 빌려 세상의 마지막에서도 회생의 꿈을 버리지 않는다. 바람인형의 낯선 두려움은 애니미즘의 마법과 모래인간의 죽음권력 사이의 틈새에서 느껴지는 추방의 공포이다.

바람인형은 바람에 날려서 남자를 찾아간다. 남자는 기억을 어른거리게 하는 창밖의 바람 때문에 일상의 안도감을 상실하고 낯선 두려움에 사로잡힌다. 어느덧 바람은 상실된 쓸쓸한 기억을 되돌아오게 하며 마침내 남자의 몸을 아프게 만들었다. 남자는 바람의 마법에 의해 쓸쓸한 에로스를 기억하는 대가로 신자유주의의 일상에서 폐기되는 운명을 맞는다.

헝겊 인형은 남자가 죽은 것을 몰랐다. ……좀더 다른 일이 우리의 일생에서 일어나기도 한다. 남자는 건강하고 젊었다. 그리고 슬퍼하는 사람은 아무도 없었다. 헝겊 인형은 오랫동안 방에서 남자와 같이 지냈다. 남자는 손톱이 푸르게 변하고 몸이 기울었다. 헝겊 인형은 남자의 오래된 상처, 남자도 기억하지 못하는 시간이 잠들어 있는 목의 상처를 안는다. (…중략…) 죽은 남자의 목의 상처에 헝겊 인형은 입맞추고 입맞추고 또 입맞춘다. 안녕 내 사랑. 이제는 냉장고에 먹을 것도 아무것도 없고 텔레비전은 켜지지 않고 가스불도 들어오지 않는다. 안녕 내 사랑.

그런 것은 아무래도 상관없지. 난 바람으로 다시 태어나니까. 언제까지나 네 곁을 떠나지 않을 거야. 사람들은 이제 이 세상의 마지막이 왔다고들 하였다. 안녕 내 사랑.[35]

남자가 주검으로 폐기되어도 아무도 그를 슬퍼하는 사람은 없다. 이미지 사회는 인간-폐품을 조용하게 매장해야지만 쇼윈도를 밝힐 수 있는 세상인 것이다. 남자의 죽음과 아무 상관없이 텔레비전은 주기적으로 켜졌다 꺼지고 있다. 텔레비전은 자동 기계화된 신자유주의의 쇼윈도이다. 다만 바람인형만이 주검이 된 남자의 상처를 끌어안고 키스를 한다. 남자의 목의 상처는 상실한 에로스의 기억이 남아 있는 유일한 흔적이다.

남자의 방은 정적이다. 그러나 아무일도 없는 듯한 세상에는 번갯불이 번쩍이고 비가 계속 내리면서 우울한 종말의 그림자가 다가온다. 텔레비전이 켜지지 않는다는 것은 쇼윈도에 비가 들어차 어둠이 찾아왔음을 뜻한다. 바람인형은 사랑과 이별하는 동시에 사랑의 곁을 떠나지 않는다. 남자는 죽었고 그녀는 이미 거세된 헝겊인형이지만 바람의 마법으로 기억 속의 에로스의 회생을 소망하기 때문이다.

---

35 배수아, 「바람인형」, 앞의 책, 153~154쪽.

「바람인형」에서 눈에 보이는 것은 쇼단의 세계와 텔레비전이 켜져 있는 일상이다. 반면에 보이지 않는 것은 소녀를 헝겊으로 거세시키고 남자를 주검으로 만든 죽음정치이다. 보이지 않는 죽음정치를 보고 있는 유일한 인물은 바람의 힘[36]으로 에로스의 회생을 소망하는 바람인형이다.

「바람인형」은 일상의 사람들에게 보이지 않는 세계를 은유로 보여준다. 이 소설은 우리가 빛나는 환상의 스펙터클과 비가시적 죽음정치의 세계에서 살아가고 있음을 암시한다. 그런 보이는 환상과 보이지 않는 죽음정치의 대비를 보다 더 잘 표현한 것은 영화 〈버닝〉이다.

〈버닝〉은 「바람인형」에서 더 나아가 스펙터클과 죽음정치의 은밀한 공모를 시사한다. 이 영화는 쓸모없는 사람을 처리하는 죽음정치가 망각되며 친밀한 스펙터클이 유지되는 우리 시대의 비밀을 암시한다. 여기서 보이는 스펙터클과 보이지 않는 죽음정치의 비밀을 푸는 사람은 낯선 두려움을 감지한 주인공 종수이다. 에로스가 불가능한 사회에서 불길함을 느끼는 사람은 심연에 에로스의 소망이 남아 있는 사람이다. 에로스의 잔여물로 인해 환상적인 친밀함에서 불길한 낯선 두려움을 느끼는 사람만이 숨겨진 죽음정치를 드러내며 에로스의 회생을 소망할 수 있는 것이다.

그처럼 낯선 두려움 속에서 죽음권력을 폭로하고 불의 춤(에로스)을 소망하는 점에서 〈버닝〉은 「모래인간」과 「바람인형」에 겹쳐진다. 세 작품을 관통하는 것은 보이는 환상과 보이지 않는 죽음정치이다. 〈버닝〉은 그런 시각적 대비를 두 개의 세계의 경험을 통해 제시하면서 우리 시대의 문제를 은밀히 환기한다.

〈버닝〉에는 양극화를 암시하는 두 개의 세계가 있다. 하나는 파티를 중심으로 한 벤(스티븐 연 분)의 세계이며 다른 하나는 가난한 종수의 세계이

---

36 애니미즘의 마법은 자연과 닮으려는 소망이며 신자유주의가 잃어버린 것은 바로 그 자연이다.

다. 양자는 '노는 것이 일'인 벤의 포르쉐와 알바에 시달리는 종수의 낡은 포터로 대비된다.

종수의 주위에는 분노조절장애가 있는 아버지와 가출한 어머니, 그리고 500만 원의 카드빚을 지닌 해미가 있다. 가난한 그들은 해미가 아프리카에서 경험한 리틀 헝거의 차원의 사람들이다. 해미는 종수와 벤 앞에서 두 차례 리틀 헝거가 그레이트 헝거로 변화되는 춤을 보여준다. 삶의 의미를 찾는 그레이트 헝거란 종수가 쓰려고 하는 소설이나 해미와 종수 사이의 사랑 같은 것일 터이다. 그러나 현실에는 그레이트 헝거가 어디에도 없다. 종수는 소설을 쓰지 못하며 해미와의 사랑은 벤의 출현으로 시작도 하기 전에 끝난다.

이 영화는 종수 같은 리틀 헝거들이 그레이트 헝거가 되지 못하는 세계를 그리고 있는 셈이다. 그레이트 헝거가 불가능한 것은 오늘날의 스펙터클 사회에서는 리틀 헝거들이 사람들의 관심을 받지 못하기 때문이다. 무관심 속에서 투명인간이 된 리틀 헝거들은 결코 그레이트 헝거가 되지 못한다. 실제로 해미의 빛이 잘 안 드는 방처럼 종수 같은 가난한 청년들의 삶은 잘 보이지 않는다. 해미의 고양이가 눈에 띄지 않는 것도 같은 이유에서이다. 그들은 모두 신자유주의 친밀사회의 감성의 분할의 주변부에서 살아가고 있다.

에로스가 불가능한 세계에서 종수는 단 한 번 해미와 사랑을 나눈다. 그것은 남산타워에 반사되어 해미의 방에 꼭 한번 들어왔다 나가는 빛과 같은 사랑이었다. 그러나 해미와 불가능한 사랑을 나눈 대가로 종수는 나머지 생애를 낯선 두려움 속에서 살게 된다. 종수는 해미가 아프리카에서 만난 벤과 연루되면서부터 더욱 더 삶이 거세될 듯한 불길한 경험을 하게 된다.

종수의 삶이 잘 보이지 않는 것과는 반대로 이 영화에서 눈에 띄는 것은 벤의 친밀한 파티의 세계이다. 벤의 파티는 '노는 것이 일'인 사람들의 즐거운 일상의 스펙터클적인 표현이다. 그런 파티가 친밀하게 연출되는 이유는 해미와 종수처럼 다른 세계의 사람이 일원으로 참여하기 때문이다. 하지만 해미와 종수는 쇼단의 그네를 타는 소녀처럼 쇼를 빛나게 하는 페티시일 뿐이다. 페티시란 주역들을 대신해서 쇼윈도를 빛나게 하는 물품들일 뿐이다. 해미는 바람인형(「바람인형」)이나 나무인형(「모래인간」)으로 앉아 있는 것이며 해미의 춤은 쇼단 소녀의 그네타기와 다름없다. 벤의 파티는 쇼윈도처럼 연출되는데 그것은 해미가 실종된 후 다른 여자가 똑같은 역할을 하며 앉아 있는 장면에서 확인된다. 벤의 쇼윈도에서는 스펙터클을 연출하는 마네킹과 나무인형이 주기적으로 바뀔 뿐이다.

다만 파티에서의 해미의 춤은 양가적 의미를 지니고 있었다. 벤은 해미의 춤에 하품을 하지만 해미에게는 그레이트 헝거의 춤이 꿈의 표현이었을 것이다. 그레이트 헝거의 춤은 「모래인간」에서 나타니엘이 열광한 불의 춤과도 같다. 그것은 이 세상에서는 불가능한 에로스의 열망이기도 하다. 이 영화는 나중에 종수가 소설을 쓰게 되는 과정을 통해 영화에서는 불가능한 그레이트 헝거의 꿈을 메타픽션적으로 암시한다.[37]

그처럼 해미의 춤에는 불가능한 꿈이 담겨 있었지만 벤은 그것을 쇼단 소녀의 곡예 정도로 여겼을 것이다. 종수와의 사랑을 불가능하게 만든 벤과 해미의 교제 역시 그와 비슷한 페티시즘의 차원에 있다. 벤에게는 파티는 물론 해미와의 만남 또한 '노는 일거리' 곧 삶을 환상으로 즐기는 취미의 일종이다. 벤이 '그래스'[38]를 하며 마리화나를 피우는 것은 그런 그의 일련의 취미의 정점이다. 그렇기 때문에 그는 그래스에 해미와 종수가 조

---

37 영화 자체에는 그레이트 헝거의 꿈이 표현되지 않지만 그런 삶의 소설화 과정은 그레이트 헝거의 귀환을 암시한다. 종수의 소설 자체가 그레이트 헝거의 은유라고 할 수 있다.
38 그래스(grass)는 마리화나를 친자연적으로 부르는 애칭임.

연으로 참여하는 것을 매우 즐거워한다.

해미는 마리화나를 피우며 자신도 모르게 또 그레이트 헝거의 춤을 춘다. 원초적인 아프리카의 영혼이 담긴 이 춤은 애니미즘의 마법으로서 「모래인간」의 원환의 춤과도 같다. 벤에게는 나무인형으로 보였겠지만 해미는 영혼이 담긴 춤을 추고 싶었을 것이다.

그러나 벤은 해미가 쓰러져 잠든 사이에 종수에게 비닐하우스를 태우는 취미를 얘기한다. 종수가 끊임없이 낯선 두려움에 사로잡히기 시작한 것은 바로 그때부터였다. 수수께끼 같은 벤의 비닐하우스는 그의 취미의 세계가 작동되게 하는 비밀을 담은 열쇠였다. 그런데 농촌(파주) 출신 종수에게는 그 비밀의 열쇠가 자신의 주변의 것인 점이 더없이 불길했다.

못 쓰게 된 비닐하우스는 벤에게 폐기된 헝겊인형이나 나무인형과도 같은 것이었다. 반면에 종수에게는 미스터리한 벤의 삶을 한층 더 불길하게 느끼게 만드는 요인이었다. 더욱이 비닐하우스에 열중했을 때 알게 된 해미의 실종은 쇼단의 소녀가 바람인형이 된 것과 같은 충격이었다. 종수는 직관적으로 벤의 취미의 희생물 비닐하우스를 지켜야 한다는 생각을 갖게 된다.

비닐하우스를 지키려 벤을 추적하던 종수는 해미의 실종의 비밀에 접근하면서 **낯선 두려움**이 더없이 증폭된다. 벤의 추적과정에서 이제 **숨겨져야 할 것**이 드러나고 있었던 것이다.[39] 벤은 모래인간처럼 예쁜 눈의 수집광이었으며 그의 마지막 취미는 인형을 불속에 던져 넣는 것이었다. 그처럼 쓸모없어진 것을 보이지 않게 처리해야만 벤의 파티가 쇼윈도의 연출처럼 계속되는 것이다. 이것이 벤의 비닐하우스를 태우는 미스터리한 취미에 감춰진 기이한 비밀이었다.

---

39 낯선 두려움은 일상에서 숨겨져야 할 것이 드러났을 때 증폭된다.

벤이 타인의 죽음을 취미로 삼는 것은 심리파탄자의 정신세계를 보여준다. 그러나 그런 정신적 파탄이 취미의 차원에서 친밀하게 연출되는 것이 벤의 세계였다. 사이코패스적 죽음권력이 취미처럼 연출되는 그런 미스터리의 이면에는 인간을 페티시나 물건으로 보는 생각이 놓여 있었다. 사랑이라는 단어에 대한 벤의 비웃음 역시 그런 신념의 산물이다. 죽음의 취미를 지닌 벤은 사이코패스를 닮아가는 우리시대의 모래인간이었던 셈이다. 모래인간이 여자를 나무인형으로 보듯이 벤은 리틀 헝거를 페티시로 보고 있었다. 리틀 헝거라는 인간을 헝겊인형으로 보는 것, 그 같은 인간-물건의 관점이 그의 이중존재 사유[40]의 비밀이었다. 그가 유통이 단절된 폐품(인간-폐품)을 태우는 일에서 희열을 느끼는 것은 그 때문이다.

반면에 리틀 헝거를 그레이트 헝거로 전환시키려는 것이 종수의 또 다른 이중존재의 사유이다. 종수는 벤이 훔쳐간 피 묻은 눈이 자신의 가슴에 던져져 시뻘건 숯불처럼 타오르는 것을 느낀다.[41] 그는 불의 원을 외치며 그레이트 헝거의 춤(에로스)을 열망한다.

종수의 버닝의 실행은 분노로 바뀐 가슴의 불 에로스의 표현이다. 종수는 모래인간 같은 죽음권력을 불태울 뿐 아니라 자신의 옷까지 소각하며 벌거벗은 몸으로 불의 원(에로스)에 다가가려 한다. 종수의 나체의 질주는 수용소로부터의 벌거벗은 생명의 탈출이자 그레이트 헝거에 접근하려는 춤과도 같다.[42]

이제 벤의 파티는 열리지 않을 것이다. 쇼윈도의 완성도를 높이는 나무인형들은 소환되지 않는다. 그러나 죽음권력을 하나 불태웠다고 에로스

---

40   벤은 종수에게 이중존재의 사유에 대해 말한다.
41   호프만, 김현성역, 「모래 사나이」, 『모래 사나이』, 문학과지성사, 2001, 42 · 64쪽.
42   친밀사회에서 벌거벗는 순간은 수용소에 갇히는 것과도 같다. 그러나 종수의 나체의 질주는 보이지 않는 수용소에서 탈출하려는 신체적 표현이다.

의 불이 되살아나는 것은 아닐 것이다. 에로스는 가슴의 불이 타자에게로 번져가 불의 원을 만들 때 가능하다. 그처럼 불의 원이 만들어져야지만 예쁜 눈 수집광들이 가까이 다가오지 못할 것이다. 그래야만 모래인간이 연출하는 환상이 종영되고 그 환상을 유지하려는 죽음정치가 중단될 것이다. 〈버닝〉은 보이는 환상과 보이지 않는 죽음정치의 틈새에서 어떻게 심연의 불의 원을 회생시킬 수 있는지의 질문을 남기고 있다.

6. 앱젝트에서 생명성의 증거로
– '막' 뒤에서의 낯선 두려움과 사랑의 회생

〈버닝〉에서 종수가 옷을 벗은 것은 비천한 앱젝트로 강등될 위기에서 벗어나 생명성을 증명하려는 시도였다. 그레이트 헝거의 춤을 추며 해미가 상의를 벗은 것도 같은 의미에서였을 것이다. 그러나 벤 같은 예쁜 눈 수집광에게는 그들의 나체가 페티시로 보일 뿐이다. 벤은 예쁜 눈에만 관심이 있지 눈을 수집한 후에는 검은 구멍의 앱젝트를 폐품(폐비닐하우스)으로 내버린다.

예쁜 눈은 수집되는 순간 벤의 서랍속의 해미의 시계처럼 페티시의 기념품으로 남겨진다. 그처럼 기념품으로 수집된 이후 나머지 신체는 폐품으로 불태워지는 것이다. 수집의 희열을 제공하고 남은 신체는 쓰레기와 다름없다.

이것이 레비나스의 벌거벗은 얼굴이 앱젝트로 버려지는 비밀이다. 벌거벗은 얼굴은 누군가와 교섭할 때 사랑과 윤리를 증명한다. 종수는 물론 해미도 그런 사랑을 열망하고 있었다. 그러나 사랑을 비웃는 자 앞에서는 해미의 나체의 춤, 그 벌거벗은 얼굴은 수집된 예쁜 눈의 운명을 맞는다.

예쁜 눈 수집광 앞에서 벌거벗은 얼굴이 드러난 순간은 수집되고 남은 쓰레기, 즉 앱젝트로 강등될 위기에 처한 때이다.

비웃음 속에서 사라질 위기에 처한 것은 해미만이 아니다. 벤을 경멸하는 종수 자신 역시 또 다른 '거대한 벤'인 성과사회 앞에서 비슷한 운명에 놓여 있다. 종수는 신자유주의라는 성과사회에 편입되려 취업을 시도한다. 하지만 매번 실패를 거듭하며 그는 쓸모없는 앱젝트로 버려질 거세공포 속에서 살고 있었다.

종수가 그런 심연의 낯선 두려움을 확인한 것은 벤의 비닐하우스 방화 얘기를 듣고 나서였다. 쓸모없어진 비닐하우스는 취업을 거부당한 자신과 비슷하다. 폐비닐하우스를 지키려 포터를 모는 종수의 마음은 취업 실패자인 자신을 방어하려는 공포의 심리와도 다름없다. 폐비닐하우스와 종수는 존재하는 동시에 존재하지 않는다. 파주(종수의 집)의 유동성을 지닌 옅은 안개와 잡히지 않는 축축함[43]은 존재와 비존재의 경계를 경험하는 종수 자신의 심리를 암시한다.

불안한 종수와 대비되는 벤의 견고한 친밀함은 그의 사회적 존재의 반대 위치를 알려준다. 벤은 불법적으로 마리화나를 피우고 폐비닐하우스를 태워도 (오히려 그렇게 함으로써) 아무런 동요 없이 자신의 친밀한 파티의 세계를 유지한다. 이것이 바로 법의 정지 속에서 앱젝트(폐비닐하우스)[44]를 제거함으로써 합법적 체계를 조용하게 지키는 친밀사회 권력자의 모습이다.[45]

그러나 종수는 그 반대이다. 종수는 벤을 살해한 범법으로 인해 앱젝트

---

43   크리스테바, 서민원 역, 『공포의 권력』, 동문선, 2001, 28쪽.

44   아감벤은 벌거벗은 생명에 대해서 이렇게 말하고 있다.

45   벤이 사랑을 비웃은 것은 불안한 사랑을 압도하는 자신의 안전하게 친밀한 세계에 대한 자신감에서였다.

로 추방될 위기에 놓인다. 종수가 옷을 다 벗어버린 것은 그런 위기에서 벗어나 자신의 존재를 증명하기 위해서였다. 벤의 위치에서는 실종된 해미처럼 인맥이 끊긴 벌거벗은 생명은 단지 앱젝트일 뿐이다. 반면에 종수의 벌거벗은 신체는 앱젝트를 비존재로 배제하는 경계를 지우려는 타자의 위치이다. 타자가 나체인 것은 실재계에 접촉하기 때문이지 단순히 상징계의 옷을 거세당한 때문이 아니다.

벤의 세계에서 종수는 옷을 입었어도 비존재와 벌거벗은 생명으로 추락할 위기를 느끼며 살아왔다. 아무리 옷을 차려 입어도 권력자에게 비천한 존재란 상징계의 옷이 벗겨진 벌거벗은 생명일 뿐이다. 반면에 옷을 불태우고 벌거벗은 후 종수는 비로소 불안하게 존재하기 시작한다. 종수의 나체는 상징계의 옷이 무의미한 실재계에 접촉함을 뜻하기 때문이다. 이처럼 벤의 위치냐 종수의 입장이냐에 따라 나체의 의미가 달라지는 것이다. 양자의 차이는 물화된 상징계-상상계에 위치한 사람과 실재계에 접촉한 존재의 차이이다.

〈버닝〉은 종수의 입장에서 친밀한 권력에 대한 반전을 보여준다. 즉 이 영화는 앱젝트의 분노의 복수극이자 사랑의 반란이다. 이 영화에서 폐비닐하우스는 「바람인형」에서 손톱이 푸르게 변한 남자나 「모래인간」에서 눈 빠진 나무인형처럼 앱젝트의 존재이다. 그러나 피 묻은 눈은 가슴에 던져져 불길이 되고 남자의 주검은 바람의 마법으로 부활할 것이다. 바람의 마법이란 자연을 닮으려는 애니미즘의 사유이다. 종수의 나체의 질주는 추방된 벌거벗은 생명을 자연의 신체로 되돌리려는 표현이다. 벌거벗은 생명이 상징계의 균열을 은폐하는 상상계의 희생자라면 자연의 신체는 실재계에 접촉한 존재이다.

여기서 앱젝트와 대상 a의 관계가 밝혀진다. 2개월마다 폐비닐하우스가 불태워지는 일이 계속되는 곳은 인간-페티시가 앱젝트로 처분되는 세상이다. 반면에 모래인간이 제거되어 비닐하우스 방화가 중단되면 나무인형이 회생하고 피 묻은 눈이 가슴에 던져져 불길로 타오른다. 그 순간 심연의 불의 원을 확인하는 사람에게는 나무인형과 앱젝트가 에로스의 원인인 대상 a의 증거가 된다. 대상 a는 어린 시절 나무인형과 함께 했던 원환의 불의 기억이기도 하다. 마지막에 종수의 가슴에 불이 붙은 후 폐비닐하우스의 잔여물은 불의 춤을 응시하던 해미의 흔적에 다름이 아니게 된다. 신비롭게도 크리스테바가 말한 상징계의 쓰레기(잔여물) **앱젝트**는 여성이나 자연의 신체(벌거벗은 종수)에게는 실재계적 잔여물 **대상 a**의 근거가 된다.

어떻게 그런 반전이 가능한가. 모래인간은 쉽게 제거되지 않는다. 그러나 감성의 분할에 대한 방해가 일어난다면 존재와 비존재의 경계가 파주의 안개 속처럼 변할 수 있다. 파주의 안개 속에서는 폐비닐하우스와 대상 a(해미)의 경계가 사라진다. 여기서는 낯선 두려움 속에서 피 묻은 눈이 가슴에 던져져 꺼져가는 불씨를 되살릴 수 있다. 그처럼 가슴의 불씨가 다시 타오를 때만 모래인간에 대한 반격이 시작될 수 있을 것이다.

그것의 출발로서 낯선 두려움 속에서 감성의 분할을 방해하는 시도가 바로 김이설의 소설이다. 그녀의 소설이 불길하게 느껴지는 것은 경계에 선 인물들이 낯선 두려움 속에서 감성의 치안을 방해하며 친밀한 환상을 깨고 있기 때문이다. 친밀사회를 배경으로 한 배수아의 인물들은 불행한 삶을 아무 일도 일어나지 않는 우울한 일상으로 경험하고 있다. 김이설의 소설은 거기서 더 나아가 이미지 사회의 장막 뒤에 숨겨야 할 것들을 드러내면서 **낯선 두려움**의 세계를 폭로한다. 배수아 소설이 이상한 고요함의 세상이라면 김이설 소설은 아무도 말하지 않는 것을 불길하게 보여준다.

그처럼 숨겨진 것을 불길하게 드러내는 점에서 김이설 소설은 「모래인간」이나 「바람인형」과 비슷하다. 그러나 두 작품이 동화적인 반면 김이설의 소설은 매우 현실적이다. 그 때문에 김이설의 소설은 다른 소설에서는 볼 수 없는 끔찍하면서도 생생한 현실성을 담고 있다. 김이설 소설은 모래인간의 거세 위협에 시달리는 나무인형들이 신자유주의의 현실에서 어떻게 살아가는지 충격적으로 드러낸다.

배수아 소설은 스노화이트를 꿈꾸는 인물들이 환멸과 불행을 경험하며 이상한 정적 속에서 살아가는 이야기이다. 반면에 김이설의 소설은 이미 신데렐라의 환영이 깨진 상태에서 시작된다. 김이설의 경계선상의 인물들에게는 신데렐라란 환상도 동화도 아니며 생계의 수단인 연극일 뿐이다.

마지막 공연에는 아이 하나가 무대 위로 뛰어 올라왔다. 흔한 일이었다. 부모는 뭐하고 있었는지 화를 낼 필요도 없었다. 그런 아이를 제지할 사람 하나 무대 앞에 세우지 못한 극단의 책임이었다. 갑자기 튀어나온 아이 때문에 객석에서 웃음이 터졌다. 신데렐라였던 내가 부엌 귀퉁이에서 울던 순간이었다.[46]

배수아 소설에서는 스노화이트가 TV뿐 아니라 현실에서도 연출된다. 그와 비슷하게 김이설 소설에서 역시 연출된 연극이 현실에서도 대본처럼 일어난다. 그러나 이번에는 환상이 깨진 끔찍한 연극이다. 현실의 삶은 연극의 막 뒤의 일들이 드러나는 듯한 충격적이고 끔찍한 상황의 연속이다. 프로이트는 그런 막 뒤의 경험을 낯선 두려움이라고 말했다. 그런데 김이설의 경계선상의 인물들은 일상 자체를 불길한 일들로 경험하며 살아간다.

그런 불길함의 상황은 김이설 소설의 인물들이 앱젝트로 버려질 위기

---

46   김이설, 「막」, 『아무도 말하지 않는 것들』, 문학과지성사, 2010, 191~192쪽.

에 처한 사람들이기 때문이다. 그들은 마치 〈버닝〉의 해미가 2개월 뒤에 처분될 운명에 놓인 것과도 같다. 그러면서도 김이설의 인물들이 해미와 달리 끈질기게 살아남는 것은 모래인간의 연극 뒤에 숨겨진 것을 알고 있기 때문이다. 김이설의 여성들은 사회가 예쁜 눈 수집광 모래인간의 세상임을 어렴풋이 감지하고 있다. 순진한 해미가 불의 춤의 꿈을 꾸는 것과 달리 김이설의 인물들은 세상의 혹독함에 시달리면서 모래인간의 존재를 알아가는 과정을 보여준다. 그들이 장막 뒤의 모래인간의 존재를 감지하는 과정은 세상을 대본으로 경험하게 되는 과정과 일치한다.

그 때문에 김이설의 소설에는 〈버닝〉 같은 원환의 춤을 소망하는 강렬한 순간이 없다. 김이설의 인물들은 오히려 페티시로서의 수명을 연장시키기 위해 끔찍함을 무릅쓰고 무슨 일이든 다 하는 사람들이다.[47] 그들은 자신이 해야 할 페티시의 연기에 이력이 난 여자들이다. 그 대신 그런 비참한 삶을 전전하는 과정에서 이미지 사회의 장막 뒤에 '숨겨져야 하는 것'을 낯선 두려움 속에서 폭로한다.

김이설은 생존을 위해 정체성을 훼손시켜야 하는 비참한 인물들을 통해 친밀사회의 조용한 감성의 분할(이상한 고요함)을 방해한다. 감성의 분할이란 모래인간의 망원경이나 안경 같은 장치를 말한다. 신자유주의는 모래인간의 안경 같은 스펙터클의 장치가 눈부시게 발달된 세계이다. 그러나 김이설의 인물들은 모래인간이 보여주는 스펙터클의 세계가 파탄 난 연극처럼 느껴지는 사람들이다. 이미지 사회가 연극 사회라면 연극이 파탄 난 위치에서 작동하는 것은 막 뒤의 죽음정치이다.[48] 정체성의 불안을 지닌 인물들은 신체와 생명을 위협하며 인간을 앱젝트로 폐기하려는 죽음정치와 대면한 경계에 놓여 있다.

---

47 김이설, 『환영』, 자음과모음, 2011, 84쪽 참조.
48 그래야만 스펙터클적인 이미지 사회가 유지되는 것이다.

김이설의 인물들은 페티시와 앱젝트의 **경계선에 놓인 존재들**이다. 낯선 두려움은 그런 경계의 위치에서 앱젝트로 처분되지 않으려는 불안감으로부터 생겨난다. 김이설의 인물들은 오랜 삶의 이력으로 인해 낯선 두려움이 신체 자체에 생리화되어 있다. 예컨대 「막」에서 연극 공연 전에 '내'가 경험하는 복통은 그런 불안감의 하나이다. '나'는 공연 때나 일상에서 신경이 예민해지면 배가 아프면서 변의를 느낀다.

> 와중에 변의가 느껴졌다. 끙, 신음소리를 내며 일어섰다. 배가 아파 온몸이 뒤틀렸다. 그런데도 똥은 나오지 않았다. 아무리 힘을 주고, 신음을 토하고, 고함을 질러도, 꿈쩍도 하지 않았다. 손가락으로 만져봤다. 항문은 벌어져 손가락에 똥이 묻어났다. 나는 아랫도리를 내린 엉거주춤한 자세 그대로 방 안으로 들어갔다. 굴러다니는 대본을 펼쳐 바닥에 깔았다. 그 위에 쭈그려 앉았다. 손가락을 항문에 넣어 똥을 후벼 팠다. 눈물이 뚝뚝 떨어졌다.[49]

'내'가 변의를 느끼며 쏟아내고 싶은 똥은 앱젝트의 은유이다. '나'는 자신의 신체가 앱젝트로 밀려난 위기를 느낄 때마다 몸 안의 오물을 배출하고 싶은 예민한 증상이 나타나는 것이다. 페티시와 앱젝트의 차이는 페티시가 친밀함과 거부감의 양가성을 지닌 반면 앱젝트는 똥처럼 주로 혐오의 대상이라는 점이다.[50] '나'는 지방 소극단에 입단한 이후 페티시-상품과 앱젝트-폐품의 경계에서 점점 후자로 밀려나는 과정을 경험한다.

신자유주의의 모래인간은 돈과 섹슈얼리티 장치를 정체성으로 삼는 권력이다. 「모래인간」에서 나타니엘은 유년기와 청년기에 모래인간을 만

---

49 김이설, 「막」, 『아무도 말하지 않는 것들』, 문학과지성사, 2010, 208~209쪽.
50 앱젝트 역시 벌거벗은 생명과 달리 혐오와 매혹의 양가성을 지닌다. 그러나 남성중심적 일상에서는 주로 버려야 할 비천한 대상으로 여겨진다.

나며 두 번의 낯선 두려움을 경험한다. 그러나 신자유주의에서는 모래인 간이 모든 곳에서 때를 가리지 않고 출몰한다. 신자유주의란 자본과 권력이 인격성과 예술의 영역에까지 침투해 사회 곳곳에 은밀하게 편재해 있는 세계이다. '나'는 예술의 꿈(예쁜 눈)을 빼앗기고 거세 위협 속에서 상품으로 전락하는 여러 번의 과정을 거친다.

'나'는 처음에 소극단 면담 때 김 팀장이 가슴을 주무르는 걸 거부하지 않은 대가로 입단할 수 있었다. 이후로도 김 팀장의 성추행은 이어졌고 '나'는 한번도 얼굴을 찡그리지 않음으로써 가장 오래 살아남을 수 있었다. 그뿐 아니라 극단 내의 일반적인 남성 단원들과의 관계조차도 섹슈얼리티 장치에 의해 유지되었다.

극단의 돈만으로는 생계가 어려워 '나'는 김 팀장의 소개로 도우미 일을 시작한다. 도우미는 친절하고 순진한 역을 하는 대본 같았으며 마지막에는 성관계를 갖기도 했다. 김 팀장은 도우미 일이 생기면 '친구가 찾는다'는 은어로 '나'를 불렀다.

'나'는 김 팀장에게서 벗어나 중앙 극단으로 진출하기 위해 오디션을 봤지만 매번 실패를 반복한다. '나'의 '실패 중독증'은 마치 우리 시대 청년들의 자화상과도 같다. 그러는 동안 '나'는 나이를 먹었고 신데렐라에서 요정, 난쟁이로 전락하며 점점 배역을 맡기 어려워졌다. 어느 날 '나'는 집 나간 어머니와 재회했지만 가족들도 돈의 관계로 얽혀 있어서 혈육의 친밀성이 사라진 지 오래였다.

그처럼 돈과 섹슈얼리티 장치에 지배된 '나'의 사생활과 사회적 삶은 꿈을 잃고 낯선 두려움에 시달리는 과정이었다. 친밀사회에서의 '나'의 낯선 두려움은 연극인 동시에 막 뒤의 현실이었다. '나'에게는 연극의 배역 '신데렐라'가 복통을 유발하는 불길함의 신호로 기억되었다. 김 팀장의 은어 '친구'는 친구를 연기하며 감정을 착취당하는 낯선 두려움의 단어였다. 아버지와 오빠는 떠돌이와 불청객[51]인 주제에 가족이라는 무대의 막 뒤에서 폭력을 행사하는 폭군이었다. 또한 새로운 연극 〈이상한 나라의 앨리스〉는 '나'의 오디션 실패 중독증을 알리는 기표였다.

그러나 '나'는 〈이상한 나라의 앨리스〉의 오디션에서 떨어지고 나서 '나'와 비슷한 소녀를 만난다. 소녀는 집나간 엄마와 다른 사내와의 사이에서 태어난 아이였다. 소녀는 '나'처럼 연극의 꿈을 갖고 있었고 '나'의 중독된 실패처럼 오디션에서 낙방했다. '나'와 다른 점은 나이가 어려서 아직 세상을 대본으로 경험하지 않는다는 것이었다. 페티시와 앱젝트의 경계에 있는 '나'와 달리 소녀는 낯선 두려움을 모르고 친밀성에 대한 그리움을 갖고 있었다. 소녀는 마치 〈버닝〉의 해미처럼 그레이트 헝거의 원환의 춤에 대한 소망을 잃지 않고 있었다.

'나'는 정국과 상원이라는 남자들과 이별하고 난 뒤에 마치 오디션에서 떨어진 듯한 기분이 들었다. '나'는 상원에게 거절당한 후 〈이상한 나라의 앨리스〉의 공연장에서 소녀를 다시 만난다. '나'에게 소녀는 대본이나 오디션으로 느껴지지 않는 유일한 인간적 대상이었다. 소녀는 '내'가 잃어버린 예술과 친밀성에 대한 향수를 다시 돌아오게 하는 존재였다. '나'의 예술의 꿈은 심연 속의 대상 a 같은 것인데 그것을 상실한 후 소녀에게서 얼핏 다시 보고 있는 것이다. 앱젝트의 위기에 처한 '내'가 소녀에게서 엿본 것은 그레이트 헝거와 불의 춤의 꿈, 그 대상 a[52]의 열망이었다.

공연이 끝난 뒤에는 당연한 듯 우동을 먹으러 갔다. 소녀는 조금 수척해 보였다. 무슨 일이 있었니? 얼마 전부터 뮤지컬아카데미에 다녀요. 재밌니? 네. 소녀는 뜨거운 면을 후루룩 소리 내며 맛있게 먹었다. 나도 부지런히 젓가락질을 했

---

51 김이설, 「막」, 앞의 책, 209쪽.
52 대상 a는 소타자이지만 그레이트 헝거처럼 대타자보다 더 큰 것을 갖고 있다.

다. 엄마가 방을 얻어 나갔어요. 갈라선대요. 소녀는 국물을 남기지 않았다.

　버스를 기다리는 데 소녀가 혼잣말처럼 말했다. 며칠 전에 아버지가 어떤 여자를 데리고 왔어요. 저 혼자서 집안일을 안 하게 돼서 잘됐다고 생각하기로 했어요. 마침 버스가 도착했다. 소녀가 버스에 올랐다. 버스가 시야에서 사라질 때까지 나는 그 자리에 서 있었다. 바람이 불었다. 겨울이 금방 끝날 것 같지 않다. 김 팀장에게 전화가 왔다. 친구가 찾아. 불러줄 때 부지런히 가야 한다. 빈 택시가 다가왔다. 목적지가 어디였는지 기억나지 않았다.[53]

　위에서 당연한 듯 우동을 먹으러 간 것은 기억에 의한 연대감의 표시이다. 소녀와 '나'의 내면에 서로가 기억으로 들어와 있었던 것이다. 소녀와 '나'의 유대감은 오디션의 실패가 가져다 준 쓸쓸한 인연이었다. 또한 둘이 똑같이 엄마를 잃어버렸다는 슬픔[54]도 서로 유사했다. 그러나 두 사람의 연대감은 단지 비슷한 배경에서 생겨난 것만은 아니다.

　가족과 극단은 원래 친밀한 것인데 돈과 섹슈얼리티 장치에 지배된 신자유주의에서는 낯선 두려움으로 경험된다. 그 때문에 '나'는 친밀사회의 두려운 친밀성이 아닌 또 다른 친밀성을 은밀히 소망하고 있었다. 그런 자신도 모르는 소망은 예술의 꿈이 아직 아득한 심연 속에 남겨져 있는 것과도 연관이 있다. 그 점이 바로 '나'와 소녀가 연대감을 느끼게 된 이유일 것이다.

　신자유주의의 돈과 섹슈얼리티 장치에서 벗어날 수 있는 것은 그런 또 다른 친밀성에 대한 소망이다. 위에서 '내'가 '친구'(성매매)의 호출을 받고도 목적지를 기억하지 못하는 것은 버스에 오른 소녀의 잔상 때문이다.

53　김이설, 「막」, 앞의 책, 216~217쪽.
54　소녀는 '나'의 가출한 엄마와 함께 살고 있었다.

오디션 실패 중독증이나 '친구'의 호출 같은 습관기억[55] 이외에 자신도 모르게 오래 지속되는 또 다른 기억이 있었던 것이다. 베르그송은 그처럼 기억이 존재로 전이된 것을 순수기억이라고 불렀다. 순수기억 속에서는 '예술의 꿈'같은 상실된 것이 끝없이 되돌아오는 데 그것이 순수욕망의 원인 대상 a(라캉)이다. '나'는 내면이 빈곤해진 인간-상품으로 살다가 소녀를 만난 후 잠시 순수욕망이 부풀어 오르는 경험을 한 것이다. '나'는 페티시-상품과 앱젝트-폐품의 경계에서 상품세계 외부에 겨우 남겨진 존재인 소녀로부터 생명성의 감염을 경험한다. 신자유주의의 잔여물은 앱젝트일 수도 있지만 소녀가 되돌려준 기억 같은 대상 a(예술의 꿈)일 수도 있는 것이다. 그것을 알게 해 준 것은 상품으로의 호출보다 오래 지속되고 있는 소녀의 잔상이다. 소녀의 잔상의 호출은 우리에게 '친구' 같은 냉혹한 친밀사회의 소환 이외에 사랑이라는 또 다른 친밀성의 샘이 심연에 잔존함을 암시하고 있다.

7. 앱젝트와 대상 a – 비천한 '엄마들'

「막」에서 '나'는 앱젝트로 추락할 위기에서 소녀로부터 심연의 대상 a의 호출을 경험한다. 앱젝트로의 추락이 고독한 추방이라면 소녀와의 대상 a의 교섭은 이중주에 의한 자아의 회생이다. 거세의 위협에 시달리던 '나'는 자신과 똑같은 동시에 아직 사랑의 열망이 남은 소녀에게 은유적으로 공명한다. '나'는 과거의 자신과도 같은 소녀의 잔상에 호출되며 이중주를 통해 자아를 연주하고 있다.

---

55 습관기억이란 규율과 규범이 내면화된 기억이다. 여기서는 여성적 약자나 사회적 루저에게 강요되는 기억이지만 일종의 습관기억으로 작용한다.

이런 앱젝트에서 대상 a로의 반전은 여성의 신체들 사이에서 일어나고 있다. 크리스테바는 여성의 신체를 기호계[56]와 상징계의 다수 텍스트성의 장으로 말하고 있다.[57] 그처럼 기호계가 잔존하기 때문에 여성이 상품 물신화되는 신자유주의에서도 여성적 연대를 통해 대상 a의 호출이 가능한 것이다.[58]

앱젝트와 대상 a는 똑같이 상징계가 수용하지 않는 잔여물이다. 그러나 앱젝트는 상징계에서 살아야 하기에 겪는 경계선상의 잔여물의 경험이며 대상 a는 상징계에서 잠시 거리를 둘 때 심연에서 감지되는 잔여물이다. 상품물신의 세계에서의 앱젝트는 상품으로서 수명이 다 된 인간-폐품의 잔여물이다. 반면에 심연의 대상 a는 상징계에서 버려지면서 인간으로 남겨진 존재의 상품화되지 않은 또 다른 잔여물이다. 앱젝트는 상징계에서의 불가피한 생존 때문에 '살아 있는 죽음'의 형식으로 발생한다. 그와 달리 대상 a는 실재the Real에서 멀어진 상품물신의 세계에서 한 순간 실재계를 열망할 때 감지된다.

상징계에서 인간-상품으로 잘 살아가는 사람은 앱젝트의 위기도 없지만 대상 a를 경험할 가능성도 없다. 반면에 경계선에서 앱젝트로 버려질 위기에 처한 사람이 오히려 상품화되지 않은 잔여물 대상 a를 감지할 가능성을 지닌다. 「막」에서 '나'는 비천한 신체로서 거세공포를 느끼면서도 상품세계의 시선에 동화되지 않는 응시[59]를 흘리고 있다. 그때 과거의 나 같은 소녀와의 만남에 의해 응시가 증폭되며 대상 a에 대한 열망이 생성된 것이다. 이것이 앱젝트의 불길한 위치에서 대상 a로의 도약이 일어나

---

56 기호계는 여성이 오이디푸스화되기 이전의 전오이디푸스적 영역을 말한다.
57 팸 모리스, 강희원 역, 『문학과 페미니즘』, 문예출판사, 1997, 239·250쪽.
58 상징계에서 대상 a를 감지할 때 주체는 분열을 경험하지만 타자와의 연대를 통해 접근할 때는 분열에서 벗어난다.
59 응시는 시선에 동화되지 않은 타자의 대응을 말한다.

는 과정이다. 양자 사이에는 **인간-폐품**에서 **폐품-인간**으로의 반전이 있다. 「막」에서 '나'는 상품세계의 잔여물이 되어가는 과정에서 '상실한 예술'의 실재계적 차원(대상 a)을 열망한다.[60]

이처럼 김이설의 소설에서 앱젝트로 거세될 위기에 놓인 여성들은 심연에서 어렴풋이 대상 a를 감지하는 인물들이다. 김이설이 인간과 폐품의 경계에서 앱젝트로 추락할 위험을 느끼는 여성을 통해 신자유주의의 감성의 분할을 방해하는 것은 그 때문이다. 신자유주의에서 여성의 낯선 두려움의 심리는 모래인간이 예쁜 눈을 빼앗아 검은 구멍의 나무인형을 폐기하는 일이 계속됨을 암시한다. 그러나 김이설은 그런 앱젝트-되기를 모래인간의 시점이 아니라 여성 자신의 내면을 통해 제시한다. 그런 방식으로 상징계에서의 생존의 절박함과 함께 암암리에 심연에서의 대상 a의 호출을 암시하는 것이다. 예컨대 『환영』에서의 '물로 된 신체'(생리하는 여성)나 「막」에서의 '연극의 꿈', 「엄마들」에서의 또 다른 친밀성의 소망 등이 그것이다.

『환영』에서 '나'는 유산 후에도 성매매를 해야 되는 상황에서 손님에게 혐오의 대상인 생리가 물의 생명성으로 느껴진다. 「막」에서도 가출한 엄마를 공유한 소녀가 뮤지컬 아카데미를 다닌다는 말을 하자 '나'는 상실한 예술의 꿈이 호출됨을 느낀다. 두 작품의 여성들은 상품사회에서 폐품으로 버려질 위기감 속에서 인간으로의 반전을 소망한다. 여성을 페티시로 이용하다 쓸모없어지면 내버리는 것이 친밀사회의 냉혹성이라면, 인간으로의 반전은 또 다른 친밀성 속에서만 가능하다. 냉혹하고 두려운 친밀사회 대신 또 다른 인간적인 친밀성을 소망하는 것은 「엄마들」에서도 비슷하다.

---

60 크리스테바, 서민원 역, 앞의 책, 120쪽.

「엄마들」에서도 상품사회에서 생존의 경계에 놓여 있는 여성들이 등장한다. '나'는 아버지가 부채를 지고 도주한 후 가족들이 신용불량이 된 상황에서 장기매매라도 해야 될 처지에 놓인다. 당장 오천만 원이 필요했던 '나'는 어쩔 수 없이 대리모 광고를 올리게 된다. 장기매매는 생명의 위험과 함께 장기가 적출된 앱젝트를 감수해야 하는 죽음정치 노동의 극단이다.[61] 또한 대리모는 자궁을 상품으로 제공하면서 신체를 도구화해 잠재적인 앱젝트로 만드는 거래이다.

대리모 계약에 의해 '나'의 신체는 아이를 원하는 고용주의 처분에 맡겨진다. 임신을 위해 임의적으로 처분될 수 있는 '나'는 인간의 생명이기보다는 상품에 가까웠다. 이처럼 생명을 상품화하는 죽음정치적 노동에는 복잡한 감정적인 소외와 고통이 뒤따른다.[62] 몸속의 태아로 인해 감정적 상처가 증폭되는 대리모는 신체를 상품화하는 노동의 비인간성을 잘 보여준다. '나'는 친밀성의 기표인 '엄마'가 낯설게 느껴지고 내 것이 아닌 입덧이 더욱 불쾌했다.

그러던 어느 날 '나'는 고용주인 여자가 또 다른 계약관계에 있음을 알게 된다. 여자는 생계를 위해 결혼을 계약처럼 유지하고 있었고 이혼을 당하기 싫어 대리 임신을 부탁한 것이었다. 그런 계약의 냉혹성을 경험한 여자는 '나'처럼 상품사회에서는 사랑이 불가능하다는 것을 알고 있는 사람이었다. 아이가 필요한 결혼을 마치 노동처럼 수행하던 여자는 '나'를 계약의 하수인으로 고용한 것이다. 더욱이 그녀는 남편과 세상으로부터 버려질 위기 속에서 '나'처럼 낯선 두려움에 시달리고 있었다.

물론 결혼 계약을 유지하는 한 돈에서 자유로운 그녀는 생명을 훼손시킬 위험 속에 있는 '나'와는 달랐다. 그러나 쌍둥이 자매처럼 두 벌씩 쇼핑

---

61 이진경, 나병철 역, 앞의 책, 42쪽.
62 위의 책, 54쪽.

을 하거나 클래식을 듣고 순산체조를 하면서 둘은 기이한 유대감을 느낀다. 그녀와 '나'는 결혼노동과 임신노동을 하며 함께 배가 불러가는[63] 한 쌍의 조합과도 같았다.

여자와의 관계가 더욱 가까워진 것은 그녀가 엄마를 잃고 '내'가 태동을 느끼면서부터였다. '나'는 감정적인 혼란 속에서 흉측할 것 같던 태동이 이상하게 섬뜩하도록 순수한 감동으로 여겨진다. 여자에게 태동을 알리자 엄마의 자살로 울고 있던 그녀는 간신히 웃음을 보였다. '나'는 그녀를 안아주고 싶었고 서로 부른 배로 안기 위해 힘껏 팔을 뻗고 싶어진다. 이윽고 그녀가 뒤에서 '내' 어깨를 안자 부른 배를 따라 그녀의 호흡이 느껴졌다. 이 순간은 친밀사회의 두려운 친밀성과는 상이한 또 다른 친밀성이 느껴진 때였다. 다르면서도 비슷한 결혼노동자와 임신노동자 사이에서 이중주가 연주되기 시작한 것이다.

> 그제야 나는 여자에게 말하지 못했다는 것을 깨달았다. 내가 왜 당신과 일 년간을 함께 지내야만 했는지 설명할 기회를 잃어버렸던 것이다. 그러자 나 역시 엄마가 그립다는, 나 또한 세상에 혼자는 아니라는 것을, 살아 있으면 살아야 한다는, 어쩌면 하나도 중요하지 않을 이야기를 여자에게 말해주고 싶었다. 갑자기 배가 꿈틀댔다.
>
> 나를 안고 있던 여자의 손을 잡았다. 그리고 내 배위에 올려 놓았다. 쿨렁. 쿨렁. 아이가 거듭 발을 찼다. 여자가 나를 더욱 세게 안았다. 아이와 나, 여자는 한곳을 바라보는 한몸이 되어 같은 박동 소리를 내고 있었다.[64]

그녀와 '나'의 이중주는 심연의 샘물을 은유적 교감으로 길어 올리는

---

63 여자는 '내'가 배가 불러올 때마다 자신의 배에 수건을 넣었다.
64 김이설, 「엄마들」, 『아무도 말하지 않는 것들』, 문학과지성사, 2010, 63쪽.

과정이다. 뱃속의 아이의 태동은 잃어버린 엄마의 세계(기호계)에 대한 은유이다. 그런 은유를 통한 이중주는 빈약해진 자아의 내면을 증폭시킨다. 엄마라는 단어를 낯설게 느꼈던 '나'는 이제 엄마의 존재가 그리워진다. 엄마는 냉혹한 친밀사회에는 부재하는 또 다른 친밀성이었다. 상실된 낯선 단어였던 엄마는 그녀와 '나'의 이중주의 교감 속에서 심연의 샘물로 길어 올려진다.

결혼노동과 임신노동을 강요하는 친밀사회는 엄마의 친밀성home을 억압하는 낯선 두려움unhomely의 사회이다. '나'의 임신노동은 강요에 의한 낯선 두려움과 엄마의 잠재적 친밀성 사이를 왔다 갔다 하는 노동이다. '나'는 자신의 계약노동의 고통을 가장 잘 아는 여자의 출현으로 그런 양가성을 경험하며 또 다른 친밀성의 소망을 감지한다.

내부의 강압에 시달리면서 외부로 버려지는 존재가 바로 앱젝트이다. 앱젝트가 버려진 폐품으로 느껴지는 것은 상징계를 떠날 수 없다는 절박함 때문이다. 반면에 그런 절박성에서 벗어나 잠시 외부를 느끼게 한 것은 계약 노동자끼리 상호 신체적으로 느낀 여성적 연대감이었다. 그런 여성적 연대가 일시적으로 상징계의 공백과 잠정적인 틈새를 만든 것이다. 그녀와 '나'의 여성적 연대는 몸 안의 태동과 몸 밖의 호흡을 통해 한순간 상징계의 외부(기호계와 실재계)를 경험하게 했다.

라캉은 아버지 세계에 진입한 후 상징계 외부에 남겨진 젖가슴 같은 잔여물을 대상 a라고 불렀다. 대상 a는 친밀사회와는 다른 친밀성[65]이자 원래의 친밀성이었던 엄마의 기억이기도 하다. 낯선 두려움에 시달리던 두 사람에게 친밀성과 **엄마의 기억**을 회복하게 해준 것은 그녀와 함께 느낀 태동이다. 낯선 두려움은 상징계의 폭력 때문에 어린 시절의 거세공포로

---

65   이 또 다른 친밀성은 원래의 친밀성이기도 하다.

되돌아가는 순간이다. 반면에 태동을 느낀 순간 그녀와 '나'는 상실한 엄마의 기억으로 되돌아간다. 두 사람에게 태동-자궁은 젖가슴처럼 남성중심적 상징계의 외부에 잔존하는 기호계이자 대상 a였다. 그처럼 엄마의 기억으로서 대상 a의 공유가 그녀와 '나'의 연대의 비밀이었다. 대상 a와 태동의 리듬은 계약사회-상징계 외부에서만 감지할 수 있기 때문에 둘만의 비밀인 것이다.

여자와 공유한 비밀이란 대리모의 불법성과는 아무런 상관이 없다. 여자와 '나'는 상처와 고통의 순간 계약사회의 상징계에서 미끄러지며 표상될 수 없는 여성들만의 경험을 공유한 것이다. 계약사회는 여성들을 앱젝트로 내몰릴 낯선 두려움에 시달리게 하지만 태동의 대상 a의 리듬은 계약의 외부를 경험하게 해준다. '나'는 아이 때문에 앱젝트로의 위협을 경험했으나 바로 그 아이로 인해 대상 a를 감지하게 된 것이다. 계약의 단계에서는 아이가 상품이었지만 이제는 여자와의 연대감의 원인이 된다. 그것이 여자와 함께 일 년을 견디게 한 심연의 비밀이었다. 그와 함께 '내'가 앱젝트로 추락할 위험을 지닌 대리노동을 버틸 수 있게 한 이유이기도 했다. '살아 있으면 살아야 한다는 말'은 원래 비천한 삶이라도 생존해야 한다는 뜻이었다. 그러나 지금은 생명성을 버릴 수 없다는 대상 a(엄마의 기억)에 대한 감지를 의미하고 있다. 일 년 동안 비밀을 공유하는 사이에 계약사회의 앱젝트(비천한 삶)에서 대상 a의 소망으로의 반전이 일어난 것이다.

두 사람은 비슷하게 계약사회에서 앱젝트로 강등될 위험을 지닌 경계선상에 존재였다. 잠재적 앱젝트에서 벗어나기 위해 그녀는 결혼을 붙잡았고 나는 대리노동을 선택한 것이다. 그런 과정에서 잠시 상품사회에서 미끄러져 결혼노동과 임신노동의 외부를 경험한 것이다. 상품사회란 경계선상의 존재들이 앱젝트로 버려질 위기를 감수해야 하는 체제이다. 그녀와 '나'는 그런 잠재적 앱젝트의 존재를 통해 상품사회의 비정함을 보여주는 역할을 하고 있다. 그런데 두 사람의 공감과 유대는 상품물신의 사회에서도 상징계의 외부의 유대가 가능함을 증명한 셈이었다. 그런 아슬아슬한 경계의 삶이 가능한 것은 여성이 상징계-기호계의 다수 텍스트적 존재이기 때문이다. 경계선상의 존재는 다수 체계적인 틈새에서 이중주의 교감을 통해 자아를 도약하게 할 수 있다.

그러나 결혼계약에 묶인 그녀는 한시적인 대리노동을 하는 '나'보다 쉽게 계약사회로 돌아갈 수 있는 존재였다. 그녀가 일상으로 회귀함에 따라 잠시 동안의 반전은 다시 계약사회의 규칙으로 돌아간다. 그리고 그녀와 달리 가난한 '나'는 여전히 앱젝트로 추방될 공포에 시달리는 경계선상의 존재로 남겨진다.

방문 옆에 허름한 가방 두 개가 놓여 있었다. 언제부터 거기에 있었던가. 까마득히 잊고 있던 내 가방이었다. 손잡이가 새까맣게 때가 탄 가방을 노려보며 나는 마지막 미역국을 먹었다. 가방 속에는 잃어버린 퍼즐 조각이 들어 있지는 않을까. 지중해 풍경이 신기루처럼 사라졌다. 브로커 없는 직접 거래 요망. 남자친구 없음. 술, 담배 안 함. L대 법대생, 27세. 어느새 앞섶으로 누런 젖 얼룩이 번지고 있었다.[66]

위에서 지중해 풍경의 퍼즐은 태교에 좋은 친밀사회의 스펙터클적 환상이다. 퍼즐은 한 조각을 잃어버려 작은 틈새가 비어 있다. 그러나 친밀사회의 사람들은 그 틈새를 보지 못하고 환상을 꿈꾸며 살아간다. 단지 신기루를 꿈꿀 수 없는 '나'만이 작은 조각이 비어 있음을 알고 있다. 이어지는 대리모 광고는 빈 퍼즐을 메우는 조각과도 같으며, '아무도 말하지 않

---

66 김이설, 「엄마들」, 앞의 책, 64~65쪽.

는' 그것은 나(그리고 여자)만이 알고 있다. 바로 그 조각의 틈새에 대리모 같은 두려운 죽음정치적 노동과 앱젝트로의 위협이 숨겨져 있는 것이다.

그러나 친밀사회의 비밀은 비단 그것만이 아니다. 여자와 내가 겪었듯이 앱젝트의 공포의 비밀은 또 다른 친밀성의 기억(대상 a)으로의 반전이기도 했던 것이다. 그렇기에 앞섶으로 번지는 누런 젖의 의미는 양가적이다. 누런 젖은 한 번도 자신의 아이를 가져본 적이 없는 죽음정치적 노동자가 감당해야 하는 쓸모없는 분비물(앱젝트)의 상징이다. 그와 함께 그 유동적 분비물이 번지는 순간은 아무도 모르게 젖가슴(대상 a)과 엄마의 기억에 젖는 비밀의 시간이기도 하다. 잉여적 분비물인 젖 얼룩은 '나'를 비천한 신체로 만드는 동시에 상실한 엄마의 젖가슴의 기억에 젖어들게 하고 있다.

8. 보이지 않는 죽음정치와 비식별성의 역습

김이설 소설은 장막의 뒤에서 잘 보이지 않는 죽음정치적 노동자들을 보여준다. 김이설이 말하는 '막'이란 아감벤의 비식별성에 다름이 아니다. 아감벤은 벌거벗은 생명이 제거되어도 아무도 동요하지 않는 이유를 비식별성으로 설명한다. 비식별성의 영역이란 법의 내부인 동시에 외부인 지점이다. 사람들이 침묵하는 것은 바로 그 때문이며 그런 모호성은 감성의 분할에 의해 잘 보이지 않는 영역을 뜻하기도 한다.

그런데 친밀사회에서는 비식별성의 영역에 놓인 존재가 벌거벗은 생명만은 아니다. 김이설 소설의 성 노동자, 임신 노동자, 장기 매매자는 물론 비정규직과 실직자도 비식별성의 영역에서 살아간다. 더 나아가 친밀사회의 판타스마고리아의 그늘에 놓인 인간-상품들도 잘 식별되지 않는 영역에서 살고 있다.

친밀사회의 판타스마고리아는 백화점, 인터넷, TV에서 연출된다. 또한 친밀한 꿈-물신으로서 유곽의 쇼윈도의 표정 같은 아파트의 '기묘한 밝음'[67]으로 드러난다. 친밀사회에서는 그처럼 이미지 매체와 도시의 건물들이 밝아질수록 보이지 않는 비식별성의 그늘이 더 확대된다.

김이설 소설은 그런 비식별성을 식별하려는 고통스러운 시도이다. 김이설은 인간-상품과 앱젝트의 경계에 놓인 인물들을 통해 비식별성의 장막 뒤에서 일어나는 사건들을 보여준다. 그뿐 아니라 앱젝트가 대상 a로 반전되는 틈새를 통해 보이지 않는 리틀 헝거들이 어떻게 그레이트 헝거를 소망하는지 암시한다. 그레이트 헝거란 앱젝트가 대상 a로 반전되면서 생성되는 비식별성의 역습에 다름이 아니다.

아감벤의 벌거벗은 생명은 크리스테바의 앱젝트에 상응한다. 그러나 벌거벗은 생명에 대한 설명에는 비식별성의 역습이 생성되는 지점이 부재한다. 반면에 김이설의 소설은 크리스테바의 앱젝트가 어떻게 대상 a의 위치로 반전되는지 암시한다.

그 같은 반전이 가능한 것은 앱젝트와 대상 a가 비슷하게 상징계의 외부에 위치하는 잔여물이기 때문이다. 여기서 호프만의 「모래인간」은 또한 번 표본적인 예이다. 상징계가 예쁜 눈 수집광 모래인간의 세계라면 바닥에 나뒹구는 올림피아의 피 묻은 눈(그리고 나무인형)은 앱젝트일 것이다. 앱젝트는 벌거벗은 생명처럼 저항이 불가능한 무력한 존재이다. 그러나 피 묻은 눈이 **누군가의 가슴**에 던져져 불의 원이 생성된다면[68] 모래인간에 대항하는 응수가 가능해진다. 그 애니미즘적 마법이자 자연의 힘인 불의 원의 기억이 바로 대상 a이다. 대상 a는 모래인간의 세계에 들어오지 못

---

67   전경린, 「염소를 모는 여자」, 『염소를 모는 여자』, 문학동네, 1996, 24쪽.
68   호프만, 「모래사나이」, 『모래사나이』, 문학과지성사, 2001, 64쪽.

한 자연의 마법과 에로스의 기억이다. 그 금지의 규칙을 넘어서며 불의 원의 기억이 돌아오는 순간 앱젝트는 대상 a로 반전된다. 어린 시절에는 나무인형과 불의 원의 춤을 출 수 있었기 때문에 지금 피 묻은 나무인형은 **순수기억**을 통해 대상 a로 전환될 수 있는 것이다. 상징계에서 추방된 앱젝트는 자연의 마법의 기억에 의해 대상 a로 회생한다.[69] 그처럼 순수기억을 현실화하기 위해서는 지금 이 순간에 가슴의 동요가 일어나야 한다.

앱젝트가 대상 a로 반전되려면 **누군가의 가슴**에 던져져 불씨가 생성되어야 한다. 앱젝트나 '이상한 고요함' 속에 있는 사람은 둘 다 대상 a를 경험하지 못한다. 반면에 앱젝트가 이상한 고요함을 관통하며 비식별성의 막 뒤의 현실을 거울처럼 비출 때 은유적 공명(이중주)에 의해 대상 a에 대한 열망이 생기기 시작한다. 그처럼 앱젝트에서 대상 a로의 반전은 이상한 고요함을 깨뜨리는 **은유적 공명**이라는 이중주에 의해서만 생성된다. 예컨대 「엄마들」에서의 여자와 '나', 결혼노동자와 임신노동자의 연대가 바로 그것이다. 두 사람의 연대는 비식별성의 영역의 장막이 걷히며 상징계가 모래인간의 세계임이 드러났기에 가능했다. 모래인간에 대한 응수는 연대에 의한 불씨가 불의 원에 대한 기억(대상 a)을 통해 불타올라야 가능하다. 모래인간 자신은 보지 못하는 여자와 '나'의 가슴의 불의 연대가 바로 **비식별성의 역습**이다. 아감벤이 모래인간의 죽음정치를 비식별성이라고 했다면 가슴의 불은 또 다른 비식별성이다. 또 다른 비식별성이야말로 앱젝트가 된 리틀 헝거가 그레이트 헝거로 되돌아오는 영역이다.

그 때문에 리틀 헝거가 그레이트 헝거로 회귀하려면 두 가지가 필요하다. 하나는 일상의 비식별성의 장막이 걷혀지며 모래인간의 죽음정치의 실상이 드러나야 한다. 다른 하나는 낯선 두려움 속에서 버려진 앱젝트가

---

69   이 과정은 한강의 「내 여자의 열매」에서도 나타난다.

누군가의 가슴에 던져져 불의 원의 기억을 회생시켜야 한다.

그 둘은 서로 연결되어 있다. 모래인간의 죽음정치가 드러나야만 분노와 사랑에 의해 가슴에 던져진 생명이 불씨로 회생할 수 있는 것이다. 예컨대 〈버닝〉에서는 비닐하우스 수집광 벤이 모래인간임이 드러나면서 종수의 사랑의 불이 분노의 불로 타오른다. 또한 「엄마들」에서는 상품물신이라는 모래인간의 죽음정치가 폭로되면서 거세공포에 시달리는 여성들의 상호신체성에 의해 가슴의 불씨가 생성된다.

〈버닝〉과 「엄마들」은 비식별성에 숨겨진 죽음정치를 드러내면서 앱젝트가 심연에 던져져 불씨가 생성되는 또 다른 비식별성의 역습을 암시한다. 〈버닝〉의 불의 소망이 강렬한 반면 김이설 소설에는 비천한 여성의 고통이 주로 그려진다. 그럼에도 김이설의 비천한 여성 역시 가슴의 숯불을 느끼며 한순간 불가능한 원환의 춤을 표현한다.

이창동과 김이설은 낯선 두려움과 은유를 통해 경계선상의 인물들의 비식별성의 모험을 서사화한다. 경계선상의 인물들의 고통스런 경험은 일상의 모든 사람들이 얼마간 겪으면서도 비식별성의 장막에 가려져 보이지 않던 것을 증폭시켜 보여준다. 그와 함께 비천한 신체의 유동성이 심연에 던져져 불의 춤을 열망하는 순간을 암시한다.

그런데 일상의 비식별성에 감춰졌던 것을 생생하게 보여주는 사건이 현실 자체에서 일어났다. 배수아의 '이상한 고요함'과 김이설이 '막' 때문에 '아무도 말하지 않는 것들'[70]이 일시에 보여진 것이 바로 세월호 사건이다. '세월호'는 친밀사회를 위해 숨겨져야 할 것이 한 눈에 드러난 낯선 두려움의 사건이었다.

그처럼 감춰져 왔던 것이 드러난 점에서 세월호는 프로이트가 말한 낯

---

70   김이설의 소설집의 제목이다.

선 두려움의 주제를 현실 자체에서 보여주었다. 세월호 사건을 그린「아무 일도 일어나지 않았다」(김산아)가「모래인간」(호프만)과 유사한 것은 우연이 아니다. 두 소설은 아무 일두 일어나지 않은 일상에서 무서운 모래인간의 폭력이 일어났음을 암시한다.「모래인간」의 보이지 않는 폭력이 '나쁜 아버지'의 거세장치라면 김산아 소설의 모래인간의 폭력은 국가와 자본의 죽음정치이다.

「아무 일도 일어나지 않았다」는「모래인간」과 놀랍도록 똑같이 진행된다.「모래인간」에서 나타니엘은 청우계(기압계) 장수[71]가 출현한 후 모래인간이 약혼자의 눈을 빼가는 상상에 사로잡힌다. 그와 비슷하게「아무 일도 일어나지 않았다」의 여자는 세월호 사건을 TV에서 본 후 집이 무너지는 상상에서 벗어나지 못한다. 모래인간에게 눈을 빼앗기거나 집home이 무너지는 상상은 거세당할 듯한 낯선 두려움unhomely의 심리이다. 중요한 것은 두 소설에서 나타니엘이나 여자 이외의 일상의 사람들은 '아무 일도 일어나지 않은 것'으로 느낀다는 점이다. 눈을 빼앗기거나 집이 무너지는 일은 비식별성의 영역에서 일어나는 폭력(죽음정치)의 은유이다. 주인공들 이외에 그것을 아무도 느끼지 못하는 것은 비식별성의 영역에서 발생되고 있기 때문이다. 반면에 '숨겨져야 할 것'이 드러난 일을 경험하는 주인공들은 낯선 두려움에 시달린다.

「모래인간」에서 나타니엘은 청우계 장수(안경상인)가 준 망원경을 통해 올림피아를 알게 된다. 그런데 어느 날 올림피아가 모래인간에게 눈을 빼앗기고 눈 빠진 나무인형으로 바닥에 나뒹구는 것을 보게 된다. 숨겨졌던 모래인간의 폭력이 드러나는 순간 나타니엘의 낯선 두려움은 극에 달했다. 그때 공포에 질린 나타니엘의 가슴에 피 묻은 눈이 던져지자 그는 가

71　청우계 장수는 안경상인이기도 하다.

슴의 숯불을 느끼며 불의 원을 외친다. 불의 원은 나무인형이 원을 돌며 불의 춤을 추는 환상의 장면이었다.

「아무 일도 일어나지 않았다」의 경우 안경상인의 망원경은 학생들의 휴대폰이다. 세월호에 탑승했다 내린 여자는 탑승 전 휴대폰으로 사진을 찍는 학생들과 어울렸다. 그런데 학생들이 탄 배가 침몰하고 상상으로 느끼던 공포는 실제 현실의 일로 드러난다. 여자는 배가 침몰한 항구로 달려갔고 그때 가슴에서는 낯선 두려움을 넘어서는 또 다른 감정이 생성되기 시작했다.

모래인간이 올림피아의 눈을 빼고 나무인형으로 버린 행위는 나쁜 아버지의 죽음정치의 폭력이다. 마찬가지로 세월호가 침몰되게 하고 학생들을 바다에 유기한 것은 국가의 죽음정치적 폭력이다. 중요한 것은 그런 죽음정치가 일상에서 계속 일어나면서도 아무 일도 없는 것처럼 여겨진다는 점이다. 삶에서 밀려난 사람들을 유기하는 일은 일상에서 늘상 발생하지만 비식별성의 장막 때문에 누구도 말하지 않는다. 세월호는 그 비식별성 속에서 발생하는 일들을 은유를 통해 식별 가능하게 보여주었다. 그와 함께 희생된 사람들의 생명이 가슴에 던져져 공감과 사랑의 불씨가 회생하게 만들어 주었다. 「아무 일도 일어나지 않았다」는 작은 세월호 사건들이 일상에서 수시로 일어나고 있음을 암시한다. 또한 장막이 걷혀짐과 함께 세월호와 일상의 희생자들이 아무도 모르게 가슴의 숯불로 던져지고 있었음을 시사한다.[72]

세월호(그리고 「아무일도 일어나지 않았다」)가 「모래인간」과 다른 점은 은유이면서도 그 자체가 **증폭된 현실성**이라는 점이다. 「모래인간」에서 올림피아의 눈을 뺏는 장면은 숨겨진 현실의 은유이다. 반면에 세월호는 일상

---

72   여기에서 앱젝트에서 대상a로의 반전이 일어난다.

의 비식별적 폭력의 은유이자 그것을 식별 가능하게 해준 현실이기도 하다. 「모래인간」의 은유가 현실 이면의 실재the Real라면 세월호의 은유는 보이지 않는 현실성(그리고 실재)을 더 증폭시켜 보여준다. 그 점은 비식별성의 역습으로서 가슴의 에로스의 불씨 역시 마찬가지이다. 나타니엘의 가슴의 숯불은 에로스의 소망으로서의 환상이지만 세월호의 불씨는 절박한 은유이자 현실이다.

「모래인간」은 후기에서 이 모든 것은 극단적으로 표현된 은유라고 말한다. 그러나 세월호의 경우에는 은유가 모든 것이며 현실 그 자체라고 할 수 있다. 그것은 우리 시대가 「모래인간」의 시대와는 달리 비식별성의 사회이기 때문이다. 「모래인간」에서 나쁜 아버지의 폭력을 모래인간으로 은유한 것은 그 상징계의 거세장치가 실재계와의 연관 속에서 작동되고 있기 때문이다. 여기서의 은유는 안정된 일상에 감춰진 실재계와 연관된 뼈아픈 비밀을 폭로한다. 반면에 친밀사회란 뼈아픈 사건들 자체가 일상 속에서 쉽게 묻혀지고 망각되는 시대이다. 그처럼 친밀성에 감춰진 비식별적 죽음정치가 일상의 일이기 때문에 은유가 현실성을 증폭시키는 데 더 효과적인 것이다. 친밀사회에서는 현실적인 일들이 주로 **장막 뒤에서** 일어나므로 그것을 암시하는 은유는 더 없이 현실적이다. 친밀사회란 은유가 작동되어야지만 비식별성의 현실이 현실로 지각되는 세상이다. 비식별성의 사회에서는 은유야말로 현실성을 높여주는 매우 중요한 무기이다. 예컨대 김이설의 「막」에서는 현실을 대본이라는 은유로 표현하는데 이는 막 뒤의 모래인간의 존재를 암시한다. 또한 '친구'라는 은유가 '성매매자'보다 현실성을 지니는 것은 사회 전체의 보이지 않는 친밀한 폭력성을 보이게 드러내기 때문이다.

비식별성의 영역의 모래인간이 은유로 드러나면 죽음정치에 대한 분노와 함께 희생자들에 대한 공감이 회생한다. 희생자(앱젝트)에 대한 공감의 회생은 가슴에 던져진 숯불과도 같다. 모래인간은 그 숯불을 장님과도 같이 보지 못하기 때문에 공감과 에로스가 회생하는 가슴들은 또 다른 비식별성의 영역이다.

그렇기에 우리 시대는 두 가지 비식별성이 작동되는 시대이다. 하나는 죽음정치의 비식별성이며 다른 하나는 에로스의 비식별성이다. 죽음정치의 비식별성(숨겨야 할 것)이 드러나면 낯선 두려움 속에서 분노와 사랑이 회생하면서 에로스의 비식별성이 작동되기 시작한다. 모호한 두 개의 비식별성을 생생하게 만드는 것은 바로 은유이다. 은유는 막 뒤를 보게 함으로써 우리를 비식별성의 일상에서 현실성의 세계로 이동시킨다. 두 개의 비식별성이 은유를 통해 표현되면 우리의 빈곤해진 내면이 부풀면서 모래인간에 대한 응수가 가능해진다. 모래인간이 비식별성 속에서 희생자를 앱젝트로 매장한다면, 그 막 뒤의 일상을 은유로 드러내는 서사는 앱젝트를 매장될 수 없는 공감의 대상으로 전환시킨다. 모래인간이 내팽개친 피 묻은 눈이 은유를 통해 눈에 보이며 가슴의 숯불로 타오르기 시작하는 것이다. 이때 에로스의 기억으로 돌아오는 사람들은 은유를 통해 우리의 사랑과 분노를 증폭시키면서 모래인간에 대한 역습을 가능하게 한다. 희생자를 검은 비식별성의 영역에 매장하는 것이 죽음정치라면, 죽음정치를 드러내며 또 다른 비식별성을 은유를 통해 표현하는 응수는 은유적 정치라고 부를 수 있을 것이다.

9. 세월호 사건과 은유로서의 정치

김이설 소설이 경계선상의 인물들을 등장시키는 것은 비천한 그들이 일상의 보이지 않는 죽음정치를 증폭시켜 보여주기 때문이다. 보이지 않는 것을 얼핏 보는 그들은 비식별성을 식별되게 하는 '장막'이나 '친구', '오디션' 같은 은유를 사용한다. 그런데 세월호 사건은 그 자체로서 비식별성의 죽음정치를 식별 가능하게 해준 은유였다. 세월호는 친밀사회에서 숨겨야 할 것들을 얼핏 눈앞에 드러내며 은유를 통해 일상의 보이지 않는 죽음정치를 암시한 사건이었다.

세월호에서 숨겨야 할 죽음정치가 드러난 것은 모래인간이 너무 비대해졌기 때문이다. 비식별성의 장치를 과신한 모래인간은 엄청난 죽음정치가 쉽게 숨겨질 것으로 오산한 것이다. 약한 생명을 죽음에 이르게 해도 아무도 동요하지 않는 것이 비식별성의 장치이다. 모래인간의 비식별성에 대한 과신과 오만은 학생들에게 내린 '가만히 있으라'는 명령에서 드러난다. '가만히 있으라'는 명령은 학생들에게뿐 아니라 일상의 사람들에게 수없이 해온 침묵의 지시였다. 침묵의 지시란 비식별성의 요구이며 학생들 역시 그 명령에 의해 물밑의 보이지 않는 영역으로 사라졌다.

그러나 이번에는 일상의 사람들이 침묵의 명령에 응할 수 없었는데 학생들에게 한 '가만히 있으라'라는 말이 귀에 들려왔기 때문이다. 사람들은 그 명령이 일상에서 자기 자신에게도 끝없이 반복되었음을 비로소 알게 되었다. 이제 세월호는 은유의 거울이 되었다. 사람들은 세월호 사건 자체가 죽음정치의 비식별성의 기제일 뿐 아니라 일상의 숨겨진 죽음정치의 은유임을 감지하게 된 것이다. 세월호는 일상의 모호한 비식별성을 식별되게 만들면서 거울처럼 일상을 비추고 있었다.

일상에서 숨겨야 할 것이 드러난 때의 심리가 바로 낯선 두려움이다. 우울이 모호한 예외상태라면 낯선 두려움은 예외와 일상을 분리시키게 된 상태이다. 우리는 낯선 두려움 속에서 모래인간의 폭력에 분노할 뿐 아니라 학생들을 일상의 죽음정치를 증폭시켜 보여주는 희생자로 인식하게 되었다. 세월호의 은유는 비식별성의 폭력에 시달려 빈곤해진 내면을 확장시키며 희생자에 대한 공감을 회생시켰다. 희생자에 대한 공감의 회생은 자신의 주변에서도 수많은 작은 세월호 사건이 비식별성 속에서 일어나고 있다는 생각의 반향이기도 하다.

비식별성의 장치는 상품사회에서 일상의 사람들의 내면을 빈곤해지게 만들며 작동된다. 내면이 빈곤해지면 사건이 일어나도 공감이 생기지 않기 때문에 희생자들이 보이지 않는 것이다. 그러나 세월호의 은유는 순수기억을 동요시키며 국가폭력에 대한 분노와 함께 심연의 에로스의 샘물을 퍼 올리게 했다. 이제 사람들은 일상에서 보이지 않던 장막 뒤의 모래인간을 은유를 통해 보게 되었다. 그 순간 피 묻은 채 바닥에 나뒹굴던 예쁜 눈들이 가슴에 던져져 공감의 불씨가 살아나고 있었다. 공감과 에로스의 회생은 매장되었으나 매장될 수 없는 학생들을 은유로 돌아오게 만든다.

이처럼 세월호는 비식별성의 폭력의 은유인 동시에 희생자를 되돌아오게 하려는 은유이기도 하다. 죽음정치의 비식별성의 장치가 내면을 빈곤하게 만든다면 내면의 순수기억을 부풀게 하는 것은 바로 은유이다. 순수기억은 지난 시간이 심연에 각인돼 우리의 존재로 전이될 때 팽창된다. 은유는 부풀어 올라 흘러넘친 순수기억의 잉여의 표현이다. 그런 은유에 감염되면 일상에서 빈곤해진 내면이 한순간에 약동하게 된다. **비식별성의 장치**는 순수기억을 자극할 만한 일들을 장막 뒤에 감춤으로써 우리의 내면을 빈약하게 만든다. 반면에 **은유**는 장막 뒤에 숨겨진 현실을 보여주는 동시에 우리의 순수기억을 자극해 자아가 도약하게 만든다.[73]

은유는 세월호에 둔감한 사람도 가슴 속에 파문이 일어나게 해준다. 그렇기에 은유는 장막 뒤의 모래인간에 대한 도발인 동시에 희생자에 대한 에로스이다. 그처럼 우리의 내면을 동요시키는 두 가지 은유를 표현하고

---

73 비식별성의 장치와 은유의 관계는 감성의 분할의 장치와 미학의 관계와도 같다.

있는 것이 바로 세월호 추모 시이다. 세월호 시들은 일상의 비식별성의 장막이 걷혀진 파문과 함께 학생들이 바람과 꽃의 은유로 돌아옴을 노래하고 있다.

> 세상 전체가 기울고 있고 침몰해 가고 있다
> 그 잔혹한 생존의 난바다 속에서
> 사람들의 생목숨이 수장당했다
> 그런데도 가만히 있으라고 한다
> 돌려 말하지 마라
> 이 구조 전체가 단죄받아야 한다
> 사회 전체의 구조가 바뀌어야 한다
> 이 처참한 세월호에서 다시 그들만 탈출하려는
> 이 세월호의 선장과 선원들을 바꾸어야 한다
> 우리 모두가 이 위험한 세월호의
> 선장으로 기관장으로 갑판원으로 조타수로 나서야 한다
> 이 시대의 마지막 남은 평형수로 에어포켓으로
> 다이빙벨로 긴급히 나서야 한다
> 이 세월호의 항로를 바꾸어야 한다
> 이 자본의 항로를 바꾸어야 한다[74]

위에서 세월호는 '기울고 침몰해가는 세상'의 은유로 표현되고 있다. 세월호의 안전을 무시한 구조변경은 자본만을 위한 구조 변화와도 같다. 세월호의 선장의 탈출은 경영위기 때의 자본가들의 탈출과 마찬가지이다.

---

74 송경동, 「우리 모두가 세월호였다」, 『우리 모두가 세월호였다』, 실천문학사, 2014, 90쪽.

또한 학생들이 조용히 가라앉았듯이 함께 살자는 사람들의 구조요청은 외면당하고 매도되었다. 그 결과는 잔혹한 생존의 난바다에 사람들이 수장당한 일이 일어난 것이다.

이런 일이 발생한 것은 기울어가는 세상에서도 '가만히 있으라'는 권력의 명령이 내려진 때문이었다. 가만히 있으라는 명령은 침몰하는 세상을 무시하고 보지 못하게 하는 비식별성의 장치에 다름이 아니다. 학생들에게 했던 명령은 실상 일상에서 사람들에게 늘상 해왔던 암묵의 지시였던 것이다. 세월호의 충격은 비식별성에 가려졌던 세상의 침몰이 이제 은유를 통해 눈앞에 생생하게 드러나고 있기 때문이다. 이제 사람들을 자동인형으로 만들어 수장시키는 모래인간의 숨겨져 왔던 폭력이 폭로된 것이다. 사람들은 낯선 두려움 속에서 친밀사회의 모래인간의 얼굴을 보게 되었다.

'그런데도 가만히 있으라고 한다.' 세월호 사건이 일어났는데도 권력의 비식별성의 명령은 여전히 계속되고 있다. 그 이유는 신자유주의의 친밀한 권력은 비식별성의 장치가 없으면 유지될 수 없기 때문이다. 그런 비식별성의 장치에 대한 가장 직접적인 저항이 바로 은유의 미학적 장치이다. 비식별성의 장치는 죽음정치를 보이지 않게 하는 감성의 분할의 장막에 의존한다. 반면에 은유는 보지 못했던 장막 뒤의 일을 보게 하면서 비식별성에 의해 빈곤해진 내면을 확장시켜 우리를 분노하게 만든다.

송경동은 세월호를 은유의 원천으로 만들면서 권력에 대한 분노와 저항을 연속적인 은유로 표현하고 있다. 선장, 조타수, 평형수, 다이빙벨은 세월호와 세상을 연결시키는 은유의 연쇄들이다. 그 같은 생생한 은유들은 괴물 같은 비식별성의 권력에 대한 가장 통렬한 저항으로 표현되고 있다. 비식별성이란 엄청난 상처에도 아무도 아프지 않은 듯이 느끼게 만드는 장치이다. 그러나 우리는 세월호에서만은 참을 수 없는 고통을 느꼈다.

그처럼 세월호가 비식별성을 식별하게 한 가장 큰 아픔인 점에서, 세월호의 은유는 '가만히 있으라'는 권력에 대한 가장 직접적인 저항이다. 우리 시대에는 은유가 결코 우회적인 빗댐의 방식이 아니다. 은유는 친밀한 권력의 장막 뒤의 가려진 세계를 보여주면서 우리의 순수기억을 동요시킨다. 그 순간 은유는 순수기억에 반사된 이미지들을 통해 모호한 안개 같은 일상을 직접적으로 보게 해준다. 세월호는 침몰의 순간 우리의 순수기억의 바다를 관류하는 선명한 기표들의 연쇄[75]가 되었다. 세월호처럼 은유의 기표작용만이 비식별성을 식별하게 해주기 때문에, 국가와 자본의 폭력에 대한 지각은 은유를 통해 가장 실감나게 표현될 수 있다. 은유의 폭포수를 통해 분노와 저항을 회생시키는 송경동의 시는 우리시대가 **은유적 정치**의 시대임을 말해주고 있다.

　은유로서의 정치는 이제 사회적 저항을 위해서는 **존재론적 저항**이 선행되어야 함을 암시하고 있다. 신자유주의의 비식별성의 장치는 사람들의 내면을 빈곤하게 만들어야만 성공할 수 있다. 그래야만 사건이 일어나도 아무도 동요하지 않는 '이상한 고요함'을 유지시킬 수 있는 것이다. 반면에 세월호에서처럼 은유는 비식별성을 보게 만들어 내면이 동요와 분노 때문에 가만히 있지 못하게 한다. 그처럼 존재론적 변화가 생성돼야지만 세상을 변혁하려는 의욕이 회생할 수 있는 것이다.

　송경동의 시는 은유가 존재론적 변화를 생성시키며 우리를 가만히 있지 못하게 함을 노래하고 있다. 그런데 그런 분노와 저항의 회생 과정은 희생자에 대한 공감(에로스)의 부활의 흐름이기도 하다. 분노와 사랑은 마치 동전의 앞뒷면과도 같다. 비식별성에 의해 이상한 고요함이 계속되는 것은 분노를 상실한 동시에 희생자에 대한 공감이 약해진 때문이기도 하

75　세월호의 은유는 동일성의 은유가 아니라 **차연의 은유**이다. 차연의 은유는 동일성 체제의 비식별성을 해체한다.

다. 반면에 은유를 통해 내면이 동요하는 과정은 분노와 함께 공감이 일어나는 진행이다. 학생들을 수장시킨 권력에 분노한다는 것은 그 순간 학생들에 대한 공감과 사랑이 회생되었다는 신호이다. 모래인간에 대한 분노가 일어나는 순간은 피 묻은 눈이 가슴에 던져져 숯불이 되는 때이기도 한 것이다.

이처럼 분노가 일어나며 희생자에 대한 사랑이 회생하지만, 희생자에 대한 사랑은 다시 권력에 대한 분노를 더 능동적으로 만든다. 학생들에 대한 공감이 회생했다는 것은 세월호의 상처가 심연에 각인되어 우리의 존재의 일부인 **순수기억**이 되었음을 뜻한다. 그 순간 빈곤해진 내면이 눈사람처럼 부풀면서 존재론적 대응을 통해 모래인간에 대해 응수할 수 있게 되는 것이다. 세월호를 기억하라는 것은 우리의 존재의 일부가 된 순수기억을 동요시키라는 말과도 같다. 모래인간이 학생들을 수장시켜 세상을 조용하게 만든다면 순수기억이 부풀어 오른 사람들은 내면의 동요로 인해 가만히 있지 못함을 느끼게 된다. 사람들이 가만히 있지 못한다는 것은 모래인간이 학생들의 매장에 실패했다는 뜻에 다름이 아니다. 모래인간의 실패는 사람들이 매장될 수 없는 학생들의 구조요청에 응하는 순간이기도 하다. 그런 구조요청에 대한 응답이 진행될수록 이제 학생들에 대한 공감을 넘어서 사라진 학생들이 순수기억의 바다로 회귀하기 시작한다.

이처럼 존재론적 대응의 순간은 학생들이 순수기억의 바다를 통해 은유로 되돌아오는 순간이기도 하다. 또 다른 세월호 시들이 학생들이 꽃과 바람으로 회귀하는 과정을 노래하고 있는 것은 그런 대응의 표현이다. 세월호의 물밑은 우리의 순수기억이 되었으며 학생들은 순수기억의 바다로부터 돌아오고 있는 것이다.

벚꽃 활짝 핀 교정이 생각나 한 아름 담아 들다가

친구들과 웃던 그 자리 잊지 못해

햇빛 드리워진 네 책상에 살그머니 머문다.

너를 생각하는 마음들 바람결에 묻고

너의 따뜻하고 배려하는 마음

봄바람 햇살 타고 지나간 후에는

꽃 피고 연두색 잎이 나온다.

엄마는 따듯한 바람결을 맞는다.[76]

교정의 꽃과 햇빛 든 책상, 봄바람은 너(이혜경)에 대한 기억이다. 지나간 시간은 돌아오지 않지만 너의 기억은 심연에 새겨져 순수기억의 바다를 이루고 있다. 햇빛과 바람이 지나간 후에 싹튼 꽃과 연두색 잎은 나(엄마)의 기억의 바다에서 피어난 것이다. 순수기억의 바다란 소우주이자 나자신이기도 하다. 너는 바람결로 나(순수기억)를 연두색 잎으로 부풀게 해주고 있다. 이제 나를 스치는 따뜻한 바람결은 나의 순수기억인 동시에 되돌아온 너이다.

비가 쏟아지는 바다

무섭고 두려워도 뒷걸음칠 수 없다

그러니 이제 부활하라

꽃으로 돌아오라

맹골수도에 성내며 더욱 붉게 피어나라[77]

---

76   유인애, 「보이는 생각」, 『너에게 그리움을 보낸다』, 굿플러스북, 2017, 109쪽.

77   양원, 「꽃으로 돌아오라」, 『꽃으로 돌아오라』, 푸른사상, 2017, 85쪽.

은유로 돌아온다는 것은 사랑의 영원회귀의 표현인 동시에 너(너희)를 수장한 권력에 대한 존재론적 대응이다. 꽃으로 돌아온다는 것은 돌아오지 못하게 하는 권력을 방해하고 관통하려는 것이다. 그렇기에 사랑이 꽃으로 붉게 피어날수록 분노도 함께 커지는 것이다. 우리를 낯선 두려움에서 벗어나게 하는 것은 은유와 순수기억을 통한 존재론적 꽃의 부활이다. 학생들이 붉은 꽃으로 돌아올 때 우리 자신이 성난 꽃으로 피어날 수 있는 것이다.

> 가만히 있지 마라
> 사월 꽃들아 눈 부릅떠라
>
> 명찰을 떼지 않은 꽃아, 나비야
> 광장으로 오라
>
> 이제 부활하라
> 꽃으로 돌아오라[78]

가만히 있는 것은 다시 친밀사회의 '이상한 고요함'으로 회귀하는 것이다. 송경동은 가만히 있지 말고 이 시대의 마지막 평형수와 다이빙벨로 나서서 세월호의 항로를 바꾸어야 한다고 말한다. 반면에 위 시는 눈을 부릅뜨고 나비와 꽃으로 돌아와야 한다고 노래한다. 송경동이 저항과 변혁을 말하고 있다면 위 시는 사랑을 외치고 있다.

그런데 우리 시대에는 사랑이야말로 최고의 저항이다. 그것을 알기 때

---

78   한국작가회의 자유실천위원회, 「책머리에」, 위의 책, 5쪽.

문에 맹골수도 뿐만 아니라 광장으로 돌아오라고 외치고 있는 것이다. 친밀사회의 비식별성의 괴물이 힘을 발휘하는 것은 학생들이 꽃으로 돌아오지 못하고 바다에 수장될 때이다. 매장될 수 없는 생명이 매장되는 것은 사랑의 부재 때문이며 친밀사회란 사랑이 결여된 사회이다. 반면에 학생들에 대한 사랑이 부활해야만 그들이 광장의 꽃으로 돌아오고 (매장의 권력에 대한) 저항이 시작될 수 있다.

세월호 추모시들은 사랑과 분노의 회생에 대한 시들이다. 사랑과 분노는 바다와 파도의 관계와도 같다.[79] 바다가 있어야지만 파도가 이는 것처럼 사랑이 부풀어 올라야 성난 파도가 몰아칠 수 있다. 우리의 사랑을 부풀게 하는 바다는 맹골수도의 바다가 아니라 순수기억의 바다이다. 더 나아가 순수기억이 약동할 수 있는 틈새의 공간으로서 광장의 바다일 것이다. 광장에서 순수기억의 바다를 향해 학생들이 꽃으로 돌아올 때 성난 파도가 일어날 수 있는 것이다.

그런 사랑과 분노의 회생에서 똑같이 중요한 것은 '가만히 있으라'는 명령을 거부하는 것이다. 가만히 있는 사람에게는 분노도 사랑도 없다. 그런 '검은 방'[80]의 세계에서는 아무것도 식별되지 않는다. 죽은 눈동자들이 널렸어도 죽은 마음 때문에 '아무 일도 없는' 것이 검은 비식별성의 세계이다. 죽음정치의 비식별성은 우리의 내면을 죽은 것처럼 빈곤하게 만듦으로써 이상한 고요함의 체제를 유지시킨다. 그런 죽은 마음을 살아나게 하려면 송경동의 시에서처럼 은유를 통해 비식별성을 식별되게 만들어야 한다. 비식별성을 해체하는 은유는 순수기억의 바다를 동요시키며 분노의 파도가 일어나게 한다. 이때 파도를 더욱 거세게 만들려면 심연의 또 다른 비식별성, 즉 순수기억의 바다를 한층 능동적으로 팽창시켜야 한

79   나병철, 『미래 이후의 미학』, 문예출판사, 2016, 101~105 · 443~447쪽.
80   신철규, 「검은 방」, 『우리 모두가 세월호였다』, 실천문학사, 2014, 95쪽.

다. 그런 능동성 속에서 희생자들에 대한 사랑이 증폭되며 죽은 눈동자는 꽃으로 살아 돌아오게 된다. 이제 한껏 고양된 심연의 순수기억은 체제의 틈새 공간인 광장으로 흘러넘치게 된다. 이것이 바로 광장에서의 은유로서의 정치이다.

광장의 촛불은 분노인 동시에 사랑이다. 그것은 검은 비식별성을 식별한 사람의 분노인 동시에 순수기억의 비식별성이 약동하는 사람의 사랑이기도 하다. 우리 시대는 파도도 바다도 보이지 않기 때문에 혁명이 불가능해진 비식별성의 시대이다. 비식별성의 시대는 모두가 가만히 있는 시대이다. 우리가 가만히 있지 않으려면 은유를 통해 순수기억의 바다를 깨어나게 하고 비식별성의 장막에서 파도가 일게 해야 한다.

은유가 중요하다는 것은 존재론적 정치가 중요하다는 뜻이다. 우리 시대는 은유를 통한 존재론적 저항이 선행되어야 인식론적 저항이 가능해진 시대이다. 과거에는 이성을 통해 눈을 부릅떠야만 했다. 그러나 순수기억을 잠재워 내면을 빈곤하게 만드는 비식별성의 시대에는 먼저 은유를 통해 자아가 부풀어 오르게 해야 한다.[81] 세상이 황폐할 뿐 아니라 존재가 빈곤해진 시대에는 존재론적 정치를 통해 내면이 약동하게 만들어야 한다. 이제 광장은 순수기억의 바다가 흘러넘치는 존재와 생명의 장이 되었다. 죽음정치의 비식별성이 혁명을 불가능하게 만들었다면 촛불집회는 은유와 미학을 통해 존재와 인식의 변혁운동을 부활시켰다. 촛불집회는 죽은 눈이 꽃으로 돌아오고 죽은 마음이 순수기억의 바다로 넘치게 함으로써 자본과 국가를 탄핵하고 세월호의 항로를 바꾸는 운동을 회생시킨다.

---

81   우리는 뒤에서 현실정치에서도 은유의 미학이 중요함을 살펴볼 것이다.

제6장

친밀사회의 불평등성과 실재계적 윤리

1. 기울어진 평형수와 구조화된 불평등성

친밀사회의 비정함을 폭로하는 것은 경계선상의 인물들이다. 김이설의 소설에서처럼 경계선상의 인물들은 인간인지 상품인지 정체성의 난제를 겪는 사람들이다. 그들은 한순간에 앱젝트로 추락하여 소리 없이 사라질 위기감에 시달리는 위치에 놓여 있다.

경계선상의 인물들은 스스로 추락의 위기에서 탈출할 수 없는 사람들이다. 그런데도 그들이 문제적인 것은 친밀사회의 감성의 분할을 방해하기 때문이다. 감성의 분할이란 정치권력이 만든 보이는 것과 보이지 않는 것, 발화와 잡음 사이의 경계설정이다.[1] 친밀사회는 '아무 일도 없다'는 평온함의 상상에 의존하기 때문에 환상이 깨지지 않으려면 감성의 분할의 경계가 명확해야 한다. 친밀사회를 위해 폐품이 된 앱젝트가 소리 없이 매장되어야 하는 것은 그 때문이다.

그러나 친밀성의 환상에 의존할수록 현실에서는 경계선상의 인물들이

---

[1]   랑시에르, 오윤성 역,『감성의 분할』, 도서출판b, 2008, 14~15쪽.

계속 나타날 수밖에 없다. 친밀성의 환상이란 쓸모 있는 사람들끼리의 동류적인 감성이며 친밀사회에서는 상품처럼 쓸모가 있을수록 친밀성이 증대된다. 역설적인 것은 그런 친밀한 상품사회에서는 인간마저 상품처럼 시간이 갈수록 폐품이 되어가는 일이 많아진다는 것이다. 친밀사회의 관건은 쌓여가는 폐품 같은 인간을 어떻게 조용히 처리하는가에 달려 있다. 현실적으로 한계적 인물들을 만들면서도 감성의 분할을 명확히 해야 하는 모순 속에 놓인 것이 바로 친밀사회인 것이다. 친밀사회에서 경계선 부근에 취약점이 남겨지는 것은 그런 이율배반적 자기모순 때문이다. 체제의 필연적 운명인 동시에 폐기물인 경계선상의 인물들은 존재 자체로서 감성의 분할을 방해하며 친밀사회의 환상에 흠집을 낸다.

그런데 친밀사회에서 문제적인 것은 경계선상의 인물들만이 아니다. 친밀사회의 근본적인 문제점은 유동성 자체가 소멸된 데에 있다. 자본에 예속된 친밀한 환상에 의존하는 한 하층으로 밀려난 사람이 다시 상층으로 복귀하는 일은 일어나기 어렵다. 친밀성이란 상품사회에서 유용한 사람들끼리의 동일성의 감성이다. 상품에 명품과 짝퉁이 있듯이 인간사회에도 명품을 정점으로 한 동일성의 성곽이 있는 것이다. 그런 동일성 체제로의 편입은 인격성보다는 부와 쓸모에 의해 좌우되며 탈락자들은 성곽 외부의 셔터가 내려진 세계로 추락한다.[2] 그렇기 때문에 쓸모없어져 하층으로 밀려난 사람이 재상승하는 것은 버려진 낡은 물건이 명품이 되는 일만큼이나 힘들 수밖에 없는 것이다. 이런 계층 간의 유동성의 상실은 계층 이동의 경유지인 중간층이 약화된 사회구조와 연관이 있다. 친밀사회는 유동적인 중간층이 병목이 되었거나 무의미해진 사회이다.

중간층이 든든한 사회에서는 하층에서 상층으로 이동하는 것이 상대

---

2   스카이 캐슬은 명품을 중심으로 한 동일성의 세계가 있으며 유동적인 중간층이 사라졌음을 상징한다.

적으로 용이하다. 하층에서 상층으로 이동할 때의 병목현상이 없기 때문이다. 더욱이 중간층은 불평등성이 심화되었을 때 기울어진 사회의 평형을 회복하려는 잠재적 복원력을 내장하고 있다. 중간층이란 상승욕구를 지니고 있으면서도 하층민에 공감하는 것이 가능한 사람들이다. 그들의 역할은 불평등성이 심화되었을 때 하층민에 공감하면서 사랑과 분노에 의해 구조를 교정하려는 감성적 저항을 드러내는 것이다. 반면에 친밀사회의 친밀성은 상승에 대한 선망이 강화된 반면 하층민에 대한 공감이 약화된 감성이다. 그런 친밀성이 만연되면 신자유주의에 의해 불평등성이 심화되어도 사랑과 분노가 작동되지 않는다.

중간층이 든든한 사회의 사랑과 분노는 불평등성을 바로잡는 **평형수**와도 같다. 반면에 그런 사랑과 분노가 약화된 친밀사회는 평형수가 증발된 사회이다. 그 대신 세월호처럼 기울어진 사회를 평등하게 보이도록 하는 친밀성의 환상이 유포된다. 친밀성의 환상을 계속 유지하려는 감성의 분할은 기울어진 다른 쪽 사람들을 보이지 않거나 혐오하게 만든다.

이제 평형수가 증발된 중간층은 불길한 경계선이 되어버렸다. 친밀사회에서는 추락의 위기에 처한 사람뿐 아니라 중간층마저 경계선상의 존재이다. 그들은 실현 불가능한 환상에 목숨을 걸거나 자신도 모르게 하층민을 혐오한다. 중간층은 일베와는 달리 여성과 하층민에게 혐오발화를 일삼지는 않는다. 그러나 김애란 소설이 보여주듯이 그들의 무의식 속에는 하층민으로부터 오염되지 않으려는 공포가 자리 잡고 있다. 예컨대 「벌레들」에서는 중간층 인물이 재개발구역으로부터 벌레의 침입에 시달리며 평온한 삶의 환상이 깨지는 두려움을 경험한다. 이 소설에서 벌레는 가난에 오염되지 않으려는 중간층의 무의식에 침투하는 친밀사회의 잔여물이다.

그런 오염의 공포감은 친밀사회를 대체불가능한 불평등성의 사회로 만든다. 대체불가능한 구조화된 불평등성의 사회[3]는 신자유주의에 기원을 두고 있다. 모든 것을 시장원리화하는 신자유주의는 일류만이 살아남고 나머지를 루저화하는 양극화를 심화시킨다.[4] 그런데 그처럼 불평등성이 구조화되면 복원력이 없어진 대신 루저들을 보이지 않는 사람으로 만드는 감성의 분할이 작동되기 시작한다. 그런 감성의 분할은 중간층이나 하층민들의 내면에도 전사되어 탈락자들을 투명인간이나 혐오의 대상으로 여기게 된다. 그 같은 방식으로 탈락자들이 보이지 않게 매장되어야만 신자유주의의 친밀사회가 유지될 수 있는 것이다. 벌레로부터 오염되지 않으려는 무의식이 친밀사회에서 살아남은 사람들의 친밀성을 유지시켜 주는 것이다. 이 '냉혹한 친밀성'[5]은 사랑과 분노의 평형수를 증발시키면서 불평등성의 세계를 '이상한 고요함' 속에서 지속시킨다. 그처럼 사람들이 친밀해질수록 대체불가능한 불평등성이 불가역적이 되어가는 것이 친밀사회의 역설이다.

그런 사회에서의 최대의 공포는 사람들로부터 외면당하는 것이다.[6] 친밀사회에서 탈락하는 순간은 인간으로부터의 존재론적 강등이 시작되는 시간이다. 투명인간에서 폐품으로, 그리고 벌레로의 전락이 시작되는 것이다. 벌레로부터 오염되지 않으려는 무의식은 그런 친밀사회에서 친밀한 인간으로 살아남으려는 방어기제이다.

대체불가능한 불평등성이 공포스러운 것은 그처럼 탈락자가 인간-벌레가 되거나 다른 인종, 다른 신분의 사람이 되기 때문이다. 이제 계급적

---

3 구조화된 불평등성의 세계란 계층 간의 사다리가 끊어진 사회를 말한다.
4 우리의 경우 IMF 이후 파산자들이 격증하고 신자유주의가 강화되면서 불평등성이 구조화된 세계로 접어들게 되었다.
5 『감정 자본주의』의 부제이다. 에바 일루즈, 김정아 역, 『감정 자본주의』, 돌베개, 2010 참조.
6 예컨대 조해진의 「산책자의 행복」에서 기초생활수급자로 전락한 라오슈가 가장 고통스러워 하는 것은 사람들로부터 외면당하는 것이다.

관계는 다른 생명체나 인종과의 관계처럼 절벽의 경계가 되었다. 가난한 사람들끼리 연대하고 중간층도 가세하는 변혁운동의 신화가 사라진 것이다. 그 대신 왜곡된 계급의식로부터 참을 수 없는 존재론적 병리학이 생겨난다. 갑질이나 금수저, 흙수저론은 단순한 계급적 차별이 아니라 신자유주의의 구조화된 불평등성의 병리학이다.

대체불가능한 불평등성은 원래 인종과 젠더 영역의 특징이었다. 계급의 영역이 상대적으로 유동성을 지닐 수 있는 것은 **중간층**이 존재하기 때문이다. 반면에 피부와 신체 자체에 불평등성이 각인되어 있는 인종과 젠더의 영역에는 중간층이란 애초부터 없다. 중간에 있는 혼혈인이나 성소수자는 잡석 같은 존재로 여겨질 뿐이다. 그처럼 경계가 상상적으로 고착화되어 있는 인종과 젠더의 영역은 냉혹한 배제의 기제가 작용하는 생체권력[7]적인 장소이다.

그런데 신자유주의에서는 계급관계가 인종의 영역을 닮아가고 있다. 이제 경제적 착취는 혐오의 기제와 뒤섞인다. 하층민들은 보이지 않는 공기나 투명인간, 혐오스러운 벌레가 된다. 상상적 고착화로 인해 계급적 관계가 생체권력적인 영역이 된 것이다. 이는 화폐로 인한 호주머니의 불평등성이 피부와 혈통이 되어가고 있다는 뜻이다. 금수저·은수저와 흙수저 사이에는 중간층이란 없다. 대물림과 갑질이란 같은 인종이 계급적 권력을 인종이나 혈통의 권력처럼 행사하는 것을 말한다.

신자유주의 친밀사회는 신데렐라 드라마 같은 낭만적 사랑의 환상이 유포되는 사회이다. 그러나 그 이면에는 보이지 않는 비천한 사람들이 많아지는 생체권력의 신화가 자리하고 있다. 생체권력의 체제는 계급적 지위가 낮아질수록 존재론적 강등을 경험하는 사회이다. 즉 '없는 사람'에서 장

---

7   생체권력은 생명권력과 죽음정치를 말한다.

애물로, 그리고 앱젝트로의 추락이다. 똑같이 피와 살로 이루어진 사람도 돈이 없어지고 빚이 늘어나면 외면하고 피해야 하는 장애물이 된다.[8] 더 나아가 동류적 친밀성이 유지되는 동안 탈락자들은 무의식에서 떨쳐내야 할 공포스러운 벌레가 된다. 그처럼 달콤한 친밀성과 낭만적 사랑이 유포될수록 혐오스러운 무의식의 잔여물이 많아지는 것이 친밀사회의 신화이다.

2. 친밀한 금수저와 낯선 흙수저 – 신데렐라의 유령

우리 시대의 생체권력의 신화의 출현은 민중의 신화가 사라지는 과정에 상응한다. 신자유주의 시대의 신비스러운 생체권력은 홀로코스트의 죽음정치는 물론 식민지 시대의 폭력을 수반한 생체권력과도 구분된다. 21세기의 생체권력의 신비는 계급의 영역에서 아무도 모르게 조용히 진행되는 점에 있다. 인종과 젠더의 영역을 점령했던 앱젝트의 신화가 이제 계급의 영역에서도 침묵 속에서 나타나고 있는 것이다. 김이설과 김애란의 소설은 민중적 연대가 이제 계급적 앱젝트에 대한 혐오로 대체되었음을 보여준다.

물론 과거에도 계급적 타자들이 처음부터 굳건한 민중으로 출현할 수 있었던 것은 아니다. 식민지 시대의 노동자들은 빈번히 앱젝트화되었는데 그것은 계급과 인종의 영역을 관통하는 권력이 죽음정치를 실행하기 때문이었다. 노동자의 앱젝트화는 신식민지 시대까지 계속되었다. 그러나 식민지와 신식민지 시대의 문학과 사회운동은 앱젝트화된 빈민들을 저항적 타자로 회생시키는 역할을 하고 있었다. 문학과 사회운동에 의한

---

8   랠프 엘리슨, 송무 역, 『보이지 않는 인간』1, 문예출판사, 2012, 9~10쪽.

저항적 타자의 역동적인 생성, 이것을 우리는 민중의 신화라고 부를 수 있을 것이다. 반면에 그런 문학과 운동의 역할이 어려워지고 민중의 신화가 사라진 것이 친밀사회의 현실이다. 친밀한 상품사회에서 이제 빈민들은 구원받기 어려운 폐품처럼 버려지고 있다. 반면에 민중적 연대는 잊혀진 신화나 전설 같은 서사가 되었다.

가난한 사람이 폐품으로 버려지는 계급적 앱젝트의 기원은 이미 박완서의 「도둑맞은 가난」(1975)에서부터 나타난다. 이 소설에서 보듯이 계급적 앱젝트의 신화는 민중의 해체에 상응한다. **계급적 앱젝트**의 신화란 계급의 영역이 인종의 영역처럼 고착화되어 가는 것을 말한다. 이제 앱젝트화된 빈민들이 민중으로 회생하는 일은 다시 일어나기 어렵게 되었다. 박완서는 그런 민중의 해체가 체제 내의 부드러운 결연의 환상에 의해 시작되었을 암시한다. 즉 부자들이 결연의 환상을 만드는 친밀한 권력으로 변화되면서 민중적 연대가 사라지고 빈민들이 쓰레기 같은 존재가 된 것이다. 그처럼 하층민이 연대의 주체에서 앱젝트로 추락하는 과정에서 새롭게 나타난 것이 신데렐라의 유령이다.

「도둑맞은 가난」은 신데렐라의 유령이 출현하면서 앱젝트의 신화가 시작되었음을 암시한다. 이 소설에서 미싱사인 '나'는 연탄 반 장을 아끼려고 맥기 공장에 다니는 상훈과 동거를 한다. '나'는 얼간이 같은 상훈이 마음에 들었고 고아 같은 그의 사랑의 고백만을 기다리며 살아간다. 다만 한 가지 그의 성격에 조금 개운하지 못한 점이 있었다. '나'는 고리타분한 가난의 냄새를 즐기는 자신과 달리 멸치 눈깔조차 징그러워 못 참는 그가 왠지 불안했다.

어느 날 잠시 실종되었던 상훈이 돌아 왔는데 그의 옷차림은 물론 말투까지 변해 있었다. '나'는 가난한 방에 들어온 그의 깨끗한 옷과 친절한 말투가 아주 **비현실적으로** 느껴졌다. 상훈은 판타지 동화처럼 꼴사나운 얼간이에서 왕자로 변신해 있었던 것이다. 상훈은 자신이 부잣집 아들인데 가난 수업을 위해 이런 빈민굴 같은 곳을 경험한 것이라고 말한다. 그는 아버지가 '나'에게 관심을 보였다면서 집에 데려다 야학이라도 다니게 하겠다는 말을 전한다. 그 순간 '나'는 상훈과의 사이에서 꿈꿨던 '정다운 것들'이 영영 사라져 버렸음을 느낀다. '내'가 그에게 악다구니와 욕설을 퍼부은 것은 그 사라진 것에 대한 아픔과 상처 때문이었다.

상훈이 도망치자 '나'는 떳떳하고 용감하게 가난을 지켜냈다고 안심한다. 그러나 판타지의 한 장면처럼 상훈이 '나'를 거쳐 간 후 '나'는 모든 것이 달라졌음을 깨닫는다. 상훈이 고아에서 왕자로 변신한 순간 정겨운 민중적 교류가 사라진 대신 자본주의의 마법이 시작된 것이다. 상훈의 변신은 가난한 사람들끼리의 사랑의 신화에 상처를 냈다. 민중들의 사랑이란 부에 의해 행복을 누리는 부자들이 갖지 못한 빈민들의 청청함의 비결이었다. 부자들이 부에 의해 감성의 질서를 만들수록 빈민들은 부자에게는 없는 사랑의 힘으로 가난을 견딜 수 있었던 것이다. 그것을 보여주는 것이 소외된 계층의 고통과 사랑을 그리는 문학이었다. 민중의 문학은 부자 이외에 중간층을 포함한 많은 사람들의 공감을 얻었고 그것이 탐욕스러운 부자에 대응하는 힘이 되었다.

그런데 부자들이 가난을 매력으로 인정하는 순간 빈민들의 사랑은 부자들의 전리품이 되었다. 부자들이 빈민들의 사랑을 자신들의 부에 상응하는 보충물로 인정해 친밀하게 다가오자 빈민들은 감성적 혼돈을 경험한다. 이제까지는 부자들이 냉혹할수록 그들이 갖지 못한 '정다운 것들'을 꿈꿀 수 있었기에 가난의 고통을 견딜 수 있었다. 부자들의 비정함에 분노할수록 빈민들은 생기 있는 사랑을 나눌 수 있었던 것이다. 그런데 부자들이 가난의 매력을 자신의 품에 안는 순간 푸성귀 같이 청청하던 빈민들의 생기는 없어졌다. 부자들이 친밀해졌다는 것은 비정한 부자에 분노하는 가난의 서사가 해체된 대신 자본주의의 마법에 무방비상태가 되었음을 뜻한다.

물론 자본주의의 마법은 빈민들의 사랑과는 다르다. 부자들이 탐욕스러움 대신 친밀한 결연의 환상을 보여주는 것은 하층민을 부자가 탐내는 매력적인 품목(페티시)으로 편입하려는 것이다. 이제 빈민들의 사랑은 냉혹한 부자에 대항하는 무기가 아니라 친절한 부자에게 바치는 공물이 되었다.[9] 부자들은 가난의 매력을 인정하는 동시에 민중적 저항성을 거세시켜 부자 중심의 계급관계를 영구화시킨다. 그처럼 빈민들의 사랑을 매력적인 공물로 만들어 가난의 서사를 해체하는 것이 자본주의의 마법이다. 가난은 부자들의 감성의 질서에 보충물로 편입되는 순간 자신의 고유한 생기를 잃어버린다. 빈민들을 예속화하려는 자본주의의 질서는 예전과 그대로이다. 그런데 이번에는 존재 자체를 유린하는 마법 같은 방식으로 바뀐 것이다. 부자들이 탐욕스러운 괴물에서 동화 속의 왕자 같은 모습으로 변신한 순간 빈민들은 존재 자체의 혼란을 경험한다. 이제 부자들은 화폐 자본에 덧붙여 빈민들의 마음을 홀리는 존재론적 권력[10]이 되었다.

그처럼 가난을 보충적 매력으로 인정하고 부자를 왕자로 만드는 순간 출현한 것이 바로 신데렐라의 신화이다. 신데렐라 신화는 가난의 매력을 인정하는 동시에 부자의 부속물로 만든다. '나'는 욕설을 퍼부어 상훈을 내쫓으며 **의지적으로** 신데렐라의 유령을 몰아냈다. 그러나 동화 같은 판타지를 통해 **무의식** 속에서 가난의 서사를 해체하는 자본주의 마법은 쫓아내지 못했다.

---

9   이처럼 가난의 매력이 부유층에게 바치는 공물이 된 순간 빈민들은 민중의 사랑 대신 환상적인 부자에 대한 상승욕구를 갖게 된다. 그러나 부의 매력은 실현 불가능한 환상이기 때문에 빈민들은 신분상승 대신 쓰레기로 전락할 위기에 처한다.
10   프레드릭 제임슨은 이를 무의식의 식민화라고 불렀다.

그런데 내 방은 좀 전까지의 내 방이 아니었다. 빗발로 얼룩얼룩 얼룩진 채 한 쪽이 축 쳐진 반자, 군데군데 속살이 드러나 더러운 벽지, 지포가 고장난 비닐 트렁크, 절뚝발이 날림 호마이카 상, 제 몸보다 더 큰 배터리와 서로 결박을 짓고 있는 트랜지스터 라디오, 우그러진 양은 냄비와 양은 식기들—, 이런 것들은 어제와 똑같은 자리에 있는데도 어제의 것이 아니었다. 그것들은 다만 무의미하고 추했다. 어제의 그것들은 서로 일사불란 나의 가난을 구성하고 있었지만, 지금 그것들은 분해되어 추한 무용지물일 뿐이었다. 판잣집이 헐리고 나면 판잣집을 구성했던 나무 판대기, 슬레이트, 진흙덩이, 시멘트 벽돌, 문짝들이 무의미한 쓰레기가 되듯이 내 가난을 구성했던 내 살림살이들이 무의미하고 더러운 잡동사니가 되어 거기 내동댕이쳐져 있었다. 나는 그것들을 다시 수습할 수 있을 것 같지 않았다. 내 방에는 이미 가난조차 없었다. 나는 상훈이가 가난을 훔쳐갔다는 것을 비로소 깨달았다.[11]

'나'의 좌절감은 상훈과의 사랑이 변질된 채 곳곳에 남겨진 충격과 상처에 의한 것이다. 민중의 정다운 삶이었던 낡은 트랜지스터와 양은 냄비, 양은 식기들은 이제 잡동사니 같은 가난의 파편이 되었다. 겨울을 견디던 민중의 청청한 사랑이 부자의 온기가 빠져나간 흔적으로 변해버린 것이다.

부자들이 빈민의 손을 잡는 순간은 그처럼 가난의 의미를 해체하는 순간이었다. 빈민들은 부자에게 가난을 인정받는 동시에 가난의 의미를 상실한다. 부자들의 부드러움이란 정체성을 주는 동시에 빼앗는 새로운 친밀한 권력이었던 것이다. 상훈의 왕자의 마법은 보충물로 포섭하는 동시에 진정성을 해체하는 미시권력의 작용과도 같았다.

부자들은 그처럼 감성의 질서를 **미세하게** 만들었지만 민중들은 미처 그

---

11 박완서, 「도둑맞은 가난」, 『부끄러움을 가르칩니다』, 문학동네, 2006, 405~406쪽.

미세함에 대응하지 못한다. 그런 혼란 속에서 친밀한 부자들의 새로운 감성의 질서가 마법처럼 무의식에 작용하고 있었던 것이다. 민중의 의지는 부자의 손길을 뿌리칠 수 있지만 **무의식** 속에 밀려드는 혼란을 막지는 못한다. 이것이 '내'가 가난을 도둑맞은 이유이다.[12]

'내'가 쓰레기로 추락한 것은 무의식 속에서 심리적 혼돈을 견뎌내지 못하기 때문이다. 냉혹한 부자는 겁낼 것이 없지만 친밀한 부자에 대한 대응책은 아직 마련되지 않은 것이다. 친밀한 권력에 의해 당당한 가난의 서사가 해체되었기 때문에 자신의 서사를 상실한 하층민은 자본주의의 마법에 대해 무방비상태에 있다.

이제 자본주의의 마법은 판타지에 동화되지 않은 하층민을 쓰레기 같은 존재로 만든다. 빈민들은 설령 ('나'와 달리) 환상적인 상승욕구를 갖더라도 실제로 부자가 될 수는 없기 때문에 폐기물로 전락할 위기에 처한다. 그처럼 가난의 서사와 민중적 사랑의 상실은 앱젝트 신화의 출현에 상응한다. 여기서 비천한 것의 존재론을 무의미하게 만든 것은 부의 존재론이라는 부자들의 친밀한 권력이다. '나'의 절망은 민중의 개념으로는 새로운 친밀한 권력을 감당할 수 없음을 예언적으로 암시한다.[13] 이제 필요한 것은 푸성귀 같은 민중의 싱싱함보다는 신데렐라의 유령과 앱젝트 신화에서 벗어나는 존재론적 대응일 것이다. 무의식을 혼란시키는 친밀한 권력에는 또 다른 무의식의 대응이 필요한 것이다. 부자와 타협하지 않은 빈민을 쓰레기로 만드는 권력에 맞서서 어떻게 다시 사랑을 회생시킬 수 있는지 보여주어야 하는 것이다.

---

12 가난을 도둑맞지 않기 위해서는 민중과는 다른 대항 주체가 필요함을 암시한다.

13 친밀한 권력에 대한 대응이 나타난 것이 2000년대 이후의 촛불집회라고 할 수 있다. 반면에 1970년대 식의 민중의 개념은 '나'처럼 친밀한 권력을 감당하지 못한다. 친밀한 권력이 하층민을 앱젝트로 전락시킨다면 이제 민중끼리의 연대 대신 앱젝트를 대상a로 전환시키는 새로운 존재론적 대항 전략이 필요하다.

박완서가 예언한 앱젝트의 신화는 1990년대 이후 실제로 현실에서 출현했다. 「프린세스 안나」(배수아)는 스노화이트(그리고 신데렐라)의 환상이 현실을 점령한 대신 이상한 고요함 속에서 탈락자가 폐품으로 사라짐을 보여준다. 「프린세스 안나」에서 형부의 조용한 죽음은 「도둑맞은 가난」에서의 '나'의 쓰레기 신화가 현실에서 실현되고 있음을 뜻한다. '나'의 내면에서 일어난 일이 현실에서 구조적으로 발생하는 사회는 무서운 사회이다. 그런 무서운 친밀사회를 조용하게 유지시켜주는 것은 스노화이트와 신데렐라의 환상이다.

프레드릭 제임슨은 이런 친밀사회에서의 자본의 침투를 무의식의 식민화라고 불렀다. 무의식의 식민화는 1980년대 이전의 민중의 개념을 해체했다. 중간층이든 하층민이든 이제 모두 스노화이트의 꿈을 꾸며 성장한다. 디즈니랜드화된 사회에서 스노화이트를 꿈꾼다는 것은, 어느 날 TV가 꺼지듯 환멸을 경험하며 쓸모없는 사람으로 전락할 위험 속에서 살아간다는 뜻이다. 스노화이트와 신데렐라의 환상이 성행하는 사회는 쓰레기로 전락할 위험에 놓인 사람이 점점 많아져 가는 세상이기도 하다.

실제로 신데렐라 드라마의 성행과 신자유주의의 양극화는 서로 상응하는 관계를 보여준다. 양극화가 심화된 1990년대에서 오늘날까지는 신데렐라 드라마가 TV를 점령한 시대였다. 〈발리에서 생긴 일〉, 〈불새〉, 〈황태자의 첫사랑〉, 〈파리의 연인〉, 〈천국의 계단〉, 〈슬픈 연가〉, 〈마이 걸〉, 〈시크릿 가든〉, 〈상속자들〉이 그 예들이다. 우리는 이 드라마들이 보여주는 낭만적 사랑에 별다른 거부감이 없다. 단지 결말에서 주인공이 슬픔과 불행에 빠지지 않을까 걱정할 뿐이다. 감정이입의 관계에 있는 신데렐라 주인공이 자존심을 지키면서 새로운 왕궁 같은 세계에서 잘 살아가길 바라는 것이다.

그러나 낭만적 사랑은 과거 가난한 연인들이 보여주었던 목숨을 건 에로스적 사랑과는 구분된다. 에로스적 사랑은 아무런 매뉴얼도 없는 공백에서 목숨을 건 도약을 필요로 한다. 반면에 신데렐라 드라마의 낭만적 사랑은 재벌 2세가 가난한 여성에게 귀중한 매력을 발견해 결연에 이르게 된다는 공식이 있다. 남자에게는 부가 있지만 여자에게는 아무것도 없다. 그러나 왕자 같은 남성 주인공은 여성에게 부에 못지않은 소중한 것이 감춰져 있음을 발견한다. 게다가 재벌 2세 주인공은 대개 약점을 갖고 있어서 아버지로부터 거세공포에 시달리고 있다. 그런데 여성의 매력의 발견은 남성 주인공을 거세공포에서 벗어나게 해주면서 여성과의 행복한 결연이 가능하다는 생각을 갖게 해준다. 여기서 우리는 부 이외에도 중요한 가치가 있음을 알려주는 낭만적 사랑의 신화에서 행복감을 느낀다.

하지만 이런 신데렐라형 낭만적 사랑은 프로이트가 말한 페티시즘과 너무나 유사하다. 신자유주의 시대의 부富란 젠더관계에서의 남근과도 같다. 재벌2세는 남근이 없는 가난한 여성에게서 충격을 받는다. 그런데 약점이 있는 그는 여성으로부터 남근 못지않은 매력을 발견함으로써 거세공포에서 벗어난다. 그는 남근중심주의자인 아버지와는 달리 여성의 매력을 받아들여 자신의 심리적 약점을 치유하는 동시에 새로운 결연의 환상을 보여준다.

우리는 남근중심주의와 부자중심주의에서 벗어났다는 안도감 때문에 신데렐라 드라마에서 행복감을 느낀다. 그런데 재벌 2세가 발견한 여성의 매력이란 프로이트가 말한 페티시에 다름이 아니다. 물론 〈파리의 연인〉과 〈시크릿 가든〉에서의 여주인공의 매력은 남성에게 헌납하기 위한 것이 아니기 때문에 우리를 안심시켜준다. 그것은 분명히 스스로 공물이 되길 자처한 「낭만적 사랑과 사회」(정이현)에서의 '십계명'과는 다르다. 하지만 부자를 홀리게 한 것은 여성 자신의 여성성이기보다는 남근에 비견되는 매력으로서의 페티시인 것이다. 페티시는 「도둑맞은 가난」에서 부자들이 탐냈던 매력적인 가난의 품목 바로 그것이다. 부자에게 매혹적인 가난이 승인되는 순간은 가난한 사람의 푸성귀 같은 청청함이 무의미해지는 순간이기도 하다. 이제 자본주의 안에 가난한 사람이 설 자리가 마련됨으로써 외부로의 출구는 폐쇄된다. 자본주의에서도 부와 다른 가난의 미덕이 인정된다면 가난한 사람의 새로운 서사는 무의미한 것이다. 가난한 사람들이 스스로 서지 못하게 만드는 점에서 부자의 페티시즘은 새로운 존재론적 권력이다. 부자와의 결연이란 가난에 대한 은밀한 희롱이며 신데렐라 드라마는 「도둑맞은 가난」을 재승인한다.

그 같은 낭만적 사랑의 중요한 문제점은 매혹의 대상이 되지 못한 타자를 배제한다는 것이다. 자본주의에서도 매력이 인정되는 가난의 미덕이 페티시인 반면, 그런 미덕을 지니지 못한 타자는 자본주의에 무용한 위험물이다. 더욱이 낭만적 사랑은 환상이기 때문에 실제로 신데렐라 드라마처럼 신분상승을 이루는 빈민은 거의 없다. 신자유주의의 신데렐라의 신화는 가난한 타자를 구원하기는커녕 페티시가 되지 못한 대부분의 고통받는 타자를 내버린다. 그는 위험한 존재이자 쓰레기이기 때문이다.

낭만적 사랑의 성행은 타자의 배제와 짝을 이루고 있다. 타자와의 교섭을 에로스라고 한다면 신자유주의는 낭만적 사랑이 넘치는 시대인 동시에 에로스가 소멸된 사회이다. 에로스가 소멸된 사회에서는 고통 받는 타자가 보이지 않는 곳에서 쓰레기로 버려진다. 친밀한 낭만적 사랑의 환상이 과잉된 사회는 쓸모없어져 쓰레기가 되는 사람이 점점 더 많아지는 사회이기도 하다. 낭만적 사랑은 세상에 사랑과 친밀함이 넘친다는 환상을 유포시키며 양극화 사회의 희생자를 보이지 않게 만든다.

우리는 양극화된 사회를 금수저와 흙수저의 사회라고 말한다. 이 말에는 금수저에 특권이 주어지는 불평등한 사회에 대한 비판이 포함되어 있다. 그러나 낭만적 사랑은 타자를 보이지 않게 만드는 친밀함의 환상을 유포시킴으로써 그런 비판을 희석시킨다. 불평등성이 극에 이른 헬조선이 여전히 친밀한 사회인 것은 낭만적 사랑이 친밀한 금수저와 낯선 흙수저의 환상을 유포하기 때문이다. 낭만적 사랑이 유포될수록 흙수저론의 비판이 희석되며 불평등성의 사회가 조용하게 유지된다. 낭만적 사랑은 친밀한 감성의 분할을 통해 불평등성의 비판을 무디게 함으로써 헬조선을 은폐한다. 반면에 헬조선이란 단순히 불평등한 사회가 아니라 낯설게 배제된 사람의 위치에서 아무런 공감도 얻지 못하게 된 지옥 같은 세상을 말한다.

TV의 신데렐라 드라마는 낭만적 사랑을 유통시키면서 타자를 투명인간으로 만드는 기능을 한다. 반면에 흙수저론은 계급관계가 피부나 혈통의 관계처럼 되었음을 말함으로써 왜 타자가 보이지 않는 사람이 되었는지 알려준다. 『보이지 않는 인간』(랠프 엘리슨)에서 흑인 주인공은 자신이 다른 사람에게 존재하지 않는 사람이라고 말한다. 헬조선이란 흙수저들이 그런 인종사회나 신분사회에서처럼 보이지 않는 사람이 된 사회이다. 여기서는 경계선상의 인물은 물론 중간층마저 정체성의 난제를 경험한다. 흙수저론은 그런 정체성의 난제에 대한 자의식이다.

그러나 헬조선이나 흙수저론은 사회적 저항을 발생시키지는 못한다. 앞서 살폈듯이 친밀사회에 대한 저항은 추방된 타자를 회생시키는 이중주의 연주를 통해서만 가능하다. 희생자와 생존자의 **은유적 이중주**는 이상한 고요함을 깨뜨리고 자아를 고양시키며 친밀사회에 대응할 수 있게 한다. 그러나 정체성의 난제를 경험하는 사람들은 이민계를 들며 탈출을 시도할 뿐 사회적 모순에 저항하지는 못한다.

새로운 사회적 저항은 정체성의 난제에서 벗어나는 존재론적 대응을 수반해야 한다. 세월호 사건은 은유로서의 정치를 생성시켜 사랑과 분노를 회생시키며 정체성의 난제에서 탈출하게 했다. 희생자와 생존자의 은유적 이중주는 이상한 고요함을 깨드리며 우리의 자아를 고양시켰다. 송경동이 은유적으로 말했듯이 우리 모두가 세월호였던 것이다. 송경동은 우리 모두가 선장과 기관장, 갑판원, 조타수로 나서야 한다고 말한다. 그처럼 능동적인 정체성을 생성시켜야만 세월호의 항로를 바꿀 수 있는 것이다.

세월호 사건에서 촛불집회와 탄핵정국으로 이어지는 과정은 그런 은유적 정치가 변혁운동과 결합하는 과정이었다. 촛불집회 이후 새로운 정권에서 흙수저 드라마가 많아진 것은 우연이 아닐 것이다. 흙수저가 주인공으로 등장할 때 정체성의 난제는 사라지며 가난한 주인공은 더 이상 흙수저가 아니다. 예컨대 〈쌈 마이웨이〉와 〈최강 배달꾼〉의 고동만과 최강수는 더 이상 보이지 않는 사람도 정체성의 혼란을 겪는 인물도 아니다. 두 드라마는 '친밀한 금수저와 낯선 흙수저'에서 벗어나 사랑과 분노를 되찾은 푸성귀 같은 하층민의 모습을 보여준다. 그러나 〈쌈 마이웨이〉와 〈최강 배달꾼〉이 가난을 도둑맞기 전의 청청한 하층민의 부활을 보여주는 것은 아니다. 촛불집회에 의해 정권이 바뀌었지만 아직 신자유주의 친밀사회가 해체된 것은 아니기 때문이다. 촛불의 은유적 정치에 의해 능동적 주체가 회생했으나 광장에서 일상으로 돌아오면 우리는 다시 친밀한 권력의 지배하에서 살아가야 한다. 아직 신자유주의도 양극화도 와해된 것이 아니기에 두 드라마의 해피엔딩은 〈응답하라 1988〉처럼 향수의 차원에 있다. 〈응답하라 1988〉에 응답한 것이 촛불집회일 것이다. 그러나 촛불집회는 최종화가 아니라 기나긴 싸움의 시작일 뿐이다. 사회의 변혁은 한판의 승부가 아니며 우리 시대에는 더욱 더 그렇기 때문이다. 오늘날은 지배권력이 친밀해진 만큼 더 끈질겨졌기에 이제 길고 긴 여정의 시작인 것이다. 촛불집회는 마치 소설처럼 **여행은 끝나고 길이 시작되었음**을 알려준다.

실제로 촛불집회 이후의 두 드라마는 여전히 헬조선의 고통이 계속됨을 암시한다. 〈쌈 마이웨이〉에서 가장 가슴에 와 닿는 장면은 최애라(김지원 분)가 아나운서 면접시험에서 스펙이 모자라 수모를 당하는 대목이다. 또한 〈최강 배달꾼〉의 흥미는 이민을 가려 돈을 모으던 이단아(채수빈 분)가 '정가'의 대자본에 무너진 최강수와 사랑을 하는 우여곡절에 있다. 그에 비해 두 드라마의 해피엔딩은 잠시 동안의 위안일 뿐이다. 남들이 뭐라던 우리는 우리 길을 간다는 주제는 작은 위로를 주지만 흙수저에게 주체성을 되찾아주지는 못한다.

금수저 세계를 선망하지 말고 흙수저는 흙수저끼리 살아간다는 이야기는 민중적 연대가 가능했던 시대에는 의미가 있었을 것이다. 그때는 푸성귀 같은 하층민들의 연대가 중간층의 공감을 얻으며 부자들에게 위협이 될 수 있었다. 그러나 지금은 다르다. 고동만과 최강수의 떳떳한 삶과는 상관없이 흙수저를 입사 면접에서 보이지 않는 사람으로 만드는 차별은 계속된다. 두 드라마의 주인공들은 예외적인 존재로서 나름대로 친밀사회에 적응한 것일 뿐이다. 가난한 사람도 신자유주의에서 그런대로 잘 살아갈 수 있음을 보여주는 것은 하나의 미담에 그친다. 흙수저 주인공들은 한때 사회에서 배제되었으나 다시 미담의 주인공으로 포섭되었을 뿐이다.

우리가 보고 싶은 것은 흙수저들이 체제에서 배제되며 포섭되지 말고 차별의 시선에 응수하는 서사이다. 두 드라마가 흙수저 드라마로 불리는 것은 청년 주인공이 가난뿐 아니라 **비천함**을 강요당하고 있다는 뜻이다. 우리시대의 구조적 불평등성 때문에 가난과 함께 존재론적 고통이 추가된 것이다. 그것이 두 드라마가 과거의 반항적 청춘물과 다른 점이다. 그렇기 때문에 이제 새로운 청춘물에서 '마이웨이'는 청년들을 보이지 않는 사람으로 만드는 시선과의 관계에서 그려져야 한다. 그것을 위해서는 그들이 정체성의 난제를 겪게 만드는 모종의 거세의 권력(모래인간)이 암시되어야 한다.

그 점에서 고동만과 최강수의 위치는 〈버닝〉의 종수와 크게 다르지 않다. 그들은 모두 모래인간의 폭력에 대한 대응이 없이는 사랑도 행복도 불가능한 사람들이다. 모래인간은 자본의 권력일 뿐 아니라 '마이너들'을 존재론적으로 비천하게 만드는 권력이다. 신자유주의 시대의 모래인간은 친밀하게 숨겨져 있기 때문에 낯선 두려움 속에서만 감지될 수 있다. 그런데 두 드라마에는 그런 낯선 두려움과 거세공포의 순간이 없다. 또한 〈버닝〉과는 달리 청년들을 비천하게 거세시키는 냉혹한 친밀성을 지닌 모래인간의 존재가 암시되지 않는다.

흙수저 드라마가 사회를 동요시키지 못했을 때 그 자리를 대신 차지한 것은 통속적 드라마들이다. 〈쌈 마이웨이〉와 〈최강 배달꾼〉에서는 최애라의 분노와 최강수의 사랑이라는 위험한 감성이 매력이었다. 반면에 통속적 드라마에는 아예 그런 감성이 없다. 그 대신 낭만적 사랑과 원한, 선악의 대립 같은 감성의 분할에 포섭된 감정만이 드러난다.

예컨대 〈기름진 멜로〉는 〈최강 배달꾼〉처럼 중식 식당을 배경으로 한 드라마이다. 〈기름진 멜로〉에는 흙수저 대신 한때 잘 나갔으나 억울하게 몰락한 인물들이 등장한다. 이 드라마에서 몰락한 인물들의 부침은 사회 모순과 상관없기 때문에 우리에게 동요와 함께 안정감을 준다. 그런 안정감은 체제에 동화된 일상의 감정이다. 〈쌈 마이웨이〉와 〈최강 배달꾼〉에서 감성의 분할을 방해하는 사랑과 분노가 표현된 것은 거짓 안정성을 해체한 촛불집회와 연관이 있다. 반면에 〈기름진 멜로〉는 촛불집회에서 다시 일상으로 돌아온 사람들에게 생겨난 타성적인 안정감과 결탁하고 있다.

〈기름진 멜로〉에서 몰락한 인물들은 과거에 누렸던 품위를 그대로 지니고 있는 사람들이다. 그들의 고난과 품위의 이중성은 양극화된 세계에서 안정감을 희구하는 우리의 감성을 충족시켜준다. 오늘날의 친밀사회는 변화를 필요로 하면서도 동적인 감각을 둔화시키는 체제이다. 이런 사회에서는 구조는 그대로이지만 뭔가가 동요한다는 느낌을 계속 만들어야 한다. 우리는 〈기름진 멜로〉에서 몰락한 인물들의 상승욕구를 통해 정적인 상태에서 계속되는 안전한 동요감을 느낀다. 그런 나이브하고 통속적인 동요는[14] 촛불집회에서 확장되었던 우리의 내면을 다시 빈약하게 순화시킨다.

친밀사회에서는 부의 세계와의 친밀한 결연의 환상이 많아질수록 중간층과 하층민이 동적인 감각을 상실한다. 신데렐라 드라마에서는 매력적인 빈곤층 여자가 그런 역할을 했지만 〈기름진 멜로〉에서는 몰락한 사람들이 그것을 떠맡는다. 중식 요리사 서풍(준호 분)은 고급 호텔에서 억울하게 쫓겨난 후 복수를 꿈꾸는 인물이다. 다시 품위를 되찾기 위한 그의 복수심은 〈최강 배달꾼〉의 사랑과 분노와는 달리 감성의 분할을 방해하지 않는다. 또한 그와 사랑을 맺는 단새우(정려원 분)는 사기를 당해 구속된 저축은행장의 딸로 부잣집 여자의 고상함을 유지하고 있다. 그녀의 4차원에 가까운 순진미는 착한 부자를 암시하며 헬조선을 백지상태로 되돌려 우리를 안심시킨다. 부자(그리고 저축은행)에 대한 통념을 깨는 그런 선량함이 승인되는 것은 그녀의 몰락한 처지와 백치미 덕분이다. 가난해진 그녀는 신데렐라나 스노화이트 대신 환생한 소공녀이다.[15] 부침과 우여곡절이 있지만 친밀사회의 감성의 향연은 계속된다. 이제 신데렐라 대신 안전하게 사회를 지켜주는 것은 우리와 고통을 함께하는 소공녀의 신화이다.

---

14 황진미, 「이보다 더 '나이브'할 수는 없다」, 『한겨레신문』, 2018.6.16.
15 위의 신문.

3. 중간층의 환상과 거세공포 – 김애란의 「벌레들」

「도둑맞은 가난」에서는 신데렐라의 유령이 출현하면서 버려진 앱젝트의 신화가 시작되고 있다. 이 소설에서의 박완서의 예언은 신자유주의 친밀사회에서 현실로 실현되었다. 그처럼 친밀한 결연의 환상이 많아질수록 쓸모없어져 폐품이 되는 하층민이 늘어난다는 것은 친밀사회의 역설이다. 이런 냉혹한 친밀성의 역설의 이면에는 복원력을 잃은 구조화된 불평등성의 사회가 놓여 있다.

구조화된 불평등성의 사회에서 쓸모없는 하층민을 앱젝트로 여기는 것은 부자들만이 아니다. 평형수의 역할을 잃은 중간층 역시 친밀성의 환상에 동화되어 (환상을 깨뜨리는) 하층민을 자신도 모르게 배제하게 된다. 물론 중간층은 부자들처럼 갑질을 하거나 일베처럼 노골적으로 하층민을 혐오하지는 않는다. 그러나 김애란 소설이 암시하듯이, 중간층은 평온한 삶의 환상에 젖어들수록 무의식적 불안 때문에 사회적 잔여물인 하층민을 멀리하게 된다.

김애란 소설에서는 신데렐라의 환상을 대신하는 것이 비행운飛行雲이다. 비행운은 하늘을 나는 비행기가 일으키는 구름 같은 환상이다. 그런데 비행운은 늘상 비행운非幸運으로 귀결되므로 꿈꾸는 시간은 버려질 듯한 공포의 시간이기도 하다. 김애란 소설의 인물들은 비행운飛行雲과 비행운非幸運의 동거상태에 있다. 그런 상황에서 구름 같은 환상에 집착할수록 그것이 사라질 듯한 공포는 추락한 세계에 대한 두려움으로 전이된다. 환상을 꿈꾸는 일상의 낭떠러지 밑에는 가까이하기 싫은 다른 세계가 놓여 있다. 『비행운』에서 추락의 공포가 '배제된 앱젝트'에 오염되지 않으려는 무의식적 두려움으로 나타나는 것은 그 때문이다. 김애란의 소설에서도 비행운의 환상이 출현하면서 혐오의 대상인 앱젝트의 신화가 연출되고 있는 것이다.

비행운은 불행이 아니라 행복을 기다리는 일이 견디기 어려워졌음을 뜻한다.[16] 예컨대 「벌레들」에서 '나'는 출산을 앞두고 비행운에 빠지지 않기 위해 몸부림치는 과정을 보여준다. 비행운은 불행과는 달리 일상 속에서 소리 없이 경험된다. 그것은 발생하기 전에 이미 무의식 속에 스며들어 있다. 그 이유는 추락하기 싫은 하층민의 세계가 바로 옆의 낭떠러지처럼 공포스럽게 접근해 있기 때문이다.

중간층의 오염의 공포는 부자들의 거리감 있는 혐오감과는 달리 자신의 존재 자체에 달라붙은 두려움으로 나타난다. 그런 공포의 근원은 바로 옆에 접근해 있는 낭떠러지 밑의 하층민 세계이다. 「벌레들」에서 '나'는 장미빌라에 이사 온 뒤 그 같은 공포스러운 절벽 밑의 세계를 경험하게 된다.

'내'가 장미빌라에 이사 온 것은 싼값으로 전망 좋은 집을 얻을 수 있어서였다. 그러나 값이 싼 이유가 옆의 재개발구역 때문이었음을 뒤늦게 알게 된다. '나'는 전망 좋은 장미빌라에서 바로 옆 절벽 밑의 (재개발을 위해) 헐린 하층민의 세계를 보게 된다.

장미빌라와 모텔과 교회는 '내'가 꿈꾸는 평온한 일상을 암시한다. 반면에 절벽 밑의 헐린 하층민의 세계(A구역)는 그런 환상이 깨졌을 때의 추락의 공포의 은유이다. '나'는 빈민들을 혐오하지는 않지만 그들과의 사이에 분명한 경계선을 긋고 있다. 복원력을 잃은 구조화된 불평등성의 사회에서는 그런 배제의 경계선을 통해서만 평온한 장미빌라의 환상이 유지될 수 있기 때문이다.

빈민의 세계는 '보이면서 보이지 않아야' 장미빌라의 환상이 유지될 수

---

16   김애란, 『비행운』, 문학과지성사, 2012 참조.

있다. 그런데 장미빌라 바로 밑의 빈민촌은 '나'의 무의식 속에 침투한 공포심을 눈에 보이게 드러내고 있다. 더욱이 임신한 '나'의 몸은 아이에 대한 희망인 동시에 성적 매력을 잃은 우울한 신체이기도 했다. 매력을 잃은 신체가 버려질지도 모른다는 '나'의 임신 우울증은 무의식적 두려움을 증폭시켰다. '내'가 절벽 밑 A구역으로부터 날아오는 벌레들에 대해 예민한 공포와 혐오를 느낀 것은 그 때문이다. 암호와도 같은 A구역은 무의식 속에 잠재하는 절벽 밑의 세계를 환기시킨다. 벌레들은 A구역으로부터 무의식 속의 '나'의 심리적 취약점을 향해 날아오고 있었다.

> 장미빌라와 A구역의 경계, 그러니까 절벽 아래에는 잡초가 무성하다. 오랫동안 아무도 돌보지 않은 땅에서 멋대로 자란, 집요하고 탐욕스러운 인상을 주는 풀들이다. 그곳에서 이따금 장미빌라로 생전 처음 보는 벌레들이 기어 들어온다. 파랗고 통통하고 꾸물거리는, 혐오감을 주는 어떤 것들이.
>
> (…중략…)
>
> 몸이 불어 거동이 힘들었지만 청소를 소홀히 하지는 않았다. 오히려 전보다 더 걸레질에 몰두했다. 그것은 허물어져 가는 바깥 세계로부터, 쉬지 않고 날아 들어오는 오염물질에게서 우리 집을 지키는 의식이었다.[17]

혐오스러운 벌레가 A구역으로부터 날아온다는 것은 매우 상징적이다. A구역의 철거민들은 친밀사회에서 앱젝트와도 같은 존재들이기 때문이다. 그러나 벌레의 공포는 '나'의 하층민에 대한 혐오라기보다는 고착된 불평등성의 사회에서의 구조적인 효과이다. 고착된 불평등성의 사회에서는 평형수를 통해 불평등을 해소하기보다는 부의 세계에 대한 환상에 의

17　위의 책, 50·62~63쪽.

존하게 된다. 그처럼 상상적 세계에 의지하게 되면 중간층은 빈민에 대한 동정심보다 환상 세계가 오염될 공포심이 더 커진다. 벌레라는 오염물질로부터 집을 지키려는 의식은 장미빌라의 환상이 깨지는 것에 대한 두려움에서 비롯된 것이다. 벌레에 대한 예민한 혐오감은 자기 자신도 모르는 무의식 속에서의 오염의 공포의 표현이다.

고착된 불평등성의 세계는 그처럼 부에 대한 환상과 오염의 공포를 통해 경계의 질서를 유지한다. 친밀사회에서 가장 안정된 사람은 환상을 꿈꾸면서 청소하듯이 타자를 외면하는 사람이다. 그런데 '나'는 환상에 매달리면서도 심리적 잔여물을 완전히 닦아내지는 못하고 있다. 문제는 '내'가 점점 환상이 깨질 듯한 위기감 속에서 오염의 공포에 시달리게 된다는 점이다. 시간이 갈수록 점점 더 많아지는 벌레는 '나'의 무의식 속에 끼어든 청소되지 않은 환상적 친밀사회의 잔여물이다. '내'가 우울해질수록 벌레는 점점 더 많아지고 환상이 깨질듯한 공포 역시 커진다.

그 점에서 우울은 친밀사회의 평온한 환상세계에서 위험한 인화물질과도 같다. 남편처럼 평온한 사람은 친밀사회에 적응해 무의식 속에 끼어든 잔여물을 망각하고 살아간다.[18] 반면에 '나'의 우울증은 잔여물이 점점 많아지는 증상이며 평화로운 환상을 유지하기 어렵다는 공포심이기도 하다. 벌레는 단순한 혐오의 대상이 아니라 무의식 속에서 꿈틀거리는 증폭된 잔여물의 은유이다.

'나'는 죽은 벌레가 되살아나자 놀라 허둥대는 중에 결혼반지 케이스를 절벽 밑에 떨어뜨린다. '나'의 이런 실수는 매력이 없어진 신체로 인해 남편에게 외면당할지 모른다는 두려움을 암시한다. 친밀사회에서 가장 큰 공포는 **사람들로부터 외면당하는 것**이다. 임신한 몸, 벌레에 대한 예민함, 우

---

18 남편은 하층민을 혐오하지는 않지만 친밀사회에서 안정성을 느끼기 때문에 추락의 위기감이 없다.

울증 등은 이미 '나'에게 그런 조건들이 점점 더 많아져 가고 있음을 암시한다.

'나'는 절벽으로 떨어진 결혼반지를 되찾기 위해 아래로 내려간다. 실수로 반지상자가 떨어졌지만 '나'의 결혼 생활이 추락한 것은 아니다. 아래로 내려가 다시 찾아오면 그만이다.

'곧 풀숲이 나온다. 상자를 줍는다. 여기서 빠져나간다.'

그렇게 막 나무의 뿌리부분을 지나던 찰라, 나는 놀라운 장면을 목격하고 말았다. 엄청난 양의 곤충이, 벌레가, 유충이 떼를 지어 이동하는 모습이었다. 길게 줄 이은 벌레들의 행렬은 갈래를 뻗어 재앙처럼, 혹은 난민처럼 도시로— 도시로— 퍼져 나가고 있었다. 나는 부들거리는 손으로 손전등을 들어 그것들의 행렬을 쫓았다. 당장 도망치고 싶었지만 한편으론 이 사태를 정확하게 파악하고 싶었다. 손전등 불빛이 다급하고 산만하게 A구역 곳곳을 더듬었다. 눈에 들어오는 건 늘 보아오던 쓰레기 더미가 전부였다. 불빛은 주위를 한참 떠돌다 이윽고 한 곳에 멈췄다. 내가 서 있는 자리, 바로 그 지점에서였다. 벌레의 이동은 나무에서 시작되고 있었다. 나무는 자궁이 적출된 여자처럼 헤프게 다리를 벌리고 있었다.[19]

'나'는 아래로 내려갈수록 엄청나게 증폭된 벌레들을 만난다. 그처럼 벌레들을 만나는 진행은 회피하고 싶은 심연의 세계를 만나는 과정이기도 했다. 그런 상황에서 '나'의 약간의 변화는 이제 무조건 피하지 않고 사태를 파악하려는 마음이 생긴 것이다. 벌레는 자궁이 적출된 여자 같은 나무에서부터 나오고 있었다. 떼 지어 이동하는 벌레들은 마치 난파된 세계

---

19 김애란, 「벌레들」, 앞의 책, 78~79쪽.

의 난민과도 같았다. 이렇게 '나'의 생각은 진전되었지만 그와 상관없이 벌레에 대한 공포심은 압도적으로 커져갔다. 이제 공포로 인해 몸을 움직일 수 없는 상태에서 아랫도리로부터 극렬한 산통이 전해져 오고 있었다.

"살려주세요."

멀리 가림막 너머로 자동차 소음이 들려왔다. 그건 마치 누군가 일부러 퍼뜨린 질 나쁜 소음처럼 A구역을 한 바퀴 휘감고 사라졌다 다시 나타났다. 단지 장막 한 장이 드리워졌을 뿐인데, 그 소리가 너무 아득하게 느껴져 울음이 날 것 같았다. 아랫도리에서 칼로 에는 듯한 고통이 전해졌다. 나는 힘주어 콘크리트 조각을 쥐었다. 멀리 보이는 장미빌라는, 모텔과 교회는, 아파트는 여전히 평화로워 보였고, 나는 이 출산이 성공적일 수 있을지 확신할 수 없었다.[20]

끝까지 '나'는 되돌아가고 싶은 마음뿐이다. 그러나 이제는 그곳에서 출산을 해야 될 처지가 되고 말았다. '나'는 자신도 의도하지 않은 기묘한 무의식적 반전을 경험하게 된 셈이었다. 벌레를 피하려 했고 생각에서조차 지우려 했지만 결국 더 많은 벌레와 시간을 함께하게 된 것이다. 또한 되돌아가려 내려온 것이 귀환이 어려워진 틈새에 놓이게 된 것이다. '나'는 이쪽도 저쪽도 아닌 틈새에 놓여 있었다.

'나'는 공포에 휩싸여 있지만 이제 환상의 세계에 놓인 우울한 신체는 아니다.[21] 또한 벌레들을 낳은 자궁이 적출된 풀숲의 나무처럼 태반을 강탈당한 신체도 아니다. 자궁이 적출된 나무는 **도둑맞은 가난**의 세계일 것

20　위의 책, 80~81쪽.
21　우울이 일상에서 느껴지는 감정이라면 '나'의 공포는 일상에서 벗어난 사람의 낯선 두려움이다.

이다.[22] 그러나 '나'는 뭔지 모를 새로운 출산의 느낌을 감지한다. '나'는 환상과 환멸, 장미빌라와 '적출된 나무'의 틈새에서 또 다른 출산에 직면해 있는 셈이었다. 다만 아무도 와주지 않고 누구도 그 의미를 모르기 때문에 '나'는 이 출산이 성공적일지 확신할 수 없다. '나'의 출산의 소망은 장미빌라의 사람들도 A구역 사람들도 이해할 수 없는 세상의 틈새에서의 고통과의 사투이다. 그 또 다른 출산이 어려운 것은 세상 사람들이 아무도 그 분만의 장소를 모르기 때문이다.

「벌레들」은 두 세계 사이에서의 두 개의 역설을 보여준다. '나'의 친밀사회에 대한 집착이 앱젝트의 세계로의 추락을 낳은 반면, 앱젝트의 세계에 가까이 갈수록 '나'는 적출된 삶의 외곽을 소망하게 된다. '나'의 출산의 소망은 두 세계의 신화의 외부에 있다. '나'는 친밀성의 신화와 앱젝트의 신화의 틈새에서 구원을 요청하는 출산에 직면해 있다. 하지만 그 사이에 낀 틈새에서는 단지 **장막** 한 장 때문에 구조요청이 잘 들리지 않는다. 「벌레들」은 앱젝트 신화에 대항하는 생명의 분만으로서 아무도 그 곳을 모르기 때문에 아직 실현되지 않은 미결정성의 공간을 보여준다.

4. 친밀사회의 청소부와 앱젝트 되기 -「하루의 축」

배수아의 「프린세스 안나」에서처럼 친밀사회에서는 가난한 사람들도 환상을 꿈꾼다. 그러면서도 그들의 환상이 우울한 것은 연이은 불행에 의해 너무 쉽게 꿈이 환멸로 바뀌기 때문이다. 김애란의 소설에서도 비행운飛行雲이 너무 빨리 비행운非幸運으로 바뀌는 탓에 하층민은 우울한 삶을 살

---

22 도둑맞은 가난의 세계는 빈민들이 혐오스러워진 세계이며 벌레는 그런 무의식 속의 혐오감을 상징한다.

아간다. 이제 「도둑맞은 가난」에서 노동자들이 쓰레기가 되기 전에 갖고 있었던 푸성귀 같은 청청함은 어디에도 없다.

「하루의 축」에서도 청소 노동자 기옥 씨는 근무지인 인천공항에서 자주 비행운을 바라본다. 하지만 가족이 해체되고 슬픈 일을 너무 많이 겪은 탓에 기옥 씨는 비행운에 큰 동경을 갖지 않는다. 우울한 그녀에게 가난보다도 더 고통스러운 것은 사람들로부터 **외면당하는 것**이었다. 사람들은 기옥 씨가 화장실을 청소할 때 그곳에 없는 사람으로 여겼다. 많은 이들이 재떨이와 청소부를, 승강기와 승강기 청소부를 동격으로 여기듯이 기옥 씨는 화장실과 똑같이 취급되었다.[23]

그러나 기옥 씨도 남들처럼 더러운 것을 싫어하고 빨리 청소해 버리고 싶어 한다. 더욱이 기옥 씨가 근무하는 곳은 수많은 사람들이 왕래하는 인천공항이었다. 투명한 유리로 하늘과 통하도록 되어 있는 인천공항은 이상한 압도감과 안정성, 아름다움이 빛나는 곳이었다. 그곳이 좀 더 반짝이도록 청소하는 것이 기옥 씨의 일이었다.

기옥 씨의 직업은 눈부신 환상이 유지되도록 앱젝트를 치우는 일이었다. 한마디로 화장실 청소부란 환상적 스펙터클을 빛내기 위해 필수적인 앱젝트 노동자였다. 앱젝트 노동자는 앱젝트 전문가이기도 했다. 사람들은 기옥씨를 화장실과 똑같이 여기지만 그녀야말로 더러운 것에 대한 반응이 **세분화되어** 있는 앱젝트 전문가였다. 앱젝트를 청소하는 노동자가 앱젝트와 동격이라는 것은 큰 편견이었다. 기옥 씨는 앱젝트가 아닐뿐더러 어떤 게 더 더럽고 더러운 특성이 각기 어떻게 다른지 누구보다 잘 알고 있었다.

---

23 김애란, 「하루의 축」, 앞의 책, 200쪽.

그런데 문을 열자마자 안쪽에서 훅하고 피비린내가 끼쳤다. 방금 전 덩치 큰 백인 여성이 어두운 얼굴로 지나간 자리였다. 어쩐지 눈도 안 마주치고 급히 자리를 뜨더라니. 기옥씨는 경험상, 가끔은 피 냄새가 똥 냄새보다 역하다는 걸 알고 있었다. 물론 최악은 생리 중인 여자가 똥을 누고 간 경우였다.

(…중략…)

국제공항은 본디 별의별 게 다 모이는 데였다. 특히 화장실은 전 세계 사람들의 배설물이 버려지는 곳이었다. 전 대륙의 먼지가 쌓이고, 별 빛깔의 체모가 발견되는 데였다. 음모만 해도 그랬다. 금빛 음모, 은빛 음모, 빨강 음모, 까만 음모, 갈색 음모, 더 갈색 음모…… 뭐가 됐든 전부 기옥 씨가 치워야 하는 것들이었다. 쓰레기통에서 나오는 종류는 더 다양했다. 기옥 씨는 한 짝만 버려진 등산화를 높이 들어 영문을 모르는 얼굴로 한참 쳐다본 적이 있었다. 동남아시아 쪽인가? 산호색 바다를 배경으로 찍은 화목한 가족사진이 반으로 찢겨져 있는 걸 두 손으로 다시 합쳐본 적도 있었다.[24]

이처럼 앱젝트에 대한 감각이 발달되어 있는 것은 기옥 씨가 친밀사회의 감성의 분할에서 꼭 필요한 사람임을 뜻한다. 앱젝트가 많아진다면 친밀성도 없어질 것이었다. 기옥씨는 발달된 감각으로 오물과 쓰레기를 청소함으로써 사람들이 투명한 세상에서 살고 있다는 환상을 갖게 하는 데 큰 기여를 한다.

그런데 기옥 씨는 자신의 기여를 눈에 띄게 할 수 없다. 만일 기옥 씨가 눈에 띈다면 친밀사회가 저절로 빛난다는 환상은 크게 손상 받을 것이었다. 기옥 씨가 화장실과 동격이 된 데에는 사람들의 편견 이상의 더 큰 이유가 있었던 것이다. 그녀가 화장실과 일체가 되어 보이지 않아야만 친밀

---

24   위의 책, 185~186쪽.

사회는 광채를 낼 것이었다. 친밀사회는 '광채의 기여자'가 '없는 사람'이 되어야 환상이 작동된다는 역설을 숨기고 있었다. 이 소설은 친밀사회를 빛나게 하는 필수적인 존재가 스스로는 아무 보상 없이 감성의 분할에서 밀려나야 하는 모순을 보여준다.

기옥 씨는 적은 보수로 가난하게 살 뿐 아니라 신체의 감각 자체를 앱젝트 부근에서 발달시킨 채 살아야 했다. 그녀가 공항 승객이 준 마카롱(프랑스 전통과자)의 단맛에서 슬픔을 느낀 것은 그 때문이었다. 단맛이 낯설게 느껴지는 것은 청소 노동자의 감성의 분할의 위치를 암시하는 셈이다. 오래 길들여진 가난의 감각과 단맛 사이의 너무 먼 거리가 그녀를 슬프고 우울하게 만든 것이었다. 그녀의 울적함은 감성과 연관된 존재론적 슬픔이었다. 가난의 맛과 단맛의 거리가 세상에 대한 슬픔이었다면, 그녀의 앱젝트적인 감각과 마카롱의 거리는 자신의 존재 자체에 대한 우울이었다.

이 소설은 청소 노동자가 앱젝트와 동격으로 여겨질 뿐 아니라 스스로 앱젝트로 추락하는 과정을 보여준다. 사람들의 시선과 가난이 기옥 씨를 우울하게 만들면서 마침내는 신체 자체를 앱젝트처럼 변화시킨 것이다. 기옥 씨는 남편을 잃은 후 아들마저 교도소에 가게 되자 스트레스를 견디지 못해 원형탈모증에 시달리게 된다. 그녀는 교도소에 있는 아들의 사식을 위해 추석 근무를 자원했지만 자신도 모르게 커진 탈모증 때문에 파트장은 질색을 한다. 파트장의 얼굴은 놀라움보다는 무서운 것을 본 듯한 표정이었다. 그 순간은 기옥 씨가 청소 노동자에서 청소의 대상으로 전락될 위기에 처한 순간이었다.

파트장의 공포는 혐오스러운 것에 오염될 듯한 두려움이었다. 그것은 더럽고 역겨운 것이 가까이 오면 무서움이 되는 것과 같은 이치이다. 그런 비천한 신체에 대한 혐오의 감정은 친밀사회의 환상이 빛날수록 더 증폭된다. 친밀사회의 아름다움을 유지하기 위해서는 앱젝트를 깨끗이 청소해야 하기 때문이다. 「도둑맞은 가난」에서는 노동자 주인공이 신데렐라 같은 결연의 환상을 거절한 탓에 쓰레기로 전락한다. 그와 비슷하게 「하루의 축」에서는 인천 공항의 광채와 대비되는 기옥씨의 노동의 비천함에 의해 혐오가 증폭된다. 그런데 「하루의 축」에서는 한 발 더 나아가 환상을 유지하는 데 필수물이었던 청소 노동자의 신체 자체가 앱젝트가 되는 과정을 보여준다. 화장실과 동급이기 때문에 앱젝트일 뿐 아니라 노동하는 신체 자체가 앱젝트가 되어 가는 것이다.

친밀사회는 청소하는 사람이 있어야만 친밀해지고 아름다워지는 사회이다. 그런데 이 소설은 친밀사회를 투명하게 빛내기 위해 청소하는 사람이 청소의 대상이 되어가는 모순을 드러낸다. 청소 노동자는 친밀사회의 감성의 분할에 봉사하면서 환상적인 감성의 질서가 스스로 빛나는 듯이 보이도록 해야 한다. 그런데 기옥 씨는 거기서 더 나아가 자기 자신의 존재가 사라져야 하는 운명에 처한다. 기옥 씨의 '없는 사람'에서 '비천한 신체'로의 전이 과정이 그것을 보여준다. 감성의 질서를 빛내기 위해 고용되었던 사람이 똑같은 목적으로 폐기의 위기에 놓이는 이중성은 감성권력의 존재론적 폭력이다. 기옥 씨는 필수적인 존재인 동시에 사라져야 하는 존재이다. 그녀는 감성의 분할에 봉사하는 바로 그 시간 동안 자신이 몸 바쳤던 체제에 의해 차츰 배제된다. 친밀사회의 청소를 위해 꼭 필요한 앱젝트 노동자가 그 스스로 앱젝트로 배제되는 이상한 모순을 통해 이 소설은 상상적 아름다움[25]의 감성의 질서에 흠집을 내고 있다.

25　감성의 분할은 상상계적인 질서이며 그 질서에서 배제되는 혐오의 대상(앱젝트) 역시 상상적 감성에 근거해서 생겨난다고 할 수 있다.

5. 죽음정치의 폐허와 생명적 존재의 유성우

─「물속 골리앗」,「폐허를 보다」

　신자유주의 친밀사회는 환상 장치를 통해 구조화된 불평등성을 은폐하는 사회이다. 그런 사회에서 친밀한 환상에 동화되지 않은 사람은 존재론적 폐허와 정체성의 난제를 경험한다. 김이설의 소설(그리고 김애란의「하루의 축」)의 주인공 같은 경계선상의 인물들이 바로 그들이다. 그 같은 정체성의 난제를 넘어선 듯이 보이는 사람들이 마르크스가 말한 산업 노동자들일 것이다. 그들은 자신의 정체성과 존재의 의미를 깨달음으로써 혁명의 주인공이 될 수 있는 사람들이다.

　그러나 신자유주의 친밀사회에서는「폐허를 보다」(이인휘)에처럼 산업 노동자들도 정체성의 난제를 경험한다. 이제 혁명의 주인공은 존재론적 난제를 지닌 불안한 다중의 한 부분이 되었다. 다만 그들은 환상에 쉽게 동화되기보다는 환상이 깨진 폐허를 보는 사람들이다. 자본이 만든 세상에서 그들이 보는 폐허는 세상의 황폐함뿐 아니라 존재론적 폐허이기도 하다. 신자유주의에서 노동자들의 투쟁방식이 크레인이나 굴뚝, 망루에 오르는 고공농성으로 바뀐 것은 그 때문이다. 고공농성은 자본의 시각적 장치로 포위된 세상에서 자본과는 다른 방식으로 세상을 보게 하려는 투쟁이다. 자본은 친밀한 환상을 보게 하면서 그에서 벗어난 사람들은 존재론적 폐허를 경험하게 만든다. 비행운飛行雲과 비행운非幸運, 친밀한 환상과 앱젝트 신화가 짝을 이루고 있는 것은 그 때문이다. 고공농성은 비행운飛行雲도 앱젝트도 감성권력과 죽음정치의 환상적 장치임을 알려준다. 고공의 첨예한 공간이야말로 비행운과는 달리 환상이 아닌 마지막 남은 현실이다. 비행운이 죽음정치를 은폐한다면 고공농성은 죽음정치에 의한 존재론적 폐허로부터 벗어나 생명적 존재를 시위하기 위한 투쟁이다.

이 존재론적 투쟁은 망루에 오른 철거민의 용산참사에서부터 시작되었다. 그런데 망루의 사람들이 죽어서 내려온 뒤에 고공농성은 더 높은 곳으로 첨예화되었다. 고공농성의 높이의 고도화는 자본의 죽음정치의 확장에 비례한다. 높이는 죽음정치에서 벗어나기 위한 생명의 최후의 수단인 것이다. 고도가 더 높아짐에 따라 고립이 더 심화되었지만 그곳에서의 고독은 자본의 고립의 강요에서 벗어나기 위한 연대의 기다림이기도 했다. 그것을 확인시킨 것은 한진중공업 사태의 고공투쟁에서 희망버스를 출발시킨 김진숙이었다. 생명과 존재를 시위하는 김진숙을 홀로 외롭게 놔둬서는 안 된다는 생각이 희망버스를 출발시킨 것이다.

여기서 중요한 것은 그 순간에 노동운동의 연대가 회복됐을 뿐 아니라 일상의 사람들이 움직였다는 점이다. 희망버스는 고공투쟁이 노동운동을 넘어서 일상의 사람들을 동요시키게 한 데에 핵심이 있다. 그 같은 노동자와 일상의 사람들의 연결을 표현한 것이 바로 김애란의 「물속 골리앗」이다. 이 소설은 희망버스 같은 새로운 연대의 필요성을 미리 암시하고 있는 작품이다.

「물속 골리앗」은 크레인에 올라 죽음을 맞은 아버지와 수해로 인한 재난의 와중에 있는 아들의 만남을 그린 작품이다. 이 소설에서 '나'는 아버지가 세상을 떠난 후 수해 중에 어머니마저 잃어 극심한 고립에 빠진다. 이 소설은 크레인에 올랐던 노동자 아버지의 고립과 물속에 있는 '나'의 고립이 비슷한 생명권력의 강압에 의한 것임을 암시한다. 아버지는 존재론적 폐허에서 벗어나기 위해 고립감을 견디며 크레인에 올랐을 것이다. '나' 역시 수해로 고립된 자신이 잊혀진 것이 아닌가 두려워하면서 누군가 올 것이라는 기대감을 끝까지 버리지 않는다. 아버지와 '나'의 고립감은 하층민과 난민을 폐품처럼 여기는 생명권력과 죽음정치의 폭력에 의한 것이다. 그와 함께 두 사람의 고립은 죽음정치에 의한 폐허에서 벗어나 새로운 존재론적 연대를 소망하게 만든다.

'나'의 고립과 비행운非幸運은 살던 동네가 재개발구역으로 설정되면서 악화되었다. 재개발은 새로운 동네의 환상과 함께 옛 주민을 난민으로 만드는 도시계획이다. 즉 그것은 신도시의 신화와 앱젝트의 신화를 동시에 만들어낸다.

그런 와중에 비가 내리기 시작하는데 국가가 옛집에 남은 사람을 폐품처럼 버린다는 점에서 수해는 죽음정치의 은유이다. 그것은 세월호에서의 물밑의 비극이 힘없는 사람들을 죽음에 유기하는 권력의 은유인 것과 마찬가지이다. 「물속 골리앗」은 세월호의 불행을 난민의 비행운으로 말하는 예언적인 소설이다.

그와 함께 이 소설은 노동자 아버지와 난민 아들의 연대를 암시한다. '나'는 나무 문짝으로 간이배를 만들어 탈출을 시도하던 중 해질녘에 골리앗 크레인을 만난다. 불안과 고립이 절정에 이른 순간 '나'는 크레인에서 아버지의 환상을 본다. '나'는 기대감에서 크레인을 오르기 시작했지만 그곳엔 고요만 있을 뿐 아버지는 없었다. 그 대신 크레인에서 세상을 마친 아버지의 기억이 돌아오고 있었다. '나'는 아버지에게 물속에서 수영을 배우던 기억을 떠올린다. 크레인과 물속의 기억의 중첩은 아버지의 노동자의 비극과 '나'의 난민의 비극의 접점을 암시한다.

의심스러운 아버지의 죽음은 물론 아버지가 크레인에 오른 이유 역시 노동자를 앱젝트로 만드는 죽음정치와 연관이 있다. 마찬가지로 '내'가 수해를 견디는 존재의 이유도 살던 집을 쓰레기로 만들고 어머니를 앱젝트로 만든 죽음정치에 대항하기 위해서였다. '나'는 아버지처럼 크레인을 오른 후에 물속의 기억을 통해 그것을 감지한다. 죽음정치는 쓸모없는 것들을 물 위를 떠다니는 쓰레기로 만든다. 그러나 '내'가 버티고 있는 것은 죽은 아버지와 앱젝트가 된 어머니, 그리고 난민 '나' 자신이 생명적 존재임을 증명하기 위한 것이다.

어쩌면 조금 있다 체조를 해야 될지도 몰랐다. 나는 다시 기다려야 했다. 비에 젖어 축축해진 속눈썹을 깜빡이며 달무리 진 밤하늘을 오랫동안 바라봤다. 그러곤 파랗게 질린 입술을 덜덜 떨며, 조그맣게 중얼댔다.

"누군가 올 거야."

칼바람이 불자 골리앗크레인이 휘청휘청 흔들렸다.[26]

'나'의 체조는 생명의 확인인 동시에 크레인 위에서 체조를 했던 아버지에 대한 기억이다. 마찬가지로 '나'의 기다림은 아버지의 기다림과 같으며 그것은 아버지에게 잠수를 배우던 때의 기억이기도 하다. 더 나아가 물속을 견디다 밖으로 나와 유성우를 본 점에서 두 사람의 '포기하지 않는 의지'는 세월호 학생들의 기다림과도 연관이 있다. 유성우는 결코 '나'의 기억 속의 한 지점에만 있는 것이 아니다. 물속에서 버티다 본 유성우의 기억이 도약할 때 희생자들이 가슴에 던져져 원환의 불꽃이 되는 일이 일어날 것이다. 그것은 세월호 학생들의 물속의 비극을 견디는 존재론적 의지의 도약, 즉 **포기하지 않은 사람들**이 표현한 연대의 불꽃 촛불집회와도 같을 것이다.

내가 크레인에 오르지 않았다면 아마도 떠다니는 쓰레기로 매장되었을 것이다. 또한 아버지의 기억이 없었다면 누군가의 기다림이 간절하지 않았을 것이다. 물속은 앱젝트가 매장되는 곳만이 아니라 아버지로부터 수영과 잠수를 배운 곳이기도 하다. 그곳은 포기를 강요하는 곳(가만히 있으라!)인 동시에 **포기하지 않는 법**을 배운 곳이기도 하다. 그런 기다림과 누

---

26 김애란, 「물속 골리앗」, 앞의 책, 126쪽.

군가와의 연대의 소망이 있었기에 유성우의 선물이 있었던 것이다.

물속에서 바라본 유성우처럼 언젠가 도시(재개발 도시)보다도 아름다운 불꽃이 빛날 것이다. 그것은 용접공 아버지를 평생 동안 괴롭힌 불빛이 아닌 새로운 불꽃이다. 새로운 불꽃이란 포기하지 않고 가만히 있지 않으려는 존재론적 의지의 표현 촛불의 연대 같은 것이리라.

그런 새로운 불꽃을 기다린 아버지는 크레인의 심지였다. 크레인과 굴뚝은 촛불의 전야로서 그 불꽃이 축약된 일인의 촛불이다.[27] '나'의 아버지에 대한 기억은 노동자뿐 아니라 난민과 일상의 다중들이 유성우의 연대를 이룰 수 있음을 암시한다.

기억을 통한 연대와 포기하지 않는 기다림은 「폐허를 보다」에서도 나타난다. 하층민을 앱젝트로 폐기하려는 죽음정치에 맞서서 고공농성의 존재론적 투쟁을 그린 점도 유사하다. 존재론적 투쟁이란 노동자와 하층민의 잃어버린 능동성과 정체성을 되찾기 위한 시도이다.

「폐허를 보다」에서 정희의 남편(해민)은 98년 투쟁 때 노조위원장이 직권조인으로 타협을 한 데 불만을 갖고 스스로 자동차 공장을 나온다. 그때 쫓겨난 사람은 가장 약한 아주머니들과 가장 강한 사수대 사람들이었다. 남편은 깊은 사랑이 깊은 분노를 낳기에 사랑이 가장 중요하다는 신념을 갖고 있었다. 그러나 노동운동이 자신의 신념과는 달리 지도부의 이익을 위해 전개되는 것을 보고 울산을 떠나기로 결심한 것이다.

고통스럽게 자동차 공장을 떠나 덕산마을로 온 후 남편은 암에 걸려 세상을 떠난다. 정희는 핫도그 공장에 다니게 되었는데 제품이 불결한 데다 사장의 갑질은 참을 수 없는 것이었다. 사장의 횡포는 계급이 신분이 된 우리 시대의 폭력으로서 인격적 모독이 가난보다도 견딜 수 없는 것임을

---

27 노순택, 「굴뚝은 왜 촛불이 아닌가」, 『한겨레신문』, 2018. 1. 11.

깨닫게 했다. 그런 상황에서 공장 아주머니들은 파업을 약속하고도 회사 측의 엄포에 불안을 감추지 못한다. 정희는 사랑하는 덕희 언니가 모욕을 당하는 것을 참지 못해 남편이 공장을 다니던 울산으로 향한다. 그녀는 울산에서 자신처럼 98년 투쟁의 여파로 남편을 잃은 여자들을 만난다.

울산에는 십 년 전만 해도 황무지였던 곳에 고층 아파트가 들어섰고 백화점과 모텔, 패션가게로 화려했다. 정희는 부러움이 들기도 했지만 여자들과 얘기하면서 도시가 화려해지는 동안 노동자들이 지시대로 움직이는 기계처럼 되었음을 알게 된다. 죽을 때까지 흔들리지 않으리라 믿었던 선경 언니마저 회의스러운 말을 하자 정희는 정체성의 혼란을 느낀다.

> 나는 무엇이고 누구일까. 세상을 바꿔야 한다던 선경 언니가 노동자의 해고를 자유롭게 하는 노동악법을 청년의 일자리 증대 방편으로 미화시키는 뉴스를 보면서 멍하니 늙어가고 있다고 한탄했다. 난 그런 생각이라도 해본 것일까? 더러운 음식을 만들면서도 죄책감도 못 느끼게 된 나. 남편이 십 년을 노동운동에 몸바치고 죽을 때까지 죄책감으로 살았는데 난 무슨 생각으로 살아온 것일까? 도대체 난 누구냔 말이야![28]

남편의 신념이었던 노동자의 사랑과 분노는 어디에도 없다. 그런 현실에서 조용히 살아야 하는 자신의 처지를 한탄하던 정희는 남편의 기억에 이끌려 공장 안의 굴뚝으로 향한다. 굴뚝은 승리를 염원하는 희망의 상징이자 죽음도 불사하겠다는 마지막 투쟁의 보루였다. 지금은 패배의 연기로 깃발은 찢기고 승리도 희망도 없다. 그러나 정희는 남편의 영혼이라도 불러내고 싶은 간절한 심정으로 굴뚝을 오른다.

---

28   이인휘, 『폐허를 보다』, 실천문학사, 2016, 313쪽.

경비실에서 사람이 나오고 푸른 작업복을 입은 노동자들이 굴뚝 밑으로 모여들었다. 내려오라는 고함이 하늘로 흩어졌다.

발 밑에 있는 노동자들이 벌레처럼 여겨졌다. 밟으면 모두 신발 바닥으로 사라질 하찮은 벌레들이 꿈틀거리는 것 같았다. 그러자 남편의 일기장에 박혀 있던 글이 환청처럼 올라왔다.

'자본의 세계에서 태어나 자본이 가르쳐준 세상만 보고 죽는구나.'

(…중략…)

그 사이로 부패된 벌레처럼 아버지와 칠성의 모습이 썩어가는 게 보였고 뼈만 남은 남편이 마지막 숨을 내쉬는 모습도 보였다. 그들 옆에서 핫도그 공장 언니들이 두려움에 떨며 허둥거렸다. 뒤틀려버린 자신의 몸뚱이가 가냘프게 숨을 헐떡거리고 있었다.

티끌 같은 희망이라도 잡고 싶어 굴뚝을 올라왔지만 황폐해져 버린 인간의 삶이 눈에 가득했다. 정희는 절망으로 무너져 내리는 마음을 어쩌지 못해 뒷걸음질 쳤다. 그러자 신기루처럼 장벽은 사라지고 광활한 초원이 울타리 밖으로 드넓게 펼쳐졌다. 눈부신 햇살, 드높은 하늘, 나무와 숲이 생명의 기운을 피워 올렸다. 온갖 생명체들이 자유롭게 뛰고 날아다니며 평화로웠다.[29]

굴뚝에서 내려다 본 세상은 존재의 의미를 상실한 곳이었다. 아래에 보이는 사람들은 자본의 세계에서 태어나 자본이 가르쳐준 세상만 보고 죽을 사람들이었다. 자본은 노동자들을 두려움에 떨게 만들고 쓸모없어진 사람들을 벌레처럼 내버린다. 아버지도 남편도, 승자의 남편 칠성이도, 그렇게 부패된 벌레처럼 썩어져 사라진 사람들이었다. 그러나 정희는 절망의 세상을 내려다보며 위태로운 굴뚝 위에서 생명의 기운을 느낀다.

---

29 위의 책, 318~319쪽.

저 밑이 사람들을 도구로 이용하다 필요 없어지면 내버리는 죽음정치의 세상이라면 굴뚝은 생명을 확인하고 시위하는 곳이었다. 고착된 불평등성의 사회에서 자본의 죽음정치가 확산되자 노동자마저 정체성의 혼란을 경험하게 되었다. 그리고 이제 생명을 느끼는 곳은 굴뚝의 높이만이 남은 것이다.

그녀는 허물어지는 몸을 굴뚝에 기댔다. 굴뚝 밑에서 일제히 비명이 터져 올라왔지만 들리지 않았다. 정신을 차리려고 기를 쏠수록 울타리는 더욱 좁아져 그녀의 숨통을 틀어막았다.

'노동자 여러분 안녕하십니까.'

느닷없이 등 뒤에서 남편의 목소리가 들려왔다. 그녀는 굴뚝 아래를 내려다봤다. 정문 안으로 여자 둘이 뛰어 들어오고 있었다. 승자가 비명을 지르며 달려오고 있었다.[30]

사랑도 분노도 사라진 세상에서 생명과 존재의 의미를 소망하는 굴뚝은 존재론적 투쟁의 상징이다. 이제 위태로운 그녀를 지탱해주는 것은 기억 속의 남편이다. 남편의 기억은 아득히 먼 곳에 남아 있는 심연 속의 사랑과도 같다. 정희는 그 깊은 곳의 에로스를 길어 올리기 위해 굴뚝을 오른 것이다. 에로스란 아무런 지지물도 없는 상태에서 목숨을 건 도약을 하는 행위이다. 정희는 목숨을 건 도약을 위해 굴뚝에 올라 사랑의 회생을 호소하고 있는 것이다. 그런 존재론적 투쟁에 의해 마침내 남편은 자본이 버린 앱젝트에서 사랑의 목소리로 되돌아오고 있었다. 또한 굴뚝 밑에서 벌레처럼 사는 노동자들은 선경 언니와 승자의 비명으로 회생하고

---

30 위의 책, 320쪽.

있었다. 정희는 굴뚝 밑의 폐허를 보는 동시에 굴뚝을 향하는 존재론적 동요를 보고 있는 것이다.

「폐허를 보다」역시「물속 골리앗」처럼 굴뚝 위에서 제 몸을 심지로 태우며 누군가를 기다리는 결말로 끝난다. 그것을 가능하게 한 것은「물속 골리앗」에서는 아버지의 기억이며「폐허를 보다」에서는 남편의 기억이다. 두 주인공은 기억의 씨앗[31]을 발아시키기 위해 제 몸에 불을 붙이며 누군가를 기다리고 있는 것이다.[32] 그것을 본 후에야 자본이 가르쳐준 대로 빈약한 내면으로 살던 사람들은 심연의 파문을 느끼며 동요하기 시작한다.

사랑이 사라진 세상에서 기억의 씨앗이란 사랑의 잔여물 대상 a와도 같다.「폐허를 보다」에서 정희의 존재론적 투쟁은 굴뚝의 심지에 불을 붙이며 기억이 씨앗을 발아시키려 하고 있다. 기억의 씨앗의 발아는 앱젝트로 죽은 남편을 대상 a로 귀환시키며 진행되고 있다.

정희가 일인의 촛불이라면 촛불집회란 수많은 정희들이 쏟아지는 유성우일 것이다. 촛불집회에서도 각자의 기억의 씨앗이 발아되며 앱젝트의 신화가 대상 a의 열망으로 전환된다. 기억의 씨앗이 발아될 때 희생자와 생존자는 이중주를 연주하며 존재의 도약을 경험한다. 촛불집회는 고공시위가 집단적으로 발아된 친밀사회의 존재론적 퍼포먼스이다.

친밀한 권력이 하층민을 앱젝트로 전락시킨다면 이제 민중들끼리의 연대 대신 앱젝트를 대상 a의 위치로 전환시키는 새로운 대항 전략이 필요하다. 앱젝트의 신화는 친밀한 결연의 환상을 지키기 위해 쓸모없어진 사람들을 내쫓는 상상계적 배제이다. 반면에 대상 a란 쫓겨난 사람들이 기억의 씨앗으로 발아되며 상상계를 가로질러 되돌아오는 실재계적 잔여물이다. 기억 속에서 대상 a와 만나는 고공은 자본의 상상계적 포위에

---

31   벤야민, 이태동 역, 「역사철학 테제」, 『문예비평과 이론』, 문예출판사, 1987, 305쪽.
32   이처럼 비식별성의 사회에서는 자아의 각성만이 아니라 이중주의 교감이 필요하다.

서 살아남은 최후의 실재계적 현실이다. 촛불은 그런 고공에서의 기다림이 집단적으로 확산된 불꽃일 것이다. 촛불집회는 자기 자신을 심지로 불붙이며 앱젝트에서 대상 a로, 상상계에서 실재계로 이동하려는 소낙비 같은 유성우의 퍼포먼스이다.

6. 신자유주의의 의자놀이와 21세기의 산책자
─ 조해진의 「산책자의 행복」

친밀사회를 지키려는 배제의 방법에는 앱젝트 신화 이외에 의자놀이가 있다. 친밀사회는 탈락은 있지만 복귀는 없는 구조화된 불평등성의 사회이다. 친밀사회로부터의 탈락의 공포는 「벌레들」에서처럼 탈락자로부터 오염되지 않으려는 앱젝트 신화를 만든다. 그러나 구조화된 불평등성의 사회는 탈락자의 발생이 불가피한 사회이다. 누구나 부의 욕망을 갖고 있지만 불평등성이 고착된 사회에는 의자의 숫자가 한정되어 있기 때문이다. 그런 상황에서 신자유주의는 체제의 유지를 위해 탈락자의 고통을 외면하는 장치인 의자놀이를 작동시킨다. 쌍용차 사태의 비극은 신자유주의에서 불가피하게 생겨난 의자놀이 게임의 사회를 보여준다.

쌍용차 사태에서 해고자들의 자살이 29명에까지 이른 것[33]은 비참한 가난 때문만은 아니다. 회사의 압박과 무대응에 덧붙여 블랙리스트 같은 낙인(그리고 외면)에 의한 존재론적 폐허가 중요 원인이다. 의자놀이는 탈락자의 복귀를 어렵게 할 뿐 아니라 그들 자신이 존재의 의미를 상실하게 만든다.

---

33 「쌍용차는 의자놀이 중단하고 합의 이행해야」, 『한겨레신문』, 2018. 4. 10.

그런데 의자놀이는 쌍용차 노동자에게만 해당되는 것이 아니다. 대학 강사, 반취업자, 비정규직이 모두 의자놀이를 경험한다. 의자놀이는 신자유주의가 친밀성의 환상을 유지하기 위해 필요로 하는 거대한 전사회적 게임이다. 누구나 다 의자놀이를 하지만 우리가 보고 있는 것은 능력주의와 성과사회의 환상이다.

의자놀이가 계속되는 동안 사회에서 상실되는 것은 '산다는 것'에 대한 존재의 의미이다. 「산책자의 행복」에서 라오슈[34](홍미옥)의 고립의 경험은 그런 존재론적 폐허를 잘 보여준다. 철학 강사인 라오슈는 철학과가 차츰 축소되면서 대학 강사직을 잃게 된다. 그와 함께 어머니의 뇌종양과 은행 빚 때문에 개인파산을 신청하고 기초생활수급자가 된다. 라오슈는 하나의 세계가 끝나고 자신이 낯선 다른 세계로 추락했음을 직감했다.

라오슈의 몰락은 비참한 가난 때문만은 아니다. 철학 강사 시절 그녀는 속된 세계에 편입되지 않고 자유를 지킨다면 가난 속에서도 인간의 품위가 유지된다고 말해 왔다. 그러나 편의점 알바를 하는 지금의 그녀는 자신의 말을 스스로 배반하지 않을 수 없었다. 철학이 광대가 된 사회는 가난으로의 추락이 낙인과 외면 속에서 존재의 폐허에 이르게 되는 세계였다. 그런 속된 세계로의 편입은 성과사회가 루저에게 강제하는 폭력과도 같았다. 철학의 사라짐은 강사직의 상실 이상으로 삶 전체에 대한 엄청난 폐허를 가져왔던 것이다.

철학과가 사라질 조짐을 보이고 그녀가 흠모했던 철학자들의 책들이 도서관 구석으로 옮겨지는 걸 지켜봐야 했던 그때, 친구를 잃은 메이린의 슬픈 얼굴이 그녀에게는 세상 끝에 버려진 거울 같기만 했다. 동질감을 느꼈다. 아니, 느끼

---

34 이 소설에서 중국인 유학생 메이린은 철학 강사인 주인공에게 라오슈(老師)라고 부른다.

고 싶었다. 악의적인 운명에 단 하나였던 우주를 빼앗긴 사람이 나만은 아니라는 믿음이, 그것이 공동의 현상이라는 증거가, 그때는 위로가 됐다.

그녀는 메이린이 필요했다.[35]

철학의 상실은 사회적 탈락자에게 존재론적 폭력을 강제하는 왜곡된 체제를 만든다. 존재의 의미가 사라지고 부의 행복만이 가능한 곳에서는 가난 자체가 존재의 폐허이기 때문이다. 여기서는 체제에서 탈락한 사람이 속된 세계를 거부할 자유도 인간적인 품위를 지킬 의지도 상실한다.

그런 철학이 없는 사회에서는 인간의 품위를 대신하는 자본의 게임 의자놀이가 성행한다. 그 게임의 피해자는 라오슈만이 아니라 그녀에게 편지(이메일)를 쓴 메이린이기도 하며, 더 나아가 쌍용차 노동자이기도 하다. 피해자의 고통은 「벌레들」에서처럼 저 세계와 이 세계 사이에 장막 때문에 생겨난다. 라오슈가 편의점에서 옛 학생과 대면했을 때의 공포는 단지 그녀의 직업에 대한 허위의식 때문만은 아니다. 라오슈의 고통은 장막으로 인해 자신의 응시가 무의미해진 상황에서 저쪽에서 이쪽으로의 일방적인 시선을 감당하기 어려웠던 탓이다.

편의점 알바들을 좌절에서 벗어나게 하는 것은 신자유주의의 자기계발서[36]이다. 철학을 추방하며 존재론적 추락을 망각하게 하는 친밀사회에서는 그런 헛된 환상이 가능하다. 반면에 철학 강사였던 라오슈는 철학 없는 세계란 회생 불가능한 가난이 존재론적 낙인이 되는 세상임을 잘 알고 있다.

그런 중에도 라오슈는 아직 저쪽 세계에 있는 메이린(학생)을 그리워한다. 그녀가 메이린을 그리워하는 것은 친구의 죽음으로 상처를 입은 그녀

---

35   조해진, 「산책자의 행복」, 『빛의 호위』, 창비, 2017, 131쪽.
36   자기계발서에 대해서는 박일권, 「성형대국의 의미」, 『한겨레신문』, 2015. 4. 28 참조.

와 공감이 있었기 때문이다. 메이린 역시 그 공감의 기억 때문에 라오슈에게 계속 편지를 보내고 있었다. 다만 라오슈가 메이린에게 답장을 하지 않는 것은 기억 속의 그녀를 그리워하면서도 폐허가 된 상태에서 아직 장막의 냉혹함을 견디지 못하기 때문이다.

철학이 약화된 시대에 라오슈와 메이린이 존재의 연대를 경험한 것은 역설적으로 현실 속에서의 트라우마 때문이었다. 메이린은 유학생이었는데 여느 중국 유학생과는 달리 예리한 질문으로 라오슈의 철학세계에 다가오곤 했다. 서로 친해진 후 산책을 하다가 메이린은 친구(이선)의 죽음을 말하며 공백과 부재로 인한 트라우마를 고백했었다. 트라우마는 메이린의 가슴과 상징계에 뚫린 구멍이었다. 오해된 소통으로 친구의 죽음을 경험한 메이린의 트라우마는 강의실의 철학의 관념을 삶 속에서의 존재의 질문으로 만들었다. 메이린에게는 라오슈의 철학이 자신의 기억이자 질문이며 존재의 일부가 되었다. 메이린의 트라우마는 라오슈의 철학을 제도화된 강의실에서 삶의 황야로 옮겨오고 있었던 것이다.

물론 라오슈의 죽음에 대한 강의는 아직 메이린의 슬픔을 구원할 수 없었다. 하지만 그때 질문에 대한 답이 주어지지 않았기 때문에 두 사람 사이에 끝없는 교섭의 관계가 생긴 셈이었다. 메이린은 이제 그 기억을 통해 다시 라오슈에게 자신의 일부가 된 철학을 돌려주려 하는 것이다. 메이린의 편지는 철학 없는 세계에서 고통에 빠져 있는 라오슈에게 보내는 환대의 몸짓이자 철학의 선물이다.

메이린이 경험한 친구의 죽음은 정체성이 혼란된 라오슈의 위기를 먼저 겪은 것과도 같았다. 그때 메이린의 위기는 그녀의 죽은 친구로부터 전염된 존재론적 감염과도 같았다. 친구 이선은 지금의 라오슈처럼 메이린에게 답장을 보내지 않고 있었다. 메이린은 이제서야 이선이 라오슈처럼 존재의 폐허와 정체성의 혼란을 겪고 있었음을 감지하게 되었다.

이선이 죽은 후 메이린은 '살아 있는 동안은 살아 있다는 감각에 집중하라'는 라오슈의 말로 위기를 넘겼다. 그런데 지금은 그 말이 위기에 처한 라오슈를 향한 말이 되고 말았다. 그리고 이제 라오슈 자신이 했던 그 말의 의미는 달라진 상황에서 특별하게 증폭되어 있었다.

이선과 라오슈의 공통점은 가난보다도 존재론적 폐허가 고통스럽다는 점이다. 사정은 다르지만 두 사람은 신자유주의의 은밀한 장막에 의해 보이면서도 보이지 않는 사람으로 살게 되었다. 메이린에 대한 이선과 라오슈의 침묵은 보이지 않는 장막과 그 장막을 친 세계의 외면 때문이다. 이선과 라오슈처럼 존재감이 '없는 사람'으로 만드는 것, 즉 경쟁에서 뒤진 사람을 장막 저 편의 죽음에 유기하는 것이 신자유주의의 죽음정치이다.

신자유주의의 장막과 죽음정치는 존재의 폐허를 강제하는 철학의 부재와 표리를 이룬다. 메이린은 이선이 죽었을 때는 몰랐지만 지금은 그때와 다르다. 아이러니하게도 생의 감각을 강조했던 철학 강사 라오슈가 철학이 부재하는 죽음정치의 위협에 빠져 있기 때문이다. 철학의 부재는 존재를 질문하는 교섭의 중단이며, 그런 방식으로 탈락자를 폐허와 죽음에 이르게 하는 것이 죽음정치이다. 메이린이 이선에게와는 달리 라오슈에게 계속 편지를 보내는 것은 기억에 남은 '존재를 질문하는 교섭'을 지속시키려는 것이다. 라오슈의 탈락 자체가 철학의 추방이었기 때문에 죽음정치 앞에서 침묵하지 않고 존재를 질문하는 행위를 계속하고 있는 것이다. 그 점에서 메이린의 편지 자체가 철학의 회생이자 생의 감각의 집중일 것이다. 라오슈와의 교섭을 회생시키려는 메이린의 편지는 죽음정치에 대항하는 강력한 존재의 질문이자 철학의 회생이다. 그것이야말로 '살아 있다는 감각에 집중하는 일'일 것이다.

독일에 있는 메이린의 편지가 또 다른 죽음정치의 희생자 루카스에 대해 말하고 있는 것 역시 그 점을 암시한다. 독일 난민 출신인 루카스는 직업을 잃고 노숙생활을 하고 있는 청년이다. 루카스는 노숙생활을 하면서도 플라톤의『향연』을 손에서 놓지 않는다. 죽음정치의 희생자인 루카스는 무의식적으로 철학의 회생이 죽음정치에 대한 최대의 무기임을 알고 있다. 그가 읽는『향연』은 남녀가 한 몸이었던 시절의 에로스의 기원에 관한 것이다.『향연』과 신자유주의의 죽음정치는 존재의 질문에 대한 양극단과도 같다.『향연』이 국가와 인종을 넘어서서 한 몸이 된 에로스를 말하고 있다면, 신자유주의의 죽음정치는 탈락자에 대한 공감이 상실된 에로스의 부재의 결과이다. '향연'이 에로스의 한쪽 끝인 반면 죽음정치는 국가와 인종주의에 의한 에로스의 추방의 극단이다.

> 루카스는 다시『향연』을 읽고 있습니다. 이미 수십번이나 읽어서 책장이 모두 해어져 있던, 그가 거주하는 또 하나의 집…… 태초의 인간은 남자와 여자, 여자와 여자, 남자와 남자가 한 몸이었다죠.『향연』의 어느 페이지에서 읽은 기억이 났습니다. 새삼 그들이 부러워졌습니다. 태초의 인간들에게는 인종도 국가도 종교도 없었을 테니까요. 그들에게는 그저 끝없는 사랑만 있었겠지요.[37]

메이린은『향연』이 인종과 국가, 종교를 넘어서는 에로스의 주장임을 이해하고 있다. 오늘날에는 '인종과 신분이 된 계급'을 넘어서는 것이 에로스일 것이다. 루카스는 에로스의 담론을 읽고 또 읽으며 심연에서 죽음정치에 대항하고 있다. 노숙자의 집에 머물렀던 메이린은 라오슈에게 답장 없는 편지를 보내며 비슷한 방식으로 죽음정치를 넘어서려 한다. 두 사람은 불가능한 한 몸의 사랑을 그리워하는 점에서 일치한다.

메이린이 답장 없는 편지를 계속 보낼 수 있는 것은 심연에 라오슈와의

---

37   조해진,「산책자의 행복」, 앞의 책, 135쪽.

교섭의 기억이 남아 있기 때문이다. 라캉은 한때 한 몸이었으나 서로 떨어진 후 기억 속의 남은 흔적을 **대상 a**라고 불렀다. 대상 a는 기억의 씨앗이자 철학의 씨앗이다. 메이린이 예진의 라오슈의 말을 되돌려주며 '살아 있다는 감각에 집중하고 있다'고 말하는 것은 대상 a에 대한 열망을 뜻한다. 철학의 부재로 시작한 이 소설은 메이린의 심연에서의 철학의 씨앗의 발아로 끝나고 있다.

반면에 철학이 부재한 공간에서 폐허를 경험하는 라오슈는 더 위기에 처해 있다. 라오슈는 편의점에서 시멘트 덩어리 같은 기초생활수급자의 임대아파트로 향한다. 자신과는 상관없는 누군가의 삶이 펼쳐진 거리를 지날 때 목줄이 풀린 개가 으르렁거리며 끈질기게 따라왔다. 라오슈 앞에 골목 끝의 아파트가 보였지만 그곳은 기초생활수급자의 집이 아니었다. 그녀는 풀린 운동화끈이 밟혀 비틀거리면서도 아파트에서 도움을 구하지 않았다. 셔터가 내려지며 자신과 다른 그 세계로부터 거절당하는 것이 두려웠기 때문이었다. 눈앞의 사람들에게 도움을 얻지 못한 채 혼자 고립되어 줄 풀린 개의 위협에 처한 상황이 바로 죽음정치일 것이다.

주인이 나타나 위기를 모면한 라오슈는 살고 싶다고 외치며 메이린을 떠올린다. 죽음정치에 대응하는 그녀의 삶의 감각은 메이린의 기억이었던 셈이다. 메이린과의 기억이 대상 a라면 지금 라오슈에게 메이린은 한 몸이었던 세계(삶의 감각)에 대한 기억이자 철학의 씨앗 대상 a의 부분대상[38]이다. 그녀가 강제된 죽음을 거부할 수 있는 것은 목줄 풀린 죽음정치 앞에서도 계속되는 편지, 그 대상 a의 기억 때문이다. 메이린과 라오슈의 인물 시점이 교체되는 이 소설[39]은, 라오슈가 겪는 죽음정치적 현실과 메이린이

---

38   부분대상이란 상징계에 존재하는 대상 a의 흔적을 말한다. 반대로 라오슈 역시 메이린에게 대상 a의 부분대상이다.

39   이 소설에서는 메이린의 1인칭 인물시점 편지와 라오슈의 3인칭 인물시점이 교차되고

보내는 철학의 씨앗의 기억을 교차시키고 있다.

이 소설에서는 '살아 있다는 감각'에 대한 자의식이 여러 번 반복된다. 메이린과 라오슈가 **삶의 감각**에 집중하려는 것은 그들이 **죽음정치**의 세계를 살고 있다는 반증이다. 신자유주의의 죽음정치의 세계는 살아 있다는 것의 의미에 관심을 집중할 수 있는 사회가 결코 아니다. 오늘날은 존재의 의미를 질문하는 것이 무의미해졌거나 중단된 세상이다. 그처럼 철학이 사라진 사회에서 존재의 질문과 삶의 감각에 집중하는 것은 죽음정치에 대항하는 최초의 존재론적 저항이다.

두 사람이 존재의 폐허에서 삶의 감각에 집중하는 순간은 다시 내면이 부풀어 오르는 순간이다. 그것이 가능한 것은 낯선 두려움과 은유 때문이었다. 메이린은 이선과 자신 사이에 있던 장막에서, 라오슈는 개에 쫓기며 셔터를 내린 세계 앞에서 낯선 두려움을 느꼈다. 낯선 두려움은 철학을 빼앗아 사람들을 나무인형으로 만드는 모래인간을 확인하는 순간이다. 라오슈와 메이린이 낯선 두려움에 시달릴수록 우리는 아무도 말하지 않는 비밀, 신자유주의라는 모래인간을 본다. 그와 함께 낯선 두려움은 거세공포의 시간인 동시에 모래인간에게 빼앗긴 기억이 돌아오는 순간이다. 메이린은 낯선 두려움의 순간 거세된 피 묻은 눈이 가슴에 던져져 불의 원을 소망하게 된다. 메이린에게 피 묻은 이선과 노숙자 루카스는 라오슈의 은유적 대체물이다. 이선과 루카스가 라오슈의 이미지로 메이린의 가슴에 던져져 숯불이 된 것이다. 라오슈의 경우에는 낯선 두려움의 순간 숯불 같은 메이린의 편지가 철학의 씨앗을 발아시키려는 은유로 떠오른다. 삶의 감각을 교감하던 기억이 메이린의 편지로 라오슈의 가슴에 던져져 원환의 불을 소망하게 하고 있는 것이다. 라오슈와 메이린의 은유

있다. 이 소설은 그런 이중주를 통해 존재론적 회생을 시도하는 작품이라고 할 수 있다.

는 서로에게 황폐한 내면을 다시 한번 부풀게 한다.

다만 그 같은 은유를 통해 폐허에서 벗어나 교감을 소망하면서도 아직 답장이 없는 것은 신자유주의의 장막 때문이나. 두 사람의 아직 연결되지 않은 교신은 존재의 의미의 회복이 장막에 묻힌 타자와의 교감에 있음을 알려준다. 그것이 가능해지는 것은 탈락자가 블랙리스트처럼 되어버리는 사회구조에 변화가 생기는 과정에 상응한다. 존재의 의미를 회복하려면 철학을 버리는 사회에서 벗어나야 하며, 그래야만 탈락자를 폐허로 만드는 죽음정치에서 탈출할 수 있다. 「산책자의 행복」은 아직 그런 도약에 이르지 못한 존재론적 질문의 이중주이다. 이 소설에서 보내지 않은 답장은 죽음정치의 장막을 암시하는 동시에 우리 모두의 철학의 부재에 대해 질문을 하고 있다.

이 소설에서 질문하는 철학은 텍스트에서 현실로 옮겨진 삶의 감각이다. 죽음정치가 사회적 권력의 한 부분이 되었기 때문에 삶의 감각의 철학도 관념에서 현실로 옮겨진 것이다. 이제 철학의 질문은 존재와 삶에 연관된 절실한 현실이 되었다. 21세기의 산책자는 절실한 현실이 된 철학을 질문하는 사람이다. 고독한 산책자는 1930년대의 이상과 박태원의 소설에서도 나타난 바 있다. 그러나 그때의 산책은 물화된 현실에 동화되지 않으려는 고독의 유희로 드러났다. 반면에 지금의 산책은, 메이린이 죽은 이선과 노숙자 루카스를 만나듯이, 죽음정치에 의해 강제된 고독과 고립을 확인하는 과정이다. 이제 산책은 '살아 있다'는 존재와 생명에 대한 질문이 되었다.

고독의 유희의 불가능성, 그 강제된 고립에 맞서려면, 철학의 질문을 몸의 일부로 만들어 죽음정치에 대항해야 한다. 신자유주의의 죽음정치란 보이지 않는 셔터를 내리는 존재의 고립의 강제이다. 반면에 삶의 철학과 그 씨앗의 발아란 교섭을 갈망하는 한 몸의 기억('향연')으로서 대상 a의 열망이다. 1930년대의 산책이 **고독의 유희**였다면 셔터를 내리는 세상에 대응하는 새로운 산책자는 죽음정치의 벽에 응수하는 **교섭의 유희**를 소망한다.

7. 상상적 고착화의 신화에서 실재계적 윤리로

「산책자의 행복」은 구조화된 불평등성의 사회가 존재의 질문이라는 철학이 사라진 세계임을 암시한다. 철학의 상실과 함께 이제 가난은 존재론적 폐허가 되었다. 존재의 폐허와 철학이 사라진 사회를 대신 떠받치는 것은 상상적 신화들이다. 상상적 신화란 신데렐라 드라마와 비행운飛行雲의 환상, 자기계발서사, 상품화된 미 등을 말한다. 그런 상상적 신화들은 자본주의의 외적 성형과 내적 성형을 통해 양극화된 사회를 그런대로 살 만한 곳으로 생각하게 해준다.

그러나 상상적 신화는 친밀하고 부드러워질수록 사회를 경직되고 고착화되게 만든다. 상상적 신화는 유통기한이 있는 소비품일 뿐 아니라 사회적 탈락자를 매장해야만 아름답게 빛을 낸다. 친밀한 상상적 신화는 경계 외부로 밀려난 사람을 앱젝트로 만드는 또 다른 신화와 짝을 이루고 있다. 부드러운 상상적 환상의 사회는 탈락자들에게 셔터를 내리는 고착화된 사회이기도 한 것이다.

그렇기에 구조화된 불평등성의 사회에서 가난 이상으로 고통스러운 것은 세계로부터 **외면당하는 것**이다. 극단적 불평등성의 사회는 죽음 같은 고립을 통해 존재의 폐허를 경험하게 하는 철학이 사라진 사회이다. 「산책자의 행복」은 그런 구조적 불평등성의 사회에서 벗어나는 길이 존재의 의미를 묻는 철학의 회복에 있음을 알려준다.

불평등성의 해결을 위해 철학이 필요하다는 말은 의아하게 들릴 수도 있다. 그러나 가난이 존재론적 폐허가 되었기 때문에 그런 죽음정치를 극복하려면 존재의 생성을 위한 철학의 회생이 필요한 것이다. 자아의 황폐화에서 벗어나야만 사랑과 분노를 회생시켜 불평등한 사회를 변화시키려는 에너지를 생성시킬 수 있는 것이다.

그러면 철학이 사라진 사회에서 어떻게 철학을 회생시킬 것인가. 철학이 사라진 사회는 단지 철학과가 폐지되었음을 말하는 것이 아니다. 철학이란 상징계와 실재계 사이의 교섭의 활동들을 뜻한다. 예컨대 타자와의 교섭, 타자성의 윤리, 에로스, 미학 등이 그것이다. 철학이 사라진 사회는 타자와 윤리, 에로스, 미학을 상실한 사회이다.

타자성의 윤리나 에로스, 미학 등은 불평등한 사회를 바로잡는 **평형수**의 역할을 한다. 윤리와 에로스는 도덕적인 사람에게 중요한 것이 아니라 유동적인 중간층에게 필요한 철학이다. 중간층이 유동적이고 역동적일 때 사회 전체의 생명적 유동성이 살아나기 때문이다. 그런 생명적 유동성의 필요를 알려주는 것이 바로 문학과 미학일 것이다. 그러나 오늘날은 평형수 역할을 하는 윤리와 에로스, 미학, 그리고 중간층이 모두 사라진 사회이다. 우리 시대에는 그 빈자리를 상상적 신화들이 대신 차지하고 있다. 즉 신데렐라 신화와 비행운飛行雲의 꿈, 자기계발 서사 등이 철학의 빈자리를 점유하고 있다. 이 상상적 신화들은 기울어진 배를 평평하게 보이게 하는 환상적인 기능을 한다.

오늘날은 신자유주의의 상징계가 모순을 드러낸 시대이지만 상상적 신화들이 그 틈새를 메움으로써 순항을 계속하고 있다. 기울어진 채 순항하는 배는 세월호처럼 좌초되기도 하지만 선장과 선원은 탈출하고 힘없는 승객들만 물밑에 가라앉는다. 그런 모순된 상황을 그대로 유지시키는 것은 '가만히 있으라'는 명령이다.

「산책자의 행복」에서 메이린의 끝없는 편지는 가만히 있으라는 명령에 대항하는 철학의 저항이다. 그것은 셔터를 내리는 세계에 대한 존재론적 저항이기도 하다. 즉 세월호의 학생과 라오슈처럼 물밑과 셔터 밖에 고립되어 있는 사람에게 존재의 의미를 묻는 질문을 계속하는 것이다. 그렇게 함으로써 죽음정치의 함정에서 벗어나 살아 있다는 감각을 유지시키는 것이다. 답장이 없는 것은 라오슈가 아직 타자로 귀환하지 않았음을 뜻한다. 그럼에도 계속되는 메이린의 편지는 상상적 신화와 짝을 이루는 앱젝트 신화, 그 죽음정치에 대항하는 존재론적 저항이다. 존재론적 저항이 계속되어야만 어느 날 답장과 함께 타자가 귀환할 수 있다. 이 소설은 그런 추방된 타자의 회생을 위한 이중주의 형식을 내포하고 있다. 「산책자의 행복」에서도 아직 답장을 보내지 않았지만 마음으로는 답장을 보내고 있는 것이다.

상상적 고착화의 시대는 살아야 할 이유와 존재의 의미에 대한 질문에 셔터를 내리는 사회이다. 셔터가 올려지면 상상적 신화의 스펙터클이 흐려지면서 기울어진 사회가 동요하게 되기 때문이다. 그렇기에 상상적 신화에 의존하는 구조화된 불평등성의 사회에 대항하려면 **존재론적 저항**이 필수적이다. 존재론적 저항은 내려진 셔터를 올리게 하고 앱젝트를 살아 있는 타자로 귀환시킨다. 또한 물밑에 가라앉은 학생들이 꽃으로 돌아오게 만든다.

「산책자의 행복」에서는 아직 셔터가 올려지지 않았고 답장도 보내지 않고 있다. 존재론적 저항은 그처럼 셔터가 올려지지 않은 상태에서 메이린의 편지처럼 계속될 수 있다. 또한 세월호의 학생들에게 보내는 시처럼 지속될 수 있다. 존재론적 저항은 기억의 씨앗을 발아시키는 은유적 정치이다. 그 순간 상상적 고착화의 사회에서 빈곤해진 우리 모두의 내면이 부풀어 오르는 것이다. 그렇게 함으로써 바닥에 나뒹구는 피 묻은 눈이 가슴에 던져져 숯불이 되게 할 수 있다. 그 순간 생명의 감각을 되찾아 불의 원을 돌 때 비로소 셔터가 올려질 것이다.

그때까지 메이린이 라오슈에게 계속 편지를 보낼 수 있는 것은 그녀와의 기억 때문이다. 지금은 황폐화된 두 사람의 철학의 기억은 메이린의 기억의 씨앗 대상 a로 잔존하고 있다.[40] 메이린은 지금 죽음정치적 고통을 겪고 있는 라오슈에게 편지를 씀으로써 대상 a의 위상학을 작동시키려 하고 있는 것이다. 죽음정치의 작동에 의한 앱젝트의 추방은 존재론적으로 황폐해진 세상을 만든다. 반면에 **대상 a의 위상학**의 작동은 상실된 철학의 회생에 다름이 아니다.

존재론적 저항은 앱젝트를 대상 a가 작동되는 위치로 이동시키려는 싸움이다. 철학이 사라진 순간 라오슈는 앱젝트의 위기에 처하게 되었다. 그러나 라오슈의 앱젝트의 자의식은 그녀의 심연에 철학의 기억이 남아 있다는 반증이다. 메이린은 그 심연의 샘물을 퍼올려 철학의 씨앗을 발아시키기 위해 라오슈에게 편지를 보내고 있는 것이다. 메이린의 편지와 아직 발아되지 않은 라오슈의 심연의 응답은 대상 a의 위상학에 다름이 아니다. 라오슈는 경제적 파탄에 의해 기초생활수급자가 되는 가난한 전락을 경험했다. 그러나 가난이 존재론적 폐허가 되는 세상에서는 생명의 회생을 위해 대상 a의 작동을 통한 철학의 귀환이 필요한 것이다. 우리 시대는 죽음정치의 희생자 앱젝트가 생명적 존재로 돌아오기 위해서 대상 a의 위상학과 철학의 회생이 필요한 시대이다.

메이린은 라오슈의 고립을 위로하는 대신 존재론적 회생을 위해 철학의 씨앗을 발아시키는 편지를 쓴다. 라오슈의 심연에 기억의 샘물이 잔존함을 알기 때문에 메이린은 편지를 쓰며 우선 자신을 폐허에서 구출하려 하고 있다. 그와 함께 메이린의 편지는 라오슈와의 교감을 통해 철학의

---

40 반대로 메이린의 입장에서도 라오슈가 철학의 흔적 대상a의 부분대상이다.

씨앗을 발아시켜 그녀를 고립에서 벗어나게 구원하려는 것이다. 그 순간 메이린의 편지는 철학 없는 세계에서 앱젝트로 배제된 라오슈를 대상 a의 놀이의 위치로 전이시킨다.

라오슈가 개에게 쫓기며 셔터의 벽에 부딪히는 순간이 '앱젝트의 위험' 이었다면, 메이린의 편지의 대상이 되는 순간은 대상 a의 놀이로 이동하는 때이다. 죽음정치가 라오슈를 소통 불가능한 세계로 추락시킨 반면 메이린은 고립된 라오슈가 생명의 감각을 유지하도록 만들어준다. 비록 답장을 하지 않아도 응답을 원하는 메이린의 편지를 받는 순간 라오슈는 대상 a의 부분대상[41]이 된다. 그렇기에 그녀의 응답은 자신뿐 아니라 메이린을 구원하는 교감의 회생이 되는 것이다. 그처럼 셔터에 갇힌 사람이 생명의 감각을 되찾는 것, 그리고 누군가의 대상 a가 되는 순간이 바로 윤리의 시간이다. 상상적 고착화의 시대에는 앱젝트가 생명성을 되찾고 누군가와 대상 a의 놀이[42]를 시작할 때 비로소 윤리가 회생한다. 셔터 밖의 라오슈의 답장이 돌아오고 세월호 학생들이 물밑에서 꽃으로 돌아올 때 에로스와 윤리의 평형수가 작동되기 시작할 것이다. 대상 a에 대한 열망으로 윤리의 평형수를 재작동시키는 것이 바로 우리 시대의 존재론적 저항이다.

그 과정에서는 은유의 작동이 매우 중요하다. 메이린이 기억의 씨앗을 발아시키려 끝없이 시도하는 것은 죽은 이선과 난민 루카스가 계속 라오슈를 상기시키며 은유의 놀이가 작동했기 때문이다. 메이린의 편지는 이선과 루카스와 라오슈, 그리고 탈락자 모두의 고립에 저항하는 은유적 질문이다. 라오슈의 답장이 돌아올 때 죽은 이선과 노숙자 루카스 역시 세상

---

41 두 사람이 공유하는 철학의 기억이 대상a라면 현실에 존재하는 라오슈와 메이린은 기억 속의 철학(대상a)의 부분대상이다.

42 이 대상a의 놀이는 포르트-다 놀이와 비슷하다.

으로 돌아올 수 있을 것이다. 그리고 탈락자들을 앱젝트로 만드는 죽음정치에 대항해 셔터를 올리려는 시도가 더욱 강렬해질 것이다. 이 과정에서 검은 세계로 탈락했던 사람들이 이번에는 반격의 모멘텀으로 작용한다.

여기서 은유적 정치는 셔터 밖의 검은 비식별성을 역습의 비식별성으로 되돌리는 과정이다. 은유는 비식별성을 이미지로 보여주는 장치이다. 죽음정치에서처럼 역습의 정치에서도 비식별성이 작동되기 때문에 그것을 이미지로 보여주는 은유가 매우 중요한 것이다. 「산책자의 행복」에서 루카스의 노숙이 모래인간에 시달리는 앱젝트의 은유라면 철학이 죽은 시대에 『향연』을 읽는 루카스는 반격의 은유이다. 또한 라오슈가 직면한 목줄 풀린 개가 죽음정치의 은유라면 그녀에게 철학의 기억을 상기시키는 편지는 대상 a의 작동의 은유이다. 두 가지 이미지가 작동하는 동안 은유는 우리의 빈약한 내면을 눈사람처럼 부풀게 해준다.

오늘날 그런 존재론적 저항이 중요해진 것은 신자유주의가 인격을 식민화하는 방법을 사용하기 때문이다. 역설적으로 고도로 합리화된 신자유주의 시대는 정상적인 세계보다 상상계 쪽으로 이동해 있는 사회이다. 초합리주의적 자본주의는 인간성을 황폐화시키고 상징계에 균열을 만들기 때문에 우리의 심연을 메우는 상상적 신화가 필요해진 것이다. 상상적 신화는 부의 신화를 내면화하고 무의식을 식민화해 우리를 철학이 사라진 빈곤한 자아로 만든다.

박상우의 「샤갈의 마을에 내리는 눈」에서처럼 아무리 눈발이 퍼부어도 우울한 눈사람은 내면을 부풀리지 못한다. 무의식을 식민화하고 인격을 상품화하는 사회는 상품화된 인격이 많아지는 사회이기도 하다. 상품화된 인격과 자아의 빈곤화가 만연되면 윤리의 평형수가 증발하고 고갈된다. 도처에 균열이 생긴 기울어진 신자유주의 사회는, 이제 평형수를 작동시키는 대신 탈락자 쪽에 셔터를 내리고 이쪽에서는 상상적 환상을 유포시킨다. 초합리주의적 신자유주의에서 상상계가 우세한 것은 그 때문이다.

부드러운 듯하면서도 상상계에 고착된 사회는 실재the Real에서 멀어졌기 때문에 알맹이가 빠진 환영과도 같다. 친밀사회의 사람들이 친밀성과 함께 냉혹함을 겪으며 행복하면서도 우울한 것은 그 때문이다. 그럴수록 심연 속에 남아 있는 샘물에 대한 열망으로 두레박을 내리지만 아득한 깊이 때문에 바닥에 닿지 않는다. 그 같은 우울함 속에서도 세월호 사건에서처럼 은유적 정치가 작동되면 내면이 부풀면서 깊은 샘물에 대한 열망이 증폭된다. 세월호 사건에서 은유적 정치는 내면의 공감력을 확장시키면서 앱젝트로 매장될 존재들을 대상 a로 돌아오게 해주었다. 그동안 잘 식별할 수 없었지만 은유는 '우리 모두가 세월호'(송경동)였음을 알려주었다. 또한 평형수가 사라졌지만 심연에는 은유적 평형수의 잔여물이 남아 있었다. 은유로 부활한 대상 a(평형수의 기억)에 대한 열망은 앱젝트로 사라질 위기에 있는 존재들에게 끝없는 귀환의 신호를 보낸다.

그 점은 「산책자의 행복」에서도 마찬가지이다. 모든 것이 상품화된 시대에 팔리지 않는 철학을 갖고 있던 라오슈는 앱젝트가 될 위기에 빠진다. 그러나 철학이 죽은 시대에도 심연 속의 샘물은 아직 남아 있었다. 그 샘물이 퍼올려지지 않기 때문에 라오슈처럼 우리는 우울을 경험한다. 그러나 철학이 죽음의 상처를 달래주던 때를 기억하며 편지를 하는 메이린이 있기 때문에 철학은 대상 a로 살아남은 것이다.

메이린의 편지는 포르트-다 놀이와도 같다. 무서운 신자유주의 앞에서 우리는 어린이와도 같이 유약할 뿐이다. 하지만 메이린은 잃어버린 철학을 기억하며 포르트-다 놀이처럼 답장 없는 편지를 하고 있다. 메이린에게 돌아오는 것은 라오슈의 답장이 아니라 심연 속의 철학의 기억 대상 a이다. 철학은 침몰했지만 대상 a로 되돌아오고 있는 것이다.

대상 a의 놀이로 되돌아오는 라오슈는 철학의 세월호이다. 메이린의 편지가 없었다면 라오슈는 셔터가 내려진 세계에서 앱젝트로 사라졌을 것이다. 그러나 세월호의 은유처럼 메이린의 편지는 라오슈를 앱젝트에서 대상 a의 위치로 되돌아오게 하고 있다.

「산책자의 행복」, 포르트-다 놀이, 세월호의 공통점은 사라진 것이 고통스런 반복 속에서 대상 a로 돌아온다는 점이다. 우리는 상상계적 고착화에서 실재계적 놀이로 이동한다. 그 순간 사라진 것들은 앱젝트에서 대상 a로 부활한다. 죽음정치에 의해 퇴출된 철학은 생의 감각과 존재의 질문으로 회생한다. 검은 배와 검은 물속으로 매장된 학생들은 바람과 꽃으로 돌아온다.

상상적 고착화의 사회가 난파된 철학이자 세월호라면 편지와 은유는 검은 배를 대상 a로 돌아오게 해준다. 우리는 상상계 쪽에 기울어진 세계에서 실재계 쪽으로 이동한다. 또한 고착된 사회에서 유동적인 은유의 세계로 움직인다.

철학이 소멸된 신자유주의에서 존재의 의미를 되찾으려면 비식별성을 식별되게 만들어야 한다. 비식별성을 식별 가능하게 해주는 것은 메이린의 편지와 세월호의 은유이다. 은유는 앱젝트의 비극을 알게 해줄 뿐 아니라 희생자를 대상 a로 돌아오게 해준다. 은유와 편지, 미학은 우리 모두가 세월호였음을 말해주는 동시에 학생들을 꽃으로 귀환하게 해준다. 또한 존재의 폐허에서 두려움(낯선 두려움)을 느끼는 사람들에게 생의 감각을 되찾아준다. 은유는 우리의 빈약해진 내면을 부풀리며 철학과 윤리를 되찾게 하고 사랑과 분노를 부활시킨다. 사랑과 분노가 회생해야지만 사회를 변화시키려는 움직임이 나타나며 그렇게 해서 존재론적 정치는 인식론적 정치와 결합된다.

은유로서의 정치는 존재론적 정치이다. 존재론적 정치는 폐허가 된 자

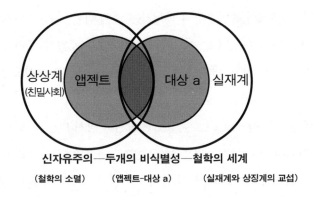

신자유주의—두개의 비식별성—철학의 세계

(철학의 소멸)　　(앱젝트-대상 a)　　(실재계와 상징계의 교섭)

아를 희생시켜 희생자에 대한 사랑과 사회모순에 대한 분노를 증폭시킨다. 그런 존재론적 정치가 작동해야지만 전체 구성원들의 힘으로 신자유주의를 변화시키려는 인식론적 정치가 수행될 수 있다.

인식론적 정치란 신자유주의에 맹종하는 상징계와 그 질곡에 둥지를 튼 부정부패를 변혁하는 것을 말한다. 즉 중요한 권력기관의 개혁과 불평등성을 해소하는 다양한 정책들, 사회적 희생자와 난민에 대한 대책이 그것이다. 라오슈의 답장이 돌아오고 셔터가 올려지는 일은 메이린의 편지만으로 되는 것은 아니다. 또한 난민 루카스가 직장을 되찾기 위해서는 철학책 『향연』을 읽는 것만으로 충분하지 않다. 구체적인 인식론적 정치가 수행되어야만 사회적 변화가 일어나고 셔터장치와 의자놀이, 기울어진 세월호가 해결된 세상이 올 것이다. 그런데 신자유주의 친밀사회에서는 그런 변혁이 존재론적 정치와 결합해야지만 역동성을 얻을 수 있다. 비식별성을 식별하게 하는 은유와 한 몸이었던 기억을 귀환시키는 존재의 질문이 없다면 내면이 빈약해진 사람들은 잘 움직이지 않을 것이기 때문이다.[43]

존재론적 정치와 인식론적 정치가 결합된 운동이 바로 촛불집회이다.

43　내면이 빈약해진 사람들은 상상적 고착화의 세계로 이동하려는 권력의 장치에 무방비 상태에 있다.

촛불집회는 과거의 변혁운동과 특이하게 다른 점이 있다. 세월호의 학생들이 꽃으로 귀환한다면 그들은 어디로 돌아오는 것일까. 꽃으로 돌아오는 학생들은 광장으로 귀환하는 것이다. 크레인에서 떨어져 죽은「물속 골리앗」의 아버지가 되돌아오는 곳 역시 광장일 것이다. 또한「폐허를 보다」에서 굴뚝의 심지로 타오른 정희가 남편을 다시 만날 수 있는 장소도 촛불광장이다. 불평등한 세상에서 비천한 삶을 살았던 사람들이 그처럼 대상 a로 돌아올 때, 사람들의 내면이 부풀면서 광장은 사랑과 분노로 동요할 것이다. 광장은「벌레들」에 그려진 틈새의 공간의 은유적인 확장이다. 촛불집회는 틈새에 고립된 '나'의 출산을 도우러 사람들이 몰려드는 것과도 같다. 그 순간 우리는 물밑에서 밖으로 나와 유성우가 쏟아지는 세상을 볼 수 있다. 촛불집회는 그런 은유로서의 정치가 인식론적 정치와 결합하는 순간이다. 촛불광장은 가슴에 숯불이 타올라 원환의 춤을 추며 세상을 바꾸자고 외치는 장소이다. 그곳은 사회 전체가 세월호였음을 자각하면서 선장과 선원을 바꾸고 사랑과 윤리의 평형수를 채우면서 우리 모두가 기관장과 갑판원과 조타수로 나서야 함[44]을 인식하는 공간이다.

---

44 송경동,「우리 모두가 세월호였다」,『우리 모두가 세월호였다』, 실천문학사, 2014, 90쪽.

제7장
친밀사회의 예외상태와 젠더 영역의 비식별성

1. 친밀사회와 젠더 영역의 예외상태

　헬조선과 갑질, 은수저, 흙수저는 계급관계가 인종이나 신분관계처럼 상상적으로 고착화되었음을 암시한다. 중간층의 약화와 유동성의 소멸, 탈락자에 대한 앱젝트 신화 등이 그것을 말해준다. 이제 갑질의 대상인 을은 인간 이하의 존재인 앱젝트로 강등될 위험에 처해 있다. 갑질을 당하는 을은 마치 계급적 영역에서의 요보와 생번,[1] 깜둥이와도 같다.

　그러나 친밀사회의 고착성에는 인종이나 신분관계와는 조금 다른 점이 있다. 예컨대 인종차별에 시달리는 피식민자는 이중적인 복화술사複話術師들이었으며 순응하는 불순한 존재들이었다. 그런 복합성 때문에 인종주의적 관계에는 외견상 평온하더라도 늘상 불안과 공포가 잠재해 있다. 반면에 친밀사회의 하층민들은 냉혹한 차별이 일상화된 상태에서 이상

1　대만의 피식민자를 비하해 부르는 말.

한 고요함(배수아)의 삶을 살아간다. 여기서는 참혹한 사건이 발생해도 사람들이 잘 동요하지 않고 아무 일도 일어나지 않는다. 친밀사회란 예외가 일상이 된 예외상태의 체제인 것이다.

친밀사회의 이상한 고요함은 친밀한 결연의 환상에 의해 신데렐라나 비행운飛行雲의 꿈이 만연된 점과 연관이 있다. 신데렐라나 비행운의 환상은 상품물신화와 부의 욕망의 신화가 일상화되었음을 암시한다. 그런 환상적 장치가 상상적으로 고착화되면 그에서 탈락한 사람들이 폐품으로 폐기되는 앱젝트 신화가 생겨난다. 신데렐라 신화와 앱젝트 신화의 결합은 친밀사회의 이상한 고요함이라는 예외상태의 비밀을 말해준다. 신데렐라 신화와 낭만적 사랑이 유포될수록 보이지 않는 곳에서 사라지는 앱젝트들이 많아진다. 중간층이나 하층민조차 상류상회를 동경하고, 그런 환상의 체제에서의 탈락자들이 쓰레기로 취급되는 사회에서는, 사건이 일어나도 아무도 동요하지 않는다.

흥미로운 것은 우리 곁에 오랫동안 그와 비슷한 예외상태의 침묵이 계속되어온 영역이 있다는 점이다. 친밀사회의 '이상한 고요함'은 젠더관계에서의 조용한 일상과 놀랍도록 유사하다. 긴 세월 동안 인격의 식민지였던 젠더관계에서는 죽음에 이르는 폭력이 난무해도 쉽게 동요가 일어나지 않는다. 젠더관계의 이상한 고요함은 심지어 이상하게조차 생각되지도 않는다. 사람들은 아주 근래에 와서야 일상화된 비극에 비로소 눈을 돌리게 되었을 뿐이다. 예컨대 『82년생 김지영』이 우리의 관심을 끈 것은 예외상태의 일상을 매우 담담하게 그리고 있기 때문이다. 너무 평범해서 소설 같지도 않은 이 소설의 놀라움은, 정신병에 이르는 동안 아무렇지도 않게 차별을 견뎌야 했던 젠더 영역의 이상한 고요함에 있다.

예외상태란 예외가 상시와 일치하고 극한이 일상으로 전환된 상황을 말한다.[2] 아감벤에 의하면, 예외상태에서는 합법인지 불법인지 법의 안과 밖이 불분명한 **비식별성**이 생겨난다. 어떤 체제가 예외상태라는 것은 자신이 예외로 배제한 것을 스스로 포함하고 있다는 뜻이다. 법의 내부와 외부가 구분되지 않는 비식별성은 그런 예외의 일상화를 용인하는 장치이다. 아감벤은 20세기 전반 서구의 전체주의와 수용소의 상황을 대표적인 예외상태로 말하고 있다. 20세기 전반 파시즘의 예외상태는 비식별성 영역에서의 죽음정치의 폭력에 의해 유지되었다. 아감벤은 그 같은 예외상태가 놀랍게도 민주주의에서도 작동된다고 말한다. 형식적 민주주의에서도 비식별성의 영역이 생겨나고 그런 법이 정지되는 곳에서 예외적 폭력이 얼마든지 일어나는 것이다.

그러나 아감벤은 예외상태의 원인이 생명권력의 폭력에 앞서 **상상적 고착화**에 있음을 말하지 않는다. 죽음정치적 폭력은 상상적 고착화를 유지하기 위한 도구적 수단일 뿐이다.[3] 젠더와 인종의 영역에서 예외상태의 폭력이 난무하는 것은 상상적 고착화가 심화되었기 때문이다. 그것의 증거는 그 중간항인 성소수자와 혼혈인이 중간층이기보다 불길한 경계인 점에서 확인된다. 중간항이 불길한 경계라는 것은 양극단이 대체불가능하게 고착화되었음을 뜻한다. 그런 상상적 고착화 때문에 특별히 젠더와 인종의 영역에서 예외적인 폭력이 증폭되는 것이다. 그런데 오늘날은 계급의 영역에서도 중간층이 약화되고 불길한 경계가 되어가고 있다. 민주주의 사회인 우리 시대가 보이지 않는 죽음정치의 시대인 것은 그런 불길함 때문이다. 중간항의 유동성이 생명성의 권리를 증가시킨다면 중간영역이 불길해진 상상적 고착화는 죽음정치적 폭력을 증폭시킨다.

아감벤이 벌거벗은 생명의 탈출구를 찾지 못한 것은 상상적 고착화의

---

2   아감벤, 정문영 역, 『아우슈비츠의 남은 자들』, 새물결, 2012, 73~75쪽.
3   그 점에서 죽음정치는 사이코패스나 살인광과는 구분된다.

영역인 젠더와 인종의 장소를 간과했기 때문이다. 아감벤의 논의에는 젠더와 인종의 영역의 특징인 상상적 신화에 대한 고찰이 없다.[4] 그러나 우리 시대는 전사회가 젠더와 인종의 영역처럼 유동성을 잃어버린 상상적 신화의 시대이다. 오늘날의 벌거벗은 생명의 신화에서 탈출하려면 신자유주의에서 나타나는 상상적 신화의 젠더적·인종적 은유를 살펴봐야 한다.

21세기의 예외상태의 특징은 사회적 불평등성이 젠더와 인종의 영역의 고착화를 닮아가고 있는 점에 있다. 즉 우리 시대의 예외상태는 상대적 유동성을 지녔던 계급 관계마저 젠더와 인종의 영역처럼 고착화되어가는 현상에 의한 것이다.[5] 예컨대 신자유주의의 상상적 고착화는 갑질과 금수저론에서처럼 인종과 신분의 관계를 닮아가고 있다. 신자유주의에서는 상류지향의 결연의 환상이 유지되는 동안 하층의 말단이 마치 다른 인종처럼 혐오의 대상으로 배제된다.

그런데 예외상태가 큰 동요 없이 유지되는 것은 인종이나 신분보다는 젠더 영역이다. 인종주의적 사회는 예외상태인 동시에 잠재적으로 불안과 동요의 상태에 있다. 반면에 젠더 영역은 페티시즘에 의한 결연의 환상이 작동되면서 이상한 고요함이 오래 유지되는 곳이다. 신자유주의 친밀사회의 조용한 상상적 고착화는 젠더 영역의 침묵의 페티시즘과 아주 유사하다. 친밀사회의 불평등성과 젠더 영역의 불균형성의 공통점은, 친밀한 결연의 환상 속에서 예외적 차별이 오랫동안 조용히 유지된다는 점이다.

성적 페티시즘과 친밀사회의 페티시즘은 마치 평행선을 이루는 듯하

---

4 이슬람교도(무젤만)에 대해 말하긴 하지만 그것의 배경인 인종적 관계에 대한 자세히 논의하지 않는다.
5 신자유주의 친밀사회는 전사회가 결연의 환상에 의해 상상적으로 물신화된 사회이다. 결연의 환상이란 상류 지향의 신화를 말하며, 그런 상상적 환상의 고착화에 의해 하층의 말단은 폐품처럼 배제된다. 21세기의 예외상태에서는 친밀성이 증가할수록 보이지 않는 죽음정치적 폭력이 증폭된다.

다. 성적 페티시즘이 여성을 페티시로 인정하는 결연의 환상이라면, 친밀사회는 상품 페티시의 환상으로 전사회적 판타스마고리아를 형성한다. 양자의 특징은 친밀성과 불안이라는 페티시즘의 양가성에서 전자의 감성이 앞세워진다는 점이다. 친밀사회에서는 젠더 영역에서처럼 친밀한 결연의 환상이 유포되는 중에 탈락자들이 소리 없이 앱젝트로 배제된다.

파시즘의 예외상태는 전쟁의 동원과 엄청난 폭력에 의한 것이었다. 반면에 친밀사회의 예외상태는 상품의 동원과 전사회적 판타스마고리아에 의존하고 있다. 흥미로운 것은 그런 상상적 신화의 의존이 성적 페티시즘에 의거하는 젠더관계의 예외상태와 유사한 점이다. 친밀한 결연의 환상에 의해 여성은 페티시로 살아남거나 소리 없이 배제된다. 친밀사회의 냉혹한 친밀성 역시 그런 젠더관계의 예외상태를 반복한다. 여성은 남성중심적 사회에서 매력적인 성으로 소모되거나 쓸모없어져 퇴출된다. 그와 비슷하게 신자유주의의 피지배층은 매력적인 스펙(인간-상품)으로 소비되면서 용도가 폐기되면 쓸쓸히 사라진다.

젠더 영역은 아무도 말하지 않는 영원한 식민지이다. 친밀사회 역시 이상한 고요함이 계속되는 끝없는 예외상태이다. 양자의 공통점은 친밀성이 만연될수록 보이지 않게 버려지는 앱젝트가 많아진다는 점이다.

친밀사회에서 인종혐오보다 여성혐오가 우세한 것은 우연이 아니다. 인종혐오가 만연된 사회는 친밀사회의 상상적 고착화와 비슷하면서도 다른 점이 있다. 인종혐오 역시 타 인종을 부재상태보다는 깜둥이 같은 페티시로 보는 페티시즘과 연관이 있다. 그러나 인종혐오에서는 페티시즘의 양면성 중에서 불쾌한 불안감이 친밀성을 압도한다. 그 때문에 인종혐오의 사회에서는 친밀사회와는 달리 늘상 불안감이 상존하는 것이다.

반면에 성적 페티시즘에서는 친밀성이 불안과 혐오를 선행하고 앞지른다. 여성혐오의 이면에는 이미 여성에 대한 페티시즘적 쾌락의 욕망이 은밀히 숨겨져 있다. 친밀한 결연의 환상이란 여성 페티시에 대한 나르시시즘적 쾌락의 욕망에 근거한 것이다. 그 같은 상황에서 쾌락의 욕망에 근거한 판타스마고리아가 깨지는 것이 두려워 환상을 방해하는 여성에게 혐오발화가 난발되는 것이다. 환상을 깨는 여성이란 페티시의 매력을 잃은 사람(맘충)이나 남성과 동등해지려는 여자(화냥년)이다.

젠더관계는 연애가 가능하기 때문에 계급이나 인종의 영역보다 사적인 친밀성이 우세해 보이는 영역이다. 부자가 가난한 사람과 친밀하게 지내거나 백인이 흑인에게 연애감정을 느끼는 것은 일상적이지 않다. 반면에 젠더관계에서는 성적 불평등성 속에서도 연애가 이루어지며 심지어 기울어진 관계인 결혼이 법적으로 제도화되어 있다. 이처럼 불평등성이 묵인되면서 친밀한 결연이 일상적으로 이루어지는 것이 젠더관계의 특징이다. 역설적인 것은 그처럼 친밀성이 우세해 보임에도 젠더관계에서 계급관계보다 혐오발화가 난발된다는 점이다. 그 이유는 친밀성이란 여성의 정체성을 부인하고 그 대신 남근의 대체물(페티시)을 인정해 친밀한 결연을 유지하는 방식이기 때문이다. 젠더관계의 친밀성은 여성이 자기 자신의 정체성을 지키기 더 어렵게 만든다. 여기서 생기는 역설은 친밀성이 일상화될수록 정체성이 흐려지면서 대체불가능하고 구조화된 차별이 유지된다는 점이다. 젠더적 친밀성이란 그런 불평등성을 은폐하고 고착화하는 상상적 환상이기 때문에 그것을 깨는 여성이 앱젝트로 배제되는 것이다.

그와 달리 계급관계에서는 친밀성이 일상화되기 어려운 반면 혐오보다는 적대적 대립이 우세하다. 그런데 신자유주의에서는 부자가 대립의 관계에 있던 하층민과 중간층을 친밀한 상대로 끌어들이기 시작했다. 부자는 다른 계급의 스펙을 인정함으로써 그들을 부의 욕망을 공유하는 결연의 대상으로 삼은 것이다. 어느 날부터 자연스러워진 '부자되세요'라는 광고 멘트는 부의 친밀성이 본궤도에 올랐다는 신호였다. 이제 신자유주의에서는 스펙이 피지배층의 정체성을 대신하게 되었으며 그것을 통해 친밀사회의 결연의 환상이 생겨나게 되었다. 스펙이란 부를 욕망하는 페티시에 다름이 아니다. 「도둑맞은 가난」에서처럼 상류층 지향의 부의 욕망이 푸성귀 같은 청청함을 대신하게 된 것이다.[6]

그러나 중간층과 하층민이 부자의 파트너가 되는 순간은 그들 사이의 불평등성이 영원히 승인되는 순간이었다. 스펙과 노력으로 부의 욕망을 이루는 일은 요원하므로 결연의 환상은 결코 불평등성을 해소시키지 못한다. 오히려 피지배층이 정체성을 도둑맞은 후 사회적 변화가 어려워짐에 따라 구조화된 불평등성의 사회가 도래하게 되었다. 친밀한 결연의 환상은 구조화된 불평등성을 은폐하는 고착화된 상상일 뿐이다. 그처럼 **상상적 환상**이 지배하는 사회가 되었기 때문에 이제 계급관계에서도 그것을 깨는 사람들에 대한 **혐오발화**가 많아진 것이다. 친밀사회에서는 「도둑맞은 가난」에서처럼 부의 욕망에 동화되지 않은 피지배자는 쓰레기로 배제된다.

젠더 영역의 친밀한 페티시즘 신화에 부제를 단다면 '도둑맞은 여성성'일 것이다. 마찬가지로 신자유주의 친밀사회는 「도둑맞은 가난」의 예언이 현실에서 실현된 세계이다. 젠더 영역과 친밀사회의 더 큰 유사성은 '부인된 여성성'과 '피지배층의 정체성'이 망각된다는 점이다. 친밀성이라는 상상적 환상이 도둑맞은 정체성을 망각하게 하면서 구조화된 불평등성의 세계를 유지시키고 있기 때문이다. 그런데 프로이트가 말했듯이 그런 상상적 환상의 세계에서는 물질성(차이)의 반격에 의해 부인된 실재the Real가 불안하게 회귀한다. 젠더 영역과 친밀사회에서 혐오발화가 작동되

---

6   그런 관계는 매력적인 페티시가 여성성을 대신하게 된 것과 똑같다.

는 것은 그런 실재의 회귀에 대한 두려움 때문이다.

친밀사회는 마치 계급관계에 적용된 성적 페티시즘의 은유와도 같다. 친밀사회에서 실재의 회귀의 두려움은 젠더 영역에서 여성성의 물질적 반격의 공포와 궤를 같이 한다. 오늘날 부의 욕망을 옹호하고 실재의 회귀를 막기 위한 혐오발화가 빈번히 여성을 대상으로 삼는 것은 그 때문이다. 양자의 혐오발화에는 놓치기 싫은 부와 쾌락에 대한 욕망이 은밀히 숨겨져 있다. 과거의 폭력적인 반유대주의는 상상적 환상 속에서 유대인이 향락을 훔쳐간다고 생각했다.[7] 이 경우에는 유대인을 앱젝트로 배제해야만 인종주의의 상상적 환상이 지켜질 수 있었다. 그런데 친밀한 신자유주의에서는 유동성의 상실로 인해 특이하게 계급의 영역에서 환상이 작용한다. 이제 신자유주의 친밀사회에서 친밀성을 방해하고 향락을 훔쳐가는 것은 하층민과 여성[8]이다. 홍어와 김치녀는 신자유주의 구성원과 남성이 누려야 할 부와 쾌락을 방해하는 존재들이다. 그런 하층민과 여성을 앱젝트로 배제해야만 신자유주의의 경제적 손실이 **상상적으로** 만회될 수 있는 것이다.

젠더관계와 친밀사회의 가장 중요한 공통점은 친밀성의 환상이 구조화된 불평등성을 은폐하고 지속시킨다는 점이다. 인종주의적 환상은 같은 인종이 공유하는 상상적인 신화이다. 반면에 젠더관계와 친밀사회의 환상은 불평등한 관계에 있는 남성과 여성, 지배자와 피지배자가 공유하는 환상이다. 앱젝트로 배제되는 사람은 그런 환상에 동화되지 않은 구성적 외부[9]의 존재일 뿐이다. 친밀사회는 불평등한 관계에 있는 상대항을

7　숀 호머, 김서영 역, 『라캉 읽기』, 은행나무, 2006, 171쪽.

8　가난한 난민도 혐오대상의 하나이다. 난민에 대한 혐오에서는 **인종주의가 계급을 매개로** 작용하는 특이한 현상을 발견한다. 그 점에서 오늘날 난민에 대한 혐오는 과거의 반유대주의와 구분된다.

9　구성적 외부란 바깥에 배제된 존재가 동일성의 환상이 유지되게 작동되는 것을 말한다.

상상적 환상에 끌어들임으로써 타자(여성, 하층민)들의 연대를 어렵게 하고 기울어진 구조를 오랫동안 유지시킨다.

그 때문에 젠더관계와 친밀사회는 구조화된 불평등성이 교정되기 가장 어려운 장소이다. 두 영역의 상황은 윤리의 평형수가 증발된 상태에서 선장이 기울어진 배에 가만히 있으라고 명령하는 것과도 같다. 여기서 희생자들은 물밑에 가라앉은 세월호의 학생들처럼 비식별성의 영역에 매장되기 때문에 잘 보이지 않는다. 그와 함께 부의 욕망의 환상에 의해 사건이 (원래로 되돌아와야 할) 사고로 되돌려지기 때문에[10] 사회적 변화가 일어나기 어렵다.

그러나 세월호 사건에서처럼 부의 욕망으로 환원될 수 없는 물질적 반작용에 의해 실재의 회귀가 이루어지기도 한다. 그 과정에서는 프로이트가 인용한 「모래인간」에서처럼 낯선 두려움과 은유가 중요하게 작용한다.[11] 낯선 두려움은 일상에서 숨겨야 할 것이 드러났을 때 느껴지는 공포이다. 침몰하는 세월호에 가만히 있으라고 명령하고 자신만 탈출하는 선장의 모습에서 우리는 낯선 두려움을 느낀다. 세월호를 운항하는 선장은 모래인간이었으며 그 숨겨야 할 사실이 TV 화면을 통해 드러난 것이다. 낯선 두려움은 예외상태에서 벗어나 예외를 일상에서 분리시키게 해준다. 모래인간이 숨겨진 것이 예외상태라면 우리는 일상에서 분리된 예외로서 모래인간의 모습에 분노를 느낀다. 그리고 물속에 가라앉는 학생들의 모습에서 예외상태에서 상실했던 공감과 사랑을 되찾는다.

---

10 사건이 상황의 변화를 요구한다면 사고는 원래의 상태로 되돌아오는 일을 필요로 한다. 사고와 사건의 차이에 대해서는 신형철, 「문학은 무엇을 할 수 있는가」, 『한국어문연구소 콜로키움 자료집』, 2010, 10쪽 참조.

11 「모래인간」에서 나타니엘은 올림피아의 눈을 빼는 모래인간(안경상인)을 목격하고 낯선 두려움을 느낀다. 또한 이 소설의 화자는 모래인간의 출현과 나무인형이 된 올림피아의 이야기가 모두 은유라고 말한다.

그와 함께 분노와 사랑이 증폭된 것은 세월호의 장면이 일상의 예외상태와 비식별성의 은유로 작용했기 때문이었다. 세월호는 기울어지고 불평등한 국가였으며 일상에는 학생들처럼 보이지 않게 매장되는 수많은 사람들이 있었던 것이다. 상상적 고착화가 우리의 내면을 황폐하게 만든다면 은유는 빈곤해진 내면을 부풀어오르게 해준다. 은유는 비식별성을 식별하게 해주면서 사랑과 분노를 통해 사회의 변화를 촉구하게 만든다.

이런 예외상태에 대한 물질성(차이)의 반격은 젠더 영역에서도 비슷하게 나타났다. 오랫동안 지속된 인격의 식민지에 대한 최초의 반격이라고 볼 수 있는 미투운동이 그것이다. 미투운동에서는 법적 조직의 일원인 서지현 검사의 고백에 의해 급속히 확장된 사실이 매우 중요하다. 성폭력과 성추행은 일상에서 빈번하게 일어났지만 그 희생자들은 비식별성 속에 은폐되어 왔었다. 그런데 서지현 검사의 충격적 고백은 사람들에게 낯선 두려움과 은유로 작용하기 시작했다. 검찰 상층부는 모래인간이었으며 그들은 (젠더관계에서) 합법과 불법이 불분명한 비식별성의 영역에서 폭력을 행사해 왔던 것이다. 서지현 검사의 고백은 법적 조직이 법이 정지되는 순간을 내포함으로써 남성중심적으로 더 강력해짐을 드러냈다. 그처럼 법의 경계가 흐려지는 일은 일상에서 빈번히 일어나고 있었으며 젠더관계에서는 더 말할 것도 없다. 서지현 검사는 은유를 통해 비식별성을 식별하게 해줌으로써 무감각해졌던 사람들을 동요시키고 변화를 요구하게 했다.

친밀사회와 젠더 영역은 비슷하게 구조적 변화가 일어나기 어려운 예외상태의 장소이다. 그 이유는 둘 다 상상적 고착화의 환상에 의존해 질서를 유지하기 때문이다.[12] 그러나 상상적 환상을 완전하게 유지하는 것

---

12 서지현 검사는 성추행을 당하는 순간 마치 환상 속에 있었던 것 같다고 고백한다.

은 불가능하기 때문에 불안 속에서 물질적 차이의 반격이 일어나기도 한다. 그 대표적인 예가 세월호(친밀사회)와 미투운동(젠더 영역)이다. 세월호 사건의 대응과 미투운동이 신자유주의 친밀사회의 한복판에서 일어난 것은 우연이 아니다. 친밀사회란 마치 전사회의 영역에 성적 페티시즘의 은유[13]가 적용된 상태와도 같다. 젠더관계에서 여성이 페티시로 취급되듯이 친밀사회에서 피지배자는 인간-상품으로 다뤄진다. 여성-페티시와 인간-상품은 비슷하게 매혹적인 동시에 비인격적이다. 그런데 그 둘은 상상적 신화의 산물이기 때문에 완벽한 환상이 불가능하고 물질성의 반격에 부딪힌다. 세월호 촛불집회와 미투운동은 상상계 쪽에 너무 기울어 있는 체제에 대항해 낯선 두려움과 은유를 통해 실재의 반격을 표현하는 은유로서의 정치이다.

2. 젠더 영역의 비식별성과 정체성의 난제
─신여성의 예외상태

젠더 영역에서의 페티시즘이라는 상상적 신화는 여성에게 정체성의 혼란을 일으킨다. 여성은 페티시로 살지 않고 자신의 정체성을 내세울수록 조용히 배제되면서 정체성의 난제를 겪는다. 그런 이율배반은 이미 근대 초기의 계몽기에서부터 발견된다. 이 시기에는 남성도 계몽되고 여성도 계몽될 수 있었지만 젠더관계에는 계몽의 빛이 비추지 않았다. 그 같은 모순된 상황에서 계몽의 이율배반과 예외상태에 항의한 것이 바로 나혜석이다.

---

13 은유는 두 가지 방식으로 작용한다. 하나는 지배권력의 비밀에 대한 은유이며 다른 하나는 물밑의 저항을 표현하는 은유이다.

나혜석은 자신의 정체성을 포기하지 않았기 때문에 평생 동안 정체성의 혼란을 겪어야 했다. 그녀는 단지 남성과 똑같이 인간으로 대우받으려한 이유로 비식별성의 영역에서 비참하게 일생을 마쳐야 했다. 나혜석은 파리에서의 최린과의 관계가 발각되어 김우영으로부터 파혼을 당한다. 그 후 그녀는 「이혼고백장」(1934)[14]에서 남녀평등을 주장했지만 세인의 조롱을 받고 몰락하게 된다. 나혜석의 비참한 여생은 젠더관계의 부당성의 항의에 대한 2차 피해의 결과였다. 그녀는 1948년 행려병자로 세상을 마치게 된다. 조선이 식민지에서 해방된 뒤에도 나혜석은 해방될 수 없었던 것이다.

나혜석은 누구인가. 그녀는 말년에 아이들을 그리워했지만 김우영과 시어머니는 접근을 허락하지 않았다. 나혜석의 아들 김진(차남)[15]은 중학교 때 쉬는 시간에 복도 끝에서 어떤 초라한 여자를 발견했다. 주름진 얼굴에 머리카락이 흘러내리고 구겨진 회색 블라우스 차림이었다.

아주머니는 누구세요?

나혜석은 "내가 네 어미다"라고 말했다. 그러나 나혜석은 어머니나 아내는 물론 한 인간으로서 대우받을 수 없었다. 그녀는 당시에 유일하게 여성성을 포기하지 않은 여자였지만 바로 그 이유로 셔터가 내려진 세계에서 살아야 했다. 나혜석의 조카 나영균은 하굣길에 동네 아이들이 떼지어 남루한 할머니를 따라가는 것을 본적이 있다고 말했다. 그녀는 조선인 남성은 물론 일본인과 아이들에게까지 비웃음을 받아야 했다. 남성중

---

14   나혜석, 「이혼고백장 – 청구씨에게」, 『삼천리』, 1934. 8~9.
15   나혜석의 둘째 아들 김진은 서울 법대 교수를 지냈으며 셋째 김건은 한국은행총재를 역임했다.

심적으로 고착화된 사회에서 나혜석은 비천한 앱젝트로서 세상을 마쳐야 했던 것이다.

나혜석은 말년에 각종 질병과 정신분열 증세에 시달렸다. 그러나 그녀가 경험한 가장 큰 고통은 고립된 상태에서 세상 사람들로부터 **외면당한 채** 살아야 한다는 것이었다. 그녀가 길 위에서 생을 마쳤을 때 서울시립병원은 무연고자 여성이 영양실조와 실어증으로 사망했다고 발표했다. 그녀에게는 이혼한 남편과 자녀들이 있었지만 법적으로도 연고가 인정되지 않았던 것이다. 나혜석은 법의 안과 밖이 불분명한 비식별성의 영역에서 생을 마감한 비천한 존재였다.

나혜석처럼 배제된 존재가 고립되어 살아야 하는 것은 김애란(「물속 골리앗」)이나 조해진의 소설(「산책자의 행복」)에서처럼 상상적으로 고착화된 사회의 특징이다. 친밀사회의 고착화에 의한 고립은 계급이 인종이나 신분처럼 경직된 상황의 특징이다. 그처럼 상상적 고착화는 흔히 인종이나 신분처럼 경직된 사회에서 일어나지만 나혜석의 고독은 식민지 조선인의 비극이 아니었다. 나혜석은 아무도 말하지 않는 젠더관계의 예외상태의 희생자였다. 더 놀라운 것은 평온한 남성중심적 사회에서 그녀가 누구에게도 희생자로조차 여겨지지 않았다는 점이다. 아감벤은 희생제물로 바쳐질 수 없는 의미 없는 죽음을 벌거벗은 생명이라고 불렀다. 그가 말한 벌거벗은 생명의 원형은 '이상한 고요함'이 흐르는 젠더 영역에 있었던 셈이다.

나혜석은 「이혼고백장」에서 '조선 남성은 이상하다'고 주장했다. "조선 남성은 자신은 정조관념이 없으면서도 여성에게는 정조를 요구하고 또 남의 정조를 빼앗으려 한다."[16] 그처럼 그녀의 눈에는 기울어진 정조관념

---

16   나혜석, 「이혼고백장 – 청구씨에게」, 앞의 책; 나혜석, 『나는 페미니스트인가』, 가갸날, 2018, 151쪽.

을 지닌 남성들이 이상했지만 조선 남성의 눈에는 나혜석이 이상한 여자였을 뿐이다.

그런데 남성들의 '이상함'의 기준은 진정성을 관통하지 못했다. 정상적이라고 보인 나혜석과 관계한 남자들은 모두 훼절한 반면 그녀만은 식민지 말까지 자신의 의지를 굽히지 않았다. 나혜석과 관계가 있었던 남성은 최승구와 이광수, 김우영, 최린 등이었다. 이들 중 죽은 최승구 외에 모든 사람이 친일을 했지만 나혜석은 끝까지 창씨개명을 하지 않았고 강연도 거절했다.

나혜석이 가장 사랑한 사람은 시인 최승구였다. 나혜석은 최승구가 결핵으로 죽은 후[17] 김우영과 결혼하면서 그 조건으로 최승구의 비석을 세워줄 것을 요구했다. 이 일화를 모델로 한 염상섭의 「해바라기」에서 나혜석(최영희)이 끝까지 바라보려 한 '해'는 최승구를 뜻하는 것이었다. 나혜석은 최승구의 비석 앞에서 오열했지만 그녀는 햇빛의 열정을 얻은 강렬한 해바라기로 피어날 수 없었다. 그녀가 처한 식민지의 열악한 환경과 젠더관계의 폭력이 그녀를 처참하게 무너뜨렸기 때문이다. 나혜석은 한 세계에서 다른 세계로 추락한 상태에서 비천하게 일생을 마쳤다.

그처럼 셔터가 내려진 세계로 추락한 앱젝트는 어떻게 되살아날 수 있을까. 「물속 골리앗」과 「산책자의 행복」의 주인공들은 물속에 잠기고 개에게 쫓기면서 앱젝트로 배제될 위기에 처한다. 그때 그들은 고공투쟁을 하던 아버지의 환상을 보거나 살아남은 철학이 담긴 메이린의 편지를 생각한다. 그러나 나혜석에게는 최승구의 비석은 있었지만 투쟁의 기억도 철학의 우정도 남아 있지 않았다. 나혜석은 정체성의 난제 앞에서 끝까지 존재의 의미에 대한 질문을 계속했을 것이다. 하지만 그녀에게는 아버지

---

17 최승구는 1916년 결핵으로 사망한다.

의 환상도 메이린의 편지도 없었다. 최승구의 기억은 점점 멀어졌으며 죽을 때까지 해바라기 앞에는 침묵의 응답이 있었을 뿐이다. 조용한 나혜석의 죽음 위에는 유성우가 쏟아지지 않았다. 나혜석의 죽음은 젠더 영역이 가장 오래된 정적이 흐르는 예외상태임을 깨닫게 해준다. 그와 함께 셔터가 내려진 세계에서 탈출하기 위해서는 심연의 순수기억의 샘물이 동요해야 함을 암시한다.

3. 친밀사회에서의 여성의 예외상태
─ 조남주의 『82년생 김지영』

나혜석의 생애는 마치 한편의 드라마처럼 느껴진다. 그 같은 그녀의 삶은 비슷하면서도 다른 100년 후의 한 여성의 삶과 대조된다. 1896년생 나혜석과 『82년생 김지영』의 김지영은 비슷하게 뜻하지 않은 파국을 경험하게 된다. 그러나 나혜석은 남성과 동등해지려 한 끝에 정신병에 걸려 행려병자가 되었지만, 김지영은 평범하게 지냈는데도 우울증과 정신병에 걸린다. 파국에 이르기까지 나혜석은 불꽃같이 살았고 김지영은 숨죽이며 지냈다. 그래서 실화인 나혜석의 삶이 소설처럼 느껴지는 반면 소설인 김지영의 생애는 오히려 수기처럼 여겨진다. 그 이유는 나혜석에게는 해바라기의 열정이 있었지만 김지영에게는 그마저 없었기 때문이다. 양자의 차이는 근대 초기 신여성의 비극과 친밀사회 여성의 불행의 차이이다. 김지영의 불행의 특징은 사람들로부터의 외면이 더 조용하고 일상화되었다는 점이다.

나혜석에서 김지영까지 100년 동안 여성의 삶은 개선된 듯했지만 '이상한 고요함'의 정적은 오히려 심화되었다. 김지영의 '평범한 불행' 자체가 친밀사회의 상상적 고착화의 정도를 암시한다. 상상적 고착화가 악화되었기 때문에 예외가 일상처럼 느껴지는 것이며 여성의 불행은 더욱 보이지 않게 된 것이다. 김지영의 비극은 젠더 영역의 예외상태에 친밀사회의 예외상태가 중첩된 상황을 뜻할 것이다.

나혜석은 한 세계에서 다른 세계로 추락했다. 그러나 김지영은 아무도 불행하다고 여기지 않는 일상 속에서 나혜석처럼 불행하게 살고 있다. 김지영에게는 사람들로부터 외면 받는 비식별성의 삶이 더욱 일상화된 것이다.

친밀사회에서 여성은 다른 세계로 추락하기 전에 이미 고착화된 예외상태를 경험한다. 그와 함께 제도적인 여권女權의 개선은 오히려 남녀평등이 이루어졌다는 잘못된 환상을 갖게 한다. 그 때문에 아무도 생각하지 않는 내면화된 차별과 여성이 감당해야 할 예외상태의 짐이 더 무거워진 것이다.

김지영은 친밀사회의 친밀성의 희생자이다. 그녀의 남편(정대현)과 담당의사는 친절하고 친밀하며 결코 폭력적이지 않다. 그러나 그들의 선의는 김지영에게 큰 도움이 되지 못하며 구조적으로는 오히려 비극의 근원을 식별하지 못하게 해준다. 남편과 의사가 친절하기 때문에 김지영은 나혜석처럼 페미니스트가 되지 못하고 잠시 불만을 토로하는 데 그치는 것이다. 남편과 의사는 남성중심적 사회에서 가장 유연한 사람들이다. 그러나 그들은 막연히 세상에 문제가 있음을 감지하지만 일차적으로는 김지영 자신에게서 비극의 요인을 찾으려 한다. 가장 친밀한 그들조차 결코 남성중심적 규율세계를 벗어날 수는 없는 존재인 것이다. 이처럼 김지영이 나혜석처럼 되지 못하고 비극의 근원이 주변의 친밀성에 가려진다는 것은 친밀사회에서 비식별성이 오히려 확대되었음을 뜻한다.

그 같이 비식별성이 확대된 친밀사회에서 김지영은 파국에 이르러서야 세상에 대해 항의한다. 그녀는 그 시점에서 더 이상은 정체성의 혼란을 견뎌낼 수 없었기 때문이다. 나혜석은 「이혼고백장」에서 이미 조선 남성이 이상하다고 비판했으며, 다른 세계로 추락하면서 그런 이상한 사회에서 정체성의 혼란을 경험한다. 중학교에 다니는 아들이 '아주머니는 누구세요?'라고 묻는 순간이 그 혼돈의 정점이다. 그러나 김지영은 정신병에 걸리고 사람들에게 혐오발화(맘충)를 듣는 파국의 순간에 정체성의 난제에 부딪힌다. 그 지점에 이르기 전까지 김지영의 경우 앱젝트로의 추락은 **전 생애**에 걸쳐 조금씩 이루어졌던 셈이다.

> 종일 밥을 먹지 않았다고 말하자, 정대현 씨가 무슨 일이 있느냐고 물었다.
> "사람들이 나보고 맘충이래."
> 김지영 씨의 대답에 정대현 씨는 길게 한숨을 내쉬었다.
> (…중략…)
> "그 커피 1500원이었어. 그 사람들도 같은 커피 마셨으니까 얼만지 알았을 거야. 오빠, 나 1500원짜리 커피 마실 자격도 없어? 아니 1500원이 아니라 1500만 원이라도 그래. 내 남편이 번 돈으로 내가 뭘 사든 그건 우리 가족 일이잖아. 내가 오빠 돈을 훔친 것도 아니잖아. 죽을 만큼 아프면서 아이를 낳았고, 내 생활도, 일도, 꿈도, 내 인생, 내 자신을 전부 포기하고 아이를 키웠어. 그랬더니 벌레가 됐어. 난 이제 어떻게 해야 돼?"[18]

'맘충'은 신자유주의 친밀사회의 혐오발화이다. 이 혐오발화는 친밀사회가 그만큼 상상적으로 고착화된 사회임을 암시한다. 모든 것을 경제적 용도에 따라 가치를 매기는 신자유주의에서는 쓸모없는 전업주부란 앱젝트에 불과한 것이다.

---

18 조남주, 『82년생 김지영』, 민음사, 2016, 164~165쪽.

김지영은 앱젝트에 이르기 전까지 조용히 조금씩 쓸모없어지는 과정을 겪어온 셈이었다. 그리고 지금까지 차츰 누적되어온 정체성의 파국을 이제 분명히 확인하게 된 것이다. '난 이제 어떻게 해야 해'라는 김지영의 질문은 정체성의 혼란인 동시에 세상에 대한 항의이기도 하다.

그 후의 김지영의 다중인격 장애는 앱젝트가 된 자신의 주인격에 대한 정체성의 혼란의 표현이다. 그와 함께 다른 인격을 빌려 자신을 앱젝트로 만든 세상에 대한 항의를 표시하는 것이기도 하다. 주인격이 「벌레들」(김애란)에서처럼 절벽 아래로 추락했으므로 그와 대화적 관계에 있던 다른 인격들(어머니와 여자선배)[19]을 통해 추락(벌레)에 대해 항의하고 있는 것이다. 그렇게 함으로써 벌레가 된 주인격이 감당할 수 없는 불안을 감소시키려 방어하고 있는 것이다.

다중인격 장애(해리성 정체감 장애)[20]는 흔히 충격적인 사건이나 고통스런 경험에 의해 촉발되어 나타난다. 그러나 김지영의 경우에는 그런 특별한 사건이나 고통의 순간이 없다. 그 대신 그녀에게는 아무도 모르게 비식별성 속에서 충격이 누적되어 왔다고 할 수 있다. 그런 비식별성의 고통은 여성의 경우 일상적이라고 할 수 있는데, 그 점은 다중인격 장애 환자의 90%가 여성인 것으로도 알 수 있다.

그런데 김지영의 다중인격 장애의 원인은 일반 여성에 비해서도 더 찾기가 어렵다. 그것은 그녀의 정신병이 외견상 남녀평등이 얼마간 이뤄진 듯한 친밀사회에서의 비극이기 때문이다. 친밀사회에서의 여성의 예외상태는 특별히 충격적이지 않은 대신 전 생애에 걸쳐 경험된다. 이 말은 그

---

19 김지영의 다른 인격인 동아리 선배 차승연은 남편 정대현과 동기이기도 하다. 김지영이 정대현을 처음 만난 것은 차승연의 결혼식장에서였다. 차승연은 둘째 아이를 출산하다 양수색전증으로 사망했다. 그때 김지영은 산후 우울증을 겪고 있었으며 차승연의 죽음으로 고통이 더 심해졌다.

20 다중인격 장애는 1994년부터 해리성 정체감 장애로 부르고 있다.

만큼 여성에 대한 차별이 잘 감지되기 어렵다는 뜻이기도 하다. 또한 그런 비식별성에 비례해서 김지영의 정신병의 원인을 찾기도 어려워진 셈이다.

정신과 담당의사는 매우 유연한 사람으로서 어느 정도는 그런 정황을 알고 있다.[21] 그러나 그는 자신이 의사인 한에서 결국 김지영을 치료한다는 관점을 버리지 못할 것이다. 반면에 김지영 스스로는 마음속으로 남성중심적인 세상 자체가 달라져야 한다고 생각할 것이다. 전 생애에 걸쳐 원인을 치료해야 한다는 것은 결국 세상을 바꿔야 한다는 말과도 같기 때문이다. 게다가 그 원인은 여성이 일반적으로 공유하는 것으로서 세상이란 여성에게 그 전 과정이 일련의 사건들인 것이다.

다만 김지영은 자신이 세상을 향해 직접 말하지는 못하는데 그 이유는 그녀의 주인격이 앱젝트가 되어버렸기 때문이다. 여성이 누적된 고통을 참지 못하고 말문을 열려 하는 순간 친밀사회는 그녀를 앱젝트로 만들어버린다. 그런 방식으로 여성들의 말문을 막고 있는 것이 바로 친밀사회이다. 따라서 김지영을 조금이라도 치료하려면 그녀를 침묵하게 하는 친밀사회를 어떻게든 바꾸는 수밖에 없다. 그것이 어려우므로 김지영을 치료하기 어려운 것이며, 그녀의 치료가 힘들다는 것은 친밀사회를 고치기 힘들다는 말과도 다르지 않다.

이 소설은 김지영을 치료하기 위해 이제까지의 전 생애를 수기처럼 정리한 기록이다. 그런 수기의 방식 자체가 친밀사회에서 여성의 앱젝트로의 추락은 전 생애에 걸쳐 일어나는 침묵의 사건들 때문임을 암시한다. 그러나 이 소설은 철학자나 사회학자의 관점이 아니라 의사와 무력화된 여성의 관점이다. 다만 어느 순간 김지영의 심연의 목소리가 불현듯 들려

---

21 그러나 자신이 고백하듯이 그가 미처 생각하지 못하는 세상이 있었다. 조남주, 앞의 책, 170쪽.

올 뿐이다. 그 때문에 이 소설은 비판적인 통찰이 약화된 대신 독자 스스로 사회적 요인에 대해 생각하도록 되어 있다.

김지영의 전 생애는 어린 시절의 성장기와 성인된 후의 직장 및 결혼 생활로 되어 있다. 그중 특히 성인의 경험이 중요하지만 김지영이 겪은 성차별은 이미 초등학교 때부터 나타난다. 김지영은 초등학교 때(여덟 살) 남자아이 짝으로부터 부당한 괴롭힘을 당한다. 그런데 놀라운 것은 그에 대한 선생님의 말이었다.

> 선생님은 웃었다.
> "남자애들은 원래 좋아하는 여자한테 더 못되게 굴고 괴롭히고 그래. 선생님이 잘 얘기할 테니까 이렇게 오해한 채로 짝 바꾸지 말고, 이번 기회에 둘이 더 친해졌으면 좋겠는데."
> 짝꿍이 나를 좋아한다고? 괴롭히는 게 좋아한다는 뜻이라고? 김지영 씨는 혼란스러웠다. 그동안 있었던 일들을 빠르게 되짚어 봤지만 아무래도 선생님의 말을 이해할 수 없었다. 좋아한다면 더 다정하고 친절하게 대해야 한다. 친구에게도, 가족에게도, 집에서 키우는 강아지나 고양이에게도 그래야 하는 거다. 그게 여덟 살 김지영 씨도 알고 있는 상식이다. 그 아이의 괴롭힘 때문에 학교생활이 너무 힘들었다.[22]

선생님의 말은 오랜 경험을 지닌 인자한 심리 상담가의 목소리로 들린다. 하지만 남녀 차이를 얘기하는 그의 심리학은 실상 남성 쪽에서의 규율화에 대해 말하고 있을 뿐이다. 선생님은 김지영이 당한 상황의 반대의 경우를 가정하지 않는다. 즉 여성 쪽에서의 괴롭힘은 없으며 남성이 그것

22　위의 책, 41~42쪽. 강조는 인용자.

을 참으려 하지도 않을 것임을 생각하지 않는다.

좋아하는 여자에 대한 남자의 괴롭힘은 약한 여자에 대한 남성적 힘의 과시이다. 남자는 그런 힘의 질서를 규범으로 받아들인 상황에서 여자와의 친밀한 교섭을 원하는 것이다. 이 과정은 남성이 (힘의 상징인) 남근이 없는 여성에게 거세공포를 통해 여성의 정체성을 부인하고 남근의 대체물 페티시를 수용하게 하는 과정과도 같다.

여기서 중요한 것은 남자가 폭력적인 관계를 원하는 것이 아니라 여성과의 친밀성을 원한다는 점이다. 친밀한 관계를 위해 폭력을 행사하는 것은 여자를 페티시로 인정해 남성적 질서 속에서 교섭의 상대로 만들기 위해서이다. 문제는 그런 남성중심적 질서를 선생님이 남녀의 심리적 차이로 설명하고 있다는 점이다. 이는 그만큼 남성중심적 규율화가 '원래'의 질서처럼 사회에 만연되어 있고 관습화되어 있음을 뜻한다.

선생님의 웃음에서 알 수 있듯이, 김지영의 이 첫 번째 차별의 경험은 폭력사회가 아니라 친밀사회의 원리를 암시한다. 친밀사회는 김지영의 짝처럼 괴롭히지 않더라도 비슷한 방식의 거세공포를 통해 여성을 페티시로 만드는 방식에 의존한다. 친밀사회에서 남성은 여성과의 친밀성을 원하는데, 그것은 여성이 자신의 정체성 대신 페티시로 살아가게 만듦으로써이다.

이후의 김지영의 모든 고통스러운 경험은 이 복합적 원리의 반복이라고 할 수 있다. 그녀가 고등학생이었던 1999년에 남녀차별 금지법이 제정되고 2001년에 여성부가 출발했지만 오히려 더 혼란스러운 일들이 생겼다. 그 이유는 여성을 페티시로 여기지 못하게 하는 법은 결코 제정될 수 없기 때문이다.

한 예로 김지영은 대학을 졸업하고 입사면접에서 거래처 상사의 성추행에 관련된 질문을 받게 된다. 그녀는 적당히 자리를 피하겠다는 대답을 했지만 면접관의 표정은 좋지 않았다. 주목되는 것은 똑같은 질문에 대한 마지막 면접자의 대답이었다.

> 그리고 가장 오래 모범답안을 고민했을 마지막 면접자가 대답했다.
> "제 옷차림이나 태도에는 문제가 없었는지 돌아보고, 상사분의 적절치 못한 행동을 유발한 부분이 있다면 고치겠습니다."
> 두 번째 면접자가 하! 하고 어처구니없다는 듯 큰 소리로 한숨을 쉬었다. 이렇게까지 해야 하나 김지영 씨도 씁쓸했는데, 한편으로는 저런 대답이 높은 점수를 받을 것 같다는 생각이 들면서 조금 후회했고 그런 자신이 한심했다.[23]

마지막 면접자의 대답은 남성사회가 원하는 모범답안이었다. 그처럼 남성의 성추행에서 오히려 여성이 반성을 하는 것은, 여성을 성적 대상(페티시)으로 보는 것이 남자의 자연스러운 욕망이라는 전제에 근거한다. 그 때문에 공적인 자리에서는 그런 욕망이 유발되지 않도록 여성이 먼저 옷차림에 조심을 해야 하는 것이다. 이 남성중심적 모범답안이야말로 친밀사회가 원하는 규율이다. 여성은 남성과 똑같이 회사에 입사하고 친밀하게 지낼 수 있지만, 거기에는 여성을 페티시로 보는 시선을 인정한다는 전제가 깔려 있다. 이 모범답안은 남성들뿐만 아니라 여성들 자신도 묵인해야 하는 규율이었다. 두 번째 면접자가 한숨을 쉰 것은 모두에게 승인된 규율이 자신의 진정한 정체성의 포기를 요구하는 것이기 때문이었다.

이처럼 속으로만 삭여야 하는 일은 취직 후에 더 고통스럽게 나타났다. 김지영은 홍보대행회사에 취직해 고객 회사의 창립기념 행사를 치렀다. 그 회사의 홍보부에서 고맙다는 뜻으로 부서 회식 자리에 초대했다. 김지

---

23 위의 책, 102쪽.

영은 홍보부 과장으로부터 부장 옆에 앉으라는 눈짓을 받았다.

　　부장은 역시 한 과장이 눈치가 있다면서 껄껄 웃었는데, 김지영 씨는 모든 상
황이 당황스럽고 수치스럽고 죽어도 그 자리에 앉기가 싫었다. 일행들과 앉겠
다고 몇 차례 의사표현을 했지만 홍보부 차장과 과장이 자꾸만 김지영 씨를 부
장 옆으로 끌어갔다. 동기는 안절부절못하며 지켜보기만 했고, 화장실에 들렀
던 팀장은 모든 상황이 정리된 후에야 식당에 들어왔다. 결국 김지영 씨는 부장
옆에 앉았고, 따라주는 맥주를 받았고, 강권에 못 이겨 몇 잔을 연거푸 마셨다.[24]

　회식은 공적인 업무에서 벗어나 사적인 관계를 통해 서로 더 가까워지
는 자리이다. 홍보부 부장은 김지영에게 은밀한 유머를 하면서 친밀감을
표시한다고 생각했을 것이다. 그러나 여성에게는 상사가 가까이 다가오
는 것이 인격에 대한 모욕과 조롱이 된다. 사적으로 접근할수록 여성을
성적 대상(페티시)으로 보는 시선이 당연시되기 때문이다. 친밀사회는 권
력자가 친밀하게 다가올수록 오히려 자신의 인격이 유린되는 사회이다.
더욱이 여성의 경우 그런 불평등한 사적인 젠더관계가 여성의 사회적 위
치를 유지하는 전제가 된다. 젠더관계에서 여성의 불균형한 사적 관계가
공적인 관계와 별도로 구분될 수 없는 것은 그 때문이다. 여성의 경우 사
적인 영역은 공적인 영역보다 더 공적인 장소이다.
　친밀한 사적인 접근이 없었으면 김지영의 모멸감은 덜했을 것이다. 여
성은 공적으로 불평등할 뿐 아니라 사적인 자유는 아예 없다. 그런데 친
밀사회는 사적인 친밀성이 공적 관계의 전제가 되는 사회이다. 역설적으
로 친밀사회는 바로 그 가까워지려는 친밀성 때문에 여성에게 더욱 고통

24　위의 책, 116쪽.

스러운 사회인 것이다.

고객 회사의 술자리는 고맙다는 친밀한 초대인 동시에 일종의 '갑질'이기도 했다. 갑질이란 단지 아랫사람을 폭력적으로 대하는 행동을 말하는 것이 아니다. 신분사회처럼 사적 자유를 박탈하고 가까이 접근해 인격을 유린하는 독특한 친밀성의 표시가 바로 **갑질**이다.

친밀사회에서 계급적 갑질이 나타나기 전부터 젠더관계에서는 이미 갑질이 있어 왔다. 그러나 친밀사회에서는 더 친밀하고 모욕적인 갑질이 행해진다. 그처럼 친밀성의 요구가 고통이 되는 일의 정점에 미투운동의 발단이 된 서지현 검사 사건이 놓여 있다.

김지영은 중견기업에 다니는 정대현과 결혼을 하는데 결혼 생활은 소꿉놀이처럼 재미가 있었다. 그러나 임신과 육아의 과정에서 남편과 다투는 일이 생기기 시작했다. 남편은 친절한 남자였지만 그의 온화함은 따뜻함인 동시에 남성사회를 거스를 수 없음을 뜻하기도 했다. 직장과 육아의 병행을 걱정하는 김지영에게 남편은 육아에서 얻는 것도 있다고 위로하려 한다. 하지만 모성의 감동을 말하는 남편의 위로는 여성의 전 생애의 포기를 합리화함으로써 더 큰 고통이 되었다. 김지영이 가장 싫어하는 말이 바로 위대한 모성이라는 허구적인 단어였다.

그런데 왜 어머니는 힘들다고 얘기하지 않았을까. 김지영 씨의 어머니뿐 아니라 이미 아이를 낳아 키워본 친척들, 선배들, 친구들 중 누구도 정확한 정보를 주지 않았다. TV나 영화에는 예쁘고 귀여운 아이들만 나왔고, 어머니는 아름답고 위대하다고만 했다. 물론 김지영 씨는 책임감을 가지고 최대한 아이를 잘 키울 것이다. 하지만 대견하다거나 위대하다거나 하는 말은 정말 듣기 싫었

다. 그런 소리를 들으면 힘들어하는 것조차 안 될 일처럼 느껴졌기 때문이다.[25]

위대한 모성은 성적 신체와 함께 친밀사회가 여성에게 부여한 또 다른 페티시즘 신화이다.[26] 성적인 신체는 여성을 매력적으로 만드는 동시에 남성을 만족시켜야 하는 대상으로 전락시킨다. 여성이 그런 역할을 하지 못할 때 혐오발화가 주어지는 것은 남성적 신화를 깨지 않기 위해서이다. 그와 비슷하게 위대한 모성 역시 여성의 미덕인 동시에 아무 보상 없이 독박육아를 강요하는 수단이 된다. 그처럼 누군가는 해야 할 육아를 여성에게 전담시킴으로써 가정을 가장의 왕국으로 만드는 남성중심적 신화를 유지하는 것이다.

그러나 위대한 모성은 여성의 고통을 은폐하는 역할은 하지만 그 무보수 노동의 위치를 바꾸지는 못한다. 그 때문에 신자유주의 성과사회에서 위대한 모성을 지닌 주부는 쓸모없는 신체로서 혐오발화의 대상이 되기도 한다. 친밀사회의 페티시즘은 여성을 매혹과 혐오의 양가적 존재로 만든다. 여성에 대한 상상적 신화와 혐오발화는 정반대인 것 같지만 사실은 비슷한 상상계의 산물이다. 남성을 위해 희생할 때 상상계가 유지되지만 그에 적응하지 못할 때 혐오발화가 나타난다. 그 때문에 섹시한 여성은 아름다운 여신인 동시에 '정액받이'기도 하며, 전업주부는 위대한 모성이면서 무용한 '맘충'이기도 한 것이다.

김지영은 출산과 함께 직장을 그만두었다. 그 후 남편의 월급으로 생활비가 모자라 아이스크림점 알바를 생각하면서부터 그녀의 내면의 황폐

---

25   위의 책, 150~151쪽.
26   위대한 모성이나 현모양처는 친밀사회 이전부터 불평등성을 합리화하는 남성중심적 신화였다. 상품사회인 친밀사회에서는 위대한 모성이 쓸모없는 혐오의 대상으로 쉽게 강등되는 양가성이 나타난다.

함은 더 심해졌다. 김지영의 내면의 황폐함은 자아의 빈곤함이기보다는 '승인받지 못한 소망'이 너무 큰 데 따른 것이다. 그 점에서 그녀의 고통은 버틀러가 말한 '제도화된 우울증'[27]에 가깝다. 그녀의 소망은 기자가 되고 싶은 것이었고 홍보대행 회사 시절에도 프린랜서 기자나 자유기고가에 도전해보려 했다. 하지만 직장 남녀 차별이 OECD 회원국 중 최상위인 한국에서 그녀는 홍보대행사마저 접고 알바를 하다 전업주부가 되었다. 김지영이 제도화된 우울증에서 벗어나려면 직장과 육아를 병행할 수 없게 만드는 제도를 고쳐야 할 것이다. 그러나 친밀사회는 김지영 같은 불만을 지닌 탈락자들을 사전에 비참하게 배제한다. 그래야만 남성중심적 상상계의 질서를 깨뜨리는 불만과 잡음이 흘러나오지 않는 것이다.

김지영은 남성중심적으로 고착화된 사회의 희생자이다. 김지영을 제도화된 우울증의 희생자로 만드는 남성중심적 친밀사회의 특징은 상상적 신화의 사회라는 점이다. 여기서의 상상적 신화의 내용은 남성에게 유리한 부의 욕망의 환상이다. 그런 상상적 고착화에 의해 김지영처럼 무용해진 전업주부는 배제되면서 혐오발화의 대상이 된다. 100년 전 나혜석은 남성사회에서 숨겨야 할 말을 한 다 한 후에 비참하게 배제되었다. 그러나 오늘날 김지영은 할 말을 꺼내기 전에 미리 배제된다. 여성에 대한 혐오발화는 변화를 요구할 수밖에 없는 차별받은 탈락자의 입을 사전에 봉쇄하려는 장치이다. 그 때문에 친밀사회와 젠더관계에서의 희생자는 비식별성 속에서 희생자로도 인정받지 못한다. 이것이 성 차별이라는 극단적인 예외를 일상화시키고 오래 유지하는 예외상태의 비밀스러운 원리이다.

---

27   버틀러, 조현순 역, 『안티고네의 주장』, 동문선, 2005, 135쪽.

지원이는 입가에 투명하고 커다란 침을 흘리며 잠들었고, 오랜만에 밖에서 마시는 커피는 맛이 좋았다. 바로 옆 벤치에는 서른 전후로 보이는 직장인들이 모여서 김지영 씨와 같은 카페의 커피를 마시고 있었다. 얼마나 피곤하고 답답하고 힘든지 알면서도 왠지 부러워 한참 그들을 쳐다보았다. 그때 옆 벤치의 남자 하나가 김지영 씨를 흘끔 보더니 일행에게 뭔가 말했다. 정확하지는 않지만 간간이 그들이 대화가 들려왔다. 나도 남편이 벌어다 주는 돈으로 커피나 마시면서 돌아다니고 싶다…… 맘충 팔자가 상팔자야…… 한국 여자랑은 결혼 안 하려고……

김지영 씨는 뜨거운 커피를 손등에 왈칵왈칵 쏟으며 급히 공원을 빠져나왔다.[28]

혐오발화는 인간을 벌레로 배제하는 가장 폭력적인 담론이다. 그런 혐오발화가 부드러운 커피 같은 친밀사회에서 성행한다는 것은 역설적이다. 친밀사회란 위의 직장인들처럼 피곤하고 답답한 심리를 은폐함으로써 친밀성을 유지하는 사회이다. 그렇게 하기 위해서는 김지영처럼 가장 답답한 탈락자와 무용한 존재를 혐오발화로 배제해야 한다. 그래야만 자신도 무용해질 수 있다는 오염의 공포에서 벗어나 불안을 달래며 커피를 마실 수 있는 것이다.

김지영은 직장인들의 불안과 불만을 알면서도 그들이 왠지 부러워진다. 하지만 그들이 먼저 혐오발화를 통해 그녀를 배제하고 있다. 김지영은 마시던 커피를 쏟는 순간 자신이 친밀사회에서 배제된 존재가 되었음을 뼈아프게 느꼈을 것이다.

상상적으로 고착화된 사회에서는 혐오발화로 배제되는 순간의 불안과 공포를 아무도 이해하지 못한다. 그 때문에 김지영은 보이지 않는 셔터가

---

28   조남주, 앞의 책, 163~164쪽.

내려진 사회에서 외롭게 살아가야 한다. 남편은 친절한 말로 그녀를 위로하지만 그런다고 내려진 셔터가 다시 올라가지는 않는다.

그러나 상상적으로 고착화된 사회에서도 물질적 차이에 의한 반격이 없는 것은 아니다. 김지영은 알바가 원하는 일이냐는 남편의 질문에 자신이 하고 싶은 일을 잠시 생각한다. 한 세계에서 다른 세계로 추락한 사람의 심리가 고통스러운 것은 아직 깊은 곳에 꿈이 남아 있기 때문이다. 셔터가 내려진 삶을 사는 우울한 사람들은 김지영처럼 꿈을 떠나보낼 수 없는 사람들이다. 그녀의 우울증은 꿈의 포기가 아니라 제도가 승인한 것 이상의 소망을 가진 어두운 심리이다.

그러나 배제와 혐오의 장치 때문에 김지영의 소망은 어디서도 발설될 수 없다. 또한 그녀와 비슷한 사람들이 앱젝트로 살아가기 때문에 서로 연대할 수도 없다. 타자와의 연대는 내면속에서도 가능한 것인데 타자를 배제하는 친밀사회에서는 그것마저 불가능하다. 그런 상황에서 김지영은 앱젝트가 된 자신의 인격을 구출하기 위해 다른 인격을 동원하고 있는 것이다. 김지영의 다른 인격의 동원은 자신을 앱젝트로 만든 남성적 상상계와의 불화의 산물이다. 하지만 그것을 표현하기 위해 자아의 해체를 감수해야 하며 호출된 인격 역시 김지영의 처지와 다를 바 없다. 다중인격의 동원은 앱젝트가 된 자아를 구출하기 위한 시도인 동시에 구원의 실패이기도 하다.

앱젝트가 된 자아를 구원하기 위해서는 자신 안에 살고 있는 다른 인격과의 연대가 이루어져야 한다. 예컨대 「물속 골리앗」에서 '나'는 물속에 잠겨 앱젝트가 될 위기 속에서 크레인에 올랐던 노동자 아버지를 생각한다. 노동자 아버지와의 연대는 하층민이 앱젝트에서 벗어나 잃어버린 '깊은 곳의 꿈'을 되찾기 위한 것이다. 기억을 통해 아버지와 연대함으로써 '나'는 자신의 일부가 된 아버지를 '나'의 인격을 통해 내보낼 수 있다. 그 순간 다른 인격이 동원되는 대신 수영을 배우며 아버지와 공유했던 '물속의 꿈'이 소환[29]된다. 그렇게 함으로써 '나'는 상상계적인 앱젝트에서 벗어나 실재계적인 대상 a의 위치로 이동한다. '내'가 하늘의 유성우를 보는 순간은 친밀사회에서 도둑맞은 꿈을 되찾는 시간이기도 하다. 이것이 앱젝트로 추락될 위기와 정체성의 난제에 대한 하층민의 반격이다.

「산책자의 행복」에서도 라오슈는 (개에게 쫓기며) 앱젝트가 될 위험 속에서 철학을 공유했던 메이린을 생각한다. 메이린과의 연대는 셔터가 내려진 세계에서 벗어나 존재의 의미를 되찾기 위한 것이다. 연대의 표시로서 라오슈가 메이린에게 편지를 쓴다면 그 순간 메이린은 라오슈의 일부로서 그녀(라오슈)의 인격을 통해 편지에 나타날 것이다. 그런 연대의 순간이야말로 메이린과 함께 했던 철학이 귀환하는 순간이다. 아직 쓰여지지 않은 라오슈의 편지란 그녀가 앱젝트(상상계)에서 대상 a(실재계)의 위치로 이동할 수 있는 공간일 것이다. 쓰여지지 않은 편지를 대신하는 이 소설은 신자유주의에서 도둑맞은 철학을 되찾으려는 시도이다. 이것이 존재의 의미를 빼앗아 정체성을 혼란시키는 세계에 대한 철학의 반격이다.

「물속 골리앗」과 「산책자의 행복」에서의 기억의 씨앗은 순수기억의 동요와 함께 인격의 이중주의 울림으로 발아된다. 이중주의 울림은 두 인격의 동요인 동시에 나의 자아의 도약이기도 하다. 그런 이중주의 울림과 자아의 도약은 함께 했던 시간의 기억에 근거한다.

그러나 김지영에게는 누구와도 연대의 기억이 없다. 어머니와 동아리 선배 차승연은 김지영과 비슷한 상처를 가진 여성들이다. 하지만 여성성을 통한 연대의 기억이 없기 때문에[30] 기억의 씨앗을 통해 여성성을 발아시

---

29 이 소환은 이데올로기적인 것이 아니라 무의식 속에서의 소환이자 대상 a에 대한 열망이라고도 할 수 있다.

30 김지영은 서로 취미가 같은 차승연과 자주 만나지만 여성성을 공유했던 연대의 기억은

키기 어려운 것이다. 김지영이 기억의 연대를 통해 다른 여성을 자신의 일부로 포함하는 대신 그녀들을 독립된 인격으로 호출하는 것은 그 때문이다. 그런 상황에서는 여성성이 귀환하는 대신 다중인격이 동원될 뿐이다.

다중인격의 표현으로서 어머니와 차승연은 김지영과 교섭하지 못하는 또 다른 앱젝트들일 따름이다. 인격의 이중주가 앱젝트를 대상 a로 전위시킨다면, 파편화된 다중적 인격의 출현은 울림의 부재로 인해 여전히 앱젝트일 뿐이다. 내면의 이중주의 울림이 나의 인격을 도약시키는 반면, 외로운 다중적 인격들은 자아(주인격)를 더욱 앱젝트로 추락시킨다. 김지영의 인격의 일부로 교섭하지 못하는 다중인격들은 친밀사회에서 쫓겨난 타자의 파편들이다. 김지영과 어머니, 차승연은 비슷하게 셔터가 내려진 바깥에서 서성일 뿐 고통 받는 타자로 회생하지 못한다. 여기서는 박완서나 조해진의 소설과는 달리 여성 타자의 존재론적 반격이 없다.

다중인격은 김지영을 구출하기 위해 동원된 것이지만 여성 타자가 귀환하지 않기에 구원은 실패로 귀결된다. 여성 타자가 귀환한다는 것은 대상 a의 위상학이 작동되며 실재계적 잔여물의 반격이 시작된다는 뜻이다. 그러나 김지영은 상상계적 앱젝트에서 실재계적 대상 a로 이동하는 대신 다중인격이라는 또 다른 상상계에 붙들린다. 이 같은 신자유주의 상상계에서 다중인격 상상계로의 이동 속에서는 도둑맞은 여성성은 돌아오지 않는다. 여기서는 다중인격이라는 또 다른 정체성의 난제가 계속될 뿐 여성성의 반격이 없다.

김지영이 여성성을 열망하는 대신 다중인격을 동원하는 이 소설의 결말은 젠더 영역에서 예외상태의 구원이 매우 어려움을 암시한다. 더욱이 타자가 추방된 친밀사회의 조건은 여성성의 회생을 매우 힘들게 만들고

없다.

440   친밀한 권력과 낯선 타자

있다. 예컨대 1970년대의 박완서는 예외와 일상이 구분되지 않는 젠더 영역의 불행을 그리면서도 타자와의 교감을 통해 구원의 소망을 암시했다. 물론 박완서 역시 여성성의 회생에는 실패하지만 어딘가에 있을 타자의 존재를 생각하며 구조요청을 그치지 않는다. 박완서는 언젠가는 해방돼야 할 타자로서 젠더 영역의 영원한 식민지에 갇힌 여성 무기수와의 대면을 그리고 있다.

친밀사회는 젠더 영역이 식민지이고 여성이 무기수임을 드러내는 것조차 허용하지 않는다. 나혜석은 여성의 질곡을 고발한 대가로 한순간에 추방되어 행려병자가 되었다. 박완서 소설의 여성들은 인격의 식민지에서 탈선의 욕망을 숨긴 채 아슬아슬한 삶을 살아간다. 반면에 친밀사회에서는 친밀성의 환상을 깨는 잡음이 두려워 탈락의 징후를 보이는 존재들을 미리 배제한다. 『82년생 김지영』의 김지영은 앱젝트로 배제되는 순간 자아의 파멸을 대가로 간신히 잡음을 내고 있을 뿐이다. 그 잡음은 구조요청이지만 실패한 구원의 표시이기도 하다. 치료를 위해 의사가 귀를 기울일 뿐 아무도 사회에 대한 경고로 여기지 않기 때문이다.

다만 이 소설의 수기의 형식은 독자에게 김지영이 경험한 밝음 속의 어둠을 있는 그대로 전해준다. 젠더 영역에서 여성이 겪어 온 아픔이 친밀사회의 아픔으로 반향되어 전달되고 있는 것이다. 김지영의 다중인격의 거세공포는 독자에게 낯선 두려움의 공포로 전해진다. 친밀사회가 밝은 동시에 어두운 사회라는 것은 낯선 두려움 속에서 비식별성이 식별되기 시작했다는 신호인 것이다.

친밀사회의 밝은 어둠은 정적 속의 소음을 통해 비식별성의 반격이 시작되는 곳일 수 있다. 『82년생 김지영』은 무력함의 표현인 동시에 여성의 전 생애가 비식별성의 영역임을 알리고 있다. 고통 속의 극단적인 무저항이 저항의 필요성을 환기하고 있는 것이다. 역설적으로 김지영의 생애가 너무 잔잔하고 평범하기 때문에 젠더 영역의 예외상태가 독자에게 실감 나게 전달되고 있다. 더욱이 젠더 영역의 비식별성은 친밀사회의 비식별 성과 중첩되어 있어서 『82년생 김지영』은 젠더 영역을 통해 친밀사회를 고발하는 소설이기도 하다.

친밀사회는 조용한 침묵 속에서 인격의 식민지를 영구화하는 사회이 다. 그러나 『82년생 김지영』은 조용한 침묵이 충격적 사건들의 연속임을 알림으로써 젠더 영역을 통해 친밀사회에 대한 대응이 필요함을 암시한 다. 젠더 영역의 여성은 상처를 숨길 수 없는 섬세한 내피조직을 지닌 다 중적 존재이다. 반격이 불가능한 친밀사회에서 젠더 영역의 균열이 드러 나는 것은 그처럼 여성이 다수 체계적 존재이기 때문일 것이다. 여성은 상징계에서 누구보다도 더 무력하게 남성중심 세계에 예속되지만 남성 이 잘 보지 못하는 기호계의 존재로 인해 자신도 모르게 부적응을 통해 대응하게 된다. 그 때문에 친밀사회가 가장 쉽게 굴복시키는 동시에 은밀 한 반격이 예비되는 곳이 바로 젠더 영역이다. 『82년생 김지영』은 가장 무력한 소설인 동시에 가장 문제적인 대응이기도 하다.

거기서 더 나아가 어둠 속의 기호계의 동요를 포착할 때 구조요청의 목 소리가 들리기 시작할 것이다. 전경린의 「강변마을」이 암시하듯이 순수 기억을 억압하는 친밀사회에서도 여성의 기호계의 기억은 시간의 입자 들처럼 남아 있다. 『82년생 김지영』에서는 여성의 추락의 과정이 남성중 심적 상징계의 한계 내에서 진행된다. 반면에 「염소를 모는 여자」와 「내 여자의 열매」에서는 거세의 과정이 상징계와 기호계의 틈새에서 일어난 다. 전경린과 한강의 소설에서 여성의 틈새의 위치는 『82년생 김지영』의 무력함을 넘어서서 신자유주의와 후기자본주의에 대한 대응이 암시되는 곳이다.

물론 그 대응의 방식은 과거와는 달리 은밀하고 미결정적이다. 신자유주의 친밀사회는 구조적 불평등성을 은폐하기 위해 상상계 쪽으로 지나치게 이동한 체제이다. 그로 인해 여성의 삶은 더 잔잔하고 고요해지지만 심연에서는 물질적 차이에 의한 반격의 열망이 한층 심화될 수밖에 없다. 단지 그런 심화된 불안에 근거한 대응은 은밀하고 조용하게 시작된다. 표면적으로는 '이상한 고요함'이 지배적이지만 물밑에서는 기호계의 잔여물에 근거한 불길한 대응이 지속되고 있는 것이다.

그 점에서 신자유주의 친밀사회는 지배 권력과의 전쟁이 **무의식의 차원**으로 이동한 체제이다.[31] 그 때문에 차이의 반격에 의한 저항 역시 물밑에서부터 시작된다. 우리가 살펴본 새로운 대응방식으로서 **낯선 두려움**과 **은유적 정치**가 바로 그것이다.[32] 낯선 두려움과 은유는 지배권력이 숨겨야 할 것을 눈앞에 드러낸다. 즉 예외상태를 유지시키는 장치인 비식별성을 식별하게 해줌으로써 예외를 일상에서 분리시키는 것이다. 그런 방식으로 물밑에서 낯선 두려움과 은유를 통해 반격을 시작할 수 있는 곳이 바로 젠더 영역이다.

젠더 영역은 물위에서는 '이상한 고요함'에 무력하게 지배되는 장소이다. 그러나 『82년생 김지영』은 바로 그런 이상한 정적 때문에 여성의 전 생애가 낯선 두려움의 드라마임을 폭로하고 있다. 우리는 그 정적인 충격에서 한발 더 나아가 사람들의 심연을 동요시켜야 한다. 예컨대 미투운동을 촉발시킨 서지현 검사의 고백은 은유를 통해 비식별성을 식별하게 해주었다. 『82년생 김지영』은 정적 속에서 진행된 여성의 거세의 과정을 드러내는 데 그친다. 반면에 서지현 검사는 이상한 고요함에 감춰진 모래인

---

31 프레드릭 제임슨, 유정완·이삼출·민승기 역, 「「포스트모던의 조건」에 관하여」, 리오타르, 『포스트모던의 조건』, 민음사, 1992, 18~22쪽.
32 낯선 두려움과 은유는 식민지 말의 소설이나 1970년대의 박완서 소설에서도 나타나지만 친밀사회에서는 보다 더 은밀하면서도 능동적으로 작동된다.

간의 냉혹한 비밀을 보여주는 은유의 거울이 되었다. 흥미롭게도 서 검사가 드러낸 모래인간은 호프만 소설의 코펠리우스[33]처럼 법적 조직의 권력자였다. 그녀는 법적 조직이 법의 정지 상황을 포함함으로써 강력한 남성 중심적 조직을 유지함을 드러냈다. 이는 일상의 비식별성 속에서 일어난 성폭력에 대한 은유이다. 그녀의 고백은 성폭력의 비식별성을 은유의 방식으로 식별하게 해줌으로써 여성들을 동요시킨 것이다. 그 동요의 순간 서지현 검사는 은유를 통해 사람들의 내면에 들어온 셈이었다. 그 같은 내면의 연대를 통한 잃어버린 여성성의 소환이 바로 미투운동의 추동력이다. 아무런 조직도 구호도 없는 이 저항운동이야말로 물밑에서 촉발된 은유로서의 정치라고 할 수 있다. 은유로서의 정치는 무의식의 차원에서의 반격이다. 은유적 정치의 순간 희생자들은 배제된 앱젝트에서 대상 a의 위치로 전환되며 사랑의 연대를 생성한다.

은유적 정치는 다중인격과는 달리 타자와의 교섭을 회생시킨다. 이 이중주에서는 '나'의 인격을 약동시키는 과정이 '내'가 서지현이 되는 과정과 구분되지 않는다. 은유적 정치는 한 인격 속의 연대인 동시에 물밑에서의 여성적 연대이기도 하다. 은유적으로 나와 서지현이 교섭하는 순간 물밑에서 추방되었던 여성적 타자성이 회생하는 것이다. 여성 타자의 반격은 **상상계** 쪽에 고착되었던 친밀사회를 **실재계** 쪽으로 움직이며 변화의 요구에 직면하게 한다.

젠더 영역은 지상에서는 물질적 차이의 반격이 가장 어려운 장소이다. 보이는 영역을 장악한 친밀사회에서는 더욱 더 그렇다고 할 수 있다. 그로 인해 친밀사회에서 더 심화된 고통을 표현한 것이 바로『82년생 김지영』이다. 그러나 이 소설이야말로 그 조용한 고통을 통해 여성을 평생 낮

---

33 「모래인간」에서 최초의 모래인간은 변호사 코펠리우스였다. 호프만, 김현성 역, 「모래사나이」, 『모래 사나이』, 문학과지성사, 2001, 19쪽.

선 두려움에 시달리게 만드는 친밀한 체제의 실상을 폭로한 특별한 대응이다. 낯선 두려움 속에서 고통을 표현한다는 것은 역설적으로 예속되지 않은 어떤 것이 남아 있다는 증거이다. 여성은 가장 고통스러운 존재인 동시에 아직 버리지 못한 잔여물이 남아 있는 존재이다. 다수 텍스트적인 여성의 위치는 친밀사회에서 미시적 틈새가 남아 있는 장소의 하나인 것이다. 우리는 친밀사회가 완전히 병합할 수 없는 그런 다수 체계성을 통해 미시적 대응을 더욱 증폭시켜야 한다.

역설적으로 친밀사회에서는 오래된 정적의 장소인 젠더 영역에서 새로운 운동이 일어나고 있다. 보이는 영역에서 모든 것을 잃었기 때문에 보이지 않는 영역에서 자신도 모르는 응수가 시작되는 것이다. 젠더 영역에서 그런 대응이 시작될 수 있는 것은 다수 체계적 존재인 여성의 위치 때문이다. 여성은 친밀한 비식별성의 권력이 중첩된 영역인 동시에 불가능한 저항을 재작동시킬 수 있는 위치이다. 보이면서도 보이지 않는 차별에 대한 심연에서의 여성성의 은밀한 반격은 친밀해질수록 고통을 겪는 일상의 사람들에게 '상실된 인간의 비밀'(사랑과 윤리)[34]을 소환시켜줄 수 있을 것이다.

4. 두 가지 비밀과 두 개의 미결정성 – 김이설의 「비밀들」

비밀이란 첫사랑처럼 심연에 숨겨져 있는 것을 말한다. 그런데 아무에게도 말하지 않는 숨겨진 비밀에는 두 가지가 있다. 하나는 지배권력이 숨겨야 할 것이며 다른 하나는 피지배자가 감춰야 할 것이다. 친밀사회의

---

34 인간의 비밀에 대해서는 나카자와 신이치, 김옥희 역, 『예술인류학』, 동아시아, 2009, 232쪽 참조.

'이상한 고요함'은 그 두 가지 비밀이 심연에 감춰진 상태라고 할 수 있다. 지배와 피지배의 대응이 무의식의 차원으로 옮겨진 우리 시대는 비밀들의 전쟁이 일어나는 곳이라고 할 수 있다.

지배자의 비밀은 아감벤이 말한 비식별성과도 같은 것이다. 그런데 아감벤이 말하지 않은 또 다른 비식별성으로서 피지배자의 비밀이 있다. 우리 시대는 그 두 가지 비밀 중 전자가 훨씬 많아진 시대이다. 지배자의 비식별성의 비밀이 많아지면 피지배자는 앱젝트로 배제되거나 정체성의 위기 속에서 우울증에 시달린다. 우울증은 '나'의 소중한 비밀이 너무 깊은 심연 속으로 사라졌다는 느낌에 다름이 아니다. 그러나 그런 우울증의 비밀을 아는 사람만이 사라진 심연 속의 비밀을 다시 증폭시킬 수 있다. 이것이 바로 우리 시대의 보이지 않는 무의식의 전쟁이다.

김이설의 「비밀들」은 그런 두 가지 비밀들의 무의식의 전쟁을 그리고 있다. 이 소설에서도 '나'의 첫사랑의 비밀은 점점 멀어지는 반면 아무도 말하지 않는 우울한 비밀이 많아지고 있다. 우울한 비밀은 '나'의 비밀이라기보다는 남성중심적 사회의 비식별성에 의한 것이다. 그것은 남성적 사회가 숨겨야 하는 것을 '내'가 말하지 못하게 강요하는 비밀이라고 할 수 있다.

시골 출신인 '나'는 서울의 결혼 생활을 접고 집으로 내려오지만 어머니에게 남편과의 이별을 **말하지 못한다**. '나'의 서울 생활의 몰락은 그 부당함을 누구에게도 말할 수 없는 비식별성 속에서 생긴 것이기 때문이다. '나'는 직장과 결혼 생활에서 두 번의 부당한 차별을 경험했지만 아무에게도 불행을 호소할 데가 없었다.

먼저 '나'는 서울에서 대학을 나온 후 무역상사에 취직했다. 그러나 각종 잡무에 시달릴 뿐 아니라 남자 직원들은 '나'를 함부로 취급했다. '내'가 가장 참을 수 없는 것은 회식 자리에서 억지로 술을 권하는 김과장의 태도였다.

뭘 그렇게 넋을 놓고 봐? 술 받아, 술! 여자가 사회생활을 하면 술도 마실 줄 알아야지! 김 과장에게 받은 술을 억지로 다 마시면, 같은 테이블의 남자 직원들이 박수를 쳐 주었다.

졸업을 하고 들어간 회사는 무역상사였다. 나는 서류를 복사하고, 커피를 끓이고 식당을 예약했다. 회식 자리에서 주는 족족 술을 받아 마시는 것도 내 일이었다. 남자 직원이 많은 회사였다. 그들은 나를 함부로 취급했고, 그것이 부당하다고 말할 데가 없었다.[35]

이처럼 부당함을 아무에게도 말할 수 없는 것은 '내'가 비식별성의 영역에서 살고 있음을 뜻한다. 비식별성이란 부당한 일이 일어나도 일상이 조용하게 계속되게 하는 장치이다. 위에서처럼 차별과 부당함이 일상이 된 것은 남성들끼리의 묵계에 의한 것이 분명하다. 그런데 예외상태에서는 아무도 그것을 차별이라고 생각하지 않고 자기들끼리의 묵계도 염두에 두지 않는다.

하지만 '조용한 부당함'에는 분명히 **숨겨지는 것들**이 있는 것이다. 21세기의 젠더 영역의 '조용한 부당함'은 여전히 오래전의 모래인간의 신화와 똑같다. 남성이란 '나' 같은 여성을 심부름하는 나무인형으로 만들면서 숨겨진 폭력을 행사하는 모래인간들인 것이다. 그처럼 감춰야 할 것이 관습에 의해 보이지 않는 사회는 상상적으로 고착화된 사회이다. 남성중심적으로 고착화된 사회에서는 여성 차별이 비식별성에 묻히기 때문에, 고통은 있지만 변화는 없는 예외상태가 계속된다.

이후 '나'는 직장을 그만두고 '나'를 위로해준 술집 주인과 결혼한다. 남편에게는 결혼 전부터 여자가 많았지만 '나'는 앞으로 안정되면 달라질

35　김이설, 「비밀들」, 『오늘처럼 고요히』, 문학동네, 2016, 210쪽.

것으로 생각했다. 그러나 결혼 후에도 남편은 변화되지 않았을 뿐 아니라 처음부터 '나'와 사랑 때문에 결혼한 것이 아니라고 말했다. 남편은 술집을 늘리기 위해 어머니의 돈이 필요했고 아들의 결혼을 원하는 어머니의 말을 들어준 것이다. 가정에 관심이 없는 남편은 '내'게 돈을 쥐어주고 편하게 살라고 말한다. 남편은 〈버닝〉의 벤처럼 아예 사랑을 모르는 사람이며 술집 경영과 돈을 통해 세상을 즐기고 있을 뿐이었다. 어느 날 남편은 다른 여자가 생겼다면서 이혼을 통고한다.

회사의 남자들이 젠더 영역의 모래인간이었다면 남편은 사랑이 소멸된 친밀사회의 또 다른 모래인간이었다. 남편은 회사 남자들처럼 파렴치하진 않지만 사랑을 알지 못한다는 것이 치명적인 결함이었다. '내'가 경험한 두 가지 모래인간은 남성들 자신도 모르는 비식별성이자 '나'만이 아는 남자들의 비밀이었다.

그런데 모래인간은 '내'가 태어난 고향에도 있었다. '나'는 집으로 내려온 날 아버지가 필리핀 여자와 시차를 두고 비닐하우스에서 나오는 것을 목격한다. '나'는 누구에게도 말을 할 수 없었으며 아버지에게도 모른 척했다. 그것은 돈을 건네주면 만족해하는 어머니에게 서울에서 있었던 일을 차마 말할 수 없는 것과도 비슷했다. 이처럼 모래인간의 존재에 대해 말할 수 없는 사회, 모든 것이 돈으로 가려지는 비밀이 된 사회가 바로 친밀사회이다.

그러나 '나'에게는 또 다른 비밀이 있었다. '내'가 이혼을 통고당한 후 고향으로 내려온 것은 그곳에 있는 '나'의 비밀 때문이기도 했다. '나'의 비밀은 모든 것을 가진 남편에게는 없는 바로 그것, 즉 정우와의 첫사랑이었다.

'나'는 서울로 가기 전 정우와 비닐하우스에서 관계를 가졌다. 그때 내가 만든 정우의 목덜미의 상처는 아직도 그에게 남아 있다. 이 소설에서 비닐하우스는 〈버닝〉에서처럼 두 가지 다른 비밀이 스며있는 곳이다. 〈버닝〉에서 비닐하우스는 해미의 비밀인 동시에 벤의 비밀이기도 하다. 그와 비슷하게 이 소설에서는 모래인간의 비밀과 첫사랑의 비밀이 비닐하우스에 겹쳐 있다.

목덜미의 상처로 남은 정우와의 비밀은 무엇과도 바꿀 수 없는 소중한 것이었다. '나'는 그날 정우와 나눈 비밀과 함께 자신의 성숙을 확인하고 있었다. 그런 기억 때문에 고향에 돌아왔고 그곳에는 서울에서 발견할 수 없었던 비밀이 남아 있었다.

> 나와 정우를 제외한 둘도 서로 시시덕거리면서 앞서 걸었다. 의도한 게 아닌데 정우와 내가 뒤로 떨어졌다. 내가 먼저 입을 열었다.
>
> "비밀이다."
>
> "너나."
>
> (…중략…)
>
> 버스가 도착했고, 나란히 버스에 올랐다. 그날 밤, 버스에서 내려 마을로 걸어가는 길은 어둡고, 추웠다. 정우와 나는 비닐하우스로 숨어들었다. 삼 년 만이었다.[36]

비닐하우스는 어두웠지만 비밀은 소중했다. 반면에 서울은 밝은 곳이었지만 그곳에서는 아무에게도 말할 수 없는 어두운 또 다른 비밀이 생겼을 뿐이다. 두 비밀의 차이는 남편과 정우의 차이이기도 했다. 남편은 이혼을 말한 후 집으로 돌아오지 않았지만 정우는 재회한 후 다시 '나'를 비닐하우스로 이끌었다.

36　위의 책, 198~200쪽.

그러나 '나'는 시간이 갈수록 첫사랑의 비밀이 멀어져 감을 느낀다. 베트남 여자와 결혼한 정우에게는 민호라는 아이가 있었다. 정우는 아직 '나'를 좋아하지만 정우댁과 아이 때문에 '나'와 다시 결합할 수는 없다. '나'는 아이를 낳을 수 없는 여자면서도[37] 생명성과 사랑의 은유인 아이를 너무나 좋아 했다. 하지만 바로 그 때문에 정우의 아이를 만난 후 정우와 다시 가까워질 수 없음을 알게 된다.

정우댁과 친해진 뒤 '나'는 아이를 안아보고 싶어 그녀와 자주 만나게 된다. 그러던 중 사대독자를 '내'가 안고 있는 것을 본 정우 어머니가 난리를 피워댔고, 그 후유증으로 정우댁은 임신한 둘째 아이를 유산하게 된다. 정우 역시 첫사랑의 기억이 집안의 파탄을 이길 만큼 강하지 않다는 것을 알게 된다. '나'는 모든 것을 정상적인 일상으로 되돌리기 위해 고향을 다시 떠날 수밖에 없게 된다.

'내'가 첫사랑의 기억이 있는 고향에서도 배제되는 것은 이제 고향도 서울과 다름없는 곳이 되었음을 뜻한다. 서울이든 고향이든 '모두가 자기 갈 길을 가고 있는'[38] 세상이 된 것이다. 이제 규율화된 일상을 탈출할 수 있는 비밀은 쓸모없는 것이 되어 가고 있다.

그런 중에도 이 소설의 중요한 사건은 고향에서 뜻하지 않게 새로운 비밀을 얻게 된 점이다. 민호는 소를 좋아했고 정우댁은 소를 보여주기 위해 우리 집 축사에 자주 올라왔다. '나'는 정우댁의 인기척을 들으며 서둘러 피우던 담배를 눌러 껐다. 그런데 뜻밖에도 정우댁은 담배를 원했고 어머니에게 비밀을 지켜줄 것을 부탁했다.

여자가 가리킨 건 내 손에 쥔 담배였다. 애 옆에서? 주춤하는 사이 여자가 고

---

37 정우 어머니에 의해 강제로 아이를 뗀 후 '나'는 아이를 가질 수 없게 된다.
38 김이설, 앞의 책, 233쪽.

개를 꾸벅이며 다시 또 미안하다고 했다. 나는 여자에게 다가가 담배를 내밀었다. 나는 다 가지라고 했다.

"아니, 하나만. 주머니 안 돼. 어머니 혼나."

나는 한 개비를 빼서 건넸다.

"비밀로 친구니까."

마치 여자와 내가 친구라는 말처럼 들렸다. 나는 고개를 크게 끄덕여줬다. 축사로 올라가는 여자의 뒷모습을 물끄러미 쳐다봤다.[39]

정우댁은 담배를 잘 피울 줄 몰랐다. 정우댁의 서툰 담배는 사대독자에 상상적으로 고착되어 있는 정우 어머니의 규율을 넘어서기 위한 틈새의 비밀일 뿐이다. 그처럼 담배냄새가 틈새의 비밀인 점에서 정우댁은 '나'와 비슷했다. '나'는 고향의 상징인 담배 건조실에서 처음으로 정우와 포옹을 했던 기억이 있었다. 그때 '나'는 금기를 넘어서는 중독성 있는 두려운 희열에 대해서 처음 알게 되었다. 지금도 '나'에게 담배는 모두에게 외면받는 고통에서 벗어나는 틈새의 기억일 것이다. 정우댁과 '나'는 그 틈새에서 만나고 있었다.

그와 함께 두 여성의 또 다른 공감은 아이를 통해 이루어지고 있었다. '나'는 아이를 안는 순간 지옥 같은 현실에서 해방된다. 정우댁도 아이를 좋아하지만 그녀에게는 사대독자라는 짐이 있다. 그 때문에 그녀는 못 피우는 담배를 피우는 틈새의 시간이 필요한 것이다. 그녀는 담배를 피운 후 사대독자의 짐을 내려놓고 아이를 안는다. 담배와 아이, 이렇게 해서 비밀의 연대가 이루어진 것이다.

---

39 위의 책, 206~207쪽.

내 손을 잡아 아이의 엉덩이에 대주고, 한손은 등을 감싸도록 내 손을 이끌었다. 콩, 콩, 콩, 콩. 아이의 심장박동이 내 가슴에 느껴졌다. 콩, 콩, 콩, 콩. 규칙적으로 울리는 소리였다. 나도 모르게 웃음이 터졌다.

낯선 사람의 품인데도 아이는 환히 웃었다. 아이는 한시도 가만히 있지 않았다. 눈을 깜빡이고, 발가락을 꼬물거리고, 아무때나 방귀를 뀌었다. 침을 흘리고, 딸꾹질을 하고, 하품을 하고, 손가락을 제 입에 넣고, 넣은 손가락이 성에 안 차면 제 주먹을 통째로 입에 넣기도 했다. 마냥 신기하고 예뻤다. 내가 누군지도 모르면서 아이는 잘도 웃었다. 정우댁이 이제 가겠다고 할 때면 서운하기까지 했다.

그러니까 정우댁과 나는 일종의 거래를 하는 셈이었다. 내가 담배를 건네고, 정우댁은 나에게 아이를 안게 허락하는 꼴이었다. 조건은 비밀이라는 모종의 합의였다.[40]

비밀의 연대는 두려운 만큼 중독성이 있었다. 정우댁은 '내'가 아이를 안을 때 어머니의 금지에 대한 두려움(낯선 두려움)이 있었고, '나'는 정우댁이 담배를 피우며 눈이 빨개질 때 위태로움을 느낀다. 그러나 서로 아이의 박동을 들을 때는 모든 두려움에서 벗어날 수 있었다. 아이의 박동은 낯선 두려움에서 벗어나 공감과 사랑을 회생시키는 두 사람의 연대의 은유였다. 두 여자의 중독성 있는 비밀은 고립된 상태에서 침묵을 강요하는 거세의 비밀에 대항하는 유일한 시간을 제공했다.

정우댁과의 비밀은 '내' 인생에서 두 번째 긍정적인 비밀이었다. 그와 동시에 그것은 친밀사회에서는 첫 번째 비밀이다. 역설적인 것은 그 비밀이 고향사람이 아니라 베트남인인 낯선 정우댁으로부터 얻어진 점이다.

---

40 위의 책, 215~216쪽.

낯선 동시에 친근한 **비밀의 중독성**이야말로 냉혹한 친밀사회에서 탈출하는 새로운 연대를 암시한다.

이 소설은 정우마저 '나'를 밀어내어 '내'가 서울로 떠나는 결말로 끝난다. 고향에서마저 외면당한 '나'는 더 없이 우울하다. 친밀한 고향은 어느덧 낯선 두려움의 공간이 되어 버린 것이다. 다만 '내' 가슴에는 새로운 비밀이 잠재되어 있었다. 그것은 낯선 베트남 여자와의 또 다른 친밀성의 비밀이었다. 그런 비밀이 가능한 것은 베트남 여성이 친밀사회의 새로운 타자였기 때문일 것이다. 물론 그녀는 추방되기 이전에 이미 배제된 타자였다. 그러나 그런 무력화된 낯선 타자야말로 친밀성이 회생할 가능성이 있는 마지막 영역이었던 것이다. 다만 정우댁과의 연대는 아직 미결정적이고 잠정적이다. 정우댁은 '나'처럼 앱젝트로 배제될 위기에 처한 여성이었으며 '내'가 고향을 떠나는 순간 비밀의 연대는 중단된다.

그럼에도 이 소설은 두 가지 비밀을 통해 두 개의 미결정성을 암시한다. 하나는 이혼의 불행조차 말할 수 없게 하는 비식별성의 장막(남성중심적 비밀)에 의한 정체성의 혼란이다. '나'는 서울에서는 물론 고향에서도 어울리지 않는 사람이 되어 가고 있었다. 단지 유일하게 어울렸던 기억은 낯선 베트남 여자가 손을 잡을 때였다. 정우 어머니에 의해 금지된 베트남 여자와의 **혼종적인 연대**야말로 혼돈에서 벗어나는 미결정적인 구원이었다.

그 점에서 이 소설은 정체성의 혼란에서 미결정적인 정체성에 이르는 드라마이다. 그런 정체성의 문제는 두 개의 비밀과 두 가지 미결정성의 문제이기도 하다. 이 소설에서 비밀에 대한 질문은 정체성에 대한 질문이다. 도시가 좋아 서울로 간 뒤 서울 남자 앞에서 부당하게 침묵해야 했던

'나'는 누구인가. 또한 한국인 시어머니 앞에서 속수무책 망연자실하는[41] 베트남인 정우댁은 누구인가. 한국인에게 모두 외면당한 채 외국에서 온 정우댁과 유일한 교감을 나눈 '나'는 순수한 한국인인가.

'나'는 회식 자리의 인형이었으며 이혼녀이며 술김에 모르는 남자와 잠자리를 같이한 여자이다. 그러나 '나'는 남자들처럼 아무 일도 없는 것처럼 지낼 수는 없었다.[42] '내'가 경험한 이상한 고요함은 심연 속의 고통이기도 했던 것이다. 그것은 아마 '나'의 정체성을 성숙시킨 비닐하우스의 비밀 때문이리라. 비닐하우스의 비밀이란 '내' 안에 들어온 타자에 대한 기억이었다. '나'는 정우 목덜미의 상처이며 텅 빈 담배 건조실이기도 했던 것이다. 정우가 멀어진 뒤에는 민호 엄마가 들어왔으며 '나'는 민호의 가슴의 박동이자 민호 엄마의 친구인 것이다. 민호 엄마가 '나'의 손을 더 세게 잡았으면 '나'는 고향을 떠나지 않을 수 있었을 지도 모른다. 그러나 비밀은 거기서 중단되었으며 '나'의 정체성도 불안한 질문이 되었다.

'나'는 두 가지 비밀 앞에 서 있다. 하나는 '나'를 어디로도 갈 수 없게 만드는 남성중심적 세계의 비식별성이며 다른 하나는 베트남 여자와의 여성적 연대이다. 정우마저 멀어져감에 따라 세상은 돈으로 모든 것이 가능하며 사랑만이 불가능한 곳이 되었다. 이제 아무도 모르는 여성적 비밀의 연대만이 멀어져 가는 깊은 심연의 비밀을 다시 길어 올릴 것이다. 그때에만 혼돈 속의 정체성이 미결정적으로 되돌아온다. 그 순간 상상계에 고착된 친밀사회에 대한 물질적 차이의 반격과 함께 모든 사람이 상실한 사랑의 회생의 움직임이 시작될 것이다.

---

41 시어머니는 정우댁의 법인 셈이다. 이 표현은 '법 앞에서 망연자실하는 나는 누구일까'라는 송경동의 시구에서 빌려왔다. 송경동, 「나는 한국인이 아니다」, 『나는 한국인이 아니다』, 창비, 2016, 100쪽.

42 김이설, 앞의 책, 184쪽.

5. 비밀의 연대를 통한 여성성의 귀환
– 미투운동의 비식별성의 반격

세월호 사건, 고공투쟁, 촛불집회, 미투운동의 공통점은 두 가지 비밀을 길어 올린 움직임이라는 점이다. 세월호 사건은 사회가 기울어져 있고 윤리의 평형수가 증발되었다는 비밀을 알려주었다. 고공투쟁은 보이지 않는 노동자의 열악한 삶을 보이게 해주었다. 촛불집회는 증발된 세월호의 7시간의 비밀에 대해 따져 물었다. 또한 미투운동은 여성들이 곳곳에서 인간-인형으로 취급되고 있음을 알려주었다.

그와 함께 세월호는 우리들 모두의 깊은 곳의 공감의 비밀을 길어 올렸다. 마찬가지로 고공투쟁은 도둑맞은 노동자의 연대의 비밀을 회생시켰다. 또한 촛불집회는 신자유주의에서 실종된 인간의 비밀을 되찾았으며, 미투운동은 성폭력 속에서 상실된 여성성을 귀환시켰다.

우리 시대의 새로운 운동들의 또 다른 공통점은 '가만히 있으라'는 명령에 대응했다는 점이다. 가만히 있으라는 것은 비식별성 속에 묻어두라는 뜻이다. 그러나 비식별성이 식별되고 심연 속 사랑의 비밀이 길어올려진 순간, 사람들은 분노 속에서 가만히 있을 수 없었다.

가만히 있으라는 비식별성의 명령은 피지배자의 내면을 빈곤하게 만든다. 반면에 가만히 있지 않는 응수는 내면이 부풀어오른 사람만의 행동이다. 고공투쟁과 촛불집회, 미투운동의 유사성은 빈약한 내면이 팽창하는 **존재론적 저항**을 통해 사회 변화를 요구한다는 점이다.

그것을 위해 새로운 운동들은 정체성의 혼란에서 벗어나 다중적인 미결정적 정체성으로 되돌아오는 과정이다. 친밀사회처럼 비식별성이 만연되면 우리는 '자아의 빈곤화'와 함께 '내가 누구인지' 알 수 없는 정체성의 혼란 속에서 살아간다. 김이설 소설의 경계선상의 인물들은 물론 평범한 삶을 살고 있는 82년생 김지영마저 정체성의 혼란을 겪고 있다. 김이설의 인물들은 한계선상으로 밀려났기 때문이며, 김지영은 사람들이 비식별성 속에서 고통 받는 자신을 보지 못하기 때문이다. 앱젝트(인간-폐품)의 위기에 처한 그들뿐 아니라 인간-상품으로 살아 가야 하는 친밀사회(상품사회)의 사람들은 모두 정체성의 난제라는 질병을 앓고 있다.

새로운 운동들은 정체성의 난제를 해소하고 '푸성귀 같은 청청함'을 되돌려주는 실천들이다. 그러나 새로운 정체성은 잃어버린 과거의 민중이나 노동자의 동일성을 되찾아온 것이 아니다. 예컨대 김진숙의 고공투쟁에서 희망버스로 이어진 실천은 자아가 빈곤해진 우울함에서 벗어나 새로운 능동적 정체성을 되찾는 과정이었다. 그런데 새로운 정체성은 민중과 노동자의 계급의식에 이른 것이 아니라 빈약한 내면이 타자성을 통해 부풀어가는 과정이었다. 여기서 중요한 것은 완성된 계급의식보다는 미결정적인 내면의 회생 과정이었다.

희망버스 참가자들은 '희망과 연대의 콘서트'에서 "당신들이 우리다. 한진중공업이 우리다"라는 구호를 외쳤다. 비슷한 시기에 서울광장에 모인 사람들은 김진숙의 가면을 쓰고 "우리가 김진숙이다"라고 소리쳤다. 이 은유적인 구호들은 단지 사람들이 노동자 김진숙에게 동화되었음을 표현한 것이 아니다. 희망버스에 참가한 사람들은 시민, 학생, 종교인, 장애인, 성 소수자, 철거민, 이주 노동자, 청소년들이었다. 이 다중적인 사람들은 일상에서는 저마다 정체성의 난제를 겪으며 서로 연대할 수 없었을 것이다. 또한 연대 불가능성 자체가 정체성의 난제의 원인이었을 것이다. 반면에 운동의 참여자들은 은유를 통해 김진숙이 자신의 내면에 들어왔음을 표현하고 있다. 얼굴 위의 김진숙의 가면은 내면 속의 김진숙이기도 하다. 김진숙을 외롭게 놔둬서는 안 된다는 생각이 사람들의 빈약한 자아를 부풀리며 동요시킨 것이다. 그 같은 내면의 타자의 회생이야말로 정체성의 혼란에서 벗어나 자아의 능동성을 되찾는 과정이다. 새로운 운동은 혼돈된 자아에 동일성의 중심을 부여하는 전개가 아니다. 그보다는 타자와의 교감에 근거해 특정한 중심이 없는 다중적인 미결정성의 연대가 이뤄진 것이다.

이 같은 미결정적인 정체성의 회생은 세월호 사건에서 촛불집회로 이어진 과정에서도 찾아볼 수 있다. 가만히 있으라는 명령에 의해 빚어진 세월호 사건은 사람들을 우울하게 만들었다. 그러나 학생들은 비식별성의 권력의 명령에 따랐지만 휴대폰으로 보내온 그들의 사랑은 가만히 있지 않았다. 학생들은 물밑으로 가라앉아 비식별성 속으로 사라져 갔으나 그들의 사랑의 영상은 장막(비식별성)을 넘어서고 있었다. 그 사랑의 움직임에 따라 학생들이 내면에 들어오기 시작하면서 은유적인 시와 담론들이 생성되었다. 그리고 그런 일련의 과정의 정점에서 마침내 학생들은 꽃으로 돌아오기 시작했다.

학생들이 꽃으로 돌아온다는 것은 은유를 통해 우리 내면에 타자로 들어온다는 뜻이다. 그와 함께 공감에 의한 은유적(미학적) 확산의 힘으로 그 타자성의 운동이 이미 다중에게 전파되었음을 뜻한다. 그렇기에 학생들이 꽃으로 돌아오는 곳은 바로 촛불광장이다. 광장의 촛불은 다중적 연대의 표시이면서 기억의 연대로서 꽃으로 돌아오는 학생들의 유성우이기도 하다. 촛불집회 역시 물밑에서 돌아온 내면의 타자와 연대하는 힘으로 다중들이 손을 잡는 미결정적인 연대인 것이다.

물밑의 연대에 근거한 비식별성(가만히 있으라)에 대한 저항의 가장 최근의 예는 미투운동이다. 세월호 사건이 기울어진 국가의 비식별성을 식별하게 해준 것처럼, 서지현 검사도 여성들의 일상의 비식별성을 인지하게 해주었다. 서지현 검사는 성추행이 있었던 장례식장에서 남성중심적 권력의 가만히 있으라는 무언의 명령에 따를 수밖에 없었다. 그러나 명백한 현실을 비식별성으로 만드는 권력 아래서 그녀는 그곳이 마치 **환각처럼** 느껴졌다. 상상적으로 고착화된 남성중심적 권력은 현실을 환각으로, 환각을 일상으로 경험하게 만든다. 서지현 검사의 폭로는 그런 환각을 다시 현실로 되돌림으로써 비식별성의 장막에 숨은 권력의 정체를 드러내는 역할을 했다. 그녀는 환각과도 같은 상황에서 '가만히 있으라'는 무언의 명령을 거부하고 환각의 장막 뒤에 숨은 모래인간의 존재를 폭로했다.

서지현 검사가 고백한 '환각 같았다'는 표현은 매우 암시적이다. 젠더 영역의 차별은 짙은 비식별성의 안개에 가려지기 때문에 여성은 평생을 고통과 상처를 안고 살아가야 한다. 그로 인해 여성의 일생은 고통에 침묵하는 환각과도 같지만 남성은 그 낯선 정적이 아무 일도 없는 일상일 뿐이다.

여성이 그처럼 비식별성의 장막을 벗어나기 어려운 이유는 역설적으로 성적 페티시즘에서 친밀성이 앞세워지기 때문이다. 젠더·인종·계급의 영역에서 차별의 행사 방식은 피지배자를 백지상태보다는 페티시의 정체성으로 여기는 것이다. 페티시의 정체성이란 남근과 문명, 부의 대체물을 말한다. 페티시즘은 그런 대체물을 통해 차별관계를 정상화시키지만 거기에는 불안과 공포의 반작용이 뒤따른다. 그런데 인종과 계급의 영역에서는 그런 양가성 중에서 불안과 공포가 주도적인 반면 젠더 영역에서는 친밀성이 앞세워진다. 상상적 친밀성이 우세한 젠더 영역의 페티시즘에 의해 여성은 불안과 공포를 감추는 짙은 비식별성의 안개 속에서 일생을 지내야 한다. 여성은 환각과도 같은 현실을 껴안은 채 아무 일도 없는 듯이 평생을 정체성의 난제에 시달린다. 그런 비식별성의 안개에 의한 정체성의 난제는 젠더 영역의 연대가 어려운 이유이기도 하다.

더욱이 법적인 여권신장조차 비식별성의 고통을 완화시켜주지 않는다. 남녀차별 금지법이 제정되더라도 여성을 페티시로 취급하지 말라는 무의식적 욕망에 관한 법은 생각하기 어렵다. 그처럼 페티시즘 자체가 법으로 제지될 수 없기 때문에 남녀평등의 환상 속에서 비식별성의 고통은 오히려 더 심화된다.

환각 같은 상황은 남성중심적 욕망 자체를 제지하기 어렵기 때문에 일상적으로 반복된다. 여성을 페티시로 취급하는 일의 극단은 무의식 속에서 여성의 신체를 포르노처럼 여기는 것이다. 혜화역에서 열린 '불법촬영 편파수사 규탄시위'[43]의 구호는 "내 일상은 너의 포르노가 아니다"였다. 불법촬영에 대한 법은 제정할 수 있지만 남성의 여성 신체에 대한 포르노의 욕망은 제지하기가 어렵다. 남성은 사적인 관계로 가까이 접근할수록 그런 욕망을 억제하는 저지력이 약화된다.

친밀한 성적 페티시즘이란 남녀차별이 다가오는 동시에 물러서는 권력[44]에 의해 이뤄진다는 뜻이다. 성폭력은 대부분 남성이 여성에게 가까이 다가오는 장소에서 일어난다. 회식이나 휴식 시간처럼 밀접한 접근의 순간 폭력과 추행이 이뤄지므로 흔히 차별은 사적인 관계의 문제로 환원된다. 그러나 친밀한 페티시즘에 지배되는 젠더관계에서는 가까이 다가오는 사적인 순간이야말로 공적인 관계보다도 더 공적인 순간이다. 그 순간은 여성의 정체성이 페티시로 취급되면서 전인격이 식민화되는 시간이기 때문이다. 남성은 페티시의 존재에게 가까이 다가오면서 여성 인격체로부터 물러서는 것이다. 젠더권력은 주는 동시에 빼앗는 권력인데, 친밀한 남성적 권력은 여성에게 페티시의 정체성을 주면서 인간의 인격을 빼앗는다.

여성이 제도적으로 인권을 보장받는다 하더라도 남성이 가까이 다가오는 사적인 순간에는 그것이 무의미해진다. 남성은 여성에게 가까이 다가갈수록 친밀성과 함께 여성을 더 페티시나 성적 대상으로 보게 된다.

---

43 2018년 6월 9일 열림.
44 다가오는 동시에 물러서는 것은 친밀한 권력의 특징이다. 테드 휴즈는 친밀한 제국의 권력에 대해 그렇게 표현하고 있다.

그런 사적인 접근의 순간 추행과 차별이 발생하므로 언어희롱에서처럼 **합법과 불법의 경계가** 모호해지는 것이다. 이런 법적 경계의 모호성 역시 젠더관계의 비식별성이 증폭되는 원인이다.

여성이 경험하는 또 다른 환각은 피해자가 오히려 비하된 존재로 강등되는 상황이다. 여성을 페티시로 여기는 태도의 2차적 문제점은 피해자에 대한 비하에 의해 성폭력의 고발이 어려워진다는 점이다. 당사자가 아무런 잘못이 없어도 성추행을 당한 여성은 **손상된 물건**처럼 취급받아야 하는 것이다. 여성이 평등한 인격체로 존중되지 않고 파손된 물건으로 보여지는 한 성폭력의 폭로는 어려울 수밖에 없다.

젠더관계가 그처럼 친밀한 남성중심적 권력에 의해 유지된다는 것은 상상적 고착화가 심화된 상황을 뜻한다. 상상적으로 고착화된 사회는 친밀성의 환상에 의해 **환각 같은 일상이** 현실로 여겨지는 체제이다. 이런 사회에서는 부당한 피해자가 생겨나도 유연성의 부족 때문에 사회를 변화시키기보다 희생자를 배제하는 움직임이 나타난다. 비식별성의 장막을 뚫고 어렵게 부당성을 폭로했더라도 고착된 환상이 깨지는 것을 두려워하는 사람들은 불안한 고발자를 문제적 존재로 취급한다. 이것이 바로 예외상태의 사회에서 나타나는 **2차 피해이다.** 서지현 검사 역시 조직을 곤궁에 몰아넣은 존재로 취급되기도 했다. 성추행 사건 이후 괴로워하는 서 검사에게 동료검사들은, "너 하나 병신 만드는 건 일도 아니다. 지금 떠들면 그들은 너를 더욱 무능하고 이상한 검사로 만들 것이다"[45]라고 조언했다.

서지현 검사가 그런 위험과 공포를 무릅쓰고 JTBC 뉴스에서 고백을 한 것은 어떤 조직적인 이념에 의한 것이 아니었다. 서지현 검사는 10년 전 한 흑인 여성의 작은 외침이었던 미투운동의 전세계적 파문에 용기를

---

45 「현직검사의 '#미투'…"법무부 간부에 성추행당했다"」, 『한겨레신문』, 2018. 1. 30.

냈다고 말했다.[46] 물밑의 사랑과 분노가 고조된 흐름이 그녀의 '작은 발걸음'의 소망을 표현하게 한 것이다.

서 검사는 든든한 깃발 아래서 목소리를 낸 것이 아니기 때문에 고백의 순간 낯선 두려움을 느꼈다. 그러나 낯선 두려움이야말로 예외상태의 사회에서 일상으로부터 예외를 분리시키는 심리이다. 그처럼 예외를 예외로 볼 수 있어야지만 변화의 요구가 나타날 수 있다.

그와 함께 중요한 것은 서 검사의 고백이 일상의 사람들을 동요시키며 순식간에 파문이 번져간 점이다. 그동안 비식별성의 장막에 저항하는 여성의 고백이 없었던 것은 아니다. 100년 전 나혜석의 「이혼고백서」에서 1986년 권인숙 사건에 이르기까지 간간이 여성의 충격적인 고백이 있었다. 하지만 나혜석에 동조한 여성은 없었으며 권인숙 사건은 인권문제로 부각되어 여성운동으로 번지지는 않았다. 반면에 서 검사의 고백은 젠더 영역의 오래된 침묵을 깨뜨리는 여성들의 울림을 가져왔다.

그 이유는 서 검사의 증언이 젠더 영역의 비식별성을 해체하는 은유로 작용했기 때문이다. 권인숙 사건에 사람들이 분노한 것은 그녀를 눈에 보이는 독재정권의 희생자로 여겼기 때문이다. 반면에 서 검사의 고백은 아무 일도 없는 듯한 곳에서 일어난 충격적 사건을 식별하게 해주는 작용을 했다. 여성의 고통이 조용한 정적에 묻힌다는 것은 감성의 분할 외부에 놓여 있다는 뜻이다. 그런데 서 검사는 많은 사람의 시선을 끄는 뉴스 화면에 모습을 드러냈다. 감성의 분할에 의해 보이지 않던 것이 보이게 된 것이다. 그 때문에 그 순간 서 검사는 모든 여성이 겪고 있는 정적 속의 고통을 대신 표현해준 은유로 작용하기 시작했다. 은유는 **감성의 분할**을 해체하는 도발적인 무기의 하나이다.

---

46 「한겨레신문 사설」, 『한겨레신문』, 2018. 1. 30.

권인숙 사건에 공감한 것은 고통 받는 타자에 대한 교섭이었다. 반면에 서 검사에 대한 동조는 은유를 통해 보이기 시작한 타자에 대한 울림이었다. 서지현 검사가 JTBC 화면에 모습을 드러낸 순간은 2차 피해에 의해 추방된 타자가 은유로 작용하며 회생하는 순간이었다. 추방된 타자가 회생할 수 있는 것은 은유의 거울로 비식별성을 비추며 공감을 증폭시켰기 때문이다. 은유는 그처럼 비식별성에 의해 추방된 타자를 회생시키기 때문에 우리 시대의 중요한 무기의 하나인 것이다.

여기서의 은유의 연쇄적 작동과정은 매우 흥미롭다. 보이지 않는 타자를 보이게 만든 JTBC 화면은 비식별성에 묻혀 사라진 여성 타자들을 비추는 은유의 거울이었다. JTBC 화면의 은유의 거울 때문에 일상의 비식별성이 보이기 시작하며 희생자들의 내면이 동요하기 시작한 것이다. 그 순간 은유는 여성들과 일상의 사람들의 공감력을 증폭시켜 타자를 자아의 내면에 들어오게 만든다. 내안에 들어온 타자(서지현)는 나와 합체되면서 심연을 뒤흔든다. 그처럼 심연의 연대가 만들어지기 때문에 서 검사는 낯선 두려움을 넘어설 수 있는 것이다. 서 검사가 여성들을 구원해주고 여성들이 서검사를 구조해주는 연쇄의 과정 속에서 이제 또 다른 서지현의 등장이 가능해진다.

이 같은 서 검사의 은유적 도발은 고공투쟁의 김진숙과도 다르지 않다. 고공의 김진숙이 보이지 않는 해고자들을 보이게 만들었듯이 JTBC 화면의 서 검사는 여성 희생자들을 보이게 만들었다. 그 순간 사람들이 위기에 처한 김진숙에 동조한 것처럼 여성들은 속으로 "우리가 서지현이다"라고 외쳤다. 이 과정에서 은유는 상실한 시각성을 회생시키면서 자아의 도약과 함께 타자성의 주체성을 생성시켰다.

이처럼 은유적 정치에서는 **시각적 역습**이 매우 중요하다. 은유의 시각적 역습은 비식별성을 식별하게 해줄 뿐 아니라 타자를 나의 일부로 여기게 만들어준다. 보이지 않던 서 검사가 보이게 된 것은 내 안의 침묵의 타자가 보이게 된 것과 같은 과정인 것이다. 서 검사의 파문은 비식별성의 **비밀**을 해체하며 내면의 공감이라는 또 다른 **비밀**을 길어 올렸다. 이것이 두 가지 비밀에 대한 은유적 도발의 연쇄적인 이중적 과정이다. 그런 은유적 번짐으로서 미투운동의 울림은 조직적인 운동과는 다른 물밑의 비밀의 연대였다. 아무도 고백하라고 말하지 않았지만 물밑에서, 내면으로 번져간 것이다.

서 검사의 은유가 강력한 힘을 발휘할 수 있었던 또 다른 이유는 그녀가 **법적 조직**의 일원이었기 때문이다. 비식별성이란 법의 안과 밖의 구분이 불분명한 상태를 말한다. 일상의 여성들은 법적 질서에 지배되는 동시에 법이 모호해지는 비식별성의 위험을 안고 살아간다. 그런데 서 검사는 법적 조직이 법이 정지되는 순간을 포함함으로써 더 (남성중심적으로) 공고해지는 역설을 말하고 있었다. 그 순간 법의 보호라는 미명 아래서 더 두려운 위력을 행사하는 비식별성의 정체가 식별되기 시작한 것이다. 서 검사는 젠더 영역에서 감지된 법의 이율배반을 표현한 셈이었다. 이제 여성들은 법적으로 민주화된 사회에서 왜 여성의 예외상태의 고통이 여전히 계속되는지 짐작하게 되었다. 법은 법이 정지되는 순간을 잘 저지하게 못할 뿐 아니라 남성중심적 측면(그리고 젠더관계)에서는 오히려 그것을 포함하며 강해진다.

남성중심적 법조직은 윤리로부터 멀어진 동일성의 집단이다. 그에 의거한 조직과 체제는 법이 모호해지는 **비윤리적 순간**을 포함함으로써 더 강해진다. 반면에 미투운동은 법이 비식별되는 지점에서 **윤리**를 회생시킴으로써 남성중심적 법조직[47]에 맞선다. 또한 다시 법으로 돌아오는 순간

---

47   이 법조직은 검찰뿐만 아니라 친밀사회 전체이다.

에도 윤리를 포함한 또 다른 법의 세상을 소망한다. 남성중심적 법 체제가 법의 정지를 끌어안는다면 여성의 미투운동은 법이 멈춘 순간 추방된 윤리와 사랑을 끌어안는다.

남성중심적 법 체제는 상상적으로 고착화된 사회이다. 그 때문에 서 검사처럼 그에 동화되지 않은 사람은 남성적 권력이 행사되는 순간이 환각처럼 느껴지는 것이다. 남성중심적 체제는 피지배자를 페티시로 만들어 친밀한 결연의 상상을 유지하며 그에 따르지 않는 타자는 냉혹하게 배제한다. 환각 같은 순간을 비식별성의 일상에 묻어두지 않는 사람은 2차 피해를 당하고 더 나아가 앱젝트로 배제되는 것이다. 미투운동은 그런 비식별성에 저항해 환각을 현실로 되돌리고 추방된 앱젝트를 내면의 타자로 회생시킨다.

미투운동에서 은유를 통해 **내면의 타자**가 회생되는 이유는 같은 상처의 비밀을 지닌 여성들의 연대이기 때문이다. 추방된 타자를 내면의 공감의 대상으로 회생시킨다는 것은 앞서 살핀 **앱젝트를 대상 a**의 위치로 전환시키는 과정과도 같다. 그렇기에 미투운동은 상상계 쪽에 고착된 일상을 실재계적 현실로 이동시키는 운동이다.

그러나 남성중심적 체제는 몇 번의 여성의 고백으로 무너지지 않는다. 남성적 체제는 비식별성의 문을 다시 닫음으로써 미투운동으로 열린 현실을 재차 고착된 상상적 일상으로 되돌리려 한다. 그에 맞서는 미투운동은 간신히 열린 문이 닫히지 않도록 끝없이 발을 거는 시도이다.[48] 이제 싸움은 보이는 현실에서 보이지 않는 비식별성으로 이동했다. 열린 문이 닫히지 않도록 발을 거는 운동은 같은 상처를 지닌 여성들의 비밀의 연대이기에 연쇄적 파문으로 계속된다.

---

48 익명의 여성기자, 「혼자 모든 짐을 지지 마시고 함께 나눠 들어요」, 『한겨레신문』, 2018.
2. 3. '끝없이 발을 거는 시도'라는 표현은 메릴 스트립이 한 인터뷰에서 한 말임.

남성중심적 체제는 모두 다 알지만 아무도 말하지 않는 비밀에 의해 유지된다. 반면에 비밀의 연대의 운동은 말해지지 않는 비밀을 두려움 속에서 말함으로써 시작된다. 그 과정에서 심연으로부터 길어 올려지는 또 다른 비밀, 물밑의 사랑의 회생[49]이 미투운동의 추동력이다. 이 물밑의 비밀의 운동은 비식별성의 문이 열리도록 부단히 발을 걸면서 부동의 남성중심적 체제를 물위의 도시[50]로 만들며 끝없이 동요시킨다.

6. 일상의 촛불로서 미투운동

미투운동은 촛불집회처럼 조직도 구호도 없이 물밑에서 시작된 운동이다. 가만히 있으라는 비식별성의 명령에 대항해 가만히 있을 수 없는 움직임을 표현한 점도 비슷하다. 미투운동이 촛불집회와 다른 점은 광장에서 일상으로 돌아온 후의 운동이라는 점이다. 미투운동은 촛불 이후에 일상에서 다시 켜진 내면의 촛불집회이다.[51]

광장의 촛불집회는 제도적인 변화를 이끌어낼 수 있지만 일상의 비식별성의 장막을 모두 폐지하지는 못한다. 광장에서 일상으로 돌아온 후에 다시 예전으로 회귀한 듯한 답답함을 느끼는 것은 그 때문이다. 탄핵 촛불집회 이후 답답한 일상의 비식별성의 장막을 해체하려는 다양한 운동들이 나타난 것은 우연이 아니다. 미투운동과 갑질에 대한 고발은 조금 열린 비식별성의 문이 다시 닫히지 않도록 끝없이 발을 거는 운동이다.

---

49 이는 레비나스가 말한 여성적 사랑이다.
50 '물위의 도시'라는 은유는 김철, 「근대의 초극」, 『낭비』 그리고 베네치아」, 『국민이라는 노예』, 삼인, 2005, 참조.
51 이재성, 「촛불 이후의 촛불, 미투」, 『한겨레신문』, 2018. 3. 12.

이런 일상의 운동의 확산은 미투운동의 전 사회적인 확대와 연관이 있다.

미투운동은 문학과 연극, 연예계로 번져갔다. 감성적인 문학과 연예의 영역은 어떤 면에서 이성적인 법적 조직과 정반대되는 위치에 있다. 그러나 정반대되는 이유로 양자는 비슷하게 여성성이 쉽게 유린될 수 있는 영역이다. 법적 조직이 법의 이율배반을 드러냈다면 문예 조직은 남성에 전유된 문화의 이율배반을 나타냈다. 남성중심적 법이 합법과 불법의 경계가 모호한 지점을 포함하는 반면 문학과 예술은 윤리와 사랑의 이름으로 일탈과 불법을 용인한다. 하지만 바로 그 때문에 남성에 전유된 문화에서 윤리와 비윤리의 모호성이 빈번히 생겨나는 것이다. 문학 속에서 윤리적 승리를 증언하는 불륜과 윤락이 남성적 문화계에서는 문자 그대로 비윤리적 추태로 실행되는 것이다. 다만 그 추행이 문학과 예술의 미명을 빌려 불투명한 장막에 가려질 뿐이다. 법적 조직이 법의 이름으로 비식별성을 만들었다면 문화조직은 예술의 이름으로 비슷하게 모호한 불투명성을 만들었다. 양자의 공통점은 비식별성의 장막에 의존해 유지되는 남성중심주의이다.

미투운동이 번진 또 다른 영역은 법에 버금가는 남성적 권력을 지닌 자본이다. 아시아나 항공의 여승무원에 대한 성폭력이나 성심병원 간호사들의 걸그룹 공연이 바로 그것이다. 이 예들에서는 단순한 계급적 착취를 넘어서서 사적인 자유마저 박탈하는 인격의 식민화가 나타나고 있다. 사적 영역에서의 인격의 식민화는 이제까지 젠더관계의 폭력의 특징이었다. 그런데 그런 인격의 식민화가 법적 조직과 자본에까지 번져 있었던 것이다. 서 검사 사건이 젠더관계의 남성중심주의가 법적 권력과 중첩된 양상이라면, 아시아나와 성심병원은 자본이 얼마나 젠더관계를 관통하는 남성중심적 영역인가를 보여준다. 법적 조직 못지않게 자본 역시 젠더관계의 모순과 중첩되어 있었으며, 그만큼 비식별성의 장막에 의해 사적 영역의 자유를 박탈하는 폭력이 행사되어 온 것이다.

법적 조직과 자본에서의 여성의 사적 자유의 박탈은 차별의 고착화로서 감정과 인격의 식민화를 뜻한다. 그 때문에 여기서의 사적 영역은 공적인 영역보다 더 공적이라고 할 수 있다. 사적 자유의 박탈은 공적인 착취의 고착화된 정도를 뜻하기 때문이다. 계급의 영역에서의 미투운동은 그동안 계급적 착위와 폭력이 얼마나 은밀하게 고착화돼왔나를 보여주는 지표이다. 은밀한 고착화는 감성의 분할의 치안이 행해지는 거대한 침묵의 구조에 의해 유지된다.

자본의 영역에서의 미투운동은 그런 거대한 침묵의 구조를 깨는 역할을 했다. 여기서는 사적인 영역의 해방의 주장이 가장 공적인 의미를 지닌다. 또한 감정적인 폭력에 대한 저항이 감성의 분할을 거부하는 자본에 대한 첨예한 투쟁이 된다. 감성의 분할은 힘이 없는 여성과 을乙의 목소리가 들리지 않게 만드는 권력장치이다. 미투운동은 그런 감성권력 밑에서 인격과 감정의 폭력에 침묵했던 목소리를 다시 들리게 만든 운동이었다. 그 점에서 최근 전개되는 감정적 갑질[52]에 대한 저항 역시 미투운동의 확산의 연장선상에 있다.

촛불 이후의 일상의 운동들이 미투운동과 연관되는 것은 비슷하게 거대한 침묵의 구조를 깨는 방식이기 때문이다. 미투운동은 친밀해 보이는 사적 영역이 가장 냉혹한 폭력이 행사되는 곳임을 보여준다. 그런데 그런 냉혹한 친밀성이 법적 조직과 자본에까지 만연돼 있었던 것이다. 친밀성의 영역에서 냉혹한 차별이 은밀하게 이루어지는 것이 바로 친밀사회의 특징이다. 미투운동의 다양한 영역으로의 확산은 우리 사회가 냉혹한 친밀사회임을 알려주고 있다.

---

52 대한항공 조현민의 감정적인 폭력을 말한다.

친밀사회는 사적인 영역에서 가장 공적인 권력이 내밀하게 행사되는 사회이다. 프레드릭 제임슨은 그런 새로운 착취의 방식을 **무의식의 식민화**라고 불렀다.[53] 무의식과 감정이 식민화되면 사적인 영역마저 권력에 예속되거니와 이는 차별과 착취의 고착화를 뜻한다. 무의식이 식민화되고 차별이 고착화되었다는 것은 모순이 잘 보이지 않는 거대한 침묵의 구조가 만들어졌다는 뜻이다.

친밀사회가 출현하기 이전에 젠더 영역에서는 이미 오래 전부터 그런 침묵의 구조가 형성되어 있었다. 젠더 영역에서의 미투운동은 그런 비식별성의 영역에서 반격이 시작되었음을 뜻한다. 그 이유는 친밀사회 출현이후 상상계에 더욱 고착된 상황에서 물밑으로부터 물질적 차이의 반작용이 요구되었기 때문이다. 이런 상황에서는 지배권력이 맹목이 되는 물밑의 공간의 움직임이 매우 중요하다. 세월호 사건이 팽목항의 물밑에서 시작되었듯이 미투운동 역시 수면 밑에서 번져갔다. 그리고 그 파도를 타고 아시아나 여승무원과 성심병원 간호사 사건 같은 갑질에 대한 저항으로 이어졌다.

갑질에 대한 응수가 공감을 준 것은 감정과 인격의 영역의 폭력에 대한 대응이었기 때문이다. 갑질의 횡포의 충격은 누구나 조금씩 겪고 있는 감정적 폭력을 확대해서 보여준 데 있었다. 친밀사회에서는 젠더 영역의 여성처럼 감정적 착취와 폭력을 견디며 침묵 속에서 살아간다. 그런데 감성의 분할에 의해 보이지 않던 영역이 TV화면에 확대되어 나타난 것이다. 대한항공 조현민 이사의 감정적 횡포는 모두가 겪고 있는 감정폭력을 은유적으로 증폭시켜 보여준 것과도 같다. 그것은 서지현 검사가 이상한 고요함 속에 묻혔던 여성들의 성폭력을 대신 증언한 상황과 비슷했다. 서

---

53   프레드릭 제임슨, 유정완·이삼출·민승기 역, 앞의 글, 22쪽.

검사가 환각 같은 피해자의 상황을 증언했다면 조현민이 보여준 것은 가해자의 광기였다.

물론 갑질은 감정적 폭력만을 뜻하지는 않는다. 편의점 본사[54]의 가맹점이나 대리점에 대한 불공정한 횡포도 갑질이다. 이 경우의 갑질은 식민지 시대 반봉건적인 지주[55]의 소작인에 대한 폭력적 수탈을 방불케 한다. 지주의 무리한 요구에 응하지 않으면 생존수단을 잃게 되는 점에서 그렇다고 할 수 있다. 오늘날의 대기업과 체인점 본사는 중소기업과 소상공인에 대해 신분사회의 차별에 준하는 착취와 수탈을 자행하고 있다.

편의점 본사의 갑질과 조현민의 갑질의 공통점은 상상적으로 고착화된 권력의 횡포라는 점이다. 상상적으로 고착화된 자본은 신분이나 인종, 젠더의 영역처럼 대체 불가능한 경직된 권력을 행사한다. 여기서의 차별과 착취의 장면은 단순한 계급적 횡포를 넘어서서 비합리적으로 광적이거나 환각으로 느껴진다.

갑질은 권력의 행사가 환각으로 느껴질 만큼 상상적으로 고착화된 점에서 젠더 영역의 서 검사 사건과도 유사하다. 상상적으로 고착화된 권력, 차별에 입을 닫는 거대한 침묵, 친밀하게 다가올수록 감정 폭력이 증폭되는 역설, 이것이 냉혹한 친밀사회의 특징이다. 서지현 검사와 프랜차이즈 가맹점, 대기업 사원들은 친밀사회의 이상한 고요함의 희생자들이다. 이들은 남성 간부와 본사, 대기업의 모습을 한 모래인간의 거세의 위협에 시달리고 있다. 미투운동과 갑질에 대한 저항은 낯선 두려움 속에서 모래인간에 대항하는 친밀사회의 새로운 변혁운동이다. 새로운 운동들은 희생자로도 불리지 못하고 조용히 살아가는 사람들의 목소리를 들려주면

---

54 편의점 본사는 대개 재벌이 경영한다.
55 식민지 농촌 같은 반봉건적(半封建的) 사회구조에서는 지주의 소작인에 대한 수탈이 매우 가혹해진다.

서 감성적 치안에 맞서 고착된 체제를 뒤흔드는 물밑의 반격을 시도한다. 그런 물밑의 반격에서 이제까지 가장 고요했지만 지금은 선봉에 서 있는 비밀의 연대가 바로 젠더 영역의 미투운동이다.

제8장

친밀사회의 감성권력과 은유로서의 정치

1. 이성을 흐리는 감성권력과 을들끼리의 전쟁

우리 시대가 친밀한 감성사회가 되었다는 것은 이성이 중요하지 않다는 말은 아니다. 냉혹한 친밀사회를 변화시키려면 이성적 비판에 근거한 구체적 행동이 있어야 한다. 문제는 친밀사회가 비판적 이성을 행사하기 어렵게 다양한 감성권력을 사용하고 있다는 점이다. 제임슨이 말한 무의식의 식민화란 우리의 인격을 이성적 판단을 흐리는 감정상태로 이끄는 작용을 뜻한다. 이른바 비식별성의 장막이란 수동적 정동을 유포시켜 이성을 마비시키고 이상한 고요함을 유지하는 장치이다. 이제 권력과 저항의 대치가 무의식과 비식별성의 차원으로 이동한 것이다. 따라서 수동적 정동과 '이성의 파괴'에서 벗어나려면 무의식의 식민화에 대항하는 감성정치와 정동투쟁이 필요하다. 스피노자가 말했듯이 열악한 감정에서 탈피하기 위해서는 (이성에 앞서) 더 강렬하고 능동적인 감정이 요구되는 것이다.[1]

---

1   스피노자, 조현진 역, 『에티카』, 책세상, 2006, 72쪽.

파시즘과 철학적 비합리주의에 대항해 이성을 옹호한 사람은 루카치였다. 루카치는『이성의 파괴』에서 '자생성에서 의식성으로, 감성에서 이성으로'를 주장했다.[2] 그러나 우리를 수동적 정동의 안개에 유기하는 오늘날에는 루카치의 구호만으로는 충분하지 않다. 증오, 혐오, 쾌락 같은 수동적 정동은 우리의 비판력을 흐리면서 이성의 이율배반에 빠지게 만든다. 우리 시대는 자본의 모순 못지않게 이성의 자기모순이 극에 달한 시대이다. 앞서 살핀 젠더 영역에서 감지된 법의 이율배반이 대표적인 예이다. 또한 루저를 대거 양산한 신자유주의는 초합리적 자본주의가 비합리적 죽음정치를 낳음을 증언하고 있다. 감성권력과 생명정치라는 존재론적 권력은 수동적 정동의 안개 속에서 이성의 이율배반을 최대로 증폭시킨다. 오늘날은 비판적 이성이 무력화된 동시에 도구적 이성은 극에 달한 시대이다. 그처럼 감성권력에 의해 아포리아에 빠진 이성을 구출하려면 단순한 이성적 자각만으로는 불충분하다.

우리 시대에는 이성적 비판의 회생이 감성정치 및 정동투쟁과 함께 행해져야 한다. 열악한 감정에 예속된 상태에서는 의식적 자각만으로 이성을 회복하는 일이 지난하기 때문이다. 앞서 살핀 새로운 변혁운동들이 존재론적 정치와 인식론적 정치의 결합으로 나타난 것은 그 때문이다. 촛불집회와 미투운동, 을의 저항[3]은 정동투쟁과 이성적 비판의 결합이다.

감성권력이 이성을 마비시키는 방식에는 증오의 장치와 쾌락의 장치가 있다. 능동적인 사랑과 분노가 비판적 이성에 공명한다면 즉자적인 쾌락과 증오는 이성을 흐리게 만든다. 쾌락과 증오는 동전의 앞뒷면과도 같다. 비이성적인 증오는 분별력 없는 쾌락의 소망이 좌절된 데에 대한 반

---

2   루카치, 변상출 역,『이성의 파괴』I, 백의, 1996, 10쪽.
3   갑질에 대해 저항하는 을의 전쟁에 대한 논의에는 진태원의『을의 전쟁』(그린비, 2017)이 있다.

작용이다. 오늘날 건강한 분노[4]가 증오로 변질된 것은 에로스가 소멸되고 그 자리에 쾌락의 장치가 들어섰기 때문이다.

전사회적 자본주의는 부의 욕망과 함께 쾌락원칙이 에로스를 대체하게 만들었다. 에로스를 구원하기 위한 정동이 능동적인 분노라면 쾌락을 지키기 위한 정동은 수동적인 증오이다. 에로스와 표리를 이루는 능동적 분노와는 달리 쾌락원칙에 예속된 증오는 비이성적이다.

에로스에 근거한 분노는 타자와 교섭하며 사회모순에 저항한다. 그 순간은 정의로운 분노가 비판적 이성에 공명하는 순간이기도 하다. 반면에 쾌락원칙에 얽매인 즉자적인 증오는 사회적 모순에 대항하는 대신 비슷한 계층과의 싸움에 말려든다. 감성권력에 의해 수동적 정동이 만연되면 비판적 이성이 마비되는 것은 이 때문이다.

최근의 두 개의 사건은 그런 수동적 정동의 퇴행을 잘 보여준다. 2009년 이후 29번째 희생자가 나온 2018년까지, 쌍용차 사태는 우리 사회를 비추는 은유적인 거울과도 같았다. 쌍용차 사태가 여느 노동자 파업과 다른 점은 다음의 두 가지이다. 먼저 정리해고 이후 고통을 참지 못한 자살자들이 연이어 나타났다는 점이다. 직접적인 경찰폭력과 국가폭력에 의한 죽음이 아닌 은밀한 죽음정치가 행해지고 있는 것이다. 희생자들은 해고의 순간 셔터가 내려진 다른 세계로 추락하는 동시에 블랙리스트 같은 낙인에 시달려야 했다. 그런 해고자들의 자살은 구조적 폭력에 의한 사회적 타살이자 구조적 타살이라고 할 수 있다.[5] 더욱 더 불길한 것은 그들의 죽음이 일상의 '이상한 고요함' 속에 묻히면서 죽은 자가 희생자도 되지 못하는 점이다. 이것이 바로 비식별성의 장막 뒤에 숨은 우리 시대의 은밀한 죽음정치의 구조적 효과이다. 그런 불길한 침묵과 죽음정치는 탈락

---

4   사랑에 근거한 분노는 이성적 비판력을 증폭시킨다.
5   조희연, 『한겨레신문』, 2012.4.16; 공지영, 『의자놀이』, 휴머니스트, 2012, 151쪽.

자들을 앱젝트로 배제하는 냉혹한 친밀사회의 풍경에 다름이 아니다. 일상의 사람들은 수동적 정동의 안개 속에서 자살자들의 비극을 보는 동시에 보지 못하고 있는 것이다.

쌍용차 사태의 또 다른 뼈아픈 점은 산 자와 죽은 자를 나누어 동료끼리 폭력을 행사하는 일이 생긴 것이다. 해고자들은 국가와 회사로부터 버려진 동시에 동료들로부터도 버려졌다. 어제까지 집에 와서 술도 먹고 야유회에서 밥도 먹던 사람들이 눈을 똑바로 뜨고 "외부세력 물러가라"라고 소리쳤다. 해고자 가족이 회사 앞으로 가자 '산 자'들이 "이러다가 다죽는다. 너희는 물러가라"라고 외쳤다.[6] 공지영은 우리 사회에 만연된 이런 인간성의 파멸 장치를 의자놀이라고 불렀다. **의자놀이**에서 '산 자'는 친밀한 동시에 냉혹해지며 '탈락자(죽은 자)'들은 폐품처럼 버려진다. 의자놀이는 냉혹한 친밀사회를 유지하는 중요한 권력장치이다. 친밀사회는 로봇처럼 구호를 외치는 산 자들과 셔터가 내려진 세계에서 죽음에 유기된 자들로 나눠진다.

의자놀이가 만든 '산 자'와 '죽은 자'라는 단어는 우리 사회를 비추는 은어와도 같다. 민주화 시대의 뜨거운 열정의 근거였던 그 둘의 관계는 오늘날 변질되었다. 불길한 신조어 산 자와 죽은 자는 쌍용차 공장이 있는 평택 시내의 아이들까지도 알고 있었다.[7] 이 은어는 실상 자살자들에게 침묵하고 있는 일상의 사람들까지도 은밀히 지배하고 있는 셈이다. 산 자란 친밀한 권력에 회유된 사람들이며 죽은 자란 죽음정치에 의해 추방된 사람들이다. 친밀사회는 증폭된 삶권력의 유혹과 죽음정치적 배제의 사회에 다름이 아니다. 탈락자들이 죽음에 이르도록 배제되어야만 산 자들끼리 친밀성의 환상을 유지할 수 있는 것이다. 그 과정에서 산 자는 죄책

---

6   위의 책, 152쪽.
7   위의 책, 91~92쪽.

감이 증오로 변질되며 죽은 자는 우울증 속에서 목숨을 잃는다. 양자 모두 수동적 정동이 만연된 사회의 비극을 보여준다.[8] 수동적 정동의 안개로 인해 산 자와 죽은 자 사이에는 은유적인 기억의 경첩이 끊어져 있다. 두 변질된 단어는 존재론적 회생을 위한 이중주의 불가능성의 증거에 다름이 아니다.[9]

이성적 판단을 흐리는 수동적 정동의 퇴행은 근래의 최저임금을 둘러싼 논란에서도 나타난다. 최저임금 논란은 중소상공인-편의점 주인들과 편의점 알바-최저임금 노동자 사이에서 벌어졌다. 중소상공인이나 편의점 주인들은 편의점 본사를 경영하는 대기업에 대해 을乙의 위치에 있다. 편의점 알바들 역시 을이거나 대기업에 대해 병丙의 관계에 있다. 이런 상황에서 최저임금제의 논란이 을들끼리의 싸움으로 이어진 것은 비이성적이고 역설적이다.

우리 사회의 병폐인 갑질은 대기업과 중소상공인, 혹은 편의점 본사와 지점 사이에서 일어난다.[10] 예컨대 대기업이나 재벌들은 편의점주들에 대해 무리한 로열티나 임대료, 카드수수료를 요구한다. 그 때문에 임대점 주인들은 알바들에게 최저임금을 지불할 여력조차 상실하고 있는 것이다. 그러나 대기업의 갑질에는 별 소리를 내지 못하는 반면 편의점주와 알바 사이의 을들끼리의 싸움이 진행되고 있다.

이런 합리성을 흐리는 상황의 이면에는 구조적인 비식별성의 장치가 작용하고 있다. 비식별성의 장치란 감성의 분할을 통해 약자(을)의 불만

---

8 이런 비식별성의 미로에서 벗어나려면 회유된 사람들이 아닌 또 다른 산 자와 죽은 자의 증언의 이중주가 필요할 것이다. 공지영의 『의자놀이』는 그런 증언의 이중주를 연주하려는 시도이다.
9 과거에는 죽은 자와 산 자의 교감이 비교적 쉽게 이루어져 저항적 투쟁의 불꽃이 점화될 수 있었다. 반면에 오늘날에는 자아의 도약을 위한 이중주의 연주 자체가 저항운동의 중요한 과제가 되었다.
10 편의점 본사는 대부분 대기업이나 재벌들이다.

이 들리지 못하게 하는 방식이다. 편의점주들도 대기업(편의점 본사)에 대해 불만이 있지만 목소리가 잘 들리지 않기 때문에 보다 더 약자인 알바(최저임금) 쪽에 불평을 하고 있는 것이다. 우리는 중소상공인이나 편의점주들에게 이성적 판단을 하도록 촉구해야 한다. 그러나 근본적으로는 약자의 목소리를 침묵에 가두는 감성의 분할의 구조를 변화시켜야 한다.

편의점 알바들은 셔터가 내려진 세계로 추락할 위험에 시달리는 존재들이다. 반면에 편의점주들은 의자놀이에서 산 자 쪽에 속한다. 그 때문에 자신이 당하는 갑질에 침묵하는 반면 죽음정치의 함정에 놓인 병들에게 냉혹해지는 것이다. 약자의 불만을 소음으로 배제하는 감성의 분할과 비식별성 장치는 사랑과 공감 대신 비굴한 수동적 정동을 유포시킨다. 수동적 정동은 정글이나 사육의 세계에서 볼 수 있는 심리상태와도 다르지 않다. 자본과 재벌에 의해 사육되고 있는 을들은 정글의 법칙에서 살아남기 위해 자기보다 약한 을들과 싸움을 벌이고 있는 것이다. 을들끼리의 싸움은 친밀사회에 숨겨진 죽음정치의 또 다른 구조적 효과이다. 그처럼 을들끼리의 싸움이 계속되는 한 기울어진 사회구조는 변화되지 않고 영원히 계속된다.

쌍용차 사태와 최저임금 논쟁의 공통점은 의자놀이와 을들끼리의 전쟁이다. 여기서는 단순한 이성의 결여나 판단착오가 아니라 수동적 정동이 문제이다. 신자유주의가 유포시킨 수동적 정동의 안개 속에 있기 때문에 이성적 판단이 흐려지는 것이다. 「도둑맞은 가난」에서처럼 욕망이 부의 증식 쪽으로만 흐르는 탓에 에로스의 대상인 약자(타자)를 싸움의 상대나 쓰레기로 배제하는 것이다. 의자놀이의 구조를 바꾸는 역습이 시작되려면 이성의 촉구와 함께 합리적 판단을 흐리는 비식별성 장치와 수동적 정동의 늪에서 벗어나야 한다.

의자놀이 같은 퇴행적 장치가 합법적으로 작동되는 오늘날에는 이성적 판단을 촉구하는 설득만으로는 충분하지 않다. 과거의 민주화 시대에 사회적 변화가 가능했던 것은 중간층들이 하층민들과 연대를 이루었기 때문이다. 그 연대의 원리는 타자에 대한 공감(사랑)과 사회모순에 대한 분노였다. 그러나 오늘날은 능동적인 사랑과 분노 대신 쾌락과 증오 같은 수동적인 정동이 만연된 시대이다. 사랑과 분노가 사회를 바꾸려는 비판적 이성을 고양시킨다면 쾌락과 증오는 합리적 판단력을 흐리게 만든다. 쾌락과 증오, 혐오 같은 반작용적 정동이 유포된 사회에서는 인간적인 이성 대신 비인간적인 도구적 이성이 극도로 발전한다. 반작용적 정동이란 자본의 동일성 체제를 지키기 위해 스스로 체제에 예속된 수동적 감성들이다. 쾌락이란 자본의 부의 욕망[11]이며 증오와 혐오는 타자를 추방하는 정동이다. 동일성 체제를 수호하는 동시에 타자를 제거하는 수동적 정동들은 오랫동안 사회적 변화가 오지 않는 세상을 만든다. 동일성 체제가 역사의 타자성을 배제한다면 그 체제를 지키는 수동적 정동의 세상이란 상상적으로 고착화된 사회일 것이다. 수동적 정동들은 자본주의 체제(상징계)의 모순을 상상계의 차원에서 은폐하는 역할을 하는 것이다.

상상적으로 고착화된 사회와 과거의 이데올로기와의 차이는 전자에서는 구성원들이 **자발적으로** 동일성을 유지하는 흐름에 참여한다는 것이다. 그런 자발성은 상상적 동일성을 고착화하는 무의식과 감성의 식민화의 효과일 것이다. 자본의 동일성을 상상적으로 고착화하는 감성의 흐름, 이것이 신자유주의 친밀사회의 '감성의 분할' 장치이다. 감성의 분할 장치란 지배권력이 사용하는 미학에 다름이 아니다. 오늘날은 지배권력이 미학을 사용해 전사회적 자본주의를 오랫동안 유지시키려는 사회이다.

그런데 감성의 분할은 지배권력의 미학인 동시에 반미학이기도 하다.

---

11   이런 쾌락원칙이 부드러운 친밀사회의 언어로 유포된 것이 '부자되세요'라는 광고 카피이다.

미학이 능동적 감성을 통해 생명적 존재의 에로스를 고양시킨다면, 반미학은 수동적 감성을 통해 동일성을 고착화하고 유동적 타자를 배제한다. 감성의 분할에 의해 동일성 체제에 상상적으로 고착된 사회에서는 반미학에 의해 사회모순을 식별하는 이성적 판단이 흐려진다.

우리시대는 자본과 권력의 운행이 초합리적이 된 동시에 비판적 합리성이 흐려진 사회이다. 이런 역설의 이면에는 감성권력과 생명권력의 비식별성의 장치의 비밀이 숨어 있다. 도구적 이성에 근거한 자본의 캐슬은 환상적 스펙터클과 반미학을 통해 비식별성 속에서 타자를 추방한다. 그처럼 타자에 대한 공감이 약화되면 비판적 이성 역시 위축될 수밖에 없다. 이제 캐슬 안에 들어갈 수도 바깥으로 탈출할 수도 없는 사람들은 환상적 성채를 선망하면서 반복적으로 미로를 헤매게 된다. 그처럼 환상과 환멸을 반복하며 미로를 헤매는 것은 비합리적인 동시에 필연적이다. 우리시대는 가장 합리적인 동시에 가장 비합리적인 일들이 일어나는 시대이다. 도구적 이성의 챔피언들이 캐슬을 차지하고 나머지 사람들은 보이지 않는 비식별성의 미로를 헤매게 되는 것이다.

그런 미로 같은 비식별성은 의식적 자각의 부족보다는 수동적 정동을 유포시키는 감성권력과 생명권력에 예속된 때문이다. 그렇기에 오늘날에는 이성적 비판력을 회복하기 위해서 합리적 설득과 함께 수동적 정동에 길들여진 자아를 다시 회생시켜야 한다. 촛불집회와 미투운동, 을의 반격 등 새로운 변혁운동들은 존재의 고양을 위한 감성정치와 정동투쟁의 중요성을 암시한다. 여기서의 존재론적 정치와 인식론적 정치의 결합이 입증하는 것은 수동적 정동에 의해 빈약해진 자아가 다시 팽창해야지만 사회를 변화시키려는 능동적 비판력이 회복될 수 있다는 진리[12]이다.

---

12   이런 감성과 이성의 관계에 대해서는 스피노자, 조현진 역, 앞의 책, 72~75쪽 참조.

2. 감성권력의 미학과 정동투쟁

불평등성이 고착화된 사회는 감각적 불평등성의 사회이기도 하다. 감성의 분할이란 부의 불평등성을 감각의 불평등성으로 은폐하는 장치이다. 신자유주의는 보이는 것과 보이지 않는 것의 분할을 통해 불평등성으로 인한 불만을 잠재우는 데 성공했다. TV와 스마트폰과 쇼윈도에는 1%의 부유한 세계가 가장 잘 보이며 99%의 나머지는 희미하게 보일 뿐이다. 신자유주의는 이런 스펙터클의 매체와 비식별성의 장치를 통해 불만을 잠재우고 불평등성을 고착화시킨다.

감성의 분할은 스펙터클 장치와 비식별성 장치의 결합으로 이루어진다. 우리가 살펴본 비식별성의 사회는 기 드보르가 말한 스펙터클의 사회이기도 하다. 기 드보르는 스펙터클이 중요한 사건과 역사적 인식을 은폐하고 소멸시킨다고 주장한다.[13] 우리는 그에 앞서 스펙터클 장치가 타자를 비식별성의 영역으로 추방하고 이상한 고요함의 사회를 만든다고 말할 수 있다. 타자를 추방하고 사건을 은폐하는 스펙터클 사회는 자본의 동일성 체제를 영속화하는 역사 없는 세계이기도 하다. 이제 역사와 미래를 대신하는 것은 스펙터클 권력의 영속적인 친밀성이다.[14]

그 같은 역사 없는 친밀한 사회는 불평등성이 계속되는 세계이기도 하다. 오늘날 불평등성 비판에 대한 일차적 장애물은 스펙터클과 비식별성의 장치이다. 그 때문에 불평등성에 대한 불만은 흔히 비식별성의 역습과 스펙터클에 대한 반격으로 나타난다. 예컨대 『나는 소망한다 내게 금지된 것을』, 〈더 테러 라이브〉, 〈원티드〉에서 여성과 하층민, 가습기 피해자는 시각적 매체를 탈취함으로써 불평등성과 차별에 항의한다.

---

13 기 드보르, 유재홍 역, 『스펙터클의 사회에 대한 논평』, 울력, 2017, 31~33쪽.
14 위의 책, 33쪽.

흥미로운 것은 새로운 변혁운동 역시 시각적 역습과 무관하지 않다는 점이다. 고공농성, 희망버스, 촛불집회의 공통점은 감성의 분할을 역전시키는 비식별성의 역습이라는 점이다. 왜 노동자들은 크레인과 굴뚝과 130m의 고공으로 올라가는가. 그들이 입증하고 있는 것은 이미 지상은 스펙터클 장치에 의해 점령됐으며 피지배자는 비식별성의 존재가 되었다는 점이다. 이제 자본주의는 시각적으로 지배하면서 틈새의 공간을 비식별성으로 배제한다. 노동자들이 고공으로 올라간 것은 하늘에는 아직 감성의 분할이 없으며 시각적 장치를 반전시킬 수 있기 때문이다. 광장에서 촛불을 켜는 이유 역시 비식별성이 된 틈새 공간을 식별되게 밝히기 위해서이다. 보이지 않는 것을 보이게 만들려는 이 새로운 운동들은 감성의 분할에 대한 강력한 역습이다.

130m라는 고공투쟁의 첨예한 높이는 신자유주의의 극단적인 감성의 분할에 대응하기 위한 방편이다. 그 때문에 촛불의 물결의 확산과 고공농성의 아찔한 높이는 감각적 불평등성의 암담함의 척도이기도 하다. 신자유주의가 감각적 불평등성의 장치를 사용하는 것은 부의 불평등성에 비해 감각의 차별이 저항이 적기 때문이다. 감각적 불평등성의 장치는 피지배자를 비식별성의 영역에 방치함으로써 내면이 빈약해지게 만든다. 내면이 빈곤해진 사람들은 셔터가 내려진 세계로 추방된 타자를 보지 못한다. 모두로부터 외면당하는 타자와 비식별성 속에 있는 우리는 우울한 자아의 빈곤화를 경험한다. 자아의 빈곤화는 타자에 대한 공감과 권력에 대한 저항력을 약화시키기 때문에 감각의 불평등성의 장치가 성공을 거두고 있는 것이다.

그러나 자아가 빈곤화되었다고 심연에서 사랑과 윤리와 인간의 비밀[15]

---

15 인간의 비밀에 대해서는 나카자와 신이치, 김옥희 역, 『예술인류학』, 동아시아, 2009, 532쪽 참조.

이 소멸된 것은 아니다. 다만 무의식을 식민화하는 감성권력에 의해 두레박이 닿지 않는 샘물처럼 되어 버렸을 뿐이다. 그렇기 때문에 오늘날은 아득한 그곳이 새로운 전쟁터가 되었다. 이제 잠재적인 차이의 반격과 감각적 불평등성의 장치가 조우하는 곳, 즉 심연의 무의식이 전쟁터인 것이다.

심연의 인간의 비밀이 억압되고 타자를 배제하는 죽음정치의 비밀만 남은 사회는 밝은 동시에 어두운 사회이다. 보이는 것은 비밀을 상실한 존재와 물건들이며 보이지 않는 것은 심연의 인간의 비밀이다. 그처럼 인간의 비밀(사랑, 윤리)을 보이지 않게 함으로써 부의 불평등성이 유지되는 사회가 바로 헬조선이다.

이제 아무도 이 지옥을 쉽게 나갈 수 없게 되었다. 우리 시대의 헬조선은 유례없이 화려하고 밝은 지옥이라는 점이 특징이다. 좀 더 정확히 말하면 화려하기 때문에 어둠이 유지되는 사회이다. 그것은 우리 시대가 친밀하기 때문에 낯선 두려움이 느껴지는 사회인 것과 같은 이유에서이다. 또한 외관상 민주적으로 보이기 때문에 불평등성이 잘 유지되는 사회인 것과도 같은 이치이다. 결과적으로 오늘날은 모든 것이 잘 보이기 때문에 아무것도 보이지 않는 사회이다.

한병철은 그런 사회를 전시사회라고 부르고 있다. 전시사회는 아감벤의 생명권력과 랑시에르의 감성권력의 합작품이다. 생명권력의 배제에 의해 인간의 비밀이 보이지 않고 감성의 분할에 의해 비밀을 잃은 (물건 같은) 존재만이 보이는 사회가 바로 전시사회이다.

벤야민은 상품들이 아케이드나 백화점에 진열된 환상적인 스펙터클을 판타스마고리아라고 불렀다. 판타스마고리아는 상품 자신의 사용가치는 물론 교환가치조차 넘어서는 새로운 스펙터클 가치의 출현이다. 한병철이 말한 전시사회는 상품의 판타스마고리아가 인간의 인격성의 영역에까지 침투한 체제이다. 전시사회에서는 사람들의 신체나 얼굴, 인격마저 상품들처럼 전시된다. 오늘날 외모중심주의와 외적·내적 성형[16]의 성행은 신체와 인격조차 상품화된 전사회적 판타스마고리아를 입증한다.

그처럼 인간의 얼굴마저 상품의 형태로 전시되는 사회에서는 레비나스의 타자의 얼굴이 사라진다.[17] 상품화될 수 없는 타자의 얼굴은 비식별성의 영역에서 배제되며 그 대신 전시가치를 지닌 상품화된 얼굴이 곳곳을 장식한다. 이제 백화점 쇼윈도와 TV, 스마트폰은 상품화된 얼굴의 전시장이 되었다. 유명 연예인의 의류와 패션의 폭발적 성행은 전시용 얼굴을 닮아가려는 노력이다.

전시사회의 감성권력은 생명권력과 반대되는 기제를 통해 비슷한 일을 한다. 아감벤의 생명권력은 동일성 사회를 위태롭게 하는 이질적 타자를 추방한다. 반면에 전시사회의 감성권력은 전시된 이미지로 타자를 구원하는 척하면서 실제적 타자를 망각하게 만든다. 예컨대 〈태양의 후예〉의 전시용 공권력은 타자를 구원하는 환상적 시나리오를 통해 구원 받지 못한 현실의 타자를 망각하게 만든다. 생명권력이 벌거벗은 타자를 수용소로 내몬다면 감성권력은 배제된 그들을 망각 속으로 내쫓는다. 그런데도 우리는 전시용 공권력 유시진을 닮아가려 노력하며 "그랬지 말입니다"를 흉내낸다.

TV와 쇼윈도, 신매체를 장식하는 상품화된 물건과 얼굴은 감성권력이 연출한 미학이다. 그런 감성권력의 미학은 미의 상품화이기도 하다. 그런데 감성권력의 미학적 상품들은 〈태양의 후예〉에서처럼 집단적 흥분상태를 유발한다. 상품 미학은 집단적 흥분을 통해 페티시를 판타스마고리아로 끌어올린다.

그러나 판타스마고리아는 페티시처럼 환상과 우울의 양가성을 지닌다.

---

16   박일권, 「성형대국의 의미」, 「한겨레신문」, 2015.4.28.
17   한병철, 김태환 역, 『투명사회』, 문학과지성사, 2014, 30쪽.

판타스마고리아를 연출하는 상품의 매력은 타자의 착취와 망각의 산물이기 때문이다. 그럴수록 전시사회의 구성원들은 환상을 깨지 않고 우울로부터 전염되지 않기 위해 혐오의 기제를 통해 타자를 배제한다.

그런데 판타스마고리아의 사회는 상상적으로 고착화된 체제이기 때문에 잠재적으로 차이의 반작용에 직면해 있다. 더욱이 우리 사회처럼 중층적인 불균등성의 세계에서는 다수 체계성에 의한 틈새가 생겨난다. 아감벤의 벌거벗은 생명이 절망적인 것은 서구적 동일성의 상황에서 **불균등성의 틈새**[18]를 망각한 때문이다. 하지만 우리 사회에는 전통과 근대, 샤머니즘과 합리성, 제3세계와 제1세계 사이의 틈새가 있다. 물밑에서 차이의 반작용이 시작되는 곳은 바로 그 보이지 않는 틈새이다. 다수 체계성의 **틈새**란 추방된 타자가 숨어 있다가 다시 은밀히 회생을 모색하는 곳이다.

예컨대 「벌레들」(김애란)의 '나'는 장미빌라의 환상과 철거민들의 절벽 사이의 틈새에서 출산을 하고 있다. 또한 「내 사랑 나의 귀신」(최인석)의 '나'는 후기자본주의와 샤머니즘의 틈새에서 무녀처럼 날아오르고 있다. 「내 여자의 열매」(한강)의 아내 역시 오염된 자본과 식물세계 사이에서 거세를 견디며 회생의 소망을 암시한다.

그런 틈새에서의 반격은 무의식과 비식별성의 영역에서의 싸움이기도 하다. 아직 의식적 차원으로 상승하지 않은 이 틈새에서의 싸움은 **수동적 정동**과 **능동적 정동**의 전쟁이기도 하다. 우리 시대의 꿈물신으로서 판타스마고리아는 마치 꿈처럼 쾌락원칙의 차원에 놓여 있다. 쾌락의 정동이 지배하는 사회는 환상이 깨지는 것이 두려워 타자를 추방하는 혐오의 사회이기도 하다. 쾌락과 증오, 혐오 같은 수동적 정동에 지배되는 사회에서는 상상적 고착화의 효과에 의해 체제의 변화가 일어나지 않는다.

18　틈새에 비판력이 숨어 있다는 생각은 브라이언 마수미, 조성훈 역, 『정동정치』, 갈무리, 2018, 168쪽에서도 논의되고 있다.

그러나 추방된 타자는 수용소에 갇히기 전에 틈새의 공간에 발을 걸친다. 「벌레들」의 '나'는 절벽으로 추락했지만 아직 철거당하지 않고 틈새에 몸을 누여 출산의 기미를 느낀다. 이 소설의 '나'는 구조요청을 외치지만 아무도 달려오지 않는다. 하지만 미투운동에서처럼 틈새에 발을 거는 사람들이 많아질 때 낯선 두려움 속의 '나'는 더 이상 혼자가 아닐 것이다.

촛불집회는 그런 틈새에서의 출산을 도우러 달려온 사람들의 불빛의 퍼포먼스이다. 그처럼 사람들이 자발적으로 모여들어 빛이 될 때 틈새공간은 광장이 된다. 또한 보이지 않는 틈새가 광장이 될 때 깊은 심연의 샘물이 길어 올려져 유성우로 쏟아진다. 이것이 쾌락과 혐오 같은 수동적 정동에 대한 사랑과 공감의 능동적 정동의 반격이다. 능동적 정동의 흐름은 촛불로 인해 밝아진 틈새에서의 시각적 반격과 함께 증폭된다. 광장에 수많은 촛불이 수놓아질 때 사랑과 분노의 반격도 같이 고양되는 것이다.

그런 틈새에서의 저항은 감각적 불평등성에 대한 저항이다. 촛불은 일차적으로 감성적 평등과 평등의 감성을 표현함으로써 위축된 존재를 약동시킨다. 그처럼 감각적 불평등성에서 벗어나야만 빈약한 자아가 팽창하면서 세월호처럼 기울어진 불평등한 세상에 대한 반격이 시작되는 것이다. 촛불이 그처럼 미시적 반격에서 시작하는 것은 거시적 권력이 은밀히 소형화된 미시장치를 사용하기 때문이다. 새로운 운동이 감각적 반격으로 추동되는 것 역시 국가가 감성적인 분할의 장치를 이용하기 때문이다. 또한 촛불이 자아를 부풀리는 존재론적 역습인 것은 자본이 무의식을 식민화하는 존재론적 권력을 행사하기 때문이다. 감성권력이 미학적이듯이 감성혁명도 미학적이다. 촛불에서처럼 감성적 미시정치의 반격이 다중적으로 유성우처럼 쏟아질 때 불현듯 거시적 지평을 뒤흔드는 새로운 변혁이 추동되기 시작한다.

3. 확장된 삶권력과 죽음정치에 대항하는 은유적 투쟁
– 송경동의 시

친밀사회는 결연의 환상으로 확장된 삶권력과 죽음정치의 결합으로 작동된다. 그것은 유혹의 장치와 배제의 장치의 결합이기도 하다. 친밀사회의 유혹의 장치는 삶권력보다 더 친밀하며 배제의 장치는 죽음정치보다 한층 공포스럽다. 친밀사회의 권력은 양자의 미묘한 결합을 통해 가까이 다가오는 동시에 비정하게 물러선다.

그 때문에 확장된 삶권력에는 이미 죽음의 그림자가 드리워져 있으며 죽음정치는 그 예견된 그림자가 순식간에 어두워지는 장치로 작동된다. 이 과정에서 변주된 삶권력에 회유된 사람들에게는 죽음정치가 보이지 않으며 죽음정치로 배제된 타자들은 지배권력에 대해 무력해진다. 여기서의 보이는 것과 보이지 않는 것의 분할은 결연의 환상의 스펙터클 장치와 죽음정치적 비식별성 장치의 결합의 효과이다. 스펙터클에 의해 보이지 않기 때문에 타자에 대한 공감력이 약화되며 공감력이 약화되었기 때문에 우연히 보여도 보지 못한 것처럼 살아가는 것이다. 그런 시각성과 감성권력의 공모를 통해 친밀사회는 불평등한 체제를 조용하게 오랫동안 유지한다.

이 같은 확장된 삶권력과 죽음정치의 교묘한 결합을 매우 잘 보여주는 것은 바로 송경동의 시들이다. 노동자 출신인 송경동은 소시민보다 사회모순을 더 잘 볼 수 있는 위치에 있다고 할 수 있다. 그러나 그의 시가 보여주는 장면들은 박노해의 『노동의 새벽』의 세계와는 조금 다른 점이 있다. 송경동의 노동자들은 『노동의 새벽』에 나오는 떳떳하고 당당한 '푸성귀 같은 사람들'과 같다고 볼 수 없다. 친밀사회에서는 노동자조차도 스펙터클과 비식별성의 장치에서 자유로울 수가 없기 때문이다. 노동자들 역시 비식별성의 장막 때문에 보면서도 보지 못하고 있는 것이다. 또한 의자놀이에 시달리고 을들끼리의 전쟁에 말려들고 있다. 그로 인해 과거와 달리 노동자들도 '결핵보다 더 무서운' 외로움이라는 병을 앓고 있다.[19] 결핵환자가 들키지 않기 위해 기침을 삼키듯이 노동자들 또한 외로움의 병을 숨기면서 살아가고 있다.

박노해는 자본의 비인간성에 저항함으로써 노동자가 해방된 세상의 희망을 말하려 했다. 그러나 송경동은 밝음 때문에 더 심화된 어둠과 외로움 탓에 그런 희망을 말할 수 없다. 송경동이 볼 수 있는 것은 어둠 속의 여명(노동의 새벽)이 아니라 끝없이 계속되는 '이상한 고요함'이다. 노동자 시인으로서 송경동이 할 수 있는 것은, 그처럼 잘 보이지 않는 비식별성의 어둠을 좀 더 보이게 만들고, 그곳의 절망에 발을 딛음으로써 희망과 저항을 회생시키는 일이다. 송경동은 죽음정치적 노동을 경험했기에 그 일을 조금 더 잘할 수 있다. 또한 시인이기 때문에 은유를 통해 비식별성에 대항할 수 있다. 따라서 그의 시는 냉혹한 친밀사회의 비식별성에 대항하는 은유적 투쟁이자 존재론적 노동운동이라 할 수 있다. 송경동의 시는 이제 노동운동에도 시가 필요함을 알려준다. 그와 함께 노동자들의 투쟁도 비식별성에 대항하는 물밑의 연대에서 시작되어야 함을 암시한다. 송경동의 시들 역시 미시정치적 반격만이 거대한 자본의 세계를 뒤흔들 수 있는 출발점임을 증명하고 있다.

송경동은 투명한 세상이 가장 불투명하다는 비식별성의 역설을 잘 알고 있다. 이데올로기에 의해 혼탁해진 세상에서는 그 안에서 허비적거리는 사람과 자유롭게 탈출하려는 사람으로 나눠진다. 그러나 친밀사회에는 그런 자유의 공간이 없다. 친밀사회에서는 모두가 친밀한 동시에 아무

---

19   송경동, 「결핵보다 더 무서운 병」, 『나는 한국인이 아니다』, 창비, 2016, 49쪽.

도 친밀하지 않으며, 그런 이상한 친밀함에 동화되지 않은 사람은 죽음정치에 의해 배제된다. 송경동은 이 기이한 친밀함과 투명함을 '저들끼리의' 새로운 평화라고 말한다.

아이 성화에 못 이겨
청계천 시장에서 데려온 스무 마리 열대어가
이틀 만에 열두 마리로 줄어 있다
저들끼리 새로운 관계를 만드는 과정에서
죽임을 당하거나 먹힌 것이라 한다

관계라니,
살아남은 것들만 남은 수조 안이 평화롭다
난 이 투명한 세상을 견딜 수 없다[20]

저들끼리 새로운 관계를 만드는 과정은 의자놀이에 다름이 아니다. 송경동은 죽음정치를 대가로 만들어진 이 새로운 평화로운 관계를 견딜 수가 없다. 투명한 세상이란 민주적이고 열린 세계이고 친밀한 사회이다. 그러나 투명한 세상은 배제된 자들에 대한 죽음정치를 보지 못하는 불투명한 사회이기도 하다.

과거 1930년대의 지식인 이상 역시 수족관 안의 금붕어를 평화롭게 들여다보고 있었다. 하지만 이상은 수족관이 이데올로기의 공간이며 그 안의 자유는 보이지 않는 줄에 걸려 허비적거리는 것임을 잘 알고 있었다. 그가 수족관에서 내려와 '날자'라고 외칠 수 있었던 것은 그 때문이다.

---

20   송경동, 「수조 앞에서」, 『사소한 물음들에 답함』, 창비, 2009, 134쪽.

반면에 2000년대의 송경동은 노동자인데도 수조에서 벗어난 자유를 외칠 수 없다. 송경동이 '투명한 세상을 견딜 수 없다'라고 말하는 것은 (이상과는 달리) 자기 자신도 수조에서 벗어나기 어려움을 느끼기 때문이다. 이것이 이데올로기에 포위된 사회와 이상한 친밀성에 예속된 세계의 차이이다.

다만 송경동이 할 수 있는 것은 새로운 세상을 견딜 수 없는 이유, 즉 비식별성에 가려진 죽음정치적 희생을 낯선 두려움 속에서 보여주는 것이다. 그는 수조와 열대어의 은유를 통해 사회 전체가 그런 투명한 불투명성의 세상임을 폭로하고 있다. 이것이 친밀사회의 비식별성에 대항하는 송경동의 미시정치적인 은유적 투쟁이다.

이런 친밀사회의 비식별성과 죽음정치에 대한 폭로는 「이 냉동고를 열어라」에서도 나타난다. 용산참사를 그리고 있는 이 시는 희생자의 시신이 냉동고에 갇혀 있는 것은 '너와 나의 사랑이 갇혀 있는 것'과도 같다고 말한다. 이 시에서 차별받은 사람이 보이지 않게 된 냉동고는 차별을 보이게 하려던 '망루'와 정반대의 위치이다. 냉동고는 타자를 죽음으로 배제해 보이지 않게 하는 비식별성의 장치이다. 얼어붙은 냉동고는 시각적으로 보이지 않게 하는 동시에 사랑을 결빙되게 만든다. 그런 비식별성의 권력에 의해 사랑이 결빙되었기 때문에 지금 희생자가 냉동고를 벗어날 수 없는 것이다. 사랑의 결빙으로 냉동고에 갇혀 있는 한 희생자는 희생자도 될 수 없을 것이다.

용산참사를 말하는 것 자체가 금지되었다
용산참사를 추모하는 것조차 금지당했다
하루 이틀 날짜가 쌓여 다섯 달이 되었다
하, 유가족들의 피눈물이 다섯 달이 되었다

하 죽어서도 무슨 죄를 그리 지어

저 하늘로 돌아가지 못한 날이 다섯 달이 되었다

그런데 민주주의 사회라고 한다

민주주의가 아직도 용산에서 까맣게 타들어가고 있는데

열린 사회라고 한다 억울한 죽음들이

다섯 달째 차가운 냉동고에 감금당해 있는데

살 만한 사회라고 한다[21]

　냉동고를 열라고 말하는 것은 희생자도 될 수 없는 벌거벗은 생명을 '너와 나의 사랑'을 통해 인간으로(희생자로) 회생시키려는 것이다. 그것은 비식별성의 문을 열어 타자를 보이게 만들고 사랑을 회생시키라는 외침이다. 송경동의 냉동고의 은유는 심연의 밑바닥에 얼어붙은 사랑을 녹이고 타자를 인간으로 보이게 만들려는 존재론적인 은유적 정치이다. 이 은유적 절규는 앱젝트로 갇혀 있는 희생자들을 대상 a의 위치로 옮겨오려 하고 있는 것이기도 하다. 그렇게 하면서 상상적으로 고착되어 얼어붙은 시대를 실재계 쪽으로 이동시키려 투쟁하고 있는 것이다.

　그처럼 죽음정치를 시각적으로 폭로하면서 송경동은 삶권력에 이미 깃든 죽음의 그늘의 역설을 강조한다. 그런 역설은 친밀한 민주사회에 깃든 죽음정치에 대한 고찰을 보다 미시적으로 암시한다. 앞의 「수조 앞에서」에서도 새로운 평화로운 관계에는 이미 죽음의 그림자가 어른거리고 있다. 「이 냉동고를 열어라」에서 역시 민주사회와 열린 세상이 철거민을 죽음에 유기하는 사회임이 드러나고 있다. 산 자에 깃든 죽음의 그림자는 「아직은 말을 할 수 있는 나에게」에서 보다 분명하게 드러난다.

21　송경동, 「이 냉동고를 열어라」, 『사소한 물음들에 답함』, 창비, 2009, 97~98쪽.

이제 더는 변혁을 이야기하지 않고

일상의 안락에 중독되어버린 우리의 가난함을 질타해야 하나

수은처럼 싸늘하게 식어버린

내 젊은 날의 열정을 고백해야 하나

이젠 이 복잡한 세상을 어찌해야 할지 모르겠다고

조금만 고민해도 머리가 터질 것 같고

회로가 엉클어져 미쳐버릴 것만 같다고

그렇게 죽어가는 내 이성에 대해 실토해야 하나

무어라고 얘기해야 하나 이 참혹한 세계를

경쟁이라는 치사제를 스스로 주입하고

소비라는 환각제를 날마다 흡입하며

실업이라는 수은을 빨아 마시다

비정규직이라는 이황화탄소를 들이마시다

구조조정 정리해고라는 유기용제를 마시다

탈출구 없는 이곳에서

환기구 없는 이곳에서[22]

아직은 말할 수 있는 '나'는 산 자이며 말없는 당신은 죽은 자이다. 그러나 이제 산 자는 죽은 자가 주고 간 생生을 안고 투쟁에 나설 수 없다. 수동적 정동을 강요하는 친밀사회에서는 당신과 연대하기에 앞서 '나' 자신과 교섭해야 하기 때문이다. 죽음정치는 문송면 열사를 수은중독으로 죽게 하고 원진레이온 노동자를 이황화탄소 중독으로 쓰러뜨렸다. 그러나 변혁운동이 시들해진 지금은 안락한 일상 자체에서 중독자가 생겨난다. 오

---

22   송경동, 「아직은 말을 할 수 있는 나에게」, 『나는 한국인이 아니다』, 창비, 2016, 149~150쪽.

늘날의 신자유주의에서 친밀성의 중독자란 열정이 식은 수은중독자이기도 하다. 이제 산 자들은 독극물보다 중독성이 강한 경쟁이라는 치사제와 소비라는 환각제를 흡입하며 살아야 한다. 과거의 죽음정치가 화공약품으로 스며들었다면 지금의 친밀한 권력은 이상한 친밀함으로 산 채로 죽어가게 만들고 있다.

더욱이 죽음정치 역시 예전보다 더 냉혹한 방식으로 계속된다. 실업이라는 수은, 구조조정이라는 유기용제, 전셋값이라는 독극물이 그것이다. 안락한 일상이나 죽음정치적 비식별성이나 **수동적 정동**을 유포시켜 죽음에 유기하는 점에서는 다름이 없다. 오늘날의 유혹의 권력과 죽음정치는 정반대인 동시에 비슷하다. 친밀사회의 일상과 비식별성의 영역은 과거의 죽음정치적 노동 현장처럼 수은중독과 이황화탄소 중독의 세계인 것이다.

독극물 중독이 수동적 정동의 감염이라면 그 치료제는 냉동고에 갇혀 있는 사랑일 것이다. 영안실 냉동고에 갇혀 있는 사랑은 죽은 자를 바라보는 우리의 가슴 속 냉동고에 갇힌 것이기도 하다. 수은과 환각제 같은 수동적 정동의 만연으로 인해 우리는 희생자를 보면서도 보지 못한다. 사랑은 완전히 소멸되지는 않았지만 용기를 잃은 채 깊은 곳에 얼어붙어 있는 것이다. 송경동은 심연에 결빙되어 있는 사랑을 녹아내리게 하기 위해 밤새워 자기 자신을 심문한다.

　이 밤에도 끌려가는 사람들이 있다고
　벌떡 일어서 눈 밑까지 다가오는 파도
　그래서 어쩌란 말이냐고
　나는 이제 모두 잊고만 싶다고 한다

아직도 정신을 못 차렸다고
얼굴을 냅다 후려치는 파도
내가 무엇을 잘못 했느냐고
자갈처럼 구르며 울고만 싶다

이십여 년 노동운동한다고 쫓아다니다
무슨 꿈도 없이 찾아간 바닷가
파도의 밤샘취조[23]

송경동의 자아에 대한 바다 취조는 무의식의 심층에서 일어나는 일들이다. 바다와 파도는 고요한 심연 밑에서 들려오는 무의식의 동요를 증폭시켜준다. 무의식의 영역에서의 전쟁은 권력에 회유당하는 '나'와 바다에 취조당하는 또 다른 '나'와의 싸움이기도 하다.

위에서 끌려간 사람과 밤일하는 사람에 대한 부인은 사랑이 용기를 잃고 결빙된 때문이다. 과거에는 강압적인 밤샘취조를 못 이겨 동지들을 부인한 적이 있었다. 하지만 무의식이 식민화된 사회에서는 취조가 없어도 자기 스스로 부인한다. 친밀사회에서는 친밀한 일상을 위해 배제된 사람들을 잊고 살아가기 때문이다. 그러나 무의식은 회유된 비식별성의 영역이기도 하지만 바다 같은 심연의 자연이기도 하다. 그 때문에 사랑을 잃은 시대에도 깊은 곳에서는 희미한 동요가 남아 있는 것이다. 다만 비식별성의 권력에 의해 그 무의식적 차이의 반격[24]은 잘 들리지 않는다. 그처럼 깊은 곳의 파문이 잘 보이지도 들리지도 않기 때문에 우울하게 꿈을 잃는 것이다.

---

23   송경동, 「바다취조실」, 위의 책, 24~25쪽.
24   프로이트는 이런 무의식으로부터의 동요를 물질적 차이의 반격이라고 했다.

이제 송경동은 꿈을 잃어버린 채 바다를 찾아간다. 바다를 찾아가는 일은 잃어버린 자연의 세계에 들어서려는 모험을 은유한다. 꿈을 상실한 송경동은 자연과의 화해가 심연의 깊은 곳의 기억으로만 남겨져 있다. 그렇기에 단숨에 자연에 동화되지 못하고 바다에 자신을 취조 당하게 만드는 것이다. 그런 상황에서 바다 취조실의 은유는 잔여물로 남은 화해된 자연의 기억의 경첩을 움직이려는 시도일 것이다. 순수기억의 소우주에서 은유가 작동될 때 자연의 잔여물(화해의 기억)은 조용한 심연을 동요시킨다. 바다가 '나'를 취조한다는 은유는 무의식에서의 희미한 반격을 기억의 경첩을 통해 증폭시켜주는 과정을 뜻한다. 파도소리가 자아를 취조하는 순간은 순수기억의 경첩이 움직이며 무의식을 동요시키는 과정이기도 하다. 권력의 무의식의 취조가 스스로를 부인하게 만든다면 바다의 취조는 심연의 샘물을 길어 올려 순수기억과 무의식을 동요시킨다.

만일 바다에 쉽게 동화될 수 있다면 파도가 얼굴을 후려치는 일도 없을 것이다. 그러나 자연의 화해가 기억의 잔여물이 되었기 때문에 '나'는 바다에 취조당하면서 기억의 경첩을 움직여야 한다. 이제 자연과 바다는 무의식의 전쟁에서 심연의 샘물을 길어 올리는 은유의 무기가 되었다. 그런 무기를 이용해 바다와 현실 사이에서 자아를 취조하며 순수기억의 경첩을 움직이는 것이 바로 은유적 정치이다. 바다는 심연의 잔여물을 눈앞의 이미지로 보여주기 때문에 순수기억을 동요시키는 은유가 되는 것이다. 시인은 심연의 아득한 바다와 눈앞의 자연의 바다 사이의 은유의 공간에 들어선다. 송경동은 바다의 소리를 통해 무의식을 취조하며 자아를 권력 쪽에서 존재의 시원인 바다 쪽으로 움직인다. 이것이 자아에 대한 바다 취조라는 은유이다. 자연과 무의식을 식민화하는 권력 앞에서는 심연의 잔여물과 관계하는 자연의 은유('바다취조실')를 통해 비로소 무의식의 반격이 가능해진다. 송경동의 은유적인 취조과정은 무의식속에서 일어나는 감성적 전쟁의 과정이다. 무의식의 반격이란 비식별성의 세계에 유포된 수동적 정동에 맞서는 능동적 사랑의 정동투쟁이다. 은유를 통해 시를 쓴다는 것은 식민화된 무의식을 자극해 자아를 부풀리는 존재론적 투쟁이다.

오늘날 사람들의 심연에서는 작은 동요가 일어나고 있지만 비식별성의 장치에 의해 아무도 듣지 못한다. 송경동은 은유를 통해 순수기억을 증폭시키며 비식별성을 식별하게 하는 동시에 깊은 곳의 사랑을 길어 올린다. 지배 권력은 노동자와 타자를 보이지 않는 곳으로 밀어낸다. 그러나 노동자 시인은 은유의 힘으로 보이는 곳과 보이지 않는 곳, 그 경계에서의 싸움을 전해준다.

은유란 감성권력의 식민화에 맞서는 무의식의 능동적 도발이다. 은유는 감성의 분할을 흔듦으로써 상상적으로 고착화된 세계를 무의식과 실재계 쪽으로 이동시킨다. 노동자 시인은 심연의 동요에 침묵하는 동시에 파도의 반격을 긍정한다. 그 순간 바다를 찾아가 파도의 은유를 작동시키는 것은 심연의 반격을 증폭시키기 위한 것이다. 파도의 반격은 비식별성의 영역에 배제된 동지를 식별하게 하고 보이지 않는 사랑을 보이게 만든다. 바다취조실은 정동투쟁의 장소이다. 감성권력이 무의식을 식민화한다면 노동자 시인은 바다와 파도의 은유의 힘으로 반격을 시작한다. 송경동의 존재론적 리얼리즘은 심연의 **정동투쟁**을 은유를 통해 증폭시킴으로써 리얼리티를 얻고 있다. 시를 쓴다는 것은 은유의 반격으로 동요를 증폭시켜 식민화된 무의식을 해방시키려는 존재론적 정치이다. 이제 자연의 은유는 아름다운 서정시가 아니라 정동투쟁을 증폭시키는 존재론적 리얼리즘의 무기가 되었다. 자연이 식민화된 시대는 자연과의 은유적 교섭 자체가 지배 권력에 대응하는 리얼리즘의 무기가 되는 시대이다. 은유적인 바다취조는 감성의 분할을 역전시켜 희생된 동지와 추방된 사랑을 회생시킨다.

그런 보이는 것과 보이지 않는 것의 경계에서의 싸움은 송경동의 모든 시에서 나타난다. 예컨대 「MRI」는 그 같은 정동투쟁과 시각적 반격의 은유이다. 「MRI」는 바다취조를 마친 시인이 순수기억을 고양시키며 은유의 연쇄적 투쟁을 보여주는 과정이다.

사람들을 매혹시키는 미끈한 건물에는 건물을 만든 노동자들의 망가진 몸이 보이지 않는다. 그러나 망각된 노동자들의 훼손된 몸과 죽음은 노동자 시인의 심연에 남아 있다. 시란 감성권력에 의해 잘 보이지 않는 것을 다시 보이게 만드는 작업이다. 노동자들의 다친 몸들이 다시 보이는 것은 상처 받은 그들과 교감하던 기억의 경첩을 움직이는 은유의 효과이다. 이제 일상에서는 안 보이던 노동자의 희생이 은유를 사용하는 시를 통해 무의식이 증폭되면서 눈에 떠오른다. 송경동의 시는 MRI와도 같다. MRI는 기계를 움직이지만 송경동은 은유라는 기억의 경첩을 움직인다. 송경동의 은유의 경첩은 희생된 노동자들을 망각 속으로 배제하는 감성의 분할에 대한 대항이다. 감성의 분할에 의해 닫혀진 것이 기억의 경첩을 움직이는 은유의 MRI를 통해 다시 보이게 된 것이다. 감성의 분할에 대한 역습으로서 은유의 MRI는 죽은 자와 산 자의 이중주를 회생시키며 추방된 희생자와 대면할 수 있게 한다.[25]

그런 은유에 의한 시각적 반격은 「고귀한 유산」에서도 나타난다. 천상호수 티티키키호까지 가는 뻬루의 고산열차는 아름다운 만년설을 보여준다. 열세 시간 기차를 달리는 동안 삼십팔 년 간 이곳에서 죽어간 이천 명 넘는 인부들은 아무에게도 보이지 않는다. 그러나 시인은 고산열차 기차여행을 이천 명의 상여를 타고 가는 것으로 느낀다. 상여의 은유는 관광이라는 삶권력이 노동자의 목숨을 뺏는 죽음정치 위에서 작동되고 있

---

25   이는 희생자도 될 수 없는 벌거벗은 생명을 다시 희생자로 되돌리는 과정이다.

음을 암시한다. 송경동은 관광상품 속으로 사라진 인부들이 다시 보이도록 닫힌 문을 여는 기억의 경첩을 움직인다. 이제 감성의 분할에 의해 밀려난 죽은 인부들은 상여의 은유를 통해 고산열차의 기찻길에서 회생한다. 이런 감각적 반격은 지배권력의 감성의 분할을 고귀한 유산(희생자)과 관광상품(열차)의 관계로 재설정하는 존재론적 도발이다.

화려한 건물과 만년설을 달리는 관광열차는 친밀사회의 상징적 표상이다. 송경동은 은유를 통해 그 친밀사회의 표상들이 은밀히 죽음정치를 숨기고 있음을 암시한다. 이제 친밀사회의 표상들은 낯선 두려움의 공포를 느끼게 하는 죽음정치의 표상으로 전이된다. 그처럼 친밀사회의 상징적 표상들을 MRI처럼 투시함으로써 송경동의 시는 아무도 말하지 않는 일상의 냉혹한 비식별성마저 식별하게 해준다. 그런 방식으로 보이지 않던 것이 보이게 되면 누구도 기억하지 않는 벌거벗은 생명이 고귀한 희생자(유산)로 회생한다. 추방된 존재들이 고귀한 유산으로 돌아오는 그 순간 환락과 배제의 (수동적) 정동은 사랑과 분노의 능동적 정동의 반격에 부딪힌다.

화려한 건물만을 보여주고 희생자를 배제하는 친밀사회는 상상적 동일성에 고착된 사회이다. 상상적 동일성은 능동적인 무의식을 식민화함으로써 유지된다. 반면에 은유는 기억의 경첩을 움직여 **무의식**을 **동요시킴**으로써 감성권력의 상상적 질서에 대항한다. 그 과정에서 은유의 순수기억의 경첩은 망각되고 배제된 것을 귀환시킴으로써 상상적 동일성을 파열시킨다. 이제 고착된 동일성은 보이지 않는 것과 보이는 것의 관계로 이중화된다.[26] 은유는 감성의 분할의 경계를 횡단함으로써 경계선 양쪽의 것을 도발적으로 이중화하는 장치이다. 친밀사회는 화려한 건물과 아름

---

26 보이는 것과 보이지 않는 것의 경계를 만드는 것이 감성의 분할이라면 양자의 경계를 횡단해 이중화하는 것이 바로 은유이다.

다운 고산열차만 보여준다. 반면에 은유는 우아한 건물이 훼손된 몸과 죽음을 보여주는 MRI라고 말한다. 또한 열세 시간의 고산열차를 이천 명의 상여로 표현하고 있다. MRI와 이천 명의 상여가 일으키는 것은 분할(감성의 분할)의 경계를 넘어 심연에서 전해져 오는 감성의 파문이다. 그 감성의 해일의 힘으로 은유는 보이는 것과 보이지 않는 것의 경계를 돌파하며 상상적 동일성을 해체시킨다. 그 순간 배제되었던 앱젝트들이 감성의 치안에서 해방되어 사랑과 공감의 대상(대상 a)으로 되돌아온다. 또한 희생제물도 될 수 없는 존재들이 고귀한 유산으로 부활한다. 송경동의 은유적 투쟁은 사회 변화를 위해 '고귀한 유산(배제된 타자)'의 부활이 선행돼야 함을 말하는 존재론적 투쟁이다. 그의 시적 은유는 사랑과 분노라는 오래된 재래식 무기의 회생이면서 빈약한 자아와 정체성의 난제를 해결하려는 첨단의 존재론적 정치의 발명이다.

4. 미결정적 정체성과 새로운 변혁운동

송경동의 시가 새로운 것은 과거의 이념형 주체로 회귀하는 대신 경계와 틈새를 넘어서는 생성의 감각을 보여주기 때문이다. 그의 시의 은유는 새로운 정체성의 생성을 보여주는 존재론적 무기이다. 송경동은 항상 이것이 전혀 다른 어떤 것이라고 말한다. 예컨대 국가가 밀어내는 사람들이 우리가 기다리던 내일[27]이라고 외친다. 또한 우리 사회가 세월호였으며 기울어진 세월호를 바로 잡으려면 우리 모두가 평형수로 나서야 한다고 말한다. 동일성 체제(국가)가 밀어내는 사람들은 배제된 타자의 은유이

---

27   송경동, 「법외 인간들을 찬양함」, 『나는 한국인이 아니다』, 창비, 2016, 84쪽.

다. 또한 세월호의 평형수는 증발해버린 사랑과 윤리의 은유이다. 송경동의 은유는 경계의 저편과 심연의 밑바닥으로 사라져 버린 것들이 다시 돌아오는 생성의 감각을 보여준다. 새로운 **주체**는 그런 **생성**의 감각으로 상상적 동일성의 체제에 맞서 도발하는 존재이다.

송경동은 세월호의 선장을 본질로 충만한 다른 선장으로 교체하라고 말하지 않는다. 그 대신 그는 우리 모두가 평형수와 다이빙 벨로 나설 때 선장이 바뀐다고 주장한다. 새로운 주체는 배제된 사람들과 우리들이 사랑(평형수)의 회생과 함께 경계를 넘어 되돌아올 때 비로소 생성된다.

은유는 어떤 것을 다른 것으로 바꾸는 방식이 아니다. 은유가 기억의 경첩이라는 것은 감성의 분할에 의해 배제되고 망각된 것을 회생시켜 이중화시킨다는 뜻이다. 창조적 은유는 이쪽과 저쪽을 횡단하며 표상할 수 없는 그 무엇을 **생성**하는 작용이다. 정체성의 변화 역시 지금의 나를 다른 나로 바꿔 넣는 일이 아닐 것이다. 그 대신 다수 체계성을 횡단하는 힘으로 상상적 동일성의 경계를 넘어설 때 자아의 구조 자체의 변화가 생성된다.

신자유주의 시대는 20세기 중반부터 시작된 정체성의 난제가 심화된 사회이다. 오늘날 「한국이 싫어서」가 인기를 얻고 헬조선을 떠나려 이민계를 드는 것은 그런 시대적 반증이다. 평범한 일상을 살아온 82년생 김지영이 다중인격에 시달리는 현실 역시 정체성의 혼돈을 보여준다.

정체성의 난제는 상상적으로 고착화된 사회와 연관이 있다. 후기자본주의가 무의식을 식민화할 때 인격성의 영역마저 상상적으로 고착화하는 사회가 나타난다. 그런 사회에서는 화석화된 정체성의 사람들과 인간-상품으로 겨우 버티는 사람들, 그리고 앱젝트로 배제될 위기에 처한 존재들이 함께 살아간다. 상상적으로 동일화된 친밀사회란 권력을 가진 딱딱한 사람들과 거세공포에 시달리는 나머지 사람들의 공동거주이다.

그 같은 사회가 변화되기 어려운 것은 어디에도 역동적인 주체가 존재하지 않지 않기 때문이다. 피지배자는 경계 안쪽에서 빈곤한 존재로 살아가거나 바깥으로 배제되어 우울에 시달린다. 아직 엔엘과 피디의 후예들이 잔존하지만 그들은 또 다른 화석들이다. 그렇기 때문에 정체성의 난궁에서 벗어나는 길은 과거의 군건한 이념형 주체로 되돌아가는 것이 결코 아니다. 그보다는 다수 체계성의 감각으로 상상적 경계를 횡단하며 바깥에서 되돌아오는 생성의 실천이 필요하다. 은유적 정치는 그처럼 다수 체계성을 회생시키는 방법의 하나이다. 송경동의 시는 이쪽저쪽을 횡단하며 고착화된 동일성에 맞서 새로운 정체성을 생성하려는 은유적 투쟁이다.

송경동의 시에서는 평형수가 회생할 뿐 아니라 용광로 같은 새로운 주체가 생성된다. 과거에는 엔엘과 피디로 분리된 채로도 그럭저럭 투쟁이 가능했다. 그때는 과잉될지언정 지금처럼 정체성이 빈곤해지지 않았기 때문이다. 그러나 신자유주의의 안개 같은 비식별성의 시대에는 의식적으로 정체성을 견지해도 무의식 속에서는 자아의 혼돈이 경험된다.

그렇기에 새로운 주체의 생성을 말하는 송경동의 시는 정체성에 대한 심문에서 시작된다. 송경동은 「당신은 누구인가」에서 자신에게 심문하는 동시에 모든 사람들에게 질문을 던진다. 졸업했지만 여전히 영어를 배우는 당신은 학생이 아니면서 학생이다. 임금투쟁을 하면서도 구조조정에는 찬성하는 당신은 노동자이면서 노동자가 아니다. 경제를 위해 원전은 찬성하면서도 쓰레기 매각장은 반대하는 당신은 국민이면서 국민이 아니다.

과거에는 이중적인 소시민을 각성시켜 민중적인 연대를 이루어야 한다고 주장했다. 그러나 지금은 소시민만 이중적인 것이 아니라 학생과 노동자, 전국민이 이중적이다. 그뿐 아니라 오늘날의 이중성은 과거처럼 의식적으로 각성시키기가 매우 어려워졌다. 오늘날의 이중성과 비식별성은 무의식의 식민화에서 기인된 것이기 때문이다.

우리 시대는 의식보다는 무의식, 지상보다는 물밑의 변화가 중요해진 시대이다. 오늘날은 수면 밑에서부터의 미시정치가 매우 긴요해진 시대이다. 과거의 엔엘과 피디는 밑이면서도 위에 있었다. 그러나 지금이야말로 진짜로 물밑에서 시작해야 하는 시대이다.

물밑에서 시작하는 사람들은 무의식의 식민화에 의해 자아가 빈곤해진 사람들이다. 우리 시대의 사람들은 끝없이 허기를 느끼는데 과거와는 달리 밥이 아니라 **자아의 결핍** 때문이다. 송경동은 그처럼 허기를 느끼는 사람들의 비빔밥에 대해 얘기한다. 배고픈 사람들은 반찬을 넣어 휘휘 저은 비빔밥이 꿀맛과도 같다. 그러나 독립된 정체성으로 배부른 엔엘과 피디, 그리고 젠더, 인종, 계급의 이념적 주체들은 비빔밥의 맛을 모른다.

> 우린 죽어도 함께 비벼질 수 없다는 건
> 아직 배부른 이들의 욕심일 뿐
> 배고픈 이들의 처지로 보면
> 안될 것도 없는 일
> 엔엘도 피디도 무엇도 모두 넣고 휘휘 비벼
> 진정으로 평범한 이들에게 피가 되고 뼈가 될
> 변혁의 비빔밥 하나
> 다시 만들어 보면 어떤가[28]

송경동의 비빔밥은 각각이 제 맛을 내면서도 어우러져 단맛을 낼 수 있는 음식이다. 비빔밥의 꿀맛은 배부른 엔엘과 피디, 운동가들이 아니라 평범한 사람들의 허기를 채워준다. 우리는 자아의 배고픔에서 벗어나 새로

---

28 송경동, 「변혁을 위한 비빔밥」, 위의 책, 81쪽.

운 주체로 생성되어야 할 위치에 있다. 그와 함께 경계를 넘어 제 맛과 단 맛을 함께 내야 할 새로운 변혁이 필요한 시대에 살고 있다.

송경동은 자아의 빈곤화를 겪는 오늘날이야말로 비빔밥 같은 혼종적 정체성이 생성되어야 할 시대임을 주장한다. 존재의 허기를 느끼는 사람에게 비빔밥이 꿀맛인 것은 각각을 혼합시키는 공동요소를 맛보기 때문이다. 엔엘과 피디도 맛볼 수 없는 그 공동의 정체성을 오늘날 자아가 빈약해져 허기진 사람들의 감각으로 찾아낼 수 있는 것이다.

오늘날 허기진 사람들은 이념이 아니라 사랑과 공감에 굶주린 존재들이다. 친밀사회는 쾌락과 혐오의 정동을 만연시켜 사랑과 분노 같은 능동적 정동을 무력화한다. 그에 맞서 사랑을 녹이려 냉동고를 열고 잠자는 무의식을 파도소리로 심문하는 것이 송경동의 정동투쟁이다. 송경동의 정동투쟁은 노동자뿐만 아니라 학생, 시민, 국민의 빈약해진 내면을 부풀게 하려는 기획이다. 그들은 물밑에서 교감을 이루기 때문에 물위에서 서로 달라도 손을 잡을 수 있는 것이다. 새로운 주체의 공동 정체성은 물밑에 있다. 비빔밥의 제 맛과 꿀맛을 함께 내는 공동 정체성이란 물밑의 사랑, 즉 대상 a에 대한 열망일 것이다.

그런 물밑의 공동 정체성을 느끼게 해준 것은 송경동이 기획한 희망버스였다. 희망버스는 한진중공업 정리해고 사태에서 고공투쟁에 나선 김진숙을 응원하기 위한 기획이었다. 그러나 희망버스 참가자들은 노동운동에 동화되어 운동가 김진숙과 연대한 것이 결코 아니었다. 그보다는 다양한 사람들이 물밑에서 공동 정체성을 교감하며 김진숙을 응원하고 있었다. 이 운동에 참가한 시민, 학생, 장애인, 성 소수자, 철거민, 이주 노동자들은 일상에서 비식별성의 장치에 의해 정체성의 허기를 경험한 사람들이었다. 고공의 김진숙은 그들의 비식별성을 식별하게 해주는 은유로 작용하고 있었다. 김진숙의 고공투쟁은 지상에서 알 수 없던 허기증의 정체를 식별하게 해주며 그녀 역시 사랑의 배고픔으로 하늘에 올랐음을 알려주었다. 이윽고 희망버스가 외로운 김진숙에게 다가가는 동안 사람들은 자아의 배고픔을 해소해줄 공동 정체성을 감지하기 시작했다. 김진숙에게 가까이 가는 것은 그녀가 사람들의 내면에 들어오는 과정과도 같았다. 그 순간 내면의 타자로서의 김진숙은 다양한 사람들의 자아를 부풀게 하면서 공감과 연대를 가능하게 했다. 마침내 다중적 참가자들은 서로 손을 잡으며 내면이 휘휘 저어지는 연대를 이루고 있었다. 평범한 참가자들의 허기가 채워진 그 순간은 제 맛과 꿀맛이 함께 어우러진 때이기도 했다. 비빔밥 같은 다중적 연대를 가능하게 한 것은 사랑과 울림[29]이라는 공동의 정체성이었다. 그것에 의해 정체성의 허기가 채워진 순간 빈약했던 자아가 음악을 연주하며 화음을 이루는 특이성이 생성되고 있었다. 특이성의 연대란 각각이 다르면서도 제 맛과 꿀맛을 낼 수 있는 울림(공동 정체성)의 연대이다. 희망버스의 특이성의 연대는 존재론적 정치와 인식론적 정치의 결합을 통해 성공할 수 있었다.

그렇기에 우리시대의 운동에서는 존재론적 부활이 매우 중요하다. 정리해고 노동자들은 신자유주의에서 버려진 앱젝트와도 같은 존재였다. 그러나 그들을 구원하려 김진숙이 고공에 오르고 희망버스가 출발한 순간 김진숙은 대상 a가 되었다. 지상(상징계)에서는 무력했던 김진숙은 고공에서 상징계와 실재계 사이의 경계에 놓이게 되었다. 그리고 희망버스가 출발하면서 그녀는 공동의 정체성을 맛보려는 소망의 원인이자 대상(대상 a)이 되었다. 참가자들은 대상 a에 대한 열망으로 경계를 넘어 손을 잡았고 그 연대의 힘으로 해고 노동자들을 구원하려는 움직임이 나타날 수 있었다. 해고 노동자의 구원이란 희생제물도 될 수 없던 그들을 공감

---

29 라이프니츠의 울림을 말함. 라이프니츠의 논의에서는 특이성이 실현되는 과정과 울림이 생성되는 과정이 동시적으로 일어난다.

과 사랑의 대상으로 이동시키는 전개였다. 노동자들을 앱젝트에서 대상 a의 위치로 전위시키려는 운동의 순간은 상상적으로 고착화된 세계를 실재계 쪽으로 이동시키는 순간이기도 했다. 그 순간에는 노동자들만 구출되는 것이 아니라 서로 다른 위치에 있는 다중적 존재들이 자아의 빈곤화에서 벗어나 구원을 얻는다.

송경동의 비빔밥 정체성과 희망버스는 빈곤한 자아에서 벗어나는 방법이 다중적 정체성의 생성에 있음을 암시한다. 자아의 확장과 다중적 정체성은 서로 연관되어 있다. 빈약한 자아가 상상적 동일성의 권력에 의해 생산된다면 그에서 벗어나 도약하는 자아는 다수 체계성의 감각으로 동일성 체제에 대항한다. 김진숙과 교감하는 순간은 이쪽과 저쪽, 상징계와 실재계를 횡단하는 시간이었다. 그 순간은 또한 다른 위치들에 있는 다양한 존재들과의 교감이 이루어지는 때이기도 했다. 새로운 주체는 그처럼 다수 체계성을 횡단하는 순간 미결정적으로 생성된다. 다수 체계성을 횡단한다는 것은 다른 쪽으로 가버리거나 단순히 합쳐진다는 뜻이 아니다. 이쪽에서 저쪽으로 건너뛰는 것은 나 자신이 도약하며 다른 존재와 교감하는 순간이다. '우리가 김진숙이다'는 김진숙과 교감하는 순간이 자아가 빈약함에서 벗어나 도약하는 때임을 암시한다. 또한 그 순간은 다양한 위치의 존재들과 물밑에서 손을 잡으며 다중적이 되는 시간이다.

그처럼 자아의 도약과 다중성을 가능하게 하는 것은 대상 a에 대한 열망이다. 그리고 모두가 앱젝트로 거세될 불안을 떨치고 대상 a에 대한 열망을 갖게 한 것은 은유적 정치이다. 은유에 의해 순수기억의 경첩이 움직일 때 앱젝트가 대상 a의 위치로 회생할 수 있는 것이다. 그 순간 은유는 자아를 부풀리면서 타자에 대한 공감력을 회생시킨다. 이제 타자에 대한 교감과 대상 a의 위상학이 작동되며 다양한 존재들 간의 교섭이 시작된다. 라캉이 **순수욕망**이라고 부르고 주판치치가 **실재의 윤리**[30]라고 부른 대상 a에 대한 열망이야말로 자아의 약동과 다중적 존재들의 교감이 동시에 이루어지게 하는 요소이다.

자아가 도약하며 다양한 존재들이 손을 잡는 그 순간 고착된 동일성 체제에 저항하는 운동이 시작된다. 이 미결정적 운동은 물밑에서 지상으로, 미시정치에서 거시정치로 나아가는 새로운 변혁운동의 과정이다. 새로운 변혁운동은 존재론적 정치에서 시작해서 인식론적 정치로 이어지면서 미시정치가 거시정치와 끝없이 접합되는 순간들을 생성한다.

5. 친밀한 권력의 수출 – 「나는 한국인이 아니다」

송경동은 자아의 도약과 다중적 주체의 생성을 국경을 넘어서는 차원까지 확장시킨다. 「나는 한국인이 아니다」는 국경을 월경할 때 새로운 변혁적 주체의 생성이 더욱 역동적이 됨을 암시한다. 이 시는 한국인의 경계를 넘어서는 순간 비로소 능동적인 한국인이 생성된다는 역설을 보여준다.

「나는 한국인이 아니다」는 2014년 1월에 일어난 캄보디아 유혈사태를 다루고 있다. 한국계 기업 '약진통상'과 '인터내셔널 패션로얄' 노동자들은 1월 2일과 3일 춤을 추며 임금인상 파업을 벌이고 있었다. 그들이 요구한 것은 하루 세끼를 겨우 해결할 정도의 최저임금 160달러(16만 원)였다. 그러나 춤추는 노동자들을 향해 달려든 헌병과 공수부대의 곤봉과 총격에 의해 많은 부상자와 5명의 사망자가 발생했다. 이 유혈사태에는 한

---

30   주판치치, 이성민 역, 『실재의 윤리』, 도서출판 b, 2004 참조.

국 정부와 기업이 개입했다는 정황이 있었으며 '한국이 배후 조종했다'는 외신보도가 나왔다.

캄보디아 독재정권의 노동자 탄압은 과거 우리의 죽음정치적 노동현 장과 매우 비슷해 보인다. 또한 한국의 개입은 하위제국의 위치에서 예전 의 우리가 당한 제국의 폭력을 반복하는 것으로 여겨진다. 하지만 캄보디 아 유혈사태에는 역사의 반복 이상의 복잡한 요인들이 숨겨져 있었다.

동남아 국가들에게 한류의 나라 한국은 분명히 과거 서구(미국)의 제국 과는 달리 친밀한 선망의 대상이었다. 한국은 또한 캄보디아의 독재국가 와도 구별되는 민주주의 국가였다. 그런데 친밀한 한국은 가까이 다가오 는 동시에 물러서는 나라였으며 따뜻하게 주는 동시에 냉혹하게 빼앗는 국가였다.

캄보디아인에게 보여진 한국의 모습은 친밀한 권력의 이중성과 매우 비슷했다. 우리가 그들에게 행한 것은 일종의 친밀한 권력의 수출이었다. 캄보디아 사태가 충격적인 것은 단순한 야만적 폭력이 아니라 한국 내의 친밀한 권력의 증폭된 표현으로 나타났기 때문이다. 한국은 한류와 민주 화뿐만 아니라 친밀한 가면에 숨겨진 냉혹함을 수출하고 있었던 것이다.

우리와 캄보디아인의 충격은 보이지 않는 비식별성이 가면을 뚫고 나 타난 폭력 때문이었다. 그 점에서 캄보디아 유혈사태는 세월호 사건과 크 게 다르지 않다. 캄보디아 노동자의 죽음에 연루된 한국 기업의 모습은 세월호 사건에서 정체를 드러낸 선장의 비열한 얼굴과도 다름없다. 양자 의 공통점은 친밀함과 비식별성 속에 숨겨진 냉혹한 폭력이다.

세월호 사건에서 학생들을 수장하고 달아난 선장은 피묻은 눈을 내팽 개친 모래인간이었다. 캄보디아의 한국 기업은 트랜스내셔널한 차원의 또 다른 모래인간이다. 그들은 캄보디아 노동자들을 나무인형처럼 다루 며 예쁜 눈을 수집하다가 눈 빠진 인형을 피범벅이 되도록 바닥에 내팽개친 것이다.

모래인간의 은유는 일상의 친밀한 정적에 숨겨진 폭력을 낯선 두려움 속에서 드러낸다. 마찬가지로 세월호는 친밀사회의 이상한 고요함 속의 숨겨진 냉혹한 죽음정치를 보여 주었다. 세월호 자체가 비식별성(이상한 고요함)을 식별하게 해준 은유였듯이, 캄보디아 사태는 보이지 않는 죽음정치를 보여주는 증폭된 은유였다.

그런데 이번에는 지배권력과 희생자의 관계가 한국(기업)과 캄보디아(노동자)이다. 이제 친밀한 권력은 국경을 넘는다. 비식별성 속에 숨겨진 죽음정치도 국경을 넘는다. 그리고 그로 인한 정체성의 난제도 국경을 넘어 수출된다.

앞서 살폈듯이 친밀사회에서는 경계선상의 인물들이 정체성의 난제를 경험한다. 그런데 이번에는 트랜스내셔널한 경계선이다. 친밀한 한류의 나라 한국에게 죽음정치적 폭력을 당하는 캄보디아 노동자는 누구인가. 또한 노동운동가이면서도 캄보디아 유혈사태에 속수무책인 송경동은 누구인가. 한국 사회에서의 정체성의 난제는 국경을 넘는 순간 순식간에 증폭된다.

송경동의 반복적인 '나는 누구인가'는 그런 국경을 넘는 정체성의 난제에서 시작된 것이다. 트랜스내셔널한 정체성의 난제는 친밀사회의 질문을 한층 강도 높게 반복한다. 송경동의 물음은 캄보디아 사태에 망연자실한 자신의 한국인 정체성에 대한 것이다. 하지만 그 물음은 한국 내에서의 정체성의 혼돈을 되묻게 하는 증폭된 질문이기도 하다. 한국인의 캄보디아인에 대한 친밀한 권력의 냉혹성은 한국 내의 친밀한 권력의 확대된 반복이기 때문이다.

송경동의 '나는 누구인가'의 물음은 그의 모든 시에 내재되어 있다. 그가 사랑이 갇힌 냉동고를 열라고 외치고 바다취조실에서 자신을 취조하는 이유는 상실한 자아를 찾기 위해서이다. 그런데 냉동고에 갇힌 것은 심연의 사랑인 동시에 용산참사 희생자이다. 냉동고를 여는 것은 심연의 사랑을 녹이는 것인 동시에 앱젝트를 대상 a의 위치로 전위시키는 것이다. 냉동고를 열 때 사랑이 녹아 흐르며 시신/앱젝트는 대상 a의 부분대상이 된다. 송경동은 그처럼 자아를 도약하게 하는 과정에서 앱젝트의 위기에 있는 존재를 대상 a의 위치로 옮겨 놓는다. 즉 용산참사 철거민의 주검을 사랑의 대상으로, 끌려간 사람들을 그리운 동지로 상승시킨다. 그렇듯 자아를 도약하게 만드는 과정은 배제된 존재를 구원하는 과정과 연결되어 있다.

그런데 이번에는 똑같은 과정이 국경을 넘는다. 나는 캄보디아 노동자에 대해 정체성의 난제를 경험하는 한국인이다. 그러나 캄보디아 노동자 탄압의 배후이거나 그에 침묵하는 한국인일 수는 없다. 송경동의 '한국인이 아니다'라는 말은 친밀한 권력의 폭력과 침묵을 부정하는 외침이다.

그럼에도 불구하고 그의 외침은 단순한 한국인의 부정이 결코 아니다. '한국인이 아니다'는 오히려 한국인의 능동적 정체성을 되찾겠다는 선언이다. 송경동에게는 한국인이 아닌 순간이 가장 한국인이 되는 순간이다. 그처럼 능동적인 한국인이 되는 순간은 침묵하는 한국인에서 벗어나 캄보디아 노동자와 교섭하는 순간이다.

나는 한국인이다
아니 나는 한국인이 아니다
나는 송경동이다
아니 나는 송경동이 아니다
나는 피룬이며 파비며 폭이며 세론이며
파르빈 악타르다

수없이 많은 이름이며

수없이 많은 무지이며 아픔이며 고통이며 절망이며

치욕이며 구경이며 기다림이며 월담이며

다시 쓰러짐이며 다시 일어섬이며

국경을 넘어선 폭동이며 연대이며

투쟁이며 항쟁이다[31]

  한국인을 부정하는 동시에 능동적인 한국인을 생성하는 과정은 무엇인가. 「나는 한국인이 아니다」의 은유적인 시적 과정은 앱젝트인 캄보디아 노동자가 내면에 들어오게 하는 과정이다. 그것은 용산참사 희생자가 냉동고에서 나와 가슴에 들어오는 과정과 아주 똑같다. 또한 김진숙이 희망버스를 통해 내면에 들어오는 과정과 매우 비슷하다. 김진숙이 고공투쟁을 하고 희망버스가 출발함으로써 비식별성에 놓였던 김진숙과 노동자들이 우리의 내면에 들어오기 시작했다. 그와 마찬가지로 캄보디아 노동자들이 춤을 추고 송경동이 비참한 기사들을 은유적 시로 옮기는 순간 동남아 노동자들은 송경동의 내면에 들어오기 시작한다.
  '우리가 김진숙이다'는 김진숙과의 교섭인 동시에 우리 자신의 자아의 도약이다. 그 점은 송경동의 내면에 들어온 동남아 노동자들도 마찬가지이다. 나는 피룬이며 파비이며 세론이며 파르빈 악타르이다. 송경동이 동남아 노동자와 교섭하는 이 순간은 자기 자신의 자아의 도약 과정이기도 하다. 그 순간 노동자들이 냉동고에서 나오고 심연의 사랑이 녹아 흐르기 시작하는 것이다. 다만 이번에는 국경을 넘어선다. 송경동이 동남아 노동자들과 손을 잡으며 교섭하는 것은 그가 한국의 경계를 넘는 동시에 한국

---

31 송경동, 「나는 한국인이 아니다」, 『나는 한국인이 아니다』, 창비, 2016, 102쪽.

인의 능동성을 되찾는 과정이다. 동남아인과의 교섭은 한국인의 이상한 고요함을 부정하는 것인데, 그런 부정이 능동적인 한국인의 긍정이기도 한 것이다.

이것이 한국인 송경동이 캄보디아인, 방글라데시인, 베트남인과 비벼지는 비밀일 것이다. 이 비빔밥 정체성은 단순히 한국인을 버리고 세계인이 되는 과정이 결코 아니다. 비벼지는 순간에 비로소 한국인의 제 맛(특이성)[32]이 나면서 비빔밥의 꿀맛이 함께 생성되는 것이다. 그 순간 앱젝트로 버려졌던 캄보디아인은 불현듯 대상 a의 위치로 전위된다. 이는 냉동고 안에 갇혔던 벌거벗은 생명이 사랑의 대상으로 전이되는 것과 비슷한 과정이다. 그처럼 앱젝트에 대한 절망을 넘어서 대상 a에 대한 열망이 회생할 때, 송경동은 송경동이 되고 한국인은 한국인다워진다. 비빔밥의 꿀맛은 한국인의 제 맛/특이성이 살아나는 과정이기도 한 것이다.

그렇기에 국경을 넘는 정체성의 난제에 대한 응답이란 필경 사랑의 월담일 것이다. 캄보디아 사태로 야기된 정체성의 난제를 해소하려면 사랑이 국경을 넘어야 한다. 국경을 넘어서 교감하며 '냉담한 한국인'을 부정하는 순간 우리는 정체성의 난제에서 벗어나 능동적인 한국인이 될 수 있다. 그 순간 우리는 상상적 동일성에서 벗어나 실재계의 위치로 접근한다.

이 모든 과정은 은유를 통한 새로운 정체성의 생성 과정이다. '나는 피룬이다'라고 외치는 순간은 순수기억의 소우주 속에서 수많은 아픔과 고통의 기억의 경첩이 움직이는 순간이다. 친밀사회에서 빈약해진 '나'는 은유의 경첩이 움직일 때 자아의 약동을 경험하면서 피룬을 앱젝트로 추방한 문을 연다. 기억의 경첩으로 추방의 문이 열릴 때 그 틈새로 앱젝트는 대상 a로 돌아온다. 순수기억이 동요하는 은유를 통해 다수 체계성을 횡

32　임화가 말한 '제 맛'은 특이성을 뜻한다.

단하는 순간 자아의 도약과 함께 앱젝트를 대상 a로 구원하는 것이다.

춤추는 피룬과 파비와 교섭하는 그 순간 빈약한 자아는 음악을 연주하고 캄보디아인과의 화음을 공연한다. 라이프니츠는 이 자아의 음악이면서 타자와의 화음인 것을 '울림'이라고 말했다. 은유는 단절된 양쪽을 접합시키며 자아와 타자의 울림을 생성하는 기억의 경첩이다.

기억의 경첩이 작동하지 않으면 양쪽에는 빈약한 자아와 앱젝트가 있을 뿐이다. 또한 자아를 빈약하게 만들고 타자를 추방하는 친밀한 권력이 있을 뿐이다. 반면에 자아와 타자 사이에서 은유의 경첩이 움직이는 울림의 순간('나는 피룬이다'), 자아가 약동하며 타자가 회생하기 시작한다. 그 같은 울림의 순간은 앱젝트를 구원하며 친밀한 권력과 민족주의를 넘어서는 순간이다. 친밀한 권력이나 민족주의 같은 상상적 동일성의 체제에서는 세계의 공간이란 타자를 앱젝트로 밀어내는 은폐된 기울어진 운동장일 뿐이다. 그러나 울림의 순간에는 그런 기울어진 공간에서 벗어나 쓰러진 자아가 일어서는 새로운 세계가 눈에 들어온다.

다만 평등하고 조화로운 세계는 한 번의 울림에 의해 성취되지 않는다. 수많은 무지와 각성, 쓰러짐과 일어섬, 이쪽저쪽을 왔다갔다는 하는 양가적인 울림의 과정에서만 새로운 세계가 다가온다. 정체성의 난제에서 벗어나는 미결정적인 울림의 순간은 수많은 절망과 희망, 쓰러짐과 일어섬의 순간이다. 송경동의 반복적인 은유는 그런 양가적인 과정이 어떻게 정체성의 생성인 동시에 세계의 변혁인지 암시한다.

새로운 정체성이 생성되는 과정은 양가적인 운동 속에서 새 세상이 조금씩 다가오는 과정이다. 희망버스와 촛불집회에서처럼 송경동의 은유적 투쟁은 존재론적 정치와 인식론적 정치의 결합이다. 우리는 조금씩 도약하면서 존재를 식민화하는 세상을 변화시킨다. 그런 생성과 변혁의 결합은 국경을 넘어서는 트랜스내셔널한 차원에서 증폭된 실감을 얻는다. 한국인의 경계를 횡단하며 새로운 정체성을 생성하는 순간은, 제국-하위제국-캄보디아 사이의 기울어진 공간이 평등해진 새 세상에 다가가는 순간이기도 하다.

6. 새로운 변혁의 비빔밥
─ 자아의 빈곤화와 주체 위치의 분산을 함께 넘어서는 방법

송경동의 비빔밥 정체성과 「나는 한국인이 아니다」는 새로운 운동을 위해 중요한 암시를 던져준다. 오늘날 비판적 연대가 어려운 것은 무의식의 식민화에 의해 이상한 고요함과 자아의 빈곤화가 만연되었기 때문이다. 그와 함께 사회적 변화에 따른 저항 주체들의 다양한 분산 역시 중요한 요인이다.

송경동은 비식별성(이상한 고요함)을 식별하게 하는 은유를 통해 자아의 도약과 함께 배제된 타자를 구원한다. 세월호는 비식별성을 횡단하는 은유이며 캄보디아 유혈사태는 국경을 넘는 증폭된 은유이다. 은유는 이상한 고요함을 관통하며 사랑과 분노를 회생시킨다. 그런 은유를 통한 존재론적 회생의 과정은 다양한 주체들이 접합되는 순간이기도 하다. 빈곤한 자아가 도약하는 순간은 분산된 다중적 주체들과 교감하는 과정이기도 한 것이다. 송경동의 은유적인 정치는 우리 시대의 두 가지 주체의 무력화의 극복 방법을 동시에 암시한다.

오늘날은 '정치의 일식'[33]이 논의될 만큼 저항의 무력감이 만연된 시대이다. 과거에는 노동자와 민중의 운동에 전국민이 동조했기 때문에 민주

33　라클라우, 강수영 역, 「민중주의적 이성에 관하여」, 『전쟁은 없다』, 인간사랑, 2011, 40쪽.

적 변혁이 가능했다. 그러나 오늘날은 아무리 노동운동이 활발해도 모든 사람의 공감을 얻지는 못한다. 그처럼 사람들의 결집과 연대가 어려운 것은 '이상한 고요함'과 주체들의 다양한 분산 때문이다. 송경동의 비빔밥 정체성이 제 맛과 꿀맛을 강조하는 것은 그 두 측면에 대한 대응인 셈이다.

송경동처럼 다양한 주체들을 접합시키는 논의에는 라클라우의 헤게모니론이 있다. 새로운 변화에 대한 대응으로 주체 위치들을 질문하는 라클라우의 논의는 송경동의 '정체성의 심문'과 비슷하다. 또한 다양한 분산을 결집시키기 위해 대상 a의 논리를 동원하는 점은 우리의 논의와 매우 유사하다.

라클라우는 지구적 자본주의에 의해 주체 위치들 간의 단층과 균열이 심화되었음을 주목한다.[34] 이제 자본주의에서 출현한 프롤레타리아가 역사의 필연에 의해 변혁을 실천한다는 신화는 사라졌다. 통합된 정체성에 의한 균열의 봉합이 끝없이 지연되기 때문에 총체성의 지평 역시 어려워졌다.

역사의 필연과 총체성이 상실된 시대에 그 대신 다양하게 분산된 주체들을 움직이는 것은 헤게모니이다. 라클라우는 불가능한 총체성을 대신하는 다양한 주체 위치들 간의 중층결정의 게임을 헤게모니라고 부른다.[35] 라클라우의 헤게모니론은 분산된 주체들을 재통합시키려는 모험적인 시도이다.

헤게모니는 저항 주체들의 연대를 불가능하게 하는 간극을 메우기 위한 새로운 무기이다. 엔엘과 피디가 각기 자신의 대표성(보편성)을 주장하는 한 운동 주체들 간의 연대는 어려워진다. 반면에 헤게모니는 인종, 젠더, 계급 주체들 간의 중층결정의 게임을 통해 유연한 교섭을 가능하게

---

34 위의 책, 49쪽.
35 어네스토 라클라우·샹탈 무페, 김성기 외역, 『사회변혁과 헤게모니』, 터, 1990, 151쪽.

하는 방식이다. 과거의 총체성과는 달리 헤게모니는 특수성들을 수렴하는 보편성의 중심이 아니다. 라클라우의 헤게모니는 텅 빈 기표이기 때문에 다른 기표의 출현을 배제하지 않을뿐더러 등가성과 차이의 놀이에 의해 최종화되지 않는 게임을 지속시킨다. 예컨대 민중이 헤게모니라도 의미가 텅 빈 기표이며 중층결정의 과정에서 자신의 의미(등가성)와 다른 주체 위치들은 변화될 수 있다.[36] 라클라우의 헤게모니론은 다양한 운동 주체들이 하나의 기표에 이끌리지 않고도 서로 비벼지게 만드는 새로운 연대의 방식이다. 이는 혁명이 불가능해진 시대에 다시 한번 혁명을 꿈꾸는 라클라우식 변혁의 비빔밥이다.

라클라우의 텅 빈 기표와 중층결정의 놀이는 상징계와 실재계를 횡단하는 게임이다. 상징계는 이름을 부여하는 장소이며 실재계는 이름에 저항하는 영역이다. 헤게모니는 텅 빈 기표이므로 특정 이름으로 헤게모니 역할을 하면서도 실재계와의 연관 속에서 다른 이름이 출현하거나 교섭하는 것을 막지 않는다. 그처럼 상징계와 실재계를 횡단함으로써 상징계에서 헤게모니 역할을 하는 한편 최종화되지 않는 게임을 끝없이 지속시킨다.

라클라우는 헤게모니의 놀이를 총체적인 혁명적 사건과 점진주의적 실천이라는 양극단의 대안이라고 말한다. 오늘날은 총체적인 혁명이 불가능하기 때문에 부분적인 실천이 간신히 말해지는 시대이다. 반면에 헤게모니의 놀이는 총체적 정체성을 내세우지 않고도 다양한 주체들이 총체화의 효과를 낼 수 있는 방식이다. 즉 하나의 특별한 맛에 이끌리게 하는 대신 모두가 꿀맛을 내도록 비벼지게 하는 실천인 것이다.

이런 상징계와 실재계를 횡단하는 운동을 위해 라클라우는 대상 a의 논리를 이용한다. 대상 a는 실재계에 위치하면서도 상징계의 사람들이 움

---

36   라클라우, 강수영 역, 「민중주의적 이성에 관하여」, 『전쟁은 없다』, 앞의 책, 45쪽.

직이도록 동요시키는 위상학이다. 라클라우는 분파적인 주체들의 시대에 어떻게 부분적 실천이 총체성의 운동에 접근할 수 있는지 고민한다. 그런데 대상 a는 실재계에 위치하면서도 상징계에 부분대상으로 나타남으로써 부재하는 총체성에 접근하는 무한한 운동을 작동시킨다. 라클라우는 대상 a의 부분대상이 불가능한 총체성의 지평에 접근함을 주목한다. 대상 a의 부분대상은 전체의 부분이 아니라 **전체인 부분**이다. 예컨대 젖가슴은 대상 a의 부분대상이지만 존재하지 않는 전체(어머니)를 향한 열정을 작동시킨다. 그것은 젖가슴이 상징계의 부분대상인 동시에 실재계적 잔여물 대상 a이기 때문이다. 실재계적 잔여물은 상실한 전체(총체성)에 대한 열망을 작동시킨다.

라클라우는 오늘날 대상 a의 부분대상은 민중이라고 말한다. 민중은 부분이면서도 전체/총체성에 대한 열망을 가능하게 한다. 또한 텅 빈 기표이기 때문에 다른 주체 위치들 간의 중층결정의 게임을 가동시킨다.

라클라우의 논의가 송경동과 다른 점은 텅 빈 기표이지만 헤게모니를 강조한다는 점이다. 그것은 텅 빈 중심의 운동에서도 변혁의 리비도가 집중된 어떤 이름이 필요하기 때문이다. 라클라우의 헤게모니론은 단순한 비빔밥이 아니라 손님을 끌기 위해 한 가지 음식이 특화된 비빔밥이다. 헤게모니만 먹는 것이 아니라 비벼진 것을 취식하는 것이지만 그의 비빔밥에는 특화된 이름이 붙어 있다. 반면에 송경동의 비빔밥은 자아가 허기진 사람들이 다양한 반찬을 휘휘 저어 먹는 비빔밥이다.

라클라우의 특화된 비빔밥은 자아가 허기진 사람을 위한 것이 아니라 과거처럼 특화된 음식(이름)에 끌리는 사람을 위한 것이다.[37] 라클라우의 민중 비빔밥에는 변혁운동이 왕성했던 때의 향수가 남아 있다. 그러나 신

---

37 라클라우도 민중을 특별한 맛으로 특화하지는 않지만 손님을 끌기 위해 민중의 이름이 필요하다고 생각한다.

자유주의 시대는 자아의 빈곤화로 인해 어떤 헤게모니나 이름을 내세워도 이상한 고요함이 계속되는 때이다. 이런 시대에는 빈곤해진 자아를 부풀릴 수 있는 존재론적 정치가 담긴 또 다른 비빔밥이 필요하다.

라클라우도 존재론적 정치를 강조하지만 그것은 다양한 주체들을 결집시키기 위한 것에 한정된다. 그에게는 허기진 사람들을 위해 물밑의 공감과 사랑을 회생시키는 은유적인 정치가 없다. 그의 헤게모니론은 분산된 주체들을 끌어 모을 수는 있지만 자아가 빈곤해진 사람들을 구원할 수는 없다. 자아가 빈약해진 일상의 사람들이 호응하지 않는다면 그의 논의는 운동가들을 위한 기획일 뿐이다.

그와 달리 송경동은 **빈곤한 자아의 도약**과 **다중적 정체성의 연대**를 동시적 과정으로 생각한다. 냉동고를 열라는 외침은 심연의 사랑을 녹이는 동시에 희생자를 위해 연대하라는 은유적 정치이다. 희망버스 역시 사람들의 빈곤한 자아를 부풀게 하면서 다양한 시민과 소수자들을 연대하게 한 기획이었다.

빈곤한 자아를 회생시켜야 하므로 송경동의 존재론적 정치는 물밑에서 이루어진다. 반면에 라클라우의 헤게모니론은 지상에서의 연대의 기획이다. 둘 다 상징계와 실재계를 횡단하는 운동이기 때문에 대상 a의 위상학에 의존한다. 그러나 대상 a의 운동은 양자의 경우 조금 다른 방식으로 작동된다.

제임슨에 의하면 대상 a란 부재원인으로서의 총체성이다. 즉 대상 a는 상징계에 부재하면서도 상징계 사람들이 총체성에 다가가게 만드는 실재계적 요인이다. 총체성의 열망을 가능하게 하는 대상 a는 상징계에서 직접 표상될 수 없다. 그런데 라클라우는 대상 a가 부분대상으로는 상징계에 나타남을 주목한다. 부분대상이란 대상 a의 논리에 따라 끝없이 총체성을 지향하는 부분, 즉 전체인 부분이다. 라클라우는 부분대상 민중[38]이 환유의 논리에 따라 총체성에 접근한다고 말함으로써 다시 한번 변혁의 꿈을 회생시킨다. 그런 환유의 과정에서 다양하게 분산된 주체들은 중층결정의 게임으로 접합을 이루게 된다.

그러나 라클라우는 대상 a가 부분대상으로 표상되지 않은 채 다양한 사람들의 열망을 생성시키는 측면을 주목하지 않는다. 주판치치는 대상 a의 열망을 순수욕망에 의한 윤리와 사랑으로 논의한다.[39] 윤리와 사랑으로서의 대상 a에 대한 열망은 지상으로 드러나지 않고 물밑에서 작용한다. 하지만 물밑의 열망은 분산된 주체 위치들을 횡단하는 공동 정체성으로 작동될 수 있다. 예컨대 희망버스에 다양한 사람들이 참여할 수 있었던 것은 헤게모니에 의한 것이 아니라 물밑의 사랑의 열망으로 손을 잡았기 때문이다. 노동자 김진숙은 헤게모니적 부분대상이기보다는 사람들의 심연의 사랑의 열망을 자극한 대상 a의 은유였다.

대상 a는 부분대상과 환유의 논리뿐 아니라 은유를 통해서도 상징계에 나타난다. 그 점을 가장 잘 보여준 시인은 바로 한용운이다. 「님의 침묵」의 님은 조국과 진리와 총체성을 상징하는 대상 a의 은유이다. 님은 상징계에 부재하는 동시에 실재계에서 사랑의 열망을 자극하는 원인으로 존재한다.

오늘날은 비식별성의 장치로 인해 한용운의 시대보다 더 님(대상 a)이 침묵하는 시대이다. 그렇기 때문에 지금 같은 이상한 고요함(비식별성)의 시대에는 은유가 한결 더 중요해진다. 한용운이 침묵하는 대상 a를 님의

---

38 과거에는 민중이 전체였다.
39 주판치치, 이성민 역, 앞의 책, 41~44쪽; 지젝, 「왜 칸트를 위해 싸울 가치가 있는가」, 주판치치, 이성민 역, 앞의 책, 12쪽.

은유로 회생시켰듯이 우리는 이상한 고요함 속으로 사라진 대상 a[40]를 은유를 통해 되살려야 한다.

이상한 고요함이란 부분대상으로서 대상 a의 역할을 할 수 있는 **타자들**이 추방된 상황을 말한다. 곳곳에서 비식별성의 장치에 의해 배제된 타자들은 앱젝트가 될 위기에 처해 있다. 우리 시대에 변혁운동이 어려워진 것은 그처럼 타자들이 추방되어 제한된 점진적 운동만이 가능하기 때문이다. 쌍용차 사태는 변혁운동의 불가능성뿐 아니라 추방된 타자들이 앱젝트로 사라지는 비극을 보여준다.

그 때문에 오늘날은 앱젝트를 다시 대상 a의 위치로 전위시켜야만 변혁운동이 회생하는 시대이다. 예컨대 희망버스는 앱젝트의 위기에 있는 김진숙을 대상 a의 위치로 옮기는 은유를 통해 다시 한번 연대를 부활시켰다. 세월호 사건에서 촛불집회로 이어진 전개도 마찬가지이다. 모래인간에 의해 앱젝트로 수장된 학생들이 꽃의 은유로 돌아올 수 있었기에 광장에 유성우 같은 촛불이 켜졌던 것이다. 희망버스와 촛불집회에서는 물밑의 사랑(대상 a의 열망)에 의해 다양하게 분산된 사람들이 서로 손을 잡을 수 있었다. 두 새로운 운동은 제 맛과 꿀맛을 함께 내는 비빔밥 정체성의 변혁운동이었다.

송경동의 시 역시 앱젝트를 대상 a로 구원하는 수많은 은유들로 가득차 있다. 예컨대 「고귀한 유산」에서는 앱젝트로 희생된 이천 명의 인부들을 '고귀한 유산'이라는 은유로 회생시킨다. 「법외 인간들을 찬양함」에서는 국가가 밀어내는 존재들이 '우리가 기다리는 내일'이라는 은유로 대상 a를 찬양한다. 또한 「나는 한국인이 아니다」에서는 '나는 피룬이며 파비

40　대상 a가 이상한 고요함 속으로 사라지는 것은 타자가 앱젝트로 추방되는 과정에 상응한다. 타자란 대상 a의 부분대상이다. 앱젝트로 추방된 타자를 회생시키려면 물밑에서의 은유적인 정치가 필요하다.

이다'라는 은유를 통해 국경을 넘는 비빔밥 정체성의 변혁을 꿈꾼다.

오늘날 우리는 레비나스냐 아감벤이냐의 기로에 서 있다. 아감벤의 벌거벗은 생명은 이상한 고요함 속에서 사라진 앱젝트에 다름이 아니다. 아감벤이 보고 있는 것은 쌍용차의 29명의 자살자들과 고산열차의 이천명의 죽음과 국가가 밀어내는 법외 인간들이다. 반면에 앱젝트가 대상 a로 전위될 때 레비나스의 타자가 회생한다. 송경동의 시는 쌍용차 자살자들을 '이상한 나라'의 희생자로,[41] 이천 명의 죽음을 고귀한 유산으로, 법외 인간들을 우리의 내일로 회생시킨다. 그처럼 앱젝트를 대상 a의 위치로 구원하는 것은 레비나스가 미래의 시간이라고 말한 타자의 회생에 다름이 아니다. 앱젝트로 추방된 타자가 되돌아와야만 상실된 미래의 시간이 다시 열린다. 우리 시대는 단순한 운동의 부활보다는 앱젝트의 구원을 통한 타자의 회생이 보다 더 중요한 사회이다. 추방된 타자가 부활해야만 자아가 허기진 사람들을 약동하게 하는 변혁의 비빔밥이 다시 만들어지기 때문이다. 그 과정에서 매우 중요한 것은 시와 현실에서 대상 a를 재작동시키는 은유적 미학과 정치이다. 송경동의 시와 희망버스와 촛불집회를 관통하는 것은 자아의 도약과 다중적 연대를 함께 회생시키는 은유로서의 미학과 정치이다.

7. '촛불시즌 2'와 은유로서의 정치

호프만의 「모래인간」은 말미에서 문학교수의 입을 빌려 이제까지의 모든 것이 은유였다고 말한다.[42] 이 말은 모래인간 이야기가 단지 은유적이

---

41 송경동, 「공장은 무덤을 생산한다」, 『나는 한국인이 아니다』, 창비, 2016, 128~129쪽.
42 호프만, 김현성 역, 「모래사나이」, 『모래사나이』, 문학과지성사, 2001, 66쪽.

고 환상적인 소설일 뿐이라는 뜻으로 해석될 수 있다. 그러나 반대로 (모래인간이 숨어 있는) 우리의 삶에서 은유가 모든 것이라고 말하는 또 다른 해석이 가능하다. 실제로 이 소설의 이야기에서는 일상의 현실보다 모래인간과 자동인형의 은유가 더 실재(실재계)에 가까운 사건을 전해준다. 보이는 것과 보이지 않는 것의 관계에서 은유는 표상될 수 없는 실재의 영역을 드러내고 있기 때문이다. 우리의 은유는 단순한 수사학을 넘어선다. 은유를 사용한다는 것은 표상될 수 없는 실재계를 드러내고 있다는 뜻이다.

「모래인간」은 낯선 두려움을 주제로 한 소설이다. 프로이트와 호미 바바는 일상에서 숨겨져야 할 것이 드러났을 때 낯선 두려움이 느껴진다고 말한다. 여기서 숨겨져야 할 것이란 권력의 입장에서의 표현이다. 친밀한 일상에서 지배권력이 숨겨야 할 것이 드러났을 때 우리는 낯선 두려움을 느낀다. 친밀사회란 비식별성에 의해 그런 친밀성과 낯선 두려움의 간극이 더없이 증폭된 시대이다. 친밀성에는 이미 낯선 두려움의 세계가 숨겨져 있지만 낯선 두려움을 감지한 사람은 소리 없이 추방될 위기에 처한다. 그 때문에 친밀사회는 낯선 두려움이 표상되지 않은 채 친밀성의 이미지의 세계로만 보이는 것이다. 그러나 낯선 두려움은 사라진 것이 아니라 비식별성의 장치로 인해 식별되지 않고 말해지지 않을 뿐이다. 친밀사회란 친밀해질수록 오히려 비식별성 속에서 표상되지 않는 낯선 두려움이 증폭되는 사회이다. 우리시대는 '보이는 것이 전부가 아니다'라는 표현이 가장 실감나는 사회인 것이다. 그처럼 상상계적 비식별성이 확장된 상황에서는 숨겨진 실재계적 충동을 암시하기 위해 은유가 매우 긴요해진다. 우리시대는 비식별성을 식별하기 위해 모래인간과 자동인형 같은 은유가 아주 중요해진 사회이다.

실제로 세월호 사건은 일상 속에 숨겨져 있던 냉혹한 모래인간(선장)이 민낯을 드러낸 사건이었다. 또한 캄보디아 사태는 친밀한 한류의 나라가 현지인을 피 묻은 나무인형으로 내팽개친 냉혈한〈모래인간〉이었음을 보여 줬다. 서지현 검사 사건 역시 남성중심적 법조직이 예쁜 눈 수집가인 비열한 모래인간이었음을 드러냈다. 세 사건의 공통점은 사건 자체가 일상의 비식별성을 비추는 은유였다는 점이다.

세 사건이 중요한 것은 우리의 삶에서 은유의 정치적 힘을 보여줬다는 점이다. 이 사건들이 과거의 사건과 다른 점은 그 자체로 실재계적 외상인 동시에 일상의 비식별성을 비추는 은유의 거울이었다는 점이다. 이상한 고요함의 시대에 유독 세 사건의 파장이 컸던 것은 일상의 비식별성을 은유를 통해 식별하게 만들어줬기 때문이다. 은유는 일상의 현실보다 더 실재에 가까우며 보이는 것보다 더 큰 보이지 않는 것을 드러낸다.

이 예들은 친밀사회의 비식별성의 권력에 저항하는 데 은유가 얼마나 중요한지 알려준다. 비식별성의 안개가 짙어질수록 은유적 미학과 정치의 필요성은 증폭된다. 지배권력은 비식별성의 장치를 통해 희생자를 배제하고 셔터가 내려진 세계 안에 친밀한 사회를 만든다. 반면에 은유는 비식별성을 생생한 이미지로 보여줌으로써 희생자에 대한 사랑과 지배권력에 대한 분노를 회생시킨다. 그런 능동적 방식으로 수동적 정동의 세계에 파문을 일으켜 셔터를 다시 올리면서 체제를 동요시키는 것이다. 은유가 셔터를 다시 올리며 타자를 회생시키는 과정은 순수기억의 경첩을 움직여 구원의 문을 여는 과정에 상응한다.

그런데 은유는 저항적인 미학과 정치만이 사용하는 것은 아니다. 호프만의 소설에서 모래인간이 안경 상인이기도 하다는 점은 매우 중요하다. 어둠 속에서 눈을 빼앗는 냉혹한 권력은 환상적인 망원경을 보여주는 상인이기도 한 것이다. 이점은 비정한 비식별성의 권력이 매혹적인 스펙터클적 자본이기도 한 점과 유사하다.

지배권력은 자신의 냉혹성을 감추기 위해 매혹적인 망원경와 쇼윈도를 이용한다. 친밀사회의 시각기계와 스펙터클 장치는 정치권력이 사용하는 미학과 은유이다. 그와 함께 비식별성의 장치를 가동시키기 위해서도 또 다른 은유 곧 혐오와 증오의 반미학을 사용한다.

G. 레이코프와 M. 존슨은 일상의 관습적인 세계를 형성하는 데 은유가 필수적임을 보여준다. 은유는 단순한 수사학이 아니라 우리의 사고와 현실을 구조화하는 핵심 근거인 것이다.[43] 그런데 은유는 레이코프와 존슨에서 더 나아간다. 은유란 근본적으로 두 체계를 횡단하면서 의식과 무의식의 이중화 상태를 만드는 방식이다.[44] 두 사람(레이코프, 존슨)이 보여준 것은 일상의 관습적 삶에서도 무의식의 파문이 이는 것이 현실적이라는 점일 것이다. 그런데 은유의 파도가 커지면 관습과 표상의 세계를 넘어선 영역에서 보다 중요한 역할을 하게 된다. 저항적 미학과 정치뿐 아니라 정치권력의 미학에서도 핵심적인 것은 바로 그 표상(상징계)을 넘어선 곳에서의 은유의 작용이다.

신자유주의는 양극화의 모순이 커진 상황에서 친밀한 평온함을 유지하기 위해 균열부분에서 미학을 사용할 수밖에 없다. 그에 따른 신자유주의의 미학이 바로 스펙터클 장치와 비식별성의 장치이다. 예컨대 모래인간을 슈퍼맨이나 (신데렐라 드라마의) 재벌 2세로 위장하는 것이 스펙터클 장치라면 배제된 타자에 대한 혐오발화는 반미학적 비식별성의 장치이다. 양극화가 심화될수록 스펙터클 장치는 화려해지며 비식별성의 장치는 혐오스러워진다.

그런데 정치권력의 은유적 미학은 저항적 미학과 조금 다른 점이 있다. 슈퍼맨은 스펙터클 세계의 영웅에 대한 은유이다. 그런 슈퍼맨은 배트맨, 스파이더맨뿐만 아니라 〈태양의 후예〉의 유시진이나 재벌 2세와 등가적

---

43 G. 레이코프·M. 존슨, 노양진·나익주 역,『삶으로서의 은유』, 박이정, 2006.

44 나병철,『은유로서의 네이션과 트랜스내셔널 연대』, 문예출판사, 2014, 21~27쪽.

관계에 있다. 이 매력적인 영웅들은 꿈물신을 보여주는 백화점이나 감정 상품들과 함께 친밀한 천국을 연출한다. 그러나 친밀사회의 전사회적 판타스마고리아에는 매혹과 우울이 공존한다. 그 이유는 그들이 사회의 상처를 치유하는 척하는 동안 오히려 실제적 타자가 망각되기 때문이다. 그처럼 타자를 시각적 기억의 영역에서 배제하는 점에서 스펙터클적 감성권력은 생명권력과 짝을 이루고 있다.

스펙터클 장치가 모래인간을 숨기기 위한 기제라면 비식별성의 장치는 타자를 추방하는 기제이다. 비식별성의 장치는 이상한 고요함과 혐오발화를 통해 타자를 앱젝트로 연출한다. 그 점에서 비식별성의 장치 역시 타자를 죽여도 좋은 벌거벗은 생명으로 만드는 생명권력과 짝을 이루고 있다.

새로운 운동은 그런 스펙터클과 비식별성 장치에 대항하기 위해 저항적인 미학을 사용할 수밖에 없다. 즉 스펙터클 장치에 맞서는 시각적인 도발과 비식별성의 장치를 해체하는 은유적 미학이 필요한 것이다. 무의식의 전쟁의 시대는 미학의 전쟁의 시대이기도 하다. 오늘날은 미학을 통한 존재론적 정치가 수반되어야만 비로소 사회비판이 역동성을 얻을 수 있는 시대이다. 우리시대의 변혁운동 촛불집회는 그 같은 미학과 정치의 결합을 매우 잘 보여준다.

유성우가 쏟아지는 듯한 촛불의 퍼포먼스는 정치권력의 스펙터클에 대항하는 시각적 도발을 보여준다. 정치권력의 스펙터클이 쾌락의 정동의 흐름이라면 촛불의 퍼포먼스는 에로스와 분노의 도발이다. 스펙터클 장치가 균열의 봉합인 반면 촛불의 미학은 균열로 드러난 실재계의 힘으로 체제 전체를 동요시킨다.

촛불집회는 그 자체가 시각적 도발일 뿐 아니라 전체 과정이 은유와 풍자로 진행된다. 사회를 광장에 축소해 판을 벌이는 점에서 촛불집회는 혁명이 은유와 연극의 퍼포먼스라는 아렌트의 말을 실감나게 해준다.[45] 은유는 권력의 셔터를 횡단하면서 보이지 않는 것을 보이는 영역에서 드러낸다. 촛불집회는 세월호나 백남기 농민 사건을 일상의 비식별성을 드러내주는 은유로 연출했다. 그것은 마치 권력이 숨겨야 하는 것을 모래인간과 피묻은 눈의 은유를 통해 드러내는 것과도 같다. 또한 탄핵 촛불집회에서는 박근혜와 최순실의 가면이 등장했는데 이는 부정적 인물을 희화화하는 풍자에 다름이 아니다. 박근혜의 가면은 가면 속의 벌거벗은 얼굴(레비나스)의 고통에 대비되는 이중적 효과에 의해 희화화되고 있는 것이다. 촛불집회에서는 가면을 쓰지 않은 사람도 일상과는 다른 얼굴이 된다. 촛불을 드는 순간 (일상에서) 빈약했던 자아는 광장의 역전된 사회적 장의 페르소나로서 정치적 인격[46]이 된다. 이 정치적 인격은 일상에서는 희미했던 사랑과 분노가 증폭된 페르소나에 다름이 아니다. 그런 방식으로 자아의 도약과 사회적 비판, 존재론적 정치와 인식론적 정치의 결합이 이루어지는 것이다.

촛불집회의 한계는 일상으로 돌아왔을 때 미처 변화되지 않은 체제에서 다시 비식별성의 장치에 포획된다는 점이다. 일상에서 촛불시즌 2가 계속되어야 하는 것은 그 때문이다. 촛불은 광장에서뿐만 아니라 우리 주변의 곳곳에서 켜져야 한다. 실제로 촛불혁명 이후 나타난 미투운동이나 '을의 반격'은 일상에서의 은유적 촛불로 볼 수 있다.

예컨대 서지현 검사의 고백에서도 촛불처럼 시각적 도발과 은유의 효과는 매우 중요했다. 서 검사가 JTBC의 뉴스 화면에 직접 얼굴을 드러낸 것은 스펙터클 권력에 대한 시각적인 도발이었다. 서 검사는 역전된 시각

---

45   아렌트, 홍원표 역, 『혁명론』, 한길사, 2004, 194쪽.
46   아렌트는 순수한 자연의 얼굴이 아니라 정치적 무대의 극장에 참여할 때 페르소나로서의 정치적 인격이 얻어진다고 말한다.

의 장에 1인칭 주인공으로 등장함으로써 정치적 인격이 될 수 있었다. 그녀는 든든한 집단의 배경이 있는 것이 아니었기 때문에 고백의 순간 낯선 두려움을 느꼈다. 그러나 낯선 두려움이란 거세공포인 동시에 권력이 숨겨야 할 것이 드러난 순간이기도 하다. 서 검사의 고백은 사실인 동시에 일상에서는 보이지 않는 모래인간의 은유의 확인이었다. 그녀가 성추행의 순간이 환각과도 같다고 느꼈던 것은 은유가 현실이 되었기 때문이다. 하지만 그 환각 같은 현실은 젠더 영역에서 일상의 여성들이 겪고 있는 **모든 것의 은유였다.**

서 검사의 고백은 일상의 여성들의 비식별성의 고통을 은유로 식별하게 만들어주었다. 서 검사는 '네 잘못이 아니다'라고 말하고 있었다. 그녀는 법적 조직이 법이 정지되는 순간을 포함하며 더 강력해진다는 사실을 말하면서, 법에 의해 정상적으로 보이는 사회의 숨겨진 문제를 고발한 것이다. 그런 서 검사에게 은유의 힘으로 공감이 이루어짐으로써 그녀는 앱젝트의 위기에서 대상 a의 위치로 전위될 수 있었다. 그처럼 위기에 놓인 여성이 공감의 대상이 되었기 때문에 미투운동이 촉발되었던 것이다.

여기서 주목되는 것은 타자의 희생과 자아의 도약이 상호적이고 연쇄적이라는 것이다. 새로운 운동의 주인공은 메시아처럼 단번에 희생자를 구원해주지 않는다. 서 검사가 여성을 구원해주고 여성들이 서 검사를 구조해 줌으로써 비로소 구원의 문이 열리기 시작하는 것이다. 이처럼 서로가 서로에게 손을 내미는 이중주 속에서 외로운 자아는 타자성의 주체로 도약할 수 있게 된다. 그 과정에서 고립된 희생자가 상호적으로 심연의 타자로서 스며들게 만드는 것이 바로 은유이다. 저항의 은유는 상호적인 이중주인 동시에 연쇄적 파문의 과정이다.

서 검사는 TV 화면의 시각적 도발을 통해 은유의 연쇄를 시작했다. 서 검사에 대한 여성들의 호응은 그녀의 심연에 다수의 타자들이 스며든 것과도 같다. 이 타자의 회생과 자아의 도약 과정은 은유적 연쇄를 낳았다. 미투운동에 참여한 여성은 마치 '나도 서 검사다'라고 외치는 것과도 비슷했다. 희망버스의 참여자들이 가면을 쓰고 '우리가 김진숙이다'라고 말한 것처럼, 여성들은 '나도' 라고 말하는 순간 서지현의 가면을 쓴 것이나 다름없다. 서지현의 가면('나도')은 그녀와의 교섭의 은유이며 그 순간 일상에서 빈약했던 여성들의 자아는 약동하는 정치적 인격이 된다.

만일 그런 은유적 과정이 없었다면 빈약한 자아와 셔터 외부의 앱젝트만이 있었을 것이다. 은유적 고백의 순간 빈약한 자아와 앱젝트였던 여성들은 상처의 기억의 경첩을 움직이며 앱젝트를 추방한 문을 열고 있었다. 구원의 문은 이중주에 의해 열린다. 고백에 동참하는 순간 서 검사는 대상 a의 위치(타자)[47]로 회생하고 여성들은 자아의 도약을 경험하게 된다. 서 검사의 회생과 여성들의 도약은 동시적인 이중주이다. 이중주는 희생자와 일상의 사람들을 모두 보이는 영역으로 이동시켜 준다. 그 순간 타자(서 검사)가 회생하고 은유적 공감을 통해 자아가 도약함으로써 비로소 정치적 인격[48]이 출현하게 된다. 비식별성의 장치에 의해 타자가 추방되고 자아가 빈약해지면 우리는 정치의 일식을 경험한다. 반면에 시각적 도발과 은유에 의해 비식별성이 식별되면 회생된 타자와의 교감에 의해 정치적 인격이 부활한다.

미투운동은 존재론적 정치(자아의 도약)를 통한 비판적인 정치적 인격의 부활에 다름이 아니다. 그처럼 존재론적 정치와 인식론적 정치의 결합인

---

47 타자는 대상 a의 부분대상이다.

48 정치적 인격은 아렌트가 논의한 은유적 페르소나를 말한다. 아렌트의 은유적인 정치적 인격의 논의는 그녀가 유대인으로 비식별성을 경험한 것과 연관이 있다. 아렌트의 시대와 우리 시대의 차이는 지금의 친밀사회의 비식별성이 더욱 은밀하게 증폭되었다는 점이다.

점에서 미투운동은 광장의 촛불에 의해 촉발된[49] 일상의 작은 촛불이다. 광장의 증폭된 촛불과 작은 촛불의 공통점은 비식별성(이상한 고요함)에 저항하는 은유적인 정치일 것이다.

촛불시즌 2로서 일상의 또 다른 운동은 갑질에 저항하는 을의 반격이다. 갑질이란 단순한 계급적 착취를 넘어선 상상적 동일성 권력의 무분별한 폭력을 말한다. 공적 관계는 물론 사적 영역에서까지 폭력을 행사하는 갑질은 자본의 동일성 권력이 신분이나 인종 관계처럼 대체불가능하게 고착화되었음을 뜻한다. 갑질에 항의하는 항공사 촛불집회에 참여한 A기장은 대한항공은 조선시대나 봉건영주 시대에 있다고 말했다. 이는 갑질이 계급적 착취를 넘어서서 신분관계처럼 상상적으로 고착화된 폭력임을 의미한다.

갑질에 항의하는 을의 반격이 대한항공이나 아시아나처럼 항공사에서 촉발된 데에는 특별한 이유가 있었다. 항공사는 필수 공익사업으로 지정되어 단체행동권에 제약을 받음으로써 직원들이 힘이 없었던 것이다. 갑질은 헬조선이라는 냉혹한 친밀사회에서 나타나는 특별한 폭력이다. 그런 갑질이 노조가 힘이 없는 항공사에서는 이미 오래전부터 이상한 고요함 속에서 계속되어 왔던 것이다. 그 점에서 항공사의 갑질은 노조도 단체행동권도 없이 지속되는 젠더 영역의 폭력과 매우 유사하다. 항공사는 계급관계 중의 젠더 영역이었던 셈이다. 양자의 공통점은 오너(회장 가족)나 남성이 친밀하게 다가올수록 갑질과 폭력이 증폭된다는 점이다.

그런 갑질에 대한 반격이 항공사에서 일어난 것은 젠더 영역에서 미투운동이 일어난 것과 비슷한 이유에서이다. 항공사 시위는 미투운동처럼 지난 정권의 '갑질'에 저항한 탄핵 촛불집회와 진보 정권에 영향을 받아

---

49 미투운동이 활발해진 것은 탄핵 촛불집회와 진보적 정권의 영향이라고 할 수 있다.

촉발되었다. 신자유주의의 냉혹한 친밀사회와 항공사의 갑질 권력(그리고 젠더 영역)은 구조적으로 비슷하기 때문에 대한항공과 아시아나에서 촛불 시즌 2가 시작된 것이다.

오랫동안 침묵했던 항공사와 젠더 영역은 이제 정반대의 위치에 있게 되었다. 즉 두 영역은 사회 전체의 갑질의 비식별성을 식별하게 하는 은유로 작용할 수 있게 되었다. 그러면서도 양자의 을의 반격의 방식은 조금 다르게 나타났다. 미투운동은 '나도 서지현이다'라고 말하며 서지현 검사의 가면으로 용기를 얻는 것이나 마찬가지이다. 반면에 항공사 직원들은 조직사회의 일원이기 때문에 맨얼굴 위에 **투명한 은유의 가면**을 쓸 수 없었다. 그 대신 심연에서 길어 올린 연대와 분노를 표현하기 위해 **벤데타 가면**을 은유로 사용했다. 민주주의를 위해 저항한 영화 주인공('브이')의 가면을 씀으로써 내면의 분노를 표현한 것이다.

벤데타 가면은 〈브이 포 벤데타〉의 주인공 브이(V)가 쓴 가면으로 폭정에 저항한 400년 전 실존인물 가이 포크스의 얼굴이다. 영국에서 가이 포크스는 처음에는 반역의 상징이었으나 점차로 저항의 아이콘으로 변화되어 갔다. 그리고 오늘날에는 '친구', '동료', '당신들'이라는 의미로도 쓰이고 있다.

그와 마찬가지로 항공사 직원들이 벤데타 가면을 쓴 것은 폭력에 대한 저항과 동료들과의 연대감의 표시로 볼 수 있다. 그러나 두 항공사의 경우 벤데타 가면이 온전히 갑질에 저항하는 정치적 인격의 은유만은 아니었다. 오랜 예외상태의 침묵에서 벗어나는 항공사 직원들은 서지현 검사처럼 낯선 두려움을 느낄 수밖에 없었다. 그들은 아무도 말할 수 없었던 모래인간의 숨겨진 이야기를 해야 했기 때문이다. 서지현 검사는 많은 여성들이 맨 얼굴의 서지현 가면을 쓰고('미투') 고백에 동참함으로써 두려움을 극복할 수 있었다. 항공사의 을의 반격에도 많은 사람들이 참여했지만 그들은 여성들과는 달리 조직의 일원이었기 때문에 조금 입장이 달랐다. 벤데타 가면은 분노의 표현인 동시에 권력의 시선에 노출된 낯선 두려움을 극복하기 위한 것이기도 했다.

그 점에서 벤데타 가면은 권력에 대항하는 정치적 인격의 충분한 표현은 아니었다. 어떤 면에서 벤데타 가면은 2차 피해에 대한 방어막으로 권력의 상상적 고착화의 정도를 말하고 있었다. 위기에 처한 희망버스의 김진숙의 가면과는 달리 벤데타 가면은 죽지 않는 저항의 아이콘이다. 그러나 위태로운 김진숙의 은유가 사랑과 연대를 증폭시킨 반면 벤데타 가면은 아직 낯선 두려움이 남아 있다는 반증이었다.

보다 능동적인 저항을 표현하기 위해서는 대한항공 유은정 부사무장처럼 가면을 벗는 단계가 남아 있었다. 가면을 벗는 것은 벤데타를 포기하는 것이 결코 아니다. 〈브이 포 벤데타〉의 브이는 가면의 뒤에는 살덩어리만 있는 것이 아니라 신념이 있다고 말한다. 우리는 그에서 더 나아가 가면을 벗은 얼굴은 단지 맨얼굴이 아니라 내면에서 벤데타와 동료, 당신들과 함께 있다는 **은유적 표현**이라고 말할 수 있다. 가면은 은유적 정치이지만 가면을 벗은 투명한 은유의 가면은 더욱 더 정치적이 된다. 투명한 은유의 가면이란 '나도 서지현이다'처럼 은유를 통해 타자와 교감하는 정치적 인격의 출현을 뜻한다. 은유를 통한 사랑과 연대의 자신감으로 신념이 고양되었기 때문에 더 이상 벤데타 가면이 필요 없어진 것이다. 가면을 벗은 얼굴은 단순한 맨살이 아니라 벤데타와 동료들의 가면이 은유적으로 합쳐진 정치적 인격인 것이다.

레비나스는 타자의 벌거벗은 얼굴이 미래의 시간이라고 말했다. 레비나스의 미래는 윤리의 차원이다. 우리는 아렌트를 따라 벌거벗은 얼굴(타자)과 교섭하는 은유적인 인격이 정치의 미래라고 말할 수 있다. 서지현이 윤리적인 미래라면 서지현과 교감하며 '나도 서지현이다'라고 말하는 은유적인 정치는 **정치적인 미래**라고 할 수 있다.

항공사의 은유적인 정치적 페르소나에는 미투운동에서 서지현 검사와 교섭할 때처럼 '나도'의 은유가 포함되어 있다. 미투운동과 다른 점은 경직된 조직의 회사원이기 때문에 감당해야 할 낯선 두려움이 한층 크다는 점이다. '나도 유은정이다'에는 '나도 서지현이다'보다 더 많은 용기가 필요하다. 그러나 일단 가면을 벗은 페르소나가 나타나기 시작하면 파문은 걷잡을 수 없이 커질 것이다. 벤데타 가면을 벗었다는 것은 유은정과 다른 희생자들의 인격이 수많은 은유적 가면으로 합체되었음을 의미하기 때문이다.

은유적인 페르소나는 비식별성이 확장된 사회에서 더 정치적 힘을 발휘한다. 항공사 직원들이 가면을 벗고 정치적 인격이 되는 순간이 충격적인 것은 그만큼 그들이 비식별성 속에서 고통을 겪어왔기 때문이다. 대한항공과 아시아나 직원들이 가면을 벗는 것은 마치 비식별성을 벗어던지는 것과도 같다. 그들은 지금까지 비식별성 속에서 앱젝트로 전락할 위기 속에서 수동적인 삶을 살아왔다. 그러나 이제는 권력이 숨겨야 했던 것들, 즉 모래인간과 자동인형의 이야기를 말할 수 있는 것이다. 집회 참여자들이 그 순간의 낯선 두려움을 극복할 수 있는 것은 이미 내면에 동료들과 '평범한 벤데타'가 은유적으로 합체되어 있기 때문이다.

항공사 직원들이 낯선 두려움을 견뎌낸다면 이미 권력과의 봄-보임의 관계가 변화되기 시작한 것이다. 권력의 시선은 피지배자가 수동적 위치에 있게 감시하면서 자신을 능동적으로 드러내는 사람을 배제한다. 이것이 오랫동안 침묵을 강요한 비식별성의 장치이다. 반면에 항공사 집회의 정치적 인격은 권력의 감시를 이겨내고 비식별성에서 벗어나 보이는 인격으로 출현한다. 그것이 가능해진 것은 내면에서 동료와 교감할 뿐 아니라 일상의 사람들(당신들)과 은유적으로 합체된 결과일 것이다. 항공재벌

고발과 경영퇴진 촉구 참여 포스터(신문광고)의 표어는 '가면을 벗을 수 있도록 응원해주세요'였다. 일상의 사람들과의 교섭('우리가 대한항공이다')이 증폭될수록 시위자의 정치적 인격의 보임은 더 당당해지는 것이다.

이 과정은 보이는 것과 보이지 않는 것의 경계에 파문이 일어나는 순간이다. 계급적 불평등성을 영구화하는 감각의 불평등성이 전복되기 시작한 것이다. 이제 수동적으로 보여지거나 보이지 않았던 사람들이 전면에 나선다. 갑질을 환각처럼 경험하며 보면서도 보지 못하는 시각장애를 강요받던 사람들이 자기 자신을 보이는 것의 영역으로 이동시키고 있는 것이다. 그런 감성의 분할의 변혁을 가능하게 하는 것이 바로 은유적 정치이다. 이상한 고요함이라는 비식별성에 저항하는 은유적 정치('우리가 그들이다')가 점점 더 확산될 때 비로소 사회가 변화되기 시작할 것이다. 우리가 김진숙이다, 나는 피룬이며 파비이며 폭이다, 나도 서지현이다, 우리가 대한항공이다. 이 유성우처럼 쏟아지는 은유의 퍼포먼스야말로 시각장애와 정체성의 난제를 넘어 차별에 대항하는 감각의 평등성과 새로운 정치적 인격이 생성되는 순간일 것이다.

8. 감성의 분할에서 은유적 정치로 – 코페르니쿠스적 전회

은유으로서의 정치가 중요해진 것은 신자유주의가 무의식을 식민화하는 시대이기 때문이다. 은유는 표상할 수 없는 **무의식의 동요**를 의식의 세계에서 표현하는 방식이다. 무의식은 내면에 들어온 타자와 교섭할 때 동요하기 시작한다. 우리가 김진숙이다, 나도 서지현이다의 순간, 우리는 무의식이 동요하며 이상한 고요함을 강요하는 (무의식의) 식민화에서 벗어난다. 그 순간 은유를 통해 심연에서 사랑이 길어 올려지면서 다중적인 정치적 인격이 생성되는 것이다.

은유를 통한 무의식의 동요는 자아의 도약인 동시에 숨겨진 모래인간에 대한 비판적 사유로 연결된다. 하이데거는 시와 사유는 이웃사촌이라고 말했다. 우리는 은유와 사유, 능동적 정체성은 이웃사촌이라고 말할 수 있다.

은유는 '무의식의 동요'뿐 아니라 '비감각적인 세계'를 감각세계로 전환시킨다. 아렌트에 의하면, 은유는 비가시적인 것을 보이게 하고 세련시키기 위해 현상세계(가시적 세계)의 감각을 이용하는 방식이다.[50] 무의식을 식민화하는 시대에는 비가시성 중에서도 능동적 무의식과 사유가 매우 중요하다. 우리 시대에는 비가시적인 능동적 무의식과 사유를 가시적인 신체로 표현하고 행동하는 것이 **정치**일 것이다. 유대인이었던 아렌트[51]가 은유의 퍼포먼스를 강조하고 우리가 은유로서의 정치를 말하는 것은 그런 비슷한 맥락에서이다.

물론 오늘날은 어떤 면에서 아렌트의 시대보다 은유적 능동성의 표현이 더 어려워진 시대이다. 우리시대에 능동적 무의식과 사유가 잘 작동되지 않는 것은 은밀한 비식별성의 장치 때문이다. 비식별성의 장치는 무의식을 식민화하는 지배권력의 중요한 기제이다. 타자를 추방하는 비식별성의 장치 때문에 무의식에서의 공감과 동요가 잘 일어나지 않는 것이다.

하지만 여기서도 은유의 정치적 기능은 매우 핵심적이다. 은유의 또 다른 중요한 기능은 현실에서의 **비식별성을 식별하게** 해주는 것이기 때문이다. 아렌트가 말한 '정신이 세계와의 접촉점을 상실한'[52] 예 중의 하나가

---

50 아렌트, 홍원표 역, 『정신의 삶』 1, 푸른숲, 2004, 169쪽.
51 아렌트가 정치적 인격의 생성에서 은유를 강조하는 것은 자신이 비식별성의 차별을 받았던 점과 연관이 있다.
52 아렌트, 『정신의 삶』 1, 앞의 책, 169쪽.

비식별성일 것이다. 우리가 고통 받는 희생자를 비식별성의 영역에 방치하는 것은 사랑과 사유가 증발한 것보다는 현실에서 **접촉점**을 찾지 못하기 때문일 것이다. 그처럼 심연의 사랑과 사유가 접촉점을 찾지 못하게 만드는 것이 바로 감성권력과 생명권력이다. 감성권력과 생명권력은 비식별성의 장치를 통해 희생자에게 공감하지 못하는 이상한 고요함의 세계를 만든다. 반면에 은유는 일상에 숨겨진 보이지 않는 일들을 감각적 이미지로 전환하고 표현해 눈에 보이게 만든다. 은유는 숨겨진 권력과 세계의 **접촉점**을 드러내준다. 예컨대 모래인간이 자동인형을 만드는 은유는 젠더 영역에서의 여성의 페티시즘을 눈에 보이게 드러낸다. 또한 서지현 검사의 고백은 법 조직이 법이 정지되는 순간을 이용해 남성중심적으로 강력해지는 비밀을 식별하게 해준다. 그처럼 권력과 세계의 접촉점을 드러내야만 추방된 사랑과 세계의 접촉점이 회생할 수 있다. 은유는 그 두 개의 비밀스러운 접촉점에서의 작용이다. '나도 서지현이다' 라는 은유의 형식으로 미투운동이 촉발된 과정은 비식별성을 식별하게 하는 은유의 정치적 힘에서 기인된 셈이었다. 법적 조직의 모래인간의 은유가 '나도 서지현이다'(또 다른 은유)를 촉발시킨 것이다. 여기서의 두 개의 은유의 결합이 바로 은유로서의 정치일 것이다. 하나가 모래인간의 은유이라면 다른 하나는 타자와의 연대의 은유이다. 은유로서의 정치는 지배권력의 비밀과 피지배자의 비밀을 관통한다.

은유로서의 정치는 무의식의 식민화에 대한 저항이다. 우리 시대의 무의식의 식민화는 상당부분 감성권력의 비식별성의 장치에 의존한다. 아감벤(생명권력)이 말한 비식별성은 감성권력의 감성의 분할과 중첩된다. 보이는 것과 보이지 않는 것의 경계를 만드는 감성의 분할은 타자를 추방하는 비식별성의 장치에 다름이 아니다. 랑시에르의 감성의 분할이란 정치권력이 사용하는 미학의 일종이다.[53] 지배권력은 불평등성의 사회가 영원히 변화되지 않게 하기 위해 타자를 추방하는 감성적 미학의 장치를 사용하는 것이다.

이처럼 저항세력뿐 아니라 지배권력도 미학과 은유를 사용한다는 점은 우리시대의 매우 중요한 특징이다. 제임슨의 무의식의 식민화란 랑시에르가 말한 권력의 감성적 미학에 의한 식민화이기도 하다. 그런데 앞서 말했듯이 무의식을 지배하는 정치권력의 은유와 미학은 어떤 면에서는 반미학이기도 하다. 미학이 타자를 회생시킨다면 반미학은 타자를 혐오하게 만든다. 권력의 동일성의 질서를 유지하게 위해 사용되는 반미학의 대표적인 예가 바로 혐오발화이다.

혐오발화는 예술과 미학이 광의의 은유인 것처럼 일종의 은유이다. 예술적 미학의 은유와 권력의 혐오의 은유는 정반대의 기능을 한다. 이미 살펴듯이 미학적 은유는 비식별성을 식별하게 함으로써 타자에 대한 공감을 회생시킨다. 반면에 혐오의 은유는 타자를 비식별성의 영역으로 추방해 보이지 않게 만든다. 혐오발화가 성행하는 사회는 타자를 추방해 상상적 동일성의 세계를 영구화하려는 체제이다. 권력의 반미학적 은유(혐오발화)는 잔여물을 배제해 상상적 동일성의 체제를 지키려는 기제인 것이다. 반면에 저항적인 미학적 은유는 동일성을 해체해 차이의 연쇄를 유발하려는 차연[54]의 기제이다. '나도 서지현이다'라는 은유적 정치는 동일성의 체제가 닫히지 않도록 여성적 차이의 반격이 끝없이 연쇄되게 하려는 **차연의 운동**에 다름이 아니다.

---

53   랑시에르, 오윤성 역, 『감성의 분할』, 도서출판b, 2008, 14~23쪽.
54   차연이란 동일성의 의미를 차이작용에 의해 미끄러뜨릴 때 나타나는 이미지와 의미작용의 연쇄이다. 예컨대 성 인지 감수성이란 남성중심적 성 개념에서 풀려나는 일련의 차이의 감수성이다.

혐오의 반미학은 신자유주의를 '이상한 고요함'으로 만드는 비식별성의 장치 중에서 가장 저열한 방식이다. 혐오발화는 타자를 투명인간으로 만드는 데 그치지 않고 오물처럼 밀어내려 한다. 혐오의 감성은 타자를 오염물로 배제하는 동시에 자신을 감염되지 않은 동일성 체제로 이동시키려 할 때 나타난다. 너스바움에 의하면, 혐오는 오염의 불안과 연관이 있으며 자기 자신 안에 전염의 요소가 있을 때 생기게 된다. 예컨대 김사량의 「빛 속으로」에서 혼혈인 한베에가 조선인 아내를 폭행하는 것은 자신 안의 조선 피를 지우기 위해서이다.[55] 같은 맥락에서 한국 남자가 자국의 여자를 김치녀로 혐오하거나 일베가 같은 계층의 희생자를 '홍어말리기'로 말하는 것 역시 오염의 불안의 반증이다. 자신 안의 취약점을 지우기 위해 비슷한 계층의 희생자를 밀어내는 점에서 혐오의 기제는 '을들의 전쟁'과도 연관이 있다. 그런 맥락에서 쌍용차 사태에서의 노동자들끼리의 싸움 역시 혐오와 증오의 기제에 속한다.

혐오발화는 타자를 밀어내는 동시에 자신을 동일성의 체제에 동화시킨다. 그처럼 자신의 위치를 **망각**하고 상위의 동일성 체제에 일체화되려는 점에서 혐오담론은 **상상적** 고착화의 기제이다. 혐오담론이 상상적 고착화임은 미학적 은유와의 표현 방식의 차이에서도 나타난다. 미학이 생명적 유동성을 구원한다면 혐오발화는 고착된 체제에서 벗어난 유동체를 배제하고 추방한다.

혐오의 은유가 사용되는 것은 대개 고착화된 동일성을 오염시킬 수 있는 유동체들에 대해서이다. 생리, 오줌, 똥은 물론 김치녀와 홍어까지도 유동체에 대한 혐오의 표현이다. 혐오의 은유는 유동체를 앱젝트로 부름으로써 고정된 동일성 체제를 보호하려 애를 쓴다.

---

55 윤대석, 「변경에서 바라본 문학과 역사」, 『20세기 한국소설』 12, 창비, 2005, 283쪽.

반면에 미학의 은유는 앱젝트를 생명적 유동체로 되돌림으로써 고착된 동일성의 체제를 동요시킨다. 미학은 생명적 유동성의 은유를 통해 앱젝트를 대상 a의 위치로 이동시킨다. 김이설의 「엄마들」(김이설)에서 앱젝트로 추락할 위기에 있는 '내'가 절망에서 벗어난 것은 태아의 박동이라는 생명적 유동성 때문이었다. 「벌레들」(김애란)에서도 벌레의 혐오감에서 피신할 수 있게 한 것은 틈새에서의 출산이었다. 희망버스의 경우 역시 '우리가 김진숙'이라는 은유는 고착화된 동일성 체제에서 탈출하기 위해 고공의 생명적 존재와 교감하려는 시도였다. 혐오발화가 유동체를 감염물로 보는 상상적 고착화의 기제이라면 미학은 버려진 감염물을 생명적 유동체로 되돌린다. 앱젝트를 대상 a의 위치로 전위시키는 이 과정에서 대상 a의 위상학은 동일성 체제를 해체하는 차연의 운동을 발생시킨다.[56]

미학의 유동적 은유는 촛불시즌 2에서도 발견된다. 미투운동은 경직된 체제에서 앱젝트의 위기에 있는 여성을 생명적 유동성을 지닌 대상 a의 위치로 이동시키는 운동이다. 강제추행과 2차피해로 더럽혀진 여성들은 미투의 은유('나도 서지현이다')를 통해 생명적 존재로 회생한다. '을의 반격' 역시 신분제처럼 고착화된 갑질에서 벗어나 살아 있는 사람들의 유동성을 시위하는 저항이다. 갑질의 혐오담론으로 더럽혀진 사람들은 가면을 쓰거나 벗으며 시위를 할수록 유동적인 신체로 회생한다. 신자유주의가 친밀성으로 포장된 고착화된 사회라면 새로운 운동들은 사랑을 회생시키는 유동적 은유를 통해 상상적 동일성 체제를 뒤흔든다. 고착화된 동일성을 해체하는 이 은유적 정치들은 연쇄적인 차이의 반격으로서 차연의 운동이기도 하다.

---

56 예컨대 미투운동에서 더럽혀진 신체를 생명적 존재로 되돌리는 과정은 고착된 동일성 체제를 해체하는 연쇄적인 차이의 반격을 생성시킨다. 대상 a의 위상학과 차연의 운동의 관계에 대해서는 나병철, 『환상과 리얼리티』, 문예출판사, 2010, 387~389쪽 참조.

앱젝트에서 사랑의 유동성으로의 반전은 또 하나의 촛불시즌 2 남북회담에서도 찾아볼 수 있다.[57] 2017년 유엔 연설[58]에서 문재인 대통령은 평창올림픽을 남북화해를 위한 제2의 촛불로 만들겠다고 선언했다. 당시에 그 말이 실현될 것을 믿는 사람은 아무도 없었다. 그러나 평창올림픽은 경직된 남북과 북미 관계를 유연하게 만든 화해의 불씨가 되었다. 그 점에서 평창올림픽은 역대의 올림픽 중에서 가장 유동적이고 미학적인 대회였다.

오늘날 신자유주의는 상상적으로 고착화된 강대국 중심의 세계체제를 만들었다. 그런 고착화된 세계체제에서 냉전적인 남북대립은 신자유주의에서의 '을들의 전쟁'과도 다름없다. 을들의 전쟁은 서로를 혐오하는 전쟁이다. 그런 을들의 전쟁이 계속되는 한 강대국 중심의 고착화된 체제는 영원히 변화되지 않을 것이다. 강대국의 '갑질'에 아무런 대응도 할 수 없는 '이상한 고요함' 역시 언제까지나 계속될 것이다.

북한과 같은 을이면서도 상상적으로 갑의 질서에 예속된 우리는 고착된 동일성을 유지하기 위해 타자를 앱젝트로 배제한다. 자유주의/신자유주의의 정치적 동일성 체제를 수호하기 위해 냉혹하게 추방되는 것은 종북이라는 앱젝트이다. 그런데 종북이라는 앱젝트는 남한의 동일성 체제를 '이상한 고요함'의 상태로 지키기 위해 꼭 필요한 존재이기도 하다. 종북이 더러운 존재로 안과 밖이 불분명한 곳에 위치하는 한 동일성 체제 내의 균열은 환각처럼 사라진다.[59]

그러나 같은 민족을 오염의 공포 때문에 더러운 것으로 배제하는 것은 상상적 동일성 체제에 고착화되었다는 반증이다. 그런 상상적 고착화에

---

57 촛불시즌 2에는 밑으로부터의 운동도 있지만 제도권 안에서의 실천도 있다.
58 제72차 유엔총회 연설, 2017. 9. 21.
59 김철, 『우리를 지키는 더러운 것들』, 뿌리와이파리, 2018, 158~168쪽.

서 벗어나 유동적인 생명성을 회생시키려는 시도가 남북회담이었다. 남북회담은 또 다른 촛불시즌 2였다. 남과 북이 교섭을 시작하자 혐오의 기제에서 벗어나 화해의 무의식을 동요시키는 은유적 정치가 생성되었기 때문이다. 남북화해는 앱젝트(종북)의 구성적 외부의 기능을 약화시키고 그 대신 대상 a의 부부대상들(그 이미지들)이 많아지게 만들었다.

대상 a란 원래 한 몸이었던 것이 나눠져서 또 다른 자기 자신을 열망하는 것과도 같다. 그 점에서 북측과의 교섭은 대상 a에 대한 열망과 조금도 다름이 없다. 그러나 부재 원인인 대상 a는 상징계에서 부분대상으로만 나타날 수 있다. 예컨대 옥류관 평양냉면이나 북측 인사(김여정, 현송월)에 대한 관심은 일종의 부분대상에 대한 열망일 것이다. 이제 혐오의 대상은 냉면처럼 유동적인 이미지로 전이되기 시작했다.

평창에서 공동입장한 한반도기나 연패를 계속한 아이스하키 단일팀 역시 부분대상의 이미지일 것이다. 패배를 계속한 남북단일팀이 오히려 감동적이었던 것은 을들의 전쟁 동안이 실제로 패배의 연속이었기 때문일지 모른다. 우리에게는 존재 그 자체 곧 패배한 을들의 단일팀 자체가 이미 승리인 것이다. 그동안의 종북이라는 앱젝트에 대한 혐오가 상상적 고착화를 반증한다면, 평양냉면과 단일팀이라는 부분대상에 대한 관심은 실재계적 대상 a의 열망을 나타낸다. 남북화해는 우리 사회를 상상계적 고착화에서 실재계 쪽으로 이동시킨다. 그것은 미투운동이나 을의 반격 같은 촛불시즌 2가 상상계적 공간에서 실재계적 대상 a로의 이동인 점과 유사하다. 여기서 남북화해의 실재계적 대상 a의 위상학 역시 상상적 동일성에서 벗어나려는 연쇄적인 차연의 운동으로 전개된다. 미투운동, 을의 반격, 남북화해에서 차연의 운동은 상상계에서 실재계로의 공간적인 전위를 생성시킨다.

그 같은 공간적 위치이동의 흐름은 매우 의미심장하다. 지리학에서 지구를 붙박이로 여기고 태양과 천체가 움직인다고 보는 것을 천동설이라고 한다. 그 점에서 자본주의를 붙박이로 만든 신자유주의는 정치경제학의 천동설과도 같다. 국가를 고정된 공간으로 만든 국가보안법 역시 또 다른 천동설이다. 반면에 촛불시즌 2와 남북화해는 시대에 뒤떨어진 천동설에 대항하는 만장일치의 사유 지동설이다. 촛불집회와 촛불시즌 2는 상상적 고착화에서 벗어나 실재계(태양)와 교섭하려는 코페르니쿠스적 전회에 다름이 아니다. 코페르니쿠스적 전회는 신념의 지진인 동시에 심연에서의 만장일치의 교감이다. 그것은 「알 수 없어요」(한용운)에서처럼 알 수 없는 신비이면서 누구나 다 아는 오래된 진리인 것이다.

남북회담에서 코페르니쿠스적인 전회는 도보다리 장면에서 정점을 이룬다. 도보다리 장면은 공식적인 일정 밖으로 벗어난 사적인 시간이었다. 그런데 이 공적인 제도 밖의 사적인 시간이 공공의 매체를 통해 전세계에 전해지고 있었다. 이처럼 개인적인 시간이 공공의 매체로 전달되는 대표적인 경우가 바로 소설 같은 미학이다.[60] 그 점에서 도보다리 장면은 그 자체가 매우 감성적이고 미학적이었다. 그와 동시에 이 장면은 과거의 억압에서 벗어나 미래로 가는 듯한 새로운 시간의 정점을 암시했다. 송경동은 법외에 다른 세상을 만들자고 말했는데 제도를 벗어나 자연으로 가는 도보다리야말로 다른 세상의 내일을 암시하는 듯했다.

도보다리 장면이 더욱 인상적인 것은 공적인 동시에 사적인 비밀이 있었다는 점이다. 두 정상의 말이 들리지 않았기 때문에 도보다리는 식별되는 동시에 식별되지 않았다. 사적인 시간이 공적이 영역에 영향을 주는 가장 강력한 방식은 비밀의 시간이다. 근대 사회는 사적인 영역을 은신처로 남겨두는 듯하지만 실제로는 그 비밀을 권력이 소유하고 있다. 권력은 페

---

60 아렌트, 이진우 역, 『인간의 조건』, 1996, 103쪽.

티시로서의 사적인 영역을 인정하는 것이며 그 비밀이 드러났을 때 피지배자는 낯선 두려움(거세공포)을 느낀다.[61] 이것이 바로 정치권력과 강대국이 을들에게 부여한 비식별성의 장치이다. 그런데 이번에는 정치권력이 아니라 **을들의 비밀**이 보여진 것이다. 도보다리 장면은 비밀이 갑의 전유물이 아니라 을들에게도 비밀이 있음을 드러냈다. 갑의 비식별성의 장치는 동일성 체제를 상상적으로 공고화하는 기획이다. 반면에 을들의 비밀(비식별성)은 그런 고착화된 동일성에서 벗어나 타자성이 회생된 공간(실재계) 쪽으로 이동하려는 표현이다. 이는 강대국의 천동설(고착화)을 동요시키며 실재계라는 태양과 교섭하려는 코페르니쿠스적 전회의 시작이다.

을의 비밀은 개인적으로 묻혀져 정치적으로 아무런 영향도 끼치지 못한다. 그러나 을들끼리 비밀의 대화를 나누기 시작하면 비밀은 정치적 인격으로 상승한다. 촛불집회에서 맨얼굴의 사람들이 정치적 인격이 될 수 있는 것은 대화를 하며 비밀(인간의 비밀)을 길어 올려 은유적 페르소나가 되기 때문이다. 마찬가지로 도보다리의 비밀의 대화는 과거의 강요된 을의 위치에서 벗어나 새로운 정치적 인격이 되겠다는 선언과도 같다. 비밀이 공적 매체에서 인정되었기 때문에 이제 남북이 대화를 하는 순간은 비밀을 길어 올려 강대국과 대등한 정치적 인격이 되는 순간이다. 자율성을 지키려는 을의 무기는 미사일도 핵도 아닌 **을들끼리의 비밀**이다.

강대국끼리의 비밀의 대화는 아무런 관심도 의미도 만들지 못한다. 강대국이란 이미 비밀을 전유한 모래인간과도 같기 때문이다. 강대국의 도보다리는 오래전부터 일상의 곳곳에 숨겨져 있었다. 우리는 보면서도 보지 못하고 들으면서도 듣지 못한다. 반면에 강대국들이 보면서 듣지 못한 판문점 도보다리의 비밀은 촛불시즌 2로서 또 다른 을의 반격이다.

61　호미 바바, 나병철 역, 『문화의 위치』, 소명출판, 2012, 46쪽.

강대국의 비식별성 장치, 자본의 의자놀이, 을들의 전쟁, 앱젝트(종북)는 상상적 고착화의 기제이다. 그것은 구시대적이면서도 첨단의 기제인 은유로서의 천동설이다. 반면에 을들이 심연의 비밀을 길어 올리며 대화를 나눌 때 고착화된 동일성 체제가 움직이기 시작한다. 이것이 바로 은유로서의 지동설이다. 천동설이 모래인간의 비밀을 감추고 있다면 지동설은 인간의 비밀(사랑과 윤리)을 감추고 있다. 서로 교섭하며 인간의 비밀을 길어 올릴 때만 을은 갑과 대등한 정치적 인격이 될 수 있다. 그 같은 상상적 고착화에서 대등한 정치적 인격으로의 전회가 바로 **은유로서의 정치**이다. 그런 전환을 통해서만 태양이라는 실재계와의 관계에서 복수의 행성과 코드들이 움직이는 코페르니쿠스적인 전회가 이루어질 수 있다.

　생명정치와 결합한 감성의 분할은 보이는 것과 보이지 않는 것의 분할을 통해 상상적 동일성의 체계를 만든다. 그 과정에서 동일성 체제의 타자는 보이지 않는 영역에서 앱젝트로 배제된다. 성폭력 피해자들, 쌍용차 자살자들, 갑질의 희생자들, 그리고 종북이 바로 그들이다. 그들 추방된 타자들은 상상계적 비식별성의 장치의 희생자인 동시에 실재계에 접촉한 존재들이다. 신자유주의는 실재계에 접촉한 타자를 추방함으로써 상상계적 고착화를 영구화한다. 반면에 타자의 추방에 대항해 보이지 않는 실재계를 보이게 하는 것이 바로 은유적 정치이다. 은유로서의 정치는 감성의 분할에 대한 역전인 동시에 상징계(보이는 세계)에서의 구조적 전환을 촉구한다. 보이는 세계가 고착화(상상계)에서 벗어나 실재계의 태양을 돌며 움직이게 하는 전환이 바로 은유로서의 '코페르니쿠스적 전회'이다.

9. 건축에의 의지에서 물위의 도시와 다수 체계성으로

가라타니 고진이 말하고 있듯이 서양 철학사는 건축에의 의지에서 코페르니쿠스적인 전회에 이르는 과정이었다. 서양철학은 은유로서의 건축[62]의 역사였으며 건축에의 의지는 그것의 토대였다.[63] 해체론은 그처럼 체계화에 전력하는 서양 철학을 형이상학이라고 불렀다. 20세기 이후 괴델이 불확정성의 원리를 말하고 데리다가 체계화의 근거(이데아, 이성)를 의심함으로써 서양의 형이상학은 해체에 직면한다. 그러나 그 사이에 이미 건축에의 의지에서 벗어나 코페르니쿠스적인 전회를 주장한 강력한 철학자들이 있었다. 칸트와 니체, 마르크스, 비트겐쉬타인이 그들이다.

칸트는 은유로서의 건축의 완성자인 동시에 최초로 코페르니쿠스적 전회를 말한 사람이었다. 칸트의 코페르니쿠스적 전회는 토대의 근거(물자체)를 빈방으로 만드는 방식이었다(물자체는 알 수 없다). 칸트의 한계는 물자체까지 이성으로 접근하려는 불가능한 시도를 감행한 점이었다.[64]

칸트의 물자체는 라캉의 실재계에 상응한다. 실재계에 접촉해 건축(동일성의 체계)을 의심하는 존재를 타자라고 한다면, 코페르니쿠스적 전회에 연관된 철학자들은 타자를 말한 사람들이었다. 마르크스의 타자는 노동자였으며 니체의 타자성은 힘에의 의지였다. 또한 비트겐슈타인은 세속적 타자를 말함으로써 코페르니쿠스적 전회를 보여주었다.[65]

마르크스의 문제점은 자본주의의 토대 대신 또 다른 토대에 근거할 위

---

62   우리는 은유로서의 정치를 주장하고 있지만 은유는 권력 쪽에서 나타나기도 한다. 지배 권력이 사용하는 은유의 대표적인 예가 '은유로서의 건축'과 '은유로서의 질병'이다. 나병철, 『은유로서의 네이션과 트랜스내셔널 연대』, 문예출판사, 2014, 26~31쪽 참조.

63   가라타니 고진, 김재희 역, 『은유로서의 건축』, 한나래, 1998, 47쪽.

64   칸트의 이성적 윤리는 라캉의 실재계적 윤리와 비슷하면서도 조금 다르다. 칸트는 물자체의 윤리조차 이성으로 접근하려 했다.

65   가라타니 고진, 김재희 역, 앞의 책, 57쪽.

험이 있다는 것이었다. 리오타르는 계몽서사와 마르크스주의를 근대적 대서사로 부르면서 그에 대한 불신이 포스트모던이라고 말했다. 리오타르의 대서사에 대한 대안은 니체적 사유를 수용한 미시서사였다. 그러나 마르크스 자신은 이미 미시서사를 포함한 대서사를 말하고 있었으며, 리오타르가 지적한 한계는 그 점을 유념하지 못한 과학적 마르크스주의의 경우일 것이다.

한편 이성의 체계화의 한계를 간파한 니체는 힘에의 의지를 주장했다. 힘에의 의지는 무의식이나 실재계와 연관된 사유이다. 하지만 니체의 한계는 동일성 체제의 타자성인 힘에의 의지를 극단으로 밀고가 단순히 형이상학을 대체할 사유로 주장한 점일 것이다.

니체의 다소 낭만적인 사유는 탈구조주의자들에 의해 다양한 미시이론으로 변형되었다. 구조주의에서 탈구조주의로의 전환은 구조에서 힘으로의 전환이다. 힘에의 의지는 사회 구조와 역사적 변화의 핵심적 계기이다. 그런데 힘이나 무의식이 실재계와 연관된다면 구조나 체제는 상징계에서 나타난다. 양자의 복합적 관계를 유념할 때만 탈구조주의자들의 이성비판의 모험은 성취를 이룰 수 있을 것이다.[66] 니체를 포함한 미시이론의 문제점은 실재계적 계기들을 어떻게 상징계에서 현실화하느냐에 대한 것일 터이다. 상징계를 절대화한 은유로서의 건축에 대한 반발로서 미시이론이 나타났지만 건축의 변화는 어쨌든 상징계에서 표상되어야 한다. 양자를 연결하는 난제는 미시서사와 대서사의 문제이기도 하다.

미시이론 중에서 인기를 얻은 방법은 은유로서의 텍스트였다. 은유로서의 건축에서 은유로서의 텍스트로의 전환은 체계화에서 해체로의 전환이다. 건축이 절대화하려 할 때 스스로 붕괴의 위험에 직면한다는 것

---

66   상징계와 실재계의 복합적 관계를 유념한 것은 라캉이다. 그러나 라캉의 복합적 이론은 사회이론으로까지 나아가지는 않았다.

이 바로 해체론이다. 해체론은 오래된 절대적 건축의 딜레마에 대한 교묘하고 통쾌한 응답이다. 하지만 우리는 부단히 상징계의 건축을 해체하는 동시에 또 다른 상징계에서 살아가야 한다. 해체만 한다면 그것은 건축의 또 다른 극단일 수 있다. 앞에서 우리는 차연의 운동을 강조했지만 우리가 주목한 차연은 동일성의 완전한 대체물이 아니다. 차연의 운동은 단번에 해방을 가져올 수 없기 때문에 상상계·상징계와 실재계 사이에서 양가적으로 계속되어야 한다.[67] 그 과정에서 잠정적인 연대가 생성되고 더 좋은 세상을 위한 운동은 양가적으로 끝없이 계속된다.

우리는 건축과 달리 움직이는 동시에 해체와 달리 거주가 가능한 또 다른 모델이 필요한 것이다. 그 모델은 건축과 해체, 상징계와 실재계 사이에 있을 것이다. 보이지 않는 것(실재계)을 보이게(상징계) 드러내는 은유로서의 정치는 그 중의 하나일 것이다. 이제 상상적 고착화를 해체하는 은유적 정치를 포함한 제3의 대안을 살펴보자.[68]

우리는 먼저 제3의 대안으로 바흐친의 다성성과 '물위의 도시',[69] 다수체계성을 주목할 수 있다. 바흐친의 다성성은 다양한 사상들이 닻을 내린 상태에서 서로 긴장하며 흔들리는 미결정성의 바다와도 같다. 바흐친은 그런 미결정성의 바다를 제2의 현실이라고 불렀다.[70] 제2의 현실은 고정된 동시에 흔들리는 세계이다. 서양의 건축에의 의지는 건축이 움직이지 않도록 애를 쓰는 사유였다. 반면에 다성성은 움직이지 않는 지구가 움직

---

67 우리의 은유적 정치는 동일성에서 벗어나려는 끝없는 **실천의 과정**으로서의 차연의 운동이다. 차연의 운동에 대해서는 나병철, 『환상과 리얼리티』, 문예출판사, 2010, 387~389쪽 참조.

68 가라타니의 한계는 위로부터의 전환을 말하는 점이다. 우리는 그와 달리 물밑의 교섭에 근거한 은유로서의 정치를 주장한다.

69 '물위의 도시'에 대해서는 김철, 「근대의 초극」, 『낭비』 그리고 베네치아」, 『국민이라는 노예』, 삼인, 2005, 62~104쪽 참조.

70 바흐친, 김근식 역, 『도스또예프스끼 시학』, 정음사, 1988, 72~73쪽.

이고 있다고 생각하는 코페르니쿠스적인 전회와 유사하다.

부동적인 상태에서의 유동적인 동요는 '물위의 도시'에서도 발견된다. 예컨대 김남천의 「맥」에서 오시형이 전향을 신언하는 순간은 내선일체의 신체제가 절대적 동일성으로 고착화되는 순간이었다. 그때 단지 최무경만이 내면의 동요를 일으키며 내선일체 법정을 물위의 도시로 느끼게 된다. 신체제가 안정되게 고정될수록 최무경은 끝없이 불안정한 동요를 경험하고 있었다. 지배 권력은 최무경의 심연의 동요를 모르기 때문에 상상적 동일성의 체제에는 아무런 문제가 없다. 그러나 권력이 장님이 되는 바로 그 순간, 최무경의 내면의 물에 젖어든 더 많은 사람들은 부동성이 전해주는 끝없는 흔들림을 느끼게 된다.

「경영」, 「맥」은 일본의 신체제가 고정된 동시에 흔들리는 물위의 도시였음을 드러내고 있다. 최무경과의 공감 속에서 독자들이 느끼는 낯선 두려움이 그 증거였다. 낯선 두려움이라는 질병에 걸린 최무경은 법정을 병원이라고 부르는데, 이 은유는 사랑을 치료받아야 할 병으로 만든 세계를 암시한다. 사랑을 병으로 만든 체제는 상상계에 과도하게 고착된 이상한 고요함의 세계이다. 그에 대응하는 최무경의 불안과 동요는 심연에 남은 사랑을 포기하지 않으려는 은유로서의 정치였다.

은유로서의 정치는 보이지 않는 것을 보여줌으로써 감성의 분할에 저항한다. 안정된 세계를 불안정하게 동요하는 것으로 드러내는 바흐친의 다성성 역시 감성의 분할에 대한 도발이었다. 「맥」에서도 감성의 분할의 법정은 독자와 손잡은 보이지 않는 수면 밑의 동요에 직면한다. 최무경이 느낀 이 물위의 도시는 근대초극론(일본)과 자유주의(이관형), 리얼리즘(김남천)이 부동의 상태에서 동요하는 미결정성의 바다이기도 했다.

은유로서의 정치는 상상적 동일성이 고착화될수록 더욱 빛을 발한다. 은유를 통해 감지되는 '물위의 도시'는 친밀사회라는 상상적 고착화에서 벗어나는 방법을 암시한다. 친밀사회는 건축의 균열을 미리 감지해 상상적 방식으로 위험한 타자를 추방하는 체제이다. 화려한 스펙터클과 매장된 타자로 안정성을 갖춘 친밀사회는 은유로서의 천동설을 완결한 건축물이다. 여기서는 상품의 미학과 혐오의 반미학이 보이는 것과 보이지 않는 것의 감성의 분할을 치안한다. 반면에 은유는 보이지 않는 것을 보이게 드러내며 감성적 치안을 따돌리고 안정된 도시를 동요시킨다. 예컨대 송경동의 「MRI」의 은유는 화려한 친밀사회의 건축을 투시해 노동자들의 속뼈, 그 상처와 죽음을 드러낸다. 노동자들의 속뼈에 공감하는 은유는 친밀한 건축을 안정된 동시에 불안정하게 흔들리는 물위의 도시로 만든다. 또한 뻬루의 고산열차에 대한 이천 명의 상여의 은유(「위대한 유산」) 역시 친밀사회의 인공열차를 끝없이 흔들리게 만든다.

김애란의 소설(「벌레들」) 또한 장미빌라의 환상적 건축을 물위의 도시로 만드는 은유적 정치이다. 「벌레들」에서 '나'는 자궁이 적출된 나무에서 나온 벌레들과 절벽 저쪽(장미빌라) 사이의 틈새에서 출산을 하는 중이다. '나'의 출산은 환상을 잉태하는 도시와 불임의 벌레들 사이에서의 '또 다른 출발'의 은유이다. '나'는 평화로운 장미빌라가 아니라 절벽 아래에서 칼로 에는 듯한 고통을 느끼며 임박한 출산을 맞는다. 이 소설의 출산의 은유는 친밀한 장미빌라의 환상적 건축이 고정된 상태에서 끝없이 흔들리고 있음을 알리는 은유로서의 정치이다.

상상적으로 고착화된 동일성 체제는 장미빌라 같은 환상적인 건축물과도 같다. 그러나 그 안정된 건물에 입주하는 순간 우리는 동일성 체제의 숨겨진 비밀에 의해 낯선 두려움의 미로를 헤매게 된다. 그런 숨겨진 비밀을 드러내며 체제에 대응하는 것이 은유적 정치이다. 은유적 정치는 상상적 동일성 체제의 환상적 건축을 흔들리는 물위의 도시로 만든다. 그 순간 우리는 상상적 미로에서 벗어나 '절벽 아래의 출산' 같은 길 없는 길을 모색하게 된다.

우리 시대의 은유인 세월호 역시 거대한 친밀사회가 난파의 위험과 함께 물밑에서 동요하고 있음을 암시한다. 우리 사회 전체가 세월호였으며 부동의 선체는 일상의 매순간마다 위험하게 흔들리고 있었던 것이다. 세월호는 '이상한 고요함'의 세계가 실상은 물밑에서 불안한 좌초의 위기에 처해 있었음을 알려주었다. 그와 함께 회생된 물밑의 타자들이 새로운 세월호를 소망하는 은유적 정치를 생성시키고 있었다. 새로운 세월호는 동일성 체제를 물위의 도시로 만들며 난파와 미로에서 벗어나는 길 없는 길을 모색할 것이다. 길 없는 길이란 상상적 미로에서 벗어나 실재계와 교감하는 순간의 미결정성의 모험을 말한다.

그런 모험의 과정에서 세월호는 물위의 도시에서 한발 더 나아갔다. 물위의 도시의 다음 단계는 세월호에서처럼 물밑으로 추방된 존재들이 은유적 페르소나로 돌아오는 과정이다. 이 또 다른 은유적 과정에서는 벌거벗은 생명으로 배제된 사람들이 앱젝트에서 대상 a의 위치로 전위되기 시작한다. 그 같은 앱젝트에서 대상 a로의 전위는 상상계의 미로에서 실재계적 위치로의 전환이기도 하다.

그처럼 실재계적 대상 a가 작동되는 은유적 정치는 새로운 변혁운동에서 발견되는 공통적인 요소이다. 예컨대 희망버스에서 참여자들이 '우리가 김진숙이다'를 외치는 순간 김진숙은 앱젝트의 위기에서 대상 a의 위치로 전위되고 있었다. 그와 함께 김진숙의 가면을 쓴 사람들은 내면의 김진숙과 (은유적으로) 합체되며 자아의 허기에서 벗어나 정치적 인격으로 출현한다. 정치적 자아를 생성하는 은유는 촛불시즌 2에서도 나타났다. 대한항공 촛불집회에서 유은정이 벤데타 가면을 벗은 순간 역시 내면의 벤데타와 희생자의 인격에 합체되는 은유적 페르소나의 표현이었다.

촛불집회에서 세월호 학생들이 꽃으로 돌아오는 순간 역시 그들과 교감하며 정치적 인격이 생성되는 은유적 정치의 시간이었다. 그 순간은 「벌레들」의 '나'의 출산에서 들리지 않는 소리를 듣고 달려온 사람들이 새로운 분만을 기다리는 순간이기도 했다. 또한 「비밀들」(김이설)에서 아기의 박동의 은유로 베트남 여자와 연대한 **비밀 중독증**이 순식간에 확산된 것과도 같았다. 인간의 비밀을 길어 올리며 정치적 인격들이 출현하는 그 순간은 은유로서의 정치의 또 다른 단계를 나타낸다. 그것은 상상적으로 고착화된 동일성 체제에서 벗어나 실재계 쪽으로 이동하는 역전의 순간이다. 은유를 통해 생성된 정치적 인격은 고착된 빈곤한 자아에서 벗어나 태양(실재계) 쪽으로 움직이기 시작한다. 영구화된 '상상계의 감옥'에서 움직이는 '정치적 행성'으로의 전환. 이것이야말로 은유로서의 코페르니쿠스적 전회이다.

코페르니쿠스적 전회는 흔들리지 않으면서 움직이는 세계이다. 여기서 정치적 행성들은 지구처럼 굳건함을 유지하며 끝없이 태양의 주위를 돌기 시작한다. 이 과정에는 영원히 흔들리지 않는 건축도 끝없이 해체되기만 하는 탈건축도 없다. 은유로서의 정치는 양가적이다. 그것은 부동의 건물이 유동적으로 동요하는 물위의 도시이다. 또한 흔들리지 않으면서 끝없이 운동하는 코페르니쿠스적 전회이다. 이 양가성의 비밀은 상징계와 실재계, 보이는 것과 보이지 않는 것 사이에서 생성된다.

코페르니쿠스적 전회는 또한 복수 코드와 다수 체계성의 세계이다. 은유로서의 건축이란 단일한 코드로 된 동일성 체계의 인공적 건축물이다. 친밀사회는 그에서 더 나아가 동일성 체계의 균열을 상상계적 접착제로 봉합하는 고착화된 체제이다. 반면에 코페르니쿠스적 전회는 실재계 주위를 움직이는 **다수의 정치적 행성들**과 **복수의 코드들**이 출현하는 세계이다.

다수 체계성과 복수 코드화는 단순한 상대주의가 아니다. 우리가 상상계에서 실재계로 전위될 수 있는 것은 잠재적 다수 체계성의 경계를 경험할 때이며 오늘날은 그런 다중적 틈새에서만 반전이 일어날 수 있다. 박민규과 최인석의 소설은 그 같은 다수 체계성을 매우 잘 보여준다. 다수 체계성과 복수 코드화를 드러내는 인물들은 경계선상의 인물들이다. 예컨대 박민규의 「아, 하세요 펠리컨」에서는 전지구적 자본주의 시대에 경계선상의 인물들이 또 다른 코드의 세계를 경험하는 순간을 보여준다. 은유적 천동설의 경계의 끝으로 밀려난 사람들이 은유적 코페르니쿠스적 전회와 다수 체계성의 반란을 암시하는 것이다.

지구적 자본주의에 의한 세계화란 지구 전체의 건축화에 다름이 아니다. 신자유주의의 지구적 자본은 패배자들을 앱젝트로 배제함으로써 디즈니랜드 같은 친밀사회를 만든다. 그러나 「아, 하세요 펠리컨」은 앱젝트로 추방될 위기에 있는 (경계선상의) 인물들이 찾아오는 저렴한 오리배 유원지를 그린다.

디즈니랜드가 상상계적 장치라면 오리배 유원지는 경계선상의 인물들의 추락이 잠시 멎는 틈새의 공간이다. 물론 추락이 잠시 지연된다고 파산 자들이 구원을 얻는 것은 아니다. 그러나 유원지이기 때문에 감성의 치안이 멈춘 곳에서 패배자들은 상품-폐품의 인격을 벗고 벌거벗은 얼굴을 드러낸다. 오리배 유원지는 유일하게 벌거벗은 얼굴이 감성의 치안을 모면하는 보트피플들의 지구의 공백이다. 그 어두운 틈새에서 심야전기가 발생하는 순간 **앱젝트**의 위기에 있는 사람들은 **대상 a**의 위치로 전위된다. 앱젝트에서 대상 a로의 전위는 상상적 고착화에서 실재계(대상 a)로의 코페르니쿠스적 전회에 다름이 아니다. 심야전기의 증폭된 환상인 오리배 시민연합은 **세계적 차원**의 코페르니쿠스적 전회를 암시한다. 오리배 시민연합은 세계화의 건축에 대항하며 날아오른 또 다른 코드의 정치적 행성이다. 그 때문에 오리배 유원지를 찾는 패배자와 자살자는 한국인이지만 오리배 시민연합의 새로운 코드는 세계적 차원이다. 박민규는 전사회적 자본주의의 코페르니쿠스적 전회를 전지구적 자본에 대한 다수체계적 반격으로 드러낸다.

최인석의 「내 사랑 나의 귀신」 역시 '달동네라는 우주'를 공전하는 행성을 통해 고착화된 자본에 대한 다수 체계성의 반격을 보여준다. '달동네'는 자본의 동일성 체제에서 앱젝트로 배제된 동시에 어둠의 경계로 포함된 사람들의 공간이다. 그러나 이 소설은 신자유주의가 상상계적 고착화인 반면 비식별적인 달동네는 실재계를 유영하는 우주임을 드러낸다. 그것이 가능한 것은 달동네의 아이들이 샤머니즘과 신자유주의라는 다수 체계적 세계를 횡단하기 때문이다. 신자유주의는 달동네의 우주를 폐지하고 재개발을 통해 고착화된 도시를 만들려고 한다. 반면에 달동네의 아이들은 샤머니즘과 은유적으로 교섭하면서 우주를 유영하듯 날아올라 자본에 대한 다수 체계성의 반격을 보여준다.

다수 체계성과 복수 코드의 반격은 IMF 사태 이후의 많은 소설들에서 나타난다. 예컨대 황석영의 『손님』은 샤머니즘과 기독교를 다수 체계적으로 횡단하는 혼종성의 반격을 보여준다. 또한 한강의 「내 여자의 열매」는 후기자본주의와 식물세계를 가로지르는 복수 코드적 도약을 드러낸다. 전경린의 「강변마을」 역시 기호계와 상징계를 관통하는 자본에 대한 여성성의 반격을 암시한다. 이 소설들은 다수 체계성과 복수 코드화야말로 상상적으로 고착된 체제(친밀사회)에 대한 강력한 저항임을 알려준다.

다수 체계적 소설들은 앱젝트에서 대상 a(타자)[71]로의 전위를 이미지화하는 일종의 은유로서의 정치이다. 『손님』에서 신천학살의 희생자들은 손님 이데올로기를 넘어서는 헛것의 은유로 돌아온다. 또한 「내 여자의 열매」에서 피멍이 들어가는 아내는 청신하게 피어난 식물의 은유로 귀환

---

71   타자는 대상 a의 부분대상이다.

한다. 「강변마을」에서도 더러운 시골로 추방된 외갓집은 강변마을의 순수기억의 은유로 돌아온다. 이 소설들에서 미학적 은유는 실재계와 상징계, 기호계와 자본의 세계를 횡단하며 보이지 않는 것을 보여준다.

그 같은 미학의 은유적 정치는 촛불집회에서 현실의 은유적 정치가 된다. 촛불집회에서 세월호 사건으로 희생된 학생들은 바람과 꽃으로 돌아온다. 물대포로 쓰러진 백남기 농민은 밀밭의 징소리로 귀환한다. 재판거래로 법외 인간이 된 사람들은 모두가 기다리는 내일의 시간으로 돌아온다. 또한 탄핵 퇴진을 촉구하는 레드카드 퍼포먼스는 진달래와 영산홍의 봄으로 귀환할 것이었다. 마찬가지로 소등된 빌딩과 광장의 어둠은 매번 재점화되는 촛불로 돌아왔다.

촛불집회 참여자들은 가장 감동적인 장면의 하나로 소등 퍼포먼스를 꼽았다. 소등 장면이 전율을 느끼게 한 것은 촛불이란 '이상한 고요함'이 순식간에 불빛의 외침으로 역전된 집회였기 때문이리라. 이상한 고요함이 계속되면 추방된 타자는 영원히 돌아오지 않는다. 상상적 고착화의 세계에서는 벌거벗은 타자가 혐오스러운 앱젝트로 배제되기 때문이다. 은유로서의 정치는 비식별성을 은유와 풍자로 식별하게 함으로써 앱젝트로 추방된 타자가 상상적 권력의 희생자임을 드러낸다. 예컨대 세월호는 일상의 이상한 고요함에 숨겨진 모래인간 선장과 물밑의 유기된 희생자를 은유를 통해 보여주었다. 그 같은 세월호를 기억하고 말하는 것 자체가 은유로서의 정치였다고 할 수 있다. 그 과정에서 소등된 정적이 촛불의 외침으로 깨어나기 시작한 것이다. 은유는 권력이 숨겨온 것을 드러냄으로써 추방된 타자가 상상계의 정적을 깨뜨리는 실재계적 존재임을 암시해준다. 그와 함께 은유는 실재계와 상징계의 다수 체계성을 횡단하며 추방된 타자를 다시 시각성의 세계에서 은유적 이미지로 부활시킨다. 물밑에 버려진 존재들이 바람으로, 꽃으로, 촛불로 돌아오는 것이다. 소등 퍼포먼스처럼 정적에서 촛불로의 전환은 한순간이었다. 그 순간 우리는 상상계에서 실재계 쪽으로 이동하면서 내면이 부풀어 오르는 자아의 도약을 경험했다. 또한 심연에서 길어 올린 사랑의 감성으로 타자와 교섭하며 다중적인 정치적 인격을 생성시키고 있었다.

은유로서의 정치는 제2의 촛불 남북회담에서도 빛을 발했다. 남북화해는 을들의 전쟁에서 앱젝트로 배제된 상대가 대상 a의 산포된 이미지로 돌아오는 과정이다. 이는 종북이라는 이상한 침묵에서 한반도기와 '봄은 온다'와 도보다리로의 전환이다. 이 은유적 정치에서의 전율은 소등 퍼포먼스의 감동, 어둠에서 촛불로의 전환과 아주 똑같다. 종북이 어둠의 침묵이었다면 한반도기와 '봄은 온다'는 감동의 촛불이었다. 그와 함께 도보다리는 또 다른 침묵을 통해 심연의 비밀을 길어 올려 강대국과 대등한 정치적 인격을 형성하는 과정이었다.

은유로서의 정치는 촛불시즌 2 항공사들의 을의 반격에서도 나타났다. 갑질이 이상한 침묵을 배경으로 했다면 항공사 촛불집회는 침묵의 끝을 암시했다. 을의 반격은 소등 퍼포먼스의 또 다른 재연이다. 그와 함께 반격의 기표 벤데타 가면은 물론 가면을 벗은 얼굴 역시 많은 사람들과의 숨은 연대를 통한 정치적인 페르소나의 탄생을 의미했다. 가면을 벗은 얼굴이야말로 물밑에서 일상의 사람들과 손을 잡고 있다는 정치적인 은유인 것이다.

이 은유로서의 정치들은 자아의 빈곤화를 강요하는 고착된 동일성 체제에서 탈출하는 존재론적 저항들이었다. 그 같은 존재론적 저항은 상징계의 제도를 변화시키는 인식론적 저항으로 이어져야 한다. 그러나 촛불시즌 2는 거기서 더 나아간다. 고착된 동일성 체제가 무너질 때까지 새로운 정치적 인격을 생성하는 은유적 퍼포먼스는 계속된다. 은유는 상징계와 실재계의 틈새에서 순수기억의 경첩으로 작동되며 끝없이 시간의 문을 연다. 은유로서의 정치가 지향하는 것은 상징계-상상계에서 실재계로의 전환, 즉 **은유로서의 코페르니쿠스적 전회**이다.

최초로 코페르니쿠스적 전회를 시삭한 칸트는 비어 있는 중심을 빈방[72]으로 남겨 두었다. 이후 빈방을 대신해서 니체는 힘에의 의지, 루카치는 총체성, 라캉은 부재원인 대상 a를 말했다. 은유로서의 정치는 또 하나의 응답이다. 우리의 응답은 미시이론과 거시이론의 접합인 동시에 사유와 실천의 결합이다. 우리는 빈 중심의 주위에서 보이지 않는 실재계와 교섭하는 수많은 촛불들을 밝혔다. 아무런 중심도 깃발도 없이 실재계적 대상 a와 교감하는 산포된 촛불의 퍼포먼스, 그리고 다중적인 정치적 행성들의 운동 자체가 새로운 전회를 나타내는 은유였다.

친밀사회라는 고착된 동일성 체제는 공포스러운 모래인간 선장과 냉혹한 자본, 국가주의를 숨기고 있다. 그 숨겨진 것을 드러내면서 심연의 '인간의 비밀'을 길어 올려 우리의 자아를 약동하게 하는 것이 은유로서의 정치이다. 은유적 정치는 비밀을 퍼 올리는 동안 단일하게 경직된 동일성 체제에 저항하는 다수 체계성을 횡단한다.

보면서도 보지 못하게 하는 것이 상상적 동일성 체제라면[73] 보이지 않는 것을 보게 하는 것이 은유로서의 정치이다.[74] 비밀들[75]이 보이지 않는 시대에는 은유가 작동되어야만 다수 체계성을 가로지르는 정치가 시작된다. 일상에 비밀들이 감춰진 시대야말로 친밀한 권력의 역사의 미로에 갇힌 시대일 것이다. 우리가 우울과 낯선 두려움을 느끼는 것은 그런 비

---

72 이 빈방은 물자체와 연관된 윤리의 빈방이기도 했다.
73 감성의 분할은 그 중요한 장치의 하나이다.
74 지금이 기억의 경첩을 움직여야 하는 은유의 시대임은 중요한 법안이 특정 인물을 상기하게 하는 은유로서 효과를 발휘하는 점에서도 알 수 있다. 예컨대 김용균법은 희생된 비정규직에 대한 기억의 경첩을 움직이게 함으로써 설득력을 증폭시키고 있다.
75 비밀에는 권력의 비식별성의 비밀과 우리 심연의 인간의 비밀이 있다.

밀이 감춰진 상상계적 미로를 헤매기 때문이다. 은유적 정치는 우울과 공포의 미로를 해체하며 기억의 경첩을 움직여 실재계와 교섭하는 좁은 문을 열어준다. 은유의 경첩이 작동되고 구원의 좁은 문이 열릴 때 비로소 숨겨진 비밀들이 보이기 시작한다. 숨겨진 비밀이 은유로 드러날 때 우리는 미로에서 벗어나 불현듯 정치적 인격으로 회생하기 시작한다. 미학과 정치의 은유는 이천 명의 상여와 MRI의 속뼈, 물밑의 학생들, 그리고 백남기와 서지현, 유은정을 보여주며 계속된다. 그처럼 보이지 않는 것들이 보여질 때 다수 체계성을 가로지르는 촛불과 가면, 가면을 벗은 얼굴이 나타난다. 그 순간 부동의 동일성의 체제가 물위의 도시로 동요하고 그 균열의 틈새를 비집으며 빈 중심[76]을 도는 다중적인 정치적 행성들의 운동이 시작된다.

---

76 이 빈 중심은 보이지 않는 실재계이다.

찾아보기